Gustave Flaubert | Madame Bovary

Schon viele Generationen von Lesern ließen sich
von der tragischen Geschichte der Emma Bovary
bewegen: Mit dem Landarzt Charles unglücklich
verheiratet, rettet sie sich in eine Affäre, gerät in
existentielle Not und bringt sich schließlich aus
Verzweiflung um.
Flauberts 1856/57 erschienener Roman gehört zu
den kanonischen Werken der Weltliteratur. Er hatte
auch literaturhistorisch große Wirkung: Von Zola
und Fontane bis hin zu Sartre reicht sein Einfluß.
Flauberts Sprache war stilbildend, das Sujet nahm
die Emanzipationsbestrebungen der Frau im aus-
gehenden 19. Jahrhundert vorweg.

**Gustave Flaubert** (1821–1880) wurde in Rouen ge-
boren. Auf Drängen des Vaters nahm er in Paris das
Jurastudium auf, folgte aber gleichzeitig seinen
literarischen Neigungen. 1844 brach er das Studium
ab. Nach Jahren des rastlosen Reisens ließ er sich in
Croisset nieder, wo die Familie ein Landhaus besaß.
Hier konnte er sich in Ruhe seinen literarischen
Arbeiten widmen.

Gustave Flaubert

# Madame Bovary

Roman

Aus dem Französischen übersetzt
von Ilse Perker und Ernst Sander

RECLAM
LEIPZIG

Originaltitel: Madame Bovary. Mœurs de Province

Besuchen Sie uns im Internet:
www.reclam.de

Veröffentlicht im Reclam Verlag Leipzig, 2003
© 1972 Philipp Reclam jun. GmbH & Co., Stuttgart
Reclam Bibliothek Leipzig, Band 20075
1. Auflage, 2003
Reihengestaltung: Gabriele Burde | Kurt Blank-Markard
Umschlaggestaltung: Gabriele Burde unter Verwendung
des Gemäldes ›Pavonia‹ (1858–1859) von Frederick Leighton
Gesetzt aus ITC Slimbach
Satz: Reclam Verlag Leipzig
Druck und Bindung: Reclam, Ditzingen
Printed in Germany
ISBN 3-379-20075-1

# ERSTER TEIL

## I

Wir hatten Arbeitsstunde, als der Direktor hereinkam; ihm folgten ein »Neuer«, der noch sein Zivilzeug anhatte, und ein Pedell, der ein großes Pult trug. Die geschlafen hatten, fuhren hoch, und alle standen auf, als seien sie beim Arbeiten überrascht worden.

Der Direktor deutete uns durch eine Handbewegung an, daß wir uns wieder setzen sollten; dann wandte er sich an den Studienaufseher:

»Monsieur Roger«, sagte er halblaut zu ihm, »diesen Schüler hier möchte ich Ihrer Obhut empfehlen; er kommt in die Quinta. Wenn sein Verhalten und sein Fleiß lobenswert sind, kann er ›zu den Großen‹ kommen, zu denen er seinem Alter nach gehört.«

Der Neue war in dem Winkel hinter der Tür stehengeblieben, so daß man ihn kaum hatte wahrnehmen können; er war ein Bauernjunge, ungefähr fünfzehn Jahre alt und größer als wir alle. Das Haar trug er über der Stirn geradegeschnitten, wie ein Dorfkantor; er sah klug und sehr verlegen aus. Obwohl er keine breiten Schultern hatte, schien seine grüne Tuchjacke mit den schwarzen Knöpfen ihn an den Ärmelausschnitten zu beengen; aus den Aufschlägen sahen rote Handgelenke hervor, die es gewohnt waren, nackt zu sein. Seine blaubestrumpften Beine kamen aus einer gelblichen, von den Trägern straff hochgezogenen Hose. Seine Schuhe waren derb, schlecht gewichst und mit Nägeln beschlagen.

Es wurde mit dem Vorlesen der Arbeiten begonnen. Er spitzte die Ohren und hörte zu, aufmerksam wie bei der Predigt, und wagte nicht einmal, die Beine übereinanderzuschlagen oder den

Ellbogen aufzustützen, und um zwei Uhr, als es läutete, mußte der Studienaufseher ihn besonders auffordern, damit er sich mit uns andern in Reih und Glied stellte.

Es herrschte bei uns der Brauch, beim Betreten des Klassenzimmers unsere Mütze auf die Erde zu werfen, um die Hände freier zu haben; es galt, sie von der Tür aus unter die Bank zu schleudern, so daß sie an die Wand schlug und viel Staub aufwirbelte; das war so üblich.

Aber sei es nun, daß dies Verfahren dem Neuen nicht aufgefallen war, oder sei es, daß er sich nicht getraute, sich ihm anzupassen, jedenfalls war das Gebet gesprochen, und er hielt noch immer seine Mütze auf den Knien. Es war eine jener bunt zusammengesetzten Kopfbedeckungen, in denen sich die Grundbestandteile der Bärenfellmütze, der Tschapka, des steifen Huts, der Otterfellkappe und der baumwollenen Zipfelmütze vereinigt fanden; mit einem Wort, eins der armseligen Dinge, deren stumme Häßlichkeit Tiefen des Ausdrucks besitzt wie das Gesicht eines Schwachsinnigen. Sie war eiförmig und durch Fischbeinstäbchen ausgebaucht; sie begann mit zwei kreisrunden Wülsten; dann wechselten, getrennt durch einen roten Streifen, Rauten aus Samt und Kaninchenfell miteinander ab; dann folgte eine Art Sack, der in einem mit Pappe versteiften Vieleck endete; dieses war mit komplizierter Litzenstickerei bedeckt, und am Ende eines langen, viel zu dünnen, daran herabhängenden Fadens baumelte eine kleine, eichelförmige Troddel aus Goldfäden. Die Mütze war neu; der Schirm glänzte.

»Steh auf«, sagte der Lehrer.

Er stand auf; seine Mütze fiel hin. Die ganze Klasse fing an zu lachen.

Er bückte sich, um sie aufzunehmen. Einer seiner Nebenmänner stieß sie mit einem Ellbogenschubs wieder hinunter; er hob sie noch einmal auf.

»Leg doch deinen Helm weg«, sagte der Lehrer; er war ein Witzbold.

Die Schüler brachen in schallendes Gelächter aus, und das brachte den armen Jungen so sehr aus der Fassung, daß er nicht wußte, ob er seine Mütze in der Hand behalten, sie am Boden liegenlassen oder sich auf den Kopf stülpen solle. Er setzte sich wieder hin und legte sie auf seine Knie.

»Steh auf«, sagte der Lehrer wiederum, »und sag mir deinen Namen.«

Der Neue stieß mit blubbernder Stimme einen unverständlichen Namen hervor.

»Noch mal!«

Das gleiche Silbengeblubber wurde vernehmlich, überdröhnt vom Gebrüll der Klasse.

»Lauter!« rief der Lehrer, »lauter!«

Da faßte der Neue einen verzweifelten Entschluß, machte seinen maßlos großen Mund auf und stieß mit vollen Lungen, wie um jemanden zu rufen, das Wort »Charbovari« hervor.

Es entstand ein Lärm, der mit jähem Schwung losbrach, im *crescendo* mit dem Gellen schriller Stimmen anstieg (es wurde geheult, gebellt, getrampelt und immer wieder gerufen: Charbovari! Charbovari!), der dann in Einzeltönen einherrollte, äußerst mühsam zur Ruhe kam und manchmal unvermittelt auf einer Bankreihe wieder losbrach, wo hier und dort ein unterdrücktes Lachen laut wurde, wie ein nicht ganz ausgebrannter Knallfrosch.

Unter dem Hagel von Strafarbeiten stellte sich die Ordnung in der Klasse allmählich wieder her, und der Lehrer, dem es endlich gelungen war, den Namen Charles Bovary zu verstehen, nachdem er sich ihn hatte diktieren, buchstabieren und nochmals vorlesen lassen, wies sofort dem armen Teufel einen Platz auf der Strafbank an, unmittelbar vor dem Katheder. Er setzte sich in Bewegung, aber ehe er hinging, zögerte er.

»Was suchst du?« fragte der Lehrer.

»Meine Mü…«, sagte der Neue schüchtern und sah sich beunruhigt rings um.

»Fünfhundert Verse die ganze Klasse!« Die wütende Stimme, die das ausgerufen hatte, vereitelte wie das »Quos ego« einen neuen Sturmausbruch. – »Verhaltet euch doch ruhig!« fuhr der Lehrer unwillig fort und wischte sich die Stirn mit einem Taschentuch, das er unter seinem Käppchen hervorgezogen hatte. »Und du, der Neue, du schreibst mir zwanzigmal ab ›ridiculus sum‹.«

Dann, mit milderer Stimme:

»Na, deine Mütze, die wirst du schon wiederfinden; die hat dir keiner gestohlen!«

Alles war wieder ruhig geworden. Die Köpfe neigten sich über die Hefte, und der Neue verharrte zwei Stunden lang in musterhafter Haltung, obwohl von Zeit zu Zeit ein Kügelchen aus zerkautem Papier, das mittels eines Federhalters geschleudert wurde, auf seinem Gesicht zerplatzte. Aber er wischte sich mit der Hand ab und blieb reglos mit niedergeschlagenen Augen sitzen.

Abends, bei der Arbeitsstunde, holte er seine Ärmelschoner aus seinem Pult hervor, brachte seine Habseligkeiten in Ordnung und richtete sorgsam sein Schreibpapier her. Wir beobachteten ihn, wie er gewissenhaft arbeitete, alle Vokabeln im Wörterbuch nachschlug und sich große Mühe gab. Wohl dank dieser Gutwilligkeit, die er bezeigte, brauchte er nicht in die nächstniedrige Klasse zurückversetzt zu werden; denn er beherrschte zwar ganz leidlich die Regeln, besaß jedoch in den Wendungen nicht eben Eleganz. Die Anfangsgründe des Lateinischen hatte der Pfarrer seines Dorfs ihm beigebracht; aus Sparsamkeit hatten seine Eltern ihn so spät wie möglich aufs Gymnasium geschickt.

Sein Vater, Charles Denis Bartholomé Bovary, ein ehemaliger Bataillons-Wundarzt, hatte um 1812 bei Aushebungen Unannehmlichkeiten gehabt und war damals gezwungen, aus dem Heeresdienst auszuscheiden; er hatte nun seine persönlichen Vorzüge ausgenutzt und im Handumdrehen eine Mitgift von sechzigtausend Francs eingeheimst, die sich ihm in Gestalt der Tochter eines Hutfabrikanten darbot; sie hatte sich in sein Aussehen verliebt. Er war ein schöner Mann, ein Aufschneider, der seine Sporen laut klingen ließ, einen Backen- und Schnurrbart trug, stets Ringe an den Fingern hatte und sich in Anzüge von auffälliger Farbe kleidete; er wirkte wie ein Haudegen und besaß das unbeschwerte Gehaben eines Handelsreisenden. Nun er verheiratet war, lebte er zwei oder drei Jahre vom Vermögen seiner Frau, aß gut, stand spät auf, rauchte aus langen Porzellanpfeifen, kam abends erst nach dem Theater nach Hause und war ein eifriger Café-Besucher. Der Schwiegervater starb und hinterließ wenig; er war darob empört, übernahm schleunigst die Fabrik, büßte dabei einiges Geld ein und zog sich danach aufs Land zurück, wo er es zu etwas bringen wollte. Aber da er von der Landwirtschaft nicht mehr verstand als von gefärbtem Baumwollstoff, da er seine Pferde lieber ritt, anstatt sie zur Feldarbeit zu schicken, da er seinen Zider lieber flaschenweise trank, anstatt ihn faßweise zu verkaufen, das schönste Geflügel seines Hofs selber aß und sich seine Jagdstiefel mit Schweinespeck einfettete, sah er nur zu bald ein, daß er am besten tue, wenn er auf jede geschäftliche Betätigung verzichte.

Also pachtete er für zweihundert Francs im Jahr in einem Dorf des Grenzgebietes der Landschaft Caux und der Picardie eine Heimstatt, die halb Bauernhof, halb Herrenhaus war; und zog sich, verbittert, von Reue zernagt, unter Anklagen wider den Himmel dorthin zurück; er war jetzt fünfundvierzig Jahre alt; die Menschen ekelten ihn an, wie er sagte, und er war entschlossen, fortan in Frieden zu leben.

Seine Frau war anfangs toll in ihn verschossen gewesen; unter tausend Demütigungen hatte sie ihn geliebt, und diese hatten ihn noch mehr von ihr entfernt. Ehedem war sie heiter, mitteilsam und herzlich gewesen; bei zunehmendem Alter war sie (wie abgestandener Wein, der sich in Essig umsetzt) mürrisch, zänkisch und nervös geworden. Zunächst hatte sie, ohne zu klagen, sehr gelitten, als sie ihn allen Dorfdirnen nachlaufen sah und zwanzig üble Lokale ihn ihr nachts abgestumpft und vor Besoffenheit stinkend heimschickten! Dann hatte sich ihr Stolz empört. Danach hatte sie geschwiegen und ihre Wut in einem stummen Stoizismus hinuntergewürgt, den sie bis zu ihrem Tod beibehielt. Sie war in geschäftlichen Angelegenheiten immerfort unterwegs. Sie ging zu den Anwälten, zum Präsidenten, wußte, wann Wechsel fällig wurden, erlangte Prolongationen; und im Haus plättete, nähte und wusch sie, beaufsichtigte das Gesinde und bezahlte die Rechnungen, während Monsieur, ohne sich um irgend etwas zu kümmern, beständig in maulender Schläfrigkeit befangen, aus der er nur erwachte, um seiner Frau Unfreundlichkeiten zu sagen, rauchend am Kamin saß und in die Asche spuckte.

Als sie ein Kind bekam, mußte es zu einer Amme gegeben werden. Sobald der Kleine wieder daheim war, wurde er verhätschelt wie ein Prinz. Die Mutter fütterte ihn mit eingemachtem Obst; der Vater ließ ihn barfuß herumlaufen, und um sich als Philosoph aufzuspielen, pflegte er sogar zu sagen, eigentlich könne er völlig nackt gehen, wie die Jungen der Tiere. Im Gegensatz zu den mütterlichen Bestrebungen hatte er sich ein gewisses männliches Idealbild von der Kindheit in den Kopf gesetzt, nach dem er seinen Sohn zu modeln trachtete; er sollte streng erzogen werden, nach Art der Spartaner, damit er sich tüchtig abhärte. Er ließ ihn in einem ungeheizten Zimmer schlafen, brachte ihm bei, große Schlucke Rum zu trinken und den Prozessionen Schimpfwörter nachzurufen. Da jedoch der Kleine von Natur friedfertig war, sprach er schlecht auf diese Bemühungen an. Stets schleppte seine Mutter ihn mit sich herum; sie schnitt ihm Papierpuppen aus, erzählte ihm Geschichten und unterhielt sich mit ihm in endlosen Selbstgesprächen, die erfüllt waren von schwermütigem Frohsinn und geschwätzigen Zärtlichkeiten. In der Einsamkeit ihres Lebens übertrug sie auf diesen Kinderkopf alle ihre unerfüllten und zunichte gewordenen Sehnsüchte. Sie träumte von hohen Stellungen, sie sah ihn schon groß, schön, klug, versorgt, beim Amt für Brücken- und Straßenbau oder als Richter. Sie lehrte ihn lesen und brachte es an einem alten Klavier, das sie besaß, sogar fertig, daß er ein paar kleine Lieder sang. Aber von alledem sagte Monsieur Bovary, der von gelehrten Dingen nicht viel hielt, es lohne nicht die Mühe. Würden sie je in der Lage sein, ihn die staatlichen Schulen besuchen zu lassen, ihm ein Amt oder ein Geschäft zu kaufen? Übrigens setze ein Mann sich im Leben stets durch, wenn er sicher auftrete. Madame Bovary biß sich auf die Lippen, und der kleine Junge stromerte im Dorf umher.

Er folgte den Knechten aufs Feld und verjagte mit Erdklumpenwürfen die Krähen; sie flatterten davon. Er aß die längs der Chausseegräben wachsenden Brombeeren, hütete mit einer Gerte die Truthähne, half beim Heuen, lief in den Wald, spielte an Regentagen unter dem Kirchenportal »Himmel und Hölle« und bestürmte an Feiertagen den Küster, ihn die Glocke läuten zu lassen, damit er sich mit seinem ganzen Körpergewicht an das dicke Seil hängen und sich durch dessen Schwung emporheben lassen konnte.

So gedieh er wie eine Eiche. Er bekam kräftige Hände und eine schöne Gesichtsfarbe.

Als er zwölf Jahre alt geworden war, setzte seine Mutter es durch, daß mit eigentlichem Unterricht begonnen werden sollte. Damit wurde der Pfarrer beauftragt. Allein die Stunden waren so kurz und wurden so unregelmäßig abgehalten, daß nicht viel dabei herauskam. Sie wurden erteilt, wenn der Pfarrer gerade nichts Besseres zu tun hatte, in der Sakristei, im Stehen, in aller Hast, zwischen einer Taufe und einem Begräbnis; oder er ließ nach dem Angelus, wenn er das Haus nicht zu verlassen brauchte, seinen Schüler holen. Sie stiegen dann in sein Zimmer hinauf und machten es sich bequem: Mücken und Nachtschmetterlinge tanzten um die Kerze. Es war warm, das Kind schlief ein, und der wackere Pfarrer dämmerte mit den Händen auf dem Bauch ebenfalls ein, und bald schnarchte er mit offenem Mund. Es kam aber auch vor, daß der Herr Pfarrer, wenn er einem Kranken in der Umgebung die letzte Wegzehrung gereicht hatte, auf dem Heimweg Charles sich im Freien herumtreiben sah; dann rief er ihn zu sich, hielt ihm eine Viertelstunde lang eine Strafpredigt und nahm die Gelegenheit wahr, ihn am Fuß eines Baums ein Verbum konjugieren zu lassen. Dann störte sie entweder ein Regenguß oder ein vorübergehender Bekannter. Übrigens war er durchaus mit ihm zufrieden und sagte sogar, der »junge Mann« habe ein gutes Gedächtnis.

So konnte es mit Charles nicht weitergehen. Madame wurde energisch. Beschämt oder wohl eher müde gab Monsieur ohne Widerrede nach; es sollte nur ein Jahr damit gewartet werden, bis der Junge seine Erstkommunion hinter sich gebracht hatte.

Darüber gingen weitere sechs Monate hin; doch im nächsten Jahr wurde Charles tatsächlich auf das Gymnasium von Rouen geschickt; gegen Ende Oktober brachte der Vater selber ihn hin; es war um die Zeit des Sankt-Romanus-Jahrmarkts.

Heute würde es uns allen unmöglich sein, sich seiner noch deutlich zu erinnern. Er war ein ziemlich phlegmatischer Junge, der

11

in den Pausen spielte, während der Arbeitsstunden lernte, beim Unterricht zuhörte, im Schlafsaal gut schlief und im Refektorium tüchtig zulangte. Sein Betreuer war ein Eisengroßhändler in der Rue de la Ganterie, der ihn einmal im Monat am Sonntag nach Ladenschluß abholte; er schickte ihr spazieren, damit er sich am Hafen die Schiffe ansehe; danach brachte er ihn dann gegen sieben Uhr, vor dem Abendessen, wieder zurück. Jeden Donnerstagabend schrieb Charles einen langen Brief an seine Mutter, und zwar mit roter Tinte und drei Siegeloblaten; danach vertiefte er sich in seine Geschichtshefte, oder er las auch in einem alten Band des »Anacharsis«, der im Arbeitszimmer herumlag. Bei den Spaziergängen unterhielt er sich mit dem Schuldiener, der wie er vom Lande stammte.

Durch seinen Fleiß hielt er sich stets in der Mitte der Klasse; einmal gewann er sogar einen ersten Preis in Naturkunde. Doch gegen Ende seines Tertianerjahrs nahmen ihn seine Eltern vom Gymnasium, um ihn Medizin studieren zu lassen; sie waren davon überzeugt daß er sich allein bis zur Reifeprüfung durchhelfen könne.

Seine Mutter suchte für ihn bei einem ihr bekannten Färber ein Zimmer im vierten Stock mit Ausblick auf die Eau-de-Robec. Sie traf Vereinbarungen über den Pensionspreis, besorgte Möbel, einen Tisch und zwei Stühle, ließ von zu Hause ein altes Kirschholzbett kommen und kaufte außerdem einen kleinen gußeisernen Ofen nebst einem Vorrat an Brennholz, damit ihr armer Junge es warm habe. Dann fuhr sie am Ende der Woche wieder heim, nach Tausenden von Ermahnungen, er solle sich gut aufführen, nun er ganz sich selbst überlassen sei.

Das Vorlesungsverzeichnis, das er am Schwarzen Brett las, machte ihn schwindlig: Anatomischer Kursus, Pathologischer Kursus, Physiologischer Kursus, Pharmazeutischer Kursus, Chemischer Kursus, Botanischer, Klinischer, Therapeutischer Kursus, nicht zu reden von der Hygiene und der praktischen Medizin, lauter Bezeichnungen, deren Etymologien er nicht kannte und die ihn anmuteten wie ebenso viele Pforten zu von erhabener Finsternis erfüllten Heiligtümern.

Er verstand nichts; er mochte zuhören, soviel er wollte, er nahm nichts in sich auf. Dabei arbeitete er; er hatte gebundene Kolleg-hefte; er folgte allen Vorlesungen und versäumte keine einzige Visite. Er vollbrachte sein kleines tägliches Arbeitspensum wie ein Pferd im Göpelwerk, das mit verbundenen Augen im Kreise läuft, ohne zu wissen, was es zerschrotet.

Um ihm Ausgaben zu ersparen, schickte seine Mutter ihm wöchentlich durch den Botenmann ein Stück Kalbsbraten; das bildete, wenn er vom Krankenhaus heimgekommen war, sein Mittagessen; dabei trommelte er mit den Schuhsohlen gegen die Zimmerwand. Dann mußte er schleunigst wieder ins Kolleg, in den Anatomiesaal, ins Krankenhaus und dann abermals heim, durch sämtliche Straßen. Abends stieg er nach dem kargen Essen bei seinem Hauswirt wieder in seine Bude hinauf und machte sich in seinem feuchten Anzug, der ihm bei der Rotglut des Kanonenofens am Leibe dampfte, abermals an die Arbeit.

An schönen Sommerabenden, um die Stunde, da die lauen Stra-ßen leer sind und die Dienstmädchen vor den Haustüren Feder-ball spielen, machte er sein Fenster auf und lehnte sich hinaus. Der Bach, der aus dieser Rouener Stadtgegend ein häßliches Klein-Venedig macht, floß unter ihm vorbei, gelb, violett oder blau zwischen seinen Brücken und Gittern. Am Ufer hockten Arbeiter und wuschen sich die Arme im Wasser. An Stangen, die aus den Speichergiebeln hervorragten, trockneten an der Luft Baumwolldocken. Gegenüber, hinter den Dächern, dehnte sich der weite, klare Himmel mit der roten, sinkenden Sonne. Wie schön mußte es im Freien sein! Wie kühl unter den Waldbu-chen! Und er weitete die Nasenlöcher, um den köstlichen Ge-ruch der Felder einzuatmen, der gar nicht bis zu ihm hindrang.

Er magerte ab, er schoß in die Höhe, und sein Gesicht bekam einen Leidenszug, der es fast interessant machte.

Natürlich wurde er nach und nach aus Lässigkeit allen Vorsätzen untreu, die er gefaßt hatte. Einmal versäumte er die Visite, am nächsten Tag seine Vorlesung; allmählich fand er Geschmack am Faulenzen und ging überhaupt nicht mehr hin.

Er wurde Stammgast in einer Kneipe und ein leidenschaftlicher Dominospieler. Allabendlich in eine schmutzigen Spelunke zu hocken, um dort mit den Spielsteinen aus schwarzbepunkteten

Hammelknochen auf Marmortischen zu klappern, dünkte ihn ein köstlicher Akt seiner Freiheit, der seine Selbstachtung erhöhte. Es war wie eine Einführung in Welt und Gesellschaft, der Zugang zu verbotenen Freuden; beim Eintreten legte er mit einer beinah sinnlichen Freude die Hand auf den Türknauf. Jetzt wurde in ihm viel Unterdrücktes lebendig; er lernte Couplets auswendig und gab sie gelegentlich zum besten; er begeisterte sich für Béranger, konnte Punsch bereiten und lernte schließlich die Liebe kennen.

Dank dieser Vorarbeiten fiel er bei der Prüfung als Arzt zweiter Klasse völlig durch. Am gleichen Abend wurde er daheim erwartet, wo sein Erfolg gefeiert werden sollte.

Er zog zu Fuß los und machte am Dorfeingang halt; dorthin ließ er seine Mutter bitten und erzählte ihr alles. Sie entschuldigte ihn, schrieb den Mißerfolg der Ungerechtigkeit der Examinatoren zu und richtete ihn dadurch ein bißchen auf, daß sie es übernahm, die Sache in Ordnung zu bringen. Erst fünf Jahre später erfuhr Monsieur Bovary die Wahrheit; sie war schon alt, er nahm sie hin, im übrigen außerstande, anzunehmen, daß ein Mensch, der von ihm abstammte, ein Dummkopf sei.

So machte Charles sich von neuem an die Arbeit und bereitete sich ohne Unterbrechung auf die Stoffgebiete seines Examens vor; er lernte alle Fragen vorher auswendig. Daher bestand er mit einer ziemlich guten Note. Welch ein Freudentag für seine Mutter! Es wurde ein großes abendliches Festessen veranstaltet.

Wo sollte er seine Kunst nun ausüben? In Tostes. Dort gab es nur einen alten Arzt. Seit langem schon hatte die Mutter Bovary auf dessen Tod gelauert, und der Gute war kaum bestattet, als Charles sich auch schon als sein Nachfolger im Haus gegenüber niederließ.

Aber nicht genug damit, daß sie ihren Sohn großgezogen, daß sie ihn Medizin hatte studieren lassen und daß sie für die Ausübung seines Berufs Tostes entdeckt hatte: er mußte eine Frau haben. Sie machte für ihn eine ausfindig: die Witwe eines Gerichtsvollziehers aus Dieppe, fünfundvierzig Jahre alt und im Besitz einer Rente von zwölfhundert Francs.

Obwohl Madame Dubuc häßlich war, dürr wie eine Bohnenstange und bepickelt wie ein knospender Frühling, fehlte es ihr nicht an Bewerbern. Um zum Ziel zu gelangen, mußte Mutter Bovary sie alle aus dem Feld schlagen, und sie triumphierte sogar sehr geschickt über die Machenschaften eines Metzgermeisters, der von der Geistlichkeit unterstützt wurde.

Charles hatte in der Heirat den Aufstieg in bessere Lebensbedingungen erblickt; er hatte geglaubt, er werde freier sein und könne über sich selber und sein Geld verfügen. Aber seine Frau hatte die Hosen an; er durfte vor den Leuten zwar dieses sagen, aber nicht jenes; alle Freitage mußte er fasten, sich nach ihrem Geschmack kleiden und auf ihren Befehl hin die Patienten, die nicht bezahlten, hart anpacken. Sie machte seine Briefe auf, überwachte jeden seiner Schritte und belauschte, wenn es sich um Frauen handelte, durch die Zwischenwand hindurch die ärztlichen Ratschläge, die er in seinem Behandlungszimmer gab.

Morgens mußte sie ihre Schokolade haben; sie forderte Rücksichtnahmen ohne Ende. Unaufhörlich jammerte sie über ihre Nerven, ihre Lunge, ihre Körpersäfte. Das Geräusch von Schritten tat ihr weh; war er außer Hause, so fand sie die Einsamkeit gräßlich; kam er wieder, so sicherlich nur, um sie sterben zu sehen. Wenn Charles abends heimkehrte, streckte sie ihre langen, mageren Arme unter der Bettdecke hervor, schlang sie ihm um den Hals, ließ ihn sich auf die Bettkante setzen und begann, ihm von ihren Kümmernissen zu erzählen: er vernachlässige sie, er liebe eine andre! Man habe es ihr ja gleich gesagt, daß sie unglücklich werden würde; und schließlich bat sie ihn um einen Gesundheitssirup und um ein bißchen mehr Liebe.

## II

Eines Abends gegen elf Uhr wurden sie durch das Getrappel eines Pferds geweckt, das genau vor der Haustür anhielt. Das Hausmädchen öffnete die Bodenluke und unterhandelte eine Weile mit einem Mann, der unten auf der Straße stehengeblieben war. Er komme den Arzt holen; er habe einen Brief. Nastasie stieg schlotternd die Treppenstufen hinab, schloß auf und schob die Riegel zurück, einen nach dem andern. Der Mann ließ sein Pferd stehen, folgte dem Mädchen und trat unversehens hinter ihr ein. Er zog aus seiner graubequasteten Wollkappe einen in einen Lappen gewickelten Brief hervor und reichte ihn behutsam Charles, der sich mit den Ellbogen auf das Kopfkissen stützte, um ihn zu lesen. Nastasie stand am Bett und hielt den Leuchter. Madame blieb verschämt der Wand zugekehrt liegen und zeigte den Rücken.

Dieser Brief, den ein kleines, blaues Wachssiegel verschloß, forderte Monsieur Bovary dringend auf, sich unverzüglich nach dem Pachthof Les Bertaux zu begeben, um ein gebrochenes Bein zu schienen. Nun aber sind es von Tostes nach Les Bertaux gute sechs Meilen Wegs, wenn man über Longueville und Saint-Victor reitet. Die Nacht war pechschwarz. Die jüngere Madame Bovary fürchtete, ihrem Mann könne etwas zustoßen. So wurde beschlossen, der Stallknecht solle vorausreiten. Charles wolle drei Stunden später aufbrechen, wenn der Mond aufgegangen sei. Es solle ihm ein Junge entgegengeschickt werden, um ihm den Weg nach dem Pachthof zu zeigen und die Knicktore zu öffnen.

Gegen vier Uhr morgens machte sich Charles, fest in seinen Mantel gehüllt, auf den Weg nach Les Bertaux. Er war noch benommen von der Wärme des Schlafes und ließ sich vom friedlichen Trott seines Pferdes schaukeln. Als es von selber vor einem der von Dornsträuchern umwachsenen Löcher stehenblieb, wie sie am Rand der Äcker gegraben werden, schreckte Charles auf, mußte rasch an das gebrochene Bein denken und versuchte, in seinem Gedächtnis alles zusammenzukramen, was er über Knochenbrüche wußte. Es regnete nicht mehr; der Tag begann zu dämmern, und auf den Zweigen der blätterlosen Apfelbäume hockten reglose Vögel und sträubten ihr Gefieder im kalten Morgenwind. So weit man sehen konnte, erstreckte sich das flache Land, und die Baumgruppen, die die Bauernhöfe umgaben, bildeten in weiten Abständen schwärzlich-violette Flecke auf dieser großen, grauen Fläche, die am Horizont in die trübe Farbe des Himmels zerrann. Von Zeit zu Zeit riß Charles die Augen auf; danach wurde er wieder müde, und der Schlaf kam ganz von selber wieder; bald geriet er in einen traumartigen Zustand, in dem neuerliche Empfindungen mit Erinnerungen verschmolzen; er fühlte sich verdoppelt, gleichzeitig Student und Ehemann, in seinem Bett liegend wie vor kurzem noch, einen Saal mit Operierten durchschreitend wie ehemals. Der warme Geruch heißer Breiumschläge mischte sich in seinem Kopf mit dem frischen Duft des Taus; er hörte die Eisenringe an den Stangen der Bettvorhänge klirren und seine Frau schlafen ... Als er durch Vassonville ritt, sah er am Grabenrand einen Jungen im Gras sitzen.

»Sind Sie der Doktor?« fragte der Kleine.

Und auf Charles' Antwort hin nahm er seine Holzschuhe in die Hand und begann vor ihm herzulaufen.

Unterwegs entnahm der Arzt den Reden seines Führers, daß Monsieur Rouault ein recht wohlhabender Landwirt sei. Er hatte sich das Bein gebrochen, als er am vergangenen Abend von einem Nachbarn, bei dem er das Dreikönigsfest gefeiert hatte, heimgegangen war. Seine Frau war seit zwei Jahren tot. Er hatte nur sein »Fräulein« bei sich; sie half ihm im Haushalt.

Die Radspuren wurden tiefer. Sie näherten sich Les Bertaux. Der kleine Junge schlüpfte durch ein Loch in der Hecke und verschwand; dann tauchte er am Ende einer Einfriedigung wieder auf und öffnete die Schranke. Das Pferd glitschte auf dem feuchten Gras aus; Charles bückte sich, um unter den Baumzweigen durchzukommen. Die Hofhunde im Zwinger bellten und zerrten an ihren Ketten. Als er in Les Bertaux einritt, scheute sein Pferd und vollführte einen großen Satz.

Der Pachthof machte einen guten Eindruck. Durch die offenen Oberteile der Türen sah man kräftige Ackerpferde, die geruhsam aus neuen Raufen fraßen. Längs der Wirtschaftsgebäude zog sich ein breiter Misthaufen hin, von dem Dunstschwaden aufstiegen, und zwischen den Hühnern und Truthähnen stolzierten fünf oder sechs Pfauen einher, ein besonderer Luxus der Geflügelhöfe der Landschaft Caux. Der Schafstall war lang, die Scheune hoch, mit Mauern, glatt wie die Fläche einer Hand. Im Schuppen standen zwei große Leiterwagen und vier Pflüge mit den dazugehörenden Peitschen, Kummeten und sämtlichen Geschirren; die blauen Wollwoilache waren mit feinem Staub bedeckt, der von den Kornböden niederfiel. Der Hof stieg etwas an; er war symmetrisch mit weit auseinanderstehenden Bäumen bepflanzt, und vom Tümpel her erscholl das fröhliche Geschnatter einer Gänseherde.

Eine junge Frau in einem mit drei Volants besetzten blauen Merinokleid erschien auf der Haustürschwelle, um Monsieur Bovary zu begrüßen; sie führte ihn in die Küche, in der ein tüchtiges Feuer brannte. Ringsum kochte das Essen für das Gesinde in kleinen Töpfen von unterschiedlicher Form. An den Innenwänden des Kamins trockneten feuchte Kleidungsstücke. Die Schaufel, die Feuerzange und das Mundstück des Blasebalgs, alle von kolossaler Größe, funkelten wie blanker Stahl, während an den Wänden entlang eine Unmenge von Küchengerät hing; darin spiegelte sich ungleichmäßig die helle Flamme des Herdfeuers, dem sich die ersten, durch die Fensterscheiben einfallenden Sonnenstrahlen zugesellten.

Charles stieg zum ersten Stock hinauf, um nach dem Patienten zu sehen. Er fand ihn im Bett, schwitzend unter seinen Decken; seine baumwollene Nachtmütze hatte er weit von sich geworfen. Er war ein stämmiger, untersetzter Mann von fünfzig Jahren, mit heller Haut, blauen Augen und kahler Stirn; er trug Ohrringe. Neben ihm stand auf einem Stuhl eine große Karaffe Schnaps, deren er sich von Zeit zu Zeit bedient hatte, um sich Mut zu machen; allein beim Anblick des Arztes legte sich seine Erregung, und anstatt zu fluchen, wie er es seit zwölf Stunden getan hatte, fing er schwach zu ächzen an.

Der Bruch war einfach, ohne jede Komplikation. Einen leichteren Fall hätte Charles sich schwerlich wünschen können. Also

erinnerte er sich der Verhaltensweise seiner Lehrer an Kranken-
betten; er tröstete den Leidenden mit allen möglichen guten
Worten, Chirurgen-Freundlichkeiten, die wie das Öl sind, mit
dem die Operationsmesser eingefettet werden. Um Schienen zu
fertigen, wurde aus dem Wagenschuppen ein Bündel Latten
geholt. Charles suchte eine aus, zerschnitt sie in Stücke und
glättete sie mit einer Glasscherbe, während die Magd Laken zerriß, aus denen Binden gemacht werden sollten; Mademoiselle
Emma versuchte inzwischen, kleine Polster zu nähen. Da es
lange dauerte, bis sie ihren Nähkasten gefunden hatte, wurde ihr
Vater ungeduldig; sie antwortete nichts; und beim Nähen stach
sie sich in die Finger; die steckte sie dann in den Mund, um sie
auszusaugen.

Charles staunte über die Sauberkeit ihrer Fingernägel. Sie glänzten, waren vorn gefeilt und reinlicher als die Elfenbeinschnitzereien in Dieppe, und mandelförmig geschnitten. Dabei war ihre
Hand nicht schön, vielleicht nicht blaß genug, und die Finger-
glieder waren ein bißchen mager und ohne weiche Biegungen
der Linien in der Kontur. Schön an ihr waren lediglich die Augen;
obwohl braun, wirkten sie schwarz der Wimpern wegen, und ihr
Blick traf einen unverhohlen mit naiver Kühnheit.

Als der Verband fertig war, wurde der Arzt von Monsieur
Rouault persönlich eingeladen, »einen Happen zu essen«, ehe er
wieder aufbreche.

Charles ging in das im Erdgeschoß gelegene große Wohnzimmer
hinunter. Es lagen zwei Gedecke und standen zwei Silberbecher
auf einem Tischchen am Fußende eines großen Bettes mit einem
Kattunhimmel, auf dem Türken dargestellt waren. Es roch nach
Iris und feuchten Bettüchern; der Geruch kam aus einem hohen
Eichenschrank, der dem Fenster gegenüberstand. Am Fußboden, in den Ecken, waren aufrecht stehende Kornsäcke aufge-
reiht. Die anstoßende Kornkammer war übervoll; zu ihr hin
führten drei Steinstufen. Als Zimmerschmuck hing an einem
Nagel mitten an der Wand, deren grüne Tünche des Salpeters
wegen abblätterte, in goldenem Rahmen eine Bleistiftzeich-
nung, ein Minervakopf, und darunter stand in altfränkischen
Lettern: »Meinem lieben Papa.«

Zuerst wurde von dem Patienten gesprochen, dann vom Wetter, von den starken Frösten, von den Wölfen, die nachts über die Felder streiften. Mademoiselle Rouault hatte keine Freude am Landleben, zumal jetzt nicht, nun fast die ganze Last der Gutswirtschaft auf ihr allein ruhte. Da es im Zimmer kalt war, fröstelte sie während der ganzen Mahlzeit; dabei öffnete sie ein wenig ihre vollen Lippen, auf denen sie herumzubeißen pflegte, wenn sie schwieg.

Ihr Hals entstieg einem weißen Umlegekragen. Ihr Haar, dessen beide schwarze Streifen aus je einem einzigen Stück zu bestehen schienen, so glatt lagen sie an, war in der Mitte des Kopfes durch einen dünnen, hellen Scheitel geteilt, der sich, der Wölbung des Schädels entsprechend, leicht vertiefte; die Ohrläppchen waren kaum sichtbar; hinten wurde es zu einem üppigen Knoten zusammengefaßt, mit einer Wellenbewegung nach den Schläfen zu, was der Landarzt hier zum erstenmal in seinem Leben sah. Ihre Wangen waren rosig. Zwischen zwei Knöpfen ihres hochgeschlossenen Kleides trug sie ein Schildpattlorgnon, wie ein Mann.

Als Charles, der hinaufgegangen war, um sich von dem alten Rouault zu verabschieden, nochmals in das Zimmer trat, ehe er fortritt, fand er sie am Fenster stehen und in den Garten schauen, wo der Wind die Bohnenstangen umgeworfen hatte. Sie wandte sich um.

»Suchen Sie etwas?« fragte sie.

»Meine Reitgerte, wenn Sie gestatten«, antwortete er.

Und er machte sich daran, auf dem Bett nachzusehen, hinter den Türen, unter den Stühlen; sie war zwischen den Säcken und der Wand zu Boden gefallen. Mademoiselle Emma entdeckte sie; sie beugte sich über die Kornsäcke. Charles wollte ihr galant zuvorkommen, und als auch er den Arm mit der gleichen Bewegung reckte, spürte er, wie seine Brust den Rücken des unter ihm sich bückenden jungen Mädchens streifte. Sie war ganz rot, als sie sich aufrichtete, blickte ihn über die Schulter hinweg an und hielt ihm seinen Ochsenziemer hin.

Anstatt drei Tage später wieder nach Les Bertaux zu kommen, wie er es versprochen hatte, sprach er bereits am nächsten Tag dort vor, und dann regelmäßig zweimal die Woche, ganz abgesehen von den unerwarteten Besuchen, die er hin und wieder machte, wie aus Versehen.

Übrigens ging alles gut; die Heilung vollzog sich vorschriftsmäßig, und als man nach sechsundvierzig Tagen den alten Rouault versuchen sah, ganz allein auf seinem alten Hof umherzugehen, fing man an, Monsieur Bovary für eine Kapazität zu halten. Der alte Rouault sagte, besser hätten ihn die ersten Ärzte aus Yvetot oder sogar aus Rouen auch nicht heilen können.

Was Charles betraf, so gab er sich keine Rechenschaft, warum er so gern nach Les Bertaux kam. Hätte er darüber nachgedacht, so würde er sicherlich seinen Eifer dem Ernst des Falles zugeschrieben haben, oder vielleicht auch dem Honorar, das er sich davon erhoffte. Aber waren das wirklich die Gründe dafür, daß seine Besuche auf dem Pachthof eine köstliche Abwechslung im armseligen Einerlei seines Daseins bildeten? An jenen Tagen stand er frühzeitig auf, ritt im Galopp fort, trieb sein Pferd an, saß dann ab, reinigte sich die Füße im Gras und streifte seine schwarzen Handschuhe über, ehe er einritt. Er liebte sein Ankommen auf dem Hof, er liebte es, an seiner Schulter das nachgebende Eingangstor zu fühlen, den Hahn, der auf der Mauer krähte, und die Buben, die ihm entgegenliefen. Er liebte die Scheune und die Ställe; er liebte den alten Rouault, der ihm die Hand gab, daß es nur so klatschte, und ihn seinen Lebensretter nannte; er liebte Mademoiselle Emmas kleine Schuhe auf den gescheuerten Fliesen der Küche; ihre hohen Hacken machten sie ein bißchen größer, und wenn sie vor ihm herging, schlugen die schnell sich hebenden Holzsohlen mit einem trockenen Geräusch gegen das Oberleder.

Sie geleitete ihn jedesmal bis an die erste Stufe der Freitreppe. Wenn sein Pferd noch nicht vorgeführt worden war, blieb sie bei ihm stehen. Sie hatten schon Abschied genommen; sie sagten nichts mehr; die freie Luft umgab sie und wehte wirr ihre flaumigen Nackenhärchen hoch oder ließ ihre Schürzenbänder um die Hüfte flattern; sie verdrehten sich wie Spruchbänder. Einmal, als Tauwetter war, schwitzte die Rinde der Bäume im Hof, und der Schnee auf den Dächern der Gebäude schmolz. Sie stand auf der

Schwelle; sie ging hinein und holte ihren Sonnenschirm, sie spannte ihn auf. Der Schirm war aus taubenhalsfarbener Seide; das Sonnenlicht drang hindurch und bildete tanzende Reflexe auf ihrer weißen Gesichtshaut. Sie lächelte darunter in die laue Wärme, und man hörte die Wassertropfen einen nach dem andern auf das straff gespannte Moiré fallen.

In der ersten Zeit von Charles' häufigeren Ritten nach Les Bertaux hatte seine Frau sich nach dem Patienten erkundigt, und in dem Buch, in das sie Ausgaben und Einnahmen eintrug, sogar für Monsieur Rouault eine schöne weiße Seite ausgesucht. Doch als sie vernahm, er habe eine Tochter, zog sie Erkundigungen ein; und nun erfuhr sie, daß Mademoiselle Rouault im Kloster erzogen worden sei, bei den Ursulinerinnen, und also sozusagen ›eine höhere Bildung‹ erhalten habe, daß sie infolgedessen Unterricht im Tanzen, in Geographie, im Zeichnen, in Gobelinstickerei und im Klavierspielen gehabt hatte. Das war der Gipfel!

»Deswegen also«, sagte sie sich, »macht er ein so heiteres Gesicht, wenn er sie besucht, und zieht seine neue Weste an, auf die Gefahr hin, daß der Regen sie verdirbt? Oh, dieses Weib! Dieses Weib...!«

Und instinktiv haßte sie sie. Anfangs erleichterte sie sich durch Anspielungen. Charles verstand sie nicht; dann durch anzügliche Bemerkungen, die er ihr aus Furcht vor einer Szene hingehen ließ; schließlich jedoch durch unverhohlene Vorwürfe, auf die er nichts zu entgegnen wußte. Wie es komme, daß er in einem fort nach Les Bertaux reite, wo doch Monsieur Rouault längst geheilt sei und die Leute da noch immer nicht bezahlt hätten? Haha, nur, weil dort »eine Person« sei, jemand, der zu plaudern wisse, eine, die sich aufspiele, eine Schöngeistige. So was möge er: Stadtdamen müsse er haben! Und dann fuhr sie in ihrer Rede fort:

»Die Tochter vom alten Rouault und eine Stadtdame? Geh mir doch! Deren Großvater war Schafhirt, und sie haben einen Vetter, der wäre beinah vors Schwurgericht gekommen, weil er bei einer Prügelei einen fast totgeschlagen hätte. Die braucht sich wirklich nicht aufzuspielen und sonntags in einem Seidenkleid zur Kirche zu gehen wie eine Gräfin. Übrigens hätte der Alte ohne seinen Raps vom vorigen Jahr schwerlich seine Pachtrückstände bezahlen können!«

Charles wurde es müde; er stellte seine Besuche in Les Bertaux ein. Héloïse hatte ihn nach vielen Schluchzern und Küssen in einem großen Liebesausbruch auf ihr Meßbuch schwören lassen, er werde nicht mehr hinreiten. Also gehorchte er; aber die Heftigkeit seines Verlangens protestierte gegen das Knechtische seines Verhaltens, und aus einer gewissen naiven Scheinheiligkeit heraus meinte er, dieses Verbot, sie zu besuchen, räume ihm gewissermaßen ein Recht ein, sie zu lieben. Und überdies war die Witwe mager; sie hatte lange Zähne; sie trug zu jeder Jahreszeit einen kleinen schwarzen Schal, dessen Zipfel ihr zwischen den Schulterblättern herabhing; ihre eckige Gestalt war in Kleider eingezwängt, die wie ein Futteral wirkten; sie waren zu kurz und ließen ihre Fußgelenke und die auf grauen Strümpfen sich kreuzenden Bänder ihrer plumpen Schuhe sehen.

Dann und wann kam Charles' Mutter zu Besuch; aber nach ein paar Tagen schien die Schwiegertochter sich an ihr zu wetzen, und dann fielen sie wie zwei Messer mit ihren Betrachtungen und Bemerkungen über ihn her. Er solle nicht so viel essen! Warum immer gleich dem Erstbesten was zu trinken anbieten? Welch eine Dickköpfigkeit, keine Flanellwäsche tragen zu wollen!

Zu Frühlingsbeginn geschah es, daß ein Notar aus Ingouville, der Vermögensverwalter der Witwe Dubuc, übers Meer das Weite suchte und alles Geld mitnahm, das sich in seinem Büro befand. Freilich besaß Héloïse noch außer einem Schiffsanteil, der auf sechstausend Francs geschätzt wurde, ihr Haus in der Rue Saint-François, und dabei hatte sie von dem ganzen Vermögen, das so laut gerühmt worden war, nichts mit in die Ehe gebracht als ein paar Möbelstücke und ein bißchen abgetragene Kleidung. Der Sache mußte auf den Grund gegangen werden. Das Haus in Dieppe erwies sich als bis an die Dachbalken mit Hypotheken belastet, und der Schiffsanteil war keine tausend Taler wert. Sie hatte also gelogen, die gute Dame! In seiner Wut zerschlug der Vater Bovary einen Stuhl auf dem Steinpflaster und beschuldigte seine Frau, den Sohn ins Unglück gestürzt und ihn mit dieser alten Schindmähre zusammengekoppelt zu haben, deren Geschirr nicht ihr Fell wert sei. Sie fuhren nach Tostes. Es kam zu Auseinandersetzungen. Es gab Auftritte. Héloïse warf sich schluchzend in die Arme ihres Mannes und beschwor ihn, sie gegenüber seinen Eltern in Schutz zu nehmen. Charles wollte ein Wort für sie einlegen. Das nahmen die Eltern übel; sie reisten ab.

Aber der Hieb hatte gesessen. Acht Tage später, beim Aufhängen von Wäsche in ihrem Hof, bekam sie einen Blutsturz, und am folgenden Tag, als Charles ihr den Rücken zukehrte, um den Fenstervorhang zuzuziehen, sagte sie: »Ach, mein Gott!«, stieß einen Seufzer aus und verlor das Bewußtsein. Sie war tot! Wie sonderbar!

Als auf dem Kirchhof alles vorüber war, ging Charles nach Hause. Unten war niemand; er ging hinauf in den ersten Stock in das Schlafzimmer und sah ihr Kleid noch immer am Fußende des Alkovens hängen; da lehnte er sich gegen das Schreibpult und verblieb dort bis zum Abend, in schmerzliche Grübelei versunken. Alles in allem hatte sie ihn doch geliebt.

III

Eines Morgens kam der alte Rouault und brachte Charles das Honorar für sein wiederhergestelltes Bein; fünfundsiebzig Francs in Vierzigsousstücken und eine Truthenne. Er hatte von seinem Unglück gehört und tröstete ihn, so gut er konnte.

»Ich weiß, wie einem da zumute ist!« sagte er und klopfte ihm auf die Schulter; »auch mir ist es gegangen wie Ihnen! Als ich meine arme Selige verloren hatte, bin ich hinaus ins Freie gelaufen, um allein zu sein; am Fuß eines Baums bin ich niedergesunken, habe geweint, den lieben Gott angerufen und ihm Dummheiten gesagt; am liebsten wäre ich gewesen wie die Maulwürfe, die ich an den Ästen angenagelt hängen sah und denen schon die Würmer im Bauch wimmelten, mit anderen Worten: endlich verreckt. Und wenn ich daran dachte, daß in diesem Augenblick andere Männer mit ihren guten kleinen Frauen beisammen waren und sie an sich drückten, dann schlug ich mit meinem Stock wild auf die Erde; ich war gewissermaßen verrückt, ich aß nichts mehr; der Gedanke, allein ins Café zu gehen, ekelte mich an, Sie können sich nicht vorstellen, wie sehr. Na, und so nach und nach, wie ein Tag den andern verjagte, einen Frühling lang nach einem Winter, einen Herbst nach einem Sommer, da ist es vorübergegangen, Halm für Halm, Krümchen für Krümchen; hingeschwunden ist es, weg war es, hinabgesunken, will ich lieber sagen, denn es bleibt tief in einem stets etwas sitzen, man könnte sagen ... etwas, das einem auf die Brust drückt! Aber da das nun mal unser aller Schicksal ist, darf man sich nicht davon überwältigen lassen und sterben wollen, weil andere gestorben sind ... Sie müssen sich aufrappeln, Monsieur Bovary; es wird schon vorübergehen! Besuchen Sie uns mal; meine Tochter denkt oft an Sie, müssen Sie wissen, und sie sagt immer, Sie hätten sie vergessen. Es wird nun bald Frühling; wir lassen Sie im Gehege ein Kaninchen schießen, damit Sie ein bißchen abgelenkt werden.«

Charles folgte seinem Rat. Er ritt wieder nach Les Bertaux; er fand dort alles so vor, wie es gestern gewesen war, das heißt, vor fünf Monaten. Schon standen die Birnbäume in Blüte, und der wackere Rouault, der jetzt völlig wiederhergestellt war, lief hin und her, und das machte den Pachthof lebendiger.

Der Meinung, es sei seine Pflicht, ihn mit besonderer Zuvorkommenheit zu umgeben, seiner schmerzlichen Lage wegen, bat er ihn, die Mütze aufzubehalten, sprach mit gedämpfter Stimme mit ihm, wie wenn er krank gewesen wäre, und tat sogar, als gerate er in Zorn, wenn für Charles nicht, wie er angeordnet hatte, etwas Leichtes aufgetischt worden war, vielleicht kleine Schüsseln mit Rahmspeise oder geschmorte Birnen. Er erzählte Geschichten. Zu seiner eigenen Verwunderung mußte Charles lachen; allein die Erinnerung an seine Frau, die ihn plötzlich überkam, stimmte ihn düster. Der Kaffee wurde gebracht; er dachte nicht mehr an sie.

Er dachte um so weniger an sie, je mehr er sich an das Alleinleben gewöhnte. Das neue Behagen an der Unabhängigkeit machte ihm die Einsamkeit bald erträglicher. Jetzt konnte er die Stunde der Mahlzeit nach seinem Ermessen festsetzen, er konnte kommen und gehen, ohne die Gründe dafür anzugeben, und, wenn er mal sehr müde war, alle viere von sich strecken und sich in seinem Bett breitmachen. Er hegte und pflegte sich und ließ die Trostesworte, mit denen er bedacht wurde, über sich ergehen. Andererseits hatte der Tod seiner Frau keine ungünstige Wirkung auf seine Praxis gehabt; denn einen ganzen Monat lang hieß es wieder und wieder: »Der arme junge Mensch! Wie traurig!« Sein Name hatte sich herumgesprochen, sein Patientenkreis sich vergrößert; und ferner konnte er nach Les Bertaux reiten, wann es ihm beliebte. Er trug eine ziellose Hoffnung in sich, ein unbestimmtes Glücksgefühl; er fand sich sympathischer aussehend, wenn er vor dem Spiegel seinen Backenbart bürstete.

Eines Tages langte er gegen drei Uhr nachmittags an; alles war draußen auf den Feldern; er ging in die Küche, und zunächst bemerkte er Emma gar nicht; die Fensterladen waren geschlossen. Durch die Ritzen des Holzes warf die Sonne lange, dünne Streifen auf die Fliesen; sie brachen sich an den Kanten der Möbel und zitterten an der Zimmerdecke. Auf dem Tisch krabbelten Fliegen an den Gläsern herum, aus denen getrunken worden war, und summten, wenn sie in dem Ziderrest, der am Boden haftete, ertranken. Das durch den Kamin hereinfallende Tageslicht ließ den Ruß der Herdplatte wie Samt wirken und färbte die kalte Asche bläulich. Emma saß zwischen dem Fenster und dem Herd und nähte; sie trug kein Brusttuch, auf ihren nackten Schultern glänzten Schweißperlen.

Nach ländlichem Brauch bot sie ihm zu trinken an. Er dankte; sie nötigte ihn und bat ihn schließlich lachend, mit ihr zusammen ein Glas Likör zu trinken. Also holte sie aus dem Schrank eine Flasche Curaçao, suchte zwei Gläschen hervor, füllte das eine bis zum Rand, goß ganz wenig in das andere, und nachdem sie angestoßen hatten, führte sie es zum Munde. Da es fast leer war, mußte sie sich beim Trinken zurückbeugen; den Kopf nach hinten geneigt, den Hals gestrafft, stand sie da und lachte, weil sie nichts spürte, während ihre Zungenspitze zwischen den feinen

Zähnen hervorkam und in kleinen Stößen den Boden des Glases ableckte.

Sie setzte sich wieder und machte sich abermals an die Arbeit, die darin bestand, einen weißen Baumwollstrumpf zu stopfen: sie arbeitete mit gesenktem Kopf; sie sagte nichts, Charles schwieg ebenfalls. Der hinter der Tür hindurchstreichende Luftzug wirbelte auf den Fliesen ein wenig Staub auf; er sah zu, wie er wegwehte, und hörte dabei nichts als das Hämmern in seinem Kopf und dazu in der Ferne das Gackern eines Huhns, das irgendwo gelegt hatte. Von Zeit zu Zeit kühlte Emma ihre Backen, indem sie die Handfläche darauf preßte; danach kühlte sie diese wieder auf den eisernen Knäufen der großen Feuerböcke.

Sie klagte über Schwindelanfälle, die sie seit Frühlingsanfang heimsuchten; sie fragte, ob Seebäder ihr guttun würden; sie fing an, von ihrem Klosteraufenthalt zu plaudern, Charles vom Gymnasium; die Sätze kamen ihnen ganz von selbst. Sie stiegen in ihr Zimmer hinauf. Sie zeigte ihm ihre alten Notenhefte, die kleinen Bücher, die sie als Preise in der Schule bekommen hatte, und die Kränze aus Eichenlaub, die vergessen in einem Schrankschubfach lagen. Auch von ihrer Mutter erzählte sie, vom Kirchhof, und sie zeigte ihm sogar im Garten das Beet, von dem sie jeden ersten Freitag im Monat Blumen pflückte, die sie dann auf das Grab legte. Aber der Gärtner, den sie hätten, tauge nichts; man werde so schlecht bedient! Am liebsten möchte sie in der Stadt wohnen, zumindest während des Winters, obwohl die langen schönen Tage das Landleben im Sommer noch langweiliger machten; – und je nachdem, was sie sagte, klang ihre Stimme hell, scharf, oder, wenn sie plötzlich weich und sehnsüchtig wurde, schleppte sie sich in Modulationen hin, die fast in ein Flüstern einmündeten – bald war sie fröhlich und schlug naive Augen auf, dann schlossen sich ihre Lider zur Hälfte, ihr Blick ertrank in Langeweile, ihre Gedanken schweiften umher.

Abends auf dem Heimritt wiederholte Charles sich nacheinander die Sätze, die sie gesagt hatte; er versuchte, sich ihrer zu erinnern, ihren Sinn zu ergänzen, um sich den Teil ihres Daseins anzueignen, den sie durchlebt hatte, als er sie noch nicht kannte.

Aber nie konnte er sie in seinen Gedanken anders erblicken als so, wie er sie zum erstenmal gesehen, oder so, wie er sie gerade eben beim Abschied vor sich gehabt hatte. Dann fragte er sich, was aus ihr werden würde, wenn sie heiratete, und wen? Ach, der alte Rouault war ziemlich reich, und sie ... sie war so schön! Doch immer wieder sah er Emmas Gesicht vor sich, und etwas Monotones wie das Summen eines Kreisels surrte ihm im Ohr: »Wenn du dich nun aber verheiratetest! Wenn du dich verheiratetest!« Nachts fand er keinen Schlaf; die Kehle war ihm wie zugeschnürt; er hatte Durst; da stand er auf, um aus seiner Wasserkaraffe zu trinken, und öffnete das Fenster; der Himmel war voller Sterne, ein warmer Wind strich vorüber, in der Ferne bellten Hunde. Er wandte den Kopf in Richtung auf Les Bertaux.

Der Meinung, man riskiere dabei nicht Kopf und Kragen, gelobte sich Charles, seinen Heiratsantrag zu machen, wenn die Gelegenheit sich böte; doch jedesmal, wenn sie sich bot, verschloß ihm die Angst, nicht die passenden Worte zu finden, die Lippen.

Dabei wäre es dem alten Rouault ganz lieb gewesen, wenn jemand ihm die Tochter vom Hals geschafft hätte; sie war im Haus zu nichts nütze. Innerlich entschuldigte er sie; er fand, sie sei zu intelligent für die Landwirtschaft, dieses Gewerbe, das der Himmel verflucht hatte, weil man darin niemals Millionäre sah. Er selber war weit davon entfernt, es dabei zu Vermögen gebracht zu haben; der gute Mann setzte alle Jahre zu; denn wenn er auch auf den Märkten glänzte, wo er sich in den Kniffen und Pfiffen seines Gewerbes erging, war er für die Landwirtschaft im eigentlichen Sinn und für die Leitung des Pachthofs ganz und gar nicht geschaffen. Er zog ungern die Hände aus den Taschen und scheute keine Ausgabe, wenn sie ihm selbst von Nutzen war; er wollte gut essen und trinken, eine warme Stube haben und gut schlafen. Er hatte eine Schwäche für Zider, halb durchgebratene Hammelkeulen und gut umgerührten Kaffee mit Calvados. Seine Mahlzeiten nahm er ganz allein in der Küche ein, dem Feuer gegenüber, an einem Tischchen, das für ihn fertig gedeckt hereingetragen wurde, wie auf der Bühne.

Als er merkte, daß Charles, wenn die Tochter zugegen war, einen roten Kopf bekam, was bedeutete, daß er eines schönen Tages um ihre Hand gebeten werden könne, überlegte er die Sache schon im voraus. Er fand ihn zwar ein bißchen schwächlich; er war nicht der Schwiegersohn, den er sich gewünscht hätte; aber er war als ein anständiger, sparsamer, sehr gebildeter Mann bekannt und würde schwerlich allzusehr um die Mitgift feilschen.

Da nun aber der alte Rouault zweiundzwanzig Morgen seines eigenen Grunds und Bodens hatte verkaufen müssen, da er dem Maurer, dem Sattler viel Geld schuldete und die Spindel der Apfelpresse der Erneuerung bedurfte, sagte er sich:

»Wenn er um sie anhält, dann gebe ich sie ihm.«

Um den Michaelistag herum war Charles für drei Tage nach Les Bertaux gekommen. Der letzte Tag war verflossen wie die vorhergehenden, von Viertelstunde zu Viertelstunde hatte er es verschoben. Der alte Rouault begleitete ihn; sie gingen durch einen Hohlweg, sie mußten sich verabschieden; der Augenblick war gekommen. Charles gab sich noch Zeit bis zur Heckenecke, und endlich, als sie schon daran vorbeigegangen waren, murmelte er:

»Papa Rouault, ich würde Ihnen gern etwas sagen.«

Sie blieben stehen. Charles schwieg.

»Heraus mit der Sprache! Schließlich bin ich doch längst im Bilde«, sagte der alte Rouault und lachte gemütlich.

»Papa Rouault ..., Papa Rouault ...«, blubberte Charles.

»Ich selber wünsche mir nichts Besseres«, fuhr der Pächter fort. »Obwohl die Kleine sicherlich denken wird wie ich, muß sie um ihre Meinung gefragt werden. Also reiten Sie los; ich gehe zurück ins Haus. Wenn sie ja sagt, verstehen Sie mich recht, dann brauchen Sie nicht noch mal reinzukommen, der Leute wegen, und außerdem würde es sie allzusehr mitnehmen. Aber damit Sie nicht lange Blut schwitzen, werde ich einen Fensterladen kräftig gegen die Hauswand klappen lassen: Sie können es von hier aus sehen, wenn Sie sich über die Hecke beugen.«

Und er ging davon.

Charles band sein Pferd an einen Baum. Er eilte auf den Fußpfad; er wartete. Eine halbe Stunde verstrich; dann zählte er auf seiner Taschenuhr neunzehn Minuten nach. Plötzlich gab es einen

Bums gegen die Hauswand; der Fensterladen war dagegen-
geschlagen, der Riegel wackelte noch.

Am andern Morgen um neun war er bereits wieder auf dem
Pachthof. Emma wurde rot, als er hereinkam; dabei zwang sie
sich, ein wenig zu lachen, um Haltung zu bewahren. Der alte
Rouault schloß seinen künftigen Schwiegersohn in die Arme.
Die geschäftlichen Dinge wurden auf später verschoben; zudem
hatte man Zeit, da die Heirat anstandshalber nicht vor Ablauf
von Charles' Trauerjahr stattfinden konnte, das hieß also, zu
Beginn des nächsten Frühlings.

Über diese Wartezeit ging der Winter hin. Mademoiselle Rouault
beschäftigte sich mit ihrer Aussteuer. Ein Teil davon wurde in
Rouen bestellt; Hemden und Nachthauben nähte sie selber nach
geliehenen Schnittmustern. Bei Charles' Besuchen auf dem
Pachthof wurde von den Vorbereitungen zur Hochzeit gesprochen; sie überlegten, in welchem Raum das Essen stattfinden
sollte; sie erwogen die erforderliche Zahl der Gänge und die
Vorspeisen.

Emma wäre es das liebste gewesen, wenn die Trauung um Mitternacht bei Fackelschein stattgefunden hätte; aber für diesen
Einfall hatte der alte Rouault kein Verständnis. Es sollte also ein
Hochzeitsfest mit dreiundvierzig Gästen geben; sechzehn Stunden sollte bei Tisch gesessen werden; am andern Tag sollte es
von vorn losgehen, und an den folgenden Tagen so ähnlich.

IV

Die Hochzeitsgäste stellten sich beizeiten ein, in Kutschen, Einspännern, leichten zweirädrigen Wagen mit Bänken, alten
Kabrioletts ohne Verdeck, Kremsern mit Ledervorhängen, und
das junge Volk aus den nächstgelegenen Nachbardörfern kam in
Leiterwagen angefahren, in einer Reihe stehend, die Hände an
den Seitenstangen, um nicht zu fallen; sie fuhren im Trab und
wurden tüchtig durchgeschüttelt. Manche kamen zehn Meilen
weit her, aus Goderville, Normanville und Cany. Sämtliche Ver-

wandten der beiden Familien waren eingeladen worden; man hatte sich mit Freunden ausgesöhnt, mit denen man uneins gewesen war; es war an Bekannte geschrieben worden, die man seit langem aus den Augen verloren hatte.

Von Zeit zu Zeit wurde hinter der Hecke Peitschenknall laut; bald darauf öffnete sich das Hoftor: eine Halbkutsche fuhr herein. Im Galopp ging es bis zur ersten Stufe der Freitreppe, dort hielt sie mit einem Ruck, und die Insassen stiegen nach beiden Seiten aus, rieben sich die Knie und reckten die Arme. Die Damen, Hauben auf dem Kopf, trugen städtische Kleider, goldene Uhrketten, Umhänge mit langen Enden, die sie kreuzweise in den Gürtel geschoben, oder kleine, bunte Busentücher, die sie am Rücken mit einer Nadel festgesteckt hatten und die ihren Hals hinten frei ließen. Die Knaben waren genauso angezogen wie ihre Väter; sie fühlten sich in ihren neuen Anzügen recht unbehaglich (viele trugen sogar an diesem Tag zum erstenmal in ihrem Leben Stiefel), und neben ihnen waren vierzehn- bis sechzehnjährige Mädchen zu sehen, offenbar ihre Kusinen oder älteren Schwestern, in weißen Kommunionskleidern, die zur Feier des Tages verlängert worden waren; alle hatten rote, verlegene Gesichter, fettiges, pomadisiertes Haar, und alle waren voller Angst, sich die Handschuhe zu beschmutzen. Da nicht Knechte genug da waren, um alle ankommenden Wagen abzuspannen, streiften die Herren die Rockärmel hoch und machten sich eigenhändig daran. Je nach ihrem gesellschaftlichen Rang waren sie im Frack, im Gehrock oder im Jackett erschienen; – guten Kleidungsstücken, aus denen die ganze Würde einer Familie sprach und die nur bei feierlichen Gelegenheiten aus dem Schrank geholt wurden; Bratenröcke mit langen, im Wind flatternden Schößen, mit zylindrischen Kragen und sackweiten Taschen; Jacken aus derbem Tuch, meist im Verein mit Mützen, deren Schirm einen Messingrand hatte; ganz kurze Röcke mit zwei dicht nebeneinander sitzenden Knöpfen auf dem Rücken, die wie zwei Augen aussahen; ihre Schöße schienen vom Zimmermann mit der Axt aus einem Block herausgehauen worden zu sein. Einige (aber diese mußten ganz sicher am untersten Ende der Festtafel sitzen) trugen Sonntagsblusen, also solche, deren Hemdkragen über die Schultern zurückgeschlagen ist, die am Rücken kleine Falten haben und deren Taille sehr tief durch einen genähten Gürtel gehalten wird.

Und die steifen Hemden wölbten sich über der Brust wie Kürasse! Alle hatten sich das Haar schneiden lassen; die Ohren standen von den Schädeln ab; alle waren glatt rasiert; manche sogar, die schon vor dem Morgengrauen aufgestanden waren, hatten nicht genug Licht zum Bartschaben gehabt; sie hatten diagonale Schmisse unter der Nase, oder längs des Kinns Hautfetzen, die groß wie Drei-Francs-Taler waren; die frische Morgenluft hatte sie während der Fahrt entzündet, und deshalb waren diese hellen, blühenden Gesichter ein bißchen durch rosa Flecken marmoriert.

Da das Bürgermeisteramt eine halbe Stunde vom Pachthof entfernt lag, ging man zu Fuß dorthin, und ebenso kehrte man nach beendeter Zeremonie in der Kirche heim. Der Hochzeitszug war anfangs gut geordnet gewesen, ein einziges, buntes Band, das sich durch die Landschaft wand, den schmalen Fußpfad entlang, der sich zwischen den grünen Kornfeldern hinschlängelte; doch bald teilte er sich in mehrere Gruppen, die langsamer gingen, um plaudern zu können. Allen voran schritt der Dorfmusikant mit seiner an der Schnecke mit Bändern geschmückten Geige; dann folgten das Brautpaar, die Eltern und Verwandten, die Freunde, wie es gerade kam, und die Kinder blieben ganz hinten; sie vergnügten sich damit, die Glöckchen der Haferrispen abzureißen oder sich untereinander zu kabbeln, wenn keiner hinsah. Emmas Kleid war zu lang und schleppte ein bißchen; dann und wann blieb sie stehen und raffte es, und dabei las sie behutsam mit ihren behandschuhten Fingern die harten Gräser und die kleinen, stacheligen Distelspießchen ab, während Charles untätig wartete, bis sie damit fertig war. Der alte Rouault trug einen neuen Seidenzylinder, und die Ärmel seines schwarzen Fracks bedeckten seine Hände bis zu den Fingernägeln; er hatte der Mutter Bovary den Arm gereicht. Was nun den Vater Bovary betrifft, der diese ganze Sippschaft tief verachtete, so war er einfach in einem einreihigen Gehrock von militärischem Schnitt gekommen; er traktierte eine junge, blonde Bäuerin mit Kantinen-Galanterien. Sie hörte respektvoll zu, errötete und wußte nicht, was sie antworten sollte. Die übrigen Hochzeitsgäste sprachen von ihren Geschäften oder ulkten einander an, um schon im voraus in heitere Stimmung zu geraten; und wer hinhorchte, hörte in einem fort das Gefiedel des Dorfmusikanten, der auch auf freiem Feld weitergeigte. Wenn er merkte, daß der Zug weit hinter ihm zurückgeblieben war, blieb er stehen, schöpfte Atem, rieb umständlich seinen Bogen mit Kolophonium ein, damit die Saiten noch besser kratzten, und dann setzte er sich wieder in Marsch, wobei er den Hals seiner Violine abwechselnd senkte und hob, um sich selbst den Takt anzugeben. Das Gequietsch des Instruments verscheuchte die kleinen Vögel schon von weitem.

Die Festtafel war im Wagenschuppen aufgestellt worden. Es prangten darauf vier Lendenbraten, sechs Hühnerfrikassees, geschmortes Kalbfleisch, drei Hammelkeulen, und in der Mitte, umlegt mit vier Sauerampferwürsten, ein hübsches, geröstetes Spanferkel. An den Tischenden stand in Karaffen der Schnaps. Der Zider schäumte aus den Flaschenhälsen, und alle Gläser waren schon im voraus bis an den Rand mit Wein gefüllt. Große Schüsseln mit gelber Cremespeise, die beim leisesten Stoß gegen den Tisch ins Wabbeln geriet, trugen auf ihrer glatten Oberfläche die von kleinen Schnörkeln umrahmten Monogramme des jungen Paars. Für die Torten und das Nougat hatte man eigens einen Konditor aus Yvetot kommen lassen. Da er sich in dieser Gegend zum erstenmal betätigte, hatte er sich besondere Mühe gegeben; beim Nachtisch trug er eigenhändig ein Prunkstück auf, das Ausrufe der Bewunderung auslöste. Auf einem quadratischen Unterbau aus blauer Pappe, darstellend einen Tempel mit Portikus, Säulengängen und ringsherum Gipsfigürchen in mit Sternbildern aus Goldpapier beklebten Nischen erhob sich als zweites Stockwerk ein Burgturm aus Pfefferkuchen, umgeben von winzigen Befestigungswerken aus Engelwurzbonbons, Mandeln, Rosinen und kandierten Orangenschnitten; und schließlich, auf der obersten Plattform, die aus einer grünen Wiese bestand, auf der es Felsgruppen mit Zuckerteichen und Booten aus Haselnußschalen gab, war ganz oben ein kleiner Amor zu sehen, der sich in einer Schokoladenschaukel wiegte;

oben auf den Pfeilern steckten, statt der Kugeln, zwei natürliche Rosenknospen.

Gegessen wurde bis zum Abend. Wer vom Sitzen zu müde war, ging im Hof umher oder machte eine Partie Pfropfenspiel in der Scheune und setzte sich dann wieder zu Tisch. Einige nickten gegen Ende der Mahlzeit ein. Aber beim Kaffee wurde alles wieder munter; jetzt wurden Lieder angestimmt, Kraftübungen gemacht, Gewichte gestemmt, Purzelbäume geschossen, es wurde versucht, Karrenwagen mit den Schultern hochzuheben; saftige Witze wurden erzählt und die Damen abgeknutscht. Abends beim Aufbruch war es nicht leicht, die Pferde, denen der vertilgte Hafer bis an die Nüstern stand, in die Deichselgabeln zu bringen; sie bockten und schlugen aus; Riemen rissen; ihre Herren fluchten oder lachten, und die ganze Nacht hindurch ratterten auf den vom Mondschein erhellten Landstraßen in vollem Galopp heimrollende Fuhrwerke, sprangen über die Abzugsrinnen, hüpften über Steine, streiften die Böschungen, und die ängstlichen Frauen beugten sich über den Wagenschlag, um die Zügel zu fassen.

Die in Les Bertaux Verbleibenden zechten die Nacht hindurch in der Küche weiter. Die Kinder waren unter den Bänken eingeschlafen.

Die Braut hatte ihren Vater inständig gebeten, daß sie von den üblichen Späßen verschont bleibe. Aber einer der Vettern, ein Fischhändler (der als Hochzeitsgeschenk zwei Seezungen mitgebracht hatte), war drauf und dran, mit dem Mund Wasser durchs Schlüsselloch zu spritzen, als der alte Rouault gerade noch rechtzeitig dazu kam, um ihn daran zu hindern; er machte ihm klar, daß dergleichen Ungehörigkeiten sich nicht mit der Würde seines Schwiegersohns vertrügen. Der Vetter gab jedoch diesen Gründen nur widerwillig nach. Insgeheim hielt er den alten Rouault für aufgeblasen, und er ging weg und setzte sich in eine Ecke zu vier oder fünf andern Gästen, die während des Essens zufällig mehrmals hintereinander bei den Fleischspeisen Mißgriffe getan hatten; sie meinten, sie seien schlecht bewirtet worden, tuschelten auf Kosten ihres Gastgebers und wünschten ihm andeutungsweise den Ruin.

Die Mutter Bovary hatte während des ganzen Tages den Mund nicht aufgetan. Sie war weder was die Toilette ihrer Schwiegertochter noch was die Speisenfolge des Festmahls betraf um Rat gefragt worden; sie zog sich beizeiten zurück. Anstatt ihr zu folgen, ließ ihr Mann sich aus Saint-Victor Zigarren holen, rauchte bis zum Tagesanbruch und trank Grog aus Kirschwasser, ein für die Dabeisitzenden unbekanntes Gemisch, das für ihn zur Quelle einer noch höheren Achtung wurde.

Charles war von Natur alles andere als witzig; er hatte während des Hochzeitsessens nicht geglänzt. Gegenüber den Späßen, Kalauern, Zweideutigkeiten, Komplimenten und Possen, mit denen ihn zu überschütten man sich von der Suppe an zur Pflicht gemacht hatte, war er die rechte Antwort schuldig geblieben.

Am nächsten Morgen indessen mutete er an wie ein völlig anderer Mensch. Er und nicht Emma war am Vortage sozusagen die Jungfrau gewesen, wogegen die Braut sich nichts anmerken ließ, aus dem man etwas hätte ersehen können. Den ärgsten Schandmäulern verschlug es die Sprache; sie musterten sie, wenn sie vorüberging, über die Maßen erstaunt. Charles jedoch verhehlte nichts. Er nannte sie »mein Frauchen«, duzte sie, erkundigte sich bei jedermann nach ihr, suchte sie überall und zog sie oftmals in ein Gehege, wo man ihn von weitem unter den Bäumen sah, wie er ihr den Arm um die Taille legte, sich im Weitergehen halb über sie beugte und ihr mit dem Kopf das Brusttuch zerknitterte.

Zwei Tage nach der Hochzeit brachen die Neuvermählten auf: Charles konnte seiner Patienten wegen nicht länger fortbleiben. Der alte Rouault ließ sie in seinem zweibänkigen Einspänner heimfahren und begleitete sie bis Vassonville. Dort küßte er die Tochter ein letztes Mal, stieg aus und ging seines Weges. Als er etwa hundert Schritte zurückgelegt hatte, blieb er stehen, und als er sah, wie das Gefährt, dessen Räder Staub aufwirbelten, sich immer weiter entfernte, stieß er einen tiefen Seufzer aus. Dann gedachte er seiner eigenen Hochzeit, der früheren Zeiten, der ersten Schwangerschaft seiner Frau; auch er war damals sehr fröhlich gewesen an jenem Tag, da er sie aus dem Haus des Schwiegervaters in das seine geholt, als sie hinter ihm auf dem Pferde gesessen hatte und sie über den Schnee getrabt waren; es war nämlich um die Weihnachtszeit und das Land war ganz weiß gewesen; mit der einen Hand hatte sie sich an ihm festgehalten, die andere hatte ihren Korb getragen; der Wind hatte den langen Spitzenbesatz ihrer landesüblichen Haube flattern lassen, manchmal hatte sie seinen Mund gestreift, und wenn er den Kopf gewandt hatte, dann hatte er dicht bei sich, über die Schulter hinweg, ihr rosiges Gesichtchen gesehen, das unter dem Goldzierat der Haube still lächelte. Um sich die Finger zu wärmen, hatte sie sie von Zeit zu Zeit vorn in seine Jacke gesteckt. Wie lange war das her! Ihrer beider Sohn würde jetzt dreißig sein! Da sah er sich nochmals um und erblickte auf der Landstraße nichts mehr. Er fühlte sich traurig wie ein ausgeräumtes Haus; und da sich in seinem durch die Gasterei benebelten Kopf die zärtlichen Erinnerungen mit schwermütigen Gedanken mischten, verspürte er einen Augenblick das Verlangen, einen Umweg vorbei an der Kirche zu machen. Indessen fürchtete er, daß dieser Anblick ihn noch trauriger stimmen werde, und so ging er geradewegs wieder heim.

Monsieur und Madame Bovary langten gegen sechs in Tostes an. Die Nachbarn stürzten an die Fenster, um die junge Frau ihres Arztes zu sehen.

Die alte Magd kam, begrüßte ihn und entschuldigte sich, daß das Abendessen nicht fertig sei; sie schlug Madame vor, sich inzwischen ihr Haus anzusehen.


V


Die Backsteinfassade stand genau in der Fluchtlinie der Straße oder vielmehr der Landstraße. Hinter der Haustür hingen ein Mantel mit kleinem Kragen, ein Zügel, eine schwarze Ledermütze, und in einem Winkel lagen auf der Erde ein Paar Gamaschen, an denen noch der getrocknete Dreck haftete. Rechts lag die große Stube, das heißt: der Raum, wo gegessen wurde und wo man sich aufzuhalten pflegte. Eine kanariengelbe Tapete, die oben durch eine Girlande aus blassen Blumen belebt wurde, zitterte von oben bis unten, so schlecht war der Leinenuntergrund gespannt; die Gardinen waren aus weißem Kattun mit roter Borte; sie überschnitten sich an den Fenstern, und auf dem schmalen Kaminsims glänzte eine Stutzuhr mit einem Hippokrateskopf zwischen zwei versilberten Leuchtern unter ovalen Glasglocken. Auf der anderen Seite des Flurs lag Charles' Sprechzimmer, ein kleines Gelaß von etwa sechs Fuß Breite, mit einem Tisch, drei Stühlen und einem Schreibtischsessel. Die Bände des »Medizinischen Lexikons« waren unaufgeschnitten, und ihre Broschur war bei all den Versteigerungen, die sie durchgemacht hatten, arg schadhaft geworden; sie füllten ganz allein schon die sechs Fächer eines Büchergestells aus Tannenholz. Während der Sprechstunde drang der Kochdunst durch die Wand, gerade wie man in der Küche die Patienten husten und des langen und breiten ihre Geschichte erzählen hören konnte. Dann kam, mit einem Ausgang unmittelbar nach dem Hof hin, wo der Pferdestall war, ein großer, verwahrloster Raum; er enthielt einen Backofen und diente jetzt als Holzschuppen, Keller und Rumpelkammer; er war vollgepfropft mit altem Eisenkram, leeren Fässern, ausgedientem Ackergerät und einem Haufen anderer verstaubter Dinge, deren Zweck sich unmöglich erraten ließ.

Der Garten war mehr lang als breit; er erstreckte sich zwischen zwei Lehmmauern mit Strohkappe und Aprikosenspalieren bis zu einer Dornenhecke, die ihn von den Feldern trennte. In der Mitte stand auf einem gemauerten Sockel eine Sonnenuhr aus Schiefer; vier Beete mit kümmernden Buschrosen umgaben symmetrisch das nützlichere Viereck mit Gemüse und Küchenkräutern. Ganz hinten unter amerikanischen Fichten stand ein gipsener Pfarrer und las sein Brevier.

Emma stieg zu den Schlafzimmern hinauf. Das erste war überhaupt nicht möbliert; aber im zweiten, dem ehelichen Schlafgemach, stand in einer Nische mit roter Draperie ein Mahagonibett. Ein Muschelkästchen zierte die Kommode; und auf dem Schreibpult am Fenster stand in einer Karaffe ein von weißen Atlasbändern umwundener Orangenblütenstrauß. Es war ein Hochzeitsstrauß, der Strauß der andern! Emma sah ihn sich an.

Das bemerkte Charles; er nahm ihn und trug ihn auf den Speicher, während Emma in einem Lehnstuhl saß (rings um sie her wurden ihre Sachen aufgebaut) und an ihren eigenen Hochzeitsstrauß dachte, der in einen Karton verpackt war; und sie fragte sich träumerisch, was wohl daraus werden würde, wenn zufällig sie als die erste sterben sollte.

Während der ersten Tage beschäftigte sie sich damit, die Änderungen zu überlegen, die sie im Haus durchführen wollte. Sie nahm die Glasglocken von den Leuchtern, ließ neue Tapeten ankleben, die Treppe streichen und im Garten rings um die Sonnenuhr Bänke aufstellen; sie fragte sogar, wie man es anfangen müsse, um ein Becken mit Springbrunnen und Fischen zu bekommen. Ihr Mann wußte, daß sie gern spazieren fuhr; also kaufte er aus zweiter Hand einen zweirädrigen Einspänner, der, nachdem er neue Laternen und ein gestepptes Spritzleder bekommen hatte, fast wie ein Dogcart aussah.

So war er also glücklich und aller Sorgen ledig. Eine Mahlzeit zu zweit, ein abendlicher Spaziergang auf der Hauptstraße, ein Gleiten ihrer Hand über das glatt anliegende Haar, der Anblick ihres Strohhuts, der an einem Fensterriegel hing, und viele andere Dinge noch, von denen Charles niemals geglaubt hätte, daß sie mit Lustgefühlen verbunden seien, bildeten für ihn jetzt eine Bürgschaft für die Beständigkeit seines Glücks. Morgens im Bett, Seite an Seite mit ihr auf dem Kopfkissen, schaute er zu, wie das Sonnenlicht durch den blonden Flaum ihrer von den breiten Flügeln der Nachthaube halb verdeckten Wangen glitt. So aus der Nähe gesehen kamen ihre Augen ihm größer vor, zumal wenn sie beim Erwachen die Lider mehrmals hintereinander öffnete und schloß; sie waren schwarz im Schatten und dunkelblau bei vollem Tagesschein; sie hatten etwas wie übereinanderliegende Farbschichten, die nach der Tiefe zu immer dunkler und nach der schimmernden Oberfläche zu immer heller wurden. Sein eigenes Auge verlor sich in diese Tiefen, und er sah sich darin verkleinert bis zu den Schultern, mit dem Schal, den er sich um den Kopf geschlungen hatte, und den oberen Rand seines halboffenen Hemds. Er stand auf. Sie stellte sich ans Fenster, um ihn fortreiten zu sehen; und dort blieb sie stehen, auf das

Fensterbrett gestützt, zwischen zwei Geranientöpfen, im Morgenrock, der sie locker umschloß. Unten auf der Straße schnallte er sich an einem Prellstein die Sporen an; und sie fuhr fort, von oben her mit ihm zu sprechen, wobei sie mit dem Munde eine Blüte oder ein Blättchen abzupfte und ihm zublies; das schwebte dann und schaukelte in der Luft, flog in kleinen Halbkreisen wie ein Vogel und blieb, ehe es niederfiel, in der schlecht gestriegelten Mähne der alten Schimmelstute hängen, die unbeweglich vor der Haustür stand. Charles saß auf und warf ihr eine Kußhand zu; sie antwortete mit einem Nicken; sie schloß das Fenster, er ritt davon. Und dann, auf der Landstraße, die endlos ihr langes Staubband entfaltete, in Hohlwegen, über denen die Bäume sich zueinander neigten und Gewölbe bildeten, auf Feldwegen, wo das Getreide ihm bis zum Knie reichte, den Sonnenschein auf den Feldern, die Morgenluft in der Nase, das Herz noch erfüllt von den Beglückungen der Nacht, mit ruhigem Gemüt und befriedigtem Körper, ritt er einher und genoß sein Glück zum zweitenmal wie einer, der nach dem Abendessen noch den Geschmack der Trüffeln, die er bereits verdaut, auf der Zunge hat.

Was hatte er denn bislang an Gutem im Leben erfahren? Etwa seine Schulzeit, wo hohe Mauern ihn eingeschlossen hatten und er sich einsam zwischen Kameraden gefühlt hatte, die in ihren Klassen reicher oder stärker als er gewesen waren, die er durch seine Aussprache zum Lachen gebracht hatte, die sich über seine Kleidung lustig machten und deren Mütter mit Backwerk im Muff ins Sprechzimmer kamen? Oder etwa später, als er Medizin studiert und niemals genug Geld hatte, um irgendein Arbeitermädchen zum Tanz zu führen, das dann vielleicht seine Geliebte geworden wäre? Danach hatte er vierzehn Monate mit der Witwe zusammengelebt, deren Füße im Bett kalt gewesen waren wie Eisklumpen. Jetzt jedoch besaß er fürs Leben diese hübsche Frau, die er vergötterte. Für ihn ging das Weltall nicht über den seidigen Saum ihres Unterrocks hinaus; und er warf sich vor, er liebe sie nicht, es überkam ihn das Verlangen, sie zu sehen; schnell kehrte er um und stieg mit klopfendem Herzen die Treppe hinauf. Emma war in ihrem Schlafzimmer bei ihrer Toilette; leisen Schrittes trat er zu ihr und küßte sie auf den Rücken; sie schrie auf.

Er konnte es nicht lassen, immer wieder ihren Kamm, ihre Ringe, ihr Brusttuch zu berühren; manchmal gab er ihr mit vollen Lippen plumpe Küsse auf die Wangen oder reihte kleine Küsse auf ihrem nackten Arm aneinander, von den Fingerspitzen bis zur Schulter; und sie stieß ihn zurück, halb lächelnd und halb belästigt, wie man ein Kind wegschiebt, das sich an einen hängt.

Vor der Hochzeit hatte sie geglaubt, sie liebe ihn; aber als das Glück, das aus dieser Liebe hatte entspringen sollen, ausblieb, dachte sie, sie müsse sich getäuscht haben. Und Emma suchte zu begreifen, was man denn eigentlich im Leben unter den Ausdrücken Glückseligkeit, Leidenschaft und Trunkenheit verstehe, die ihr in den Büchern so schön erschienen waren.

VI

Sie hatte »Paul und Virginie« gelesen und im Traum alles vor sich gesehen: die Bambushütte, den Neger Domingo, den Hund Fidelio, aber vor allem die zärtliche Freundschaft eines guten, brüderlichen Kameraden, der einem rote Früchte von Bäumen holt, die höher als Kirchtürme sind, oder der barfuß über den Sand gelaufen kommt und ein Vogelnest bringt.

Mit dreizehn Jahren hatte ihr Vater sie nach der Stadt und ins Kloster gebracht. Sie waren in einem Gasthof des Stadtviertels Saint-Gervais abgestiegen, wo sie beim Abendessen Teller vorgesetzt bekamen, auf denen die Geschichte der Mademoiselle de La Vallière dargestellt war. Die legendenhaften Erläuterungen, die hier und da von den Messern zerkratzt waren, verherrlichten alle die Religion, die zarten Gefühle des Herzens und den Prunk des Hofs.

Während der ersten Zeit des Klosteraufenthalts langweilte sie sich nicht im mindesten; sie fühlte sich in der Gesellschaft der gütigen Schwestern wohl, die sie, um ihr eine Freude zu bereiten, in die Kapelle führten, in die man vom Refektorium durch einen langen Gang gelangte. In den Pausen spielte sie nur sehr selten; im Katechismus kannte sie sich aus, und bei schwierigen Fragen war sie es, die dem Herrn Vikar stets antwortete. So lebte sie also, ohne je hinauszukommen, in der lauen Atmosphäre der Klassenzimmer und unter blassen Frauen, die Rosenkränze mit Messingkreuzen trugen, und versank sanft in das mystische Schmachten, das die Düfte vom Altar her, die Kühle der Weihwasserbecken und der Schimmer der Kerzen aushauchten. Anstatt der Messe zu folgen, betrachtete sie in ihrem Buch die frommen, azurblau umrahmten Vignetten; sie liebte das kranke Lamm, das von spitzen Pfeilen durchbohrte heilige Herz oder den armen Jesus, der unterwegs unter seinem Kreuz zusammenbricht. Um sich zu kasteien, versuchte sie, einen ganzen Tag lang ohne Nahrung auszuhalten. Sie zerbrach sich den Kopf, welches Gelübde sie erfüllen könnte.

Wenn sie zur Beichte ging, dachte sie sich kleine Sünden aus, nur damit sie länger im Halbdunkel knien konnte, mit gefalteten Händen, das Gesicht an das Gitter gepreßt, unter dem Flüstern des Priesters. Die Gleichnisse vom Bräutigam, vom Gatten, vom himmlischen Geliebten und der ewigen Hochzeit, die in den Predigten immer wiederkehren, erweckten in der Tiefe ihrer Seele unverhoffte, süße Schauer.

Allabendlich vor dem Gebet wurde im Arbeitsraum aus einem frommen Buch vorgelesen. Während der Woche irgendein Abschnitt aus der biblischen Geschichte oder aus den »Reden« des Abbé Frayssinous und sonntags, zur Erbauung, aus dem »Geist des Christentums«. Wie lauschte sie bei den ersten Malen den klangvollen Klagen romantischer Schwermut, die in allen Echos der Erde und der Ewigkeit widerhallten! Hätte sie ihre Kindheit in der Ladenstube irgendeines Geschäftsviertels verbracht, so würde sie vielleicht der Naturschwärmerei verfallen sein, die für gewöhnlich durch die Vermittlung der Schriftsteller anerzogen wird. Aber sie wußte über das Landleben allzu gut Bescheid; sie kannte das Blöken der Herden, die Milchspeisen, die Pflüge. Da sie an friedliche Vorgänge gewöhnt war, wandte sie sich dem Entgegengesetzten zu, dem Bewegten und Abwechslungsreichen. Sie liebte das Meer nur seiner Stürme wegen und das Grün einzig, wenn es spärlich zwischen Ruinen wuchs. Sie mußte aus allem einen selbstischen Genuß schöpfen können; und sie warf als unnütz beiseite, was nicht auf der Stelle zur Labung ihres Herzens beitrug – ihr Charakter war eher sentimental als ästhetisch; sie war auf seelische Erregungen erpicht, nicht auf Landschaften.

Es gab im Kloster eine alte Jungfer, die alle vier Wochen auf acht Tage kam und in der Wäschekammer arbeitete. Sie stand unter erzbischöflichem Schutz, weil sie einer alten, durch die Revolution verarmten Adelsfamilie angehörte; sie saß im Refektorium am Tisch der frommen Schwestern und hielt mit ihnen nach dem Essen ein Plauderstündchen, ehe sie wieder an ihre Arbeit ging. Oft stahlen sich die Klosterschülerinnen aus der Arbeitsstunde fort und suchten sie auf. Sie kannte galante Liedchen aus dem vorigen Jahrhundert und sang sie halblaut vor, während sie ihre Nadel betätigte. Sie erzählte Geschichten, wußte Neuigkeiten zu berichten, übernahm Besorgungen in der Stadt und lieh den Großen heimlich Romane, die sie immer in den Schürzentaschen bei sich trug und aus denen das gute Fräulein selber in den Pausen ihrer Tätigkeit ein paar lange Kapitel verschlang. Es wimmelte darin von Liebschaften, Liebhabern, Geliebten, verfolgten Damen, die in einsamen Gartenhäusern ohnmächtig, von Postillionen, die an jeder Poststation ermordet, von Rossen, die auf jeder Buchseite zuschanden geritten wurden, von düsteren Wäldern, Herzenswirrnissen, Schwüren, Seufzern, Tränen und Küssen, Gondelfahrten bei Mondschein, Nachtigallen im Gebüsch, von Edelherren, die tapfer wie die Löwen und sanft wie Lämmer waren, dabei maßlos tugendhaft, immer köstlich gekleidet und ungemein tränenselig. Ein halbes Jahr lang beschmutzte sich die fünfzehnjährige Emma die Finger mit diesem Staub alter Leihbüchereien. Später berauschte sie sich mit Walter Scott an historischen Gegenständen, träumte von Truhen, vom Saal der Wachen und Minnesängern. Am liebsten hätte sie auf einem alten Herrensitz gelebt, wie jene Schloßherrinnen im langmiedrigen Gewand, die unter Kleeblattfensterbogen ihre Tage hinbrachten, die Ellbogen auf dem Stein und das Kinn in der Hand, um aus der Ferne der Landschaft einen Ritter mit weißer Feder auf schwarzem Roß herangaloppieren zu sehen. Sie trieb zu jener Zeit einen Kult mit Maria Stuart und verehrte enthusiastisch alle berühmten oder unglücklichen Frauen. Jeanne d'Arc, Héloïse, Agnes Sorel, die schöne Helmschmiedin und Clémence Isaure lösten sich für sie wie Kometen aus den ungeheuerlichen Finsternissen der Weltgeschichte, aus denen auch noch hie und da, jedoch verlorener im Dunkel und ohne jede Beziehung untereinander, der heilige Ludwig mit seiner Eiche, der sterbende Bayard, einige Grausamkeiten Ludwigs XI., ein bißchen Bartholomäus-Nacht, der Helmbusch des Béarners hervortraten, und stets die Erinnerung an die bemalten Teller mit der Verherrlichung Ludwigs XIV.

In den Romanzen, die sie in den Musikstunden sang, war immer nur von Englein mit goldenen Flügeln die Rede, von Madonnen, Lagunen, Gondolieren; es waren harmlose Kompositionen, die sie, durch die Albernheit des Stils und die Dummheit der Melodien hindurch, die verlockende Phantasmagorie sentimentaler Wirklichkeiten erblicken ließen. Einige ihrer Kameradinnen brachten lyrische Almanache mit ins Kloster, die sie als Neujahrsgeschenke bekommen hatten. Sie mußten versteckt werden, und das war dabei die Hauptsache; gelesen wurden sie im Schlafsaal. Emma nahm die schönen Atlasbände behutsam in die Hand und ließ sich von den Namen der unbekannten Dichter blenden, die ihre Beiträge meist als Grafen oder Vicomtes gezeichnet hatten.

Sie zitterte, wenn sie das Seidenpapier von den Kupferstichen hochblies; es bauschte sich dann zur Hälfte auf und sank sanft wieder auf die Buchseite zurück. Da war hinter der Balustrade eines Balkons ein junger Mann in kurzem Mantel abgebildet, der ein weißgekleidetes junges Mädchen mit einer Tasche am Gürtel an sich drückte; oder die Bildnisse ungenannter englischer Ladies mit blonden Locken, die den Betrachter unter ihren runden Strohhüten mit ihren großen, hellen Augen anschauten. Es waren auch in Wagen Geschmiegte zu sehen, die durch Parks fuhren, wobei ein Windspiel vor dem Gespann hersprang, das von zwei kleinen Grooms in weißen Kniehosen gelenkt wurde. Andere träumten auf Sofas, hatten neben sich entsiegelte Briefchen liegen und himmelten durch einen halb offenen, halb gerafften schwarzen Vorhang hindurch den Mond an. Unschuldslämmer, eine Träne auf der Wange, schnäbelten zwischen den Gitterstäben eines gotischen Käfigs hindurch mit einer Turteltaube oder zerzupften, den Kopf lächelnd auf die Schulter geneigt, mit ihren langen, spitzen Fingern, die nach oben gebogen waren wie Schnabelschuhe, eine Margerite. Und es waren auch Sultane mit langen Pfeifen zu sehen, die unter Lauben in den Armen von Bajaderen vor Wonne vergingen; Giaure, Türkensäbel, phrygische Mützen und vor allem fade Landschaften aus dithyrambisch gepriesenen Gegenden, auf denen man oftmals friedlich nebeneinander Palmen und Fichten sah, Tiger zur Rechten, einen Löwen zur Linken, in der Ferne tatarische Minaretts, im Vordergrund römische Ruinen, dazwischen lagernde Kamele – all das eingerahmt von einem sorglich gepflegten Urwald, und dazu ein dicker, senkrechter Sonnenstrahl, der im Wasser zitterte, wo ich in heller Schraffierung auf stahlgrauem Grund hier und da schwimmende Schwäne abhoben.

Und das matte Licht der Schirmlampe, die über Emmas Kopf an der Wand hing, beleuchtete alle diese weltlichen Bilder, die eins nach dem andern an ihr vorüberzogen in der Stille des Schlafsaals beim fernen Geräusch einer verspäteten Droschke, die noch über die Boulevards rollte.

Beim Tod ihrer Mutter hatte sie während der ersten Tage viel geweint. Sie ließ sich ein Trauerbildchen mit dem Haar der Verstorbenen anfertigen, und in einem ganz von trübseligen Betrachtungen über das Leben erfüllten Brief, den sie nach Les Bertaux schickte, bat sie ihren Vater, man möge sie dereinst in demselben Grab bestatten. Der Wackere hielt sie für krank und besuchte sie. Emma empfand eine seelische Genugtuung, daß sie sich auf Anhieb in der seltenen Idealwelt blasser Existenzen angelangt fühlte, wohin Alltagsherzen nie gelangen. So befahl sie sich jetzt lamartinischen Gewundenheiten an, hörte Harfenklänge über Seen, alle Gesänge sterbender Schwäne, alles Fallen des Laubs, und die Stimme des Ewigen, die in den Tälern redet. Es langweilte sie, sie wollte sich das nicht eingestehen, fuhr aus Gewohnheit damit fort, dann aus Eitelkeit und war schließlich überrascht, daß sie den Frieden wiedergefunden und so wenig Traurigkeit im Herzen hatte wie Falten auf der Stirn.

Die guten Nonnen, die so sehr auf Emmas religiöse Berufung gehofft hatten, bemerkten zu ihrer größten Verwunderung, daß Mademoiselle Rouault ihrer Obhut zu entschlüpfen schien. Sie hatten nämlich allzu viele Gottesdienste, Klausuren, neuntägige Andachten und Sermone an sie verschwendet, ihr so gut den Respekt gepredigt, den man den Heiligen und den Märtyrern schuldig ist, und ihr so viele gute Ratschläge über die Kasteiung des Leibes und das Heil der Seele erteilt, daß sie sich verhielt wie ein Pferd, dessen Zügel man anzieht: sie bockte, und die Kandare rutschte ihr aus den Zähnen. Dieses Mädchen, das auch mitten in ihren Verzückungen nüchtern geblieben war; das die Kirche um der Blumen, die Musik um der Liedertexte, die Literatur um ihrer leidenschaftlichen Aufreizungen willen ge-liebt hatte, empörte sich wider die Mysterien des Glaubens, und mehr noch lehnte sie sich gegen die Klosterzucht auf, die etwas war, das ihrem Wesen widerstrebte. Als ihr Vater sie aus dem Kloster wegnahm, war man alles andere als verstimmt, daß sie von dannen zog. Die Oberin fand sogar, daß sie es in der letzten Zeit an Ehrfurcht gegenüber der Schwesternschaft habe fehlen lassen.

Als Emma wieder daheim war, gefiel sie sich zunächst darin, das Gesinde zu kommandieren; danach ekelte das Landleben sie an, und sie sehnte sich zurück ins Kloster. Bei Charles' erstem Besuch in Les Bertaux war sie der Meinung, sie habe alle Illu-sionen eingebüßt und könne nichts mehr lernen oder empfin-den.

Aber das Beängstigende einer neuen Daseinsform oder vielleicht die Gereiztheit, die die stete Gegenwart dieses Mannes mit sich brachte, hatte genügt, sie glauben zu machen, daß sie endlich im Besitz der wunderbaren Leidenschaft sei, die bisher wie ein großer Vogel mit rosigem Gefieder im Glanz poetischer Him-melsweiten über ihr geschwebt hatte – und jetzt konnte sie sich nicht vorstellen, daß die Eintönigkeit, in der sie dahinlebte, das Glück sein sollte, das sie erträumt hatte.

## VII

Manchmal dachte sie darüber nach, daß dies doch die schönsten Tage ihres Lebens seien, die Flitterwochen, wie man zu sagen pflegte. Um deren Süße zu kosten, hätte man wohl in jene Länder mit klangvollen Namen reisen müssen, wo die Tage nach der Vermählung ein süßes Nichtstun sind! In Postkutschen mit blauseidenen Vorhängen fährt man im Schritt steile Landstraßen hinauf und lauscht dem Lied des Postillions, das im Gebirge zusammen mit den Glöckchen der Ziegen und dem dumpfen Brausen des Wasserfalls widerhallt. Wenn die Sonne untergeht, atmet man am Saum der Golfe den Duft der Zitronenbäume; dann verweilt man nachts auf einer Villenterrasse, ganz allein und mit verschlungenen Händen; man blickt zu den Sternen empor und schmiedet Pläne. Ihr schien, daß gewisse Gegenden auf Erden Glück hervorbrächten, wie eine Pflanze nur auf dem ihr gemäßen Boden gedeiht und anderswo kümmert. Warum konnte sie sich nicht auf das Verandageländer von Schweizerhäuschen stützen oder ihre Trübsal in einem schottischen Cottage einschließen, mit einem Gatten, der einen Frack aus schwarzem Samt mit langen Schößen trug, weiche Stiefel, einen spitzen Hut und Manschetten!

Vielleicht hätte sie all diese Dinge gern jemandem anvertraut. Aber wie sollte man unfaßbares Unbehagen in Worte kleiden, das sich in eine Wolke wandelte und davonwirbelte wie der Wind? Es fehlten ihr die Worte, die Gelegenheit, der Mut.

Doch wenn Charles es gewollt hätte, wenn er es geahnt hätte, wenn sein Blick ein einziges Mal ihren Gedanken entgegengekommen wäre, dann, so meinte sie, hätte sich ein jäher Gefühlsüberschwang aus ihrem Herzen ergossen, wie eine reife Frucht vom Spalier fällt, wenn unsere Hand daran rührt. Aber je enger die Intimität ihres Zusammenlebens wurde, in desto stärkerem Maß vollzog sich eine innere Loslösung, die sie von ihm entfernte.

Charles' Unterhaltung war flach wie ein Trottoir; er hatte nur Allerweltsgedanken, die in Alltagsgewandung vorüberspazierten, ohne eine Gefühlsregung, ein Lachen oder ein träumerisches Sinnen zu erregen. Solange er in Rouen gelebt habe, pflegte er zu sagen, habe er nie das Verlangen verspürt, sich im Theater Pariser Schauspieler anzusehen. Er konnte weder schwimmen, noch fechten, noch Pistole schießen, und eines Tages vermochte er nicht einmal, ihr einen Reiterfachausdruck zu erklären, auf den sie in einem Roman gestoßen war.

Aber mußte ein Mann nicht alles wissen, sich in mannigfachen Betätigungen auszeichnen, einen in die Kraftäußerungen der Leidenschaft einweihen, in die Verfeinerungen des Lebens, in alle Geheimnisse? Er jedoch lehrte nichts, dieser Mensch, wußte nichts und wünschte nichts. Er hielt sie für glücklich; und sie verübelte ihm diese gesetzte Ruhe, diese heitere Schwerfälligkeit und sogar das Glück, das sie ihm schenkte.

Zuweilen zeichnete sie, und es war für Charles ein großes Vergnügen, bei ihr stehenzubleiben und sie anzuschauen, wie sie sich über ihren Zeichenblock beugte und die Augen zusammenkniff, um ihr Werk besser zu sehen, oder wie sie mit dem Daumen Brotkügelchen drehte. Wenn sie Klavier spielte, war sein Entzücken desto größer, je geschwinder ihre Finger liefen. Sie schlug die Tasten mit Nachdruck und spielte die ganze Klaviatur von oben bis unten durch, ohne Unterbrechung. Das auf solcherlei Weise geschüttelte alte Instrument, dessen Saiten schwirrten, war bis zum Dorfende zu hören, wenn das Fenster offenstand, und häufig blieb der Schreiber des Gerichtsvollziehers, der barhäuptig und in Pantoffeln über die Hauptstraße ging, stehen und hörte zu, sein Aktenstück in der Hand.

Andererseits verstand Emma sich gut auf die Führung ihres Haushalts. Sie schickte den Patienten die Rechnung über die Besuche, und zwar mit höflichen Begleitbriefen, die gar nicht nach Mahnungen aussahen. Wenn sonntags irgend jemand aus der Nachbarschaft bei ihnen zu Gast war, fand sie stets Mittel und Wege, mit etwas Besonderem aufzuwarten; auf Weinblättern schichtete sie Pyramiden von Reineclauden auf, servierte das Eingemachte auf einen Teller gestürzt und sprach davon, daß für das Ende der Mahlzeit kleine Gläser zum Spülen des Mundes gekauft werden sollten. Durch all das steigerte sie Bovarys Ansehen beträchtlich.

Charles bekam allmählich mehr Selbstachtung, weil er eine solche Frau besaß. Voller Stolz zeigte er zwei ihrer kleinen Bleistiftskizzen, die er in ziemlich breite Rahmen hatte fassen lassen und die an langen grünen Schnüren auf der tapezierten Wand hingen. Nach der Messe sah man ihn in schönen Pantoffeln mit Gobelinstickerei vor seiner Haustür stehen.

Er kam spät heim, um zehn, manchmal um Mitternacht. Dann wollte er essen, und da das Dienstmädchen schon schlief, war es an Emma, ihn zu bedienen. Er zog den Rock aus, um es beim Essen behaglicher zu haben. Der Reihe nach zählte er alle Leute auf, denen er begegnet, die Dörfer, in denen er gewesen war, die Rezepte, die er geschrieben hatte, und selbstzufrieden aß er den Rest der gezwiebelten Rindfleischschnitten, schabte seinen Käse sauber, knabberte einen Apfel, leerte seine Weinkaraffe und ging dann zu Bett, legte sich auf den Rücken und schnarchte.

Da er geraume Zeit eine baumwollene Nachtmütze getragen hatte, saß ihm sein Seidenschal nicht fest über den Ohren; deswegen hing ihm am Morgen das Haar wirr ins Gesicht, weiß von den Daunen aus seinem Kopfkissen, dessen Schnüre sich während der Nacht gelockert hatten. Stets trug er derbe Stiefel, die in der Knöchelgegend zwei dicke, schräge Falten hatten, während die Schäfte geradlinig verliefen, als stecke ein Holzbein darin. Er pflegte zu sagen, sie seien auf dem Lande gut genug.

In dieser Sparsamkeit wurde er durch seine Mutter bestärkt; denn sie kam wie ehemals zu Besuch, wenn es bei ihr daheim eine etwas heftigere Mißhelligkeit gegeben hatte; und dennoch schien die alte Madame Bovary Vorurteile gegen ihre Schwiegertochter zu hegen. Sie fand sie »für ihre Verhältnisse ein bißchen zu großspurig«: mit dem Brennholz, dem Zucker und den Kerzen werde leichtsinnig gewirtschaftet »wie in einem großen Haus«, und die Menge Glut, die in der Küche verbrannte, würde für fünfundzwanzig Mahlzeiten gereicht haben! Sie räumte ihr den Wäscheschrank auf und brachte ihr bei, daß sie dem Metzger auf die Finger sehen müsse, wenn er das Fleisch bringe. Emma ließ diese Lehren über sich ergehen; die alte Madame Bovary ging verschwenderisch damit um; und die den lieben, langen Tag über gewechselten Anreden »liebe Tochter« und »liebe Mutter« wurden von einem leichten Lippenzucken begleitet; denn beide sprachen sie liebenswürdige Worte mit vor Groll bebender Stimme.

Zu Lebzeiten der Madame Dubuc hatte die alte Frau gewußt, daß sie die Bevorzugte sei; jetzt jedoch erschien ihr Charles' Liebe zu Emma wie ein Abfallen von der Mutterliebe, wie ein feindliches Eindringen in etwas, das ihr gehörte; und sie beobachtete das Glück ihres Sohnes mit traurigem Schweigen, wie ein um Hab und Gut Gekommener abends durch die Fensterscheiben in seinem ehemaligen Haus die Leute tafeln sieht. Sie mahnte ihn mittels Erinnerungen an ihre Mühen und Opfer, und indem sie diese mit den geringen Leistungen Emmas verglich, folgerte sie, daß es unvernünftig sei, Emma auf eine so ausschließliche Weise zu vergöttern.

Charles wußte nicht, was er antworten sollte; er achtete seine Mutter sehr hoch, und er liebte seine Frau unendlich; das Urteil der einen hielt er für unfehlbar, und dabei fand er an der andern nichts auszusetzen. Als die alte Madame Bovary wieder weggefahren war, machte er schüchterne Versuche, eine oder zwei der harmloseren Bemerkungen seiner Mama wortwörtlich anzubringen; doch dann bewies ihm Emma kurz und bündig, daß er sich täusche, und schickte ihn wieder zu seinen Patienten.

Indessen versuchte sie nach Theorien, die ihr gut zu sein schienen, Liebesempfindungen in sich zu erregen. Sie rezitierte bei Mondschein im Garten alle gefühlvollen Gedichte, die sie auswendig wußte, und sang ihm schmachtend schwermütige Lieder vor; aber danach fühlte sie sich genauso ruhig wie zuvor, und Charles wurde dadurch offensichtlich weder verliebter noch gefühlvoller.

Wenn sie dann mit ihrem Herzen ein wenig »Feuer geschlagen« hatte, ohne daß ihm ein Funke entsprungen wäre, und da sie außerdem nicht imstande war, zu verstehen, was sie nicht fühlte, oder an etwas zu glauben, das sich nicht in altgewohnten Formen kundtat, kam sie mühelos zu der Überzeugung, Charles' Liebe sei nicht mehr über die Maßen stark. Seine Liebesanwandlungen waren regelmäßig geworden; er umarmte sie zu ganz bestimmten Stunden. Es war das eine Gewohnheit unter vielen, und wie ein Nachtisch, von dem man von vornherein weiß, daß er nach der Einförmigkeit des Abendessens kommen muß.

Ein Jagdhüter, den Monsieur von einer Rippenfellentzündung geheilt, hatte Madame ein kleines italienisches Windspiel geschenkt; sie nahm es bei ihren Spaziergängen mit, denn manchmal ging sie aus, um für eine kurze Weile allein zu sein und nicht nur den ewigen Garten oder die staubige Landstraße vor Augen zu haben.

Sie ging bis zum Buchenwald von Banneville, nach dem leerstehenden Gartenhaus, das nach der Feldseite hin die Mauerecke bildet. Dort wächst im Wolfsgraben zwischen Gras langes Schilfrohr mit scharfen Blättern.

Sie begann damit, Umschau zu halten, um festzustellen, ob sich seit ihrem letzten Hiersein etwas verändert habe. Alles stand noch am gleichen Platz, der Fingerhut und die wilden Nelken, die Brennesseln in Büscheln rings um die dicken Steine, und die Flechtenplacken längs der drei Fenster, deren stets geschlossene Läden allmählich hinter den verrosteten Eisenbeschlägen verwitterten. Ihre Gedanken hatten kein Ziel; sie streunten umher wie ihr Windspiel, das in Kreisen im Feld umherlief, nach ein paar gelben Schmetterlingen schnappte, Jagd auf Spitzmäuse machte oder die Mohnblumen am Rand eines Kornfeldes anknabberte. Dann gerieten Emmas Gedanken nach und nach in eine bestimmte Richtung; sie saß im Gras, in dem sie mit der Spitze ihres Sonnenschirms ein bißchen herumstocherte, und fragte sich immer wieder:

»Warum, mein Gott, habe ich geheiratet?«

Sie überlegte, ob es nicht durch irgendeine Zufallsfügung anderer Art möglich gewesen wäre, einem anderen Mann zu begegnen; und sie versuchte, sich auszumalen, wie die nicht eingetretenen Ereignisse, wie dieses andere Leben, wie dieser Gatte, den sie nicht kannte, hätten beschaffen sein müssen. All das hätte nicht im mindesten dem jetzigen geähnelt; das stand fest. Er hätte schön, geistreich, vornehm, verführerisch aussehen müssen, so wie sicherlich die Männer waren, die ihre ehemaligen Klosterkameradinnen geheiratet hatten. Was die jetzt wohl taten? In der Stadt, im Straßenlärm, im Stimmengewirr im Theater und im Lichterglanz der Bälle führten sie ein Dasein, in dem das Herz weit wird und die Sinne sich entfalten. Ihr Leben jedoch war kalt wie ein Speicher, dessen Luke nach Norden liegt, und die Langeweile, die schweigsame Spinne, wob im Schatten ihr Netz über alle Winkel ihres Herzens. Sie mußte an die Tage der Preisverteilung zurückdenken, als sie auf das Podium gestiegen war, um sich ihre kleinen Kränze zu holen. Mit ihrem Zopf, ihrem weißen Kleid und ihren pflaumenblauen, ausgeschnittenen Schuhen hatte sie reizend ausgesehen, und als sie auf ihren Platz zurückgegangen war, hatten die Herren sich zu ihr hingeneigt und ihr Komplimente gemacht; der ganze Klosterhof hatte voll von Kaleschen gestanden, durch den Wagenschlag hindurch hatte man ihr Lebewohl gesagt, und der Musiklehrer war mit seinem Geigenkasten vorübergegangen und hatte sich verbeugt. Wie lange war all das her, wie lange!

Sie rief Djali, nahm sie zwischen die Knie und sagte zu ihr: »Komm, gib Frauchen Kuß, du hast keine Kümmernisse.«

Als sie dann das melancholische Gesicht des schlanken Tieres betrachtete, das langsam gähnte, wurde sie gerührt, verglich es mit sich selbst und redete ganz laut auf den Hund ein, wie auf einen Betrübten, den man tröstet.

Zuweilen kamen Windstöße, Brisen vom Meer, die mit einem einzigen Schwung über die ganze Hochfläche der Landschaft Caux hinwegfegten und bis weit in die Felder hinein salzige Frische trugen. Die Binsen pfiffen und neigten sich zu Boden, und das Laub der Buchen rauschte in jähem Erschauern, während die immerfort schwankenden Wipfel mit ihrem lauten Murmeln fortfuhren. Emma zog den Schal fester um die Schultern und stand auf.

In der Allee erhellte ein durch das Laubwerk gedämpftes grünes Licht das flache Moospolster, das unter ihren Schritten leise knisterte. Die Sonne ging unter; zwischen den Zweigen war der Himmel rot, und die gleichmäßigen, in schnurgerader Linie gepflanzten Stämme wirkten wie eine braune Säulenreihe, die sich von einem goldenen Hintergrund abhob; Emma überkam ein Angstgefühl, sie rief Djali heran und ging rasch auf der Landstraße nach Tostes zurück, warf sich in einen Sessel und sprach den ganzen Abend kein Wort.

Aber gegen Ende September geschah in ihrem Leben etwas ganz Besonderes: sie wurde nach La Vaubyessard eingeladen, zum Marquis d'Andervilliers.

Der Marquis war während der Restauration Staatssekretär gewesen, und da er ins politische Leben zurückkehren wollte, bereitete er von langer Hand seine Kandidatur für das Abgeordnetenhaus vor. Im Winter ließ er große Mengen von Reisig verteilen, und im Kreisausschuß verlangte er übereifrig Straßenbauten für sein Arrondissement. Im Hochsommer hatte er einen Abszeß im Munde bekommen, von dem Charles ihn durch einen Lanzettenstich wie durch ein Wunder geheilt hatte. Der Rentmeister, der nach Tostes geschickt worden war, erzählte abends, er habe im Gärtchen des Arztes köstliche Kirschen gesehen. Nun aber gediehen auf La Vaubyessard die Kirschen schlecht; der Herr Marquis erbat von Bovary ein paar Pfropfreiser und erachtete es als seine Pflicht, ihm dafür persönlich zu danken; er erblickte Emma, fand, daß sie hübsch gewachsen sei und daß sie ihm durchaus nicht wie eine Bauersfrau gegenübertrat; mithin glaubte man im Schloß, man überschreite nicht die Grenze der Herablassung oder begehe andererseits keine Ungeschicklichkeit, wenn man das junge Paar einlade.

Eines Mittwochnachmittags um drei Uhr bestiegen Monsieur und Madame Bovary ihren Einspänner und fuhren nach La Vaubyessard; mit einem großen, hinten aufgeschnallten Koffer und einer Hutschachtel, die vorn auf dem Schutzleder lag. Außerdem hatte Charles noch einen Pappkarton zwischen den Beinen.

Bei Einbruch der Dunkelheit langten sie an, gerade als an den Parkwegen die Lampions angesteckt wurden, um den Wagen zu leuchten.

## VIII

Das Schloß, ein moderner Bau im Renaissancestil mit zwei vorspringenden Flügeln und drei Freitreppen, spreizte sich jenseits einer weiten Rasenfläche, auf der einige Kühe zwischen vereinzelten Gruppen großer Bäume weideten, während buschiges Strauchwerk, Rhododendron, Flieder und Schneeball ihr ungleichmäßiges Grün längs des gewundenen, sandbestreuten Weges wölbten. Unter einer Brücke floß ein Bach hindurch; im Abendnebel waren strohgedeckte Häuser zu unterscheiden; sie lagen über das Wiesengelände verstreut; dieses wurde von zwei sanft abfallenden, bewaldeten Hügeln gesäumt, und hinten hoben sich von dem Buschwerk in zwei parallelen Reihen die Schuppen und Ställe ab, die Überbleibsel des alten, zerstörten Schlosses.

Charles' Einspänner hielt vor der mittleren Freitreppe; Diener erschienen; der Marquis trat herzu, bot der Doktorsfrau den Arm und geleitete sie in die Vorhalle.

Sie war mit Marmorfliesen belegt und sehr hoch; das Geräusch der Schritte wie das der Stimmen hallte darin wider wie in einer Kirche. Gegenüber stieg ganz gerade eine Treppe empor, und zur Linken war ein Gang mit auf den Park hinausgehenden Fenstern; er führte zum Billardzimmer, aus dem man schon von der Tür her das Aneinanderprallen der elfenbeinernen Bälle vernahm. Als Emma es durchschritt, um in den Salon zu gelangen, erblickte sie rings um die Billardtische Herren mit ernsten Gesichtern, deren Kinn auf hohen Halsbinden ruhte; alle trugen Ordensbändchen, und sie lächelten schweigend beim Handhaben ihrer Queues. Auf der düsteren Holztäfelung hingen große Bilder in Goldrahmen; unten auf den Leisten standen in schwarzen Lettern Namen. Sie las: »Jean-Antoine d'Andervilliers d'Yvertonville, Graf de La Vaubyessard und Baron de la Fresnaye, gefallen in der Schlacht bei Coutras am 20. Oktober 1587.« Und auf einem andern: »Jean-Antoine-Henry-Guy d'Andervilliers de La Vaubyessard, Admiral von Frankreich und Ritter des Sankt-Michael-Ordens, verwundet im Gefecht bei La Hougue-Saint-Waast am 29. Mai 1692, gestorben auf La Vaubyessard am 27. Januar 1693.« Die nächsten waren kaum zu erkennen; denn das von dem grünen Tuch der Billards zurückgeworfene Lampenlicht schuf im Raum wogenden Schatten. Er bräunte die Gemälde und brach sich in dünnen Linien daran, je nach den Krakelüren im Firnis; und auf all diesen großen, goldgerandeten Vierecken trat hier und dort eine hellere Partie der Malerei hervor, eine bleiche Stirn, zwei Augen, die einen anschauten, Allongeperücken, die auf die puderbestreuten Schultern roter Gewänder niederwallten, oder auch die Schnalle eines Strumpf- bands oberhalb einer gewölbten Wade.

Der Marquis öffnete die Tür zum Salon; eine der Damen erhob sich (es war die Marquise), ging Emma entgegen, bot ihr einen Platz neben sich auf einer Causeuse an und begann freund- schaftlich mit ihr zu plaudern, als ob sie sie schon seit langem kenne. Sie war eine Frau von ungefähr vierzig Jahren mit schö- nen Schultern und einer Adlernase; sie sprach etwas schleppend und trug an diesem Abend über ihrem kastanienbraunen Haar ein schlichtes Tuch aus Gipüre-Spitze, das hinten als Dreieck herabhing. Neben ihr saß auf einem hochlehnigen Stuhl ein junges, blondes Mädchen; und Herren, die kleine Blumen im Knopfloch ihrer Fräcke trugen, plauderten mit den Damen, alle saßen um den Kamin herum.

Um sieben Uhr wurde das Abendessen aufgetragen. Die Herren waren in der Überzahl; sie nahmen in der Vorhalle Platz an der ersten Tafel; die Damen, der Marquis und die Marquise an der zweiten im Eßzimmer.

Beim Eintreten fühlte Emma sich von warmer Luft umwogt, einem Gemisch vom Duft der Blumen und der feinen Tisch- wäsche, vom Dampf der Fleischgerichte und dem Aroma der Trüffeln. Die Kerzen der Armleuchter spiegelten ihre Flämm- chen verlängert auf den silbernen Bratenhauben; die geschlif- fenen Kristallgläser, auf denen ein matter Hauch lag, warfen einander blasse Strahlen zu; Blumensträuße reihten sich in ge- rader Linie über die ganze Länge der Tafel, und auf den breitran- digen Tellern lagen zu Mitren gefaltete Servietten, die in dem Spalt zwischen ihren beiden Falten ein ovales Brötchen trugen. Die roten Scheren der Hummer ragten über die Platten hinaus;

in durchbrochenen Körben türmten sich schwellende Früchte auf Moos; die Wachteln hatten noch ihr Gefieder; Dampfwölkchen stiegen auf; und in Seidenstrümpfen, Kniehose, weißer Halsbinde und Hemdkrause, ernst wie ein Richter, reichte der Haushofmeister die tranchierten Gerichte zwischen den Schultern der Gäste hindurch und ließ mit einem Stoß seines Vorlegelöffels das gewählte Stück auf den Teller hüpfen. Auf dem großen Kachelofen mit Messingleisten stand eine bis zum Kinn verhüllte Frauenstatue und schaute reglos auf die vielen Menschen herab.

Madame Bovary bemerkte, daß mehrere Damen ihre Handschuhe nicht in ihr Glas gesteckt hatten.

Aber am Ende der Tafel, allein inmitten all dieser Frauen, saß, über seinen vollen Teller gebeugt und die Serviette um den Hals geknotet wie ein Kind, ein alter Herr und aß, wobei er Soßentropfen aus dem Mund fallen ließ. Seine Augen waren rot unterlaufen, und er trug einen kleinen, mit einem schwarzen Seidenband umwundenen Zopf. Es war der Schwiegervater des Marquis, der alte Herzog von Laverdière, der ehemalige Günstling des Grafen von Artois in den Zeiten der Jagdpartien von Le Vaudreuil beim Marquis de Conflans, und er war, wie es hieß, der Geliebte der Königin Marie-Antoinette gewesen, zwischen den Herren de Coigny und de Lauzun. Er hatte ein rauschendes Leben der Ausschweifungen geführt, voller Duelle, Wetten und Entführungen von Frauen; sein Vermögen hatte er vergeudet und war der Schrecken der Familie gewesen. Ein hinter seinem Stuhl stehender Diener rief ihm mit lauter Stimme die Namen der Gerichte ins Ohr, die er stammelnd mit dem Finger bezeichnete; und immer wieder kehrten Emmas Augen unwillkürlich zu diesem alten Mann mit den Hängelippen zurück, als sei er etwas Außerordentliches und Erhabenes. Hatte er doch am Hof gelebt und im Bett der Königinnen geschlafen!

Es wurde frappierter Champagner gereicht. Emma überlief es am ganzen Körper, als sie die Kälte im Mund spürte. Nie zuvor hatte sie Granatäpfel gesehen oder Ananas gegessen. Sogar der Puderzucker erschien ihr feiner und weißer als anderswo.

Dann gingen die Damen in ihre Zimmer hinauf und richteten sich für den Ball her.

Emma widmete ihrer Toilette die sorgsame Gründlichkeit einer Schauspielerin vor ihrem Debüt. Sie ordnete ihr Haar nach den Vorschlägen des Friseurs und schlüpfte in ihr Barègekleid, das ausgebreitet auf dem Bett lag. Charles drückte die Hose auf dem Bauch.

»Die Stege werden mich beim Tanzen behindern«, sagte er.

»Du willst tanzen?« entgegnete Emma.

»Natürlich!«

»Aber du bist ja verrückt! Man würde sich bloß über dich lustig machen; bleib ruhig sitzen. Übrigens schickt sich das viel besser für einen Arzt«, fügte sie hinzu.

Charles schwieg. Er ging im Zimmer hin und her und wartete, bis Emma fertig angezogen war.

Er sah sie über den Rücken hinweg im Spiegel zwischen zwei Leuchtern. Ihre schwarzen Augen wirkten noch dunkler. Ihr gescheiteltes, flach anliegendes Haar, das nach den Ohren zu etwas aufgebauscht war, schimmerte in bläulichem Glanz; in ihrem Haarknoten zitterte eine Rose an beweglichem Stiel, mit künstlichen Tauperlen an den Spitzen der Blätter. Ihr Kleid war matt safrangelb; es wurde durch drei Sträußchen von imitierten Rosen zwischen Blattgrün belebt.

Charles küßte sie auf die Schulter.

»Laß mich!« sagte sie. »Du zerknitterst mir alles.«

Ein Geigen-Ritornell und Hornklänge wurden vernehmlich. Sie stieg die Treppe hinab; am liebsten wäre sie gerannt.

Die Quadrillen hatten begonnen. Es kamen immer neue Gäste. Gedränge entstand. Sie setzte sich neben der Tür auf ein Bänkchen.

Als der Kontertanz zu Ende war, blieb das Parkett frei für Gruppen im Stehen plaudernder Herren und livrierte Diener, die große Tabletts trugen. In der Reihe der sitzenden Damen gingen die Fächer auf und nieder; die Buketts verdeckten zur Hälfte die lächelnden Gesichter, und Riechfläschchen mit Goldstöpseln machten die Runde in den kaum geöffneten Händen, an deren weißen Handschuhen, die die Haut am Handgelenk zusammenpreßten, die Form der Fingernägel hervortrat. Die Spitzengarnituren auf den Korsagen bebten leise, auf den Busen glitzerten Diamantbroschen, Armreife mit Medaillons streiften geräuschvoll über bloße Arme. Als Kränze, Trauben oder Zweige wurden im Haar, das über der Stirn glatt anlag und im Nacken zu einem Knoten gewunden war, Vergißmeinnicht, Jasmin, Granatapfelblüten, Ähren oder Kornblumen getragen. Mütter mit sauertöpfischen Mienen saßen geruhsam auf ihren Plätzen und trugen rote Turbane.

Emma klopfte ein bißchen das Herz, als ihr Tänzer sie an den Fingerspitzen faßte; sie ließ sich in die Reihe der andern führen und wartete auf den ersten Bogenstrich, um loszutanzen. Bald jedoch war die Erregung geschwunden; sie wiegte sich in den Rhythmen des Orchesters und glitt mit leichten Bewegungen des Halses vorwärts. Bei gewissen zärtlichen Violinpassagen umspielte ihre Lippen ein Lächeln; zuweilen, wenn die Musikinstrumente schwiegen, war das helle Klingen der Geldstücke auf den Spieltischen zu hören; dann begann alles von neuem; das Waldhorn setzte mit vollem Klang ein, die Füße fanden den Takt wieder, die Röcke bauschten sich und streiften einander, Hände fanden und ließen sich; dieselben Augen, die sich vor einem gesenkt hatten, blickten einen gleich darauf wieder fest an.

Einige Herren (etwa fünfzehn) zwischen fünfundzwanzig und vierzig, die entweder unter den Tänzern waren oder plaudernd an den Türen standen, hoben sich von der Menge durch eine gewisse Familienähnlichkeit ab, trotz aller Unterschiede des Alters, der Toilette oder der Gestalt.

Ihre besser gearbeiteten Fräcke schienen aus weicherem Tuch zu bestehen, und ihr in Wellen an den Schläfen zurückgestrichenes Haar glänzte von erleseneren Pomaden. Sie hatten den Teint des Reichtums, jenen hellen Teint, den die Blässe von Porzellangeschirr, das Schillern von Seide und der Lack schöner Möbel noch steigern und den eine diskrete Diät und exquisite Ernährung bewahren. Ihr Hals drehte sich zwanglos über niedrigen Binden; ihre langen Bartkoteletten fielen über umgeschlagene Kragenecken; sie trockneten sich die Lippen mit Taschentüchern, auf die große Monogramme gestickt waren und denen ein köstlicher Duft entströmte. Die zu altern begannen, wirkten jugendlich, während den Gesichtern der jüngeren eine gewisse Reife eigen war. Aus ihren gleichmütigen Blicken sprach die Ruhe täglich befriedigter Leidenschaften; und durch ihre glatten Manieren brach die eigenartige Brutalität hindurch, die die Beherrschung von etwas halbwegs Leichtem verleiht, wobei die Kraft sich übt und die Eitelkeit sich ergötzt beim Umgang mit Rassepferden und in der Gesellschaft käuflicher Frauen.

Drei Schritte von Emma entfernt plauderte ein Herr im blauen Frack mit einer jungen, blassen Frau, die einen Perlenschmuck trug, über Italien. Sie schwärmten von der Dicke der Pfeiler der Peterskirche, von Tivoli, dem Vesuv, Castellammare und den Villen um Florenz, den Genueser Rosen und dem Kolosseum bei Mondschein. Mit dem anderen Ohr lauschte Emma einer Unterhaltung, in der Ausdrücke vorkamen, die sie nicht verstand. Man umringte einen jungen Herrn, der vorige Woche in England »Miss Arabella« und »Romulus« geschlagen und beim Grabensprung zweitausend Louis gewonnen hatte. Einer klagte, daß seine Pferde nicht im Training seien; ein anderer jammerte über einen Druckfehler, der den Namen seines Pferdes entstellt habe.

Die Luft im Ballsaal war schwer; die Lichter waren fahler geworden. Alles drängte nach dem Billardzimmer. Ein Diener stieg auf einen Stuhl und zerschlug zwei Scheiben; beim Klirren der Glasscherben wandte Madame Bovary den Kopf und entdeckte im Park an den Fenstern hereinschauende Bauerngesichter. Da überkam sie die Erinnerung an Les Bertaux. Sie sah den Pachthof vor sich, die Mistpfütze, ihren Vater im Kittel unter den Apfelbäumen, und sah sich selber wieder wie einst, als sie in der Molkerei mit dem Finger die Milch in den Schüsseln abrahmte. Allein im Lichterglanz der gegenwärtigen Stunde verwehte die eben noch so klare Erinnerung an ihr früheres Leben völlig; es dünkte sie fast unmöglich, daß sie es gelebt hatte. Sie war hier; über alles, was vielleicht außerhalb des Ballsaals existierte, war Dunkel gebreitet. Jetzt aß sie Maraschino-Eis aus einer vergoldeten Silbermuschel, die sie in der linken Hand hielt, und sie schloß halb die Augen, den Löffel zwischen den Zähnen.

Eine neben ihr sitzende Dame ließ ihren Fächer fallen. Ein Tänzer ging vorüber.

»Haben Sie doch die Güte, Monsieur«, sagte die Dame, »meinen Fächer aufzuheben; er ist hinter das Sofa gefallen!«

Der Herr bückte sich, und während er seinen Arm ausstreckte, bemerkte Emma, wie die Hand der jungen Dame etwas Weißes, dreieckig Zusammengefaltetes in seinen Hut warf. Der Herr hob den Fächer auf und reichte ihn respektvoll der Dame; sie dankte ihm durch ein Neigen des Kopfs und roch an ihrem Strauß.

Nach dem Souper, bei dem es viele spanische Weine und Rheinweine gab, Krebssuppe und Mandelmilchsuppe, Pudding à la Trafalgar und alle Arten kalten Aufschnitts mit Gelee garniert, der auf den Platten zitterte, begannen die Wagen einer nach dem andern abzufahren. Wenn man eine Ecke des Musselinvorhangs beiseite schob, konnte man die Lichter ihrer Laternen im Dunkel entschwinden sehen. Die Bänkchen wurden leerer; ein paar Spieler blieben noch; die Musiker kühlten sich ihre Fingerspitzen mit der Zunge; Charles lehnte an einer Tür und war dem Einschlafen nahe.

Um drei Uhr morgens begann der Kotillon. Emma konnte nicht Walzer tanzen. Aber alle tanzten Walzer, sogar Mademoiselle d'Andervilliers und die Marquise; es waren nur noch die zur Nacht bleibenden Gäste da, etwa ein Dutzend Personen.

Da geschah es, daß einer der Tänzer, der einfach »Vicomte« genannt wurde und dessen weit ausgeschnittene Weste wie angegossen saß, Madame Bovary zum zweitenmal aufforderte, wobei er versicherte, er wolle sie führen und es werde vortrefflich gehen.

Sie begannen langsam, dann tanzten sie schneller. Sie wirbelten dahin: alles um sie drehte sich, die Lampen, die Möbel, die Wandtäfelung, wie eine Drehscheibe auf einem Zapfen. Wenn sie an den Türen vorbeitanzten, legte ihre Schleppe sich um seine Hose; beider Beine gerieten ineinander; er senkte die Augen zu ihr hin, sie hob die ihren zu ihm empor; ihr schwindelte, sie hielt inne. Sie begannen von neuem, und mit einer schnelleren Bewegung riß der Vicomte sie mit sich fort und verschwand mit ihr bis ans Ende der Galerie, wo sie heftig atmend fast hingefallen wäre und für einen Augenblick den Kopf an seine Brust lehnte. Und dann führte er sie, noch immer tanzend, aber langsamer, auf ihren Platz zurück; sie lehnte sich gegen die Wand und legte die Hand vor die Augen.

Als sie sie wieder aufschlug, sah sie in der Mitte des Salons eine Dame auf einem Hocker sitzen, vor ihr knieten drei Walzertänzer. Sie wählte den Vicomte, und die Geige begann von neuem.

Man sah ihnen zu. Wieder und wieder tanzten sie vorüber, sie mit reglosem Körper, das Kinn gesenkt, und er immer in derselben Haltung, die Brust herausgedrückt, die Ellbogen gerundet, die Lippen vorgestreckt. *Die* konnte Walzer tanzen! Sie fanden kein Ende und tanzten alle anderen müde.

Dann wurde noch ein paar Minuten geplaudert, und als »Gute Nacht« oder vielmehr »Guten Morgen« gesagt worden war, gingen die Schloßgäste schlafen.

Charles schleppte sich am Treppengeländer hinauf; er hatte sich »die Beine in den Leib gestanden«. Fünf Stunden hintereinander hatte er an den Spieltischen ausgehalten und dem Whist zugeschaut, ohne das geringste davon zu verstehen. Daher stieß er einen tiefen Seufzer der Erleichterung aus, als er sich die Stiefel ausgezogen hatte.

Emma legte sich einen Schal um die Schultern, öffnete das Fenster und lehnte sich hinaus.

Die Nacht war schwarz. Vereinzelte Regentropfen fielen. Sie atmete den feuchten Wind ein, der ihr die Lider kühlte. Die Ballmusik hallte noch in ihren Ohren nach; sie hielt sich gewaltsam munter, um die Illusion dieses Lebens im Luxus, die sie nur zu bald würde aufgeben müssen, länger andauern zu lassen.

Der Morgen graute. Lange betrachtete sie die Fenster des Schlosses und überlegte, welches wohl die Zimmer derjenigen seien, die ihr am Vorabend aufgefallen waren. Wie gern hätte sie etwas von deren Leben gewußt, wie gern wäre sie hineingedrungen und damit verschmolzen.

Doch es fröstelte sie. Sie zog sich aus und schmiegte sich in die Kissen an den schlafenden Charles.

Zum Frühstück erschienen viele Leute. Es dauerte zehn Minuten; zur Verwunderung des Arztes wurden keine Liköre gereicht. Dann sammelte Mademoiselle d'Andervilliers die Brioche-Reste in einem Körbchen, um sie den Schwänen auf dem Teich zu bringen, und man unternahm einen Gang durch das Treibhaus, wo bizarre, stachelig behaarte Pflanzen in Pyramiden übereinandergestaffelt waren, unter hängenden Gefäßen, die, zu vollen Schlangennestern ähnlich, über ihre Ränder lange, ineinander verschlungene grüne Stränge herabhängen ließen. Die Orangerie, die sich am Ende befand, führte, ohne daß man ins Freie mußte, zu den Wirtschaftsgebäuden des Schlosses. Um der jungen Frau eine Freude zu machen, führte der Marquis sie in die Ställe. Über den korbartigen Raufen waren Porzellanschilder angebracht, auf denen in schwarzer Schrift die Namen der Pferde standen. Jedes Tier rührte sich in seiner Box, wenn man an ihm vorbeiging und mit der Zunge schnalzte. Die Dielen in der Geschirrkammer glänzten wie Salonparkett. Die Wagengeschirre waren in der Mitte auf zwei drehbaren Pfeilern aufgehängt, und die Kandaren, die Peitschen, Steigbügel und Kinnketten hingen wohlgeordnet längs der Mauer.

Währenddessen bat Charles einen Bedienten, seinen Einspänner fertigzumachen. Er wurde vor die Freitreppe gefahren, und nachdem alles Gepäck verstaut worden war, bedankte das Ehepaar Bovary sich bei dem Marquis und der Marquise und fuhr heim nach Tostes.

Emma sah schweigend auf die sich drehenden Räder. Charles saß am äußersten Rand der Kutschbank und kutschierte mit abstehenden Ellbogen, und das Pferdchen lief im Zockeltrab in der Deichselgabel, die viel zu lang für es war. Die schlaffen Zügel klatschten ihm auf die Kruppe und wurden naß vom Geifer, und der hinten aufgeschnallte Koffer polterte in starken, regelmäßigen Stößen gegen den Wagenkasten.

Sie waren auf der Höhe von Tibourville, als plötzlich ein paar Reiter lachend und mit Zigarren im Mund an ihnen vorüberritten. Emma glaubte den Vicomte zu erkennen; sie wandte sich um und sah lediglich in der Ferne die im unregelmäßigen Rhythmus des Trabens oder Galoppierens sich auf und nieder bewegenden Köpfe.

Nach einer Viertelmeile mußte gehalten und die gerissene Hemmkette mit einem Strick geflickt werden.

Als Charles einen letzten Blick auf das Geschirr warf, sah er etwas am Boden liegen, zwischen den Beinen seines Pferdes; und er hob eine ganz mit grüner Seide bestickte Zigarrentasche auf, die in der Mitte ein Wappen trug wie eine Karossentür.

»Sogar zwei Zigarren sind drin«, sagte er; »die rauche ich heute abend nach dem Essen.«

»Rauchst du denn?«

»Manchmal, wenn die Gelegenheit sich bietet.«

Er steckte seinen Fund in die Tasche und zog dem Klepper eins mit der Peitsche über.

Als sie daheim ankamen, stand das Abendessen nicht bereit. Madame brauste auf. Nastasie gab eine unverschämte Antwort.

»Machen Sie, daß Sie rauskommen!« sagte Emma. »Das wäre ja noch schöner; Sie sind entlassen.«

Zum Abendessen gab es Zwiebelsuppe und ein Stück Kalbfleisch mit Sauerampfer. Charles saß Emma gegenüber, rieb sich die Hände und sagte mit glücklichem Gesicht:

»Es freut einen doch, wieder zu Hause zu sein.«

Man hörte Nastasie weinen. Er hatte das arme Mädchen recht gern. Früher, während der leeren Stunden seiner Witwerzeit, hatte sie ihm an so manchem Abend Gesellschaft geleistet. Sie war seine erste Patientin gewesen, seine älteste Bekannte im Dorf.

»Hast du ihr im Ernst gekündigt?« fragte er schließlich.

»Ja. Warum auch nicht?« antwortete sie.

Dann wärmten sie sich in der Küche, während ihr Schlafzimmer hergerichtet wurde. Charles fing an zu rauchen. Er rauchte mit vorgestülpten Lippen, spuckte alle Augenblicke aus und lehnte sich bei jedem Zug zurück.

»Dir wird noch übel«, sagte sie verächtlich.

Er legte seine Zigarre weg, lief zur Pumpe und stürzte ein Glas kaltes Wasser hinunter. Emma nahm die Zigarrentasche und warf sie rasch hinten in den Schrank.

Der Tag war lang, der Tag nach dem Fest! Sie ging in ihrem Gärtchen spazieren, immer dieselben Wege auf und ab, blieb vor den

Blumenbeeten stehen, vor dem Spalier, vor dem Gipspfarrer und musterte verwundert alle diese alten Dinge, die sie doch so gut kannte. Wie weit schien ihr der Ballabend schon zurückzuliegen! Was war es nur, das eine solche Entfernung zwischen dem vorgestrigen Morgen und dem heutigen Abend schuf? Die Fahrt nach La Vaubyessard hatte in ihr Leben einen Riß gebracht, einen klaffenden Spalt, wie ihn ein Unwetter zuweilen innerhalb einer einzigen Nacht in den Bergen höhlt. Gleichwohl schickte sie sich darein; sie verschloß ihr schönes Ballkleid behutsam in der Kommode, und sogar die Atlasschuhe, deren Sohlen vom Parkettwachs gelb geworden waren. Ihrem Herzen ging es genauso: bei der Berührung mit dem Reichtum war daran etwas haften geblieben, das nie weichen würde.

Das Zurückdenken an jenen Ball wurde für Emma fortan zu einer Beschäftigung. Jedesmal, wenn sie mittwochs erwachte, sagte sie sich: »Ach, vor acht Tagen ..., vor vierzehn Tagen ..., vor drei Wochen war ich dort!« Und nach und nach verschwammen in ihrer Erinnerung die Gesichter, sie vergaß die Tanzmelodien, sie hatte die Livreen und die Räumlichkeiten nicht mehr so deutlich vor Augen; die Einzelheiten waren in Vergessenheit geraten, aber die Sehnsucht verharrte in ihr.

## IX

Oft, wenn Charles unterwegs war, holte Emma die grünseidene Zigarrentasche aus dem Schrank, wo sie unter der gefalteten Wäsche versteckt gelegen hatte.

Sie schaute sie an und sog sogar den Duft des Futters ein, ein Gemisch von Verbene und Tabak. Wem mochte sie gehört haben ...? Dem Vicomte. Vielleicht war es ein Geschenk seiner Geliebten. Sie war auf einem kleinen Rahmen aus Palisanderholz gestickt worden, einem niedlichen Gerät, das vor allen Augen versteckt wurde; es hatte viele Stunden beansprucht, und die weichen Locken der sinnenden Stickerin hatten sich darüber geneigt. Ein Hauch der Liebe war durch die Maschen der Stickgaze geglitten; jeder Nadelstich hatte eine Hoffnung oder eine Erinnerung hineinverwoben, und alle diese verschlungenen Seidenfäden waren nur das Fortdauern immer der gleichen stummen Leidenschaft. Und dann hatte der Vicomte sie eines Morgens mitgenommen. Wovon mochte wohl gesprochen worden sein, als sie zwischen den Blumenvasen und Stutzuhren im Pompadour-Stil auf dem breiten Kaminsims gelegen hatte? Emma war in Tostes. Er jedoch war jetzt in Paris, weit weg! Wie dieses Paris wohl sein mochte? Welch gewaltiger Name! Halblaut wiederholte sie ihn, aus Lust am Klang; er dröhnte ihr in den Ohren wie die große Glocke einer Kathedrale; er loderte vor ihren Augen bis hinauf zu den Etiketten ihrer Pomadendosen.

Nachts, wenn die Seefischhändler mit ihren Karrenwagen unter ihren Fenstern vorbeifuhren und dabei die »Marjolaine« sangen, wachte sie auf; sie horchte auf das Holpern der eisenbeschlagenen Räder, das am Ende des Dorfs auf weicherem Boden schnell schwächer wurde:

»Die sind morgen da!« sagte sie sich.

Und sie folgte ihnen in ihren Gedanken hügelauf und hügelab, durch die Dörfer, immer der großen Landstraße nach im Sternenschimmer. Aber nach einer ungewissen Strecke Wegs kam stets etwas Verschwommenes, und ihr Traum war aus.

Sie kaufte sich einen Plan von Paris und unternahm mit der Fingerspitze Wanderungen durch die große Stadt. Sie ging die Boulevards hinauf, machte an jeder Ecke halt, zwischen den Straßenzeilen, vor den weißen Vierecken, die Häuserblöcke bedeuteten. Waren ihre Augen schließlich müde geworden, so schloß sie die Lider, und dann sah sie im Dunkel, wie die Gasflammen im Winde flackerten, wie die Wagentritte der Kaleschen vor den Säulenreihen der Theater geräuschvoll niederklappten.

Sie abonnierte »La Corbeille«, eine Frauenzeitschrift, und »La Sylphe des Salons«. Ohne etwas auszulassen, verschlang sie alle Berichte über Uraufführungen, Rennen und Abendgesellschaften, interessierte sich für das Debüt einer Sängerin, die Eröffnung eines Ladens. Sie kannte sich in den neuen Moden aus, den Adressen der guten Schneider, den Tagen, da man in den

Bois oder zur Oper fuhr. Aus Eugène Sues Romanen lernte sie, wie die Pariser Wohnungen eingerichtet sind; sie las Balzac und George Sand und suchte bei ihnen imaginäre Befriedigungen ihrer selbstsüchtigen Begehrlichkeiten. Sogar zu Tisch nahm sie ihr Buch mit und blätterte die Seiten um, während Charles aß und auf sie einredete. Die Erinnerung an den Vicomte kehrte in allem wieder, was sie las. Zwischen ihm und den erfundenen Gestalten stellte sie Beziehungen her. Aber der Kreis, dessen Mittelpunkt er war, erweiterte sich allmählich rings um ihn her, und der Glorienschein, den er gehabt hatte, löste sich von seiner Gestalt, dehnte sich immer mehr aus und beleuchtete andere Träume.

Paris, das noch grenzenloser als der Ozean ist, schimmerte vor Emmas Augen in purpurnem Glanz. Das vielfältige Leben, das sich in diesem Gewirr regte, war jedoch für sie in Abschnitte geteilt, in deutliche Einzelbilder gegliedert. Emma sah davon nur zwei oder drei, die ihr alle anderen verbargen und die allein die gesamte Menschheit darstellten. Die Welt der Gesandten bewegte sich auf glattem Parkett in Salons, deren Wände aus Spiegeln bestanden, um ovale Tische mit golden gefransten Samtdecken. Da gab es Schleppenkleider, große Geheimnisse, Ängste, die durch ein Lächeln getarnt wurden. Dann kam die Gesellschaft der Herzoginnen; da war man bleich; man stand um vier Uhr nachmittags auf; die Damen, diese armen Engel, trugen englische Spitze am Saum ihrer Unterröcke, und die Herren, verkannte Größen unter leichtfertiger Außenseite, ritten aus purem Vergnügen ihre Pferde zuschanden, verbrachten die Sommersaison in Baden-Baden, und wenn sie schließlich etwa vierzig Jahre alt geworden waren, heirateten sie reiche Erbinnen. In den Extrazimmern der Restaurants, wo nach Mitternacht bei Kerzenschein soupiert wird, tollte das bunte Volk der Literaten und Schauspielerinnen. Die waren verschwenderisch wie Könige und erfüllt von idealem Ehrgeiz und phantastischen Dichterbegeisterungen. Es war ein Dasein hoch über allen übrigen, zwischen Himmel und Erde, in Sturm und Drang, etwas Erhabenes. Was den Rest der Welt betraf, so war er kaum wahrnehmbar, hatte keinen bestimmten Platz und war so gut wie nicht vorhanden. Je näher ihr übrigens die Dinge waren, desto mehr wandte ihr Denken sich davon ab. Alles, was sie unmittelbar umgab, das langweilige Land, die schwachsinnigen Kleinbürger, die Durchschnittlichkeit des Daseins, dünkte sie eine Ausnahme in der Welt, ein zufälliges Etwas, in dem sie gefangen saß, während sich draußen, so weit man sehen konnte, das unermeßliche Reich der Beglückungen und der Leidenschaften erstreckte. In dem, was sie wünschte, verschmolz das Sinnliche des Luxus mit den Freuden des Herzens, die Eleganz der Lebensgewohnheiten mit den Feinheiten des Gefühls. Bedurfte die Liebe nicht, wie die Pflanzen aus Indien, eines vorbereiteten Bodens und einer besonderen Temperatur? Seufzer bei Mondenschein, lange Umarmungen, Tränen, die auf Hände rinnen, die man losläßt, alle Fieberschauer des Körpers und alles Schmachten der Zärtlichkeit war also nicht zu trennen von den Balkons der großen Schlösser, die erfüllt sind von Muße, von einem Boudoir mit Seidenstores und einem dicken Teppich, von gefüllten Blumenständern, einem Bett auf einer Estrade, von funkelnden Edelsteinen und Achselschnüren der Dienerschaft.

Der Bursche von der Post, der jeden Morgen kam, um die Stute zu striegeln, ging mit seinen plumpen Holzschuhen durch den Korridor; sein Kittel hatte Löcher, seine Füße steckten nackt in den Schuhen. Das war der Groom in Kniehose, mit dem man sich begnügen mußte! War er mit seiner Arbeit fertig, so ließ er sich den ganzen Tag lang nicht wieder blicken; denn wenn Charles heimkam, brachte er sein Pferd selber in den Stall, nahm ihm den Sattel ab und legte ihm den Halfter an, und das Hausmädchen brachte ein Bund Stroh, das sie, so gut sie konnte, in die Krippe warf.

Als Ersatz für Nastasie (die schließlich unter Strömen von Tränen Tostes verlassen hatte) nahm Emma ein vierzehnjähriges Mädchen in Dienst, ein Waisenkind mit sanftem Gesicht. Sie verbot ihr das Tragen von Baumwollhauben, brachte ihr bei, die Herrschaft in der dritten Person anzureden, ein Glas Wasser auf einem Teller zu reichen, vor dem Eintreten an die Tür zu klopfen, lehrte sie das Bügeln und Stärken der Wäsche, ließ sich von ihr ankleiden und wollte sie zu ihrer Kammerzofe machen. Das neue Mädchen gehorchte ohne Murren, um nicht hinausgeworfen zu werden, und da Madame den Schlüssel der Anrichte stecken zu lassen pflegte, nahm sich Félicité allabendlich ein bißchen Zucker und aß ihn ganz allein in ihrem Bett, nachdem sie ihr Gebet gesprochen hatte.

Nachmittags ging sie manchmal nach gegenüber und plauderte mit den Postillionen. Madame hielt sich oben in ihrem Zimmer auf.

Sie trug einen offenen Morgenrock, der zwischen den schalförmigen Aufschlägen des Oberteils ein plissiertes Vorhemd mit drei Goldknöpfen sehen ließ. Ihr Gürtel bestand aus einer Schnur mit dicken Quasten, und ihre kleinen, granatblütenroten Pantoffeln hatten eine Rosette aus breiten Seidenbändern, die sich an das Fußgelenk schmiegte. Sie hatte sich eine Schreibunterlage gekauft, eine Schreibmappe, einen Federhalter und Umschläge, obwohl sie niemanden hatte, an den sie hätte schreiben können; sie staubte ihren Salonschrank ab, betrachtete sich im Spiegel, nahm ein Buch zur Hand; aber dann fing sie zwischen den Zeilen zu träumen an und ließ es auf ihre Knie sinken. Es überkam sie die Lust, Reisen zu machen oder wieder in ihr Kloster zu gehen. Sie wünschte gleichzeitig, zu sterben und in Paris zu wohnen.

Charles dagegen ritt bei Schnee und Regen auf Feldwegen einher. Er aß an den Tischen der Pachthöfe Omeletts, steckte den Arm in feuchte Becken, bekam bei Aderlässen den lauwarmen Blutstrahl ins Gesicht, lauschte auf Röcheln, prüfte den Inhalt von Nachtbecken und hob schmutzige Bettwäsche hoch; aber jeden Abend fand er ein flackerndes Kaminfeuer vor, einen gedeckten Tisch, weiche Möbel und eine hübsch angezogene, reizende, frisch duftende Frau, ohne daß man wußte, woher jener Duft kam, oder ob es nicht vielleicht ihre Haut war, die ihr Hemd parfümierte.

Sie entzückte ihn durch eine Fülle von kleinen Dingen; bald war es eine neue Art, die Papierkrausen für die Kerzen zu falten, bald ein Volant, durch den sie ein Kleid änderte, oder ein ausgefallener Name für ein ganz einfaches Gericht, das dem Hausmädchen mißraten war, aber das Charles lustvoll bis auf den letzten

Bissen aufaß. Sie hatte in Rouen Damen gesehen, die an ihren Uhrketten ein Bündel Anhängsel trugen; also kaufte auch sie welche. Sie wollte auf ihrem Kamin zwei große blaue Glasvasen haben, und kurze Zeit danach ein Nähkästchen aus Elfenbein mit einem vergoldeten Fingerhut. Je weniger Charles diesen Hang zum Luxus begriff, desto mehr unterlag er dessen Verführung. All das fügte der Lust seiner Sinne und der Annehmlichkeit seines Heims etwas hinzu. Es war, als werde sein schmaler Lebenspfad mit Goldstaub bestreut.

Er fühlte sich wohl, er schaute frohgemut drein; sein Ruf war jetzt ganz und gar gefestigt. Die Bauern mochten ihn gern, weil er nicht stolz war. Er streichelte die Kinder, ging nie in die Kneipe, und überdies flößte er durch seine Moral Vertrauen ein. Bei Katarrhen und Lungenleiden war er besonders erfolgreich. Da Charles große Angst hatte, seine Leute umzubringen, verordnete er kaum etwas anderes als Beruhigungstabletten, von Zeit zu Zeit ein Abführmittel, ein Fußbad oder Blutegel. Nicht, daß er vor chirurgischen Eingriffen zurückgescheut wäre; er ließ die Leute ausgiebig zur Ader, wie Pferde, und Zähne zog er wie der Satan.

Um sich »auf dem laufenden zu halten«, abonnierte er den »Medizinischen Bienenkorb«, eine neue Zeitschrift, deren Prospekt ihm zugeschickt worden war. Abends nach dem Essen las er ein bißchen darin; aber die Wärme in der Wohnung und die Verdauung brachten es mit sich, daß er nach fünf Minuten einschlief; und dann saß er da, das Kinn auf den Händen, und das Haar hing ihm wie eine Mähne bis an den Fuß der Lampe. Emma sah ihn an und zuckte die Achseln. Warum hatte sie nicht wenigstens als Gatten einen der Männer, die von stummem Eifer besessen sind, die nachts über ihren Büchern hocken und schließlich mit sechzig Jahren, wenn das Rheuma-Alter einsetzt, eine Ordensschnalle mit dem Kreuz auf ihrem schlecht geschneiderten schwarzen Frack tragen? Sie hätte es gern gesehen, daß der Name Bovary, der ja auch der ihre war, berühmt geworden wäre, daß sie ihn in den Auslagen der Buchhändler hätte sehen können, häufig in den Zeitungen genannt, in ganz Frankreich bekannt. Aber Charles besaß nicht die Spur von Ehrgeiz! Ein Arzt aus Yvetot, mit dem er unlängst gemeinsam gerufen worden war, hatte ihn am Bett des Patienten und vor dessen gesamter Verwandtschaft ein wenig blamiert. Als Charles ihr abends die Geschichte erzählt hatte, war Emma tief empört über diesen Kollegen gewesen. Charles war gerührt. Tränenden Auges küßte er sie auf die Stirn. Sie jedoch war außer sich vor Scham, sie hatte Lust, ihm ins Gesicht zu schlagen; sie ging hinaus auf den Korridor, machte das Fenster auf und atmete die frische Luft, um sich zu beruhigen.

»Solch ein Jammerlappen! Solch ein Jammerlappen!« sagte sie ganz leise vor sich hin und zerbiß sich die Lippen.

Übrigens fühlte sie, daß er ihr mehr und mehr auf die Nerven ging. Mit der Zeit nahm er allerlei unmanierliche Gewohnheiten an. Beim Nachtisch zerschnippelte er den Kork der leeren Flaschen; nach dem Essen leckte er sich die Zähne mit der Zunge ab; wenn er seine Suppe löffelte, schmatzte er bei jedem Schluck; und da er anfing, dick zu werden, wirkten seine an sich schon kleinen Augen durch die Aufschwellung seiner Backen wie nach den Schläfen hin eingesunken.

Manchmal schob ihm Emma den roten Saum seiner gestrickten Unterjacke in die Weste, zupfte ihm die Halsbinde zurecht oder warf ein Paar verschossener Handschuhe weg, die er sich gerade angezogen hatte; aber das geschah nicht, wie er meinte, ihm zuliebe; es geschah lediglich um ihretwillen, aus einer egoistischen Regung, aus nervöser Gereiztheit. Manchmal erzählte sie ihm auch Dinge, die sie gelesen hatte, etwa eine Episode aus einem Roman, aus einem neuen Bühnenstück oder ein Vorkommnis aus der »großen Welt«, über das im Feuilleton berichtet worden war; denn schließlich war Charles doch jemand, ein offnes Ohr, eine stets bereite Billigung. Wie oft hatte sie ihrem Windspiel etwas anvertraut! Sie hätte es auch den Kaminscheiten oder dem Uhrpendel sagen können.

Im tiefsten Grund ihrer Seele wartete sie indessen auf ein Ereignis. Wie die Matrosen in Seenot ließ sie verzweifelte Blicke über die Öde ihres Daseins schweifen und suchte fern in den dunstigen Weiten ein weißes Segel. Dabei wußte sie nicht, wie dieser Zufall beschaffen sein würde, dieser Wind, der es ihr zutriebe, zu welchem Gestade er sie führen, ob es eine Schaluppe oder ein Schiff mit drei Decks sein würde, ob beladen mit Ängsten oder mit Glückseligkeiten bis an die Stückpforten. Und jeden Morgen beim Erwachen erhoffte sie es für diesen Tag, und sie lauschte auf alle Geräusche, fuhr hoch und war betroffen, daß es nicht kam; wenn dann die Sonne sank, wurde sie noch trübsinniger und sehnte den nächsten Tag herbei.

Es wurde wieder Frühling. Als die erste Hitze einsetzte und die Birnbäume zu blühen begannen, bekam sie Atembeschwerden.

Seit Julianfang zählte sie an den Fingern ab, wieviel Wochen es noch bis zum Oktober seien; sie meinte, möglicherweise werde der Marquis d'Andervilliers wieder einen Ball auf La Vaubyessard geben. Aber der ganze September verrann, ohne daß Briefe oder Besuche gekommen wären.

Nach dem Verdruß über diese Enttäuschung blieb ihr Herz abermals leer, und nun begann die Reihe der immergleichen Tage von neuem.

Sie sollten also fortan einander folgen im Gänsemarsch, unzählig, und nichts mit sich bringen! Alle anderen Daseinsformen, so platt sie auch sein mochten, bargen doch wenigstens die Möglichkeit eines Erlebnisses. Ein Abenteuer führte bisweilen unglaubwürdige Schicksalswenden herbei, und die Szenerie änderte sich. Ihr jedoch stieß nichts zu, Gott hatte es so gewollt! Die Zukunft war ein stockfinsterer Korridor, und die Tür ganz hinten war gut verschlossen.

Sie gab das Musizieren auf; wozu denn spielen? Wer hörte ihr zu? Da es ihr ja doch nicht vergönnt war, in samtener Robe mit kurzen Ärmeln auf einem Erard-Flügel in einem Konzertsaal mit ihren leichten Fingern die Elfenbeintasten anzuschlagen und wie eine Brise rings um sich her ein ekstatisches Gemurmel zu hören, lohnte das langweilige Üben nicht. Sie ließ auch ihre Zeichenblöcke und ihre Stickarbeit im Schrank liegen. Wozu denn? Wozu denn? Das Nähen machte sie gereizt.

»Ich habe alles gelesen«, sagte sie sich.

Und so saß sie da und ließ die Feuerzange rotglühend werden oder sah dem fallenden Regen zu.

Wie traurig war sie sonntags, wenn es zur Vesper läutete! Sie hörte in aufmerksamem Stumpfsinn die dünnen Schläge der Glocke erschallen, einen nach dem andern. Eine Katze schlich langsam über die Dächer und machte in den bleichen Sonnenstrahlen einen Buckel. Auf der Landstraße blies der Wind Staubschleppen auf. Manchmal heulte in der Ferne ein Hund, und andauernd tönte in gleichen Zeitmaßen der monotone Glockenschlag und verlor sich über den Feldern.

Inzwischen kamen die Leute aus der Kirche. Die Frauen in blanken Schuhen, die Bauern in neuen Kitteln, die mit bloßen Köpfen vor ihnen herhüpfenden Kinder, alle gingen heim. Nur fünf bis sechs Männer, immer dieselben, blieben vor dem großen Tor des Gasthofs beim Pfropfenspiel, bis es dunkelte.

Der Winter wurde kalt. Jeden Morgen waren die Fensterscheiben mit Eisblumen bedeckt, und das Tageslicht, das weißlich hindurchdrang wie durch Mattglas, blieb manchmal den ganzen Tag über unverändert. Von vier Uhr nachmittags an mußte die Lampe angesteckt werden.

An Schönwettertagen ging sie in den Garten hinab. Der Tau hatte auf den Kohlköpfen silbernes Spitzenwerk mit langen, hellen Fäden hinterlassen, die sich vom einen zum andern spannten. Kein Vogel war zu hören, alles schien zu schlafen, das Spalier war mit Stroh umwickelt, und die Rebranke hing wie eine große, kranke Schlange unter der Mauerkappe, wo man, wenn man näher hinzutrat, vielfüßige Asseln umherkriechen sah. Der Pfarrer mit dem Dreispitz in der Tannengruppe nahe der Hecke, der sein Brevier las, hatte den rechten Fuß verloren, und der durch den Frost abblätternde Gips hatte auf seinem Gesicht helle Räudeflecken entstehen lassen.

Dann ging sie wieder hinauf, schloß die Tür ab, legte Kohlen nach, und während die Kaminwärme sie benommen machte, fühlte sie die auf sie niedersinkende Langeweile noch schwerer. Gern wäre sie hinuntergegangen und hätte sich mit dem Hausmädchen unterhalten; aber die Scham hielt sie zurück.

Alle Tage zur gleichen Stunde öffnete der Schulmeister mit dem schwarzen Seidenkäppchen die Fensterläden seines Hauses, und der Feldhüter ging vorbei, den Säbel über den Kittel geschnallt. Abends und morgens überquerten die Postpferde, immer drei und drei, die Straße, um im Dorfteich zu trinken. Von Zeit zu Zeit ließ die Tür einer Schenke ihre Schelle ertönen, und an windigen Tagen hörte man die beiden kleinen Messingbecken an der Tür des Friseurs scheppern, die dem Laden als Aushängeschilder dienten. Als Schaufensterdekoration hatte er ein altes, an die Scheibe geklebtes Modekupfer sowie eine Frauenbüste aus Wachs mit gelber Perücke. Auch er, der Friseur, jammerte über seine zunichte gewordene Berufung, seine verpfuschte Zukunft; er träumte von einem Laden in einer Großstadt wie Rouen beispielsweise, am Hafen, in der Nähe des Theaters; den ganzen Tag über lief er zwischen dem Bürgermeisteramt und der Kirche auf und ab und wartete auf Kundschaft. Wenn Madame Bovary die Augen hob, sah sie ihn stets dort wie eine Wache auf Posten in seiner Lastingjacke, die phrygische Mütze auf dem Ohr.

Nachmittags erschien manchmal vor den Fenstern des großen Zimmers ein sonnengebräunter Männerkopf mit schwarzem Backenbart und lächelte langsam mit weißen Zähnen sein sanftes Lächeln. Alsbald begann dann eine Walzermelodie, und auf dem Orgelkasten drehten sich in einem kleinen Salon fingergroße Tänzer, Frauen mit rosa Turbanen, Tiroler in Jacken, Affen in schwarzen Fräcken, Herren in Kniehosen, und sie drehten und drehten sich zwischen den Sesseln, den Sofas, den Konsolen und wurden von den Spiegelstücken gespiegelt, die in ihren Winkeln durch einen Streifen Goldpapier zusammengehalten wurden. Der Mann drehte die Kurbel und spähte nach rechts und nach links und nach den Fenstern. Hin und wieder hob er mit dem Knie sein Instrument, dessen harter Gurt ihm die Schulter ermüdete, und spie dabei einen langen Strahl braunen Speichels gegen den Prellstein; und immerfort, bald schmerzlich und schleppend oder lustig und flott kam die Musik dudelnd durch einen rosa Taftvorhang aus dem Kasten, unter einer verschnörkelten Messingleiste. Es waren Melodien, die anderswo in den Theatern gespielt wurden, die man in den Salons sang, nach denen man abends unter brennenden Kronleuchtern tanzte, Echos der Welt, die bis zu Emma gelangten.

Sarabanden, die kein Ende nahmen, spielten sich in ihrem Kopf ab, und wie eine Bajadere auf den Blumen eines Teppichs schwang ihr Denken mit den Klängen und wiegte sich von Traum zu Traum, von Trübsal zu Trübsal. Wenn der Mann dann die Almosen in seiner Mütze gesammelt hatte, breitete er eine alte blaue Wolldecke über die Drehorgel, schwang sie sich auf den Rücken und ging schweren Schrittes davon. Sie sah ihm nach.

Aber vor allem waren ihr die Stunden der Mahlzeit in dem kleinen Eßzimmer unten im Erdgeschoß unerträglich, mit dem rauchenden Ofen, der quietschenden Tür, den triefenden Wänden, den feuchten Fußbodenfliesen; die ganze Bitterkeit des Daseins schien auf ihren Teller vor sie hingestellt zu sein, und gleich dem Dampf des gekochten Rindfleischs stieg sie aus ihrer Seele auf wie Schwaden des Ekels. Charles nahm sich beim Essen Zeit; sie knackte ein paar Haselnüsse oder vergnügte sich, auf die Ellbogen gestützt, mit der Messerspitze Linien in die Wachstuchdecke zu ritzen.

Im Haushalt ließ sie jetzt alles gehen, wie es eben ging, und die alte Madame Bovary, die für einen Teil der Fastenzeit zu Besuch nach Tostes kam, war über diesen Wandel höchst erstaunt. Emma nämlich, die früher in ihrem Äußeren so gepflegt und peinlich korrekt gewesen war, lief jetzt tagelang unangekleidet herum, trug graue Baumwollstrümpfe und geizte mit dem Licht. Fortwährend sagte sie, es müsse gespart werden, da sie nicht reich seien, wobei sie jedoch hinzufügte, sie sei sehr zufrieden und sehr glücklich; Tostes gefalle ihr ungemein, und andere neue Redensarten, die der Schwiegermutter den Mund schlossen. Im übrigen zeigte sich Emma für deren gute Ratschläge nicht empfänglicher als früher; einmal sogar, als die alte Bovary es sich hatte einfallen lassen, zu behaupten, die Herrschaft müsse die Kirchgänge ihrer Dienstboten überwachen, hatte sie ihr mit einem so wütenden Blick und einem so eisigen Lächeln geantwortet, daß die gute Frau sich nicht wieder an so etwas heranwagte.

Emma wurde schwierig und launisch. Sie ließ sich eigens für sich Mahlzeiten bereiten, rührte sie nicht an, trank den einen

Tag nur reine Milch, aber am nächsten Dutzende von Tassen Tee. Manchmal versteifte sie sich darauf, nicht ins Freie zu gehen; dann bekam sie plötzlich keine Luft mehr, riß die Fenster auf und zog ein leichtes Kleid an. Wenn sie das Hausmädchen mit harten Worten überschüttet hatte, machte sie ihm Geschenke oder ließ es mit Nachbarinnen ausgehen, gerade wie sie manchmal den Bettlern alle Silberstücke aus ihrer Geldtasche zuwarf, obwohl sie alles andere als weichherzig war und kaum zur Teilnahme am Unglück anderer befähigt, wie die meisten Leute bäuerlichen Ursprungs, die lebenslang etwas von den Schwielen der väterlichen Hände in der Seele bewahren.

Gegen Ende Februar überbrachte der alte Rouault im Gedenken an seine Heilung seinem Schwiegersohn persönlich eine prächtige Truthenne und blieb drei Tage in Tostes. Während Charles bei seinen Patienten war, leistete Emma ihm Gesellschaft. Er rauchte im Schlafzimmer, spuckte auf die Feuerböcke, redete von Feldbestellung, Kälbern, Kühen, Geflügel und Gemeinderatssitzungen, so daß sie, als er wieder weg war, hinter ihm die Tür mit einem Gefühl der Genugtuung schloß, das sie selber wunderte. Sie hielt mit ihrer Verachtung für alles, was um sie war, nicht hinterm Berge; und zuweilen gefiel sie sich darin, merkwürdige Ansichten zu äußern, zu tadeln, was andere für gut hielten, und verderbte oder unmoralische Dinge gutzuheißen, was ihren Mann dann große Augen machen ließ.

Sollte dieses Elend ewig dauern? Würde es niemals von ihr weichen? Dabei war sie doch ebenso viel wert wie alle Frauen, die glücklich lebten! Auf La Vaubyessard hatte sie Herzoginnen gesehen, die plumper an Wuchs und vulgärer an Gehaben waren als sie, und sie verwünschte Gottes Ungerechtigkeit; sie lehnte den Kopf an die Wände und weinte; sie sehnte sich neidvoll nach einem stürmischen Dasein, nach nächtlichen Maskeraden, nach schamlosen Lüsten mit all dem Außersichsein, das ihr unbekannt war und das sie spenden mußten.

Sie wurde immer blasser und litt an Herzklopfen. Charles verordnete ihr Baldrian und Kampferbäder. Alles, was man versuchte, schien sie noch reizbarer zu machen.

An manchen Tagen schwatzte sie mit fieberhafter Zungenfertig-keit; dieser Erregung folgten unvermittelt Betäubungszustände, in denen sie verharrte, ohne zu sprechen, ohne sich zu bewegen. Es belebte sie dann wieder, wenn man ihr ein Fläschchen Eau de Cologne über die Arme goß.

Weil sie beständig über Tostes jammerte, bildete Charles sich ein, ihr Leiden habe sicherlich seine Ursache in einem örtlich bedingten Einfluß, und da er es bei diesem Einfall beließ, erwog er ernstlich, sich anderswo niederzulassen.

Fortan trank sie Essig, um magerer zu werden, legte sich einen kleinen, trockenen Husten zu und verlor jegliche Eßlust.

Es fiel Charles schwer, von Tostes in dem Augenblick wegzu-gehen, da er nach vierjähriger Tätigkeit begann, »ein gemachter Mann zu werden«. Aber wenn es denn sein mußte! Er brachte sie nach Rouen und suchte seinen alten Lehrer auf. Es sei eine ner-vöse Erkrankung: Luftveränderung sei vonnöten.

Nachdem Charles hier und dort Erkundigungen eingezogen hatte, erfuhr er, daß im Arrondissement Neufchâtel ein größerer Marktflecken namens Yonville-l'Abbaye liege, dessen Arzt, ein polnischer Flüchtling, in der vergangenen Woche das Weite gesucht habe. Also schrieb er an den dortigen Apotheker und er-kundigte sich nach der Einwohnerzahl des Ortes, wie weit ent-fernt der nächste Kollege wohne, wie hoch das Jahreseinkom-men seines Vorgängers gewesen sei usw., und da die Antworten zu seiner Zufriedenheit ausfielen, entschloß er sich, zu Früh-lingsbeginn umzuziehen, sofern Emmas Gesundheitszustand sich bis dahin nicht gebessert habe.

Eines Tages, als Emma bei den Vorbereitungen des Umzugs in einem Schubfach kramte, stach sie sich mit irgend etwas in die Finger. Es war ein Eisendraht ihres Hochzeitsstraußes. Die Oran-genknospen waren gelb vor Staub, und die Atlasbänder mit den silbernen Fransen waren an den Enden zerschlissen. Sie warf ihn ins Feuer. Er loderte schneller auf als trockenes Stroh. Dann gloste er wie ein feuriger Busch über der Asche, der sich langsam verzehrte. Sie sah ihn verglühen. Die kleinen Pappbeeren platzten, die Messingdrähte krümmten sich, die Silberfransen schmolzen, und die zusammengeschrumpften Papierblüten schwebten lange über der Platte wie schwarze Falter und flogen schließlich durch den Rauchfang davon.

Bei der Abreise von Tostes im März war Madame Bovary guter Hoffnung.

# ZWEITER TEIL

## I

Yonville-l'Abbaye (so genannt nach einer ehemaligen Kapu-
zinerabtei, von der nicht einmal mehr die Ruinen vorhanden
sind) ist ein Marktflecken, der etwa acht Meilen von Rouen entfernt liegt zwischen der Landstraße nach Abbeville und der nach
Beauvais im Tal der Rieule, eines Flüßchens, das in die Andelle
fließt, nachdem es kurz vor seiner Mündung drei Mühlen getrieben hat; es sind ein paar Forellen darin, die die Dorfbuben sonntags angeln.

Man verläßt die große Landstraße bei La Boissière und geht auf
flachem Gelände weiter bis zur Anhöhe von Les Leux, von wo
aus man das Tal überblicken kann. Der Fluß, der es durchquert,
macht daraus etwas wie zwei Regionen von unterschiedlichem
Aussehen: alles, was links liegt, ist Weideland; alles, was rechts
liegt, wird beackert. Das Wiesengebiet zieht sich unterhalb eines
Wulstes niedriger Hügel hin und nähert sich von hinten den großen Weidewiesen der Landschaft Bray, während nach Osten hin
die Ebene sanft ansteigt, immer breiter wird und bis ins Unendliche ihre blonden Kornfelder ausbreitet. Das am Saum der Gras-
flächen hinfließende Wasser trennt mit einem weißen Streifen
die Farbe der Wiesen und die der Ackerfurchen, und so ähnelt
das Land einem großen, ausgebreiteten Mantel mit grünem,
silberbebortetem Samtkragen.

Am Horizont hat man bei der Ankunft den Eichenwald von
Argueil vor sich sowie die steilen Hänge von Saint-Jean, die von
oben bis unten mit ungleichmäßigen roten Strichen gestreift
sind; das sind die Spuren des Regenwassers, und jene ziegel-
steinfarbenen Tönungen, die die graue Farbe des Berges in ein

dünnes Netzwerk zerteilen, rühren von den vielen eisenhaltigen Quellen her, die von dort aus rundum ins Land hinabrinnen.

Man befindet sich hier auf der Grenzscheide der Normandie, der Picardie und der Ile-de-France, einer Bastardregion, wo die Mundart ohne Besonderheit ist und die Landschaft ohne Charakter. Dort werden die schlechtesten Neufchâteler Käse des ganzen Arrondissements hergestellt, und andererseits ist die Bewirtschaftung kostspielig, weil viel Mist verwendet werden muß, um den lockeren, mit Sand und Steinen durchsetzten Boden zu düngen.

Bis zum Jahre 1835 führte keine brauchbare Landstraße nach Yonville; zu jener Zeit jedoch ist ein Haupt-Gemeindeweg angelegt worden, der die Landstraße nach Abbeville mit der nach Amiens verbindet und gelegentlich von den Fuhrleuten benutzt wird, die von Rouen nach Flandern fahren. Gleichwohl ist Yonville trotz dieser »neuen Absatzwege« nicht vorwärtsgekommen. Anstatt den Ackerboden zu verbessern, verbleibt man hartnäckig bei der Weidewirtschaft, so wenig sie auch abwerfen mag, und die träge Gemeinde hat sich von der Ebene abgekehrt und selbstverständlich weiter nach der Wasserseite zu vergrößert. So sieht man schon von weitem den Flecken am Ufer entlang hingestreckt liegen wie einen Kuhhirten, der am Bach seine Mittagsruhe hält.

Am Fuß der Höhen hinter der Brücke beginnt eine mit jungen Pappeln gesäumte Chaussee, die geradewegs zu den ersten Häusern des Orts führt. Sie sind von Hecken umschlossen; inmitten der Gehege liegen zahlreiche, regellos verstreute Nebenbauten, Apfelpressen, Wagenschuppen und Brennereien zwischen buschigen Bäumen, in deren Gezweig Leitern, Stangen oder Sensen hängen. Die Strohdächer sehen aus wie bis an die Augen gestülpte Pelzmützen; sie verdecken fast ein Drittel der niedrigen Fenster, deren dicke, gewölbte Scheiben in der Mitte mit einem Knoten geziert sind, in der Art von Flaschenböden. An die weißen, von schwarzem Gebälk durchzogenen Kalkwände klammern sich hier und dort magere Birnbäume an, und die Türen der Erdgeschosse haben kleine, drehbare Klappen, damit die Küken, die auf den Schwellen in Zider getauchte Brotkrumen

picken, nicht ins Haus laufen. Allmählich werden die Gehege
enger, die Wohnstätten rücken dichter aneinander, die Hecken
verschwinden; ein Bündel Farnkraut baumelt an einem Besen-
stiel unter einem Fenster; dort ist eine Hufschmiede, und dann
kommt ein Stellmacher mit zwei oder drei neuen, zweirädrigen
Karrenwagen, die auf die Landstraße hinausragen. Schließlich
erscheint, zwischen Gitterstäben sichtbar, ein weißes Haus hinter einem Rasenrund, das ein Amor mit auf den Mund gelegtem
Finger schmückt; zwei gußeiserne Vasen stehen an den beiden
Enden der Freitreppe; an der Tür glänzen amtliche Schilder; es
ist das Haus des Notars und das schönste des Dorfs.
Die Kirche liegt an der andern Seite der Straße zwanzig Schritte
weiter, dort, wo es auf den Marktplatz geht. Der kleine Friedhof,
der sie umgibt, umschlossen von einer brusthohen Mauer, ist so
voller Gräber, daß die alten, in gleicher Höhe mit dem Boden
liegenden Steinplatten ein ununterbrochenes Quaderpflaster
bilden, darein das Gras ganz von sich aus regelmäßige, grüne
Rechtecke gezeichnet hat. Die Kirche ist während der letzten
Regierungsjahre Karls X. renoviert worden. Doch das Holz-
gewölbe beginnt oben ein bißchen morsch zu werden und zeigt
an manchen Stellen in seinem blauen Anstrich schwarze Rillen.
Über der Haupttür, dort, wo eigentlich die Orgel sein müßte, befindet sich eine Empore für die Männer; es führt eine Wendel-
treppe hinauf, die unter den Holzschuhen hallt.
Das Tageslicht fällt in schrägen Strahlen durch die farblosen
Fenster auf die Bänke, die quer zur Wand stehen; auf einigen
ist eine kleine Strohmatte festgenagelt, und darunter steht in
großen Buchstaben zu lesen: »Bank von Monsieur Soundso.«
Weiter hinten, wo das Schiff sich verengt, steht dem Beichtstuhl
gegenüber eine Statuette der Madonna; sie trägt ein Atlasgewand
und einen mit silbernen Sternen besäten Tüllschleier; ihre Wangen sind genauso knallrot angemalt wie die eines Götzenbilds
auf den Sandwich-Inseln; und schließlich beherrscht eine Kopie
der »Heiligen Familie, Stiftung des Ministers des Innern«, zwischen vier Leuchtern den Hauptaltar und schließt das Blickfeld
ab. Die Chorstühle aus Fichtenholz sind ohne Anstrich geblieben.

Die Markthalle, das heißt ein Ziegeldach auf etwa zwanzig Holzpfeilern, nimmt ungefähr die Hälfte des Marktplatzes von Yonville ein. Das Bürgermeisteramt, gebaut »nach den Entwürfen eines Pariser Architekten«, ist eine Art griechischer Tempel und bildet mit dem Haus des Apothekers einen Winkel. Es hat im Erdgeschoß drei ionische Säulen und im ersten Stock eine Rundbogengalerie, während das abschließende Giebeldreieck von einem gallischen Hahn ausgefüllt wird, der die eine Klaue auf die Verfassung stützt und in der andern die Waage der Gerechtigkeit hält.

Aber was am meisten den Blick auf sich lenkt, das ist, gegenüber dem Gasthaus »Zum goldenen Löwen«, Monsieur Homais' Apotheke! Hauptsächlich am Abend, wenn die große Lampe angezündet ist und die beiden bauchigen Glasgefäße, grün und rot, die das Schaufenster schmücken, ihre Farben weit über den Boden werfen, dann sieht man durch sie hindurch den Schatten des Apothekers, der sich auf sein Pult stützt. Sein Haus ist von oben bis unten mit Ankündigungen beklebt, die in Kursivschrift, Rundschrift und nachgemachter Druckschrift lauten: »Vichy-Brunnen, Selterswasser, Barèger Tafelwasser, Blutreinigungsmittel, Raspail-Tropfen, Arabisches Kraftmehl, Darcet-Pastillen, Regnault-Paste, Bandagen, Badesalz, Gesundheits-Schokolade usw.« Und auf dem Geschäftsschild, das so lang ist wie der ganze Laden, steht in Goldbuchstaben: »Homais, Apotheker.« Drinnen im Laden, hinter der großen, auf dem Ladentisch festgeschraubten Waage, liest man über einer Glastür das Wort »Laboratorium«, und in halber Höhe noch einmal auf schwarzem Grund in goldenen Lettern den Namen »Homais«.

Sonst gibt es in Yonville nichts zu sehen. Die Straße (die einzige) ist einen Büchsenschuß lang und von ein paar Läden gesäumt; sie endet unvermittelt an der Biegung der Landstraße. Wenn man sie rechts liegen läßt und unter der Höhe von Saint-Jean entlanggeht, kommt man bald zum Friedhof.

Zur Zeit der Cholera hatte man, um ihn zu vergrößern, ein Stück der Mauer niedergelegt und drei Morgen anstoßenden Ackerlands hinzugekauft; aber dieser ganze neue Teil ist fast unbenutzt geblieben; wie zuvor drängen sich die Gräber nach dem Eingangstor hin zusammen. Der Wärter, der zugleich Totengräber und Küster ist (und somit aus den Leichen der Gemeinde doppelte Einnahmen zieht), hat sich das brachliegende Land zunutze gemacht und baut darauf Kartoffeln an. Doch sein kleines Feld schrumpft von Jahr zu Jahr zusammen, und er weiß nicht, ob er sich über die Begräbnisse freuen oder über die Gräber ärgern soll.

»Sie leben von den Toten, Lestiboudois!« hatte ihm schließlich eines Tages der Herr Pfarrer gesagt.

Diese gruselige Bemerkung hatte ihn nachdenklich gestimmt; eine Zeitlang hörte er damit auf; aber noch heute fährt er mit dem Legen seiner Knollen fort und versichert sogar mit Nachdruck, sie wüchsen ganz von selber.

Seit den Ereignissen, die hier erzählt werden sollen, hat sich in Yonville tatsächlich nichts verändert. Die Blechtrikolore dreht sich noch immer auf der Kirchturmspitze; vor dem Laden des Modewarenhändlers flattern nach wie vor die beiden Kattunwimpel im Wind; die Fötusse des Apothekers, die wie Päckchen weißer Stärke aussehen, verwesen immer mehr in dem trübe gewordenen Alkohol, und noch immer zeigt der alte, goldene, vom Regen mißgefärbte Löwe über dem Tor des Gasthauses den Vorübergehenden seine Pudelmähne.

An dem Abend, da das Ehepaar Bovary in Yonville eintreffen sollte, war die Wirtin jenes Gasthofs, die Witwe Lefrançois, so stark beschäftigt, daß sie beim Hantieren mit ihren Kasserollen dicke Tropfen schwitzte. Am folgenden Tag war nämlich Markt im Flecken. Da mußte im voraus Fleisch zerteilt, Geflügel ausgenommen, Suppe gekocht und Kaffee gebrannt werden. Außerdem hatte sie ihre regelmäßigen Tischgäste, und dazu kamen heute noch der Doktor, seine Frau und deren Dienstmädchen; am Billard wurde schallend gelacht; drei Müllerburschen in der kleinen Gaststube riefen nach Schnaps; das Holz flammte, die Glut prasselte, und auf dem langen Küchentisch erhoben sich zwischen rohen Hammelvierteln Stapel von Tellern und zitterten unter den Stößen des Hackklotzes, auf dem Spinat zerkleinert wurde. Vom Geflügelhof war das Gegacker der Hühner zu

hören, hinter denen die Magd herlief, um ihnen den Hals abzuschneiden.

Ein Mann in grünen Lederpantoffeln, leicht von den Blattern
gezeichnet und eine Samtkappe mit goldener Troddel auf dem
Kopf, wärmte sich am Kamin den Rücken. Sein Gesicht drückte
nichts als Selbstzufriedenheit aus, und er wirkte, als lebe er genauso ruhig wie der Stieglitz, der über seinem Kopf in einem
Weidenrutenbauer hing; es war der Apotheker.

»Artémise!« schrie die Wirtin, »zerknick Reisig, füll die Karaffen, trag Schnaps auf, beeil dich! Wenn ich nur wüßte, was ich
der Gesellschaft, die Sie erwarten, als Nachtisch vorsetzen soll!
Du meine Güte! Die Umzugsleute fangen schon wieder mit
ihrem Geklapper auf dem Billard an! Und dabei steht ihr Wagen
noch immer in der Einfahrt! Die ›Schwalbe‹ bringt es fertig und
rammt ihn, wenn sie kommt! Ruf Polyte, er soll ihn beiseite
schieben …! Wenn ich mir vorstelle, Monsieur Homais, daß sie
seit heute morgen schon fünfzehn Partien gespielt und acht
Schoppen Zider getrunken haben …! Die stoßen mir noch ein
Loch ins Billardtuch«, fuhr sie fort und sah ihnen von weitem
zu, den Schaumlöffel in der Hand.

»Das wäre weiter kein Malheur!« antwortete Homais. »Dann
müßten Sie ein neues kaufen.«

»Ein neues Billard!« jammerte die Witwe.

»Weil das jetzige nicht mehr viel taugt, Madame Lefrançois; ich
sage es Ihnen immer wieder, Sie schaden sich selbst am meisten!
Sehr sogar! Und überdies verlangen heutzutage die Spieler enge
Löcher und schwere Queues. Man spielt die Bälle nicht mehr
direkt an; es ist alles anders geworden! Man muß mit seinem
Jahrhundert gehen! Sehn Sie sich mal Tellier an …«

Die Wirtin wurde rot vor Ärger. Der Apotheker sprach weiter:

»Sie können sagen, was Sie wollen: sein Billard ist schmucker als
Ihrs; und wenn es darum geht, eine patriotische Poule zu spielen, für die Polen oder für die Überschwemmten in Lyon …«

»Vor Bettlern wie denen hat unsereiner keine Angst!« unterbrach
ihn die Wirtin und zog ihre dicken Schultern hoch. »Lassen Sie's
gut sein, Monsieur Homais, solange der ›Goldene Löwe‹ weiter-
besteht, wird er Gäste haben. Wir haben Speck auf den Rippen!

Wogegen Sie es eines Morgens erleben werden, daß Ihr ›Café Français‹ die Bude zugemacht hat und an den Fensterläden gewisse hübsche Zettelchen kleben! Ein neues Billard anschaffen?« fuhr sie im Selbstgespräch fort, »wo meins so bequem ist zum Wäschelegen? Und wo ich zur Jagdzeit bequem darauf sechs Gäste übernachten lassen kann …? Aber dieser langweilige Kerl, der Hivert, kommt und kommt nicht!«

»Warten Sie etwa auf den mit dem Essen für Ihre Herren?« fragte der Apotheker.

»Auf den warten? Monsieur Binet ist ja noch nicht da! Schlag sechs werden Sie ihn hereinkommen sehen; so was an Pünktlichkeit lebt nicht noch mal auf Erden. Er muß stets seinen Platz im kleinen Gastzimmer haben! Eher ließe er sich totschlagen als woanders zu essen! Und anspruchsvoll ist er! Und heikel in bezug auf den Zider! Der ist nicht wie Monsieur Léon; der kommt manchmal erst um sieben oder sogar um halb acht; der schaut nicht mal hin, was er ißt. Solch ein netter junger Mann! Kein lautes Wort spricht er.«

»Da sehen Sie den Unterschied zwischen einem jungen Mann, der eine gute Erziehung genossen hat, und einem ehemaligen Kavalleristen und jetzigen Steuereinnehmer.«

Es schlug sechs. Binet trat ein.

Er trug einen blauen Gehrock, der in sich steif rings um seinen mageren Körper herabfiel, und seine Ledermütze mit den mittels einer Schnur oben am Kopfteil festgenähten Klappen ließ unter dem hochstehenden Schirm eine kahle Stirn sehen, was vom ständigen Tragen des Helms herrührte. Er hatte eine schwarze Tuchweste an, einen Roßhaarkragen, eine graue Hose, und seine gut gewichsten Schuhe hatten zu jeder Jahreszeit zwei gleiche Ausbeulungen; das kam von hervortretenden Zehen. Kein Haar ragte aus der Linie seines blonden Rundbarts hervor, der um das Kinn herumging und sein langes, fahles Gesicht mit den kleinen Augen und der Hakennase umrahmte wie eine Buchsbaumeinfassung ein Beet. Er war ein Meister in allen Kartenspielen, ein guter Jäger, besaß eine schöne Handschrift und hatte daheim eine Drehbank stehen; darauf drechselte er aus purem Vergnügen Serviettenringe, die er mit der Eifersucht eines Künstlers und dem Egoismus eines Spießers in seinem Haus aufstapelte.

Er ging auf die kleine Gaststube zu; aber aus der mußten erst die drei Müllerburschen hinausbefördert werden; und während der ganzen Zeit, da für ihn gedeckt wurde, blieb Binet stumm auf seinem Platz neben dem Ofen stehen; dann schloß er die Tür und nahm seine Mütze ab, wie er stets zu tun pflegte.

»Der nutzt sich die Zunge nicht durch Höflichkeitsfloskeln ab!« sagte der Apotheker, sobald er mit der Wirtin allein war.

»Mehr sagt er nie«, antwortete sie; »letzte Woche sind zwei Tuchreisende hiergewesen, lustige Brüder, die den ganzen Abend lang einen Haufen so komischer Sachen erzählt haben, daß ich Tränen lachen mußte, und er hat dagesessen wie ein Stockfisch, ohne ein Wort zu sagen.«

»Ja«, sagte der Apotheker, »keine Phantasie, keine witzigen Einfälle, nichts, was einen Mann der Gesellschaft ausmacht!«

»Dabei heißt es, er sei bemittelt«, wandte die Wirtin ein.

»Der und bemittelt?« entgegnete Homais. »Der? Na, bei seiner Stellung ist es immerhin möglich«, fügte er in ruhigerem Tonfall hinzu.

Und er fuhr fort:

»Ja, wenn ein Kaufmann mit ausgedehnten Beziehungen, wenn ein Rechtsanwalt, ein Arzt, ein Apotheker so absorbiert werden, daß sie Sonderlinge oder sogar Griesgrame werden, dann verstehe ich das; Beispiele dafür werden in den Geschichtswerken angeführt! Aber das rührt dann wenigstens davon her, daß sie sich über irgendwas Gedanken machen. Wie oft ist es zum Beispiel mir passiert, daß ich auf meinem Schreibtisch nach meinem Federhalter gesucht habe, weil ich ein Schildchen schreiben wollte, und schließlich merkte ich dann, daß ich ihn mir hinters Ohr gesteckt hatte!«

Inzwischen war Madame Lefrançois auf die Haustürschwelle getreten, um nachzusehen, ob die »Schwalbe« noch immer nicht komme. Sie erbebte. Ein schwarzgekleideter Mann betrat plötzlich die Küche. Im letzten Dämmerlicht waren sein kupferrotes Gesicht und sein athletischer Körper zu erkennen.

»Was steht zu Diensten, Herr Pfarrer?« fragte die Wirtin und nahm vom Kamin einen der Messingleuchter, die dort mit ihren Kerzen eine Säulenreihe bildeten. »Wollen Sie was trinken? Ein Schlückchen Johannisbeerlikör oder ein Glas Wein?«

Der Geistliche dankte äußerst höflich. Er wolle seinen Regenschirm abholen, den er neulich im Kloster Ernemont habe stehenlassen; und nachdem er Madame Lefrançois gebeten hatte, ihn im Lauf des Abends ins Pfarrhaus zu schicken, ging er, um sich zur Kirche zu begeben, wo das Angelus geläutet wurde.

Als der Apotheker den Hall seiner Schuhe auf dem Marktplatz nicht mehr vernahm, fand er, jener habe sich soeben sehr ungebührlich benommen. Das Abschlagen einer angebotenen Erfrischung dünke ihn eine ganz abscheuliche Heuchelei; die Priester becherten alle, wenn man sie nicht sehe, und führten am liebsten die Zeiten des Zehnten wieder ein.

Die Wirtin übernahm die Verteidigung ihres Pfarrers: »Übrigens würde er vier wie Sie übers Knie legen. Letztes Jahr hat er unsern Leuten beim Stroheinfahren geholfen; bis zu sechs Bund auf einmal hat er getragen, so stark ist er!«

»Bravo!« sagte der Apotheker. »Schickt nur eure Töchter zu solchen Kraftprotzen zur Beichte! Wenn ich die Regierung wäre, würde ich anordnen, die Priester einmal im Monat zur Ader zu lassen. Ja, Madame Lefrançois, alle Monat eine gehörige Phlebotomie, im Interesse der Ordnung und der Sittlichkeit!«

»Seien Sie doch still, Monsieur Homais! Sie sind gottlos! Sie haben keine Religion!«

Der Apotheker antwortete:

»Ich habe eine Religion, meine eigene Religion, und ich habe sogar mehr davon als alle diese Leutchen mit ihrem Mummenschanz und ihren Gauklerkünsten! Selbstverständlich verehre ich Gott! Ich glaube an ein höchstes Wesen, an einen Schöpfer – wer er ist, das geht mich nichts an –, der uns hierhergesetzt hat, damit wir unsere Pflichten als Staatsbürger und Familienväter erfüllen; aber ich habe nicht das Bedürfnis, in eine Kirche zu gehen, dort Silberschüsseln zu küssen und aus meiner Tasche eine Bande von Possenreißern zu mästen, die sich besser nähren als wir! Man kann ihn ebensogut in einem Wald verehren, auf freiem Feld oder meinetwegen sogar im Sichversenken in die

Himmelsweiten, wie die Alten. Mein Gott ist der Gott Sokrates',
Franklins, Voltaires und Bérangers! Ich bin für das ›Glaubensbekenntnis des savoyischen Vikars‹ und die unsterblichen
Grundsätze von 89! Daher glaube ich nicht an den guten Mann
von liebem Gott, der mit dem Spazierstock in der Hand durch
seinen Garten schlendert, seine Freunde in einem Walfisch-
bauch einquartiert, mit einem Schrei stirbt und nach drei Tagen
wieder aufersteht: das alles ist Unsinn und überdies gegen alle
Gesetze der physischen Welt; was uns, nebenbei gesagt, be-
weist, daß die Pfaffen von je in schmählicher Unwissenheit
gelebt haben, in die sie am liebsten die ganze Menschheit mit
hineinzögen.«

Er verstummte und suchte mit den Augen rings um sich her nach
einem Publikum; denn in seinem überschwang hatte der Apotheker für kurze Zeit geglaubt, er spreche vor dem voll versam-
melten Gemeinderat. Aber die Gastwirtin hörte nicht mehr zu;
sie lauschte auf ein fernes Rollen. Man unterschied das Rasseln
eines Wagens, vermischt mit dem Klappern lockerer Hufeisen
auf dem Erdboden, und endlich hielt die »Schwalbe« vor der Tür.
Es war ein gelber Kasten auf zwei großen Rädern, die bis fast an
das Wagenverdeck hinaufreichten, den Fahrgästen die Aussicht
raubten und sie an den Schultern bespritzten. Die kleinen Scheiben der Fenster klirrten in ihren Rahmen, wenn der Wagen
geschlossen war, und auf ihrer alten Staubschicht klebten hier
und dort Schmutzspritzer, die nicht einmal die Gewitterregen
völlig abwuschen. Sie war mit drei Pferden bespannt, deren
erstes als Vorspannpferd ging, und beim Bergabfahren holperte
sie und streifte hinten den Boden.

Ein paar Yonviller Bürger kamen auf den Marktplatz; alle redeten
gleichzeitig, fragten nach Neuigkeiten, Erklärungen und Körben; Hivert wußte gar nicht, wem er zuerst antworten sollte. Er
pflegte nämlich in der Stadt allerlei Aufträge aus dem Dorf zu
erledigen. Er ging in die Läden, brachte dem Schuster Lederrol-
len mit, dem Hufschmied Roheisen; für seine Herrin eine Tonne
Heringe, holte Hauben bei der Modistin ab, vom Friseur Perük-
ken, und auf dem Rückweg verteilte er längs der Fahrstrecke
seine Pakete, indem er sie einfach über die Hecken der Einfrie-

digungen warf, wobei er auf dem Kutschbock aufstand und aus
voller Kehle schrie, während seine Pferde frei weiterliefen.

Ein Zwischenfall hatte ihn aufgehalten; Madame Bovarys Windspiel war querfeldein davongelaufen. Man hatte eine gute Viertelstunde nach ihm gepfiffen. Hivert war sogar eine halbe Meile
zurückgefahren; jede Minute hatte er geglaubt, es zu erblicken;
aber schließlich hatte die Fahrt fortgesetzt werden müssen.
Emma hatte geweint und war ganz außer sich gewesen; sie hatte
Charles die Schuld an dem Unglück gegeben. Monsieur Lheureux, der Stoffhändler, der mit ihr im Wagen saß, hatte sie durch
eine Menge Beispiele von verlaufenen Hunden zu trösten versucht, die ihren Herrn nach langen Jahren wiedererkannt hätten. Von einem werde erzählt, so sagte er, daß er von Konstan-
tinopel wieder nach Paris gelaufen sei. Ein anderer habe fünfzig
Meilen in gerader Linie zurückgelegt und vier Flüsse durch-
schwommen; und sein leiblicher Vater habe einen Pudel besessen, der ihn nach zwölfjähriger Abwesenheit eines Abends
auf der Straße von hinten her angesprungen habe, als er zum
Essen in die Stadt gegangen sei.

## II

Emma stieg als erste aus, dann folgten Félicité, Lheureux, eine
Amme, und Charles mußte in seiner Ecke geweckt werden, wo
er bei Einbruch der Dunkelheit fest eingeschlafen war.

Homais stellte sich vor, bezeigte Madame seine Wertschätzung,
tat mit Monsieur höflich, sagte, er sei beglückt, bereits Gelegenheit gehabt zu haben, ihnen beiden gefällig zu sein, und fügte
mit herzlicher Miene hinzu, er habe es auf sich genommen, sich
selber einzuladen, seine Frau sei nämlich verreist.

Als Madame Bovary in der Küche war, trat sie an den Kamin
heran. Mit zwei Fingerspitzen hob sie ihr Kleid in der Knie-
gegend, und als sie es auf diese Weise bis zu den Fußgelenken
gerafft hatte, hielt sie über der sich drehenden Hammelkeule
ihren schwarzbeschuhten Fuß der Flamme hin. Das Feuer be-

leuchtete sie von oben bis unten und drang grell durch das Gewebe ihres Kleids, in die gleichmäßigen Poren ihrer weißen Haut und sogar durch ihre Augenlider, mit denen sie dann und wann blinzelte. Wenn ein Windzug durch die halboffene Tür strich, überfloß sie ein heller roter Schein.

Auf der andern Seite des Kamins stand ein junger, blondhaariger Mann und betrachtete sie stumm.

Da Léon Dupuis (er war der zweite Stammgast des »Goldenen Löwen«), der Praktikant des Notars Guillaumin, sich in Yonville sehr langweilte, schob er seine Mahlzeit hinaus in der Hoffnung, es werde noch irgendein Reisender ins Gasthaus kommen, mit dem er den Abend verplaudern könne. An den Tagen, da er mit seiner Arbeit fertig war, mußte er, weil er nicht wußte, was er anfangen sollte, wohl oder übel pünktlich kommen und von der Suppe bis zum Käse Binets Gesellschaft erdulden. Erfreut hatte er daher den Vorschlag der Wirtin angenommen, gemeinsam mit den neuen Ankömmlingen zu Abend zu essen; man ging in die große Gaststube hinüber, wo Madame Lefrançois zur Feier des Tages vier Gedecke hatte auflegen lassen.

Homais bat, seine phrygische Mütze aufbehalten zu dürfen; er habe Angst, sich einen Schnupfen zu holen.

Dann wandte er sich an seine Tischnachbarin:

»Madame sind doch sicherlich ein bißchen müde? Man wird in unserer ›Schwalbe‹ so schrecklich durchgerüttelt.«

»Das stimmt«, antwortete Emma, »aber das Durcheinander macht mir stets Spaß; ich mag nun mal Ortsveränderungen.«

»Es ist so gräßlich«, seufzte der Notarspraktikant, »immer an derselben Stelle hocken zu müssen!«

»Wenn es Ihnen ginge wie mir«, sagte Charles, »der ich immerfort zu Pferde sitzen muß ...«

»Aber«, fuhr Léon fort und wandte sich dabei an Madame Bovary, »gerade das denke ich mir höchst angenehm; sofern man reiten kann«, fügte er hinzu.

»Übrigens«, sagte der Apotheker, »ist die Ausübung des Arztberufs in unserer Gegend nicht allzu mühselig; der Zustand unserer Straßen gestattet nämlich den Gebrauch eines Kabrioletts, und im allgemeinen wird recht gut bezahlt; die Bauern sind wohlhabend. In medizinischer Hinsicht haben wir, abgesehen von gängigen Fällen wie Enteritis, Bronchitis, Gallenanfällen usw., dann und wann zur Erntezeit ein bißchen Wechselfieber, aber alles in allem keine ernsten Fälle, es ist auf nichts Besonderes hinzuweisen, höchstens auf häufige skrofulöse Leiden, und die hängen wohl mit den kläglichen hygienischen Verhältnissen in den Bauernhäusern zusammen. Ach, Sie werden zahlreiche Vorurteile zu bekämpfen haben, Monsieur Bovary; viel Dickköpfigkeit, mit der alle Bemühungen Ihrer Wissenschaft zusammenstoßen; noch immer wird Hilfe bei neuntägigen Andachten, bei den Reliquien und beim Pfarrer gesucht, anstatt, wie es angebrachter wäre, zum Arzt oder zum Apotheker zu gehen. Dabei ist das Klima tatsächlich nicht schlecht, und wir haben sogar in der Gemeinde ein paar Neunzigjährige. Das Thermometer (ich habe Beobachtungen angestellt) fällt im Winter höchstens auf vier Grad, und im Hochsommer kommen wir allerhöchstens auf fünfundzwanzig bis dreißig Grad, was vierundzwanzig nach Réaumur oder vierundfünfzig Grad Fahrenheit (nach englischer Rechnung) ergibt, nicht mehr! – wir sind nämlich nach der einen Seite hin vor den Nordwinden durch den Forst von Argueil geschützt, und nach der andern Seite hin vor den Westwinden durch die Höhe von Saint-Jean; und jene Wärme, die ihre Ursache in dem Wasserdampf hat, der sich aus dem Bach löst, und in zahlreich vorhandenen Viehherden auf dem Weidegelände, die, wie Sie ja wissen, viel Ammoniak ausschwitzen, also Stickstoff, Wasserstoff und Sauerstoff (nein, bloß Stickstoff und Wasserstoff), jene Wärme also, die den Humus des Bodens auspumpt und all diese verschiedenen Emanationen vermischt, sie sozusagen zu einem Bündel zusammenfaßt, und sich selber mit der in der Atmosphäre verteilten Elektrizität verbindet, sofern welche vorhanden ist, könnte auf die Dauer, wie in den tropischen Ländern, gesundheitsschädliche Miasmen erzeugen; – diese Wärme, sage ich, wird gerade auf der Seite, wo sie herkommt, oder vielmehr, wo sie herkommen könnte, das heißt auf der Südseite, durch die Südostwinde abgekühlt, und da nun aber diese an sich schon beim Übergang über die Seine kalt geworden sind, kommen sie manchmal urplötzlich über uns wie russische Brisen!«

»Kann man wenigstens ein paar Spaziergänge in der Umgebung machen?« fuhr Madame Bovary in ihrem Gespräch mit dem jungen Herrn fort.

»Oh, nur sehr wenige«, antwortete er. »Es gibt oben auf der Anhöhe am Waldrand ein Fleckchen, das die ›Wildfütterung‹ genannt wird. Da gehe ich manchmal sonntags hin und verweile da mit einem Buch und schaue mir den Sonnenuntergang an.«

»Es gibt nichts Wunderbareres als Sonnenuntergänge«, erwiderte sie, »und besonders am Meeresstrand.«

»Oh, das Meer bete ich an«, sagte Léon.

»Und meinen nicht auch Sie dann«, entgegnete Madame Bovary, »daß der Geist freier über dieser grenzenlosen Weite schwebt, deren Anschauung die Seele erhebt und Gedanken an das Unendliche, an das Ideal gibt?«

»Genauso ist es mit den Gebirgslandschaften«, fuhr Léon fort. »Ich habe einen Vetter, der hat letztes Jahr eine Reise durch die Schweiz gemacht und mir gesagt, man könne sich die Poesie der Seen, den Zauber der Wasserfälle, den gigantischen Eindruck der Gletscher nicht vorstellen. Man sieht Fichten von unglaublicher Größe quer über Gießbächen liegen, Hütten über Abgründen schweben, und tausend Fuß unter sich in der Tiefe erblickt man ganze Täler, wenn Wolkenspalten sich auftun. Solche Anblicke müssen begeistern und dem Gebet, der Verzückung geneigt machen! Daher wundere ich mich nicht mehr über jenen berühmten Musiker, der, um seine Phantasie anzuspornen, angesichts einer imposanten Landschaft Klavier zu spielen pflegte.«

»Treiben Sie Musik?« fragte sie.

»Nein, aber ich höre sehr gern welche«, antwortete er.

»Haha, hören Sie nicht auf ihn, Madame Bovary«, redete Homais dazwischen und beugte sich über seinen Teller, »das ist pure Bescheidenheit. – Wie denn, mein Lieber? Na, neulich haben Sie den ›Schutzengel‹ zum Entzücken gesungen. Ich habe Ihnen vom Laboratorium aus zugehört; Sie haben das hingelegt wie ein Opernsänger.«

Léon wohnte nämlich im Haus des Apothekers, wo er im zweiten Stock ein kleines Zimmer hatte. Er wurde bei der Schmeichelei seines Hauswirts rot; doch dieser hatte sich bereits wieder dem Arzt zugewandt und zählte ihm einen nach dem andern die wichtigsten Einwohner von Yonville auf. Er gab Antworten zum besten und wartete mit Auskünften auf. Über das Vermögen des Notars wisse man nichts Genaueres, und es gebe da noch die Familie Tuvache, die einem stets was in den Weg lege.

Emma fuhr fort:

»Und welche Musik ist Ihnen die liebste?«

»Oh, die deutsche; die läßt einen träumen.«

»Kennen Sie die italienische Oper?«

»Noch nicht; aber nächstes Jahr, wenn ich erst in Paris wohne, um mein Rechtsstudium abzuschließen, werde ich sie mir ansehen.«

»Wie ich bereits die Ehre hatte«, sagte der Apotheker, »Ihrem Herrn Gemahl im Zusammenhang mit dem armen Yanoda auseinanderzusetzen, der auf und davon gegangen ist: dank der Torheiten, die er begangen hat, können Sie sich eines der komfortabelsten Häuser Yonvilles erfreuen. Die Hauptbequemlichkeit für einen Arzt besteht darin, daß es eine Tür zur ›Allee‹ hat, durch die man hinein- und hinausgehen kann, ohne gesehen zu werden. Übrigens ist es mit allem versehen, was es für einen Haushalt an Annehmlichkeiten gibt: Waschhaus, Küche mit Speisekammer, großes Wohnzimmer, Obstkeller und dergleichen. Ihr Vorgänger war ein fideler Bruder, dem es in Gelddingen nicht drauf ankam! Hinten im Garten, nach der Wasserseite zu, hat er sich eine Laube bauen lassen, um im Sommer darin sein Bier zu trinken, und wenn Madame gern gärtnert, dann kann sie ...«

»Damit befaßt meine Frau sich kaum je«, sagte Charles; »obwohl ihr körperliche Bewegung verordnet worden ist, sitzt sie lieber ganz allein in ihrem Schlafzimmer und liest.«

»Genau wie ich«, erwiderte Léon. »Gibt es im Grunde denn Schöneres, als abends mit einem Buch am Kamin zu sitzen, während der Wind den Regen gegen die Fensterscheiben treibt und die Lampe brennt ...?«

91

»Nicht wahr?« fragte sie und starrte ihn aus ihren großen, weit geöffneten dunklen Augen an.

»Man denkt an nichts«, fuhr er fort, »die Stunden gehen hin. Man bleibt, wo man ist und durchschweift dennoch Länder, die man vor Augen zu haben glaubt, und unser Denken, das sich in Phantasiegebilde verstrickt, ergeht sich spielerisch in den Einzelheiten oder folgt den Windungen der Abenteuer. Es verschmilzt mit den Gestalten; es kommt einem vor, als schlüge das eigene Herz unter ihren Kostümen.«

»So ist es! So ist es!« sagte sie.

»Ist es Ihnen nicht bisweilen widerfahren«, sprach Léon weiter, »daß Sie in einem Buch einem vagen Gedanken begegneten, den Sie selber gehabt haben, irgendeinem verschwommenen Bild, das aus der Ferne wieder zu Ihnen kommt, etwas wie die uneingeschränkte Darlegung ihres feinsten, zartesten Gefühls?«

»Das habe ich empfunden«, antwortete sie.

»Eben deswegen«, sagte er, »liebe ich vor allem die Dichter. Ich finde, daß Verse zarter als Prosa sind, und daß sie einen besser zu Tränen rühren.«

»Aber auf die Dauer langweilen sie«, entgegnete Emma; »und gegenwärtig schwärme ich für Geschichten, die man in einem Atem liest, bei denen man es mit der Angst bekommt. Alltagshelden und maßvolle Gefühle, wie sie in der Wirklichkeit vorkommen, sind mir widerlich.«

»Freilich«, bemerkte der Praktikant, »solche Werke greifen einem nicht ans Herz; sie entfernen sich, wie mir scheint, vom wahren Ziel und Zweck der Kunst. Es ist inmitten der Ernüchterungen des Lebens so herrlich, daß man sich in Gedanken in edle Charaktere, in reine Zuneigungen und Bilder des Glücks versetzen kann. Was mich betrifft, der ich hier fern von Welt und Gesellschaft lebe, ist das meine einzige Zerstreuung; aber Yonville bietet ja so wenig Möglichkeiten!«

»Sicherlich genauso wenig wie Tostes«, erwiderte Emma. »Deshalb habe ich auch immer ein Abonnement in einer Leihbücherei gehabt.«

»Wenn Madame mir die Ehre erweisen will, sie zu benutzen«,

sagte der Apotheker, der die letzte Äußerung gehört hatte, »so
stelle ich ihr meine Bibliothek zur Verfügung; sie besteht aus
den besten Autoren: Voltaire, Rousseau, Delille, Walter Scott,
›L'Echo des Feuilletons‹, usw., und außerdem bekomme ich mehrere Blätter, darunter das ›Leuchtfeuer von Rouen‹, eine Tages-
zeitung, deren Berichterstatter für Buchy, Forges, Neufchâtel,
Yonville und Umgegend zu sein ich das Glück habe.«
Seit zweieinhalb Stunden saßen sie jetzt bei Tisch; denn die be-
dienende Artémise, die in ihren Tuchschuhen saumselig über
die Fliesen schlurfte, trug jeden Teller einzeln herein, vergaß
alles, hörte auf nichts und ließ ständig die Tür zum Billardzimmer halb offen, die dann mit dem Ende ihrer Klinke gegen
die Wand klappte.
Ohne es zu merken, hatte Léon im Plaudern den Fuß auf eine der
Querleisten des Stuhls gestellt, auf dem Madame Bovary saß. Sie
trug ein kleines, blauseidenes Halstuch, das wie eine Krause
einen getollten Batistkragen hochhielt; und je nach ihren Kopfbewegungen versank der untere Teil ihres Gesichts in dem Stoff
oder kam anmutig daraus hervor. So gerieten sie beide, während
Charles und der Apotheker miteinander plauderten, in eins
jener uferlosen Gespräche, deren Zufallssätze immer auf den
festen Mittelpunkt einer gemeinsamen Sympathie zurück-
führen. Pariser Theateraufführungen, Romantitel, neue Quadrillen und die Gesellschaft, die sie nicht kannten, Tostes, wo sie
gewohnt hatte, Yonville, wo sie waren, all das ließen sie an sich
vorüberziehen, über all das sprachen sie, bis die Mahlzeit zu
Ende war.
Als der Kaffee gebracht wurde, ging Félicité fort, um in dem
neuen Haus das Schlafzimmer herzurichten, und bald brach die
Tischgesellschaft auf. Madame Lefrançois schlief am erlosche-
nen Kamin, während der Stallknecht mit einer Laterne in der
Hand auf Monsieur und Madame Bovary wartete, um sie nach
ihrem Haus zu führen. In seinem roten Haar hing Häcksel, und
auf dem linken Bein hinkte er. Als er mit der anderen Hand den
Regenschirm des Herrn Pfarrers ergriffen hatte, machte man
sich auf den Weg.
Der Ort lag im Schlaf. Die Pfeiler der Markthalle warfen lange

Schatten. Der Erdboden war ganz grau, wie in einer Sommernacht.

Da das Haus des Arztes nur fünfzig Schritt vom Gasthof entfernt lag, mußte allzu schnell Abschied genommen werden, und die Gesellschaft trennte sich.

Schon im Hausflur fühlte Emma die Kälte der gekalkten Wände auf ihre Schultern fallen wie nasse Wäsche. Die Mauern waren neu, und die Holzstufen knarrten. In dem im ersten Stock gelegenen Schlafzimmer fiel fahles Licht durch die gardinenlosen Fenster. Man sah Baumwipfel und in der Ferne das Wiesenland; es war halb von Nebel überschwemmt, der im Mondlicht rauchte, den Windungen des Bachs entsprechend. Mitten in dem Raum lagen und standen in buntem Durcheinander Kommodenschubfächer, Flaschen, Gardinenstangen, vergoldete Leisten, Matratzen auf Stühlen und Waschschüsseln auf dem Fußboden; die beiden Packer, die die Möbel hergebracht, hatten gleichgültig alles sich selbst überlassen.

Es war das vierte Mal, daß sie an einem unbekannten Ort schlief. Das erste Mal war es am Tag ihres Eintritts ins Kloster gewesen, das zweite Mal an dem ihrer Ankunft in Tostes, das dritte Mal auf Schloß Vaubyessard, das vierte Mal hier; und jedesmal hatte sich ergeben, daß ihr Leben in eine neue Phase getreten war. Sie glaubte nicht, daß die Dinge an verschiedenen Orten dieselben bleiben könnten, und da ihr bisheriger Anteil am Leben schlecht gewesen war, mußte derjenige, den sie noch hinter sich zu bringen hatte, wohl besser sein.


III


Als sie am andern Morgen aufwachte, sah sie auf dem Marktplatz den Praktikanten. Sie war im Morgenrock. Er blickte auf und grüßte. Sie nickte hastig und schloß das Fenster wieder.

Den ganzen Tag über wartete Léon darauf, daß es endlich sechs Uhr abends wäre; doch als er in den Gasthof kam, fand er am Tisch niemanden außer Binet vor.

Das gestrige Abendessen war für ihn ein bedeutungsvolles Ereignis gewesen; bis dahin hatte er nie zuvor zwei Stunden hintereinander mit einer Dame geplaudert. Wie hatte er es nur fertiggebracht, und noch dazu in so gewählter Sprache, ihr eine solche Menge von Dingen zu sagen, die er zuvor nicht so gut hätte ausdrücken können? Für gewöhnlich war er schüchtern und bewahrte jene Zurückhaltung, an der gleichzeitig Schamhaftigkeit und Heuchelei teilhaben. In Yonville fand man, er habe tadellose Manieren. Er hörte zu, wenn reife Leute redeten, und in der Politik schien er keine radikalen Meinungen zu haben, was bei einem jungen Menschen etwas Seltenes ist. Überdies besaß er Talente; er aquarellierte, konnte Noten lesen, und wenn er nicht Karten spielte, beschäftigte er sich nach dem Abendessen gern mit Literatur. Homais schätzte ihn seiner Bildung wegen, Madame Homais war ihm ob seiner Gefälligkeit geneigt, denn oftmals begleitete er die kleinen Homais in den Garten, Kinder, die stets dreckig waren, sehr schlecht erzogen und ein bißchen lymphatisch wie ihre Mutter. Außer von dem Hausmädchen wurden sie von Justin betreut, dem Apothekerlehrling, der mit Homais entfernt verwandt, von ihm aus Mitleid in sein Haus aufgenommen worden und dort gleichzeitig Diener war.

Der Apotheker erwies sich als der beste aller Nachbarn. Er belehrte Madame Bovary über die Lieferanten, ließ eigens seinen Ziderhändler herkommen, kostete persönlich das Getränk und achtete im Keller darauf, daß das Faß einen geeigneten Platz erhielt; er gab ihr fernerhin Anleitung, wie sie es anfangen müsse, sich einen Vorrat billiger Butter zuzulegen, und traf eine Vereinbarung mit Lestiboudois, dem Sakristan, der außer seinen kirchlichen und totengräberischen Funktionen auch die wichtigsten Gärten von Yonville betreute, stundenweise oder aufs Jahr, ganz wie es gewünscht wurde.

Nicht nur das Verlangen, sich mit anderen Leuten zu beschäftigen, trieb den Apotheker zu so viel kriecherischer Herzlichkeit an; es steckte bei ihm ein Plan dahinter.

Er hatte nämlich gegen das Gesetz vom 19. Ventôse des Jahres XI, Artikel 1, verstoßen, das jedem Individuum, das nicht im Besitz eines Diploms ist, die ärztliche Betätigung verbietet; so

daß Homais auf dunkle Denunziationen hin nach Rouen vor den
Staatsanwalt geladen worden war, und zwar in dessen Dienst-
zimmer. Der Vertreter der Justiz hatte ihn stehend empfangen,
in seiner Robe, den Hermelinkragen um die Schultern und auf
dem Kopf das Barett. Es war am Vormittag gewesen, vor einer
Gerichtsverhandlung. Im Flur hatte man die schweren Tritte der
Gendarmen gehört, und etwas wie das ferne Geräusch des Ein-
schnappens dicker Schlösser. Der Apotheker hatte Ohrensausen
bekommen und geglaubt, er bekomme einen Blutsturz; er hatte
Kerkerlöcher vor Augen, seine in Tränen aufgelöste Familie, die
Apotheke verkauft, seine sämtlichen Glasgefäße in alle Winde
verstreut; und hinterher hatte er in ein Café gehen und ein Glas
Rum mit Selters trinken müssen, um seine Lebensgeister auf-
zufrischen.

Allmählich verblaßte die Erinnerung an diese Verwarnung, und
er fuhr fort, ganz wie früher in der Stube hinter seinem Laden
harmlose Ratschläge zu erteilen. Da aber der Bürgermeister ihn
nicht leiden konnte und seine Kollegen futterneidisch waren,
hatte er alles zu befürchten; sich an Bovary mittels kleiner Gefälligkeiten anzuschließen bedeutete also, dessen Dankbarkeit
zu gewinnen und zu verhindern, daß er später redete, falls er
etwas merken sollte. Daher brachte Homais ihm jeden Morgen
die Zeitung, und oftmals kehrte er nachmittags der Apotheke
den Rücken und ging zu dem Arzt hinüber, um sich mit ihm zu
unterhalten.

Charles war bekümmert: es kamen keine Patienten. Ganze Stunden lang saß er da, sprach kein Wort, hielt in seinem Sprechzimmer ein Schläfchen oder sah seiner Frau beim Nähen zu. Um sich
zu zerstreuen, betätigte er sich im Haus als Arbeitsmann; er versuchte sogar, mit dem Rest der Farbe, den die Maler zurückgelas-
sen hatten, den Speicher zu tünchen. Allein die Geldverlegen-
heit bedrückte ihn. Er hatte für Reparaturen in Tostes, für die
Kleider seiner Frau und für den Umzug so viel ausgegeben, daß
die ganze Mitgift, mehr als dreitausend Taler, innerhalb zweier
Jahre draufgegangen war. Ferner war auf dem Transport von
Tostes nach Yonville vielerlei beschädigt worden oder verloren-
gegangen, ganz abgesehen davon, daß der gipsene Pfarrer, der

bei einem allzu heftigen Rütteln vom Wagen heruntergefallen, auf dem Straßenpflaster von Quincampoix in tausend Stücke zersprungen war!

Eine zartere Sorge lenkte ihn ab, nämlich die Schwangerschaft seiner Frau. Je näher der Zeitpunkt rückte, desto liebevoller behandelte er sie. Eine neue körperliche Bindung bahnte sich an, etwas wie das eigenartige Gefühl einer komplizierteren Zusammengehörigkeit. Wenn er von weitem ihren trägen Gang sah und wie ihre Taille sich weich über ihren korsettlosen Hüften drehte und wendete, wenn sie einander gegenüber saßen, er sie wohlgefällig betrachtete und sie in ihrem Lehnstuhl erschöpfte Posen annahm, dann konnte er vor Glück nicht an sich halten; er stand auf, küßte sie, streichelte ihr Gesicht, nannte sie kleine Mama, wollte mit ihr herumtanzen und verschwendete an sie, halb lachend, halb schluchzend, alle möglichen liebkosenden Scherze, die ihm in den Kopf kamen. Der Gedanke, gezeugt zu haben, entzückte ihn. Jetzt fehlte ihm nichts mehr. Jetzt kannte er das menschliche Dasein durch und durch, und frohgemut stützte er sich bei Tisch auf beide Ellbogen.

Emma hatte zunächst großes Erstaunen verspürt; dann verlangte es sie danach, entbunden zu werden, um zu wissen, was es damit auf sich habe, Mutter zu sein. Aber da sie nicht Ausgaben machen konnte, wie sie wollte, keine gondelförmige Wiege mit rosa Seidenvorhängen und gestickte Kinderhäubchen kaufen, verzichtete sie in einem Anfall von Bitterkeit auf die Babyausstattung und bestellte alles auf einmal bei einer Näherin aus dem Dorf, ohne etwas auszusuchen oder hineinzureden. So genoß sie nicht die Freuden der Vorbereitungszeit, in der die Zärtlichkeit der Mütter sich lustvoll bekundet, und ihre Zuneigung erlitt deswegen vielleicht von vornherein eine Einbuße.

Da jedoch Charles bei allen Mahlzeiten von dem Baby sprach, begann auch sie bald, beständiger daran zu denken.

Sie wünsche sich einen Jungen; stark und braun sollte er sein und Georges heißen; und dieser Gedanke, ein männliches Wesen als Kind zu haben, war wie die erhoffte Rache für alles, was das Dasein ihr schuldig geblieben war. Ein Mann ist doch wenigstens sein freier Herr; ihm stehen alle Leidenschaften und alle Lande offen; er kann die Hindernisse überwinden und nach den entlegensten Glückseligkeiten trachten. Eine Frau dagegen ist immerfort gehindert. Zugleich träge und geschmeidig hat sie die Nachgiebigkeiten des Körpers und die Abhängigkeit vom Gesetz gegen sich. Wie der durch eine Schnur festgehaltene Schleier ihres Huts flattert ihr Wille bei jedem Windhauch; immerfort stellt sich ein Begehren ein und reißt sie fort, gebietet eine Schicklichkeitsregel ihr Einhalt.

An einem Sonntag, gegen sechs Uhr früh, bei Sonnenaufgang, kam sie nieder.

»Ein Mädchen ist es!« sagte Charles.

Sie wandte den Kopf und wurde ohnmächtig.

Dann kam auch schon Madame Homais gelaufen und küßte sie und ebenso die alte Lefrançois vom »Goldenen Löwen«. Der Apotheker als Mann von Takt und Anstand rief ihr nur ein paar provisorische Glückwünsche durch den Türspalt zu. Er wollte das Kind sehen und fand es wohlgeraten.

Während ihrer Genesung beschäftigte sie sich ausgiebig mit der Suche nach einem Namen für ihre Tochter. Zunächst ließ sie alle Namen Revue passieren, die italienische Endungen hatten, wie Clara, Louisa, Amanda, Atala; sie hatte ziemlich viel für Galsuinde übrig, mehr noch für Yseult oder Léocadie. Charles wünschte, das Kind solle wie seine Mutter heißen; dem widersetzte sich Emma. Der Kalender wurde von vorn bis hinten durchgegangen, und sogar fremde Leute wurden zu Rate gezogen.

»Monsieur Léon«, sagte der Apotheker, »mit dem ich neulich darüber gesprochen habe, wundert sich, daß Sie nicht Madeleine gewählt haben; das sei jetzt außerordentlich modern.«

Aber die alte Bovary erhob großes Geschrei über diesen Sünderinnennamen. Was Homais betraf, so hatte er eine Vorliebe für alle Namen, die an einen großen Mann, ein berühmtes Geschehnis oder einen edelmütigen Gedanken erinnerten, und nach diesem System hatte er seine vier Kinder getauft. So repräsentierte Napoléon den Ruhm und Franklin die Freiheit; Irma war vielleicht ein Zugeständnis an die Romantik; und Athalie eine Huldigung an das unsterblichste Meisterwerk des französischen

Dramas. Denn seine philosophischen Überzeugungen standen dem, was er in der Kunst bewunderte, nicht entgegen; der Denker in ihm erstickte nicht den Gefühlsmenschen; er wußte Unterschiede zu machen, der Phantasie und dem Fanatismus ihr Teil zuzumessen. An jener Tragödie beispielsweise mißfiel ihm der Gedankengehalt, aber er bewunderte den Stil; er schimpfte auf die Konzeption, aber allen Einzelheiten zollte er Beifall; er entrüstete sich über die Gestalten und begeisterte sich an dem, was sie sagten. Wenn er große Abschnitte las, war er hingerissen, aber wenn er überlegte, daß die Pfaffen daraus Vorteile für ihren »Laden« zögen, war er verzweifelt, und in dieser Verwirrung der Gefühle, in der er nicht aus noch ein wußte, hätte er am liebsten Racine mit beiden Händen den Kranz gereicht und eine gute Viertelstunde lang mit ihm ein Streitgespräch geführt.

Zu guter Letzt fiel Emma ein, daß sie auf Schloß Vaubyessard gehört hatte, wie die Marquise eine junge Dame mit »Berthe« anredete; also wurde dieser Name gewählt, und da der alte Rouault nicht kommen konnte, wurde Homais gebeten, Pate zu stehen. Als Geschenk spendierte er lauter Dinge aus seinem Laden, nämlich sechs Schachteln Brustbeertee, eine ganze Dose arabisches Kraftmehl, drei Büchsen Eibischmarmelade und außerdem sechs Stangen Kandiszucker, die er in einem Wandschrank wiedergefunden hatte. Am Abend nach der Tauffeierlichkeit gab es ein Festessen; der Pfarrer fand sich dazu ein; man kam in Stimmung. Bei den Likören gab Homais den »Gott der guten Leute« zum besten. Léon sang eine Barkarole, und die alte Bovary, die Patin war, sang eine Romanze aus der Zeit des Kaiserreichs; der Vater Bovary bestand schließlich darauf, daß das Kind heruntergebracht werde; er taufte es mit einem Glas Champagner, das er ihm von oben über den Kopf goß. Diese Verhöhnung des ersten der Sakramente entrüstete den Abbé Bournisien; der alte Bovary antwortete mit einem Zitat aus dem »Krieg der Götter«, der Pfarrer wollte weggehen; die Damen baten ihn inständig, zu bleiben; Homais legte sich ins Mittel, und schließlich gelang es, den Geistlichen dazu zu bewegen, daß er sich wieder setzte; friedlich langte er nach seinem halbgeleerten, auf der Untertasse stehenden Täßchen Kaffee.

Vater Bovary blieb noch einen ganzen Monat in Yonville und verblüffte die Einwohner durch eine prächtige Polizeimütze mit silbernen Litzen, die er vormittags trug, wenn er auf dem Marktplatz seine Pfeife rauchte. Da er auch gewohnt war, viel Schnaps zu trinken, schickte er das Dienstmädchen häufig in den »Goldenen Löwen«, um ihm eine Flasche zu kaufen, mit der dann das Konto seines Sohns belastet wurde; und um seine Taschentücher zu parfümieren, verbrauchte er den gesamten Vorrat an Eau de Cologne seiner Schwiegertochter.

Ihr war seine Gesellschaft durchaus nicht unangenehm. Er war in der Welt herumgekommen: er erzählte von Berlin, von Wien, von Straßburg, von seiner Militärzeit, von den Geliebten, die er gehabt, von den großen Essen, die er gegeben habe; überdies bezeigte er sich liebenswürdig, und manchmal, sei es auf der Treppe oder im Garten, faßte er sie um die Taille und rief: »Charles, nimm dich in acht!«

Dann bangte die Mutter Bovary um das Glück ihres Sohns, und aus Angst, ihr Mann könne auf die Dauer einen unsittlichen Einfluß auf die Gedankenwelt der jungen Frau haben, drängte sie zur Abreise. Vielleicht trug sie sich mit noch schlimmeren Befürchtungen. Dem alten Bovary war alles zuzutrauen.

Eines Tages überkam Emma plötzlich das Verlangen, ihr kleines Mädchen zu sehen, das sie zu einer Amme, einer Tischlersfrau, gegeben hatte, und ohne erst auf dem Kalender nachzuschauen, ob die sechs Wochen der Heiligen Jungfrau noch andauerten, machte sie sich auf den Weg zu Rollets Haus, das am äußersten Ende des Dorfs gelegen war, am Hang zwischen der Landstraße und den Wiesen.

Es war Mittag; die Fensterläden der Häuser waren geschlossen, und die Schieferdächer, die im harten Licht des blauen Himmels glänzten, schienen am First Funken zu sprühen. Es wehte ein schwüler Wind. Emma verspürte im Gehen ein Schwächegefühl; die Kieselsteine des Gehsteigs taten ihr weh; sie schwankte, ob sie umkehren oder irgendwo eintreten und sich setzen solle.

In diesem Augenblick kam Léon aus einer nahen Haustür heraus, einen Stapel Akten unter dem Arm. Er trat auf sie zu, begrüßte sie und stellte sich mit ihr in den Schatten des grauen, vorspringenden Zeltdachs vor Lheureux' Laden.

Madame Bovary sagte, sie wolle ihr Kind besuchen, aber sie fange an, müde zu werden.

»Wenn...«, entgegnete Léon, wagte aber nicht, fortzufahren.

»Haben Sie irgendwo dienstlich zu tun?« fragte sie.

Und auf die Antwort des Praktikanten hin bat sie ihn, sie zu begleiten. Schon am Abend hatte sich das in Yonville herumgesprochen, und Madame Tuvache, die Bürgermeistersgattin, erklärte in Gegenwart ihres Dienstmädchens, Madame Bovary kompromittiere sich.

Um zu der Amme zu gelangen, mußte man, nachdem man die Dorfstraße hinter sich gelassen, nach links abbiegen, als wolle man zum Friedhof gehen, und zwischen den kleinen Häusern und den Höfen dem Fußweg folgen, den Ligustersträucher säumten. Sie standen in Blüte und der Ehrenpreis, die Heckenrose, die Brennesseln und die Brombeeren gleichfalls; sie wucherten aus dem Buschwerk heraus. Durch Lücken in der Hecke erblickte man in den kleinen Gehöften ein Schwein auf dem Misthaufen oder eingepferchte Kühe, die ihre Hörner an den Baumstämmen rieben. Seite an Seite gingen die beiden gemächlich weiter; sie stützte sich auf ihn, und er paßte seinen Schritt dem ihren an; vor ihnen tanzte und summte ein Mückenschwarm in der warmen Luft.

Sie erkannten das Haus an einem alten Nußbaum, der es überschattete. Es war niedrig und mit braunen Ziegeln gedeckt; aus der Bodenluke hing ein Zopf Zwiebeln. An der Dornenhecke aufgeschichtete Reisigbündel umschlossen ein Beet mit Salat, ein paar Fuß Lavendel und blühende Erbsen an Stangen. Schmutziges Wasser floß und zerrann im Gras, und ringsum hingen unbestimmbare Lumpen, gestrickte Strümpfe, eine rote Kattunjacke und ein großes Stück grobes Leinen auf der Hecke. Beim Knarren der Tür erschien die Amme und hielt ein saugendes Kind auf dem Arm. An der anderen Hand zog sie ein armseliges, schmächtiges Kerlchen mit skrofulösen Flecken im Gesicht hinter sich her, den Jungen eines Rouener Mützenmachers, dessen Eltern ihn aufs Land gegeben hatten, weil sie durch ihr Geschäft zu sehr beansprucht wurden.

»Treten Sie nur näher«, sagte sie. »Ihre Kleine ist drin und schläft.«

In dem einzigen Raum des Erdgeschosses stand hinten an der Wand ein breites Bett ohne Vorhänge, während die Seite am Fenster, dessen eine Scheibe mit einem Sonnenrad aus blauem Papier geflickt war, der Backtrog einnahm. In der Ecke hinter der Tür standen unter dem Spülstein in einer Reihe Stiefel mit blanken Nägeln, daneben eine Flasche Öl, in deren Hals eine Feder steckte; auf dem staubigen Kaminsims lag ein »Mathieu Laensberg« zwischen Flintsteinen, Kerzenstümpfen und Zünd-schwamm herum. Die einzige Zier dieser Wohnung war eine die Posaune blasende Fama, ein Bild, das sicherlich aus dem Pro-spekt eines Parfümhändlers herausgeschnitten und mit sechs Schuhstiften an die Wand genagelt worden war.

Emmas Kind schlief auf dem Fußboden in einem Weidenkorb. Sie nahm es mitsamt der Decke, in die es gewickelt war, und be-gann leise zu singen, wobei sie sich in den Hüften wiegte.

Léon ging im Zimmer auf und ab; es kam ihm seltsam vor, diese schöne Dame im Nankingsommerkleid in dieser elenden Umge-bung zu sehen. Madame Bovary wurde rot; er wandte sich ab im Glauben, sein Blick sei vielleicht zudringlich gewesen. Dann legte sie die Kleine, die sich gerade auf ihren Halskragen er-brochen hatte, wieder in das Körbchen. Die Amme kam schnell herbei, um es abzuwischen, und beteuerte, es werde keine Flecken geben.

»Mit mir macht sie noch ganz was anderes«, sagte sie, »ich habe nichts zu tun, als sie immerfort rein zu machen! Wenn Sie doch so gut wären, dem Krämer Camus zu sagen, daß ich mir bei ihm ein bißchen Seife holen könne, wenn ich welche brauche? Das wäre auch bequemer für Sie, ich würde Sie dann nicht belä-stigen.«

»Meinetwegen, meinetwegen!« sagte Emma. »Auf Wiedersehen, Mutter Rollet.«

Und sie ging hinaus und reinigte sich auf der Schwelle die Füße.

Die gute Frau begleitete sie bis zum Ende des Hofs und redete dabei, wie schwer es ihr falle, nachts aufstehn zu müssen.

»Manchmal bin ich davon so zerschlagen, daß ich auf meinem Stuhl einschlafe; dafür sollten Sie mir wenigstens noch ein Pfündchen gemahlenen Kaffee geben; damit reiche ich einen Monat und trinke ihn morgens mit Milch.«

Nachdem Madame Bovary die Dankesbeteuerungen über sich hatte ergehen lassen, wandte sie sich zum Gehen; doch kaum hatte sie ein paar Schritte auf dem Fußpfade getan, als ein Klappern von Holzschuhen sie sich umwenden ließ: es war die Amme!

»Was haben Sie noch?«

Da zog das Bauernweib sie beiseite, hinter eine Ulme, und fing an, von ihrem Mann zu erzählen, der bei seinem Handwerk und den sechs Francs jährlich, die der Hauptmann ...

»Kommen Sie schnell zum Ende«, sagte Emma.

»Na ja!« fuhr die Amme fort und stieß bei jedem Wort einen Seufzer aus, »ich habe Angst, er wird böse, wenn er mich ganz allein Kaffee trinken sieht; Sie wissen ja, die Männer ...«

»Sie sollen welchen haben«, sagte Emma nochmals, »ich schenke Ihnen welchen ... Sie ermüden mich!«

»Ach, liebe, gute Dame, es ist ja bloß für die schrecklichen Brustkrämpfe, die er von seiner Verwundung her hat. Er sagt sogar, der Zider schwäche ihn.«

»Aber beeilen Sie sich doch, Mutter Rollet!«

»Also«, fuhr sie fort und machte einen Knicks, »wenn es nicht zuviel verlangt ist ...«, sie knickste noch einmal – »wenn Sie so gut sein wollten« –, und ihr Blick wurde flehend, – »ein Krüglein Schnaps«, sagte sie schließlich, »und ich würde damit die Füße Ihrer Kleinen einreiben; die sind so zart wie Zunge.«

Als Emma die Amme losgeworden war, nahm sie abermals Léons Arm. Eine Zeitlang ging sie schnell; dann verlangsamte sie den Schritt, und ihr Blick, der bislang nach vorn gerichtet gewesen war, traf die Schulter des jungen Mannes, dessen Gehrock einen schwarzen Samtkragen hatte. Sein kastanienbraunes, glatt anliegendes, gut frisiertes Haar fiel darauf. Sie bemerkte seine Fingernägel, die länger waren, als sie in Yonville getragen wurden. Es war eine der Hauptbeschäftigungen des Praktikanten, sie zu pflegen; er hatte zu diesem Zweck ein ganz besonderes Messer in seinem Schreibzeug liegen.

Sie gingen wieder nach Yonville zurück und folgten dabei dem Ufer des Bachs. In der heißen Jahreszeit war der Wasserstand so niedrig, daß die Gartenmauern bis auf ihre Grundsteine zu sehen waren; sie hatten eine aus ein paar Stufen bestehende Treppe, die bis zum Wasser hinabführte. Es floß geräuschlos, schnell und mutete kalt an; hohe, dünne Gräser neigten sich darin alle auf einmal, je nachdem die Strömung sie beugte, und sie breiteten sich in dem durchsichtigen Wasser aus wie gelöstes grünes Haar. Manchmal lief ein dünnfüßiges Insekt an den Spitzen der Binsen oder den Blättern der Wasserrosen entlang oder setzte sich darauf. Die Sonne durchstach mit einem Strahl die kleinen blauen Erhebungen der Wellen, die zerfließend einander folgten; die alten, gestutzten Weiden spiegelten ihre graue Rinde im Wasser; und drüben, überall ringsumher, muteten die Wiesen leer an. Es war die Stunde der Hauptmahlzeit in den Bauernhöfen, und die junge Frau und ihr Begleiter vernahmen nichts als den rhythmischen Laut ihrer eigenen Schritte auf der Erde des Fußwegs, die Worte, die sie einander sagten und das Rascheln von Emmas Kleid, das sie umrauschte.

Die oben mit Flaschenscherben gespickten Gartenmauern waren warm wie die Scheiben eines Treibhauses. Zwischen den Ziegelsteinen sproßten wilde Nelken hervor; und im Vorüberschreiten ließ Madame Bovary mit dem Rand ihres Sonnenschirms ihre verwelkten Blüten zu gelbem Staub zerfallen, oder eine überhängende Ranke des Geißblatts oder der Klematis schabte einen Augenblick über die Seide oder verhakte sich in den Fransen.

Sie plauderten über eine Truppe spanischer Tänzer, die demnächst im Rouener Theater auftreten sollte.

»Werden Sie hinfahren?« fragte sie.

»Wenn ich kann«, antwortete er.

Hatten sie einander wirklich nichts anderes zu sagen? Dabei waren ihre Augen von einer viel ernsteren Plauderei erfüllt, und während sie sich bemühten, banale Redensarten zu finden,

spürten sie, wie sie beide der gleiche sehnsüchtige Drang überkam; es war wie ein Geflüster der Seele, tief, unaufhörlich, und
es übertönte dasjenige der Stimmen. Betroffen ob dieser un-
gewohnten, süßen Empfindung dachten sie nicht daran, einander ihr Fühlen mitzuteilen oder dessen Ursache zu ergründen.
Künftiges Glück ist wie ein tropisches Gestade; es sendet weit
über die unendlichen Weiten, die noch vor ihm liegen, seine ihm
eigentümlichen Düfte, einen balsamischen Windhauch, und
man schlummert in dieser Berauschung ein, ohne sich um den
Horizont zu sorgen, den man nicht zu sehen vermag.
Der Erdboden war an einer Stelle durch Viehtritte grundlos
geworden; man mußte über dicke grüne Steine steigen, die in
Abständen im Schmutz lagen. Oft blieb sie eine Weile stehen
und hielt Ausschau, wohin sie ihr Stiefelchen setzen sollte – und
wenn sie dann auf dem wackelnden Stein schwankte, die Ellbogen in der Luft, vornübergebeugt, unentschlossenen Blicks,
dann lachte sie vor Angst, in die Wasserlachen zu fallen.
Als sie vor ihrem Garten angelangt waren, stieß Madame Bovary
die Gittertür auf, stieg eilends die Stufen hinan und verschwand.
Léon kehrte in sein Büro zurück. Der Chef war abwesend. Der
Praktikant warf einen Blick auf die Aktenstücke, dann schnitt er
sich eine Feder zurecht, nahm schließlich seinen Hut und ging
fort.
Er ging nach der »Wildfütterung« am Waldeingang oben auf der
Anhöhe von Argueil, legte sich unter die Tannen und schaute
durch die Finger in den Himmel.
»Wie ich mich langweile!« sagte er vor sich hin, »wie ich mich
langweile!«
Er fand es bejammernswert, daß er in diesem Dorf leben mußte,
mit Homais als Freund und Guillaumin als Vorgesetzten. Der
letztere, der vollauf von seinen Geschäften beansprucht war,
eine goldene Brille und einen roten Backenbart über der weißen
Halsbinde trug, verstand nichts von geistigen Genüssen, obwohl
er großtat mit einem steifen englischen Gehaben, das den Praktikanten in der ersten Zeit geblendet hatte. Was die Apothekersfrau betraf, so war sie die beste Ehefrau der Normandie, sanft
wie ein Lamm, ihren Kindern, ihren Eltern, ihren Vettern herz-

lich zugetan; sie weinte, wenn andern Leuten etwas zustieß, ließ in ihrem Haushalt alles drunter und drüber gehen und haßte Korsetts; – aber sie war so langsam in ihren Bewegungen, es war so langweilig, ihr zuzuhören, sie sah so unbedeutend aus, und ihre Unterhaltung war so beschränkt, daß er, obwohl sie dreißig Jahre alt war und er zwanzig, nie daran gedacht hatte, daß sie Tür an Tür schliefen, daß er täglich mit ihr sprach, daß sie jemandes Frau sein könne, und daß sie von ihrem Geschlecht etwas anderes als das Kleid besitze.

Und wen gab es sonst noch? Binet, ein paar Kaufleute, ein paar Kneipwirte, den Pfarrer und schließlich Tuvache, den Bürgermeister, mit seinen beiden Söhnen, großmäuligen, brummigen, borniertem Kerlen, die ihre Äcker selber bestellten, untereinander Schlemmereien veranstalteten, zudem bigott waren und im Umgang völlig unerträglich.

Aber auf dem vulgären Untergrund dieser Ohrfeigengesichter hob sich Emmas Antlitz gesondert und dabei in noch größerer Ferne ab; denn er verspürte zwischen ihr und sich etwas wie unauslotbare Abgründe.

In der ersten Zeit hatte er sie zusammen mit dem Apotheker mehrmals besucht. Charles hatte nicht gewirkt, als sei er über die Maßen begierig, ihn wiederzusehen, und Léon wußte nicht, wie er sich zwischen der Furcht, aufdringlich zu erscheinen, und dem Verlangen nach einem vertrauten Umgang verhalten sollte, der ihn nahezu unmöglich dünkte.


IV


Mit den ersten Frösten verließ Emma ihr Schlafzimmer und wohnte in der großen Stube, einem länglichen Raum mit niedriger Decke, auf dessen Kamin sich ein buschiger Korallenstock gegen das Spiegelglas ausbreitete. Sie saß in ihrem Lehnstuhl am Fenster und sah die Dorfleute auf dem Fußsteig vorübergehen. Zweimal täglich ging Léon von seinem Büro zum »Goldenen Löwen«. Emma hörte ihn schon von weitem kommen; lau-

schend beugte sie sich vor; und der junge Mann glitt hinter der
Gardine vorüber, immer auf die gleiche Art gekleidet und ohne
den Kopf zu wenden. Doch in der Abenddämmerung, wenn sie,
das Kinn in der linken Hand, die begonnene Stickerei auf
die Knie hatte niedersinken lassen, überrann sie oftmals ein
Schauer beim Erscheinen jenes Schattens, der plötzlich vor-
überglitt. Dann stand sie auf und ordnete an, es solle gedeckt
werden.

Während des Abendessens kam Homais. Seine phrygische
Mütze in der Hand, trat er leisen Schrittes ein, um niemanden
zu stören, und sagte stets die gleiche Redensart: »Guten Abend
miteinander!« Wenn er sich dann auf seinen Platz am Tisch
zwischen den Ehegatten gesetzt hatte, erkundigte er sich bei
dem Arzt nach dem Befinden von dessen Patienten, und dieser
fragte ihn über die mutmaßliche Höhe der Honorare aus. Dann
wurde über das geplaudert, was »in der Zeitung« gestanden
hatte. Zu dieser Tageszeit wußte Homais sie fast auswendig; und
er trug sie wortwörtlich vor, mitsamt den Erwägungen des Jour-
nalisten und all den Berichten über einzelne Katastrophen, die
sich in Frankreich oder im Ausland ereignet hatten. Doch wenn
dies Thema am Versiegen war, zögerte er nicht, mit ein paar Bemerkungen über die Speisen aufzuwarten, die er vor sich sah.
Manchmal erhob er sich sogar halb und machte Madame artig
auf das zarteste Stück aufmerksam, oder er wandte sich an das
Hausmädchen und gab ihm Ratschläge über die Zubereitung
von Ragouts oder die gesundheitliche Verträglichkeit der Ge-
würze; er sprach über Arome, Fleischextrakte, Säfte und Gal-
lerte, daß einem die Augen übergingen. Da Homais übrigens im
Kopf mehr Kochrezepte hatte als in seiner Apotheke Glasgefäße,
war er ein Meister in der Herstellung aller möglichen Konfitüren,
Essigarten und süßen Liköre, ferner kannte er alle neuen Erfindungen auf dem Gebiet der Sparherde, und ebenso die Kunst,
Käse zu konservieren und verdorbenen Wein zu behandeln.

Um acht Uhr erschien Justin und holte ihn zum Ladenschluß.
Dann pflegte Homais ihm einen pfiffigen Blick zuzuwerfen, zumal wenn Félicité da war, weil er gemerkt hatte, daß sein Lehrling eine Vorliebe für das Haus des Arztes besaß.

»Mein Schlingel«, sagte er, »fängt an, dumme Gedanken zu haben, und ich glaube, hol mich der Teufel, er ist in Ihr Hausmädchen verschossen!«

Aber er entdeckte bei ihm eine noch größere Sünde; er warf ihm
vor, stets die Gespräche zu belauschen. Sonntags zum Beispiel
sei er nicht zum Verlassen des Wohnzimmers zu bewegen, wohin Madame Homais ihn gerufen hatte, um die Kinder hinaus-
zubringen, die in den Sesseln mit den zu weiten Kalikoüber-
zügen am Einschlafen waren.

Es erschienen zu diesen Abendgesellschaften des Apothekers
nur wenige Leute; seine Klatschsucht und seine politischen
Ansichten hatten nacheinander die verschiedenen Honoratioren von ihm abrücken lassen. Der Praktikant verfehlte nicht,
sich einzufinden. Sobald er die Haustürschelle hörte, eilte er
Madame Bovary entgegen, nahm ihr den Schal ab und stellte
die plumpen Tuchpantoffeln, die sie über ihrem Schuhwerk
trug, wenn Schnee gefallen war, unter den Ladentisch der Apotheke.

Zunächst wurden ein paar Partien »Trente-et-un« gespielt; dann
spielte Homais mit Emma »Ecarté«; Léon stand hinter ihr und
beriet sie. Die Hände auf die Rückenlehne ihres Stuhls gestützt,
betrachtete er die Zähne ihres Kamms, der in ihrem Haarknoten
steckte. Bei jeder Bewegung, die sie machte, um die Karten zu
werfen, zog sich ihr Kleid an der rechten Seite in die Höhe, und
von ihren aufgesteckten Haaren huschte ein brauner Schimmer
ihren Rücken hinunter, der immer matter wurde und sich
schließlich im Schatten verlor. Danach fiel ihr Kleid an beiden
Seiten, sich in vielen Falten bauschend, auf den Stuhl zurück
und breitete sich wieder bis auf den Boden aus. Wenn Léon dann
und wann spürte, daß seine Schuhsohle darauf geriet, zog er sie
rasch zurück, als habe er auf einen Menschen getreten.

War die Kartenpartie zu Ende, begannen der Apotheker und der
Arzt Domino zu spielen, und Emma wechselte den Platz, stützte
die Ellbogen auf den Tisch und blätterte in »L'Illustration«. Sie
hatte ihre Modenzeitschrift mitgebracht. Léon setzte sich zu ihr;
gemeinsam schauten sie sich die Kupferstiche an und warteten
beim Umblättern aufeinander. Oft bat sie ihn, ihr Gedichte auf-

zusagen; Léon deklamierte mit schleppender Stimme, die er bei den Liebesstrophen sorglich verhauchen ließ. Allein das Klappern der Dominosteine störte ihn; Homais war ein gerissener Spieler, er schlug Charles mit der Doppel-Sechs. Wenn dann die dreihundert Punkte voll waren, streckten sie beide am Kamin die Beine lang und nickten nur zu bald ein. Das Feuer erstarb in der Asche; die Teekanne war leer; Léon las noch immer. Emma hörte ihm zu und drehte mechanisch am Lampenschirm herum, auf dessen Gaze Pierrots in Wagen und Seiltänzerinnen mit Balancierstangen gemalt waren. Léon hielt inne und wies durch eine Geste auf seine eingeschlafene Zuhörerschaft hin; dann sprachen sie mit gesenkter Stimme, und ihre Unterhaltung dünkte sie süßer, weil niemand ihr zuhörte.

So bildete sich zwischen ihnen beiden eine gewisse Gemeinschaft heraus, ein fortwährender Austausch von Büchern und Romanzen; Bovary, der wenig zur Eifersucht neigte, wunderte sich nicht darüber.

Zu seinem Namenstag bekam er einen schönen phrenologischen Schädel, der über und über, bis zum Halsansatz, mit blauen Ziffern bedeckt war. Das war eine Aufmerksamkeit des Praktikanten. Andere folgten, er fuhr schließlich sogar nach Rouen und machte dort Besorgungen für sie; und als das Buch eines Romanschriftstellers die Kakteen-Sucht in Mode gebracht hatte, kaufte Léon welche für Madame; er trug sie in der »Schwalbe« auf den Knien und zerstach sich die Finger an ihren harten Stacheln.

Sie ließ vor ihrem Fenster ein Brett mit Geländer anbringen, damit ihre Blumentöpfe Halt hatten. Auch der Praktikant hatte solch ein hängendes Gärtchen; sie beobachteten einander am Fenster bei der Pflege ihrer Blumen.

Unter den Fenstern des Dorfs war eins, an dem noch häufiger jemand saß; denn sonntags vom Morgen bis zur Dunkelheit und bei schönem Wetter jeden Nachmittag war in einer Speicherluke das magere Profil Binets über seine Drehbank geneigt zu sehen, deren monotones Surren bis zum »Goldenen Löwen« zu hören war.

Eines Abends fand Léon beim Heimkommen in seinem Zimmer

eine Decke aus Samt und Wolle mit Blätterwerk auf mattem Grund vor; er rief sofort Madame Homais, Monsieur Homais, Justin, die Kinder, die Köchin; er erzählte seinem Chef davon; jeder wollte die Decke sehen; warum machte die Doktorsfrau dem Praktikanten »üppige Geschenke«? Das mutete komisch an, und man glaubte nun endgültig, sie sei seine Geliebte.

Er trug zu diesem Glauben bei, so ausgiebig unterhielt er einen unablässig über ihre Reize und ihre Klugheit, so daß Binet ihm eines Tages grob antwortete:

»Was geht *mich* das an? Ich gehöre nicht zu ihrem Klüngel.«

Er zerquälte sich, um herauszubekommen, auf welche Weise er ihr seine Liebeserklärung machen könne; er schwankte immerfort zwischen der Furcht, sich ihr Mißfallen zuzuziehen, und der Scham über seine Verzagtheit; er weinte vor Mutlosigkeit und Begehren. Dann faßte er energische Beschlüsse; er schrieb Briefe und zerriß sie wieder; er setzte den entscheidenden Tag fest und verschob ihn. Oft machte er sich auf den Weg in der Absicht, alles zu wagen; doch diese Entschlossenheit verließ ihn schnell in Emmas Gegenwart, und wenn Charles unversehens hereinkam und ihn aufforderte, mit in seinen Einspänner zu steigen, damit sie gemeinsam einen Patienten in der Umgebung besuchen könnten, nahm er sogleich an, verbeugte sich vor Madame und fuhr ab. War ihr Mann nicht ein Stück ihrer selbst?

Was nun Emma betraf, so fragte sie sich gar nicht, ob sie ihn liebe. Die Liebe, so glaubte sie, müsse ganz plötzlich kommen, unter Donner und Blitz – wie ein Wolkenbruch, der über alles Lebendige hereinbricht, es niederwirft und ihm den freien Willen entreißt wie Blätter und das ganze Herz in den Abgrund stürzt. Sie wußte nicht, daß der Regen auf den Terrassen der Häuser Lachen bildet, wenn die Regenrinnen verstopft sind, und sie würde auch in ihrer Selbstsicherheit verharrt haben, wenn sie unversehens in der Mauer einen Riß wahrgenommen hätte.

V

Es war an einem Sonntagnachmittag im Februar, und es schneite.

Sie waren alle, Monsieur und Madame Bovary, Homais und Léon, aufgebrochen, um eine halbe Meile von Yonville entfernt im Tal eine Flachsspinnerei zu besichtigen, die dort errichtet wurde. Der Apotheker hatte Napoléon und Athalie mitgenommen, damit sie Bewegung hatten, und Justin war ebenfalls dabei; er trug auf der Schulter die Regenschirme.

Nichts indessen war weniger sehenswürdig als diese Sehenswürdigkeit. Ein großer, öder Platz, auf dem zwischen Sand- und Steinhaufen ein Durcheinander schon verrosteter Zahnräder lag, umgab ein langes, rechteckiges Gebäude mit einer Menge kleiner Fenster. Es war noch nicht ganz fertiggebaut; durch die Dachsparren hindurch war der Himmel zu sehen. Am Giebelbalken hing ein Richtkranz aus Stroh und Ähren und ließ im kalten Wind seine blauweißroten Bänder klatschen.

Homais redete. Er erklärte den andern die künftige Bedeutung dieser Anlage; er schätzte die Stärke der Bohlen und die Dicke der Mauern ab und bedauerte dabei, kein Metermaß bei sich zu haben wie Binet, der für seine Privatzwecke immer eins bei sich trage.

Emma, die ihm den Arm gegeben hatte, stützte sich ein wenig auf seine Schulter und schaute nach der fernen Sonnenscheibe hin, die im Dunst ihre blendende Blässe ausstrahlte; aber sie wandte den Kopf: dort stand Charles. Er hatte sich die Mütze bis auf die Augenbrauen hinabgezogen, und seine dicken Lippen zitterten, was seinem Gesicht etwas Stumpfsinniges lieh; sogar sein Rücken, sein behäbiger Rücken, wirkte aufreizend, und sie fand auf seinem Überrock die ganze Plattheit seiner Persönlichkeit ausgebreitet.

Während sie ihn so musterte und in ihrer Gereiztheit eine gewisse verderbte Wollust auskostete, trat Léon um einen Schritt näher an sie heran. Die Kälte, die ihn blasser gemacht hatte, schien in sein Gesicht ein sanfteres Schmachten gebracht zu haben; zwischen seiner Halsbinde und dem Hals ließ sein etwas

111

lockerer Hemdkragen die Haut sehen; ein Stückchen Ohr lugte unter einer Haarsträhne hervor, und seine großen blauen Augen, die zu den Wolken aufschauten, kamen Emma viel klarer und schöner vor als Bergseen, in denen der Himmel sich spiegelt.

»Unglücksmensch!« schrie plötzlich der Apotheker auf.

Und er lief zu seinem Sohn hin, der grade in einen Kalkhaufen gesprungen war, damit seine Schuhe schön weiß würden. Auf die Vorwürfe, mit denen er überschüttet wurde, begann Napoléon zu heulen, während Justin ihm die Schuhe mit einem Strohwisch reinigte. Aber dazu wäre ein Messer notwendig gewesen; Charles bot das seine an.

»Oh!« dachte sie. »Er trägt ein Messer in der Tasche wie ein Bauer!«

Es fing dünn zu schneien an, und sie machten sich auf den Heimweg nach Yonville.

An diesem Abend ging Madame Bovary nicht zu ihren Nachbarn, und als Charles fort war und sie sich allein wußte, begann der Vergleich wieder mit der Unumwundenheit einer heftigen Empfindung und mit jener Ausweitung der Perspektive, die die Erinnerung den Dingen zuteil werden läßt. Blickte sie von ihrem Bett aus in das helle, flackernde Feuer, so sah sie wieder, genau wie dort unten, Léon stehen, mit der einen Hand sein Spazierstöckchen biegend, mit der andern Athalie haltend, die in aller Seelenruhe an einem Stück Eis lutschte. Das fand sie reizend; sie konnte nicht davon loskommen; sie mußte an seine anderen Gebärden an anderen Tagen denken, an Sätze, die er gesprochen hatte, an den Klang seiner Stimme, an seine ganze Person; und die Lippen wie zum Kuß gespitzt, sagte sie immerfort vor sich hin:

»Ja, reizend, ganz reizend …! Ob er liebt?« überlegte sie. »Aber wen …? Natürlich mich!«

Alle Beweise dafür boten sich ihr gleichzeitig dar; ihr Herz pochte heftig. Das Kaminfeuer ließ an der Zimmerdecke einen fröhlichen Lichtschein zittern; sie legte sich auf den Rücken und breitete die Arme aus.

Dann begann sie wieder ihr altes Klagelied: »Ach, wenn der

Himmel es gewollt hätte! Warum wohl nicht? Was hat mich denn gehindert ...?«

Als Charles um Mitternacht heimkam, tat sie, als wache sie gerade auf, und als er sich geräuschvoll auszog, klagte sie über Migräne; dann fragte sie ganz beiläufig, wie der Abend verlaufen sei.

»Léon«, sagte er, »ist beizeiten auf sein Zimmer gegangen.«

Sie mußte lächeln, und mit einer von ganz neuer Glückseligkeit erfüllten Seele schlummerte sie ein.

Am andern Tag, bei eintretender Dunkelheit, empfing sie den Besuch des Modewarenhändlers Lheureux. Er war ein geschickter Bursche, dieser Kramladeninhaber.

Als geborener Gascogner, der zum Normannen geworden war, vereinigte er die Redseligkeit des Südländers mit der Verschlagenheit der Landschaft Caux. Sein feistes, weichliches, bartloses Gesicht sah aus, als sei es mit hellem Lakritzensaft gefärbt worden, und sein weißes Haar machte den scharfen Glanz seiner kleinen schwarzen Augen noch lebhafter. Was er früher gewesen sei, wußte man nicht: Hausierer, sagten die einen, Bankier in Routot meinten die andern. Eins jedoch stand fest, nämlich daß er im Kopf komplizierte Berechnungen durchführen konnte, so daß selbst Binet es mit der Angst bekam. Er war kriechend höflich, lief immer halb gebückt umher, in einer Haltung, als wolle er jemanden grüßen oder einladen.

Als er seinen mit einem Trauerflor versehenen Hut an der Tür aufgehängt hatte, stellte er einen grünen Karton auf den Tisch und begann mit einem Aufwand an Höflichkeitsformeln zu bedauern, daß er bis zum heutigen Tag nicht ihr Vertrauen gewonnen habe. Ein armseliger Laden wie der seine sei zwar nicht danach geschaffen, eine »elegante Dame«, welchen Ausdruck er betonte, anzulocken. Indessen brauche sie nur zu bestellen, und er werde es auf sich nehmen, ihr alles zu besorgen, was ihr beliebe, Kurzwaren, Wäsche, Hüte oder modische Neuheiten; er fahre nämlich regelmäßig viermal im Monat in die Stadt. Er stehe mit den leistungsfähigsten Firmen in Verbindung. Man könne sich nach ihm bei den »Trois Frères«, der »Barbe d'or« oder dem »Grand Sauvage« erkundigen; allen diesen Herren sei er bekannt wie die eigene Tasche! Heute komme er lediglich im Vorübergehen, um Madame verschiedene Dinge zu zeigen, die er zufällig durch einen äußerst günstigen Gelegenheitskauf in die Hand bekommen habe. Und er entnahm dem Karton ein halbes Dutzend gestickter Kragen.

Madame Bovary besah sie sich.

»Ich brauche nichts«, sagte sie.

Da zog Lheureux behutsam drei algerische Schals hervor, mehrere Päckchen englischer Nähnadeln, ein Paar strohgeflochtener Pantoffeln sowie vier Eierbecher aus Kokosschale, Filigranarbeit von Sträflingen. Dann stützte er beide Hände auf den Tisch, reckte den Hals vor, neigte den Oberkörper und folgte mit offenem Mund Emmas Blick, der unentschlossen über all diese Waren hinglitt. Dann und wann, wie um ein Stäubchen wegzuwischen, fuhr er mit dem Fingernagel über die in ihrer ganzen Länge hingebreiteten Seidentücher, und sie knisterten leise und vollführten im grünlichen Dämmerlicht mittels der Goldpailletten des Gewebes ein Glitzern wie kleine Sterne.

»Was kosten sie?«

»So gut wie nichts«, antwortete er; »aber es eilt ja nicht; wann es Ihnen paßt; unsereiner ist doch kein Jude!«

Sie überlegte ein paar Augenblicke, aber schließlich dankte sie Monsieur Lheureux, der gelassen entgegnete:

»Na schön, wir werden später schon einig werden; mit den Damen bin ich stets zurechtgekommen, nur mit meiner eigenen nicht!«

Emma lächelte.

»Ich habe damit nur sagen wollen«, fuhr er mit einer Biedermannsmiene nach seinem Scherz fort, »daß es mir nicht auf das Geld ankommt … Wenn Not am Mann ist, könnten Sie von mir welches haben.«

Sie tat eine überraschte Geste.

»Oh!« tuschelte er rasch, »ich brauchte nicht weit zu laufen, um welches für Sie ausfindig zu machen; darauf können Sie sich verlassen!«

Und dann erkundigte er sich ohne Übergang nach dem alten Tellier, dem Wirt des »Café Français«, den Bovary damals behandelte.

»Was hat er eigentlich, der Papa Tellier ...? Er hustet, daß sein
ganzes Haus davon wackelt, und ich habe große Angst, daß er
eher einen Paletot aus Fichtenholz braucht als eine Flanellunter-
jacke! Er hat einen Haufen toller Streiche gemacht, als er jung
war! Dergleichen Leute, Madame, haben nie Sinn für Zucht und
Ordnung gehabt! Er hat sich mit Schnaps ruiniert! Aber traurig
ist es trotzdem, wenn man sieht, daß es mit einem Bekannten zu
Ende geht.«

Und während er sich seinen Karton wieder aufpackte, schwatzte
er in ähnlicher Weise über die Patienten des Arztes.

»Es liegt wohl am Wetter«, sagte er und blickte mit griesgrä-
migem Gesicht nach den Fensterscheiben hin, »das ist schuld
an all diesen Krankheiten! Ich selber bin auch nicht ganz auf
der Höhe; ich werde sogar dieser Tage zum Herrn Doktor in die
Sprechstunde kommen müssen, meiner Rückenschmerzen
wegen. Na, dann auf Wiedersehen, Madame Bovary; immer zu
Ihrer Verfügung, gehorsamster Diener!«

Und behutsam schloß er hinter sich die Tür.

Emma ließ sich das Abendessen in ihrem Schlafzimmer ser-
vieren, auf einem Tablett am Kamin; sie saß lange bei Tisch; alles
schien ihr gut.

»Wie vernünftig ich doch gewesen bin!« sagte sie sich und
dachte an die Seidentücher.

Sie hörte Schritte auf der Treppe: es war Léon. Sie stand auf und
nahm von der Kommode das oberste vom Stapel der Staubtücher, die gesäumt werden sollten. Sie tat sehr beschäftigt, als
er erschien.

Die Unterhaltung schleppte sich hin. Madame Bovary ließ sie
alle paar Minuten fallen, während er wie in völliger Verlegenheit
befangen verharrte. Er saß dicht am Kamin auf einem niedrigen
Stuhl und drehte ihr elfenbeinernes Nadelbüchschen zwischen
den Fingern; sie stach die Nadel ein oder glättete von Zeit zu Zeit
mit dem Fingernagel die Falten des Leinens. Sie sagte nichts; er
schwieg im Banne ihres Schweigens, wie er es in dem ihrer
Worte getan hätte.

»Armer Junge!« dachte sie.

»Was mißfällt ihr an mir?« fragte er sich.

Aber schließlich sagte Léon, er müsse dieser Tage nach Rouen fahren, in einer Büroangelegenheit.

»Ihr Musikalienabonnement ist abgelaufen; soll ich es erneuern?«

»Nein«, antwortete sie.

»Warum denn nicht?«

»Weil ...«

Und sie kniff die Lippen zusammen und zog langsam einen langen, grauen Faden durch.

Ihr Tun machte Léon gereizt. Emmas Finger schienen sich dabei an den Spitzen wund zu scheuern; es kam ihm eine galante Bemerkung in den Sinn, aber er wagte sie nicht.

»Sie wollen also darauf verzichten?« fuhr er fort.

»Worauf denn?« fragte sie hastig. »Auf die Musik? Ach, mein Gott, ja! Schließlich muß ich doch meinen Haushalt führen, für meinen Mann sorgen, tausenderlei Dinge tun, mit einem Wort, lauter Pflichten, die vorgehen!«

Sie sah nach der Stutzuhr hinüber. Charles verspätete sich. Da spielte sie die Besorgte. Ein paarmal sagte sie sogar:

»Er ist so gut!«

Der Praktikant hatte Bovary recht gern; doch diese ihm bekundete Zärtlichkeit berührte ihn unangenehm; trotzdem stimmte er in ihre Loberei ein; das sage doch jeder, meinte er, und vor allem der Apotheker.

»Ja, der ist ein wackerer Mann!« wiederholte Emma.

»Freilich«, entgegnete der Praktikant.

Und er fing an, von Madame Homais zu sprechen, deren arg vernachlässigte Kleidung sie beide sonst immer zum Lachen gereizt hatte.

»Was schadet denn das?« unterbrach ihn Emma. »Eine gute Hausfrau zerbricht sich nicht den Kopf über das, was sie anzieht.«

Dann versank sie wieder in Stillschweigen.

Genauso war es während der folgenden Tage; ihre Äußerungen, ihr Gehaben, alles wurde ganz anders. Man sah, daß sie sich um ihren Haushalt kümmerte, daß sie wieder regelmäßig zur Kirche ging und ihr Hausmädchen strenger hielt.

Sie holte Berthe von der Amme weg. Félicité brachte sie herein, wenn Besuch kam, und Madame Bovary zog sie aus, um ihre Gliederchen zu zeigen. Sie erklärte, sie schwärme für Kinder; das sei ihr Trost, ihre Freude, rein vernarrt sei sie, und sie begleitete ihre Liebkosungen mit lyrischen Ausbrüchen, die jeden andern als die Yonviller an die Sachette in »Notre-Dame de Paris« erinnert hätten.

Wenn Charles heimkam, fand er stets seine Pantoffeln zum Wärmen am Kamin stehen. Seine Westen hatten jetzt kein zerrissenes Futter mehr; an seinen Hemden fehlten keine Knöpfe, und es war ihm sogar eine Freude, alle seine baumwollenen Nachtmützen in gleich hohen Stapeln wohlgeordnet im Schrank liegen zu sehen. Sie machte kein saures Gesicht mehr, wie früher, wenn er sie zu einem Gang durch den Garten aufforderte; was er vorschlug, wurde stets bewilligt, obwohl sie nicht immer den Willen durchschaute, dem sie sich ohne Murren fügte; – und wenn Léon ihn nach dem Abendessen am Kamin sitzen sah, beide Hände auf dem Bauch, beide Füße auf den Feuerböcken, mit von der Verdauung geröteten Wangen, die Augen feucht vor Glück, das Kind, das auf dem Teppich umherrutschte, und diese schmale Frau, die sich über die Rücklehne des Großvaterstuhls beugte und ihn gerade auf die Stirn geküßt hatte, dann sagte er sich: »Ich Narr! Wie soll ich je an sie herangelangen?«

Sie dünkte ihn dann so tugendhaft und unangreifbar, daß jede Hoffnung, auch die leiseste, von ihm wich.

Aber durch diesen Verzicht räumte er ihr einen ungewöhnlichen Rang ein. Sie verlor in seinen Augen das Körperliche, von dem es für ihn nichts zu erlangen gab; sie stieg in seinem Herzen immer höher und löste sich daraus herrlich los wie in einer entschwebenden Apotheose. Es war eins jener reinen Gefühle, die das Alltagsleben nicht beeinträchtigen, die man hegt und pflegt, weil sie selten sind, und deren Hinschwinden mehr Schmerz bereiten würde als der Besitz Genuß.

Emma magerte ab, ihre Wangen wurden blaß, ihr Gesicht wirkte schmaler. Mit ihrem schwarzen, flach anliegenden, gescheitelten Haar, ihren großen Augen, ihrer geraden Nase, ihrem Vogelgang und ihrer jetzt andauernden Schweigsamkeit, schien sie da nicht durchs Dasein zu schreiten und es kaum zu berühren und dabei auf der Stirn das undeutliche Mal einer erhabenen Bestimmung zu tragen? Sie war so traurig und so still, so sanft und dabei so zurückhaltend, daß man in ihrer Gegenwart einen eisigen Zauber empfand, wie man in den Kirchen erschauert, wenn der Duft der Blumen sich mit der Kälte des Marmors mischt. Sogar die andern konnten sich dieser Verführung nicht entziehen. Der Apotheker pflegte zu sagen:

»Das ist eine Frau von großer Befähigung; sie wäre in einer Unterpräfektur nicht fehl am Platz.«

Die Hausfrauen bewunderten, wie sparsam, die Patienten, wie höflich, die Bettler, wie mildtätig sie war.

Dabei war sie voller Begehrlichkeit, Wut und Haß. Ihr Kleid mit den steilen Falten verbarg ein verstörtes Herz, und ihre so keuschen Lippen erzählten nichts von dessen Qual. Sie war in Léon verliebt, und sie suchte die Einsamkeit, um sich ungestörter an seinem erträumten Bild ergötzen zu können. Der Anblick seiner Person störte die Wollust dieses träumerischen Sinnens. Beim Geräusch seiner Schritte erzitterte Emma; aber wenn er da war, verflog die Erregung, und dann blieb ihr nichts als ein namenloses Staunen, das sich in Traurigkeit auflöste.

Léon wußte nicht, wenn er verzweifelt von ihr weggegangen war, daß sie aufsprang, kaum, daß er draußen war, und ihm auf der Straße nachsah. Sie sorgte sich um sein Tun und Treiben; sie beobachtete sein Gesicht; sie erfand eine ganze Geschichte, um einen Vorwand zum Besichtigen seines Zimmers zu haben. Die Apothekersfrau dünkte sie glücklich, weil sie mit ihm unter demselben Dach schlafen durfte, und ihre Gedanken ließen sich beständig auf jenem Haus nieder wie die Tauben vom »Goldenen Löwen«, die dorthin kamen und ihre roten Füße und weißen Flügel in die Regenrinne tauchten. Aber je mehr Emma sich ihrer Liebe bewußt wurde, desto mehr drängte sie sie zurück, damit sie nicht offenkundig werde und um sie zu mindern. Dabei wäre es ihr das liebste gewesen, wenn Léon etwas davon gemerkt hätte; und sie erträumte sich Zufälle, ja, sogar Katastrophen, die das erleichtert hätten. Was sie zurückhielt, war sicherlich Trägheit oder Furcht, und auch Scham. Sie überlegte, ob sie ihn allzu weit zurückgestoßen habe, daß es zu spät und daß alles aus sei. Überdies trösteten sie der Stolz, die Freude, sich zu sagen: »Ich bin tugendhaft«, sowie das Sichbetrachten im Spiegel bei entsagenden Gebärden ein wenig über das Opfer hinweg, das sie zu bringen glaubte.

Ihr fleischlicher Hunger, ihre Lüsternheit nach Geld und die Melancholien ihrer Leidenschaft, all das zerschmolz zu einem einzigen Leid; – und anstatt ihre Gedanken davon abzuwenden, heftete sie sie noch mehr daran, erregte sich am Schmerz und suchte überall nach Gelegenheiten dazu. Sie ärgerte sich über ein schlecht aufgetragenes Gericht oder eine offenstehende Tür; sie seufzte und stöhnte über einen Samtstoff, den sie nicht hatte, über ein Glück, das ihr mangelte, über allzu hochfliegende Träume, über ihr zu enges Haus.

Daß Charles von ihrem Duldertum nichts zu ahnen schien, erbitterte sie am meisten. Seine zur Schau getragene Überzeugung, daß er sie glücklich mache, schien eine blöde Kränkung zu sein, und daß er dessen sicher war, hielt sie für Undankbarkeit. Für wen war sie denn züchtig? War *er* denn nicht das Hindernis aller Glückseligkeit, die Ursache alles Elends und so etwas wie der spitze Dorn des komplizierten Riemens, mit dem sie nach allen Seiten hin festgeschnallt war?

Also häufte sie einzig auf ihn die mannigfachen Haßempfindungen, die das Ergebnis ihrer trüben Stimmungen waren, und jeder Versuch, sie zu dämpfen, diente nur dazu, sie zu verschlimmern; denn diese vergebliche Mühe gesellte sich zu den übrigen Beweggründen der Verzweiflung und trug noch mehr dazu bei, sie von ihrem Mann zu entfernen. Allein schon seine Sanftmut reizte sie zu Auflehnungen. Die Mittelmäßigkeit ihrer Wohnung trieb sie zu Phantasien von Luxus, und die ehelichen Freuden regten sie zu ehebrecherischen Gelüsten an. Am liebsten wäre es ihr gewesen, daß Charles sie prügelte, damit sie gerechten Anlaß gehabt hätte, sich an ihm zu rächen. Zuweilen wunderte sie sich über die wüsten Pläne, die ihr in den Sinn kamen; und dabei mußte sie auch weiterhin lächeln, sich immer wiederholen hören, sie sei glücklich, so tun, als sei sie es, und es ihn glauben lassen.

Dabei ekelte sie sich vor dieser Heuchelei. Es überkam sie die Versuchung, mit Léon auf und davon zu gehen, irgendwohin, weit fort, um ein neues Leben zu versuchen; aber alsbald tat sich in ihrem Innern unklar ein Schlund voller Dunkelheit auf.

»Übrigens liebt er mich gar nicht mehr«, dachte sie. »Was soll werden? Welche Hilfe kann ich erwarten, welchen Trost, welche Erleichterung?«

Zerbrochen, schwer atmend, untätig, leise schluchzend und mit rinnenden Tränen saß sie da.

»Warum sagen Sie es nicht Monsieur?« fragte das Hausmädchen sie, als es während eines solchen Anfalls hereinkam.

»Es sind die Nerven«, antwortete Emma. »Sag ihm nichts davon, du würdest ihn nur traurig machen.«

»Ach ja«, entgegnete Félicité, »Sie sind gerade wie die Guérine, die Tochter vom alten Guérin, dem Fischer in Le Pollet, den ich in Dieppe kennengelernt habe, ehe ich zu Ihnen ins Haus kam. Die war immer so traurig, so traurig; wenn man sie auf ihrer Schwelle stehen sah, dann hat sie gewirkt wie ein Leichentuch, das vor der Tür aufgehängt war. Ihre Krankheit, so scheint es, war wie ein Nebel, den sie im Kopf hatte, und die Ärzte haben nichts dagegen machen können, und der Pfarrer auch nicht. Wenn es sie gar zu heftig überkam, dann ist sie ganz allein an den Strand gegangen, und wenn der Leutnant von der Zollwache seinen Rundgang machte, dann hat er sie oft gefunden, wie sie platt auf dem Bauch lag wie eine Ertrunkene und auf den Strandkieseln weinte. Aber nach ihrer Verheiratung hat es sich dann gegeben, heißt es.«

»Und bei mir«, entgegnete Emma, »ist es erst nach der Heirat gekommen.«

## VI

Eines Spätnachmittags, als das Fenster offenstand und sie daran saß und Lestiboudois, dem Küster, zugesehen hatte, der den Buchsbaum stutzte, hörte sie plötzlich das Angelusläuten.

Es war Anfang April, wenn die Schlüsselblumen blühen; ein lauer Wind läuft über die hergerichteten Beete, und die Gärten scheinen sich wie Frauen für die Feste des Sommers zu schmücken. Durch die Latten der Laube hindurch und jenseits ringsum sah man den Bach in der Wiese, der vagabundierende Bogen ins Gras zeichnete. Der Abenddunst zog durch die kahlen Pappeln und verwischte ihre Konturen mit violettem Schimmer, der noch blasser und durchsichtiger war als ein in ihrem Gezweig hängengebliebener zarter Gazeschleier. In der Ferne zog Vieh dahin; man hörte weder seine Schritte noch sein Muhen, und die Glocke, die noch immer läutete, fuhr fort, ihre friedlichen Klagerufe in die Lüfte zu senden.

Bei diesem gleichförmigen Getön verloren sich die Gedanken der jungen Frau in alte Jugend- und Pensionserinnerungen. Sie mußte an die großen Leuchter denken, die auf dem Altar die blumengefüllten Vasen und das Tabernakel mit seinen Säulchen überragten. Wie gern wäre sie wie einst in die lange Zeile weißer Schleier eingetaucht gewesen, die hier und da schwarz von den steifen Hauben der über ihre Betstühle geneigten Nonnen unterbrochen wurden; wenn sie sonntags bei der Messe den Kopf hob, hatte sie in das milde Antlitz der Madonna geschaut, das von bläulichen Wirbeln aufsteigenden Weihrauchs umwoben war. Dann hatte sie stets Rührung überkommen; sie hatte sich schwach und preisgegeben gefühlt, wie eine Flaumfeder, die im Sturmwind kreist; und dies geschah, ohne daß sie sich dessen bewußt wurde, daß sie sich auf den Weg zur Kirche machte, vollauf bereit zu jeder Andachtsübung, vorausgesetzt, daß ihre Seele gänzlich darin aufginge und das ganze wirkliche Dasein darin verschwände.

Auf dem Marktplatz begegnete sie dem zurückkommenden Lestiboudois; denn um nichts von seinem Tageslohn einzubüßen, unterbrach er lieber seine Arbeit und nahm sie dann wieder auf, so daß er das Angelus läutete, wie es ihm gerade paßte. Übrigens war das Läuten, wenn es früher erscholl, für die Dorfjungen das Zeichen für die Katechismusstunde.

Ein paar hatten sich schon eingestellt; sie spielten auf den Grabplatten des Friedhofs Murmeln. Andere saßen rittlings auf der Mauer, baumelten mit den Beinen und säbelten mit ihren Holzschuhen die hohen Brennesseln ab, die zwischen der kleinen Einfriedung und den letzten Gräbern emporgewuchert waren. Dies war die einzige grüne Stelle; alles übrige war lediglich Stein und beständig mit feinem Staub bedeckt, dem Besen des Sakristans zum Trotz.

Die Kinder liefen in Strümpfen darauf herum wie auf einem eigens für sie eingerichteten Tanzboden, und man hörte ihre schrillen Schreie durch das Nachhallen der großen Glocke hindurch. Es nahm mit dem Schwanken des dicken Seils ab, das von der Höhe des Kirchturms herabhing und dessen Ende über den Erdboden schleifte. Schwalben schossen vorüber und stießen kleine Schreie aus und durchschnitten die Luft mit ihrem scharfen Flug und kehrten schnell in ihre gelben Nester unter den Ziegeln des Turmdachs zurück. Hinten in der Kirche brannte eine Lampe, vielmehr ein Nachtlichtdocht in einem hängenden Glasgefäß. Ihr Licht sah von weitem aus wie ein auf Öl zitternder weißlicher Fleck. Ein langer Sonnenstrahl durchquerte das ganze Schiff und machte die Seitenschiffe und die Nischen noch dunkler.

»Wo ist der Pfarrer?« fragte Madame Bovary einen Halbwüchsigen, der sich damit belustigte, das Drehkreuz in seinem allzu ausgeweiteten Loch zu malträtieren.

»Der muß gleich kommen«, antwortete er.

Tatsächlich knarrte die Tür des Pfarrhauses, und der Abbé Bournisien erschien; die Kinder rannten Hals über Kopf in die Kirche hinein.

»Diese Lümmel!« brummte der Geistliche. »Immer dieselben!«

Er hob einen zerfetzten Katechismus auf, an den er mit dem Fuß gestoßen war:

»Vor nichts haben sie Respekt!«

Doch da bemerkte er Madame Bovary.

»Entschuldigen Sie«, sagte er, »ich hatte Sie nicht wiedererkannt.«

Er steckte den Katechismus in die Tasche und blieb stehen, wobei er fortfuhr, den schweren Sakristeischlüssel zwischen zwei
Fingern baumeln zu lassen.

Der Schein der untergehenden Sonne fiel ihm voll ins Gesicht
und nahm dem Lastingstoff seiner Soutane alle Farbe; sie
glänzte an den Ellbogen, und unten war sie ausgefranst. Fett-
und Tabakflecke folgten auf seiner breiten Brust der Linie der
kleinen Knöpfe und wurden immer größer, je weiter sie sich von
seinem Kragen entfernten, auf dem die Fülle der Falten seiner roten Haut ruhte; sie war mit gelben Flecken besprenkelt, die sich
in den harten Stoppeln seines ergrauenden Bartes verloren. Er
hatte gerade zu Abend gegessen und atmete geräuschvoll.

»Wie geht's Ihnen?« fuhr er fort.

»Schlecht«, antwortete Emma. »Ich leide.«

»Na, ich auch«, entgegnete der Geistliche. »Diese ersten warmen
Tage, nicht wahr, die machen einen erstaunlich matt! Aber so
ist es nun mal. Wir sind zum Leiden geboren, wie der Apostel
Paulus gesagt hat. Und wie denkt Ihr Herr Gemahl darüber?«

»Ach, der!« sagte sie mit einer verächtlichen Geste.

»Nanu?« erwiderte der Gute ganz verwundert, »verschreibt er
Ihnen denn nichts?«

»Ach«, sagte Emma, »ich brauche keine irdischen Heilmittel.«

Aber der Geistliche warf hin und wieder einen Blick in die Kirche, wo die knienden Buben einander mit den Schultern anrem-
pelten, so daß sie einer über den andern purzelten wie Karten-
häuschen.

»Ich möchte gern wissen ...«, fuhr sie fort.

»Warte nur, warte nur, Riboudet«, rief der Geistliche zornig,
»dich werde ich gleich bei den Ohren kriegen, du böser Schlingel
du!«

Dann, zu Emma gewandt:

»Es ist der Sohn vom Zimmermann Boudet; seine Eltern sind bequeme Leute und lassen ihm alles durchgehen. Dabei könnte er
lernen, wenn er nur wollte, er hat nämlich einen hellen Kopf.
Und ich nenne ihn manchmal zum Spaß Riboudet (nach der

Hügelrippe, über die man weg muß, wenn man nach Maromme will), und ich sage sogar: ›mon Riboudet‹. Haha! Mont-Riboudet! Den Witz habe ich neulich Monseigneur dem Bischof erzählt, der hat darüber gelacht ... hat darüber zu lachen geruht. – Und wie geht's dem Herrn Gemahl?«

Sie schien nicht zuzuhören. Er fuhr fort:

»Immer tüchtig beschäftigt, wie? Denn er und ich, wir beide haben in der Gemeinde ganz bestimmt am meisten zu tun. Aber er ist der Arzt des Leibes«, fügte er mit behäbigem Lachen hinzu, »und ich bin der Arzt der Seelen!«

Sie starrte den Priester mit flehenden Augen an:

»Ja ...«, sagte sie, »Sie lindern alle Nöte.«

»Ach, verschonen Sie mich damit, Madame Bovary! Gerade heute morgen bin ich nach Bas-Diauville gerufen worden, zu einer Kuh, die Blähungen hatte; die Leute glaubten, sie sei verhext. Alle Kühe da, ich weiß nicht, wie es kommt ... Aber verzeihen Sie! Longuemarre und Boudet! Sackerlot! Wollt ihr wohl aufhören!«

Und mit einem Satz war er in der Kirche.

Die Jungen drängten sich jetzt um das große Meßpult, kletterten auf den Sitz des Vorsängers, schlugen das Meßbuch auf; andere hatten sich beinahe bis in den Beichtstuhl geschlichen. Aber der Pfarrer teilte unversehens an alle einen Hagel von Ohrfeigen aus. Er packte sie an den Rockkragen, hob sie hoch, duckte sie wieder nieder und drückte sie mit aller Gewalt mit den Knien auf die Steinfliesen des Chors, als ob er sie hätte hineinpflanzen wollen.

»So!« sagte er, als er wieder bei Emma stand; er entfaltete sein großes Kattuntaschentuch und nahm dessen eine Ecke zwischen die Zähne. »Die Landwirte sind sehr zu bedauern!«

»Andere Leute auch«, antwortete sie.

»Freilich! Die Arbeiter in den Städten zum Beispiel.«

»Die meine ich nicht ...«

»Erlauben Sie mal! Ich habe da arme Mütter kennengelernt, ehrbare Frauen, sage ich Ihnen, wahre Heilige, die nicht mal ihr täglich Brot hatten.«

»Aber die«, fuhr Emma fort (und ihre Mundwinkel verzogen sich beim Sprechen), »die, Herr Pfarrer, die ihr täglich Brot haben, aber die kein …«

»Kein Feuerholz im Winter haben«, sagte der Priester.

»Ach, was kommt darauf an?«

»Na, hören Sie mal! Was darauf ankommt? Mir scheint nämlich, daß, wer eine warme Stube hat und gut zu essen … denn schließlich …«

»Mein Gott! Mein Gott!« seufzte sie.

»Ist Ihnen nicht wohl?« fragte er und trat mit besorgter Miene näher an sie heran. »Wahrscheinlich doch wohl die Verdauung? Sie sollten heimgehen, Madame Bovary, und ein Schlückchen Tee trinken; dann wird Ihnen besser, oder auch ein Glas frisches Wasser mit Kassonade.«

»Wozu?«

Sie sah aus wie eine aus einem Traum Erwachende.

»Weil Sie sich mit der Hand über die Stirn gestrichen haben. Ich glaubte, es sei Ihnen schwindlig.«

Dann besann er sich:

»Aber hatten Sie mich nicht was fragen wollen? Was war es doch gleich? Ich weiß es nicht mehr.«

»Ich? Nichts …, nichts …«, stammelte Emma.

Und ihr Blick, der umhergeirrt war, fiel müde auf den alten Mann in der Soutane. Sie blickten einander an, ohne etwas zu sagen.

»Dann entschuldigen Sie mich, Madame Bovary«, sagte er schließlich, »aber die Pflicht geht allem vor, wie Sie wissen; ich muß mich mit meinen Schlingeln befassen. Die Erstkommunion rückt heran. Fast fürchte ich, sie überrumpelt uns! Deswegen behalte ich sie von Himmelfahrt an alle jeden Mittwoch eine Stunde länger hier. Die armen Kinder! Man kann sie nicht früh genug auf den Weg des Herrn leiten, wie er selber es uns ja durch den Mund seines göttlichen Sohns anbefohlen hat … Gute Besserung, Madame; empfehlen Sie mich Ihrem Herrn Gemahl!«

Und er trat in die Kirche ein und beugte an der Schwelle das Knie.

Emma sah ihm nach, wie er zwischen der Doppelreihe der Bänke verschwand; er ging schwerfällig, den Kopf ein wenig auf die Schulter geneigt, die beiden halb geöffneten Hände ein wenig abgespreizt.

Dann wandte sie sich auf den Hacken um, starr wie eine Statue auf einem Drehbock, und schlug den Weg nach Hause ein. Aber die ungefüge Stimme des Priesters und die hellen Stimmen der Knaben gelangten noch an ihr Ohr und tönten hinter ihr fort:

»Bist du ein Christ?«

»Ja, ich bin ein Christ.«

»Wer ist ein Christ?«

»Derjenige, der, weil er getauft ist ..., getauft ist ..., getauft ist ...«

Sie stieg ihre Treppenstufen hinauf, hielt sich dabei am Geländer fest, und als sie in ihrem Schlafzimmer war, ließ sie sich in einen Lehnstuhl fallen.

Das weißliche Licht der Fensterscheiben senkte sich in weichen Wellen. Die Möbelstücke auf ihren Plätzen schienen noch regloser geworden zu sein und sich im Schatten zu verlieren wie in einer düsteren Flut. Der Kamin war erloschen, die Stutzuhr tickte nach wie vor, und Emma war irgendwie verdutzt ob dieser Ruhe der Dinge, wo doch in ihr selbst so viel Unruhe war. Allein zwischen den Fenstern und dem Nähtisch war die kleine Berthe, taumelte auf ihren gestrickten Schuhchen und versuchte, zu ihrer Mutter zu gelangen und sie an den Bändern ihrer Schürze zu fassen.

»Laß mich!« sagte sie und stieß sie mit der Hand zurück.

Bald kam das kleine Mädchen abermals noch dichter an ihr Knie heran, stützte sich mit den Ärmchen darauf und blickte sie aus seinen großen blauen Augen an; dabei rann ihm ein heller Speichelfaden von der Lippe nieder auf die seidene Schürze.

»Laß mich!« wiederholte die junge Mutter ganz gereizt.

Ihr Gesicht erschreckte das Kind; es fing an zu weinen.

»So laß mich doch!« rief sie und stieß es mit dem Ellbogen zurück.

Berthe fiel gegen den Fuß der Kommode, auf den Messingbeschlag; sie zerschrammte sich daran die Wange, das Blut quoll hervor. Madame Bovary stürzte zu ihr, hob sie hoch, riß den Klingelzug ab, rief, so laut sie konnte, nach dem Hausmädchen und fing an, sich zu verfluchen, als Charles erschien. Es war Abendessenszeit, er kam gerade heim.

»Sieh doch mal, Lieber«, sagte Emma mit ruhiger Stimme zu ihm, »die Kleine ist beim Spielen hingefallen und hat sich verletzt.«

Charles beruhigte sie, der Fall sei harmlos; er ging Heftpflaster holen. Madame Bovary kam nicht in das große Zimmer hinunter: sie wollte allein bleiben und ihr Kind hüten. Als sie es dann aber im Schlaf betrachtete, verflog nach und nach, was sie noch an Beunruhigung bewahrt hatte, und sie kam sich recht dumm und weich vor, daß sie sich einer solchen Geringfügigkeit wegen vorhin so aufgeregt habe. Berthe schluchzte nämlich nicht mehr. Ihre Atemzüge hoben jetzt kaum merklich die baumwollene Bettdecke. Dicke Tränen hingen im Winkel ihrer halbgeschlossenen Lider, die zwischen den Wimpern zwei blasse, tiefliegende Augäpfel sehen ließen; das auf die Wange geklebte Pflaster zog die gespannte Haut schief.

»Merkwürdig«, dachte Emma, »wie häßlich dieses Kind ist!«

Als Charles um elf Uhr abends von der Apotheke heimkam (wohin er nach dem Abendessen gegangen war, um zurückzugeben, was ihm an Heftpflaster übriggeblieben war), fand er seine Frau an der Wiege stehen.

»Aber ich versichere dir doch, daß es nichts ist«, sagte er und küßte sie auf die Stirn. »Ängstige dich nicht, arme Liebste, du machst dich noch ganz krank!«

Er war lange bei dem Apotheker geblieben. Obwohl er gar nicht allzu erschüttert wirkte, hatte Homais sich bemüht, ihn »aufzurappeln«. Dann hatten sie von den mannigfachen Gefahren gesprochen, die kleine Kinder bedrohen, und von der Leichtsinnigkeit der Dienstboten. Madame Homais wußte ein Lied davon zu singen; sie trug noch heute auf der Brust ein Brandmal, entstanden durch eine Kohlenpfanne mit Glut, die ihr früher mal eine Köchin hatte auf den Kittel fallen lassen. Deswegen waren diese guten Eltern über die Maßen vorsichtig geworden. Die Tischmesser waren nie geschliffen und die Zimmer nie gebohnert. Vor den Fenstern waren Eisengitter, und an den Rahmen hatten sie dicke Querstäbe. Trotz aller Freiheit konnten die Homais-Kinder keinen Schritt tun, ohne überwacht zu werden; bei der geringsten Erkältung stopfte ihr Vater sie mit Hustenbonbons voll, und über das vierte Lebensjahr hinaus trugen sie alle gnadenlos dickgepolsterte Fallringe um die Köpfe. Das war nun allerdings eine Marotte der Madame Homais; ihr Mann war innerlich dagegen, er fürchtete nämlich für die Denkorgane alle möglichen Folgen durch einen solchen Druck; und einmal hatte er sich sogar zu der Äußerung hinreißen lassen:

»Willst du denn aus ihnen Kariben oder Botokuden machen?«

Charles hatte indessen ein paarmal versucht, das Gespräch zu unterbrechen.

»Ich habe Ihnen noch was zu sagen«, hatte er dem Praktikanten zugeflüstert, der sich anschickte, vor ihm die Treppe hinabzusteigen.

»Ob er etwas ahnt?« fragte sich Léon. Er bekam Herzklopfen und verlor sich in tausend Vermutungen.

Als Charles die Tür geschlossen hatte, bat er ihn, er solle sich doch persönlich in Rouen erkundigen, wie teuer eine schöne Daguerreotypie komme; das solle eine liebevolle Überraschung sein, die er seiner Frau zugedacht habe, eine zarte Aufmerksamkeit, sein Bildnis im schwarzen Frack. Aber zuvor wolle er wissen, »woran er sei«; die erforderlichen Schritte würden ja für Monsieur Léon keine besondere Mühe bedeuten, da er doch fast jede Woche in die Stadt fahre.

Warum eigentlich? Homais mutmaßte dahinter irgendwelche Abenteuer, wie junge Menschen sie haben, oder ein Verhältnis. Aber er irrte sich; Léon unterhielt keine Liebschaft. Er war trauriger denn je; Madame Lefrançois merkte es an der Speisenmenge, die er jetzt auf seinem Teller liegenließ. Um mehr darüber zu erfahren, fragte sie den Steuereinnehmer; Binet entgegnete schroffen Tons, er sei kein Polizeispitzel.

Jedenfalls aber kam ihm sein Tischgenosse recht sonderbar vor; denn oft lehnte Léon sich auf seinem Stuhl zurück, breitete die Arme aus und erging sich in unbestimmten Klagen über das Dasein.

»Das kommt, weil Sie sich nicht genug Ablenkungen verschaffen«, sagte der Steuereinnehmer.

»Was denn für welche?«

»Ich würde mir an Ihrer Stelle eine Drehbank anschaffen!«

»Aber ich kann doch nicht drechseln«, antwortete der Praktikant.

»Ja, das stimmt!« sagte der andere und rieb sich die Kinnbacken
mit einer verächtlichen Miene, in die sich Selbstgefälligkeit
mischte.

Léon war es satt, ergebnislos zu lieben; er begann die Niedergeschlagenheit zu empfinden, die die Wiederholung immer des-
selben Lebens mit sich bringt, wenn keine Anteilnahme es leitet
und keine Hoffnung es stützt. Yonville und die Yonviller ödeten
ihn dermaßen an, daß der Anblick gewisser Leute und gewisser
Häuser ihn so gereizt machte, daß er kaum noch an sich halten
konnte; und der Apotheker, ein so guter Kerl er auch war, wurde
ihm vollends unerträglich. Dabei schreckte ihn die Aussicht auf
völlig neue Verhältnisse genauso, wie sie ihn verlockte.

Dieses bängliche Gefühl wandelte sich schnell in Ungeduld, und
jetzt ließ Paris für ihn aus der Ferne die Fanfare seiner Maskenbälle mitsamt dem Lachen seiner Grisetten erschallen. Wenn er
dort schon sein Rechtsstudium abschließen mußte, warum fuhr
er dann nicht hin? Wer hinderte ihn? Und er begann in Gedanken
seine Vorbereitungen zu treffen; er legte schon im voraus fest,
was er tun wolle. Er malte sich die Einrichtung eines Zimmers
aus. Darin würde er ein Künstlerleben führen! Guitarrestunden
würde er nehmen! Einen Schlafrock tragen, eine Baskenmütze,
blaue Samtpantoffeln! Und er bewunderte sogar schon jetzt auf
seinem Kaminsims zwei gekreuzte Florette, einen Totenschädel
und darüber die Guitarre.

Das Schwierige war die Einwilligung seiner Mutter; dabei schien
doch nichts vernünftiger zu sein. Sogar sein Chef hatte ihm nahegelegt, sich nach einem anderen Büro umzusehen, wo er sich
weiterbilden könne. So entschied Léon sich zunächst zu einem
Mittelweg; er suchte in Rouen eine Stellung als Vertreter des
Bürochefs, fand keine und schrieb schließlich einen langen, bis
in die Einzelheiten gehenden Brief an seine Mutter, in dem er die
Gründe darlegte, warum er sogleich nach Paris übersiedeln
wolle. Sie stimmte zu.

Er beeilte sich keineswegs. Einen ganzen Monat lang transpor-
tierte Hivert jeden Tag für ihn von Yonville nach Rouen und von

Rouen nach Yonville Koffer, Reisetaschen, Pakete; und als Léon seine Garderobe vervollständigt hatte, ließ er seine drei Sessel aufpolstern, kaufte einen Vorrat an seidenen Halstüchern und traf, mit einem Wort, mehr Vorbereitungen als für eine Reise um die Welt; er verschob es von Woche zu Woche, bis er einen zweiten mütterlichen Brief erhielt, der ihn zur Abreise drängte, da er doch noch vor den Ferien ins Examen steigen wolle.

Als der Augenblick der Abschiedsküsse gekommen war, weinte Madame Homais; Justin schluchzte; Homais als starker Mann verbarg seine Rührung; er wollte eigenhändig den Paletot seines Freundes bis zur Gartentür des Notars tragen, der Léon in seinem Wagen bis nach Rouen mitnahm. Der letztere hatte gerade noch Zeit, Bovary Lebewohl zu sagen.

Oben auf der Treppe blieb er stehen, so sehr war er, wie er spürte, außer Atem. Bei seinem Eintreten erhob Madame Bovary sich lebhaft.

»Da bin ich noch mal!« sagte Léon.

»Dessen war ich sicher!«

Sie biß sich auf die Lippen, und eine Blutwelle schoß unter ihrer Haut hin, die sich ganz rosig färbte, von den Haarwurzeln bis zum Saum ihres kleinen Kragens. Sie blieb stehen und lehnte die Schulter gegen die Holztäfelung.

»Ihr Herr Gemahl ist also nicht da?« sprach er weiter.

»Er ist fort.«

Sie sagte es noch einmal:

»Er ist fort.«

Dann trat Schweigen ein. Sie schauten einander an; und ihre Gedanken, die im gleichen Angstgefühl verschmolzen, umfingen sich wie in einer bebenden Umarmung.

»Ich möchte Berthe einen Abschiedskuß geben«, sagte Léon.

Emma stieg ein paar Stufen hinab und rief Félicité.

Er warf rasch einen langen Blick umher, der die Wände, die Wandbrettchen, den Kamin umfaßte, als wolle er alles durchdringen, alles mit sich nehmen.

Aber da kam sie wieder herein, und das Hausmädchen brachte Berthe; sie hielt an einer Schnur eine Windmühle verkehrt herum und schaukelte sie.

Léon küßte sie mehrmals auf den Hals.

»Adieu, armes Kind! Adieu, liebe Kleine, adieu!«

Und er gab sie der Mutter zurück.

»Bringen Sie sie weg«, sagte diese.

Sie blieben allein.

Madame Bovary wandte ihm den Rücken zu; sie hatte das Gesicht gegen eine Fensterscheibe gelehnt; Léon hielt seine Mütze in der Hand und schlug damit leise gegen seinen Schenkel.

»Es wird Regen geben«, sagte Emma.

»Ich habe einen Mantel«, antwortete er.

»Ach so!«

Sie drehte sich um, das Kinn gesenkt und die Stirn nach vorn geneigt. Das Licht glitt darüber hin wie über Marmor, bis zur Kurvung der Brauen, ohne daß ihm deutlich wurde, was Emma in der Ferne anschaute oder was sie in ihrem Innern dachte.

»Dann also adieu!« sagte er mühsam.

Mit einer jähen Bewegung hob sie den Kopf.

»Ja, adieu ..., gehen Sie!«

Sie traten aufeinander zu, er bot ihr die Hand; sie zögerte.

»Also auf englische Art«, sagte sie und überließ ihm die ihrige, wobei sie gezwungen lächelte.

Léon fühlte sie zwischen seinen Fingern, und sein ganzes Ich schien in diese feuchte Handfläche hinüberzufließen.

Dann öffnete er die Hand; beider Augen begegneten sich noch einmal, und er ging.

Als er in der Markthalle war, blieb er stehen und versteckte sich hinter einem Pfeiler, damit er ein letztes Mal jenes weiße Haus mit seinen vier grünen Jalousien anschauen könne. Er glaubte einen Schatten hinter dem Fenster zu erblicken; aber die Gardine löste sich in dem Halter, wie wenn jemand sie angerührt hätte, und blähte ihre langen, schrägen Falten, die sich alle auf einmal ausbreiteten, und dann blieb sie stehen, starrer als eine Kalkwand. Léon begann zu laufen.

Von weitem sah er das Kabriolett seines Chefs auf der Landstraße, und daneben einen Mann in grobem Leinenkittel, der das Pferd hielt. Homais und Monsieur Guillaumin plauderten miteinander. Sie warteten auf ihn.

»Umarmen Sie mich«, sagte der Apotheker, Tränen in den Augen. »Hier ist Ihr Paletot, lieber Freund; erkälten Sie sich nicht! Schonen Sie sich, passen Sie auf sich auf!«

»Los, Léon, einsteigen!« sagte der Notar.

Homais beugte sich über das Spritzleder und stammelte mit tränenerstickter Stimme nichts als die beiden kümmerlichen Worte:

»Glückliche Reise!«

»Guten Abend«, antwortete Guillaumin. »Los jetzt!«

Sie fuhren ab, und Homais ging heim.

Madame Bovary hatte das Fenster nach dem Garten geöffnet und betrachtete die Wolken.

Im Westen, wo Rouen lag, ballten sie sich zusammen und rollten schnell ihre dunklen Voluten dahin, hinter denen die langen Strahlen der Sonne hervorkamen wie die goldenen Pfeile einer aufgehängten Waffendrapierung, während der übrige Teil des leeren Himmels porzellanartig weiß war. Doch ein Windstoß ließ die Pappeln sich beugen, und plötzlich rauschte Regen herab; er prasselte auf die grünen Blätter. Dann kam die Sonne wieder zum Vorschein, die Hühner gackerten, die Spatzen plusterten ihre Flügel in den nassen Büschen, und die Wasserrinnen auf dem Sand trugen im Wegfließen die rosa Blüten einer Akazie davon.

»Ach, jetzt muß er schon weit sein!« dachte sie.

Homais kam wie üblich um halb sieben, während des Abendessens.

»Na«, sagte er, als er sich setzte, »nun haben wir ja unsern jungen Freund verfrachtet!«

»Es scheint so!« antwortete der Arzt.

Dann drehte er sich auf seinem Stuhl um:

»Und was gibt es bei Ihnen Neues?«

»Nichts von Bedeutung. Nur daß meine Frau heute nachmittag ein bißchen durcheinander gewesen ist. Sie wissen ja, die Frauen bringt ein Nichts aus dem Häuschen! Und meine ganz besonders! Aber es wäre unrecht, wenn man sich dagegen auflehnen würde, da ja ihr Nervensystem viel anfälliger als unsres ist.«

»Der arme Léon!« sagte Charles. »Wie es ihm wohl in Paris ergehen mag ...? Ob er sich da einleben wird?«

Madame Bovary seufzte.

»Na, hören Sie mal!« sagte der Apotheker und schnalzte mit der Zunge. »Die Schlemmereien im Restaurant! Die Maskenbälle! Champagner! All das macht er mit, da können Sie sicher sein.«

»Ich glaube nicht, daß er auf Abwege gerät«, wandte Bovary ein.

»Ich auch nicht!« entgegnete Homais lebhaft, »obwohl er mit den Wölfen wird heulen müssen, denn sonst gilt er als Jesuit. Sie wissen gar nicht, wie diese Leutchen es im Quartier Latin mit den Schauspielerinnen treiben! Übrigens sind die Studenten in Paris überall gern gesehen. Wenn einer nur ein bißchen gesellschaftliches Talent hat, wird er in den allerbesten Kreisen empfangen, und es kommt sogar vor, daß Damen aus dem Faubourg Saint-Germain sich in sie verlieben, und das gibt ihnen dann später Gelegenheit zu sehr reichen Heiraten.«

»Aber«, sagte der Arzt, »ich habe Angst um ihn, daß er sich ... da unten ...«

»Da haben Sie recht«, unterbrach ihn der Apotheker, »das ist die Kehrseite der Medaille! Man muß sich da in einem fort die Taschen zuhalten. Nehmen wir mal an, man sitzt in einem öffentlichen Park; ein Quidam findet sich ein, gut angezogen, womöglich mit einer Ordensauszeichnung, man könnte ihn für einen Diplomaten halten; er redet einen an; man kommt ins Gespräch; er schmeichelt sich ein, bietet einem eine Prise an oder hebt einem den Hut auf. Dann wird man immer vertrauter; er führt einen ins Café, lädt einen zu einem Besuch in seinem Landhaus ein, macht einen, zwischen zwei Gläsern Wein, mit allen möglichen Leuten bekannt, und das alles in der Mehrzahl der Fälle nur, um einem die Geldtasche zu stehlen oder einen in gefährliche Abenteuer zu verstricken.«

»Richtig«, antwortete Charles. »Aber ich dachte vor allem an die Krankheiten, zum Beispiel an den Typhus, den die Studenten aus der Provinz bekommen.«

Emma zuckte zusammen.

»Das kommt von der veränderten Lebensweise«, fuhr der Apotheker fort, »und der Umwälzung, die sich daraus im Gesamtorganismus ergibt. Und dann das Pariser Wasser, müssen Sie bedenken! Das Essen in den Restaurants, alle diese stark gewürzten Speisen, die einem schließlich das Blut erhitzen und, was man auch sagen möge, nicht so viel wert sind wie ein guter Pot-au-feu. Ich für mein Teil habe stets die bürgerliche Küche vorgezogen, die ist gesünder! Daher habe ich, als ich in Rouen Pharmazie studierte, mich bei einem Mittagstisch in Kost gegeben; ich habe immer mit den Professoren zusammen gegessen.«

Und er fuhr fort, seine allgemeinen Ansichten und seine persönlichen Geschmacksrichtungen aufzutischen, bis Justin kam und ihn holte, weil eine »Hühnermilch« bereitet werden müsse.

»Keinen Augenblick hat man Ruhe!« schimpfte er. »Immer an der Kette! Keine Minute kann ich aus dem Haus gehen! Wie ein Arbeitsgaul muß ich Blut und Wasser schwitzen! Solch ein Hundeleben!«

Aber als er an der Tür war:

»Übrigens, wissen Sie schon das Neueste?«

»Was denn?«

»Es ist sehr leicht möglich«, fuhr Homais fort, zog die Brauen hoch und machte ein sehr ernstes Gesicht, »daß die Tagung der Landwirte des Départements Seine-Inférieure dieses Jahr in Yonville-l'Abbaye stattfindet. Wenigstens ist das Gerücht in Umlauf. In der Zeitung hat heute morgen auch schon eine Andeutung gestanden. Das wäre für unser Arrondissement von höchster Wichtigkeit! Aber darüber wollen wir später noch mal reden. Vielen Dank, ich kann sehen; Justin hat die Laterne mit.«


VII

Der nächste Tag war für Emma ein Trauertag. Alles schien ihr von einem schwarzen Dunst umhüllt zu sein, der verschwommen um die Außenseite der Dinge wogte, und das Leid verfing sich in ihrer Seele mit weichem Heulen wie der Winterwind in Burgruinen. Es überkam sie jenes Träumen von nie wiederkehrenden Dingen, jene Müdigkeit, die uns angesichts jeder unabänderlichen Tatsache übermannt, jener Schmerz schließlich, den uns die Unterbrechung jeder gewohnt gewordenen Bewegung bringt, das jähe Aufhören einer Schwingung, die lange angedauert hat.

Wie auf dem Heimweg von La Vaubyessard, als die Quadrillen in ihrem Kopf fortwirbelten, war sie voll düsterer Schwermut und dumpfer Verzweiflung. Immer größer, schöner, verlockender und unerreichbarer stand Léon ihr vor Augen; obwohl er von ihr getrennt war, hatte er sie nicht verlassen, er war da, und die Wände ihres Hauses schienen seinen Schatten festgehalten zu haben. Sie konnte den Blick nicht von dem Teppich abwenden, über den er geschritten war, von den leeren Stühlen, auf denen er gesessen hatte. Nach wie vor floß der Bach und trieb seine kleinen Wellen an dem glitschigen Ufer entlang. Wie oft waren sie daran entlanggegangen, bei ebendiesem Geplätscher des Wassers über die moosbewachsenen Steine. Welch schönen Sonnenschein hatten sie erlebt! Wie köstlich waren die Nachmittage gewesen, allein, im Schatten, hinten im Garten! Er hatte laut vorgelesen, mit bloßem Kopf, und sich dabei auf ein Rohrtischchen gestützt; der frische Wiesenwind hatte die Blätter des Buches und die Kapuzinerkresse an der Laube zittern lassen ... Ach, jetzt war er fort, der einzige Zauber ihres Lebens, die einzige mögliche Hoffnung auf eine Seligkeit! Warum hatte sie dieses Glück nicht beim Schopf gepackt, als es sich darbot? Warum hatte sie es nicht mit beiden Händen, auf beiden Knien festgehalten, als es enteilen wollte? Und sie fluchte sich, daß sie nicht Léons Geliebte geworden sei; es dürstete sie nach seinen Lippen. Es überkam sie das Verlangen, ihm nachzulaufen, ihn einzuholen, sich in seine Arme zu werfen und ihm zu sagen: »Hier bin ich, ich bin dein!« Allein Emma verzagte schon im voraus angesichts der Schwierigkeiten dieses Unterfangens, und ihr durch ein Gefühl des Bedauerns gesteigertes Verlangen wirkte sich nur um so heftiger aus.

Fortan wurde die Erinnerung an Léon zum Kernpunkt ihrer Bitterkeit; sie flackerte stärker in ihr als ein im Schnee einer russischen Steppe von aufgebrochenen Reisenden verlassenes Feuer. Sie stürzte darauf zu, sie kauerte sich daran nieder, sie stocherte behutsam in dieser dem Erlöschen nahen Glut, sie holte rings umher alles herbei, was sie beleben konnte; und die entlegensten Ereignisse wie die frischesten Eindrücke, das, was sie empfand, und das, was sie erträumte, ihr wollüstiges Begehren, das zerstob, ihre Pläne zum Glücklichwerden, die im Winde knackten wie totes Gezweig, ihre fruchtlose Tugend, ihre hingesunkenen Hoffnungen, die häusliche Plackerei, alles raffte sie zusammen, alles nahm sie, um ihre Trauer wieder anzufachen.

Allein die Flammen verlohten, sei es, daß ihre Nahrung sich von selbst erschöpfte, oder sei es, daß sie allzuviel angehäuft hatte. Nach und nach erlosch die Liebe durch das Fernsein; die Sehnsucht erstickte unter der Gewöhnung; und das brünstige Lodern, das ihren blassen Himmel purpurn gefärbt hatte, überzog sich immer mehr mit Dunkelheit und erlosch allmählich. In der Schläfrigkeit ihres Gewissens hielt sie sogar den Widerwillen gegenüber ihrem Gatten für ein Streben hin zum Geliebten, das Brennen des Hasses für ein Wiedererwärmen der Liebe; aber als der Orkan nach wie vor wütete und die Leidenschaft zu Asche verbrannt war, als keine Hilfe kam und keine Sonne aufging, wurde es rings um sie her tiefe Nacht, und sie stand verloren in grausiger Kälte, die in sie eindrang.

Jetzt begannen die schlimmen Tage von Tostes aufs neue. Sie hielt sich gegenwärtig für sehr viel unglücklicher; denn nun besaß sie Erfahrung im Kummer und zudem die Gewißheit, er werde nie enden.

Eine Frau, die sich so große Opfer auferlegt hatte, konnte sich wohl ein paar kleine Freuden durchgehen lassen. Sie kaufte sich ein gotisches Betpult, und sie verbrauchte innerhalb eines Monats für vierzehn Francs Zitronen zum Reinigen ihrer Fingernägel; sie schrieb nach Rouen und bestellte sich ein blaues Kaschmirkleid; bei Lheureux suchte sie sich den schönsten der seidenen Schals aus; sie nähte ihn als Gürtel um ihr Hauskleid; und dann blieb sie bei geschlossenen Fensterläden in diesem Aufputz mit einem Buch in der Hand auf einem Sofa liegen.

Häufig änderte sie ihre Haartracht: sie frisierte sich nach Art der Chinesinnen, sie trug weiche Locken, dann wieder Flechten; sie zog sich einen seitlichen Scheitel und lockte sich darunter das Haar wie ein Mann.

Sie wollte Italienisch lernen: sie kaufte Wörterbücher, eine Grammatik, eine Menge weißes Schreibpapier. Sie versuchte es mit ernsthafter Lektüre, mit Geschichte und Philosophie. Nachts fuhr Charles manchmal auf, der Meinung, er werde zu einem Kranken geholt:

»Ich komme schon«, stammelte er.

Und dabei war es das Geräusch eines Streichholzes gewesen, das Emma beim Anzünden der Lampe angerieben hatte. Doch es ging ihr mit dem Lesen wie mit den Stickereien, die angefangen worden waren und sich jetzt im Schrank häuften; sie nahm sie vor, ließ sie liegen und begann andere.

Sie geriet in Stimmungen, in denen es leicht gewesen wäre, sie zu Extravaganzen zu verleiten. Eines Tages wollte sie mit ihrem Mann wetten, sie könne ein großes Wasserglas voll Schnaps austrinken, und als Charles so töricht war, darauf einzugehen, goß sie den Schnaps bis zur Neige hinunter.

Trotz ihrer leichtfertigen Faxen (so drückten die Yonvillerinnen es aus) wirkte Emma durchaus nicht fröhlich, und für gewöhnlich hielt sie die Lippen ständig an den Mundwinkeln eingekniffen zu Falten, wie die Gesichter alter Jungfern und enttäuschter Ehrgeizlinge sie haben. Sie war über und über blaß, weiß wie ein Stück Leinwand; die Haut der Nase spannte sich nach den Flügeln zu; schaute sie einen an, so blickten ihre Augen ins Leere. Als sie über den Schläfen drei graue Haare entdeckt hatte, fing sie an, von ihrem Alter zu reden.

Häufig überkamen sie Schwindelanfälle. Eines Tages spuckte sie sogar Blut, und als Charles sich um sie bemühte und seine Besorgnis durchblicken ließ, antwortete sie:

»Ach, laß nur! Was macht das schon?«

Charles flüchtete in sein Sprechzimmer und weinte, die Ellbogen auf der Tischplatte; er saß dabei in seinem Schreibtischstuhl, unter dem phrenologischen Schädel.

Dann schrieb er an seine Mutter und bat sie, zu kommen, und die beiden hatten lange Besprechungen Emmas wegen.

Wozu sich entschließen? Was tun, da sie ja doch jede ärztliche Behandlung ablehnte.

»Weißt du, was deiner Frau nottäte?« entgegnete die Mutter

Bovary. »Eine ordentliche Beschäftigung, körperliche Arbeit! Wenn sie wie so viele andere ihr Brot selber verdienen müßte, dann hätte sie nicht dergleichen Launen; die kommen bloß von den Hirngespinsten, die sie sich in den Kopf setzt, und von ihrem ewigen Nichtstun.«

»Aber sie tut doch was«, sagte Charles.

»So? Sie tut was? Was tut sie denn? Romane liest sie, schlechte Bücher, Schriften, die gegen die Religion sind und in denen die Priester verhöhnt werden mit Redensarten aus dem Voltaire. Das führt zu nichts Gutem, mein armer Junge, und einer, der keine Religion hat, mit dem nimmt es stets ein schlechtes Ende.«

Also wurde beschlossen, Emma am Romanlesen zu hindern. Das nun aber schien nicht so einfach. Die gute Alte nahm die Sache auf sich: wenn sie durch Rouen kommen würde, wollte sie persönlich zu dem Leihbibliothekar gehen und ihm darlegen, daß Emma ihr Abonnement aufgebe. Hätte man im Grunde nicht das Recht, bei der Polizei vorstellig zu werden, wenn der Buchhändler dennoch bei seinem Gewerbe als Vergifter beharre?

Der Abschied zwischen Schwiegermutter und Schwiegertochter war steif. Während ihres dreiwöchigen Beisammenseins hatten sie keine vier Worte gewechselt, abgesehen von Erkundigungen und Höflichkeitsformeln, wenn sie einander bei Tisch begegneten und abends vor dem Zubettgehen.

Die alte Bovary reiste an einem Mittwoch ab, und das war der Yonviller Markttag.

Vom frühen Morgen an war der Dorfplatz durch eine Reihe zweirädriger Karrenwagen verrammelt, die sämtlich hintenüber gekippt mit den Deichseln in der Luft längs der Häuser von der Kirche bis zum Gasthof standen. Auf der anderen Seite waren Zeltbuden errichtet, in denen Baumwollwaren, Decken und Wollstrümpfe feilgeboten wurden; außerdem Pferdehalfter und Bündel blauer Seidenbänder, deren Enden im Wind flatterten. Zwischen Eierpyramiden und Käsekörben, aus denen klebriges Stroh herauslugte, lag klobiges Eisengerät am Boden; neben landwirtschaftlichen Maschinen gackerten Hühner in flachen Weidenkäfigen und streckten die Hälse durch die Stäbe. Die Menschenmasse, die sich immer an derselben Stelle drängte, ohne weichen zu wollen, drohte manchmal die Schaufenster der Apotheke einzudrücken. Die wurde mittwochs niemals leer, und man drängte hinein, weniger um Medikamente zu kaufen als um sich ärztliche Ratschläge zu holen, so groß war der Ruf des edlen Homais in den benachbarten Dörfern. Seine unerschütterliche Selbstsicherheit hatte die Bauern bestrickt. Sie hielten ihn für einen größeren Doktor als alle Ärzte.

Emma saß an ihrem Fenster (dorthin setzte sie sich oft: in der Provinz ersetzt das Fenster das Theater und die Promenade) und hatte ihren Spaß daran, das Gewühl der Landleute anzuschauen; da fiel ihr ein Herr in einem grünen Samtgehrock auf. Er trug gelbe Handschuhe, obwohl er derbe Gamaschen anhatte; er bewegte sich auf das Haus des Arztes zu; hinter ihm her trottete ein Knecht mit gesenktem Kopf und trübseliger Miene.

»Ist der Herr Doktor zu sprechen?« fragte er Justin, der gerade an der Haustür mit Félicité schwatzte.

Und da er ihn für den Diener des Arztes hielt, fuhr er fort:

»Sagen Sie ihm, Monsieur Rodolphe Boulanger von La Huchette sei da.«

Es war keineswegs aus Bauernstolz geschehen, daß der Ankömmling seinem Namen die Partikel beigefügt hatte, sondern um sich besser kenntlich zu machen. La Huchette war nämlich ein Gut in der Nähe von Yonville, dessen Schloß er mitsamt zwei Pachthöfen unlängst gekauft hatte; er bewirtschaftete sie selber, ohne sich dabei indessen allzusehr anzustrengen. Er lebte als Junggeselle und sollte »so mindestens seine Fünfzehntausend an Zinsen« haben!

Charles kam in das große Wohnzimmer. Monsieur Boulanger führte ihm seinen Mann vor, der zur Ader gelassen werden wollte, weil er »Ameisenkribbeln den ganzen Körper entlang« habe.

»Das wird mich reinigen«, entgegnete er auf alle Einwände.

Also ließ Bovary sich eine Binde und eine Schüssel bringen und bat Justin, sie zu halten. Dann wandte er sich an den schon blaß gewordenen Dörfler:

»Bloß keine Angst, guter Mann.«

»Nein, nein«, antwortete der andere, »machen Sie nur!«

Und mit großsprecherischer Miene hielt er seinen dicken Arm

hin. Beim Einstich der Lanzette sprang das Blut hervor und spritzte gegen den Spiegel.

»Die Schüssel näher heran!« rief Charles.

»Sieh mir das einer an!« sagte der Bauer. »Das ist ja wie ein kleiner Springbrunnen! Und was für rotes Blut ich habe! Das muß ein gutes Zeichen sein, nicht wahr?«

»Manchmal«, entgegnete der Arzt, »merkt man zunächst gar nichts, und dann kommt ganz plötzlich der Ohnmachtsanfall, und insbesondere bei Leuten von kräftiger Konstitution wie der hier.«

Bei diesen Worten ließ der Landmann das Lanzettenetui fallen, das er zwischen den Fingern hin und her gedreht hatte. Ein Ruck seiner Schultern machte die Rücklehne des Stuhls krachen. Sein Hut fiel zu Boden.

»Ich hab's ja gewußt!« sagte Bovary und drückte seinen Finger auf die Ader.

Die Schüssel in Justins Händen begann zu schwanken; seine Knie schlotterten, er wurde blaß.

»Frau! Frau!« rief Charles.

Mit einem Sprung war sie die Treppe hinunter.

»Essig!« rief er. »Ach, mein Gott! Gleich zwei auf einmal!«

Und in seiner Aufregung kostete es ihn Mühe, die Kompresse anzulegen.

»Ist ja nichts«, sagte Boulanger ruhig; er hatte Justin mit den Armen aufgefangen.

Und er setzte ihn auf den Tisch und lehnte ihn mit dem Rücken gegen die Wand.

Madame Bovary machte sich daran, ihm das Halstuch zu lockern. Seine Hemdbänder waren verknotet; ein paar Sekunden lang bewegte sie ihre leichten Finger auf dem Hals des jungen Burschen hin und her; dann goß sie Essig auf ihr Batisttaschentuch; sie betupfte ihm damit ein paarmal die Schläfen und pustete behutsam darauf.

Der Fuhrknecht kam wieder zu sich; aber Justins Ohnmacht dauerte an, und seine Augäpfel verschwammen in ihren blassen Sklerotiken wie blaue Blumen in Milch.

»Er darf das da nicht sehen«, sagte Charles.

Madame Bovary nahm die Schüssel. Bei der Bewegung, die sie

beim Bücken machte, um sie unter den Tisch zu stellen, bauschte sich ihr Kleid (es war ein gelbes Sommerkleid mit vier Volants, langer Taille und weitem Rock) rund um sie her auf dem Fliesenboden des Wohnzimmers – und da die gebückte Emma beim Armstrecken ein wenig taumelte, spannte der geblähte Stoff sich hier und dort je nach den Bewegungen ihres Oberkörpers. Dann nahm sie eine Wasserkaraffe und ließ ein paar Stücke Zucker schmelzen, als der Apotheker hereinkam. Das Hausmädchen hatte ihn vor Schreck herbeigeholt; als er sah, daß sein Gehilfe die Augen offen hatte, atmete er auf. Dann ging er um ihn herum und musterte ihn von oben bis unten.

»Schafskopf!« sagte er, »wahrhaftig, ein richtiger Schafskopf bist du, wie er im Buch steht! Was ist denn schon dran an einem Aderlaß! Und das bei einem Burschen, der sonst vor nichts zurückschreckt! Wie Sie ihn da vor sich sehen, klettert er wie ein Eichhörnchen zu schwindelerregenden Höhen hinauf und schüttelt die Walnüsse ab. Na, los, tu den Mund auf, zeig dich in deiner Glorie! Das sind mir ja nette Eigenschaften für einen künftigen Apotheker; du kannst es nämlich später erleben, daß du bei wichtigen Angelegenheiten hinzugezogen wirst, vor Gerichtshöfe, damit du den Richtern ein Licht aufsteckst; und da heißt es dann kaltblütig sein, ruhig, überlegen und sich als ganzer Mann zeigen, oder man gilt als ein Rindvieh!«

Justin sagte kein Wort. Der Apotheker fuhr fort:

»Wer hat dich übrigens gebeten, hierher zu kommen? Immerfort belästigst du Monsieur und Madame! Noch dazu mittwochs, wo du mir noch unentbehrlicher als sonst bist. Es sind jetzt zwanzig Kunden im Laden. Ich habe alles stehen- und liegenlassen, weil ich Anteil an dir nehme. Marsch! Mach, daß du wegkommst! Lauf! Warte auf mich und hab ein Auge auf die Gläser!«

Als Justin seine Kleidung in Ordnung gebracht hatte und verschwunden war, wurde noch ein bißchen über Ohnmachten geplaudert. Madame Bovary hatte noch nie eine gehabt.

»Das ist außerordentlich für eine Dame!« sagte Boulanger. »Übrigens gibt es sehr empfindliche Leute. Ich habe es zum Beispiel bei einem Duell erlebt, daß ein Zeuge allein schon beim Knacken der Pistolen, als sie geladen wurden, das Bewußtsein verlor.«

»Was mich angeht«, sagte der Apotheker, »so macht der Anblick des Bluts anderer Leute mir nicht das mindeste aus; aber allein schon die Vorstellung, mein eigenes könne fließen, würde hinreichen, mir Schwindelgefühle zu verursachen, wenn ich allzusehr daran dächte.«

Inzwischen hatte Boulanger seinen Knecht weggeschickt, wobei er ihn ermahnt hatte, sich zu beruhigen, denn jetzt sei es ja vorbei mit seiner Einbildung.

»Sie hat mir den Vorzug Ihrer Bekanntschaft verschafft«, fügte er hinzu.

Und während dieser Redensart blickte er Emma an.

Dann legte er drei Francs auf die Tischecke, grüßte lässig und ging.

Bald war er drüben am anderen Bachufer (das war sein Heimweg nach La Huchette), und Emma sah, wie er über die Wiese ging, unter den Pappeln, und dann und wann den Schritt verlangsamte, wie einer, der über etwas nachdenkt.

»Sie ist ganz reizend!« sagte er sich. »Ganz reizend ist sie, diese Doktorsfrau! Schöne Zähne, schwarze Augen, niedliche Füße und Manieren wie eine Pariserin. Wo, zum Teufel, mag sie her sein? Wo mag er sie aufgegabelt haben, dieser dicke Flegel?«

Rodolphe Boulanger war vierunddreißig Jahre alt, von brutaler Wesensart und scharfem Verstand; überdies hatte er viel Umgang mit Frauen gehabt und kannte sich in ihnen trefflich aus. Die da hatte wirklich nett ausgesehen; also beschäftigte er sich in Gedanken mit ihr und mit ihrem Mann.

»Den halte ich für mordsdämlich. Sicherlich hat sie ihn satt. Er hat dreckige Fingernägel und ist seit drei Tagen nicht rasiert. Während er seine Patienten abklappert, bleibt sie zu Haus und stopft ihm die Socken. Und langweilen tut sie sich! Sie möchte natürlich in der Stadt wohnen und Abend für Abend Polka tanzen! Arme kleine Frau! So was schnappt nach Liebe wie ein Karpfen auf dem Küchentisch nach Wasser. Nach drei galanten Redensarten würde so was unsereinen vergöttern, da bin ich mir sicher! Die wäre zärtlich! Zauberhaft …! Ja, aber wie wird man sie hinterher wieder los?«

Jetzt ließen die Ausmaße der Lust, die er sich erhoffte, ihn des

Gegensatzes wegen an seine Geliebte denken. Das war eine Schauspielerin in Rouen, die er aushielt; und als er bei dieser Vorstellung verweilte, empfand er sogar bei der Erinnerung Übersättigung.

»Ach«, dachte er, »Madame Bovary ist sehr viel hübscher als sie, und vor allem unverbrauchter. Virginie fängt ganz entschieden an, zu dick zu werden. Sie ist so langweilig in ihrer Liebe. Und dieses alberne Verlangen nach Krabben!«

Die Felder lagen leer da, und Rodolphe hörte ringsum nur das regelmäßige Rascheln der Halme, die seine Schuhe streiften, und das Zirpen der Grillen fern im Hafer; er vergegenwärtigte sich Emma im Wohnzimmer, gekleidet, wie er sie gesehen hatte, und zog sie aus.

»Hoho, die bekomme ich!« rief er und zerschlug mit einem Stockhieb eine vor ihm liegende Erdscholle.

Und sogleich erwog er den praktischen Teil des Unternehmens. Er fragte sich:

»Wo könnte man einander treffen? Auf welche Weise? Man wird in einem fort ihr Gör auf dem Hals haben und das Hausmädchen, die Nachbarn, den Ehemann, alle möglichen Scherereien, die in Betracht kommen. Ach was!« sagte er, »die Sache kostet allzuviel Zeit!«

Dann begann er von neuem:

»Dabei hat sie Augen, die einem ins Herz dringen wie Drillbohrer. Und dieser blasse Teint ...! Ich schwärme doch nun mal für blasse Frauen!«

Auf der Anhöhe von Argueil war sein Entschluß gefaßt.

»Es ist nichts weiter nötig, als die Gelegenheiten zu suchen. Gut. Ich werde dann und wann mal dort vorbeigehen, ihr Wild schicken und Geflügel; wenn es nicht anders geht, lasse ich mich schröpfen; wir freunden uns an, ich lade die beiden zu mir ein ... Ach, Teufel noch mal!« fügte er hinzu, »bald ist ja die Landwirtstagung! Da wird sie hinkommen, und ich werde sie wiedersehen. Dann soll es losgehen, und zwar ganz dreist, das ist das sicherste.«

## VIII

Tatsächlich, nun war sie herangekommen, die vielbesprochene
Tagung der Landwirte! Vom Morgen des festlichen Tages an
standen sämtliche Einwohner vor ihren Haustüren und unterhielten sich über die Vorbereitungen; der Säulenvorbau des
Bürgermeisteramts war mit Efeugirlanden geschmückt; auf
einer Wiese war ein Zelt für das Festessen aufgeschlagen worden, und mitten auf dem Marktplatz, vor der Kirche, stand eine
Art Böller, der die Ankunft des Herrn Präfekten und die Namen
der preisgekrönten Landwirte ankündigen sollte. Die Nationalgarde von Buchy (in Yonville gab es keine) hatte sich mit der ein-
heimischen freiwilligen Feuerwehr zusammengetan, deren
Hauptmann Binet war. Er trug an diesem Tag einen noch höheren Kragen als sonst, und da er in seine Uniform eingeschnürt
war, wirkte sein Oberkörper so starr und unbeweglich, daß alles,
was an ihm lebendig war, in die Beine gerutscht zu sein schien,
die sich taktmäßig hoben und eine einzige, paradmarschähn-
liche Bewegung vollführten. Da eine Nebenbuhlerschaft zwischen dem Steuereinnehmer und dem Oberst bestand, ließen
beide, um ihre Talente zu zeigen, ihre Mannschaften für sich
exerzieren. Abwechselnd sah man die roten Achselklappen und
die schwarzen Schutzleder hin und her vorbeimarschieren. Das
nahm kein Ende und fing immer wieder von vorne an! Ein solcher Prachtaufwand war noch nie dagewesen! Mehrere Bürger
hatten bereits am vorhergegangenen Tag ihre Häuser abgewa-
schen; aus den halboffenen Fenstern hingen Trikoloren; alle
Kneipen waren voll; und da schönes Wetter war, wirkten die
gestärkten Hauben weißer als Schnee, die goldenen Kreuze
blitzten im hellen Sonnenschein, und die bunten Halstücher
belebten in ihrer fröhlichen Scheckigkeit die düstere Einförmigkeit der Gehröcke und kurzen blauen Jacken. Die Pächters-
frauen der Umgegend zogen beim Absitzen schnell die dicke
Nadel heraus, mit der sie aus Angst vor Flecken die Röcke hoch-
gesteckt hatten; die Männer dagegen, die ihre Hüte schonen
wollten, behielten Taschentücher darüber, von denen sie einen
Zipfel zwischen den Zähnen hielten.

Die Menge strömte von beiden Enden des Dorfes herbei. Sie kam aus den Gäßchen, den Gartenwegen, den Häusern, und von Zeit zu Zeit hörte man die Türklopfer anschlagen hinter den Bürgersfrauen in Zwirnhandschuhen, die fortgingen, um sich den Festtrubel anzusehen. Am meisten wurden zwei lange Holzgestelle bewundert, die mit kleinen Laternen behängt waren; sie flankierten eine Estrade, auf der die Honoratioren sitzen sollten; und außerdem waren vor den vier Säulen des Rathauses vier hohe Masten errichtet worden, von denen jeder ein kleines grünes Leinenbanner mit Goldbuchstabeninschrift trug. Auf einem stand zu lesen: »Handel«, auf dem andern »Ackerbau«, auf dem dritten »Industrie« und auf dem vierten »Kunst und Wissenschaft«.

Aber der aus allen Gesichtern leuchtende Jubel schien Madame Lefrançois, die Gastwirtin, düster zu stimmen. Sie stand auf den Stufen ihrer Küche und brummte vor sich hin:

»Was für eine Dummheit! Was für eine Dummheit, die mit ihrer Leinwandbude! Glauben sie, daß der Präfekt sich da beim Essen wohlfühlen wird, unter einem Zeltdach, wie ein Seiltänzer? Dabei heißt es, der Rummel komme dem Ort zugute! Dann hätte man keinen Koch aus Neufchâtel zu holen brauchen! Und für wen? Für Kuhjungen! Für Barfüßler ...!«

Der Apotheker ging vorüber. Er trug einen schwarzen Frack, eine Nankinghose, Schuhe aus Biberpelz und ausnahmsweise einen Hut, einen flachen Hut.

»Ihr Diener!« sagte er. »Entschuldigen Sie, ich hab's eilig.«

Und als die dicke Witwe ihn fragte, wohin er gehe, antwortete er: »Es kommt Ihnen komisch vor, nicht wahr? Ich, der ich stets noch tiefer in meinem Laboratorium vergraben bin als die Maus des guten Alten in ihrem Käse.«

»In was für 'nem Käse denn?« fragte die Wirtin.

»Ach was, nichts, gar nichts!« entgegnete Homais. »Ich hatte Ihnen lediglich sagen wollen, Madame Lefrançois, daß ich für gewöhnlich zurückgezogen daheim hocke. Heute jedoch muß ich in Anbetracht der Umstände ...«

»Ach! Sie gehen also hin?« fragte sie mit geringschätziger Miene.

»Ja, ich gehe hin«, antwortete der Apotheker verwundert. »Schließlich gehöre ich doch zum beratenden Ausschuß!«

Die Mutter Lefrançois sah ihn ein Weilchen an und antwortete dann schließlich lächelnd:

»Das ist was anderes! Aber was geht Sie eigentlich die Landwirtschaft an? Verstehen Sie denn was davon?«

»Selbstverständlich verstehe ich etwas davon, ich bin doch Apotheker, also Chemiker! Und die Chemie, Madame Lefrançois, hat zum Gegenstand die Kenntnis der Wechselwirkungen und der Molekularverhältnisse aller in der Natur vorkommenden Körper; daraus ergibt sich, daß die Landwirtschaft im Gebiet der Chemie inbegriffen ist! Und wahrhaftig, die Zusammensetzung der Düngemittel, die Gärung der Säfte, die Analyse der Gase und der Einfluß der Miasmen, ist das alles, frage ich Sie, etwa nicht pure, schlichte Chemie?«

Die Wirtin gab keine Antwort. Homais fuhr fort:

»Glauben Sie etwa, um Agronom zu sein, müsse man selber hinterm Pflug gegangen sein oder Geflügel genudelt haben? Man muß vielmehr die Natur der Substanzen kennen, auf die es ankommt, die geologischen Schichten, die atmosphärischen Vorkommnisse, die Beschaffenheit des Bodens, der Mineralien, des Wassers, die Dichte der unterschiedlichen Körper und deren Kapillarität, und was weiß ich? Und man muß von Grund auf mit allen Prinzipien der Hygiene vertraut sein, um die Errichtung von Bauwerken leiten und beurteilen zu können, mit dem geeigneten Futter für das Vieh, mit der Verpflegung des Gesindes! Ferner, Madame Lefrançois, muß man sich in der Botanik auskennen; man muß die Pflanzen unterscheiden können, verstehen Sie, die heilsamen von den giftigen, die nutzlosen von den nahrhaften; ob es angebracht ist, sie hier auszureißen und sie dort wieder zu säen; die einen zu hegen und die andern zu vernichten; kurz und gut, man muß sich in der Wissenschaft auf dem laufenden halten, durch Broschüren und Zeitungen, immer auf der Höhe sein muß man, um auf Verbesserungsmöglichkeiten hinzuweisen ...«

Die Wirtin ließ die Tür des Café Français nicht aus den Augen, und der Apotheker redete weiter:

»Wolle Gott, daß unsere Landwirte Chemiker seien, oder daß sie wenigstens mehr auf die Ratschläge der Wissenschaft hörten! So habe ich selber unlängst ein gewichtiges Werkchen geschrieben, eine Denkschrift von mehr als zweiundsiebzig Seiten mit dem Titel: ›Vom Zider, seiner Fabrikation und seinen Wirkungen, nebst einigen neuen Betrachtungen dieses Themas als Anhang.‹ Die habe ich an die Rouener Agronomische Gesellschaft geschickt, und das hat mir die Ehre eingetragen, unter ihre Mitglieder aufgenommen zu werden, Sektion Agrikultur, Klasse Pomologie; na ja, wenn mein Werk der Öffentlichkeit unterbreitet worden wäre ...«

Aber der Apotheker hielt inne, so sehr schien Madame Lefrançois beschäftigt zu sein.

»Sehen Sie sich das an!« sagte sie. »Es ist unbegreiflich! Eine solche Spelunke!«

Und mit einem Achselzucken, das ihr die Maschen ihrer Strickweste über der Brust auseinanderzerrte, zeigte sie mit beiden Händen nach der Schenke ihres Konkurrenten, aus der jetzt Singen herüberscholl.

»Übrigens dauert es nicht mehr lange«, sagte sie noch. »Ehe acht Tage um sind, ist Schluß.«

Homais wich verblüfft zurück. Sie kam ihre drei Stufen hinunter und flüsterte ihm ins Ohr:

»Was? Das wissen Sie nicht? Diese Woche wird bei ihm gepfändet. Lheureux läßt alles versteigern. Er hat ihn mit Wechseln erledigt.«

»Welch fürchterliche Katastrophe!« rief der Apotheker aus; er hatte für jede erdenkliche Gelegenheit stets den passenden Ausdruck zur Hand.

Daraufhin machte die Wirtin sich daran, ihm die Geschichte zu erzählen; sie wußte sie von Théodore, dem Diener Guillaumins, und obwohl sie Tellier nicht leiden konnte, tadelte sie Lheureux. Der sei ein Wucherer, ein Halsabschneider.

»Da! Sehen Sie nur«, sagte sie, »da geht er durch die Markthalle; er grüßt Madame Bovary, die hat einen grünen Hut auf und geht eingehakt mit Monsieur Boulanger. «

»Madame Bovary!« rief Homais. »Ich will ihr rasch guten Tag sagen. Vielleicht freut es sie, wenn sie einen reservierten Platz in dem abgesperrten Raum unter den Säulen bekommen kann.«

Und ohne auf die Mutter Lefrançois zu hören, die ihn zurückrief, um ihm noch mehr zu erzählen, ging der Apotheker mit raschen Schritten davon, ein Lächeln auf den Lippen und wichtigtuerisch; nach rechts und links verteilte er eine Fülle von Grüßen; mit den breiten Schößen seines Fracks, die im Wind hinter ihm herflatterten, nahm er beträchtlichen Raum ein.

Rodolphe, der ihn von weitem hatte herankommen sehen, beschleunigte seine Schritte; aber Madame Bovary kam außer Atem; also ging er wieder langsamer und sagte ihr lächelnd und unverhohlen:

»Ich habe bloß nicht mit dem Dicken zusammentreffen wollen: Sie wissen ja, dem Apotheker.«

Sie stieß ihn mit dem Ellbogen an.

»Was mag das zu bedeuten haben?« fragte er sich.

Und im Weitergehen sah er sie aus den Augenwinkeln an.

Ihr Profil war so ruhig, daß sich ihm nichts entnehmen ließ. Es hob sich scharf von dem vollen Licht im Oval ihres Kapotthuts ab, der blasse Seidenbänder hatte; sie ähnelten Schilfblättern. Ihre Augen unter den langen, nach oben gebogenen Wimpern blickten geradeaus, und obwohl sie ganz offen waren, wirkten sie ein wenig eingezwängt durch den oberen Teil der Wangen, des Bluts wegen, das sanft unter ihrer zarten Haut pochte. Durch ihre Nasenwand schimmerte ein rosiger Farbton. Sie neigte den Kopf zur Schulter, und zwischen ihren Lippen schimmerten die Perlmutterspitzen ihrer weißen Zähne.

»Ob sie sich über mich mokiert?« dachte Rodolphe.

Dabei hatte jene Geste Emmas nur eine Warnung sein sollen; denn Lheureux ging neben ihnen her und sagte ihnen dann und wann etwas, um ins Gespräch zu kommen.

»Ein wunderbarer Tag ist das heute! Alles ist im Freien! Wir haben Ostwind.«

Aber Madame Bovary und genauso Rodolphe gaben ihm kaum eine Antwort, wogegen er bei der geringsten Bewegung, die sie machten, näher an sie herantrat und fragte: »Wie bitte?«, wobei seine Hand an den Hut fuhr.

Als sie vor dem Haus des Hufschmieds waren, bog Rodolphe, anstatt bis an die Sperre weiterzugehen, unvermittelt in einen Fußpfad ein, zog Madame Bovary mit sich und rief:

»Guten Abend, Monsieur Lheureux! Viel Vergnügen!«

»Wie Sie den abgewimmelt haben!« sagte sie lachend.

»Warum sollen wir uns von andern Leuten behelligen lassen?« entgegnete er. »Und noch dazu heute, wo ich das Glück habe, mit Ihnen zusammen …«

Emma wurde rot. Er brachte seinen Satz nicht zu Ende. Dann redete er vom schönen Wetter und was für ein Wohlgefühl es sei, über das Gras zu gehen. Ein paar Margeriten waren nachgewachsen.

»Was für niedliche Gänseblümchen«, sagte er, »sie können allen verliebten Mädchen des Dorfs als Orakel dienen.«

Er fügte hinzu:

»Soll ich welche pflücken? Was halten Sie davon?«

»Sind Sie denn verliebt?« fragte sie und hüstelte.

»Na, na, wer weiß?« antwortete Rodolphe.

Die Festwiese begann sich zu füllen, und man wurde von Bauersfrauen mit großen Regenschirmen, Körben und kleinen Kindern angerempelt. Oft mußten sie einander vor einer langen Reihe von Landmädchen loslassen, Mägden mit blauen Strümpfen, flachen Schuhen und silbernen Ringen; wenn man dicht an ihnen vorüberging, rochen sie nach Milch. Sie gingen Hand in Hand und nahmen dadurch die ganze Breite des Rasenplatzes ein, von der Espenzeile bis zum Bankettzelt. Es fand gerade die Besichtigung statt, und die Landwirte traten einer nach dem andern in eine Art Hippodrom ein, das durch ein langes, über Pfähle gespanntes Seil gebildet wurde.

Darin standen die Tiere, mit den Mäulern nach dem Strick hin, die ungleichmäßig hohen Kruppen aneinandergereiht, wie es gerade kam. Schläfrige Schweine wühlten mit ihren Rüsseln im Erdboden; Kälber brüllten, Schafe blökten, Kühe, das Knie eingeknickt, breiteten ihre Bäuche auf dem Rasen aus, käuten langsam wieder und zuckten mit den schweren Lidern, der sie umschwärmenden Stechfliegen wegen. Pferdeknechte mit nackten Armen hielten an den Trensen sich bäumende Zuchthengste, die mit geblähten Nüstern nach der Seite hin wieherten, wo die

Stuten standen. Die verhielten sich friedlich und ließen die Köpfe und Mähnen hängen, während ihre Füllen in ihrem Schatten ruhten oder dann und wann an ihnen saugten; und über der wogenden Masse aller dieser Tierleiber sah man hier und da wie eine Welle eine weiße Mähne im Wind aufwehen oder spitze Hörner auftauchen, und die Köpfe eilender Menschen. Außerhalb der Umseilung, hundert Schritte weiter, stand ein großer, schwarzer Stier mit Maulkorb und eisernem Nasenring; er bewegte sich nicht mehr als ein Bronzestier. Ein zerlumpter Junge hielt ihn an einem Strick.

Währenddessen gingen zwischen den beiden Reihen schweren Schrittes ein paar Herren hindurch, musterten jedes Tier und besprachen sich dann leise. Einer von ihnen, offenbar der einflußreichste, schrieb im Gehen Bemerkungen in ein Notizbuch. Es war der Präsident der Jury, Monsieur Derozerays aus La Panville. Sowie er Rodolphe erblickte, trat er lebhaft auf ihn zu und sagte mit liebenswürdigem Lächeln: »Nanu, Monsieur Boulanger, Sie lassen uns im Stich?«

Rodolphe beteuerte, er werde gleich kommen. Aber als der Präsident außer Sicht war, fuhr er fort:

»Nein, zum Teufel, ich gehe nicht hin; Ihre Gesellschaft wiegt die seine auf.«

Und obwohl Rodolphe Witze über die Tagung der Landwirte machte, zeigte er, um leichter durchzukommen, den Gendarmen seinen blauen Ausweis, und manchmal blieb er sogar vor irgendeinem »Prachtstück« stehen, das Emma kaum bewunderte. Er merkte es, und nun fing er an, Scherze über die Damen von Yonville wegen ihrer Toiletten zu machen; dann entschuldigte er sich wegen der Nachlässigkeit der seinen. Sie war ein zusammenhangloses Nebeneinander von Alltäglichem und Ausgesuchtem, worin der Durchschnittsmensch für gewöhnlich die Merkmale einer exzentrischen Daseinsform zu erblicken meint, eines ungeordneten Gefühlslebens, die Tyranneien der Kunst und stets eine gewisse Verachtung des Gesellschaftlich-Herkömmlichen. Und das verlockt ihn entweder oder läßt ihn aus der Haut fahren. So bauschte sich sein Batisthemd mit den plissierten Manschetten zwanglos im Ausschnitt seiner grauen Flanellweste, wenn ein Windstoß kam, und seine breitgestreifte Hose ließ an den Fußgelenken seine hellgelben, mit Lack verzierten Halbstiefel sehen. Sie waren so blank, daß das Gras sich darin spiegelte. Er trat damit in die Pferdeäpfel, eine Hand in der Rocktasche und den Strohhut schief auf dem Kopf.

»Übrigens«, fügte er hinzu, »wenn man auf dem Land wohnt …«

»… ist alle Mühe umsonst«, sagte Emma.

»Das stimmt«, erwiderte Rodolphe. »Wenn man bedenkt, daß kein einziger unter diesen wackeren Leuten imstande ist, den Schnitt eines Fracks zu würdigen!«

Dann sprachen sie über die provinzielle Mittelmäßigkeit, über Existenzen, die sie erstickt hatte, über Illusionen, die dort zunichte geworden waren.

»Darum«, sagte Rodolphe, »versinke ich in eine Traurigkeit …«

»Sie?« fragte sie erstaunt. »Gerade Sie habe ich für sehr lebenslustig gehalten!«

»Ach ja, dem Augenschein nach, weil ich mich darauf verstehe, vor den Leuten mein Gesicht mit der Maske des Spötters zu tarnen; wie oft indessen habe ich mich beim Anblick eines Friedhofs im Mondenschein gefragt, ob ich nicht besser täte, mich denen zuzugesellen, die dort schlafen …«

»Oh! Und Ihre Freunde? An die denken Sie nicht.«

»Meine Freunde? Welche denn? Habe ich welche? Wer kümmert sich denn um mich?«

Und diese letzten Worte begleitete er mit einer Art Pfeiflaut zwischen den Lippen hindurch.

Jetzt aber mußten sie einander loslassen, eines Turms von Stühlen wegen, die ein von hinten kommender Mann trug. Er war damit so überladen, daß man nur die Spitzen seiner Holzschuhe und die Ellbogen seiner rechtwinklig gespreizten Arme sah. Es war Lestiboudois, der Totengräber, der inmitten der Menge die Kirchenstühle herbeischleppte. Voller Findigkeit für alles, was seine Verdienstmöglichkeiten betraf, hatte er dieses Mittel entdeckt, um seinen Nutzen aus der Tagung der Landwirte zu ziehen; und sein Einfall hatte Erfolg, denn er wußte kaum noch, wen er erhören sollte. Die Bauern, denen es heiß war, machten einander diese Stühle streitig, deren Strohsitze nach Weihrauch rochen, und lehnten sich mit einer gewissen Kirchenandacht gegen die plumpen, mit dem Wachs der Kerzen bekleckerten Rücklehnen.

Madame Bovary nahm abermals Rodolphes Arm; er fuhr fort, als spreche er zu sich selbst:

»Ja! Mir hat so vieles gefehlt! Immer einsam! Ach, wenn ich im Leben ein Ziel gehabt hätte, wenn ich einer Zuneigung begegnet wäre, wenn ich jemanden gefunden hätte ... Oh, wie hätte ich dann alle Energien verschwendet, deren ich fähig bin; wie wäre ich über alles hinweggestürmt und hätte alles zerbrochen!«

»Aber wie mir scheint«, sagte Emma, »sind Sie gar nicht so übel dran.«

»So? Finden Sie?« fragte Rodolphe.

»Denn schließlich ...«, fuhr sie fort, »sind Sie frei.«

Sie zögerte:

»Reich.«

»Spotten Sie nicht über mich«, antwortete er.

Und sie beteuerte, daß sie durchaus nicht spotte, als ein Böllerschuß erscholl; sogleich drängte alles in wirrem Durcheinander dem Dorf zu.

Es war falscher Alarm gewesen. Der Präfekt war noch nicht angelangt, und die Mitglieder der Jury waren in großer Verlegenheit, da sie nicht wußten, ob mit der Sitzung angefangen oder ob noch gewartet werden solle.

Endlich erschien hinten auf dem Marktplatz ein großer Mietlandauer; er wurde von zwei mageren Pferden gezogen, auf die ein Kutscher mit blankem Zylinder aus Leibeskräften einhieb. Binet hatte gerade noch Zeit, zu brüllen: »An die Gewehre!«, und der Oberst, dasselbe zu tun. Alles lief zu den Gewehrpyramiden; alles hetzte und hastete. Einige vergaßen sogar, sich den Kragen zuzuknöpfen. Aber die Präfektenkutsche schien diese Verlegenheit zu ahnen, und die beiden zusammengespannten Klepper schlenkerten lässig in ihren Strängen und kamen in langsamem Zuckeltrab genau in dem Augenblick vor den Säulen des Rathauses an, als die Nationalgarde und die Feuerwehrleute unter Trommelschlag im Paradeschritt davor aufmarschierten.

»Im Gleichschritt!« schrie Binet.

»Abteilung halt!« schrie der Oberst. »Links aufmarschiert, marsch!«

Und nach einem Präsentiergriff, bei dem die Gewehrringe klapperten, als ob ein Kupferkessel eine Treppe hinabkollerte, wurden die Gewehre bei Fuß genommen.

Dann sah man dem Wagen einen kleinen Herrn entsteigen, der einen kurzen, silberbestickten Frack trug, eine kahle Stirn hatte und auf dem Hinterkopf eine Perücke; seine Gesichtsfarbe war gelblich, und seine Haltung wirkte leutselig. Seine Augen quollen hervor und wurden von dicken Lidern bedeckt; sie schlossen sich halb, um die vielen Menschen besser zu sehen, und gleichzeitig hob er seine spitze Nase und ließ seinen eingefallenen Mund lächeln. Er erkannte den Bürgermeister an dessen Schärpe und legte ihm dar, daß der Herr Präfekt nicht habe kommen können. Er selber sei Regierungsrat an der Präfektur; dann fügte er ein paar Entschuldigungen an. Tuvache beantwortete sie mit Höflichkeiten; der andere erklärte, er fühle sich beschämt; und so standen sie einander gegenüber, fast berührten sich ihre Stirnen, und die Mitglieder der Jury standen um sie herum, der Gemeinderat, die Notabeln, die Nationalgarde und die Menge. Der Regierungsrat drückte seinen kleinen, schwarzen Dreispitz an die Brust und sagte nochmals Begrüßungsworte, während Tuvache, krumm wie ein Fiedelbogen, ebenfalls lächelte, stotterte, nach Worten suchte, seine Ergebenheit für die Monarchie beteuerte, und welche Ehre Yonville widerfahren sei.

Hippolyte, der Hausknecht des Gasthofs, übernahm vom Kutscher die Zügel der Pferde und führte sie hinkend mit seinem Klumpfuß unter den Torbogen des »Goldenen Löwen«, wo sich viele Bauern ansammelten, um den Wagen zu betrachten. Die Trommeln wirbelten, der Böller krachte, und die Herren stiegen im Gänsemarsch auf die Estrade und nahmen auf den roten Plüschsesseln Platz, die Madame Tuvache zur Verfügung gestellt hatte.

Alle diese Leute sahen einander ähnlich. Ihre ausdruckslosen blonden, ein wenig sonnengebräunten Gesichter hatten die Farbe süßen Ziders; ihre sich bauschenden Backenbärte quollen aus hohen, steifen Kragen hervor, die weiße Halsbinden mit schön ausgebreiteten Schleifen stützten. Sämtliche Westen waren aus Schalsamt; sämtliche Taschenuhren trugen am Ende eines langen Seidenbands irgendein ovales Petschaft aus Karneol; alle stützten die Hände auf ihre beiden Schenkel, wobei sie sorgsam die Hosenbeine spreizten, deren nicht dekatiertes Tuch stärker glänzte als das Leder ihrer derben Schuhe.

Die Damen der Gesellschaft hielten sich weiter hinten im Vestibül zwischen den Säulen auf, während das gewöhnliche Volk gegenüber stand oder auf Stühlen saß. Lestiboudois hatte nämlich alle von der Wiese zurückgetragenen Stühle hergeschleppt; er lief sogar alle paar Minuten in die Kirche, um neue zu holen, und verursachte durch seinen Handel ein solches Gedränge, daß man nur mit Mühe und Not zu der kleinen Treppe der Estrade gelangen konnte.

»Ich finde«, sagte Lheureux (er wandte sich an den Apotheker, der vorüberging, um seinen Platz einzunehmen), »man hätte da zwei venezianische Masten aufrichten sollen: mit etwas Würdigem und Prunkhaftem als Neuerung daran wäre das ein sehr hübscher Blickfang gewesen.«

»Freilich«, antwortete Homais. »Aber da ist nichts zu machen! Der Bürgermeister hat alles auf seine Kappe genommen. Viel Geschmack hat er nicht, der gute Tuvache, und so was wie Kunstsinn hat er überhaupt nicht.«

Inzwischen waren Rodolphe und Madame Bovary in den ersten Stock des Rathauses hinaufgestiegen, in den »Sitzungssaal«, und da dieser leer war, hatte er erklärt, von dort aus könne man das Schauspiel in aller Behaglichkeit genießen. Er nahm drei Hokker, die um den ovalen Tisch unter der Büste des Monarchen standen, und trug sie an eins der Fenster, worauf beide sich dicht nebeneinander setzten.

Auf der Estrade ging es lebhaft zu; alles tuschelte und redete miteinander. Schließlich stand der Regierungsrat auf. Man hatte herausbekommen, daß er Lieuvain hieß, und sein Name lief durch die Menge von Mund zu Mund. Als er ein paar Zettel geordnet und sich dicht vor die Auen gehalten hatte, um besser zu sehen, begann er:

»Meine Herren,

gestatten Sie mir zunächst (ehe ich auf den eigentlichen Zweck der heutigen Versammlung eingehe, und dieses Gefühl, dessen bin ich sicher, wird von Ihnen allen geteilt werden), gestatten Sie mir zunächst, sage ich, der hohen Behörden, der Regierung, des Monarchen, meine Herren, unseres Herrschers zu gedenken, unseres vielgeliebten Königs, dem kein Zweig des öffentlichen oder privaten Wohls gleichgültig ist, und der mit zugleich fester und weiser Hand das Staatsschiff durch die unaufhörlichen Gefahren eines stürmischen Meeres lenkt und dabei dem Frieden wie dem Krieg sein Recht widerfahren läßt, und ebenso dem Gewerbe, dem Handel, der Landwirtschaft und den schönen Künsten.«

»Ich will mich lieber ein bißchen weiter zurücksetzen«, sagte Rodolphe.

»Warum denn?« fragte Emma.

Aber in diesem Augenblick erhob sich die Stimme des Regierungsrats und nahm einen außergewöhnlichen Tonfall an. Er deklamierte:

»Die Zeiten sind vorbei, meine Herren, da bürgerliche Zwietracht unsere öffentlichen Plätze mit Blut überschwemmte, da der Grundbesitzer, der Kaufmann und sogar der Arbeiter, wenn er sich abends zu friedlichem Schlummer niederlegte, davor erzitterte, durch das Sturmläuten der Brandglocke jäh geweckt zu werden, da die umstürzlerischsten Maximen frech die Grundfesten unterwühlten ...«

»Es könnte immerhin sein«, entgegnete Rodolphe, »daß ich von unten gesehen würde; dann müßte ich mich vierzehn Tage lang entschuldigen, und bei meinem schlechten Ruf ...«

»Oh! Sie machen sich schlecht«, sagte Emma.

»Nein, nein, er ist erbärmlich, ich schwör's Ihnen.«

»Aber, meine Herren«, fuhr der Regierungsrat fort, »wenn ich diese düsteren Bilder aus meiner Erinnerung auslösche und meine Blicke auf den gegenwärtigen Zustand unseres schönen Vaterlands richte, was sehe ich dann? Überall blühen Handel und Künste; überall stellen neue Verkehrswege wie Adern im

Körper des Staats neue Beziehungen her; unsere großen Indu-
striebezirke haben ihre Tätigkeit wieder aufgenommen; die Religion, gefestigter denn je, lächelt allen Herzen; unsere Häfen
sind voll, das Vertrauen ist neu erstanden, und endlich atmet
Frankreich wieder auf...«

»Übrigens«, sprach Rodolphe weiter, »hat man vom Standpunkt
der Gesellschaft aus vielleicht recht.«
»Wieso?« fragte sie.
»Nanu!« sagte er. »Wissen Sie denn nicht, daß es Seelen gibt, die
unaufhörlich umgetrieben sind? Sie bedürfen abwechselnd des
Traums und der Tat, der lautersten Leidenschaften und der wil-
desten Genüsse, und so stürzt man sich denn in alle möglichen
Launen und Tollheiten.«
Da schaute sie ihn an, wie man einen Reisenden betrachtet, der
abenteuerliche Länder durchquert hat, und dann sagte sie:
»Nicht einmal diese Ablenkung haben wir, wir armen Frauen!«
»Traurige Ablenkung, denn man findet das Glück nicht darin.«
»Aber findet man es denn je?« fragte sie.
»Doch! Eines Tages widerfährt es einem«, antwortete er.

»Und gerade *das* haben Sie eingesehen«, sagte der Regierungsrat. »Sie, die Sie Landwirte und Landarbeiter sind, friedliche
Pioniere eines umfassenden Kulturwerks! Sie, die Männer des
Fortschritts und der sittlichen Ordnung! Sie haben eingesehen,
sage ich, daß politische Stürme wirklich noch weit furchtbarer
sind als die Störungen der Atmosphäre...«

»Eines Tages widerfährt es einem«, wiederholte Rodolphe, »eines Tages, gänzlich unerwartet, und gerade dann, wenn man
daran verzweifelte. Dann tun sich unendliche Weiten auf; es ist,
als rufe eine Stimme: ›Hier ist es ja!‹ Und man verspürt das Verlangen, dem Menschen, den man gefunden hat, sein Leben an-
zuvertrauen, ihm alles zu schenken, ihm alles zu opfern! Es bedarf keiner Erklärungen, man errät einander. Man ist einander ja
schon längst im Traum begegnet. (Und er blickte sie an.) Endlich
ist er da, der Schatz, nach dem man so lange gesucht hat, man
hat ihn vor sich, er glänzt, er funkelt. Dabei zweifelt man noch

immer; man wagt nicht, daran zu glauben; geblendet verharrt man davor, als sei man aus dem Dunkel ins Licht getreten.«

Am Schluß dieser Rede hatte Rodolphe jeden Satz mit einer Gebärde begleitet. Er fuhr sich mit der Hand übers Gesicht wie jemand, der einen Schwindelanfall bekommt; dann ließ er sie auf die Emmas niederfallen. Sie zog sie fort. Doch der Regierungsrat las immer weiter:

»Und wen könnte das wundern, meine Herren? Einzig den, der so blind wäre, so verbohrt (ich scheue mich nicht, es zu sagen), so verbohrt in die Vorurteile eines anderen Zeitalters, daß er die Gesinnung der Landwirtschaft treibenden Bevölkerungsschichten immer noch verkennt. Wahrhaftig, wo findet man mehr Patriotismus als auf dem Lande, wo mehr an Opferfreudigkeit in Dingen des Gemeinwohls, wo, mit einem Wort, mehr Intelligenz? Und, meine Herren, ich meine natürlich nicht jene oberflächliche Intelligenz, die ein eitler Schmuck müßiger Geister ist, sondern vielmehr jene tiefe, maßvolle Intelligenz, die es sich vor allem angelegen sein läßt, nützliche Ziele zu verfolgen und auf diese Weise dem Vorteil jedes einzelnen wie der Förderung der Allgemeinheit zu dienen und eine Stütze des Staats zu sein, eine Frucht der Achtung vor den Gesetzen und der Pflichterfüllung ...«

»O weh! Auch das noch!« sagte Rodolphe. »Immer die Pflicht; dergleichen Äußerungen widern mich an. Ein Haufen alter Knacker mit Flanellwesten, ein Haufen von Betschwestern mit Wärmflaschen und Rosenkränzen krächzt uns immer das alte Lied in die Ohren: ›Die Pflicht! Die Pflicht!‹ Ja, zum Donnerwetter, es ist unsere Pflicht, alles zu empfinden, was groß ist, alles zu lieben, was schön ist, und nicht alle Konventionen der Gesellschaft hinzunehmen, samt all dem Schändlichen, das sie uns auferlegt.«

»Aber schließlich ..., schließlich ...«, wandte Madame Bovary ein.

»Nein, nein! Warum immer gegen die Leidenschaften wettern? Sind sie nicht das einzige Schöne, das es auf Erden gibt, der Urquell des Heldischen, der Begeisterung, der Poesie, der Künste, mit einem Wort: von allem?«

»Aber man muß sich doch wohl ein bißchen nach der Meinung der Leute richten«, sagte Emma, »und sich ihrer Moral fügen.«

»Haha, das kommt, weil es deren zwei gibt«, entgegnete er. »Die kleine, die herkömmliche, die der Menschen, die sich unaufhörlich ändert, die laut kläfft, sich in den Niederungen auswirkt, am Erdboden kriecht, wie jene Versammlung von Schwachköpfen, die Sie da unten sehen. Aber die andere, die ewige, die ist um uns und über uns, wie die Landschaft, die uns umgibt, und der blaue Himmel, der uns leuchtet.«

Monsieur Lieuvain hatte sich gerade den Mund mit seinem Taschentuch abgewischt. Er fuhr fort:

»Und was könnte ich tun, meine Herren, um Ihnen hier den Nutzen der Landwirtschaft darzulegen? Wer sorgt denn für unsere Bedürfnisse? Wer liefert uns denn das tägliche Brot? Tut es nicht der Landwirt? Der Landwirt, meine Herren, der mit arbeitsamer Hand das Korn in die früchtespendenden Furchen der Äcker sät, läßt das Getreide wachsen, das dann von sinnreichen Maschinen in Staub zermahlen wird, so daß es aus ihnen unter dem Namen Mehl hervorgeht und von dort in die Städte transportiert und alsbald den Bäckern ausgehändigt wird, die daraus ein Nahrungsmittel für arm und reich fertigen. Ist es nicht auch der Landwirt, der um unserer Kleidung willen seine riesigen Schafherden auf den Weideflächen mästet? Denn wie sollten wir uns kleiden, wie uns ernähren können ohne den Landwirt? Und, meine Herren, muß man denn auf der Suche nach Beispielen so weit gehen? Wer hätte nicht oftmals nachgedacht über die volle Bedeutung alles dessen, was man dem bescheidenen Tier abgewinnt, das der Schmuck unserer Geflügelhöfe ist, das uns gleichzeitig ein weiches Kopfkissen für unser Lager, sein saftiges Fleisch für unsern Tisch und zudem noch Eier spendet? Doch ich würde kein Ende finden, wenn ich all die sonstigen unterschiedlichen Produkte aufzählen müßte, mit denen die wohlbestellte Erde gleich einer großherzigen Mutter ihre Kinder überschüttet. Hier ist es die Rebe; anderswo sind es die ziderspendenden Apfelbäume; dort der Raps; fernerhin die Käsesorten; und der Flachs; meine Herren, wir dürfen den Flachs nicht vergessen! Er hat in den letzten Jahren einen beträchtlichen Aufschwung genommen, auf den ich Ihre Aufmerksamkeit ganz besonders hinlenken möchte.«

Es hätte sich für ihn erübrigt, darauf hinzuweisen; denn alle Münder der Menge standen offen, als wollten sie seine Worte trinken. Der neben ihm sitzende Tuvache lauschte mit aufgerissenen Augen; Derozerays ließ dann und wann behutsam die Lider sinken; und etwas weiter entfernt hielt der Apotheker seinen Sohn Napoléon zwischen den Knien und legte die hohle Hand ans Ohr, um sich keine einzige Silbe entgehen zu lassen. Die übrigen Mitglieder der Jury senkten bedächtig das Kinn auf die Westen zum Zeichen der Zustimmung. Die Feuerwehr unten vor der Estrade stützte sich auf ihre Bajonette; und Binet stand noch immer starr da, die Ellbogen nach außen gewinkelt, und hielt die Säbelspitze in die Luft. Vielleicht konnte er hören, aber sehen konnte er nicht, denn die Blende seines Helms reichte ihm bis über die Nase. Sein Adjutant, der jüngste Sohn des edlen Tuvache, hatte einen noch größeren auf, und der wackelte ihm auf dem Kopf und ließ einen Zipfel seines Batikschals sehen. Er lächelte mit kindlicher Sanftmut darunter hervor, und sein schmales, blasses Gesicht, über das Schweißperlen rieselten, verriet Freude, Abspannung und Schläfrigkeit.

Der Marktplatz war bis an die Häuser gedrängt voller Menschen. Aus allen Fenstern sah man Leute sich herauslehnen, andere standen in den Türen, und Justin, der vor dem Schaufenster der Apotheke stand, schien völlig versunken zu sein in das, was er sah. Trotz der herrschenden Stille verhallte Lieuvains Stimme in der Luft. Man vernahm lediglich Satzfetzen, die dann und wann durch das Rücken der Stühle in der Menge unterbrochen wurden; dann hörte man hinter sich auf einmal ein langgezogenes Muhen aufklingen oder das Blöken von Lämmern, die einander von den Straßenecken antworteten. Tatsächlich hatten die Kuhjungen und die Schafhirten ihre Tiere bis dorthin vorgetrieben, und sie brüllten von Zeit zu Zeit und rissen mit ihren Zungen irgendwelches Grünzeug ab, das ihnen vor dem Maul hing.

Rodolphe war dicht an Emma herangerückt und flüsterte ihr leise und hastig zu:

»Empört Sie diese Verschwörung der Gesellschaft denn nicht? Gibt es ein einziges Gefühl, das durch sie nicht in Acht und Bann getan würde? Die edelsten Instinkte, die reinsten Neigungen werden verfolgt und verleumdet, und wenn sich zwei arme Seelen endlich finden, so verbündet sich alles, damit sie einander nicht angehören können. Versuchen werden sie es jedoch, sie werden die Flügel regen und einander rufen. Oh, ob früher oder später, das ist gleich, in sechs Monaten oder zehn Jahren vereinen sie sich dennoch und lieben einander, weil das Schicksal es gebieterisch fordert und weil sie füreinander geschaffen sind.«

Er hatte die Arme verschränkt auf die Knie gestützt, und als er so das Gesicht Emma entgegenhob, schaute er sie ganz aus der Nähe fest an. Sie konnte in seinen Augen kleine, goldene Strahlen wahrnehmen, die aus seinen schwarzen Pupillen hervorschossen, und sie roch sogar den Duft der Pomade, die sein Haar erglänzen ließ. Da überkam sie eine weiche Schlaffheit; sie mußte an jenen Vicomte denken, mit dem sie auf La Vaubyessard Walzer getanzt hatte und dessen Bart wie dieses Haar den Geruch von Vanille und Zitrone ausgeströmt hatte; und unwillkürlich schloß sie die Lider, um den Duft noch besser zu spüren. Aber bei der Bewegung, die sie vollführte, als sie sich auf ihrem Stuhl vorbeugte, erblickte sie ganz in der Ferne, hinten am Horizont, die alte Postkutsche, die »Schwalbe«, wie sie langsam die Höhe von Les Leux herabfuhr und eine lange Staubwolke hinter sich herzog. In diesem gelben Gefährt war Léon so oft zu ihr zurückgekehrt, und auf ebendieser Landstraße war er für immer weggefahren! Sie glaubte, ihn gegenüber an seinem Fenster zu sehen; dann verschwamm alles, Wolken zogen vorüber; ihr war, als wirbele sie noch immer im Walzer dahin, unter dem Glanz der Kronleuchter, im Arm des Vicomte, und Léon sei nicht weit weg, er werde wiederkommen ... und dabei spürte sie nach wie vor Rodolphes Kopf dicht neben sich. Die Süße dieser Empfindung durchdrang ihre Wünsche von einst, und wie Sandkörner unter einem Windstoß wirbelten sie empor in dem zarten Hauch des Duftes, der sich über ihre Seele breitete. Mehrmals öffnete sie weit die Nasenflügel, um den kühlen Geruch des Efeus einzuatmen, der sich um die Kapitelle rankte. Sie zog die Handschuhe

aus und wischte sich die Hände ab; dann fächelte sie sich mit dem Taschentuch das Gesicht, wobei sie durch das Pochen ihrer Schläfen hindurch das Gebrodel der Menge und die Stimme des Regierungsrats hörte, der seine Phrasen psalmodierte.
Er sagte:

»Nur vorwärts! Durchgehalten! Hören Sie nicht auf geschäftstüchtige Ohrenbläser noch auf die allzu übereilten Ratschläge tollkühner Neuerer! Richten Sie Ihren Eifer vor allem auf die Verbesserung des Bodens, auf gute Mast, auf die Weiterentwicklung der Pferde-, Rinder-, Schaf- und Schweinezucht! Möge diese Tagung der Landwirte für Sie wie jene friedlichen Arenen sein, in denen der Sieger beim Fortgehen dem Besiegten die Hand drückt wie einem Bruder, in der Hoffnung auf bessere Erfolge! Und ihr, ehrenwerte Knechte, bescheidenes Hofgesinde, um deren mühselige Arbeit sich bis zum heutigen Tag noch keine Regierung gekümmert hat, kommt und empfangt die Belohnung für eure schweigenden Tugenden und seid überzeugt, daß hinfort der Staat seine Blicke auf euch richtet, daß er euch ermutigt, daß er euch beschützt, daß er euch bei euren billigen Forderungen Gerechtigkeit widerfahren läßt und euch, soweit es in seiner Macht steht, die Bürde eurer mühevollen Opfer erleichtern wird!«

Danach setzte sich Monsieur Lieuvain; Monsieur Derozerays stand auf und begann eine weitere Rede. Die seine war vielleicht nicht so blütenreich wie die des Regierungsrats; dafür glänzte sie durch einen positiveren Stil, das heißt, durch speziellere Kenntnisse und tiefergehende Betrachtungen. Daher waren die Lobsprüche auf die Regierung kürzer gefaßt; die Religion und die Landwirtschaft nahmen mehr Raum ein. Die Wechselbeziehungen zwischen beiden wurden dargelegt, und wie beide von jeher die Kultur gefördert hätten. Rodolphe und Madame Bovary plauderten über Träume, Vorahnungen und Magnetismus. Der Redner griff auf die Wiege der menschlichen Gesellschaft zurück und schilderte die wüsten Zeiten, da die Menschen sich in der Tiefe der Wälder von Eicheln genährt hätten. Dann hätten sie die Tierfelle abgelegt, sich mit Stoffen bekleidet, Furchen gepflügt und Reben gepflanzt. War das nun ein Gewinn, und hatten die neuen Entdeckungen nicht mehr Unzuträglichkeiten als Vorteile mit sich gebracht? Dieses Problem wurde von Derozerays aufgeworfen. Rodolphe war nach und nach vom Magnetismus auf die Wahlverwandtschaften gekommen, und während der Herr Präsident Cincinnatus und seinen Pflug zitierte, Diocletian beim Kohlpflanzen und die chinesischen Kaiser, die den Neujahrstag durch eigenhändiges Säen begingen, setzte der junge Mann der jungen Frau auseinander, daß diese unwiderstehlichen Anziehungskräfte ihre Ursache in einem früheren Dasein haben.

»Sehen Sie doch uns beide an«, sagte er. »Warum haben wir einander kennengelernt? Welcher Zufall hat es gewollt? Ohne Zweifel haben uns über die Entfernung hinweg unsere besonderen Neigungen zueinander geführt wie zwei fließende Ströme, die sich vereinigen.«

Und er griff nach ihrer Hand; sie entzog sie ihm nicht.

»Gesamtpreis für gute Bewirtschaftung!« rief der Präsident.

»Zum Beispiel vorhin, als ich in Ihr Haus kam . . .«

»Für Monsieur Bizet aus Quincampoix . . .«

»Wußte ich da, daß ich Sie begleiten würde?«

»Siebzig Francs!«
»Hundertmal habe ich aufbrechen wollen, aber ich bin Ihnen gefolgt, ich bin geblieben.«

»Mistbereitung!«

»Wie ich heute abend hierbleiben würde, morgen, alle übrigen Tage, mein Leben lang!«

»Für Monsieur Caron aus Argueil, eine Goldmedaille!«

»Denn nie zuvor bin ich in der Gesellschaft jemandem begegnet, der mich so völlig bezaubert hätte.«

»Für Monsieur Bain aus Givry-Saint-Martin!«

»Daher werde ich die Erinnerung an Sie stets in mir tragen.«

»Für einen Merino-Widder . . .«

»Sie aber werden mich vergessen; ich werde an Ihnen vorübergeglitten sein wie ein Schatten.«

»Für Monsieur Belot aus Notre-Dame …«

»Doch nein, nicht wahr, ich werde etwas in Ihren Gedanken, Ihrem Leben sein?«

»Für Schweinezucht Preis ex aequo: für die Herren Lehérissé und Cullembourg; sechzig Francs!«

Rodolphe drückte ihr die Hand, und er fühlte, daß sie ganz warm war und zitterte wie eine gefangene Turteltaube, die fortfliegen möchte; aber sei es nun, daß sie versuchte, sie freizubekommen oder daß sie jenen Druck erwiderte; sie machte eine Bewegung mit den Fingern; er rief:

»Oh, danke! Sie stoßen mich nicht zurück! Sie sind gütig! Sie verstehen, daß ich Ihnen gehöre! Erlauben Sie, daß ich Sie sehe, Sie anschaue!«

Ein durch die Fenster fahrender Windstoß bauschte die Tischdecke, und unten auf dem Marktplatz hoben die Hauben der Bäuerinnen sich wie die flatternden Flügel weißer Schmetterlinge.

»Verwendung von Ölkuchen«, fuhr der Präsident fort.
Er hastete weiter:
»Flämisches Mastfutter, – Lein-Anbau, – Drainage, langjährige Pacht, – treue Dienste.«

Rodolphe war verstummt. Sie sahen einander an. Ein äußerstes Verlangen ließ ihre trockenen Lippen beben; und weich, ohne Mühe, schlangen ihre Finger sich ineinander.

»Catherine-Nicaise-Elisabeth Leroux aus Sassetot-la-Guerrière, für fünfundvierzig Dienstjahre auf demselben Pachthof eine Silbermedaille – im Wert von fünfundzwanzig Francs!«
»Wo ist sie denn, die Catherine Leroux?« fragte der Regierungsrat.

Sie trat nicht vor, es wurden tuschelnde Stimmen vernehmlich:
»Geh doch hin!«
»Nein.«
»Nach links!«
»Hab doch keine Angst!«
»Ach, ist die blöd!«

»Na, ist sie nun da oder nicht?« rief Tuvache.

»Doch ...! Hier steckt sie!«

»Dann soll sie doch vortreten!«

Da sah man eine kleine, alte Frau in furchtsamer Haltung auf die Estrade zugehen; sie schien in ihrer ärmlichen Kleidung zusammenzuschrumpfen. An den Füßen hatte sie plumpe Holzgaloschen und um die Hüften eine große blaue Schürze. Ihr mageres, von einer saumlosen Haube umrahmtes Gesicht hatte mehr Falten als ein verschrumpelter Reinette-Apfel, und aus den Ärmeln ihrer roten Unterjacke ragten zwei lange Hände mit knotigen Gelenken heraus. Der Scheunenstaub, die Waschlauge, das Fett der Schafwolle hatten sie so verkrustet und so rissig und hornig gemacht, daß sie wie schmutzig wirkten, obwohl sie in klarem Wasser gewaschen waren; und da sie nur hatten dienen müssen, blieben sie halb geöffnet, so als wollten sie ganz von selbst sich als demütiges Zeugnis so vieler erduldeter Leiden darbieten. Eine Art klösterlicher Strenge veredelte den Ausdruck ihres Gesichts. Nichts Trauriges oder Gerührtes machte diesen blassen Blick weich. Im steten Umgehen mit den Tieren hatte sie deren Stummheit und Ruhe angenommen. Es war das erstemal, daß sie sich inmitten einer solchen Masse von Menschen sah; sie war erschrocken über die Fahnen, die Trommelwirbel, die Herren im schwarzen Frack und das Kreuz der Ehrenlegion des Regierungsrats, und so stand sie völlig regungslos da und wußte nicht, ob sie weitergehen oder weglaufen sollte, noch warum die Menge sie vorwärtsschob und warum die Preisrichter ihr zulächelten. So verhielt sich vor diesen geputzten Bürgern ein halbes Jahrhundert der Dienstbarkeit.

»Kommen Sie doch näher heran, verehrungswürdige Catherine-Nicaise-Elisabeth Leroux!« sagte der Regierungsrat; er hatte die Liste der Preisgekrönten aus den Händen des Präsidenten entgegengenommen.

Und indem er abwechselnd auf das Papierblatt und die alte Frau blickte, wiederholte er in väterlichem Ton:

»Näher, noch näher!«

»Sind Sie denn taub?« rief Tuvache und sprang von seinem Sessel auf.

Und er beeilte sich, ihr ins Ohr zu brüllen:

»Für fünfundvierzig Jahre Dienst! Eine Silbermedaille! Fünfundzwanzig Francs wert! Die ist für Sie!«

Als sie dann ihre Medaille hatte, betrachtete sie diese nachdenk-
lich. Dann breitete sich ein Lächeln der Glückseligkeit über ihr
Gesicht, und man hörte sie im Weggehen vor sich hin murmeln:
»Die geb ich unserm Pfarrer, damit er für mich Messen liest.«

»Welch eine Schwärmerei!« sagte der Apotheker, sich zum Notar
hinüberneigend.

Der Festakt war zu Ende; die Menge verlief sich; und nun die Reden verlesen waren, nahm jeder wieder seinen alten Rang ein,
und alles kehrte in seine gewohnten Geleise zurück; die Herren
fuhren ihre Knechte an, und diese prügelten die Tiere, und die
trägen Triumphatoren trotteten in ihre Ställe zurück, einen grünen Kranz zwischen den Hörnern.

Mittlerweile war die Nationalgarde in den ersten Stock des Rathauses emporgestiegen; sie hatte Brioches auf ihre Bajonette
gespießt, und der Bataillonstambour schleppte einen Korb voll
Flaschen. Madame Bovary nahm Rodolphes Arm; er führte sie
nach Hause; sie trennten sich vor ihrer Tür; danach ging er allein
auf der Festwiese auf und ab und wartete auf die Stunde des
Banketts.

Das Festmahl dauerte lange; es ging laut zu, und die Bedienung
war schlecht; alles saß so eng, daß man kaum die Ellbogen bewegen konnte, und die schmalen Bretter, die als Bänke dienten,
drohten unter dem Körpergewicht der Tafelnden durchzu-
brechen. Sie aßen über die Maßen viel. Jeder wollte auf seine
Kosten kommen. Allen rann der Schweiß von der Stirn, und ein
weißlicher Dunst, wie Nebel über einem Fluß an einem Herbst-
morgen, wogte über dem Tisch zwischen den Hängelampen. Rodolphe, mit dem Rücken an die Zeltwand gelehnt, dachte so in-
tensiv an Emma, daß er nichts hörte. Hinter ihm auf dem Rasen
schichteten Kellner die schmutzigen Teller auf; seine Nachbarn
redeten, er antwortete ihnen nicht; man füllte ihm sein Glas, und
in seinem Denken breitete sich trotz des wachsenden Lärms
Stille aus. Träumerisch dachte er an das, was sie zu ihm gesagt
hatte und an die Form ihrer Lippen; ihr Gesicht schimmerte auf

den Messingplatten der Tschakos wie in einem Zauberspiegel; die Falten ihres Kleids liefen an den Wänden hinab, und Tage der Liebe tauchten vor ihm auf, endlos, in den Aussichten der Zukunft.

Am Abend, beim Feuerwerk, sah er sie wieder; aber da war sie mit ihrem Mann, Madame Homais und dem Apotheker zusammen, der sich große Sorgen machte wegen der Gefahr der Irrläufer bei den Raketen; alle Augenblicke verließ er die Gruppe, um Binet Ermahnungen zu erteilen.

Die Feuerwerkskörper waren an den edlen Tuvache geschickt und aus übertriebener Vorsicht in dessen Keller eingeschlossen worden; daher wollte das feuchte Pulver sich nicht richtig entzünden, und das Hauptstück, ein sich in den Schwanz beißender Drache, versagte gänzlich. Hin und wieder zischte eine dürftige Rakete hoch; dann stieß die gaffende Menge einen Freudenschrei aus, in den sich das Kreischen der Frauen mischte, die in der Dunkelheit um die Taille gefaßt und gekitzelt wurden. Emma schmiegte sich wortlos an Charles' Schulter; dann verfolgte sie mit erhobenem Kinn die leuchtende Flugbahn der Raketen am schwarzen Himmel. Rodolphe betrachtete sie beim Schein der brennenden Lampions.

Nach und nach erloschen sie. Die Sterne begannen zu flimmern. Es fielen ein paar Regentropfen. Sie knüpfte ihr Tuch um den unbedeckten Kopf.

In diesem Augenblick fuhr die Droschke des Regierungsrats aus dem Gasthof heraus. Der Kutscher war betrunken und nickte plötzlich ein, und man sah von weitem, wie über dem Wagenverdeck zwischen den beiden Laternen die Masse seines Körpers nach rechts und nach links pendelte, je nach den Schwankungen der Hängeriemen.

»Wahrhaftig«, sagte der Apotheker, »man sollte schärfer gegen die Trunksucht vorgehen! Ich wollte, es würden allwöchentlich auf einer Tafel an der Rathaustür die Namen aller derjenigen angeschrieben, die sich während der Woche mit Alkohol vergiftet haben. Übrigens wären das, unter dem Gesichtspunkt der Statistik betrachtet, gewissermaßen Annalen, aus denen man notfalls ... Aber entschuldigen Sie.«

Und er lief nochmals zu dem Feuerwehrhauptmann hin.

Der war auf dem Heimweg. Er wollte wieder an seine Drehbank gehen.

»Sie täten vielleicht nicht übel daran«, sagte Homais zu ihm, »wenn Sie einen von Ihren Leuten losschickten oder selber gingen ...«

»Lassen Sie mich in Ruhe«, antwortete der Steuereinnehmer, »es ist doch gar nichts los!«

»Wir können ganz unbesorgt sein«, sagte der Apotheker, als er sich wieder seinen Freunden zugesellt hatte. »Binet hat mir versichert, es seien alle Vorsichtsmaßnahmen getroffen worden. Kein einziger Funke ist niedergefallen. Die Spritzen sind voll Wasser. Wir können getrost schlafengehen.«

»Ach ja, ich hab's nötig«, sagte Madame Homais, die herzhaft gähnte; »aber wir haben für unser Fest einen sehr schönen Tag gehabt.«

Rodolphe wiederholte leise und mit einem zärtlichen Blick:

»Oh, ja! Wunderschön!«

Und nachdem man sich verabschiedet hatte, kehrte man einander den Rücken.

Zwei Tage später erschien im »Leuchtfeuer von Rouen« ein langer Bericht über die Tagung der Landwirte. Homais hatte ihn gleich am nächsten Tag schwungvoll verfaßt:

»Warum diese Gehänge, diese Blumen, diese Girlanden? Wohin wälzte sich diese Menge gleich den Wogen eines wütenden Meers unter den Glutstrahlen einer tropischen Sonne, die ihre Hitze über unsere Fluren ergoß?«

Danach plauderte er über die Lage der Bauern.

Freilich, die Regierung habe viel getan, aber noch nicht genug! »Nur Mut«, rief er ihnen zu, »tausend Reformen sind unerläßlich, wir wollen sie durchführen.« Dann kam er auf die Ankunft des Regierungsrats zu sprechen und vergaß dabei weder »das martialische Aussehen unserer Nationalgarde« noch »unsere höchst reizvollen Dorfschönen«, noch die kahlköpfigen Greise, gewissermaßen Patriarchen, die gekommen waren und von denen manche als »Überreste unserer unsterblichen Phalangen noch immer ihre Herzen beim männlichen Wirbeln der Trommeln höher schlagen hörten«. Bei der Aufzählung der Mitglieder der Jury setzte er seinen Namen unter den ersten ein und erinnerte sogar in einer Fußnote daran, Monsieur Homais, der Apotheker, habe eine Denkschrift über den Zider der »Vereinigung für Ackerbau« eingereicht. Als er bei der Preisverteilung angelangt war, schilderte er die Freude der Preisträger in dithyrambischen Wendungen. »Der Vater umarmte seinen Sohn, der Bruder den Bruder, der Gatte die Gattin. Mehr denn einer zeigte voller Stolz seine schlichte Medaille vor und wird sie sicherlich nach der Heimkehr zu seiner treusorgenden Hausfrau mit Tränen in den Augen an die Wand seiner Hütte gehängt haben.

Gegen sechs Uhr abends vereinigte ein Bankett auf der Wiese Monsieur Liégeards die Hauptteilnehmer des Festes. Unter ihnen allen hat während der ganzen Zeit die größte Herzlichkeit geherrscht. Verschiedene Trinksprüche sind ausgebracht worden: Regierungsrat Lieuvain auf den Herrscher! Monsieur Tuvache auf den Präfekten! Monsieur Derozerays auf die Landwirtschaft! Monsieur Homais auf die Industrie und die schönen Künste, diese beiden Geschwister! Monsieur Leplichey auf die Verbesserungen des Bodens! Am Abend hat plötzlich ein prächtiges Feuerwerk die Lüfte erhellt. Man hätte es als ein wahres Kaleidoskop bezeichnen können, eine richtige Operndekoration, und einen Augenblick lang hat unsere kleine Ortschaft sich mitten in einen Traum aus ›Tausendundeiner Nacht‹ versetzt glauben können.

Wir müssen feststellen, daß kein unliebsamer Vorfall dieses echte Familienfest gestört hat.«

Und er hatte noch hinzugefügt:

»Lediglich das Fernbleiben der Geistlichkeit ist aufgefallen. Offenbar verstehen die Sakristeien unter Fortschritt etwas anderes. Das stehe euch frei, ihr Jünger Loyolas!«

# IX

Sechs Wochen gingen hin. Rodolphe kam nicht wieder. Eines Abends endlich erschien er.

Am Tag nach dem Fest der Landwirte hatte er sich gesagt: »Lieber nicht so bald wieder hingehen; das wäre falsch.«

Und am Ende der Woche war er auf Jagd gegangen. Nach der Jagd hatte er gemeint, jetzt sei es zu spät, und dann hatte er überlegt:

»Wenn sie mich vom ersten Tag an geliebt hat, muß sie mich jetzt, der Ungeduld wegen, mich wiederzusehen, desto mehr lieben. Nur weiter!«

Und er sah nur zu gut, daß seine Rechnung stimmte; denn als er die große Stube betrat, bemerkte er, daß Emma blaß wurde.

Sie war allein. Es dämmerte. Die kleinen Musselingardinen an den Fensterscheiben verstärkten das Halbdunkel, und die Vergoldung des Barometers, auf das ein Sonnenstrahl fiel, sprühte Funken in den Spiegel, zwischen den Lücken des Korallenstocks hindurch.

Rodolphe war stehengeblieben; und Emma antwortete kaum auf seine ersten Höflichkeitsworte.

»Ich habe allerhand zu tun gehabt«, sagte er. »Ich bin krank gewesen.«

»Ernstlich?« rief sie aus.

»Na ja!« erwiderte Rodolphe und setzte sich neben sie auf einen Hocker, »nein ...! Ich hatte nämlich nicht wiederkommen wollen.«

»Warum?«

»Erraten Sie das nicht?«

Er sah sie noch einmal an, aber so nachdrücklich, daß sie den Kopf senkte und errötete. Er fuhr fort:

»Emma ...!«

»Monsieur!« stieß sie hervor und rückte ein wenig von ihm weg.

»Ach, da sehen Sie«, entgegnete er mit melancholischer Stimme, »wie recht ich hatte, als ich nicht wiederkommen wollte; denn jener Name, jener Name, der meine Seele erfüllt und der mir entschlüpft ist, den verbieten Sie mir! Madame Bovary …! Aber so nennt Sie doch alle Welt …! Außerdem ist es gar nicht Ihr Name; es ist der Name eines andern!«

Er wiederholte:

»Eines andern!«

Und er verbarg das Gesicht in den Händen.

»Ja, ich denke immerfort an Sie …! Die Erinnerung an Sie bringt mich zur Verzweiflung! Oh, Verzeihung …! Ich will gehen … Adieu …! Ich will verreisen, weit weg … so weit, daß Sie nie wieder von mir hören sollen …! Und dabei …, heute …, ich weiß nicht, welche Macht mich zu Ihnen hingetrieben hat! Denn man kämpft nicht gegen den Himmel an, und dem Lächeln der Engel widerstrebt man nicht! Man läßt sich hinreißen von dem, was schön, bezaubernd, anbetungswürdig ist!«

Es geschah zum erstenmal, daß Emma solche Dinge gesagt wurden; und ihr Stolz, wie jemand, der sich in einem Dampfbad entspannt, dehnte sich lässig und vollkommen in der Wärme dieser Worte.

»Aber wenn ich auch nicht gekommen bin«, fuhr er fort, »wenn ich Sie nicht habe sehen können, ach! dann habe ich zumindest genau angeschaut, was Sie umgibt. Nachts, jede Nacht, bin ich aufgestanden und hierhergelaufen, um Ihr Haus anzusehen, das im Mondschein schimmernde Dach, die Gartenbäume, die sich vor Ihrem Fenster wiegten, und eine kleine Lampe, einen Lichtschein, der im Dunkel durch die Scheiben blinkte. Ach, Sie haben schwerlich gewußt, daß dort unten, Ihnen so nahe und doch so fern, ein armer Unglücklicher stand …«

Mit einem Aufschluchzen wandte sie sich ihm zu.

»Oh! Sie sind gut!« sagte sie.

»Nein! Ich liebe Sie, und nichts sonst! Sie wissen es ja ganz genau! Sagen Sie es mir. Ein Wort! Ein einziges Wort!«

Und unmerklich ließ Rodolphe sich von dem Hocker bis auf den Fußboden gleiten; aber da war in der Küche das Geklapper von Holzschuhen zu hören, und außerdem war die Zimmertür, wie er jetzt merkte, nicht geschlossen.

»Wie barmherzig wäre es von Ihnen«, fuhr er fort und stand auf, »einen Wunsch zu stillen!«

Dieser war, ihr Haus zu besichtigen; er begehre, es kennenzulernen; und da Madame Bovary darin nichts Unziemliches sah,
standen beide auf; da kam Charles herein.

»Tag, Doktor«, sagte Rodolphe.

Der Arzt war geschmeichelt ob dieses ihm nicht zustehenden
Titels und erging sich in übertrieben höflichen Redensarten,
und der andere nutzte dies, um wieder ein bißchen Herr seiner
selbst zu werden.

»Madame hat mir gerade«, sagte er also, »von ihrem gesundheit-
lichen Befinden erzählt ...«

Charles unterbrach ihn: er sei tatsächlich äußerst besorgt gewesen; die Depressionen seiner Frau hätten wieder eingesetzt.

Da fragte Rodolphe, ob nicht Reiten dagegen gut wäre.

»Gewiß! Vortrefflich! Ausgezeichnet ...! Das ist ein guter Einfall! Das solltest du tun.«

Und als sie einwandte, sie habe kein Pferd, bot Rodolphe ihr eins
an; sie lehnte sein Anerbieten ab; er bestand nicht darauf; um
seinen Besuch zu begründen, erzählte er dann, sein Knecht, der
Mann mit dem Aderlaß, leide noch immer an Schwindelan-
fällen.

»Ich sehe gelegentlich nach ihm«, sagte Bovary.

»Nein, nein, ich schicke ihn her; wir kommen zu Ihnen, das ist
bequemer für Sie.«

»Ja, sehr freundlich! Vielen Dank.«

Und als sie allein waren:

»Warum nimmst du Monsieur Boulangers Anerbieten nicht an?
Es war doch sehr liebenswürdig!«

Sie setzte eine Schmollmiene auf, überlegte tausend Entschuldi-
gungsgründe und erklärte schließlich, es könne womöglich
einen komischen Eindruck machen.

»Ach, darauf pfeife ich!« sagte Charles und machte eine veräcliche Handbewegung. »Die Gesundheit geht vor. Du hast unrecht!«

»Na, wie soll ich denn zu Pferde steigen, wenn ich kein Reitkleid
habe?«

»Dann mußt du dir eins bestellen!« antwortete er.

Das Reitkleid gab den Ausschlag.

Als das Kostüm fertig war, schrieb Charles an Boulanger, seine Frau sei bereit, und sie nähmen sein gütiges Anerbieten an.

Am folgenden Tag gegen Mittag kam Rodolphe mit zwei Reitpferden vor Charles' Haustür. Das eine trug rosa Pompons an den Ohren und einen Damensattel aus Wildleder.

Rodolphe hatte hohe, weiche Reitstiefel angezogen; er sagte sich, daß sie noch nie dergleichen gesehen haben dürfte; tatsächlich war Emma über sein Äußeres entzückt, als er in seinem langen Samtfrack und seiner weißen Trikot-Reithose auf dem Treppenabsatz erschien. Sie war bereit; sie hatte auf ihn gewartet.

Justin hatte sich aus der Apotheke gestohlen, um sie zu sehen, und auch der Apotheker hatte sich hinaus bemüht. Er gab Boulanger Ratschläge.

»Ein Unglück ist schnell geschehen! Seien Sie vorsichtig! Ihre Pferde sind doch hoffentlich nicht feurig?«

Sie hörte über ihrem Kopf ein Geräusch: es war Félicité, die gegen die Fensterscheiben trommelte, um der kleinen Berthe Spaß zu machen. Das Kind warf ihr von oben her ein Kußhändchen zu; die Mutter antwortete darauf durch ein Winken mit dem Knauf ihres Reitstocks.

»Guten Ritt!« rief Homais. »Aber Vorsicht! Vor allem Vorsicht!«

Und er schwenkte seine Zeitung und schaute den sich Entfernenden nach.

Sobald Emmas Pferd gewachsene Erde unter sich spürte, fing es an zu galoppieren. Rodolphe galoppierte neben ihr. Dann und wann wechselten sie ein Wort. Ein wenig nach vorn geneigt, die Hand erhoben und den rechten Arm leicht ausgestreckt, gab sie sich der rhythmischen Bewegung hin, die sie im Sattel wiegte.

Am Fuß der Anhöhe ließ Rodolphe die Zügel locker; sie ritten gleichzeitig los, mit einem einzigen Satz; als sie dann oben waren, blieben beide Pferde plötzlich stehen, und Emmas langer blauer Schleier sank herab.

Es war einer der ersten Oktobertage. Über der Landschaft lag Nebel. Schwaden zogen sich zwischen den Konturen der Hügel bis zum Horizont hin; andere, die zerrissen, stiegen und verwehten. Zuweilen waren durch einen Wolkenriß hindurch im Sonnenschein die fernen Dächer von Yonville, die Gärten am Bachufer, die Gehöfte, die Mauern und der Kirchturm zu sehen. Emma schloß halb die Lider, um ihr Haus herauszufinden, und nie zuvor war das armselige Dorf, in dem sie lebte, ihr so klein vorgekommen. Von der Höhe aus, auf der sie hielten, glich die ganze Niederung einem ungeheuer großen, fahlen, verdunstenden See. Die Baumgruppen hier und da traten hervor wie dunkle Felsen; und die hohen Pappelzeilen, die aus dem Dunst herausragten, bildeten Gestade, die der Wind bewegte.

Seitwärts, über dem Rasen, unter den Fichten, sickerte braunes Licht durch die laue Luft. Der Boden war rötlich wie Tabakstaub; er dämpfte das Geräusch der Pferdetritte, und manchmal stießen sie im Gehen mit den Hufeisen abgefallene Tannenzapfen vor sich her.

Rodolphe und Emma ritten am Waldrand entlang. Sie wandte sich von Zeit zu Zeit ab, um seinem Blick auszuweichen, und dann sah sie nur die in Reih und Glied stehenden Fichtenstämme, deren unaufhörliche Aufeinanderfolge sie ein wenig schwindlig machte. Die Pferde schnauften. Das Sattelleder knirschte.

Gerade als sie in den Wald hineinritten, kam die Sonne zum Vorschein.

»Gott schützt uns!« sagte Rodolphe.

»Glauben Sie?« fragte sie.

»Weiter! Weiter!« entgegnete er.

Er schnalzte mit der Zunge. Die beiden Pferde fingen an zu laufen.

Hohe Farne, die am Wegrand standen, verfingen sich in Emmas Steigbügel. Im Reiten beugte Rodolphe sich herab und machte sie vorsichtig frei. Manchmal, wenn er Zweige wegbog, ritt er ganz dicht neben ihr hin, und Emma spürte, wie sein Knie ihr Bein streifte. Der Himmel war blau geworden. Kein Blatt regte sich. Sie kamen über weite Lichtungen voll blühenden Heidekrauts, und violette Flächen wechselten ab mit dem Gewirr der Bäume, die grau, falb oder golden waren, je nach der Verschiedenheit des Laubwerks. Oft war unter den Büschen das Hingleiten eines kleinen Flügelgeflatters zu vernehmen, oder auch das heisere, ruhige Krächzen der Raben, die zwischen den Eichen davonflogen.

Sie saßen ab. Rodolphe band die Pferde an. Sie ging auf dem Moos zwischen den Wagenspuren voran.

Aber das allzu lange Reitkleid hinderte sie, obwohl sie die Schleppe gerafft über dem Arm trug, und Rodolphe, der hinter ihr herging, sah zwischen dem schwarzen Stoff und den schwarzen Stiefeln das verlockende Weiß ihrer Strümpfe, das ihm wie ein Stück ihrer Nacktheit erschien.

Sie blieb stehen.

»Ich bin müde«, sagte sie.

»Aber, aber! Versuchen Sie es!« entgegnete er. »Nur Mut!«

Nach hundert Schritten blieb sie abermals stehen; und durch ihren Schleier, der ihr von ihrem Herrenhut schräg über die Hüften herabhing, war ihr Gesicht in bläulicher Transparenz zu sehen, als schwimme sie unter azurenen Wogen.

»Wohin gehen wir denn?«

Er antwortete nicht. Sie atmete stoßweise. Rodolphe ließ die Blicke umherschweifen und biß sich auf den Schnurrbart.

Sie kamen auf eine größere Lichtung, wo Jungholz geschlagen worden war. Sie setzten sich auf einen gefällten Baumstamm, und Rodolphe begann wiederum von seiner Liebe zu sprechen.

Zunächst erschreckte er sie nicht durch Komplimente. Er gab sich ruhig, ernst, schwermütig.

Emma hörte ihm mit gesenktem Kopf zu und bewegte dabei mit der Stiefelspitze die am Boden liegenden Holzspäne.

Doch dann kam der Satz:

»Sind unsere Schicksale jetzt nicht die gleichen?«

»Nein, nein«, antwortete sie. »Das wissen Sie ganz genau. Es ist unmöglich.«

Sie stand auf und wollte weggehen. Er ergriff ihr Handgelenk. Sie blieb stehen. Als sie ihn dann ein paar Sekunden lang mit verliebten und ganz feuchten Augen angeblickt hatte, sagte sie hastig:

»Bitte lassen Sie uns nicht mehr davon sprechen ... Wo sind die Pferde? Wir wollen heimreiten.«

Er machte eine wütende, verdrossene Geste. Nochmals sagte sie: »Wo sind die Pferde? Wo sind die Pferde?«

Da lächelte er seltsam, und mit starrem Blick und zusammengebissenen Zähnen trat er auf sie zu und breitete die Arme aus. Zitternd wich sie zurück. Sie stammelte:

»Oh! Sie machen mir angst! Sie tun mir weh! Wir wollen weitergehen.«

»Wenn es sein muß«, entgegnete er, und sein Gesichtsausdruck wandelte sich.

Und er wurde wieder respektvoll, zärtlich und schüchtern. Sie reichte ihm den Arm. Beide traten den Rückweg an. Er sagte:

»Was hatten Sie denn? Warum? Mir ist es völlig unklar. Sicherlich mißverstehen Sie mich? Sie sind in meiner Seele wie eine Madonna auf ihrem Piedestal, ganz hoch droben, unantastbar und unbefleckt. Aber ich kann ohne Sie nicht leben! Ich bedarf Ihrer Augen, Ihrer Stimme, Ihrer Gedanken. Seien Sie meine Freundin, meine Schwester, mein Engel!«

Und er streckte den Arm aus und umschlang ihre Taille. Sie machte einen schwächlichen Versuch, sich ihm zu entwinden. So stützte er sie im Weitergehen.

Aber sie hörten die beiden Pferde, die Laub abrupften.

»Oh! Noch nicht«, sagte Rodolphe. »Lassen Sie uns noch nicht zurückreiten! Bleiben Sie hier!«

Er zog sie mit sich, um einen kleinen Tümpel herum, auf dessen Flut Wasserlinsen einen grünen Überzug bildeten. Reglos schwammen abgeblühte Seerosen zwischen den Schilfhalmen. Beim Geräusch ihrer Schritte im Gras hüpften Frösche auf, um sich zu verstecken.

»Es ist nicht recht von mir, es ist nicht recht von mir«, sagte sie. »Ich bin von Sinnen, daß ich auf Sie höre.«

»Warum denn …? Emma! Emma!«

»Oh, Rodolphe …!« sagte langsam die junge Frau und lehnte sich an seine Schulter.

Das Tuch ihres Kleids verfing sich in dem Samt seines Fracks. Sie bog den weißen Hals zurück, den ein Seufzer schwellte, und halb ohnmächtig, tränenüberströmt, am ganzen Leib zitternd und das Gesicht verbergend, gab sie sich hin.

175

Die Abendschatten sanken nieder; die waagerecht durch das Gezweig dringenden Sonnenstrahlen blendeten ihre Augen. Hier und dort, ringsum, im Laubwerk oder am Boden, zitterten Lichtflecke, als hätten Kolibris im Vorüberfliegen ihre Federn umhergestreut. Überall war Stille; von den Bäumen schien etwas Sanftes auszugehen; sie fühlte ihr Herz, dessen Klopfen wieder einsetzte, und spürte das Blut durch ihren Körper dringen wie einen Milchstrom. Dann hörte sie ganz fern, außerhalb des Waldes, auf der andern Hügelkette, einen unerklärlichen, langgezogenen Schrei, eine sich hinziehende Stimme, und sie lauschte ihr schweigend; sie mischte sich wie Musik in die letzten Schwingungen ihrer erregten Nerven. Rodolphe, die Zigarre zwischen den Zähnen, flickte mit seinem Taschenmesser den gerissenen der beiden Zügel.

Auf demselben Weg ritten sie nach Yonville zurück. Im Straßenschmutz sahen sie die Hufspur ihrer Pferde wieder, Seite an Seite, und dieselben Büsche, dieselben Steine im Gras. Nichts rings um sie her hatte sich verändert; und dennoch war für sie etwas Bedeutsameres geschehen, als wenn die Hügelzüge an eine andere Stelle gerückt wären. Hin und wieder neigte sich Rodolphe zu ihr hin, nahm ihre Hand und küßte sie.

Zu Pferde sah sie reizend aus! Bei ihrem geraden Sitz, ihrer schlanken Taille, das Knie an der Mähne ihres Pferds, ein wenig gerötet durch die frische Luft und den Abendschein.

Als sie in Yonville einritten, ließ sie ihr Pferd auf dem Straßenpflaster tänzeln. Man schaute aus den Fenstern zu ihnen hin.

Beim Abendessen fand ihr Mann sie gut aussehend; aber sie tat, als höre sie nicht zu, als er fragte, wie denn der Spazierritt gewesen sei; sie saß schweigsam, den Ellbogen am Tellerrand, zwischen den beiden brennenden Kerzen.

»Emma!« sagte er.

»Was denn?«

»Tja, ich bin heute nachmittag kurz bei Monsieur Alexandre gewesen; er hat eine ehemalige, noch sehr schöne Zuchtstute, nur die Fesseln sind ein bißchen durchgescheuert, und ich bin sicher, für so etwa hundert Taler könnte man sie bekommen . . .«

Er sagte noch:

»Weil ich nämlich dachte, es könnte dich freuen, habe ich sie zurückstellen lassen ... habe ich sie gekauft ... Habe ich recht getan? Sag doch mal.«

Sie nickte zustimmend; dann, nach einer Viertelstunde, fragte sie:

»Gehst du heute abend aus?«

»Ja. Warum denn?«

»Ach, nichts, nichts, Bester.«

Und als sie Charles los war, stieg sie in ihr Schlafzimmer hinauf und schloß sich ein.

Zunächst war es wie ein Schwindelanfall; sie sah die Bäume, die Wege, die Gräben, Rodolphe, und noch immer spürte sie die Umschlingung seiner Arme, während das Laubwerk zitterte und das Schilf rauschte.

Doch als sie sich im Spiegel sah, wunderte sie sich über ihr Gesicht. Nie zuvor hatte sie so große, so dunkle Augen von solcher Tiefe gehabt. Etwas Zartes, das sich über sie gebreitet hatte, verklärte sie.

Immer wieder flüsterte sie vor sich hin: »Ich habe einen Geliebten! Einen Geliebten!« Der Gedanke entzückte sie, als durchlebe sie eine zweite Pubertät, die über sie gekommen sei. Endlich also sollten ihr die Liebesfreuden zuteil werden, das fiebernde Glück, das sie so verzweifelt ersehnt hatte. Sie trat in etwas Wunderbares ein, wo alles Leidenschaft, Verzückung, Raserei sein würde; eine bläuliche Unermeßlichkeit umgab sie, die höchsten Höhen des Gefühls schimmerten in ihren Gedanken, und das Alltagsleben tauchte nur in der Ferne auf, tief unten, im Dunkel, zwischen den Klüften dieser Höhen.

Da dachte sie an die Heldinnen der Bücher, die sie gelesen hatte, und die romantische Legion dieser ehebrecherischen Frauen begann in ihrer Erinnerung mit den Stimmen der Klosterschwestern zu singen, die sie ehedem bezauberten. Sie selber wurde zu einem wahren Teil ihrer Phantasien; sich nun selbst als eine jener Geliebten betrachtend, die sie so sehr beneidet hatte, sah sie den langen Traum ihrer Jugend verwirklicht. Überdies empfand Emma die Befriedigung der Rache. Hatte sie nicht genug gelitten? Aber jetzt triumphierte sie, und die so lange unter-

drückte Sinnlichkeit brach ungemindert mit freudigem Über-
schäumen hervor. Sie genoß sie ohne Gewissensbisse, ohne Beunruhigung, ohne Verstörtheit.

Der nächste Tag ging hin in neuer Süße. Sie schworen einander
heilige Eide. Sie erzählte ihm von ihren trüben Stimmungen.
Rodolphe unterbrach sie mit seinen Küssen; und Emma bat ihn,
wobei sie ihn mit halbgeschlossenen Lidern ansah, noch einmal
ihren Namen zu sagen und zu wiederholen, daß er sie liebe. Es
war im Walde, in der Hütte eines Holzschuhschnitzers wie am
Abend zuvor. Ihre Wände waren aus Stroh, und das Dach ging so
tief hinunter, daß man sich gebeugt halten mußte. Sie saßen
dicht aneinander gelehnt auf einer Streu aus trockenem Laub.

Von diesem Tag an schrieben sie einander regelmäßig jeden
Abend. Emma trug ihren Brief an das äußerste Ende des Gartens,
dicht am Bach, und schob ihn in eine Mauerritze der Terrasse.
Dort holte Rodolphe ihn ab und steckte einen anderen hinein,
der zu ihrem Leidwesen immer zu kurz war.

Eines Morgens, als Charles schon vor Sonnenaufgang wegge-
ritten war, kam sie auf den Einfall, sie müsse Rodolphe auf der
Stelle besuchen. Man konnte rasch nach La Huchette gelangen,
dort eine Stunde bleiben und wieder in Yonville sein, wo alles
noch schliefe. Der Gedanke ließ sie vor Verlangen heftiger atmen, und bald war sie mitten auf der Wiese und eilte mit schnellen Schritten dahin, ohne hinter sich zu blicken.

Der Tag begann zu grauen. Von weitem erkannte Emma das
Haus ihres Geliebten, dessen zwei schwalbenschwanzförmige
Wetterfahnen sich schwarz vor dem fahlen Dämmerlicht ab-
zeichneten.

Hinter dem Gutshof stand ein ansehnliches Wohngebäude; es
mußte das Schloß sein. Sie ging hinein, als ob die Mauern bei
ihrem Nahen sich von selbst aufgetan hätten. Eine große, gerade
Treppe führte hinauf zu einem Korridor. Emma drückte die
Klinke einer Tür nieder und gewahrte unversehens hinten im
Zimmer einen schlafenden Mann. Es war Rodolphe. Sie stieß
einen Schrei aus.

»Du bist da! Du bist da!« sagte er immer wieder. »Wie hast du das
fertiggebracht …? Oh, dein Kleid ist ganz feucht!«

»Ich liebe dich!« antwortete sie und schlang ihre Arme um seinen Hals.

Da dies erste Wagnis ihr geglückt war, kleidete sich Emma nun jedesmal, wenn Charles zu früher Stunde fortritt, schnell an und schlich sich zu der Treppe, die zum Wasser hinunterführte.

Aber wenn die Planke für die Kühe weggenommen worden war, mußte sie den Mauern folgen, die sich längs des Bachs hinzogen; die Böschung war glitschig; um nicht zu fallen, hielt sie sich an den Büscheln verdorrter Wildnelken fest. Dann eilte sie querfeldein über die Äcker, wo sie einsank, strauchelte und sich die zierlichen Schuhe beschmutzte. Ihr um den Kopf gewickelter Schal flatterte in den Wiesen im Wind; sie hatte Angst vor den Ochsen und begann zu laufen; atemlos kam sie an, mit rosigen Wangen, und ihr ganzer Körper hauchte einen frischen Duft von Pflanzensäften, Grün und freier Luft aus. Rodolphe schlief um diese Stunde noch. Sie kam wie ein Frühlingsmorgen in sein Zimmer.

Die gelben Gardinen vor den Fenstern ließen sanft ein schweres goldgelbes Licht eindringen. Emma tastete sich mit blinzelnden Augen vorwärts, während die Tautropfen, die an ihrem gescheitelten Haar hingen, eine Art Aureole aus Topasen um ihr Gesicht bildeten. Lachend zog Rodolphe sie zu sich und nahm sie an sein Herz.

Hernach musterte sie alles im Zimmer, zog die Schubfächer auf, kämmte sich mit seinem Kamm und betrachtete sich in seinem Rasierspiegel. Oft nahm sie sogar das Mundstück einer dicken Pfeife zwischen die Zähne, die zwischen Zitronen und Zuckerstücken neben einer Wasserkaraffe auf dem Nachttisch lag.

Zum Abschiednehmen brauchten sie eine gute Viertelstunde. Dann weinte Emma; am liebsten wäre sie nie wieder von Rodolphe weggegangen. Etwas, das stärker war als sie, trieb sie immer wieder zu ihm hin, so daß er eines Tags, als er sie unerwartet eintreten sah, das Gesicht verzog, als sei es ihm nicht recht.

»Was hast du denn?« fragte sie. »Tut dir was weh? Sag doch!«

Schließlich erklärte er ihr mit ernster Miene, ihre Besuche würden unvorsichtig und sie kompromittiere sich.

Nach und nach überkamen Rodolphes Befürchtungen auch sie. Anfangs hatte die Liebe sie berauscht, und sie hatte an nichts gedacht, was darüber hinausging. Aber nun, da sie ihr für ihr Leben unentbehrlich geworden war, bekam sie Angst, es könne ihr etwas davon verlorengehen oder sie könne sogar beeinträchtigt werden. Wenn sie von ihm heimging, ließ sie beunruhigte Blicke überallhin schweifen, spähte nach jeder Gestalt, die sich am Horizont zeigte, und nach jeder Dachluke des Dorfs, von der aus sie hätte beobachtet werden können. Sie lauschte auf Schritte, auf Rufe, auf das Holpern der Karrenwagen; und dann blieb sie stehen, bleicher und zitternder als die Pappelblätter, die über ihrem Kopf schaukelten.

Eines Morgens jedoch, als sie auf diese Weise heimging, glaubte sie plötzlich den langen Lauf eines Gewehrs zu erkennen, der auf sie gerichtet schien. Er ragte schräg über den Rand einer kleinen Tonne hinaus, die halb von Gras verdeckt am Rand eines Grabens stand. Vor Schreck war Emma einer Ohnmacht nahe, ging aber weiter, und aus der Tonne tauchte ein Mann auf wie ein Springteufel aus seinem Kasten. Er trug Wickelgamaschen bis an die Knie, und die Mütze hatte er bis auf die Augen herabgezogen; seine Lippen zitterten vor Kälte, und seine Nase war rot. Es war der Hauptmann Binet auf dem Anstand nach Wildenten.

»Sie hätten schon von weitem rufen müssen!« schrie er. »Wenn man ein Gewehr sieht, muß man sich stets bemerkbar machen.«

Dadurch suchte der Steuereinnehmer den Schreck zu bemänteln, der ihn durchzuckt hatte; denn da eine Verordnung des Präfekten bestand, nach der die Jagd auf Wildenten nur vom Kahn aus betrieben werden durfte, machte Binet sich trotz seiner Achtung vor den Gesetzen einer Übertretung schuldig. Deshalb glaubte er jede Minute, den Feldhüter kommen zu hören. Doch diese Aufregung steigerte seine Lust, und wenn er allein in seiner Tonne hockte, war er stolz auf sein Glück und seine Schlauheit.

Beim Anblick Emmas schien ihm ein dicker Stein vom Herzen gefallen zu sein, und sogleich knüpfte er ein Gespräch an.

»Es ist nicht gerade warm; das prickelt!«

Emma gab keine Antwort. Er redete weiter:

»Und Sie sind schon so früh auf den Beinen?«

»Ja«, sagte sie stotternd, »ich komme von der Amme, bei der mein Kind ist.«

»Ach! So, so! Was mich betrifft, ich sitze, so wie Sie mich sehen, hier seit dem Morgengrauen; aber es ist ein solch garstiges Wetter, daß man keinen Schwanz vor die Flinte bekommt ...«

»Guten Morgen, Monsieur Binet«, fiel sie ihm ins Wort und wandte ihm den Rücken.

»Ihr Diener, Madame«, entgegnete er trocken.

Und er kroch in seine Tonne zurück.

Emma bereute es, den Steuereinnehmer so brüsk stehengelassen zu haben. Sicherlich würde er allerlei schlimme Vermutungen anstellen. Die Geschichte mit der Amme war die dümmste Ausrede; denn in Yonville wußte jedermann, daß die kleine Bovary schon seit einem Jahr wieder bei ihren Eltern war. Überdies wohnte in dieser Gegend kein Mensch; der Weg führte lediglich nach La Huchette; also mußte Binet sich denken können, woher sie gekommen war, und er würde nicht schweigen, er würde schwatzen, das stand fest! Bis zum Abend zermarterte sie sich den Kopf mit Lügenplänen aller Art, und immerfort hatte sie den ekelhaften Kerl mit der Jagdtasche vor Augen.

Als Charles sie nach dem Abendessen bedrückt sah, schlug er ihr vor, sie mit zum Apotheker zu nehmen, damit sie auf andere Gedanken komme; und der erste Mensch, den sie in der Apotheke erblickte, war abermals der Steuereinnehmer! Er stand am Ladentisch, vom Licht der roten Glaskugel beschienen, und sagte: »Bitte geben Sie mir eine halbe Unze Vitriol.«

»Justin«, rief der Apotheker, »bring uns mal das Acidum sulfuricum.«

Dann wandte er sich an Emma, die nach Madame Homais' Zimmer hinaufgehen wollte:

»Nein, bleiben Sie hier, es lohnt sich nicht, sie kommt gleich herunter. Wärmen Sie sich inzwischen am Ofen ... Entschuldigen Sie bitte ... Tag, Doktor (denn der Apotheker gefiel sich darin, den Titel ›Doktor‹ sehr oft auszusprechen, als ob, wenn er jemand anders damit bedachte, ein Teil des Glanzes, den er darin fand, auf ihn selber zurückstrahle) ... Aber nimm dich in acht, und wirf mir die Mörser nicht um! Geh lieber und hol die Stühle aus dem kleinen Zimmer; du weißt doch, daß die Salonsessel nicht angerührt werden sollen.«

Und um seinen Sessel wieder an Ort und Stelle zu bringen, stürzte Homais hinter dem Ladentisch hervor, als Binet von ihm noch eine halbe Unze Zuckersäure verlangte.

»Zuckersäure?« fragte der Apotheker verächtlich. »Kenn ich nicht. Gibt es nicht! Vielleicht wollen Sie Oxalsäure? Also Oxalsäure, nicht wahr?«

Binet setzte ihm auseinander, daß er ein bißchen davon brauche, weil er sich »Kupferwasser« zum Putzen verschiedener, verrosteter Jagdutensilien bereiten wolle. Emma zitterte. Der Apotheker sagte beiläufig:

»Freilich, das Wetter ist ungünstig, der Feuchtigkeit wegen.«

»Dabei gibt es Leute«, sagte der Steuereinnehmer mit durchtriebener Miene, »die das nicht anficht.«

Emma stockte der Atem.

»Dann geben Sie mir bitte noch ...«

»Will der denn niemals weggehen?« dachte sie.

»... eine halbe Unze Kolophonium und Terpentin, vier Unzen gelbes Wachs und anderthalb Unzen Knochenkohle; ich will nämlich das Lackleder meiner Ausrüstung putzen.«

Der Apotheker machte sich daran, das Wachs abzuschneiden; da kam seine Frau herein, Irma auf dem Arm, Napoléon neben und Athalie hinter sich. Sie setzte sich auf die mit Plüsch überzogene Bank dem Fenster gegenüber, und der kleine Junge flegelte sich auf einen Hocker, während seine ältere Schwester um die Büchse mit den Hustenbonbons herumstrich, dicht bei ihrem lieben Papa. Dieser goß etwas durch Trichter, verkorkte Fläschchen, klebte Etiketten auf und packte Pakete. Alles um ihn her schwieg; es war nichts zu hören als von Zeit zu Zeit das Klingen der Gewichte in den Waagschalen und ein paar leise Worte des Apothekers, der seinem Lehrling Weisungen erteilte.

»Wie geht's denn Ihrer Kleinen?« fragte plötzlich Madame Homais.

»Ruhe!« brüllte ihr Mann, der Ziffern in seine Kladde schrieb.

»Warum haben Sie sie nicht mitgebracht?« fuhr sie mit gedämpfter Stimme fort.

»Pst! Pst!« machte Emma und zeigte mit dem Finger auf den Apotheker.

Aber Binet, der völlig vertieft in die Rechnung war, hatte wahrscheinlich nichts gehört. Endlich ging er. Die erleichterte Emma stieß einen lauten Seufzer aus.

»Wie schwer Sie atmen!« sagte Madame Homais.

»Das kommt, weil es hier ein bißchen warm ist«, antwortete sie.

So beschlossen sie denn am folgenden Tag, ihre Zusammenkünfte richtig zu planen. Emma wollte ihr Hausmädchen durch ein Geschenk bestechen; aber besser wäre es wohl, in Yonville irgendein diskretes Haus ausfindig zu machen. Rodolphe versprach, danach Umschau zu halten.

Den ganzen Winter hindurch kam er drei- oder viermal allwöchentlich bei dunkler Nacht in den Garten. Emma hatte ihm eigens den Schlüssel zur Hinterpforte gegeben, den Charles für verloren hielt.

Um sie zu benachrichtigen, warf Rodolphe eine Handvoll Sand gegen die Jalousien. Dann stand sie mit einem Ruck auf; aber manchmal mußte er warten; denn Charles hatte die leidige Angewohnheit, am Kamin sitzen zu bleiben und zu schwatzen, und das nahm kein Ende. Sie verging vor Ungeduld; wenn ihre Blicke es gekonnt hätten, würden sie ihn zum Fenster hinausgestürzt haben. Schließlich begann sie, sich für die Nacht zurechtzumachen; dann nahm sie sich ein Buch vor und begann in aller Ruhe zu lesen, wie wenn die Lektüre sie fesselte. Doch Charles, der schon im Bett lag, rief, sie solle sich hinlegen.

»Komm doch, Emma«, sagte er, »es ist Zeit.«

»Ja, ich komme gleich!« antwortete sie.

Da ihn jedoch die Kerzen blendeten, drehte er sich nach der Wand hin und schlief ein. Mit verhaltenem Atem schlüpfte sie hinaus, lächelnd, zitternd, halbnackt.

Rodolphe hatte einen weiten Mantel; er wickelte sie ganz und gar hinein, schlang ihr den Arm um die Taille und zog sie schweigend bis an das Ende des Gartens.

Es war in der Laube, auf derselben Bank mit den morschen Latten, wo einstmals Léon sie an den Sommerabenden so verliebt angesehen hatte. Jetzt dachte sie gar nicht mehr an ihn.

Durch die blätterlosen Zweige der Jasminbüsche funkelten die Sterne. Sie hörten hinter sich den Bach murmeln, und von Zeit zu Zeit raschelte am Ufer das trockene Schilf. Massige Schatten bildeten sich hier und dort und ballten sich im Dunkel zusammen; bisweilen erschauerten sie in einer einzigen Bewegung, richteten sich empor und neigten sich wieder wie riesige schwarze Wogen, die auf sie zurollten, um sie zu bedecken. Die Nachtkälte ließ sie einander enger umarmen; die Seufzer ihrer Lippen dünkten sie inbrünstiger; ihre Augen, die sie gegenseitig kaum wahrnehmen konnten, kamen ihnen größer vor, und in der Stille ringsum tropften ihre Flüsterworte mit kristallinischem Klang in ihre Seelen und wurden von dort in vervielfachten Schwingungen zurückgeworfen.

Wenn die Nacht regnerisch war, fanden sie Zuflucht in Charles' Sprechzimmer, zwischen dem Wagenschuppen und dem Pferdestall. Emma zündete eine Küchenlampe an, die sie hinter Büchern versteckt hatte. Rodolphe machte es sich bequem, als sei er zu Hause. Der Anblick des Bücherschranks, der ganzen Einrichtung überhaupt, erregte seine Heiterkeit; er konnte es sich nicht verkneifen, über Charles eine Anzahl Witze zu machen, was Emma peinlich war. Sie hätte ihn lieber ernster gesehen, und sogar gelegentlich theatralischer, wie jenes Mal, da sie plötzlich auf dem Gartenweg sich nähernde Schritte gehört zu haben glaubte.

»Es kommt jemand!« sagte sie.

Er blies das Licht aus.

»Hast du deine Pistole bei dir?«

»Wozu?«

»Ja ... damit du dich verteidigen kannst«, sagte Emma.

»Etwa gegen deinen Mann? Ach, der arme Kerl!«

Und Rodolphe endete seinen Satz mit einer Handbewegung, die bedeuten sollte: »Der bekommt eins hinter die Löffel.«

Sie staunte über seine Tapferkeit, obwohl sie darin einen Mangel an Zartgefühl und naive Grobschlächtigkeit spürte, die sie empörte.

Rodolphe hatte viel über diese Pistolengeschichte nachgedacht. Hatte sie im Ernst gesprochen, so war es höchst lächerlich, dachte er, und sogar widerwärtig; er hatte keinerlei Ursache, den guten Charles zu hassen, denn er wurde keineswegs von Eifersucht verzehrt; – und obendrein hatte Emma ihm einen feierlichen Eid geschworen, den er für ziemlich abgeschmackt hielt.

Überhaupt fing sie an, reichlich sentimental zu werden. Er hatte mit ihr Miniaturbildnisse tauschen müssen; beide hatten sich eine Handvoll Haare abgeschnitten, und jetzt verlangte sie von ihm einen Ring, einen richtigen Ehering als Zeichen ewiger Zusammengehörigkeit. Oftmals schwärmte sie von Abendglocken oder von den »Stimmen der Natur«; dann wieder redete sie von ihrer Mutter und von der seinen. Die Rodolphes war schon seit zwanzig Jahren tot. Dennoch tröstete ihn Emma mit albernen Koseworten, wie man sie einem verwaisten kleinen Kind gesagt hätte, und sie sagte sogar zu ihm und blickte dabei zum Mond auf:

»Ich bin sicher, daß unsere beiden Mütter dort oben unsere Liebe gutheißen.«

Aber sie war so hübsch! Er hatte selten eine so unverdorbene Frau besessen! Diese Liebschaft ohne Liederlichkeit war für ihn etwas Neues, und da sie über seine leichtfertigen Gewohnheiten hinausging, schmeichelte sie gleichzeitig seinem Stolz und seiner Sinnlichkeit. Emmas Überschwang, den sein bürgerlicher, gesunder Menschenverstand verachtete, dünkte ihn im Grund seines Herzens reizend, weil er seiner Person galt. Da er sicher war, geliebt zu werden, ließ er sich jetzt gehen, und unmerklich änderte sich sein Gehaben.

Er fand nicht mehr, wie anfangs, die zärtlichen Worte, die Emma hatten weinen lassen, noch die stürmischen Liebesbezeigungen, die sie toll gemacht hatten; und so kam es ihr vor, als schwinde ihrer beider große Liebe, in die eingetaucht sie gelebt hatte, unter ihr hin wie das Wasser eines Flusses, der in seinem Bett versiegt, und sie sah den Schlamm. Sie wollte es nicht glauben; sie verdoppelte die Zärtlichkeit; und Rodolphe machte immer weniger Hehl aus seiner Gleichgültigkeit.

Sie war sich nicht klar darüber, ob sie es bereute, sich ihm hingegeben zu haben, oder ob sie nicht etwa wünschte, ihn noch mehr zu lieben. Die Demütigung, sich schwach zu fühlen, wurde zu einem Groll, den nur die Sinnenlust dämpfte. Es war keine Zuneigung mehr; es war eine unaufhörliche Verführung. Er hatte sie unterjocht. Sie hatte fast Angst vor ihm.

Dem äußeren Anschein nach war dennoch alles ruhiger denn je; Rodolphe war es gelungen, den Ehebruch nach seinen Wünschen zu lenken, und nach sechs Monaten, als der Frühling kam, waren sie zueinander fast wie zwei Eheleute, die geruhsam eine häusliche Liebe hegen.

Es war die Zeit, da der alte Rouault seine Truthenne zur Erinnerung an sein geheiltes Bein schickte. Das Geschenk war stets von einem Brief begleitet. Emma zerschnitt die Schnur, mit der er an dem Korb hing, und las folgende Zeilen:

»Meine lieben Kinder,
ich hoffe, daß die Inliegende Euch bei guter Gesundheit findet und daß sie so gut ist wie die früheren; mir kommt sie nämlich ein bißchen weicher vor, wenn ich so sagen darf, und ein bißchen schwerer. Aber nächstes Jahr werde ich Euch zur Abwechslung einen Hahn schicken, sofern Ihr nicht lieber Hennen hättet, und schickt mir bitte den Korb zurück, und die beiden vorigen auch. Ich habe Pech mit meinem Schuppen gehabt, sein Dach ist neulich nachts, als es sehr windig war, in die Bäume geflogen. Auch die Ernte ist nicht gerade berühmt gewesen. Kurz und gut, ich weiß nicht, wann ich Euch besuchen kommen kann. Es ist nämlich so 'ne Sache, jetzt vom Haus wegzugehen, seit ich allein bin, meine gute Emma.«

Und an dieser Stelle war ein großer Zwischenraum zwischen den Zeilen, als habe der biedere Alte die Feder fallen lassen, um ein bißchen vor sich hin zu träumen.

»Was mich betrifft, so geht es mir gut, bis auf einen Schnupfen, den ich mir neulich auf dem Jahrmarkt in Yvetot geholt habe, wohin ich gefahren war, um einen Schäfer zu dingen, weil ich meinen an die Luft gesetzt habe, von wegen seiner allzu großen Vorliebe für den Suff. Es ist schrecklich mit diesem Gesindel! Außerdem hat er geklaut.

Von einem Hausierer, der letzten Winter durch Euer Dorf gekommen ist und sich einen Zahn hat ziehen lassen, habe ich gehört, daß Bovary sehr viel zu tun hat. Das wundert mich nicht, und er hat mir seinen Zahn gezeigt; wir haben zusammen eine Tasse Kaffee getrunken. Ich habe ihn gefragt, ob er Dich auch gesehen hätte, er sagte nein, aber im Stall hätten zwei Pferde gestanden, woraus ich schließe, daß das Geschäft blüht. Das freut mich, liebe Kinder, und der liebe Gott möge Euch jedes erdenkliche Glück schicken.

Es stimmt mich traurig, daß ich meine liebe kleine Enkeltochter Berthe Bovary noch immer nicht kenne. Ich habe für sie im Garten, unter Deinem Kammerfenster, einen Eierpflaumenbaum gepflanzt, an den darf keiner rühren, außer wenn später für sie welche eingemacht werden, und die hebe ich dann im Schrank auf, wenn sie mal herkommt.

Adieu, liebe Kinder. Ich küsse Dich, liebe Tochter, und Sie auch, lieber Schwiegersohn, und die Kleine auch, auf beide Backen.

Ich bin, mit herzlichen Grüßen,
Euer zärtlicher Vater
Théodore Rouault.«

Ein paar Minuten lang behielt sie das Stück groben Papiers in der Hand. Die orthographischen Fehler jagten einander darin, aber Emma verfolgte den lieben Grundgedanken, der sich kundtat wie das Gackern eines halb in einer Dornenhecke versteckten Huhns. Die Schriftzüge waren mit Herdasche getrocknet worden, denn es rieselte aus dem Brief ein bißchen grauer Staub auf ihr Kleid, und fast glaubte sie den Vater vor sich zu sehen, wie er sich bückte, um die Feuerzange zu fassen. Wie lange Zeit war es her, daß sie nicht mehr bei ihm war, auf dem Schemel am Kamin saß, wenn sie an der hellen, knisternden Flamme des Rosmarinreisigs einen Stock anbrennen ließ ... Sie erinnerte sich an Sommerabende voller Sonne. Die Fohlen wieherten, wenn man vorüberging, und galoppierten und galoppierten ... Unter ihrem

Fenster stand ein Bienenkorb, und manchmal stießen die Bienen, wenn sie im Licht kreisten, gegen die Scheiben wie zurückprallende goldene Kugeln. Wie glücklich war sie damals gewesen! Wie frei! Wie voller Hoffnung! Wie überreich an Illusionen! Davon war ihr jetzt nichts mehr geblieben! Sie hatte es verausgabt in all den Abenteuern ihrer Seele, in all den einander ablösenden Zustandsformen ihres Lebens, als junges Mädchen, in der Ehe und in der Liebe; – ständig hatte sie etwas davon verloren auf ihrem Lebensweg, wie ein Reisender, der in allen Gasthäusern der Landstraße etwas von seinem Reichtum zurückläßt.

Was aber hatte sie so unglücklich gemacht? Wo war die außergewöhnliche Katastrophe, die über sie hereingebrochen war? Und sie hob den Kopf und blickte um sich, als wolle sie die Ursache aller ihrer Leiden suchen.

Ein Aprilsonnenstrahl glitt streichelnd über das Porzellan auf dem Wandbrett; das Kaminfeuer brannte; sie spürte unter ihren Pantoffeln den weichen Teppich; es war ein heller Tag mit lauer Luft, und sie hörte ihr Kind jauchzendes Lachen ausstoßen.

Wirklich wälzte sich das kleine Mädchen gerade auf dem Rasen, mitten im Heu, das gewendet wurde. Es lag auf dem Bauch oben auf einem Heuhaufen. Ihr Hausmädchen hielt es am Rock fest. Lestiboudois harkte neben ihm, und jedesmal, wenn er in die Nähe des Kindes kam, beugte es sich vor und fuchtelte mit beiden Ärmchen in der Luft.

»Bringen Sie sie mir herein!« sagte die Mutter und stürzte ihr entgegen, um sie zu küssen. »Wie lieb hab ich dich, mein armes Kind! Wie lieb!«

Als sie dann sah, daß es am Ohrläppchen ein bißchen schmutzig war, schellte sie rasch, ließ sich warmes Wasser bringen, wusch die Kleine, zog ihr frische Wäsche, Strümpfe und Schuhe an, tat tausend Fragen, wie es ihr gehe, als sei sie von einer Reise zurückgekehrt, und schließlich küßte sie das Kind nochmals ab, weinte ein bißchen und gab es dem Mädchen wieder, das angesichts dieses Übermaßes an Zärtlichkeit ganz verdutzt war.

Am Abend fand Rodolphe sie ernster als sonst.

»Das wird schon vorübergehen«, meinte er, »das ist eine Laune.«

Und dreimal hintereinander versäumte er das Stelldichein. Als er dann wiederkam, behandelte sie ihn kühl und beinah verächtlich.

»Haha, damit vergeudest du deine Zeit, mein Liebchen…«

Und er tat, als bemerke er weder ihre schwermütigen Seufzer noch das Taschentuch, das sie hervorzog.

Jetzt begann Emma zu bereuen!

Sie fragte sich sogar, warum sie denn Charles so verabscheue und ob es nicht besser gewesen wäre, ihn lieben zu können. Aber er bot ihrem Gefühlswandel keine großen Möglichkeiten, so daß sie in ihrer Anwandlung von Opferbereitschaft schon ganz in Verlegenheit war, als ihr der Apotheker wie gerufen eine Gelegenheit verschaffte.

## XI

Er hatte unlängst die Anpreisung eines Verfahrens zur Heilung von Klumpfüßen gelesen; und als Parteigänger des Fortschritts verfiel er auf den patriotischen Gedanken, daß Yonville, damit es »auf der Höhe« sei, strephopodische Operationen haben müsse.

»Denn«, sagte er zu Emma, »was ist dabei zu riskieren? Sehen Sie mal (und er zählte ihr die Vorteile eines solchen Versuchs an den Fingern auf): Erfolg so gut wie sicher, Erleichterung für den Kranken und dessen Verschönerung, schnell erworbene Berühmtheit für den Operateur. Warum sollte Ihr Mann nicht zum Beispiel den armen Hippolyte vom ›Goldenen Löwen‹ kurieren? Bedenken Sie, daß er seine Heilung unbedingt allen Reisenden erzählen würde; und dann (Homais senkte die Stimme und sah sich um), was sollte mich denn hindern, eine kleine Notiz darüber an die Zeitung zu schicken? Na, mein Gott, solch ein Artikel kommt herum… es wird darüber gesprochen… und schließlich wird der Schneeball zur Lawine! Und wer weiß? Wer weiß?«

Tatsächlich, Bovary konnte Erfolg haben; Emma hatte keinerlei Anlaß, seine Geschicklichkeit zu bezweifeln, und was für eine

Befriedigung wäre es für sie, ihn zu einem Schritt getrieben zu haben, der seinen Ruf und seine Einnahmen steigern würde? Es verlangte sie ja nur danach, sich auf etwas Verläßlicheres als die Liebe zu stützen.

Charles wurde von dem Apotheker und von ihr bestürmt und ließ sich überreden. Er bestellte in Rouen das Werk des Doktors Duval und vertiefte sich allabendlich, den Kopf in den Händen, in diese Lektüre.

Während er sich über Pferdefußbildungen, Varus und Valgus, also über Strephokatopodie, Strephendopodie, Strephexopodie (oder, um es klarer auszudrücken, über die verschiedenen unteren, inneren oder äußeren Verkrüppelungen des Fußes), über Strephypopodie und Strephanopodie (mit anderen Worten: Verdrehung nach unten und Geraderichten nach oben) unterrichtete, suchte Homais den Hausknecht des Gasthofs mit mannigfachen Überredungskünsten zu der Operation zu bewegen.

»Du wirst vielleicht kaum einen leichten Schmerz verspüren; es ist ein einfacher Einstich wie bei einem kleinen Aderlaß, weniger als das Ausschneiden mancher Hühneraugen.«

Hippolyte rollte nachdenklich seine blöden Augen.

»Übrigens«, fuhr der Apotheker fort, »mich geht's nichts an! Es geschieht um deinetwillen! Aus reiner Menschenliebe! Ich möchte dich von deinem häßlichen Hinkfuß befreit sehen, Freundchen, von dem Hüftengewackel, das dich doch, was du auch behaupten magst, bei der Ausübung deines Berufs beträchtlich hindern muß.«

Dann schilderte er ihm, wie froh und flink er sich hernach bewegen würde, und er gab ihm sogar zu verstehen, daß er dann besser dastehen würde, um den Frauen zu gefallen, und der Stallknecht begann schwerfällig zu lachen. Darauf packte er ihn bei der Eitelkeit:

»Bist du nicht ein Mann, sapperlot? Was wäre denn gewesen, wenn du hättest dienen müssen und unter der Fahne kämpfen ...? Ach! Hippolyte!«

Und Homais entfernte sich und erklärte, daß er diese Dickköpfigkeit nicht verstehe, diese Verblendung, sich den Segnungen der Wissenschaft zu versagen.

Der Unglücksmensch gab nach, es hatte sich etwas wie eine Verschwörung gebildet. Binet, der sich nie in die Angelegenheiten anderer einmischte, die Mutter Lefrançois, Artémise, die Nachbarn und sogar der Bürgermeister Tuvache, alle drangen in ihn, hielten ihm Predigten, beschämten ihn; aber was ihn vollends zu dem Entschluß brachte, war der Umstand, daß es ihn nichts kosten sollte. Bovary übernahm es sogar, den Mechanismus für die Operation umsonst zu stellen. Emma hatte den Gedanken zu diesem großherzigen Verhalten gehabt; und Charles willigte ein und sagte sich im Grunde seines Herzens, seine Frau sei ein Engel.

Beraten von dem Apotheker und nach dreimaligem Neubeginn ließ er sich durch den Schreiner, dem der Schlosser dabei half, eine Art Gehäuse anfertigen, das beinah acht Pfund wog und bei dem an Eisen, Holz, Blech, Leder, Schrauben und Schraubenmuttern nicht gespart worden war.

Um nun aber zu wissen, welche Sehne bei Hippolyte zu durchschneiden sei, mußte erst einmal festgestellt werden, welche Art von Klumpfuß er hatte.

Sein Fuß setzte sich fast geradlinig an das Schienbein an, was ihn nicht hinderte, nach innen verdreht zu sein, so daß es sich also um einen Pferdefuß, in Verbindung mit leichtem Varus handelte, oder um einen leichten Varus mit starker Neigung zum Pferdefuß. Aber trotz diesem Pferdefuß, der tatsächlich breit wie ein Pferdehuf war, mit runzliger Haut, ausgedörrten Sehnen und dicken Zehen, deren schwarze Nägel wie Hufnägel aussahen, galoppierte der Strephopode von früh bis spät wie ein Hirsch. Ständig sah man ihn auf dem Marktplatz um die Karrenwagen herumhüpfen, wobei er seine ungleiche Körperstütze nach vorn warf. Er schien sogar in diesem Bein mehr Kraft zu haben als in dem anderen. Da es benutzt worden war, hatte es sich als moralische Qualitäten Ausdauer und Energie erworben, und wenn ihm eine besonders schwere Arbeit zugeteilt wurde, stützte er sich vorzugsweise darauf.

Folglich, da es sich um einen Pferdefuß handelte, mußte die Achillessehne durchschnitten werden, damit später der vordere Schienbeinmuskel zwecks Beseitigung des Varus in Angriff genommen werden konnte; der Arzt wagte es nämlich nicht, zwei Operationen auf einmal vorzunehmen, und er zitterte jetzt schon vor Furcht, irgendeine wichtige, ihm unbekannte Region zu verletzen.

Weder Ambroise Paré, der zum erstenmal seit Celsus, nach einer Pause von fünfzehn Jahrhunderten, die unmittelbare Unterbindung einer Arterie vornahm; noch Dupuytren, der eine dicke Gehirnschicht durchstach, um einen Abszeß zu öffnen; noch Gensoul, als er die erste Oberkieferabtragung durchführte, hat schwerlich so das Herz geklopft und die Hand gezittert, und sie sind nicht so aufgeregt gewesen wie Bovary, als er an Hippolyte herantrat, sein Operationsmesser in der Hand. Und wie im Krankenhaus lagen seitwärts auf einem Tisch ein Haufen Charpie, gewachste Fäden, viele Binden, eine förmliche Pyramide von Binden, alles, was an Binden in der Apotheke vorrätig gewesen war. Homais hatte vom frühen Morgen an alle diese Vorbereitungen organisiert, um die Leute zu verblüffen und um sich selbst etwas vorzumachen. Charles durchstach die Haut; ein trockenes Knacken wurde vernehmlich. Die Sehne war durchschnitten, die Operation beendet. Hippolyte war ganz außer sich vor Überraschung; er beugte sich über Bovarys Hände und bedeckte sie mit Küssen.

»Na, aber! Beruhige dich«, sagte der Apotheker. »Deine Dankbarkeit kannst du deinem Wohltäter später beweisen.«

Und er ging hinunter, um das Ergebnis fünf oder sechs Neugierigen zu berichten, die sich im Hof aufhielten und sich eingebildet hatten, Hippolyte werde wieder erscheinen und aufrecht gehen. Nachdem dann Charles seinem Patienten seinen Apparat angeschnallt hatte, begab er sich nach Hause, wo Emma ihn voller Angst an der Haustür erwartete. Sie fiel ihm um den Hals; sie setzten sich zu Tisch; er aß viel und wollte sogar zum Nachtisch eine Tasse Kaffee trinken, eine Schwelgerei, die er sich nur sonntags erlaubte, wenn Besuch da war.

Der Abend verlief reizend unter Plaudereien und gemeinsamem Pläneschmieden. Sie sprachen von ihrem künftigen Glück, von Verbesserungen, die in ihrem Haushalt durchzuführen seien; er sah seinen Ruf sich verbreiten, seinen Wohlstand wachsen, seine Frau ihn immerfort lieben; und sie fühlte sich glücklich, sich in einem neuen Gefühl erfrischen zu können, das gesünder und besser war, endlich einige Zärtlichkeit für den armen Kerl zu empfinden, der sie so sehr liebte. Der Gedanke an Rodolphe glitt ihr flüchtig durch den Kopf; aber ihr Blick richtete sich gleich wieder auf Charles: sie bemerkte sogar mit Überraschung, daß er gar nicht so üble Zähne hatte.

Sie lagen bereits im Bett, als Homais trotz der Abwehr durch die Köchin ohne weiteres ins Schlafzimmer trat, in der Hand ein frisch beschriebenes Blatt Papier. Es war der Reklameartikel, den er für das »Leuchtfeuer von Rouen« verfaßt hatte. Er brachte ihn den beiden zum Lesen.

»Lesen Sie ihn uns vor«, sagte Bovary.

Er las:

»Trotz der Vorurteile, die noch immer einen Teil des Antlitzes von Europa wie ein Netz bedecken, beginnt es in unsern Gefilden dennoch zu tagen. So ist am Dienstag unser Städtchen Yonville zum Schauplatz eines chirurgischen Experiments geworden, das gleichzeitig ein Akt hoher Menschenliebe ist. Monsieur Bovary, einer unserer angesehensten praktischen Ärzte ...«

»Oh! Das ist zuviel! Das ist zuviel!« sagte Charles, dem die Erregung den Atem raubte.

»Ach was! Ganz und gar nicht! Wieso denn ...? – ›hat den verkrüppelten Fuß‹ ... Ich habe den *terminus technicus* absichtlich vermieden, weil, das wissen Sie ja, in einer Zeitung ... vielleicht nicht jedermann ihn verstehen würde; die großen Massen müssen ...«

»In der Tat«, sagte Bovary. »Bitte weiter.«

»Ich wiederhole«, sagte der Apotheker. »Monsieur Bovary, einer unserer angesehensten praktischen Ärzte, hat den verkrüppelten Fuß eines gewissen Hippolyte Tautain operiert; dieser ist seit fünfundzwanzig Jahren Stallknecht im Hotel ›Zum Goldenen Löwen‹, Besitzerin Witwe Lefrançois, am Paradeplatz. Die Neuheit des Versuchs und das Interesse an der Operation hatten einen solchen Zulauf der Bevölkerung verursacht, daß vor der Tür des Hotels buchstäblich ein Gedränge entstand. Die Operation vollzog sich übrigens wie durch Zauberei, und es sind nur einige wenige Blutstropfen auf der Haut erschienen, wie um zu verkünden, daß die rebellische Sehne endlich der Macht der Wissenschaft gewichen sei. Der Patient (wir versicherten uns dessen *de visu*) klagte erstaunlicherweise nicht im geringsten über Schmerzen. Sein Zustand läßt bis jetzt nichts zu wünschen übrig. Allem Dafürhalten nach wird die Konvaleszenz rasch erfolgen; und wer weiß, ob unser braver Hippolyte sich nicht beim nächsten Volksfest inmitten eines Chors fröhlicher Urlauber in bacchischen Tänzen ergehen und so allen Augen durch seinen Schwung und seine Luftsprünge beweisen wird, daß er völlig geheilt ist? Ehre den hochherzigen Gelehrten! Ehre den unermüdlichen Geistern, die ihre Nächte der Verbesserung oder der Erleichterung von ihresgleichen opfern! Ehre sei ihnen, dreimal Ehre! Ist es nicht angebracht, auszurufen, daß die Blinden sehen und die Lahmen gehen werden? Was der unbeirrbare Glaube ehedem seinen Auserwählten versprach, das vollbringt jetzt die Wissenschaft für alle Menschen! Wir werden unsere Leser über die einzelnen Phasen dieser bemerkenswerten Kur auf dem laufenden halten.«

Was nicht hinderte, daß fünf Tage später die Mutter Lefrançois völlig verstört angelaufen kam und rief:

»Zu Hilfe! Er stirbt …! Ich verliere darüber noch den Verstand!«

Charles stürzte zum »Goldenen Löwen«, und der Apotheker, der ihn hutlos über den Marktplatz rennen sah, ließ seine Apotheke Apotheke sein. Er erschien in Person, außer Atem, rot, aufgeregt, und fragte alle, die die Treppe hinaufstiegen:

»Was hat denn unser interessanter Strephopode?«

Er wand sich, der Strephopode, in grauenhaften Krämpfen, daß der verstellbare Apparat, in den sein Bein eingezwängt war, gegen die Wand schlug, als sollte sie zertrümmert werden.

Mit großer Vorsicht, um die Lage des Gliedes nicht zu verändern, wurde nun also das Gehäuse entfernt, und es bot sich ein grausiger Anblick. Die Formen des Fußes waren unter einer derartigen Schwellung verschwunden, daß die ganze Haut dem Platzen nahe schien; sie war mit Druckflecken bedeckt, die der famose Apparat verursacht hatte. Hippolyte hatte sich bereits beklagt, er mache ihm Schmerzen; man hatte das nicht beachtet; jetzt jedoch mußte zugegeben werden, er habe damit nicht völlig unrecht gehabt, und es wurden ihm ein paar Stunden Erholung gegönnt. Doch kaum war die Schwellung ein bißchen zurückgegangen, als die beiden Heilkünstler es auch schon für angebracht hielten, das Bein wieder in den Apparat zu stecken und es noch fester darein einzupressen, um den Verlauf der Dinge zu beschleunigen. Nach drei Tagen konnte es Hippolyte schließlich nicht mehr aushalten; sie nahmen den Mechanismus abermals ab und waren höchlichst erstaunt über das, was sie jetzt wahrnahmen. Eine bleifahle Geschwulst erstreckte sich über das Bein, mit Hitzeblattern hier und dort, die eine schwärzliche Flüssigkeit absonderten. Die Sache nahm eine ernste Wendung. Hippolyte begann das Warten lang zu werden, und die Mutter Lefrançois ließ ihn in die kleine Gaststube neben der Küche bringen, damit er wenigstens einige Ablenkung habe.

Doch der Steuereinnehmer, der dort täglich zu Abend aß, beschwerte sich bitterlich über eine solche Nachbarschaft. Also wurde Hippolyte ins Billardzimmer geschafft.

Da lag er nun leise ächzend unter seinen dicken Decken, blaß, mit langem Bart, hohlen Augen, und dann und wann drehte er den schweißnassen Kopf auf dem schmutzigen Kissen hin und her, auf das sich die Fliegen setzten. Madame Bovary kam ihn besuchen. Sie brachte ihm Tücher für seine Umschläge mit, tröstete ihn und sprach ihm Mut zu. Übrigens fehlte es ihm nicht an Gesellschaft, zumal an Markttagen, wenn die Bauern um ihn her mit den Queues herumfuchtelten, rauchten, tranken, sangen und Lärm machten.

»Wie geht's dir denn?« fragten sie und klopften ihm auf die Schulter. »Na, so recht auf dem Damm bist du nicht, das sieht man dir an! Aber du bist selber schuld. Du hättest dieses und jenes tun müssen.«

Und es wurden ihm Geschichten von Leuten erzählt, die alle durch andere als seine Heilmittel wiederhergestellt worden seien, und als eine Art Trost fügten sie hinzu:

»Das kommt, weil du viel zu zimperlich bist! Steh doch auf! Du verhätschelst dich wie ein König! Aber laß nur, alter Schelm! du riechst nicht gut!«

Der Brand stieg tatsächlich immer höher. Bovary wurde selber ganz krank davon. Er kam alle Stunde, alle Augenblicke. Hippolyte sah ihn mit angsterfüllten Augen an und stammelte schluchzend:

»Wann werde ich wieder gesund...? Ach, helfen Sie mir doch...! Ich bin ja so unglücklich! Ich bin ja so unglücklich!«

Und der Arzt ging, nicht ohne ihm eine Diät verschrieben zu haben.

»Hör nicht auf den, mein Junge«, sagte Mutter Lefrançois immer wieder, »sie haben dich schon zur Genüge geschunden! Das macht dich bloß noch schwächer! Da, schluck das!«

Und sie gab ihm eine gute Fleischbrühe, eine Scheibe Hammelkeule, ein Stück Speck und manchmal ein Gläschen Schnaps, das er kaum an die Lippen zu bringen wagte.

Abbé Bournisien, der gehört hatte, daß es ihm schlechter gehe, verlangte ihn zu sehen. Zunächst bedauerte er ihn seiner Krankheit wegen, wobei er indessen erklärte, er müsse sich dennoch darüber freuen, da es Gottes Wille sei, und er müsse schleunigst die Gelegenheit wahrnehmen und sich mit dem Himmel versöhnen.

»Denn«, sagte der Geistliche in väterlichem Ton, »du hast deine religiösen Pflichten ein bißchen vernachlässigt; du hast dich selten beim Gottesdienst sehen lassen; seit wieviel Jahren bist du nicht zur Kommunion gekommen? Ich verstehe, daß deine Arbeit und der Trubel der Welt dich von der Sorge um dein Seelenheil abgehalten haben. Aber jetzt ist die Stunde gekommen, da du darüber nachdenken mußt. Du brauchst jedoch nicht zu verzweifeln; ich habe große Sünder gekannt, die kurz bevor sie vor Gott gerufen wurden (du bist noch lange nicht soweit, das weiß ich ganz genau), seine Barmherzigkeit erfleht haben und die gewiß in der besten Verfassung gestorben sind. Wir wollen also hoffen, daß du uns gleich ihnen ein gutes Beispiel gibst! Darum sorge vor; wer sollte dir verwehren, morgens und abends ein ›Gegrüßet seist du, Maria, voll der Gnaden‹ und ein Vaterunser zu beten? Ja, tu das! Mir zuliebe, um meinetwillen. Was kostet es dich schon...? Versprichst du es mir?«

Der arme Teufel versprach es. An den folgenden Tagen kam der

Pfarrer wieder. Er plauderte mit der Wirtin und erzählte sogar kleine, mit Späßen und Wortspielen untermischte Geschichten, die Hippolyte nicht verstand. Doch sobald die Umstände es gestatteten, kam er abermals auf religiöse Dinge zu sprechen und setzte ein passendes Gesicht auf.

Sein Eifer zeitigte Wirkungen; denn bald bekundete der Strephopode die Absicht, eine Wallfahrt nach Bon-Secours zu unternehmen, wenn er gesund würde, worauf Bournisien erwiderte, darin erblicke er nichts Ungemäßes; doppelt genäht halte besser. Schaden könne es keinesfalls.

Der Apotheker entrüstete sich über solcherlei »Pfaffenschliche«, wie er sich ausdrückte; das verzögere nur Hippolytes Genesung, und zu Madame Lefrançois sagte er immer wieder:

»Laßt ihn doch in Ruhe! Laßt ihn doch bloß in Ruhe! Durch euern Mystizismus zerstört ihr ihm nur das innere Gleichgewicht!«

Aber die gute Frau hatte sein Gerede satt. Er sei an allem schuld. Rein aus Widerspruchsgeist hängte sie dem Kranken zu Häupten einen vollen Weihwasserkessel und einen Buchsbaumzweig auf.

Indessen schien die Religion genausowenig zu helfen wie die Chirurgie, und die unbesiegliche Verwesung stieg immer höher von den Gliedmaßen bis zum Bauch. Es wurden immer neue Salben und andere Pflaster versucht; die Muskeln zerfielen mit jedem Tag mehr, und schließlich antwortete Charles mit einem zustimmenden Nicken, als die Mutter Lefrançois ihn fragte, ob sie nicht bei der Hoffnungslosigkeit dieses Falles Monsieur Canivet aus Neufchâtel kommen lassen solle, der doch eine Berühmtheit sei.

Dieser Kollege war Doktor der Medizin, ein Fünfziger, wohlhabend und selbstbewußt; er scheute sich nicht, verächtlich zu lachen, als er das bis ans Knie brandig gewordene Bein untersuchte. Dann, nachdem er rundheraus erklärt hatte, es müsse amputiert werden, ging er zum Apotheker und wetterte gegen die Esel, die einen unglücklichen Menschen so zugerichtet hätten. Er faßte Homais am Rockknopf und hielt ihm in der Apotheke eine Standpauke.

»Das sind so Pariser Erfindungen! Das sind so Ideen der Herren in der Hauptstadt! Das ist wie mit dem Schielen, dem Chloroform und der Zermalmung der Blasensteine, ein Haufen von Ungeheuerlichkeiten, die die Regierung verbieten sollte! Aber da will man den Neunmalklugen spielen und stopft die Leute mit Heilmitteln voll, ohne sich um die Folgen zu kümmern. Wir andern können das nicht; wir sind keine Gelehrte, keine Modenarren, keine Zierbengel; wir sind Praktiker, wir machen die Leute gesund, und wir bilden uns nicht ein, wir müßten jemanden operieren, der kerngesund ist! Klumpfüße gerade machen! Kann man Klumpfüße gerade machen? Das ist, zum Donnerwetter, als wolle man einen Buckel gerade machen!«

Homais litt beim Anhören dieser Rede, und er tarnte sein Mißbehagen unter einem Höflingslächeln, da er sich gut mit Canivet stellen mußte, dessen Rezepte manchmal bis nach Yonville gelangten; daher setzte er sich nicht für Bovary ein, machte nicht die leiseste Bemerkung, wich von seinen Grundsätzen ab und opferte seine Würde den wichtigeren Rücksichten auf sein Geschäft.

Die Schenkelamputation durch Doktor Canivet war für das Dorf ein außergewöhnliches Ereignis! Alle Einwohner waren an jenem Tag früh aufgestanden, und die Hauptstraße war zwar voller Menschen, wirkte jedoch irgendwie düster, als solle eine Hinrichtung stattfinden. Beim Krämer wurde über Hippolytes Krankheit geredet; die Läden verkauften nichts, und Madame Tuvache, die Gattin des Bürgermeisters, wich nicht von ihrem Fenster, aus purer Ungeduld, den Operateur ankommen zu sehen.

Er kam in seinem Kabriolett, das er selber lenkte. Da die rechte Wagenfeder durch das Gewicht seines korpulenten Körpers niedergedrückt war, hing der Wagenkasten während der Fahrt ein bißchen schief; auf dem anderen Sitzkissen stand ein großer, mit rotem Schafleder bespannter Koffer, dessen drei Messingschlösser gewichtig funkelten.

Als der Doktor wie ein Wirbelwind in den Torbogen des »Goldenen Löwen« eingefahren war, befahl er mit lauter Stimme, sein Pferd solle ausgespannt werden; dann ging er in den Stall und überzeugte sich, ob es auch Hafer fresse; denn wenn er bei seinen Patienten anlangte, kümmerte er sich zunächst um seine Stute und sein Kabriolett. In diesem Zusammenhang hieß es sogar: »Haha! Canivet ist ein Original!« Und man achtete ihn dieser unerschütterlichen Festigkeit wegen um so mehr. Das Universum hätte bis auf den letzten Menschen in die Brüche gehen können, das würde nichts an seinen Gewohnheiten geändert haben. Homais stellte sich ein.

»Ich rechne auf Sie«, sagte der Doktor. »Ist alles bereit? Dann los!« Aber der Apotheker wurde rot und gestand, er sei zu sensibel, um bei einer solchen Operation zu assistieren.

»Wenn man einfacher Zuschauer ist«, sagte er, »dann, wissen Sie, geht die Phantasie mit einem durch! Und ferner ist mein Nervensystem so ...«

»Ach was!« unterbrach ihn Canivet, »mir machen Sie eher den Eindruck, als neigten Sie zum Schlagfluß. Übrigens wundert mich das nicht; ihr Herrn Apotheker hockt ja ständig in eurer Giftküche, das muß sich ja schließlich auf eure Leibesbeschaffenheit auswirken. Sehen Sie lieber mal mich an: ich stehe täglich um vier Uhr auf, rasiere mich mit kaltem Wasser (frieren tut mich nie), trage kein Flanellunterzeug, ich kriege keinen Schnupfen, mein Brustkasten ist gut in Ordnung! Ich lebe bald so, bald so, immer als Philosoph, wie's grade kommt. Darum bin ich auch nicht so zimperlich wie Sie, und es ist mir vollkommen egal, ob ich einem Christenmenschen das Bein absäbele oder dem ersten besten Stück Geflügel. Sie werden sagen, das sei Gewohnheit ...! Gewohnheit ...!«

Dann spannen die beiden Herren ohne irgendwelche Rücksichtnahme auf Hippolyte, der zwischen seinen Bettlaken vor Angst schwitzte, eine Unterhaltung an, in der der Apotheker die Kaltblütigkeit eines Chirurgen mit derjenigen eines Generals verglich; und dieser Vergleich schmeichelte Canivet, und er verbreitete sich ausgiebig über die Erfordernisse seiner Kunst. Er fasse sie als ein Priesteramt auf, obwohl die Ärzte zweiter Klasse sie herabwürdigten. Endlich erinnerte er sich des Patienten, er prüfte das von Homais gelieferte Verbandszeug, das gleiche, das bereits bei der Klumpfußoperation zur Stelle gewesen war, und verlangte jemanden, der ihm das Bein festhalten könne. Lestiboudois wurde geholt, und Canivet streifte die Hemdsärmel hoch und ging in das Billardzimmer, während der Apotheker bei Artémise und der Wirtin blieb, die weißer als ihre Schürzen waren und das Ohr an die Tür preßten.

Bovary wagte sich unterdessen nicht aus dem Haus. Er hielt sich unten in der großen Stube auf, hockte am Kamin, der nicht geheizt war, das Kinn auf der Brust, die Hände gefaltet, und stierte vor sich hin. »Welch ein Mißgeschick!« dachte er. »Welche Enttäuschung!« Dabei hatte er doch alle erdenklichen Vorsichtsmaßregeln getroffen. Das Schicksal hatte sich hineingemischt. Doch wer fragte danach? Wenn Hippolyte später starb, dann wäre er es gewesen, der ihn umgebracht hätte. Und ferner, welchen Grund sollte er bei seinen Krankenbesuchen anführen, wenn er danach gefragt wurde? Hatte er vielleicht dennoch einen Fehler begangen? Er dachte nach, fand jedoch keinen. Aber selbst die berühmtesten Chirurgen irrten sich oft genug. Doch gerade das würde kein Mensch glauben wollen! Im Gegenteil, man würde lachen, ihn beschimpfen! Das Gerücht würde sich bis nach Forges verbreiten, bis nach Neufchâtel! Bis nach Rouen! Überallhin! Wer weiß, ob nicht irgendwelche Kollegen gegen ihn schreiben würden? Daraus würde sich eine Polemik ergeben; er würde in den Zeitungen antworten müssen. Hippolyte selber konnte einen Prozeß gegen ihn anstrengen. Er sah sich entehrt, zugrunde gerichtet, verloren! Und seine von einer Fülle von Mutmaßungen bestürmte Phantasie schwankte inmitten dieser Hypothesen wie eine leere Tonne, die das Meer fortträgt und die auf den Wellen schaukelt.

Emma, ihm gegenüber, beobachtete ihn; sie teilte seine Demütigung nicht, sie empfand eine andere: die nämlich, sich eingebildet zu haben, ein solcher Mensch könne etwas wert sein, als ob sie nicht schon zwanzigmal zur Genüge seine Mittelmäßigkeit festgestellt hätte.

Charles ging im Zimmer auf und ab. Seine Stiefel knarrten auf dem Fußboden.

»Setz dich doch hin«, sagte sie, »du machst mich ganz verrückt!«

Er setzte sich wieder.

Wie hatte sie es nur fertiggebracht (sie, die so intelligent war!), sich abermals so zu täuschen? Welch elender Wahnsinn hatte sie überdies dazu getrieben, sich ihr Dasein durch unausgesetzte Opfer zu vergällen? Sie dachte an ihren Hang zum Luxus, an die Entbehrungen ihrer Seele, an das Erniedrigende der Ehe, des Haushalts, an ihre Träume, die in den Schmutz gefallen waren wie verwundete Schwalben; an alles, was sie ersehnt, an alles, was sie sich versagt hatte; an alles, was sie hätte haben können! Und warum? Warum?

Mitten in der Stille, die das Dorf erfüllte, durchschnitt ein herzzerreißender Schrei die Luft. Bovary wurde so blaß, als fiele er in Ohnmacht. Emma runzelte mit einer nervösen Bewegung die Brauen, dann fuhr sie fort. Es war um seinetwillen gewesen, um dieses Menschen willen, der nichts verstand, der nichts empfand! Denn er saß ganz ruhig da, ohne sich dessen zu versehen, daß die Lächerlichkeit seines Namens fortan sie wie ihn beschmutzen würde. Und dabei hatte sie sich bemüht, ihn zu lieben; sie hatte unter Tränen bereut, sich einem anderen hingegeben zu haben.

»Aber vielleicht war es ein Valgus?« rief Bovary plötzlich aus seiner Grübelei heraus.

Bei dem unvorhergesehenen Schlag dieses Ausrufs, der in Emmas Gedanken fiel wie eine Bleikugel in eine Silberschüssel, zuckte sie zusammen und hob den Kopf, um sich klarzuwerden, was er hatte sagen wollen; und sie sahen einander stumm an, fast verdutzt, einander wahrzunehmen, so weit waren sie durch ihr Bewußtsein voneinander entfernt. Charles betrachtete sie mit dem wirren Blick eines Trunkenen und lauschte dabei, ohne sich zu regen, auf die letzten Schreie des Amputierten, die einander in langgezogenen Modulationen folgten, unterbrochen von ruckweise hervorgestoßenen schrillen Schreien, wie das ferne Brüllen eines Tiers, das geschlachtet wird. Emma biß sich auf die fahlen Lippen und rollte zwischen den Fingern einen der kleinen Äste des Korallenstocks, den sie zerbrochen hatte; sie heftete die glühende Schärfe ihrer Pupillen auf Charles wie zwei zum Losschnellen bereite Brandpfeile. Alles an ihm machte sie jetzt gereizt, sein Gesicht, seine Kleidung, sein Schweigen, seine ganze

Person, mit einem Wort: sein Dasein. Sie bereute ihre frühere Tugend wie ein Verbrechen, und was davon noch übrig war, zerbröckelte unter den wütenden Hieben ihres Stolzes. Sie schwelgte in allen schlechten Ironien des triumphierenden Ehebruchs. Die Erinnerung an ihren Geliebten überkam sie mit schwindelerregenden Verlockungen; sie warf sich mit ihrer ganzen Seele hinein, fortgerissen zu jenem Bild von einer neuen Begeisterung; und Charles schien ihr so losgelöst von ihrem Leben, so für immer ausgeschieden, so unmöglich und getilgt, als stürbe er gerade und ringe vor ihren Augen mit dem Tod.

Auf dem Bürgersteig erscholl das Geräusch von Schritten. Charles sah hin; und durch die herabgelassene Jalousie erblickte er vor der Markthalle im vollen Sonnenschein den Doktor Canivet, der sich mit seinem Halstuch die Stirn abwischte. Hinter ihm ging Homais und trug einen großen, roten Koffer; beide gingen auf die Apotheke zu.

Da wandte Charles sich in einem jähen Anfall von Zärtlichkeit und Entmutigung seiner Frau zu und sagte:

»Umarme mich doch, meine Gute!«

»Laß mich!« stieß sie hervor, rot vor Zorn.

»Was hast du? Was hast du?« wiederholte er verblüfft. »Beruhige dich! Besinne dich! ... Du weißt doch, daß ich dich liebe ...! Komm!«

»Genug!« schrie sie mit furchtbarer Miene.

Und aus dem Zimmer stürzend warf Emma die Tür so heftig hinter sich zu, daß das Barometer von der Wand fiel und am Boden zerscherbte.

Charles ließ sich in seinen Lehnstuhl fallen, völlig vernichtet; überlegte, was sie wohl haben könnte; er glaubte, sie leide an einer Nervenkrankheit; weinte und spürte verschwommen rings um sich etwas Unheilvolles und Unbegreifliches.

Als Rodolphe am Abend in den Garten kam, fand er seine Geliebte unten auf der kleinen Treppe, auf der ersten Stufe, seiner wartend. Sie umschlangen einander, und all ihr nachtragender Groll schmolz wie Schnee unter der Glut seiner Küsse.

# XII

Sie nahmen ihre Liebesbeziehungen wieder auf. Häufig schrieb ihm Emma ganz plötzlich mitten am Tage; dann gab sie Justin einen Wink durchs Fenster; er legte schnell seine grobe Leinenschürze ab und eilte nach La Huchette. Rodolphe kam; sie hatte ihm lediglich sagen wollen, daß sie sich langweile, daß ihr Mann widerwärtig sei und ihr Dasein schauderhaft.

»Kann ich denn etwas daran ändern?« rief er einmal ungeduldig aus.

»Ach, wenn du wolltest ...!«

Sie saß auf dem Fußboden zwischen seinen Knien, mit aufgelöstem Haar und verlorenem Blick.

»Wieso denn?« fragte Rodolphe.

Sie seufzte.

»Wir müßten fort von hier, anderswo leben ... irgendwo ...«

»Du bist tatsächlich verrückt!« sagte er lachend. »Sollte man so etwas für möglich halten?«

Sie kam darauf zurück; er tat, als verstehe er nicht und lenkte das Gespräch ab.

Er verstand nicht, daß man solch ein Aufheben um etwas so Einfaches wie die Liebe machen konnte. Sie hatte ein Motiv, einen Vernunftgrund und so etwas wie einen Bundesgenossen für ihre Neigung.

Wirklich wuchs ihre Zärtlichkeit von Tag zu Tag im gleichen Maß wie der Widerwille gegen ihren Mann. Je mehr sie sich dem einen hingab, desto mehr verabscheute sie den andern; Charles kam ihr nie so widerwärtig vor, seine Fingernägel nie so viereckig, sein Geist nie so schwerfällig, seine Umgangsformen nie so vulgär, wie wenn sie nach einem Stelldichein mit Rodolphe wieder mit ihm beisammen war. Während sie dann die Gattin und die Tugendhafte spielte, begeisterte sie sich in Gedanken an jenem Kopf, dessen dunkles Haar sich über der sonnengebräunten Stirn in einer Locke wellte, an seiner gleichzeitig robusten und eleganten Gestalt, an diesem Mann, mit einem Wort, der so viel Erfahrung in Vernunftdingen und so viel Leidenschaft im Begehren besaß! Um seinetwillen feilte sie sich die Nägel mit der Sorgfalt eines Ziseleurs, hatte nie genug Cold Cream auf der Haut noch Patschuli in ihren Taschentüchern. Sie überlud sich mit Armbändern, Ringen und Halsketten. Wenn er kommen sollte, füllte sie ihre beiden großen, blauen Glasvasen mit Rosen und schmückte ihr Zimmer und sich selber wie eine Kurtisane, die einen Prinzen erwartet. Das Hausmädchen mußte in einem fort Wäsche bleichen; und den ganzen Tag über kam Félicité nicht aus der Küche, wo der kleine Justin ihr häufig Gesellschaft leistete und ihr bei der Arbeit zuschaute.

Den Ellbogen auf das lange Plättbrett gestützt, auf dem sie bügelte, betrachtete er lüstern all die um ihn aufgeschichtete Damenwäsche, die Pikeeunterröcke, die Spitzentücher, die Halskragen, die Negligéhosen, die weit in den Hüften waren und nach unten enger wurden.

»Wozu dient das?« fragte der Junge und strich mit der Hand über die Krinoline oder die Agraffen.

»Hast du so was noch nie gesehen?« antwortete Félicité lachend. »Als ob deine Chefin Madame Homais nicht Ähnliches trüge.«

»Ach, na ja! Madame Homais!«

Und nachdenklich fügte er hinzu:

»Ist die etwa eine Dame wie Madame?«

Aber Félicité wurde ungeduldig, wenn er sie so umschwänzelte. Sie war sechs Jahre älter, und Théodore, der Diener Monsieur Guillaumins, begann ihr den Hof zu machen.

»Laß mich in Ruhe!« sagte sie und stellte den Stärkenapf beiseite. »Geh und zerstampf lieber deine Mandeln; immer drückst du dich bei den Frauen herum; warte doch, ehe du dich damit befaßt, du nichtsnutziger Knirps, bis du am Kinn einen Bart hast.«

»Ach, werden Sie doch nicht gleich böse; ich putze Ihnen auch ›ihre‹ Schuhe.«

Und sogleich nahm er Emmas Schuhe von der Türschwelle; sie waren ganz voll Schmutz – dem Schmutz der Zusammenkünfte –; der wurde unter seinen Fingern zu Staub, und er sah zu, wie er in einem Sonnenstrahl langsam hochstieg.

»Was für eine Angst du hast, daß du sie verdirbst!« sagte die

Köchin, die nicht soviel Umstände machte, wenn sie sie selber putzte, weil Madame sie ihr überließ, sobald das Leder nicht mehr ganz frisch war.

Emma hatte eine Menge Schuhzeug in ihrem Schrank; sie trieb damit geradezu Verschwendung, ohne daß Charles je den mindesten Einwand wagte.

So gab er auch dreihundert Francs für ein Holzbein aus, das Hippolyte ihrer Ansicht nach geschenkt bekommen mußte. Die Ansatzfläche war mit Kork überzogen; es hatte elastische Federn und einen komplizierten Mechanismus, den ein schwarzes Hosenbein verdeckte, das mit einem Lackschuh abschloß. Aber Hippolyte getraute sich nicht, sich alle Tage eines so schönen Beins zu bedienen; er bat Madame Bovary inständig, ihm ein anderes, bequemeres zu verschaffen. Wohlverstanden mußte der Arzt auch die Kosten dieser Erwerbung tragen.

Nun konnte der Stallknecht allmählich wieder seinem Beruf nachgehen. Wie zuvor sah man ihn durchs Dorf eilen, und wenn Charles von weitem auf dem Pflaster das trockene Geräusch des Stelzfußes hörte, schlug er rasch einen anderen Weg ein.

Lheureux, der Händler, hatte die Besorgung auf sich genommen; das bot ihm Gelegenheit, Emma des öfteren aufzusuchen. Er plauderte mit ihr über die neuesten Warenlieferungen aus Paris, über tausend Dinge, wie Frauen sie begehren; dabei zeigte er sich äußerst gefällig und verlangte niemals Bargeld. Emma nutzte die Leichtigkeit aus, mit der alle ihre Launen befriedigt wurden. So wollte sie als Geschenk für Rodolphe einen sehr schönen Reitstock haben, der in Rouen in einem Schirmgeschäft ausgestellt war. Eine Woche später legte Lheureux ihn ihr auf den Tisch.

Doch am folgenden Tag überreichte er ihr eine Rechnung auf zweihundertsiebzig Francs, die Centimes ungerechnet. Emma war sehr betreten: alle Schubfächer des Sekretärs waren leer; Lestiboudois hatte noch den Lohn für vierzehn Tage zu bekommen, das Hausmädchen den für acht Wochen; hinzu kam noch eine Menge anderer Dinge, und Bovary wartete ungeduldig auf das Honorar Monsieur Derozerays', der alljährlich um den Sankt-Petrus-Tag zu bezahlen pflegte.

Zunächst gelang es ihr, Lheureux zu vertrösten; aber schließlich verlor er die Geduld; er werde gedrängt, er habe Außenstände, und wenn er nicht einiges davon hereinbekomme, werde er genötigt sein, ihr alle gelieferten Waren wieder abzunehmen.

»Gut! Nehmen Sie sie!« sagte Emma.

»Ach, das sollte doch bloß ein Scherz sein!« entgegnete er. »Nur um den Reitstock tut es mir leid. Ja, wirklich, den lasse ich mir von Monsieur wiedergeben.«

»Nein! Nein!« sagte sie schnell.

»Aha, jetzt hab ich dich!« dachte Lheureux.

Und, seiner Vermutung sicher, ging er fort und sagte halblaut mehrmals mit seinem üblichen kurzen Pfeiflaut vor sich hin:

»Na, wir werden ja sehen! Wir werden ja sehen!«

Sie war dabei, nachzugrübeln, wie sie sich aus der Affäre ziehen könne, als das Mädchen hereinkam und eine kleine, in blaues Papier gewickelte Rolle auf den Kamin legte; das Geld komme von Monsieur Derozerays. Emma sprang hin und machte die Rolle auf. Es waren fünfzehn Napoleons darin. Das war der Rechnungsbetrag. Sie hörte Charles draußen auf der Treppe; da legte sie das Geld rasch hinten in ihr Schubfach und nahm den Schlüssel an sich.

Drei Tage danach erschien Lheureux aufs neue.

»Ich möchte Ihnen einen Vergleich vorschlagen«, sagte er. »Wollen Sie mir nicht statt der betreffenden Summe …«

»Hier ist sie«, sagte sie und zählte ihm vierzehn Napoleons in die Hand.

Der Händler war verblüfft. Um seine Enttäuschung zu tarnen, erging er sich in Entschuldigungen und bot Emma alle möglichen Gefälligkeiten an, die sie sämtlich, ausschlug; dann stand sie noch ein paar Minuten da und betastete in der Schürzentasche die beiden Hundertsousstücke, die er ihr herausgegeben hatte. Sie nahm sich vor, sparsam zu sein, um später zurückzugeben …

»Ach was!« meinte sie, »er wird nicht mehr daran denken.«

Außer dem Reitstock mit dem silbervergoldeten Knauf hatte Rodolphe ein Petschaft mit der Devise »Amor nel cor« bekommen; ferner einen Schal, aus dem er sich einen Kragenschoner machen lassen sollte, und schließlich eine Zigarrentasche, ganz wie die des Vicomte, die Charles damals auf der Landstraße gefunden und die Emma aufbewahrt hatte. Aber diese Geschenke waren ihm peinlich. Mehrere hatte er ausgeschlagen; sie hatte darauf bestanden, und schließlich hatte Rodolphe sich fügen müssen; er fand sie tyrannisch und allzu zudringlich.

Sie kam auf seltsame Einfälle:

»Wenn es Mitternacht schlägt«, sagte sie, »mußt du an mich denken!«

Und wenn er dann gestand, er habe es vergessen, bekam er ein Übermaß von Vorwürfen zu hören, und sie klangen in die ewige Frage aus:

»Liebst du mich?«

»Selbstverständlich liebe ich dich!« antwortete er.

»Sehr?«

»Gewiß doch!«

»Du hast doch nie andere Frauen geliebt, wie?«

»Glaubst du, ich hätte bei dir meine Unschuld verloren?« rief er lachend.

Emma weinte, und er bemühte sich, sie zu trösten, wobei er seine Beteuerungen mit Wortspielen schmückte.

»Ach, ich weine, weil ich dich so liebe!« fing sie wieder an. »Ich liebe dich so sehr, daß ich nicht ohne dich sein kann, weißt du das? Manchmal habe ich solches Bedürfnis, dich wiederzusehen, daß alles Wüten der Liebe mich zerreißt. Ich frage mich: ›Wo ist er? Vielleicht spricht er mit anderen Frauen? Sie lächeln ihm zu, er nähert sich ihnen ...‹ O nein, nicht wahr, es gefällt dir keine? Es gibt zwar schönere; aber ich weiß besser zu lieben! Ich bin deine Magd und deine Geliebte! Du bist mein König, mein Abgott! Du bist gut! Du bist schön! Du bist klug! Du bist stark!«

Derlei Dinge hatte er so oft anhören müssen, daß sie für ihn keinen Reiz mehr hatten. Emma war wie alle Geliebten; der Zauber der Neuheit fiel nach und nach von ihr ab wie ein Gewand, und das ewige Einerlei der Leidenschaft, die immer dieselbe Gestalt und dieselbe Ausdrucksweise hat, trat nackt zutage. Er, dieser Mann voller Erfahrung, erkannte nicht die Verschiedenheit der

Gefühle unter der Gleichheit der Ausdrucksformen. Weil liederliche oder käufliche Lippen ihm ähnliche Sätze zugeflüstert hatten, glaubte er nur schwach an die Aufrichtigkeit dieser hier. Man müsse da vieles abziehen, dachte er, übertriebene Worte verbergen mittelmäßige Gefühle. Als ob die Überfülle der Seele sich nicht manchmal in den leersten Vergleichen entlüde, da niemand je das genaue Maß weder seiner Bedürfnisse noch seiner Auffassung, noch seiner Schmerzen anzugeben vermag, und weil die menschliche Sprache wie ein gesprungener Kessel ist, auf dem wir Melodien trommeln, als gälte es Bären tanzen zu lassen, während wir doch die Sterne rühren wollten.

Aber mit jener Überlegenheit der Kritik, die derjenige besitzt, der sich in einer Bindung zurückhält, gewahrte Rodolphe in dieser Liebe Genüsse anderer Art, die es auszubeuten galt. Jede zartfühlende Rücksicht fand er unbequem. Er sprang völlig zwanglos mit ihr um. Er machte aus ihr etwas Biegsames und Verderbtes. Es war eine Art unsinniger Anhänglichkeit voller Bewunderung für ihn und Wollust für sie, ein Glücksüberschwang, der sie betäubte; und ihre Seele versank in dieser Trunkenheit und ertrank darin, eingeschrumpft wie der Herzog von Clarence in seinem Faß Malvasier.

Als Auswirkung ihrer erotischen Gepflogenheiten wandelte sich Madame Bovarys Gehaben. Ihre Blicke wurden kühner, ihre Reden freimütiger; sie beging sogar die Ungehörigkeit, in Begleitung Rodolphes, eine Zigarette im Mund, spazierenzugehen, wie »um die Leute zu ärgern«; kurzum, die noch gezweifelt hatten, zweifelten nicht mehr, als man sie eines Tages in einem Jackett mit Herrenschnitt der »Schwalbe« entsteigen sah, und die alte Bovary, die nach einem schrecklichen Auftritt mit ihrem Mann wieder einmal bei ihrem Sohn Zuflucht gesucht hatte, war nicht die am wenigsten empörte Bürgersfrau. Noch mancherlei anderes mißfiel ihr: zunächst hatte Charles ihre Ratschläge bezüglich des Verbots der Romanleserei nicht befolgt; ferner mißfiel ihr »der ganze Betrieb«; sie erlaubte sich Bemerkungen zu machen; einmal kam es sogar zu einem ärgerlichen Auftritt, und zwar wegen Félicité.

Die alte Bovary hatte sie am Vorabend, als sie durch den Flur gegangen war, im Beisammensein mit einem Mann ertappt, einem Mann mit braunem Kragen, etwa vierzig Jahre alt, der beim Geräusch ihrer Schritte schleunigst aus der Küche verschwunden war. Da hatte Emma lachen müssen; aber die gute Dame hatte sich ereifert und erklärt, man solle, anstatt sich über die guten Sitten lustig zu machen, lieber auf die der Dienstboten achten.

»In welcher Welt leben Sie eigentlich?« fragte die Schwiegertochter mit einem so impertinenten Blick, daß die alte Bovary sich die Frage nicht verkneifen konnte, ob sie sich damit nicht vielleicht selber verteidige?

»Raus!« rief die junge Frau und sprang auf.

»Emma…! Mama…!« rief Charles, um sie zu beschwichtigen.

Aber in ihrer Erbitterung waren beide hinausgelaufen. Emma stampfte mit dem Fuß auf und sagte mehrmals:

»Ach! Was für eine Lebensart! Was für ein Bauernweib!«

Er lief seiner Mutter nach; sie war außer Rand und Band und stammelte:

»Das ist eine Unverschämtheit, ein überspanntes Frauenzimmer, und vielleicht noch etwas Schlimmeres!«

Sie wollte augenblicklich abreisen, wenn die andere sich nicht auf der Stelle entschuldigte. Also ging Charles wieder zu seiner Frau und beschwor sie, nachzugeben; er warf sich auf die Knie, und schließlich antwortete sie:

»Gut! Ich gehe.«

Wirklich hielt sie der Schwiegermutter mit der Würde einer Marquise die Hand hin und sagte:

»Entschuldigen Sie, Madame.«

Als Emma dann wieder in ihr Zimmer hinaufgegangen war, warf sie sich auf ihr Bett und weinte wie ein Kind, den Kopf in das Kopfkissen vergraben.

Sie und Rodolphe hatten vereinbart, sie solle für den Fall eines besonderen Geschehnisses einen kleinen weißen Papierfetzen an die Jalousie stecken, damit er, wenn er zufällig in Yonville sei, sogleich in das Gäßchen hinter dem Haus eile. Emma gab das Zeichen; sie hatte dreiviertel Stunden gewartet, als sie plötzlich Rodolphe an der Ecke der Markthalle erblickte. Sie verspürte den Drang, das Fenster aufzumachen, ihn anzurufen; aber schon war er verschwunden. Sie sank verzweifelt zurück.

Bald jedoch schien ihr, als gehe jemand über den Bürgersteig. Das war ganz sicher er; sie stieg die Treppe hinunter und überquerte den Hof. Er war da, draußen. Sie warf sich in seine Arme.

»Sei doch ein bißchen vorsichtiger«, sagte er.

»Ach, wenn du wüßtest«, sagte sie.

Hastig und zusammenhanglos begann sie, ihm alles zu erzählen; dabei übertrieb sie, erfand einiges hinzu und machte eine solche Fülle von Zwischenbemerkungen, daß er nicht das mindeste begriff.

»Aber, mein armer Engel, Mut, beruhige dich, Geduld!«

»Aber ich bin doch schon seit vier Jahren geduldig und leide ... Eine Liebe wie die unsrige sollte sich frei und offen dem Antlitz des Himmels darbieten! Sie martern mich. Ich halte es nicht mehr aus! Rette mich!«

Sie drängte sich an Rodolphe. Ihre Augen waren voll Tränen und schimmerten wie Flammen unter Wasser; ihre Brust keuchte in schnellen Stößen; nie zuvor hatte er sie so sehr geliebt; er verlor den Kopf und fragte sie:

»Was soll denn geschehen? Was willst du?«

»Bring mich von hier weg!« rief sie. »Entführe mich ...! Oh, ich flehe dich an!«

Und sie stürzte sich auf seinen Mund, als wolle sie ihm die unerwartete Zustimmung entreißen, die ihm in einem Kuß entströmte.

»Aber ...«, entgegnete Rodolphe.

»Was denn?«

»Und deine Tochter?«

Sie dachte kurze Zeit nach und antwortete dann:

»Die nehmen wir mit; hilft nichts.«

»Was für eine Frau!« sagte er, als er der Fortgehenden nachsah.

Denn sie war in den Garten geschlüpft. Man hatte nach ihr gerufen.

Während der nächsten Tage kam die alte Bovary nicht aus dem Staunen heraus, so sehr hatte die Schwiegertochter sich gewandelt. Tatsächlich zeigte Emma sich fügsamer; sie ging in ihrer Demut sogar so weit, daß sie um ein Rezept zum Einlegen von Pfeffergurken bat.

Verstellte sie sich, um die beiden desto besser hinters Licht zu führen? Oder wollte sie durch eine Art wollüstigen Stoizismus bis zur Neige die Bitterkeit alles dessen auskosten, was sie verlassen wollte? Aber daran dachte sie nicht; sie lebte, als sei sie dem vorweggenommenen Genuß ihres bevorstehenden Glücks verfallen. Es war der unerschöpfliche Gegenstand ihrer Gespräche mit Rodolphe.

»Sag doch, wann werden wir im Eilpostwagen sitzen...? Kannst du dir das vorstellen? Ist es denn möglich? Ich glaube, in dem Augenblick, da ich spüre, daß sich der Wagen in Bewegung setzt, wird mir sein, als ob wir in einem Luftballon aufstiegen und zusammen den Wolken entgegenschwebten. Weißt du, daß ich die Tage zähle...? Und du?«

Nie zuvor war Madame Bovary so schön gewesen wie zu dieser Zeit; sie besaß jene undefinierbare Schönheit, die der Freude entspringt, der Begeisterung und dem Erfolg und die nichts ist als die Harmonie des Temperaments mit den Umständen. Ihr Begehren, ihr Kummer, ihre Glückserfahrungen und ihre nach wie vor jungen Illusionen hatten sie stufenweise weiterentwickelt, wie Dünger, Regen, Wind und Sonne die Blumen, und so hatte sie sich schließlich in der Fülle ihrer Natur entfaltet. Ihre Augen schienen eigens für die langen, verliebten Blicke geschnitten, bei denen die Pupille verschwand, während ein heftiger Atem die winzigen Nasenflügel weitete und die fleischigen Winkel ihrer Lippen hob, die im Licht ein leichter dunkler Flaum beschattete. Man hätte sagen können, ein in Verderbtheiten erfahrener Künstler habe den Knoten ihres Haars über dem Nacken geordnet: es rollte in einer schweren Masse nieder, nachlässig, den Zufälligkeiten des Ehebruchs entsprechend, der es Tag für Tag aufnestelte. Ihre Stimme nahm jetzt eine weichere und geschmeidigere Bewegung an, und ebenso ihre Gestalt; etwas Subtiles, das einen durchdrang, entströmte selbst dem Besatz ihres Kleids und der Wölbung ihres Fußes. Charles fand sie so entzückend und völlig unwiderstehlich wie in der ersten Zeit seiner Ehe.

Wenn er mitten in der Nacht heimkam, wagte er nicht, sie zu wecken. Die porzellanene Nachtlampe warf einen runden, zitternden Lichtschein an die Zimmerdecke, und die geschlossenen Vorhänge der kleinen Wiege sahen aus wie ein weißes Zelt, das sich im Dunkel neben dem Bett bauschte. Charles betrachtete sie beide. Er glaubte, die leichten Atemzüge seiner Tochter zu hören. Sie wurde jetzt größer; jede Jahreszeit brachte sie rasch vorwärts. Er sah sie bereits gegen Tagesende aus der Schule heimkehren, lachend, mit tintenbeschmutzter Schürze, das Handarbeitskörbchen am Arm; dann mußte sie in Pension gegeben werden, das würde viel kosten; wie würde sich das schaffen lassen? Er überlegte. Er dachte daran, in der Umgegend einen kleinen Hof zu pachten; er selber wollte die Oberaufsicht führen und jeden Morgen auf dem Weg zu seinen Kranken hinreiten. Der Ertrag würde zurückgelegt, auf die Sparkasse gebracht werden; später würde er dann Aktien kaufen, irgendwie, gleichgültig, wo; überdies würde sich ja auch seine Praxis erweitern; er zählte darauf, denn Berthe sollte eine gute Erziehung erhalten, sie mußte Talent haben und sollte Klavierspielen lernen. Und wie hübsch sie sein würde, später, als Fünfzehnjährige, wenn sie ihrer Mutter ähnelte; gleich ihr trüge sie im Sommer große Strohhüte! Von weitem würden die beiden dann für zwei Schwestern gehalten werden. Er stellte sie sich abends beim Lampenschein vor, bei den Eltern sitzend und arbeitend; sie würde ihm Pantoffeln sticken; sie würde sich um den Haushalt kümmern und das ganze Haus mit ihrer Anmut und ihrem Frohsinn erfüllen. Schließlich würden sie dann an ihre Versorgung denken: man würde für sie einen braven jungen Mann in festem Beruf finden; er würde sie glücklich machen; und das würde dann immer so bleiben...

Emma schlief nicht; sie tat nur so; und während er neben ihr einschlummerte, hing sie anderen Träumen nach.

Im Galopp von vier Pferden wurde sie seit acht Tagen einem neuen Land entgegengetragen, aus dem sie nie wieder zurückkehren würden. Sie fuhren und fuhren, Arm in Arm, ohne zu sprechen. Oft sahen sie von einer Bergeshöhe herab plötzlich eine prächtige Stadt mit Kuppeln, Brücken, Schiffen, Limonen-

hainen und weißen Marmorkathedralen, deren spitze Glocken-
türme Storchennester trugen. Man fuhr im Schritt, der großen
Schlaglöcher wegen, und am Boden lagen Blumensträuße, die
ihnen von Frauen in roten Miedern angeboten wurden. Man
hörte Glocken läuten, Maultiere wiehern, dazu das Murmeln der
Gitarren und das Plätschern der Springbrunnen, deren auf-
stiebender Dunst eine Fülle von Früchten kühlte, die am Fuß
blasser Statuen, die im Sprühregen lächelten, zu Pyramiden aufgeschichtet waren. Und dann eines Abends kamen sie in einem
Fischerdorf an, wo braune Netze im Wind trockneten, längs der
Steilküste und der Hütten. Dort würden sie bleiben und leben: in
einem niedrigen Haus mit flachem Dach würden sie wohnen,
das von einer Palme überschattet in einer Bucht am Meeresstrand lag. Sie würden in einer Gondel spazierenfahren, sie würden sich in Hängematten wiegen; und ihr Leben würde leicht
und weit sein wie ihre seidenen Gewänder, so warm und stern-
übersät wie die sanften Nächte, in die sie sinnend schauen würden. Aus der Unermeßlichkeit dieser Zukunft, die sie sich vor-
gaukelte, trat indessen keine bestimmte Einzelheit hervor; die
stets herrlichen Tage ähnelten einander wie die Wogen; und das
alles wiegte sich am Horizont, unendlich, harmonisch, bläulich
und sonnenbeglänzt. Doch das Kind in seiner Wiege begann zu
husten, oder Bovary schnarchte lauter, und Emma schlief erst
gegen Morgen ein, wenn das Frühlicht bleich hinter den Fensterscheiben stand und der kleine Justin auf dem Markt schon die
Laden der Apotheke aufmachte.

Sie hatte Lheureux kommen lassen und ihm gesagt:

»Ich brauche einen Mantel, einen weiten Mantel mit langem
Kragen, gefüttert.«

»Wollen Sie verreisen?« fragte er.

»Nein! Aber ... wie dem auch sei, ich verlasse mich auf Sie, nicht
wahr? Und recht bald!«

Er verbeugte sich.

»Außerdem muß ich einen Koffer haben«, fuhr sie fort, »keinen
zu schweren ... einen handlichen.«

»Ja, ja, ich verstehe, etwa zweiundneunzig Zentimeter lang,
fünfzig breit, wie man sie jetzt macht.«

»Und eine Reisetasche für das Nachtzeug.«

»Aha«, dachte Lheureux, »dahinter steckt ein Ehekrach.«

»Und hier«, sagte Madame Bovary und zog ihre Taschenuhr aus dem Gürtel, »nehmen Sie das; machen Sie sich damit bezahlt.«

Aber der Händler ereiferte sich, sie habe unrecht; sie kennten einander doch; zweifle er etwa an ihr? Das sei doch kindisch! Indessen bestand sie darauf, daß er wenigstens die Kette nehme, und Lheureux hatte sie bereits in die Tasche gesteckt und sich zum Gehen gewandt, als sie ihn zurückrief.

»Sie behalten alle diese Dinge bei sich zu Hause. Was den Mantel betrifft« – sie sah aus, als überlege sie – »so bringen Sie ihn ebenfalls nicht her; Sie geben mir lediglich die Adresse des Schneiders und sagen ihm, er solle zu meiner Verfügung gehalten werden.«

Im nächsten Monat wollten sie auf und davon gehen. Sie würden von Yonville abfahren, als wolle sie in Rouen Besorgungen machen. Rodolphe sollte die Plätze bestellen, Pässe besorgen und sogar nach Paris schreiben, damit sie beide ganz für sich den Eilpostwagen nach Marseille bekämen, wo sie eine Kalesche kaufen würden, und von dort aus sollte die Reise ohne Aufenthalt nach Genua gehen. Sie würde dafür sorgen, daß ihr Gepäck zu Lheureux geschickt würde, dann würde es direkt zur »Schwalbe« getragen werden, so daß niemand Verdacht schöpfen könne; und bei alledem war nie von ihrem Kinde die Rede gewesen. Rodolphe hatte vermieden, es zu erwähnen; sie dachte vielleicht nicht daran.

Er wollte noch zwei Wochen Frist haben, um einige geschäftliche Angelegenheiten abzuschließen; dann, nach acht Tagen, verlangte er vierzehn weitere; dann sagte er, er sei krank; danach verreiste er; der August ging hin, und nach all diesen Verzögerungen kamen sie schließlich überein, es solle unwiderruflich am 4. September sein, einem Montag.

Endlich war der Samstag vor dem Reisetag herangerückt.

Rodolphe kam am Abend früher als sonst.

»Ist alles bereit?« fragte sie ihn.

»Ja.«

Sie gingen um ein Beet herum und setzten sich schließlich nahe der Terrasse auf die Mauerkrone.

»Du bist traurig«, sagte Emma.

»Nein. Warum?«

Und dabei sah er sie seltsam an, geradezu zärtlich.

»Etwa, weil es nun fortgeht?« fragte sie weiter. »Weil du alles verlassen sollst, was dir lieb ist, dein bisheriges Leben? Ach, ich verstehe es ... Ich aber, ich habe nichts auf Erden! Du bist alles für mich. Deswegen werde auch ich für dich alles sein, Familie, Heimat; ich will für dich sorgen und dich lieben.«

»Wie bezaubernd du bist!« sagte er und schloß sie in die Arme.

»Wirklich?« fragte sie mit einem wollüstigen Auflachen. »Liebst du mich? Schwör es mir!«

»Ob ich dich liebe? Ob ich dich liebe? Aber ich vergöttere dich, Liebste!«

Der Mond ging ganz rund und purpurfarben über dem flachen Horizont hinter dem Wiesengelände auf. Rasch stieg er zwischen den Pappelzweigen empor; sie verbargen ihn dann und wann wie ein schwarzer, durchlöcherter Vorhang. Dann erschien er glänzend weiß am leeren Himmel und erleuchtete ihn; und dann verlangsamte er seine Bahn und ließ einen großen Lichtfleck auf den Bach fallen, der eine Unzahl von Sternen bildete; und dieser silberne Schimmer schien sich bis auf den Grund hinabzuwinden, wie eine mit leuchtenden Schuppen bedeckte Schlange ohne Kopf. Es ähnelte auch einem ungeheuren Kandelaber, an dessen ganzer Länge Tropfen schmelzender Diamanten niederrieselten. Die weiche Nacht breitete sich um sie; weite Schatten erfüllten das Laubwerk. Emma hatte die Augen halb geschlossen und atmete den kühlen Wind, der wehte, in tiefen Zügen ein. Sie sprachen nicht; sie waren allzusehr dem Überwältigenden ihrer Träumereien hingegeben. Die Zärtlichkeit vergangener Tage kehrte in ihre Herzen zurück, unerschöpflich und schweigend wie der dahinfließende Bach, mit ebensoviel weicher Milde, wie sie der Duft des Pfeifenstrauchs herantrug, und warf in ihrer beider Erinnern Schatten, die gigantischer und melancholischer waren als die der reglosen Weidenbäume, die sich über das Gras hinstreckten. Oft raschelte ein

Nachttier, ein Igel oder ein Wiesel, das auf Jagd ging, in den Blättern, oder man hörte dann und wann einen reifen Pfirsich ganz von selbst vom Spalier fallen.

»Ach, die schöne Nacht!« sagte Rodolphe.

»Wir werden noch viele ähnliche erleben!« entgegnete Emma. Und wie im Selbstgespräch:

»Ja, das Reisen wird uns wohltun ... Aber warum ist mir dennoch das Herz so schwer? Ist es die Angst vor dem Unbekannten ...? die Scheu, das Gewohnte zu verlassen ... oder vielmehr ...? Nein, es ist das Übermaß des Glücks! Wie schwach ich bin, nicht wahr? Verzeih mir!«

»Noch ist es Zeit!« rief er aus. »Überleg es dir, vielleicht wirst du es einmal bereuen.«

»Nie!« antwortete sie ungestüm.

Sie lehnte sich an ihn:

»Was kann mir denn Schlimmes widerfahren? Es gibt keine Wüste, keinen Abgrund noch Ozean, die ich mit dir zusammen nicht überqueren würde. Unser Zusammenleben wird, je länger es dauert, wie eine Umarmung sein, die mit jedem Tag inniger und vollkommener wird! Nichts wird uns mehr stören, keine Sorgen, kein Hindernis! Wir werden allein sein, ganz für uns, für alle Zeit ... Sprich doch, antworte mir.«

Er antwortete in regelmäßigen Abständen: »Ja ... ja ...« Sie war ihm mit den Händen durchs Haar gefahren, und sie sagte mit kindlicher Stimme immer wieder, trotz der dicken, rinnenden Tränen:

»Rodolphe, Rodolphe ...! Ach, Rodolphe, lieber, kleiner Rodolphe!«

Es schlug Mitternacht.

»Mitternacht!« sagte sie. »Aber dann ist es ja schon morgen! Noch *ein* Tag!«

Er stand auf, um zu gehen; und als ob diese Geste das Zeichen zu ihrer beider Flucht sei, setzte Emma rasch eine heitere Miene auf:

»Hast du die Pässe?«

»Ja.«

»Hast du nichts vergessen?«

»Nein.«

»Bist du ganz sicher?«

»Gewiß.«

»Nicht wahr, du erwartest mich im ›Hotel de Provence‹ ...? Mittags?«

Er nickte.

»Bis morgen also!« sagte Emma mit einer letzten Liebkosung. Und sie schaute ihm nach, wie er davonging.

Er sah sich nicht um. Sie lief ihm nach, und sich zwischen Buschwerk hindurch über das Wasser neigend, rief sie:

»Bis morgen!«

Er war schon am andern Bachufer und schritt rasch durch die Wiesen hin.

Nach ein paar Minuten blieb Rodolphe stehen; und als er sie mit ihrem weißen Kleid nach und nach im Dunkel verschwinden sah wie ein Phantom, bekam er ein so heftiges Herzklopfen, daß er sich an einen Baum lehnte, um nicht umzusinken.

»Ich Narr!« rief er und fluchte furchtbar. »Macht nichts, sie war eine reizende Geliebte!«

Und sofort tauchte Emmas Schönheit mit allen Freuden dieser Liebe wieder vor ihm auf. Erst wurde er weich, dann lehnte er sich gegen sie auf.

»Denn schließlich«, rief er und gestikulierte, »kann ich mich nicht heimatlos machen, mir ein Kind aufbürden.«

Das alles sagte er sich, um sich noch mehr zu bestärken.

»Und überdies die Scherereien, die Kosten ... Nein, nein, tausendmal nein! Es wäre zu blöd!«


XIII


Kaum war Rodolphe daheim angelangt, als er sich mit einem Ruck an seinen Schreibtisch setzte, unter den Hirschkopf, einer an der Wand hängenden Jagdtrophäe. Doch als er die Feder in der Hand hielt, fiel ihm nichts ein, so daß er sich auf beide Ellbogen stützte und nachzudenken begann. Emma schien ihm in eine entlegene Vergangenheit gerückt zu sein, als habe der Entschluß, den er gefaßt hatte, zwischen sie beide jäh einen unermeßlichen Raum gelegt.

Um etwas von ihr greifbar vor sich zu haben, holte er aus einem Schrank, der am Kopfende seines Bettes stand, eine alte Reimser Zwiebackdose hervor, in der er seine Frauenbriefe aufzubewahren pflegte; ihr entströmte ein Geruch von feuchtem Staub und verwelkten Rosen. Obenauf lag ein Taschentuch mit verblaßten Blutflecken. Es hatte ihr gehört; sie hatte einmal auf einem Spaziergang Nasenbluten bekommen; er hatte es vergessen. Daneben lag, an allen vier Ecken verbogen, die Miniatur, die Emma ihm geschenkt hatte; ihre Kleidung kam ihm aufgedonnert vor, und ihr himmelnder Blick war von kläglichster Wirkung; allein beim Betrachten dieses Bildnisses und dem Wecken der Erinnerung an das Urbild verschwammen Emmas Züge in seinem Gedächtnis nach und nach, als ob das lebende Gesicht und das gemalte sich aneinander rieben und sich wechselseitig auslöschten. Schließlich las er einige ihrer Briefe; sie wimmelten von Anspielungen auf ihrer beider Reise; sie waren kurz, sachlich und dringlich wie Geschäftsbriefe. Er wollte die langen wiedersehen, die von früher; um sie am Boden der Dose aufzufinden, warf Rodolphe alle übrigen durcheinander; und mechanisch begann er in diesem Wust von Papieren und Gegenständen zu wühlen; er fand ein Durcheinander von Blumensträußen, ein Strumpfband, eine schwarze Maske, Nadeln und Haare – Haarsträhnen! Braune, blonde; einige hatten sich an dem Schloß der Dose verhakt und rissen beim Öffnen.

So schlenderte er zwischen seinen Andenken dahin; er prüfte die Handschriften und den Stil der Briefe; beide waren so mannigfaltig wie ihre Rechtschreibung. Sie waren zärtlich oder lustig, drollig, melancholisch; manche baten um Liebe, manche um Geld. Bei irgendeinem Wort erinnerte er sich an Gesichter, an bestimmte Gesten, den Klang einer Stimme; manchmal jedoch erinnerte er sich an gar nichts.

Wirklich, diese Frauen, die da alle zugleich in seinen Gedanken herbeikamen, bedrängten einander und wurden kleiner wie unter einer Liebes-Nivellierwaage, die sie alle gleich machte. So

218

nahm er eine Handvoll der durcheinanderliegenden Briefe und amüsierte sich eine Weile damit, sie in Kaskaden aus seiner rechten in seine linke Hand fallen zu lassen. Schließlich, gelangweilt und ermüdet, stellte Rodolphe die Dose wieder in den Schrank und sagte sich:

»Welch ein Haufen Blödsinn!«

Das war kurz und bündig seine Meinung; denn die Liebesfreuden hatten, wie Schüler auf einem Schulhof, dermaßen auf seinem Herzen herumgetrampelt, daß nichts Grünes mehr darauf sproßte; aber was hier hindurchgegangen war, leichtfertiger als die Kinder, hatte nicht einmal, wie sie, seinen in die Mauer gekratzten Namen hinterlassen.

»Los!« sagte er bei sich. »Angefangen!«

Er schrieb:

»Mut, Emma! Mut! Ich will Sie nicht für Ihr Leben unglücklich machen ...«

»Eigentlich stimmt das«, dachte Rodolphe, »ich handle in ihrem Interesse; ich bin ein anständiger Mensch.«

»Haben Sie Ihren Entschluß reiflich erwogen? Wissen Sie, in welchen Abgrund ich Sie gezogen hätte, Sie armer Engel? Nein, nicht wahr? Sie gingen vertrauensvoll und wahnsinnig und glaubten an das Glück, an die Zukunft ... Ach, wie unglücklich sind wir, wie verblendet!«

Rodolphe hielt inne und suchte nach einer guten Entschuldigung.

»Wenn ich ihr sagte, ich hätte mein ganzes Vermögen verloren ...? Ach was, das wäre überdies kein Hindernis. Das müßte alles später wieder neu begonnen werden. Kann man denn solchen Frauen überhaupt mit Vernunft beikommen?«

Er überlegte; dann schrieb er weiter:

»Ich werde Sie nie vergessen, glauben Sie mir das, und ständig werde ich Ihnen eine tiefe Neigung bewahren, doch eines Tages, früher oder später, würde diese Glut (das ist das Schicksal aller menschlichen Dinge) sicherlich schwächer geworden sein! Es wäre zwischen uns zu Ermüdungen gekommen, und wer weiß, ob mir nicht der grausige Schmerz widerfahren wäre, Ihre Gewissensbisse zu erleben oder gar selber daran teilzunehmen, da ich sie ja doch verursacht hätte. Allein schon die Vorstellung der Kümmernisse, die Sie überkommen, ist für mich eine Marter, Emma! Vergessen Sie mich! Warum mußte ich Sie kennenlernen? Warum waren Sie so schön? Ist es meine Schuld? O mein Gott, nein, nein, nur das Schicksal dürfen Sie anklagen!«

»Dieses Wort macht stets Eindruck«, sagte er sich.

»Ach, wenn Sie eine der Frauen mit frivolem Herzen gewesen wären, wie es sie gibt, gewiß, dann hätte ich ein Experiment wagen können, das für Sie ungefährlich gewesen wäre. Aber dieser köstliche Überschwang, der zugleich Ihren Reiz und Ihre Qual ausmacht, hat Sie gehindert, Sie Anbetungswürdige, die Schiefheit unserer künftigen Situation zu erkennen. Auch ich habe zunächst nicht daran gedacht; und ich habe im Schatten dieses idealen Glücks geruht wie in dem des Manzanillabaums, ohne die Folgen vorauszusehen.«

»Vielleicht wird sie glauben, ich zöge mich aus Geiz von ihr zurück ... Ach, gleichgültig! Hilft nichts, ich muß Schluß machen!«

»Die Welt ist grausam, Emma. Überall, wo wir geweilt hätten, würde sie uns verfolgt haben. Sie hätten indiskrete Fragen, Verleumdung, Verachtung, vielleicht gar Beleidigungen über sich ergehen lassen müssen. Beleidigungen, und Sie! Oh ...! Und ich, der ich Sie am liebsten auf einen Thron gesetzt hätte, ich, der ich Ihr Bild wie einen Talisman mit mir nehme! Denn ich bestrafe mich für all das Übel, das ich Ihnen angetan habe, mit der Verbannung. Ich verreise. Wohin? Das weiß ich nicht, ich bin von Sinnen! Adieu! Seien Sie immer gut. Bewahren Sie die Erinnerung an den Unglücklichen, der Sie verloren hat. Lehren Sie Ihr Kind meinen Namen, auf daß es ihn seinen Gebeten einfüge.«

Die Flammen der beiden Kerzen flackerten. Rodolphe stand auf und schloß das Fenster, und als er sich wieder gesetzt hatte, dachte er:

»Mir scheint, das genügt. Halt, dies noch, aus Angst, daß sie kommt, um mir zuzusetzen.«

»Ich werde weit weg sein, wenn Sie diese traurigen Zeilen lesen; denn ich habe so schnell wie möglich entfliehen wollen, damit ich der Versuchung entränne, Sie wiederzusehen. Keine Schwachheit! Ich werde wiederkommen, und vielleicht werden wir dermaleinst ganz kühl von unserer früheren Liebe sprechen. Adieu!«

Und er setzte darunter noch ein »A Dieu!« in zwei Wörtern geschrieben, was er für äußerst geschmackvoll hielt.
»Aber wie soll ich jetzt unterzeichnen?« fragte er sich. »Ihr sehr ergebener ...? Nein. Ihr Freund ...? Ja, machen wir.«

»Ihr Freund.«

Er las seinen Brief noch einmal durch. Er schien ihm gut zu sein.
»Arme kleine Frau!« dachte er mit Rührung. »Sie wird glauben, ich sei fühlloser als ein Felsblock; es hätten ein paar Tränen darauf gehört; aber ich kann nicht weinen; das ist nicht meine Schuld.« Also goß Rodolphe sich ein Glas Wasser ein, tauchte den Finger hinein und ließ von oben einen dicken Tropfen fallen, der auf der Tinte einen blassen Fleck bildete; als er dann den Brief versiegeln wollte, fiel ihm das Petschaft »Amor nel cor« in die Hände.
»Bei dieser Gelegenheit nicht ganz das Richtige ... Ach was! Es kommt nicht darauf an!«
Danach rauchte er drei Pfeifen und legte sich schlafen.
Als Rodolphe am folgenden Tag aufgestanden war (erst gegen zwei Uhr mittags; er war spät eingeschlafen), ließ er sich ein Körbchen Aprikosen pflücken. Er legte den Brief ganz unten hinein, unter Weinlaub, und befahl dann seinem Kutscher Girard, den Korb Madame Bovary taktvoll zu überbringen. Er hatte sich dieses Mittels immer bedient, um mit ihr Briefe zu wechseln; je nach der Jahreszeit hatte er ihr Obst oder Wild geschickt.
»Wenn sie sich nach mir erkundigt«, sagte er, »dann antwortest du ihr lediglich, ich sei verreist. Du mußt ihr selber den Korb übergeben ... Geh, und sei vorsichtig!«

Girard zog seinen neuen Kittel an, knüpfte sein Taschentuch um die Aprikosen und machte sich mit langen, schwerfälligen Schritten seiner plumpen Nagelschuhe in aller Gemütsruhe auf den Weg nach Yonville.

Als er bei Madame Bovary anlangte, legte sie gerade mit Félicité auf dem Küchentisch Wäsche.

»Da«, sagte der Knecht, »das schickt Ihnen unser Herr.«

Es überkam sie eine bange Ahnung, und während sie in ihrer Tasche nach etwas Geld suchte, sah sie den Mann mit verstörten Blicken an, der sie seinerseits verwundert betrachtete, weil er nicht begriff, daß ein solches Geschenk jemanden so aufregen könne. Schließlich ging er. Félicité blieb. Sie konnte es nicht mehr aushalten, sie lief in das große Zimmer, als wolle sie die Aprikosen dorthin bringen, schüttete den Korb aus, riß die Weinblätter weg, fand den Brief, machte ihn auf, und als sei eine furchtbare Feuersbrunst hinter ihr, floh sie angstgeschüttelt hinauf in ihr Schlafzimmer.

Dort war Charles, sie nahm ihn wahr; er sagte etwas zu ihr, sie verstand es nicht, und sie lief hastig weiter die Stufen hinauf, keuchend, außer sich, wie betrunken, nach wie vor das furchtbare Blatt Papier haltend, das zwischen ihren Fingern knackte wie ein Stück Blech. Im zweiten Stock blieb sie vor der Speichertür stehen; sie war geschlossen.

Nun wollte sie sich beruhigen; da fiel ihr der Brief wieder ein; sie mußte ihn zu Ende lesen; sie wagte es nicht. Außerdem wo? Wie? Man würde sie sehen.

»Ach! Nein, hier«, dachte sie, »hier wird es gehen.«

Emma stieß die Tür auf und ging hinein.

Die Schieferplatten des Daches ließen eine schwere Hitze niederfallen, die ihr auf die Schläfen drückte und ihr den Atem benahm; sie schleppte sich bis an die Mansardenluke, zog deren Riegel weg, und jäh stürzte blendendes Licht herein.

Vor ihr, jenseits der Dächer, breitete sich das offene Land aus, so weit man sehen konnte. Unter ihr der Dorfplatz war menschenleer; das Pflaster des Bürgersteigs glänzte, die Wetterfahnen der Häuser standen reglos; von der Straßenecke her scholl aus einem tiefer gelegenen Stockwerk eine Art Brummen mit krei-

schenden Tonschwankungen herüber. Binet saß an seiner Drehbank.

Sie hatte sich gegen den Lukenrahmen gelehnt und las den Brief
nochmals mit hohnlächelndem Zorn. Aber je mehr sie sich hinein versenkte, desto mehr verwirrten sich ihre Gedanken. Sie
sah ihn vor sich, hörte ihn reden; sie umschlang ihn mit beiden
Armen; und das Klopfen des Herzens, das wie mit mächtigen
Rammstößen gegen ihre Brust schlug, beschleunigte sich von
Schlag zu Schlag mit unregelmäßigen Zwischenräumen. Sie ließ
die Blicke umherschweifen und wünschte, die Erde möge ber-
sten. Warum nicht Schluß machen? Wer hielt sie denn zurück?
Sie war frei. Und sie trat vor, sie starrte auf das Straßenpflaster
und sagte sich:

»Los! Los!«

Das unmittelbar von unten aufsteigende grelle Licht zog die
Schwere ihres Körpers dem Abgrund entgegen. Ihr war, als hebe
sich der Boden des Marktplatzes schwankend längs der Haus-
wände und als senke sich der Fußboden am Ende wie bei einem
schlingernden Schiff. Sie hielt sich ganz am Rand, fast hängend,
umgeben von einer großen Leere. Die Himmelsbläue umhüllte
sie, die Luft kreiste in ihrem leeren Kopf; sie brauchte nur nachzugeben, sich nur nehmen zu lassen; und das Summen der
Drehbank hörte nicht auf und war wie eine wütende Stimme, die
sie rief.

»Frau! Frau!« rief Charles.

Sie hielt inne.

»Wo bist du denn? Komm doch!«

Der Gedanke, soeben sei sie dem Tod entronnen, ließ sie vor
Grauen fast ohnmächtig werden; sie schloß die Augen; dann
zuckte sie zusammen, als eine Hand sie am Ärmel faßte: es war
Félicité.

»Monsieur wartet, Madame; die Suppe steht auf dem Tisch.«

Und sie mußte hinunter! Sie mußte sich zu Tisch setzen!

Sie versuchte zu essen. Jeder Bissen blieb ihr im Hals stecken.
Sie faltete die Serviette auseinander, als wolle sie sich genau die
ausgebesserten Stellen ansehen, sie wollte es tatsächlich tun,
und die Fäden des Gewebes zählen. Plötzlich fiel ihr der Brief

wieder ein. Hatte sie ihn verloren? Wo ihn wiederfinden? Aber sie empfand eine solche geistige Mattigkeit, daß sie sich keinesfalls einen Vorwand zum Aufstehen vom Tisch hätte ausdenken können. Sie war feige geworden; sie hatte Angst vor Charles; er wußte alles, das stand fest! Wahrhaftig, da sagte er mit eigentümlicher Betonung:

»Anscheinend werden wir Monsieur Rodolphe eine Zeitlang nicht zu sehen bekommen.«

»Wer hat dir das gesagt?« fragte sie bebend.

»Wer mir das gesagt hat?« entgegnete er ein bißchen betroffen über den barschen Ton. »Girard; den hab ich vorhin an der Tür des ›Café Français‹ getroffen. Er ist auf Reisen gegangen oder muß gerade verreisen.«

Sie schluchzte auf.

»Was wundert dich dabei so? Er geht doch immer von Zeit zu Zeit einmal fort, um sich zu zerstreuen, und wirklich, ich kann es ihm nicht verdenken. Wenn man das nötige Geld hat und Junggeselle ist …! Übrigens amüsiert er sich ganz hübsch, unser Freund! Das ist mir der Rechte! Langlois hat mir erzählt …«

Er verstummte aus Anstand, des Hausmädchens wegen, das gerade hereingekommen war.

Sie legte die auf der Anrichte verstreuten Aprikosen wieder in das Körbchen; ohne zu bemerken, daß seine Frau rot wurde, ließ Charles sie sich bringen, nahm eine und biß gleich hinein.

»Oh! Ausgezeichnet!« sagte er. »Da, koste mal.«

Und er hielt ihr das Körbchen hin; sie stieß es sanft zurück.

»Riech doch mal: dieser Duft!« sagte er und fuhr mehrmals mit dem Korb unter ihrer Nase hin und her.

»Ich ersticke!« schrie sie und sprang auf.

Aber mit einer Anspannung des Willens schwand der Krampf; sie sagte:

»Es ist nichts! Gar nichts! Ich bin nervös! Setz dich! Iß!«

Denn sie fürchtete, sie könne ausgefragt werden; er werde sich um sie bemühen und sie nicht allein lassen.

Um ihr zu gehorchen, hatte Charles sich wieder gesetzt; er spuckte die Aprikosenkerne in die Hand und legte sie dann auf seinen Teller.

Plötzlich fuhr ein blauer Tilbury in schlankem Trab über den Marktplatz. Emma stieß einen Schrei aus und fiel rücklings starr und steif zu Boden.

Rodolphe hatte sich nämlich nach langem Überlegen entschlossen, nach Rouen zu fahren. Da nun aber von La Huchette nach Buchy kein anderer Weg als der über Yonville führte, hatte er durch das Dorf fahren müssen, und Emma hatte ihn im Schein der Laternen erkannt, die wie ein Blitz die Dämmerung zerspalteten.

Auf den Lärm hin, der sich im Haus erhob, stürzte der Apotheker herbei. Der Tisch mit sämtlichen Tellern war umgestürzt; die Soße, das Fleisch, die Messer, das Salzfaß und die Ölflasche lagen im Zimmer verstreut; Charles rief um Hilfe; die erschrokkene Berthe schrie; und Félicité, deren Hände zitterten, nestelte Madame, die mit Krampfzuckungen am ganzen Körper dalag, das Korsett auf.

»Ich hole rasch aus meinem Laboratorium ein bißchen Kräuteressig«, sagte der Apotheker.

Als sie an dem Fläschchen roch, schlug sie die Augen wieder auf.

»Ich hab's ja gewußt«, sagte Homais. »Damit kann man einen Toten erwecken.«

»Sprich doch!« sagte Charles. »Sag doch was! Komm wieder zu dir! Ich bin's, dein Charles, der dich lieb hat! Erkennst du mich? Sieh, hier ist deine Tochter, gib ihr doch einen Kuß.«

Das Kind hatte seiner Mutter die Arme entgegengestreckt; es wollte sie um den Hals fassen. Doch Emma wandte den Kopf ab und sagte mit abgehackter Stimme:

»Nein, nein ... niemand!«

Sie fiel erneut in Ohnmacht. Man trug sie auf ihr Bett.

Dort blieb sie lang ausgestreckt liegen, mit offenem Mund, die Lider geschlossen, die Hände flach, reglos und weiß wie eine Wachsstatue. Aus ihren Augen kamen zwei Tränenrinnsale, die langsam auf das Kopfkissen flossen.

Charles stand hinten im Alkoven, und der Apotheker neben ihm bewahrte jenes nachdenkliche Schweigen, das bei ernsten Gelegenheiten im Leben das Gemäße ist.

»Beruhigen Sie sich«, sagte er und stieß ihn mit dem Ellbogen an, »ich glaube, der Paroxysmus ist vorüber.«

»Ja, sie ruht jetzt ein bißchen!« antwortete Charles und betrachtete die Schlummernde. »Arme Frau ...! Arme Frau ...! Jetzt hat sie einen Rückfall erlitten!«

Nun erkundigte sich Homais, wie es denn gekommen sei. Charles antwortete, es habe sie ganz plötzlich überkommen, während sie Aprikosen aß.

»Sehr merkwürdig ...!« entgegnete der Apotheker. »Aber es könnte sein, daß die Aprikosen die Ohnmacht verursacht haben! Es gibt Naturen, die für gewisse Gerüche stark empfänglich sind. Und es wäre sogar eine schöne Aufgabe, das zu untersuchen, und zwar nach pathologischen und physiologischen Gesichtspunkten. Die Priester haben von je gewußt, wie wichtig das ist, sie haben ja doch stets bei ihren Zeremonien wohlriechende Substanzen verwendet. Das schläfert den Verstand ein und versetzt in Ekstase, was übrigens bei den Wesen des weiblichen Geschlechts, die zarter besaitet sind als andere, leicht zu erreichen ist. Man berichtet, daß manche ohnmächtig geworden sind beim Geruch von verbranntem Horn, von frischem Brot ...«

»Seien Sie vorsichtig, wecken Sie sie nicht auf!« sagte Bovary mit gesenkter Stimme.

»Und nicht nur«, fuhr der Apotheker fort, »bei den Menschen kommen dergleichen Anomalien vor, sondern sogar bei den Tieren. So ist Ihnen ja wohl bekannt, daß Nepeta cataria, gemeinhin Katzenminze genannt, sonderbarerweise auf das Katzengeschlecht als Aphrodisiakum wirkt; und andererseits, um ein Beispiel anzuführen, für dessen Authentizität ich mich verbürge, besitzt Bridoux (einer meiner alten Studiengenossen, der jetzt sein Geschäft in der Rue Malpalu hat) einen Hund, der Krämpfe bekommt, wenn man ihm eine Schnupftabaksdose hinhält. Er hat dies Experiment ein paarmal vor seinen Freunden gemacht, in seinem Landhaus in Bois-Guillaume. Sollte man es für möglich halten, daß ein so harmloses Niesmittel auf den Organismus eines Vierfüßlers so verheerend zu wirken vermag? Äußerst merkwürdig, nicht wahr?«

»Ja«, sagte Charles, der gar nicht zugehört hatte.

»Das erklärt uns«, fuhr der andre fort und lächelte mit freundlicher Selbstgefälligkeit, »die zahllosen Unregelmäßigkeiten im

Nervensystem. Was nun aber Ihre Frau betrifft, so muß ich gestehen, daß sie mir schon immer ungemein sensibel vorgekommen ist. Daher rate ich Ihnen, lieber Freund, zu keinem der sogenannten Heilmittel, die unter dem Vorwand, sie beseitigten die Symptome, der Gesundheit schaden. Nein, keine überflüssigen Medikamente! Eine Diät, und weiter gar nichts! Beruhigungsmittel, erweichende Mittel, besänftigende Mittel. Und meinen Sie ferner nicht, man müsse vielleicht auf ihre Phantasie einwirken?«

»Wieso? Womit denn?« fragte Bovary.

»Ja, das ist die Frage! Das ist tatsächlich die Frage: ›That is the question!‹ wie ich neulich in der Zeitung gelesen habe.«

Aber da erwachte Emma und rief:

»Und der Brief? Und der Brief?«

Die beiden glaubten sie im Fieberwahn; gegen Mitternacht trat er ein: eine Hirnhautentzündung kündigte sich an.

Dreiundvierzig Tage wich Charles nicht von ihrer Seite. Er vernachlässigte alle seine Patienten; er ging nicht mehr zu Bett; unablässig fühlte er ihr den Puls, legte ihr Senfpflaster auf, kalte Kompressen. Er schickte Justin bis nach Neufchâtel, um Eis zu holen; das Eis schmolz unterwegs; er schickte ihn nochmals hin. Er rief Canivet zu einem Krankenbesuch; er ließ aus Rouen den Doktor Larivière kommen, seinen ehemaligen Lehrer; er war verzweifelt. Am meisten ängstigte ihn Emmas Teilnahmslosigkeit; denn sie sprach nicht, sie hörte auf nichts, sie schien nicht einmal Schmerzen zu empfinden; – als wollten Körper und Seele sich zusammen nach all ihren Erregungen ausruhen.

Gegen Mitte Oktober konnte sie mit Kopfkissen im Rücken im Bett aufrecht sitzen. Charles weinte, als er sie die erste Brotschnitte mit Marmelade essen sah. Sie kam wieder zu Kräften; sie stand nachmittags für ein paar Stunden auf, und eines Tages, als sie sich besser fühlte, versuchte er, sie an seinem Arm zu einem Spaziergang im Garten zu bewegen. Der Sand auf den Beeten war unter dem gefallenen Laub verschwunden; sie ging Schritt für Schritt, mit schleppenden Hausschuhen; sie lehnte ihre Schulter an Charles und lächelte unaufhörlich.

Sie gingen bis ganz nach hinten, dicht an die Terrasse heran.

Langsam richtete sie sich auf, legte die Hand über die Augen, um besser sehen zu können; sie schaute in die Ferne, weit in die Ferne; aber am Horizont brannten nur große Unkrautfeuer und qualmten auf den Hügeln.

»Es strengt dich zu sehr an, mein Liebes«, sagte Bovary.

Und er schob sie behutsam weiter; sie sollte in die Laube gehen.

»Setz dich doch hier auf die Bank; das wird dir guttun.«

»O nein, nicht dort! Nicht dort!« rief sie mit versagender Stimme.

Sie bekam einen Schwindelanfall, und am Abend setzte die Krankheit von neuem ein, und noch dazu, wie gesagt werden muß, mit ungewisseren Begleiterscheinungen und komplizierteren Symptomen. Bald hatte sie Schmerzen in der Herzgegend, bald in der Brust, im Gehirn, in den Gliedern; dazu kam ein Erbrechen, in dem Charles die ersten Anzeichen von Krebs zu erkennen glaubte.

Und zu alledem hatte der arme Kerl noch Geldsorgen!


XIV

Zunächst wußte er nicht, wie er es anfangen sollte, Homais für die bei ihm bezogenen Medikamente zu entschädigen; und obwohl er sie als Arzt nicht zu bezahlen brauchte, wurde er dieser Verpflichtung wegen ein bißchen rot. Außerdem wuchsen die Ausgaben für den Haushalt, nun die Köchin dessen Herrin war, erschreckend; die Rechnungen regneten nur so ins Haus; die Lieferanten murrten; vor allem plagte ihn Lheureux. Denn wirklich, als Emmas Krankheit auf dem Höhepunkt gewesen war, hatte er sich diesen Umstand zunutze gemacht und seine Rechnung dadurch erhöht, daß er schleunigst den Mantel, die Reisetasche für das Nachtzeug, zwei Koffer statt des einen und eine Menge anderer Dinge brachte. Charles hatte gut reden, er brauche die Sachen nicht; der Händler erwiderte ungezogen, alle diese Artikel seien bei ihm bestellt worden und er werde sie nicht zurücknehmen; überdies werde das der genesenden Madame nicht recht sein; Monsieur möge es sich überlegen; kurzum, er sei entschlossen, ihn eher zu verklagen als auf sein gutes Recht zu verzichten und seine Waren wieder mitzunehmen. Charles ordnete später an, sie sollten ihm in den Laden gebracht werden; Félicité vergaß es; er hatte andere Sorgen; es geriet in Vergessenheit; Lheureux kam auf den Beschwerdepunkt zurück, und abwechselnd drohend und jammernd brachte er es dahin, daß Bovary schließlich einen Wechsel auf sechs Monate unterschrieb. Aber kaum hatte er jenen Wechsel unterzeichnet, als ihm ein kühner Gedanke kam, der nämlich, sich von Lheureux tausend Francs zu leihen. Mit verlegener Miene fragte er also, ob es nicht Mittel und Wege gebe, sie zu bekommen, wobei er erwähnte, es solle für ein Jahr sein und zu einem beliebig hohen Zinsfuß. Lheureux lief in seinen Laden, brachte das Geld und diktierte einen weiteren Wechsel, durch den Bovary sich verpflichtete, auf seine Order am nächsten 1. September die Summe von eintausendundsiebzig Francs zu zahlen, was mit den bereits anerkannten hundertachtzig Francs genau zwölfhundertfünfzig ergab. Er verlieh demnach zu sechs Prozent, dazu ein Viertel der Kommissionsgebühr, und weil die Lieferungen ihm mindestens ein gutes Drittel abwarfen, ergab das im Jahr einen Gewinn von hundertdreißig Francs; und er hoffte, daß es dabei nicht bleiben würde, daß die Wechsel nicht eingelöst werden könnten, daß sie prolongiert werden müßten und daß sein armes Geld, nachdem es sich im Haus des Arztes wie in einem Sanatorium vollgepäppelt hatte, eines Tages wohlgenährt zu ihm zurückkehren werde, so dick, daß der Sack in den Nähten krachte.

Übrigens glückte ihm alles. Er hatte sich unterderhand zum Mindestgebot eine Zider-Lieferung für das Neufchâteler Krankenhaus verschafft; Guillaumin hatte ihm Aktien des Torfstichs bei Grumesnil versprochen, und er trug sich mit dem Plan, eine neue Postkutschenlinie zwischen Arguell und Rouen einzurichten, die den alten Rumpelkasten des »Goldenen Löwen« bald ruinieren und dadurch, daß sie schneller und billiger verkehrte und mehr Gepäck mitnehmen konnte, ihm den ganzen Handel von Yonville in die Hände spielen würde.

Mehrmals fragte sich Charles, auf welche Weise er im nächsten Jahr so viel Geld zurückzahlen könne; und er überlegte, er dachte sich Möglichkeiten aus, wie etwa, sich an seinen Vater zu wenden oder etwas zu verkaufen. Aber sein Vater würde sich taub stellen, und zu verkaufen hatte Charles nichts. Er entdeckte so viele Verlegenheiten, daß er das für sein Denkvermögen so unangenehme Thema rasch aus seinem Bewußtsein verdrängte. Er warf sich vor, er vernachlässige deswegen Emma, als hätte er ihr, da doch alle seine Gedanken dieser Frau galten, etwas genommen, wenn er nicht unaufhörlich an sie dächte.

Der Winter war streng. Madames Genesung dauerte lange. Wenn schönes Wetter war, wurde sie in ihrem Lehnstuhl ans Fenster geschoben, und zwar an das nach dem Marktplatz zu; denn jetzt empfand sie einen Widerwillen gegen den Garten, und die Jalousie nach dieser Seite hin blieb ständig heruntergelassen. Sie wollte, daß das Pferd verkauft werde; was ihr früher lieb gewesen, mißfiel ihr jetzt. Sie blieb im Bett liegen und verzehrte darin ihre kleinen Mahlzeiten; sie schellte nach dem Hausmädchen, um sich nach ihren Kräuteraufgüssen zu erkundigen oder um mit ihr zu plaudern. Der Schnee auf dem Dach der Markthalle warf einen hellen, reglosen Widerschein ins Zimmer; dann kamen die Regenfälle. Und Emma sah täglich mit einem gewissen Angstgefühl der unfehlbaren Wiederkehr winziger Ereignisse entgegen, die sie im Grunde nichts angingen. Das bedeutsamste war abends die Ankunft der »Schwalbe«. Dann redete die Wirtin laut, und andere Stimmen antworteten, während die Stocklaterne Hippolytes, der auf dem Wagenverdeck Koffer suchte, in der Dunkelheit aussah wie ein Stern. Mittags kam Charles heim; dann ging er wieder fort; darauf nahm sie eine Fleischbrühe zu sich, und gegen fünf, wenn es zu dämmern begann, kamen die Kinder aus der Schule, schurrten mit ihren Holzschuhen auf dem Pflaster und schlugen alle mit ihren Linealen gegen die Haken der Fensterläden.

Um diese Stunde pflegte Monsieur Bournisien sie zu besuchen. Er erkundigte sich nach ihrem Befinden, erzählte ihr Neuigkeiten und ermahnte sie in einem gemütvollen Plauderton, der etwas Wohltuendes hatte, zur Frömmigkeit. Allein schon der Anblick seiner Soutane stärkte sie.

Eines Tages, auf dem Höhepunkt ihrer Krankheit, hatte sie geglaubt, sie liege im Sterben, und nach der Kommunion verlangt; und während in ihrem Zimmer die Vorbereitungen für die heilige Handlung getroffen wurden, während die Kommode, auf der dicht nebeneinander Medizinfläschchen standen, in einen Altar verwandelt wurde und Félicité auf den Fußboden Dahlienblüten streute, fühlte Emma etwas Starkes über sich kommen, das sie von ihren Schmerzen, von allen Wahrnehmungen und jeder Empfindung befreite. Ihr schwerelos gewordener Körper dachte nicht mehr; ein neues Leben begann; ihr war, als müsse ihr Gott entgegenschwebendes Wesen sich in jener Liebe auflösen wie brennender Weihrauch, der sich zu Rauch verflüchtigt. Die Bettlaken wurden mit Weihwasser besprengt; der Priester nahm die weiße Hostie aus dem heiligen Ziborium; und halb ohnmächtig vor himmlischer Freude streckte sie die Lippen vor, um den Leib des Herrn zu empfangen, der sich ihr darbot. Die Vorhänge ihres Alkovens bauschten sich weich um sie herum wie Wolken, und die Strahlen der beiden auf der Kommode brennenden Kerzen schienen ihr blendende Heiligenscheine zu sein. Da ließ sie den Kopf sinken und glaubte, in den Weiten des Raums das Klingen seraphischer Harfen zu vernehmen und in einem Azurhimmel auf goldenem Thron inmitten von Heiligen, die grüne Palmzweige trugen, Gottvater in majestätischem Glanz zu sehen; er winkte und ließ Engel mit Flammenflügeln zur Erde niedersteigen,um sie in ihren Armen emporzutragen.

Diese prächtige Vision blieb ihr in Erinnerung als das Schönste, was man träumen konnte; und so bemühte sie sich jetzt, jene Empfindung nochmals zu durchleben; sie dauerte zwar an, aber nicht so ausschließlich und mit ebenso tiefer Süße. Ihre vor Hochmut starre Seele ruhte endlich in der christlichen Demut aus, und das Glück der Schwäche auskostend, beobachtete Emma in sich selbst den Verfall ihrer Willenskraft, die dem Einströmen der Gnade einen breiteren Zugang schaffen mußte. Es gab also anstelle des Glücks größere Glückseligkeiten, eine andere Liebe über aller Liebe, ohne Unterbrechungen, ohne Ende und ewig wachsend! Sie gewahrte zwischen den Illusionen ihrer Hoffnung einen Zustand der Reinheit, der über der Erde schwebte, der mit dem Himmel verschmolz und in dem zu sein sie begehrte. Sie wollte eine Heilige werden. Sie kaufte Rosenkränze, sie trug Amulette; sie wollte in ihrem Zimmer, am Kopfende ihres Lagers, einen Reliquienschrein mit Smaragden haben, um ihn allabendlich zu küssen.

Der Pfarrer erstaunte aufs höchste über diese Anlagen, obgleich er fand, daß Emmas Frömmigkeit ihrer Glut wegen schließlich in Ketzerei oder sogar in Extravaganz ausarten könne. Aber da er sich in diesen Dingen nicht allzu gut auskannte, sobald sie ein gewisses Maß überschritten, schrieb er an Boulard, den Buchhändler des Erzbischofs, er möge ihm »etwas Passendes für eine sehr geistvolle Frauensperson« schicken. Mit ebensoviel Gleichgültigkeit, als handele es sich um die Übersendung von Krimskrams an Neger, packte der Buchhändler alles zusammen, was damals im Handel mit frommen Büchern gängig war. Es waren kleine, aus Fragen und Antworten bestehende Handbücher, Streitschriften in einem schroff hochmütigen Ton, die de Maistre nachahmten, sowie gewisse Romane in rosa Broschur und süßlichem Stil, fabriziert von Seminaristen-Troubadours oder reuigen Blaustrümpfen. Betitelt waren sie: »Denk stets daran«; »Der Weltmann zu Füßen Marias, von Monsieur de …, Ritter mehrerer Orden«; »Voltaires Irrtümer, zum Gebrauch für die Jugend«, und dergleichen.

Madame Bovarys Geist war noch nicht geklärt genug, um sich ernstlich irgend etwas zu widmen; zudem unterzog sie sich dieser Lektüre mit allzu großer Hast. Sie erzürnte sich gegen die Vorschriften des Kults; die Arroganz der polemischen Schriften mißfiel ihr wegen ihres erbitterten Eifers, Leute zu verfolgen, die sie nicht kannte; und die profanen, mit Religion aufgeputzten Geschichten schienen ihr mit einer solchen Ahnungslosigkeit von Welt und Leben geschrieben zu sein, daß sie sie unmerklich von den Wahrheiten abbrachten, deren Beweis sie erwartete. Dennoch beharrte sie dabei, und wenn ihr der Band aus den Händen fiel, glaubte sie sich von der subtilsten katholischen Melancholie ergriffen, die eine ätherische Seele zu spüren vermag.

Was die Erinnerung an Rodolphe betraf, so hatte sie sie in die tiefste Tiefe ihres Herzens versenkt; und dort blieb sie, feier-

licher und regloser als eine Königsmumie in einem unterir-
dischen Gewölbe. Von dieser großen, einbalsamierten Liebe
ging ein Hauch aus, der, da er alles durchdrang, die Atmosphäre
der Unbeflecktheit, in der sie leben wollte, mit dem Duft der
Zärtlichkeit erfüllte. Wenn sie auf ihrem altfränkischen Betstuhl
niederkniete, richtete sie an den Herrn die gleichen süßen
Worte, die sie ehedem ihrem Geliebten in den Ergüssen des
Ehebruchs zugeflüstert hatte. Das geschah, um den Glauben
herbeizuziehen; aber vom Himmel stieg keine Verzückung nieder, und sie erhob sich mit müden Gliedern und dem unbestimmten Gefühl maßloser Täuschung. Diese Suche, so dachte
sie, sei nur ein weiteres Verdienst; und in der Selbstgefälligkeit
ihrer Hingabe verglich sich Emma mit jenen großen Damen vergangener Zeiten, von deren Glanz und Ruhm sie angesichts
eines Bildnisses der La Vallière geträumt hatte, Damen, die sich,
mit so viel Majestät die überladene Schleppe ihrer langen Kleider
hinter sich herschleifend, in klösterliche Einsamkeiten zurückgezogen hatten, um dort zu Füßen Christi alle Tränen eines Herzens zu vergießen, das vom Dasein verwundet war.

Danach wurde sie über die Maßen wohltätig. Sie nähte Kleider
für die Armen; sie schickte Wöchnerinnen Brennholz; und als
Charles eines Abends heimkam, fand er in der Küche drei Tauge-
nichtse um den Tisch, die eine Suppe aßen. Sie ließ ihre kleine
Tochter, die ihr Mann während ihrer Krankheit wieder zu der
Amme gebracht hatte, nach Hause zurückkommen. Sie wollte
sie Lesen lehren; Berthe mochte noch so sehr weinen, sie wurde
deswegen nicht mehr nervös. Sie hatte sich zur Entsagung entschlossen, zu einer alles umfassenden, duldsamen Nachsicht.
Ihre Redeweise war bei jeder Gelegenheit voll erlesener Ausdrücke. Zu ihrem Kind sagte sie:

»Sind deine Leibschmerzen vergangen, mein Engel?«

Die alte Bovary fand nichts an ihr auszusetzen, abgesehen vielleicht von ihrer Sucht, für Waisenkinder Unterjacken zu stricken
anstatt ihre eigenen Staubtücher zu stopfen. Aber die von häuslichen Zankereien dermaßen gepeinigte Frau fühlte sich in diesem ruhigen Haus wohl; sie blieb sogar bis nach Ostern da, um
den Sarkasmen ihres Mannes zu entgehen, der sich nicht ver-

kneifen konnte, sich jeden Karfreitag eine Kaldaunenwurst zu bestellen.

Außer der Gesellschaft ihrer Schwiegermutter, die Emma durch ihr gesundes Urteil und ihr würdiges Wesen einen gewissen Halt gab, bekam sie fast jeden Tag Besuch. Es waren die Damen Langlois, Caron, Dubreuil und Tuvache, sowie regelmäßig zwischen zwei und fünf Uhr nachmittags die vortreffliche Madame Homais, die niemals an den Klatsch hatte glauben wollen, der über ihre Nachbarin im Umlauf gewesen war. Auch die kleinen Homais' kamen zu ihr; Justin begleitete sie. Er stieg mit ihnen hinauf ins Schlafzimmer und blieb in der Nähe der Tür stehen, reglos und stumm. Oft sogar hatte Madame Bovary seiner nicht acht und machte sich an ihre Toilette. Sie begann damit, ihren Kamm herauszuziehen, wobei sie mit einer plötzlichen Bewegung den Kopf schüttelte; und als er zum erstenmal ihr üppiges, volles Haar erblickte, das seine schwarzen Ringel löste und bis zu den Kniekehlen hinunterfiel, war dies für den armen Jungen wie das unvermutete Eingehen in etwas Außergewöhnliches und Neues, dessen Glanz ihn erschreckte.

Emma bemerkte sicherlich weder seine stumme Beflissenheit noch seine Schüchternheit. Sie ahnte nicht im mindesten, daß die aus ihrem Leben entschwundene Liebe ganz in ihrer Nähe pochte, unter jenem groben Leinenhemd, in jenem Knabenherzen, das sich den Reizen ihrer Schönheit aufgetan hatte. Übrigens hüllte sie jetzt alles in eine solche Gleichgültigkeit, sie sprach so affektiert und schaute so hochmütig drein, und ihr Verhalten war so widerspruchsvoll, daß sich bei ihr Selbstsucht nicht mehr von Mildtätigkeit, Verderbtheit nicht mehr von Tugend unterscheiden ließen. Eines Tages zum Beispiel war sie sehr ungehalten über ihr Hausmädchen, das sie gebeten hatte, ausgehen zu dürfen, und stotternd nach irgendeinem Vorwand suchte; da fragte sie unvermittelt:

»Du liebst ihn also?«

Und ohne die Antwort der errötenden Félicité abzuwarten, fuhr sie mit trauriger Miene fort:

»Also, lauf hin! Amüsier dich!«

Zu Frühlingsbeginn ließ sie den Garten von vorn bis hinten neu anlegen, trotz Bovarys Einwänden; doch war er froh, daß sie endlich wieder einen Willen bekundete. Sie bezeigte mehr davon, je weiter ihre Erholung fortschritt. Zunächst fand sie Mittel und Wege, sich die Mutter Rollet, die Amme, vom Hals zu schaffen, die es sich während der Genesungszeit angewöhnt hatte, allzu oft mit ihren beiden Säuglingen und dem Pflegekind mit einer kannibalischen Eßlust in die Küche zu kommen. Dann entledigte sie sich der Familie Homais und verabschiedete, eine nach der andern, alle übrigen Besucherinnen; auch zur Kirche ging sie mit weniger großer Emsigkeit, zur großen Genugtuung des Apothekers, der ihr jetzt freundschaftlich sagte:

»Sie hatten ein bißchen gar zu sehr zu den Pfaffen gehalten!«

Monsieur Bournisien kam nach wie vor alle Tage nach der Katechismusstunde. Am liebsten blieb er im Freien, um »mitten im Wäldlein«, wie er die Laube nannte, frische Luft zu schöpfen. Es war die Zeit, da Charles nach Hause zu kommen pflegte. Beiden war es heiß; man brachte Zider, und sie tranken auf Madames völlige Genesung.

Manchmal fand sich auch Binet ein, das heißt, er saß etwas tiefer an der Terrassenmauer, um Krebse zu fischen. Bovary lud ihn zu einer Erfrischung ein, und er verstand sich vollendet darauf, die Kruken zu entkorken.

»Zunächst«, sagte er und ließ einen selbstzufriedenen Blick ringsumher bis weit in die Landschaft hinaus schweifen, »muß man die Flasche so, mit einem Bums, auf den Tisch setzen, dann werden die Bindfäden zerschnitten und man drückt den Kork ganz sachte, ganz sachte nach oben, wie man es übrigens mit den Selterswasserflaschen in den Restaurants macht.«

Aber bei dieser Vorführung spritzte ihm der Zider oftmals mitten ins Gesicht, und dann machte der Geistliche mit einem undurchsichtigen Lachen stets denselben Witz:

»Seine Güte springt einem in die Augen!«

Er war wirklich ein wackerer Mann und zeigte sich eines Tages keineswegs empört über den Apotheker, der Charles riet, er solle doch, um seiner Frau eine Ablenkung zu verschaffen, mit ihr nach Rouen fahren und sie ins Theater führen, um den berühmten Tenor Lagardy zu hören. Homais wunderte sich über dieses

Schweigen; er wollte seine Meinung wissen, und der Priester erklärte, er halte die Musik für weniger sittengefährdend als die Literatur.

Diese nun aber fand in dem Apotheker ihren Verteidiger. Das Theater, so behauptete er, biete den Vorurteilen Trotz und lehre unter der Maske des Unterhaltsamen die Tugend.

»›Castigat ridendo mores‹, Monsieur Bournisien! Sehen Sie sich daraufhin die meisten Tragödien Voltaires an; sie sind geschickt mit philosophischen Gedanken durchsetzt, die aus ihnen eine wahre Schule der Moral und der Lebensklugheit fürs Volk machen.«

»Ich habe früher einmal ein Stück mit dem Titel ›Der Pariser Taugenichts‹ gesehen«, sagte Binet, »darin kommt ein alter General vor, der ist wirklich ein toller Kerl! Er weist einen Sohn aus guter Familie zurecht, der ein Arbeitermädchen verführt hat, die am Ende ...«

»Ganz bestimmt«, fuhr Homais fort, »gibt es schlechte Literatur, wie es schlechte Apotheken gibt; aber in Bausch und Bogen die wichtigste der Künste zu verdammen, das scheint mir eine kolossale Tölpelei zu sein, eine barbarische Idee, würdig der erbärmlichen Zeiten, da man einen Galilei in den Kerker warf.«

»Ich weiß sehr wohl«, wandte der Pfarrer ein, »daß es gute Literaturwerke und gute Autoren gibt; aber die Versammlung von Personen beider Geschlechter in einem üppig mit weltlichem Prunk ausgestatteten Raum, und dann diese heidnischen Verkleidungen, diese Lichter, diese weibischen Stimmen, all das muß doch schließlich eine gewisse geistige Liederlichkeit erzeugen und einem schändliche Gedanken und unreine Versuchungen eingeben. Wenigstens ist das die Meinung aller Kirchenväter. Kurzum«, fügte er hinzu und wechselte unvermittelt in eine mystische Tonart über, wobei er auf seinem Daumen eine Prise Tabak rieb, »wenn die Kirche die Schauspiele verdammt hat, so hat sie damit das Richtige getan; wir müssen uns ihren Geboten fügen.«

»Warum«, fragte der Apotheker, »werden die Schauspieler exkommuniziert? Denn früher nahmen sie doch öffentlich an den kirchlichen Zeremonien teil. Ja, man spielte, man führte mitten im Kirchenchor gewisse Possen, die sogenannten Mysterienspiele, auf, in denen die Gesetze des Anstands häufig verletzt wurden.«

Der Geistliche begnügte sich damit, einen Seufzer auszustoßen, und der Apotheker redete weiter:

»Genauso ist es mit der Bibel; es gibt darin ... wissen Sie ... mehr als nur eine pikante Stelle ... Dinge, die ... tatsächlich ... schlüpfrig sind!«

Und auf eine unwillige Geste Monsieur Bournisiens hin:

»Ach, Sie werden doch zugeben, daß das kein Buch ist, das man einem jungen Mädchen in die Hand geben kann, und ich würde sehr böse werden, wenn Athalie ...«

»Aber es sind doch die Protestanten und nicht wir«, rief der andre ungeduldig, »die die Bibel empfehlen!«

»Ganz gleichgültig!« sagte Homais. »Ich wundere mich nur, daß man heutzutage, in einem aufgeklärten Jahrhundert, sich noch darauf versteift, eine geistige Entspannung in Acht und Bann zu tun, die harmlos ist, sittlich veredelnd und manchmal sogar hygienisch wirkt, nicht wahr, Doktor?«

»Ganz sicher«, antwortete der Arzt nachlässig, sei es, daß er denselben Ideen anhing und niemandem zu nahe treten wollte oder daß er überhaupt keine Ideen hatte.

Das Gespräch schien zu Ende; da hielt der Apotheker es für angebracht, noch eine letzte beißende Spottbemerkung zu machen.

»Ich habe Priester gekannt, die sich Zivilzeug anzogen, um Balletteusen die Beine werfen zu sehen.«

»Gehn Sie mir doch!« sagte der Pfarrer.

»Haha, ich habe sie gekannt!«

Und Homais wiederholte, wobei er jede Silbe seines Satzes betonte:

»Ich – habe – sie – gekannt!«

»Na ja, dann haben sie eben etwas Unrechtes getan«, sagte Bournisien resigniert, daß er sich all das anhören mußte.

»Bei Gott! Sie tun noch ganz andere Dinge!« rief der Apotheker.

»Monsieur ...!« fuhr der Geistliche mit so wütendem Blick auf, daß der Apotheker eingeschüchtert wurde.

»Ich will lediglich sagen«, erwiderte er jetzt in weniger heftigem Ton, »daß die Toleranz das sicherste Mittel ist, die Seelen der Religion zuzuführen.«

»Richtig! Richtig!« gab der gutmütige Pfarrer zu und setzte sich wieder auf seinen Stuhl.

Aber er blieb nur noch ein paar Minuten. Als er fort war, sagte Homais zu dem Arzt:

»So was nennt sich eine Abfuhr! Dem hab ich's gegeben, Sie haben es ja gesehn ...! Kurz und gut, glauben Sie mir, gehen Sie mit Ihrer Frau ins Theater, und wenn es bloß geschähe, daß Sie einmal im Leben einen dieser schwarzen Raben ärgern, Sapperlot! Wenn mich jemand vertreten könnte, würde ich selber Sie begleiten. Beeilen Sie sich! Lagardy gibt nur eine einzige Vorstellung; er hat ein Engagement nach England, gegen eine Riesengage. Übrigens soll er ein fabelhafter Schwerenöter sein! Er schwimmt im Gold! Drei Geliebte und seinen eigenen Koch bringt er mit! Alle diese großen Künstler stecken die Kerze an beiden Enden an; sie brauchen ein schamloses Dasein, das regt ihre Phantasie ein bißchen an. Aber sterben tun sie im Armenspital, weil sie nicht so klug gewesen sind, in jungen Jahren zu sparen. Also, guten Appetit; bis morgen!«

Der Gedanke an den Theaterbesuch setzte sich in Bovarys Kopf schnell fest; denn er besprach sich darüber sogleich mit seiner Frau; sie lehnte zunächst ab und berief sich auf ihren erschöpften Zustand, die Unterbrechung des Gewohnten und die Kosten; aber ungewöhnlicherweise gab Charles nicht nach, so fest war er überzeugt, daß die Abwechslung ihr guttun werde. Er erblickte darin keinerlei Schwierigkeit; seine Mutter hatte ihm dreihundert Francs überwiesen, auf die er nicht mehr gerechnet hatte; die laufenden Schulden waren nicht so bedeutend, und der Fälligkeitstermin der Wechsel des edlen Lheureux lag noch in so weiter Ferne, daß man daran nicht zu denken brauchte. Zudem bildete er sich ein, sie sträube sich nur aus Zartgefühl, und deshalb beharrte Charles noch stärker, und schließlich gab sie seinen stürmischen Bitten nach. Am nächsten Morgen um acht bestiegen sie die »Schwalbe«.

Der Apotheker, den nichts in Yonville zurückhielt, der sich je-

doch unabkömmlich dünkte, seufzte, als er die beiden abfahren
sah.

»Na, dann gute Reise!« sagte er zu ihnen, »Sie glückliche Sterb-
liche!«

Dann wandte er sich an Emma, die ein blaues Seidenkleid mit
vier Volants trug:

»Allerliebst sehen Sie aus! Sie werden in Rouen Furore machen.«

Die Postkutsche spannte im Hotel »Zum Roten Kreuz« an der
Place Beauvoisine aus. Das war einer von den Gasthöfen, wie es
sie in allen Provinzvorstädten gibt, mit großen Pferdeställen und
kleinen Schlafzimmern, von denen aus man mitten im Hof unter
den schmutzbespritzten Einspännern der Geschäftsreisenden
Hühner Haferkörner picken sah – gute alte Herbergen mit wurm-
stichigen Holzbalkonen, die in Winternächten im Wind knarren, immer voll besetzt, erfüllt von Lärm und Futterei; deren
schwarze Tischplatten von »Glorias« beschmiert, deren dicke
Fensterscheiben vom Fliegenschmutz gelblich und deren
feuchte Servietten von Rotwein fleckig sind; und die, da sie immer nach Dorf riechen wie Bauernknechte in Stadtkleidung, auf
der Straßenseite ein Café und nach hinten, nach den Feldern zu
einen Gemüsegarten haben. Charles machte sich sogleich an die
Besorgungen. Er verwechselte die Orchestersessel mit der Galerie, das Parkett mit den Logen, bat um Auskünfte, verstand sie
nicht, wurde vom Kontrolleur an den Direktor verwiesen, kam
zurück in den Gasthof, ging nochmals zur Kasse und durchmaß
auf diese Weise mehrmals die ganze Stadt vom Theater bis zum
Boulevard.

Madame kaufte sich einen Hut, Handschuhe und ein Bukett.
Monsieur hatte große Angst, zu spät zu kommen; und ohne Zeit
zum Trinken einer Fleischbrühe gehabt zu haben, fanden sie
sich vor den Pforten des Theaters ein, die noch geschlossen
waren.

# XV

Die Menge stand an der Mauer entlang, symmetrisch einge-
pfercht zwischen den Schranken. An den Ecken der benachbarten Straßen wiederholten riesige Plakate mit verschnörkelten
Lettern: »Lucia von Lammermoor ... Lagardy ... Oper ... usw.«
Das Wetter war schön; allen wurde heiß; in den Frisuren rann
der Schweiß, alle gezückten Taschentücher tupften rote Stirnen
ab; und manchmal bewegte ein vom Fluß herwehender lauer
Wind den gezackten Rand der Zwillichmarkisen, die über den
Eingängen der Restaurants hingen. Etwas weiter unten jedoch
wurde man von einem eisigen Luftzug abgekühlt, der nach Talg,
Leder und Öl roch. Es waren die Ausdünstungen der Rue des
Charettes, mit ihren großen, dunklen Lagerräumen, wo die
Fässer rollen.

Aus Angst, lächerlich zu wirken, wollte Emma vor dem Hineingehen einen Spaziergang am Hafen machen, und Bovary behielt
aus Vorsicht die Eintrittskarten in der Hosentasche in der Hand,
die er gegen den Bauch drückte.

In der Vorhalle bekamen sie Herzklopfen. Unwillkürlich lächelte
sie aus Eitelkeit, als sie sah, wie die Menge nach rechts hin-
strömte, während sie selber die Treppe zum ersten Rang hinauf-
stieg. Es machte ihr ein kindliches Vergnügen, mit dem Finger
die breiten, gepolsterten Türen aufzustoßen; sie sog in vollen
Zügen den Staubgeruch der Gänge ein, und als sie in ihrer Loge
saß, machte sie es sich mit der Ungezwungenheit einer Herzogin
bequem.

Der Zuschauerraum begann sich zu füllen, die Operngläser wurden aus ihren Etuis geholt, und die Abonnenten, die einander
von weitem erkannten, tauschten Grüße. Sie waren hergekommen, um sich im Kunstgenuß von den Plackereien des Ge-
schäftslebens zu erholen; doch da sie den »Handel« nicht vergaßen, unterhielten sie sich nach wie vor über Baumwolle,
verschnittenen Branntwein oder Indigo. Man sah alte Männer
mit ausdruckslosen, friedfertigen Gesichtern, weißem Haar und
fahler Gesichtsfarbe; sie ähnelten Silbermedaillen, die durch
Bleidämpfe stumpf geworden sind. Im Parkett warfen sich junge

Gecken in die Brust und prunkten im Ausschnitt ihrer Westen mit rosa oder apfelgrünen Halsbinden; und Madame Bovary bewunderte sie von oben, wie sie die gespannten Handflächen ihrer gelben Handschuhe auf goldbeknaufte Spazierstöcke stützten.

Mittlerweile wurden im Orchester die Kerzen angesteckt; der Kronleuchter senkte sich von der Decke herab und ergoß durch das Glitzern und Strahlen seiner geschliffenen Prismen eine jähe Heiterkeit in den Zuschauerraum; dann kamen die Musiker einer nach dem andern herein, und es gab zunächst ein langes Durcheinanderlärmen von brummenden Kontrabässen, quietschenden Geigen, schmetternden Hörnern, plärrenden Flöten und Piccoloflöten. Dann hörte man auf der Bühne ein dreimaliges Klopfen; ein Paukenwirbel setzte ein, die Blechinstrumente stimmten Akkorde an, und der aufgehende Vorhang enthüllte eine Landschaft.

Es war eine Kreuzung im Wald, links eine Quelle im Schatten einer Eiche. Bauern und Edelleute, Plaids über den Schultern, sangen im Chor ein Jägerlied; dann trat ein Offizier auf und rief den Engel des Bösen um Rache an, wobei er beide Arme gen Himmel reckte; noch einer erschien; sie gingen beide ab, und abermals sangen die Jäger.

Sie fühlte sich in ihre Jugendlektüre zurückversetzt, mitten hinein in Walter Scott. Ihr war, als höre sie durch den Nebel hindurch den Klang schottischer Dudelsäcke über die Heide tönen. Übrigens erleichterte ihr die Erinnerung an den Roman das Verständnis des Textes, sie folgte der Handlung Satz für Satz, während Gedanken, die ihr kamen, die sie nicht erfassen konnte, sogleich unter dem Anstürmen der Musik verwehten. Sie ließ sich von den Melodien einwiegen und fühlte ihr ganzes Wesen in Schwingungen geraten, als strichen die Violinbögen über ihre Nerven hin. Sie hatte nicht Augen genug, um sich sattzusehen an den Kostümen, den Dekorationen, den Gestalten, den gemalten Bäumen, die zitterten, wenn man über die Bühne schritt, an den Samtkappen, den Mänteln, den Degen, an all diesen Trugbildern, die sich in den Harmonien bewegten wie in der Luft einer anderen Welt. Jetzt trat eine junge Dame auf und warf einem grüngekleideten Knappen eine Börse zu. Sie blieb allein, und nun vernahm man eine Flöte, die wie das Murmeln einer Quelle oder wie Vogelgezwitscher klang. Lucia begann mit ernster Miene ihre Cavatine in G-Dur; sie klagte aus Liebe, sie wünschte sich Flügel. Auch Emma wäre am liebsten dem Leben entflohen und in einer Umarmung entschwebt. Plötzlich trat Lagardy als Edgar auf.

Er besaß jene schimmernde Blässe, die den glühenden Rassen des Südens etwas von der Majestät der Marmorbilder verleiht. Seine kräftige Gestalt umhüllte ein braunes Wams; ein kleiner, ziselierter Dolch schlug ihm gegen den linken Schenkel, und er rollte schmachtend die Augen und entblößte dabei seine weißen Zähne. Es hieß, eine polnische Prinzessin habe ihn eines Abends am Strand von Biarritz singen hören, wo er Fischerboote ausgebessert habe, und habe sich in ihn verliebt. Sie habe sich um seinetwillen ruiniert. Anderer Frauen wegen habe er sie sitzenlassen, und sein Ruf als Mann mit großen Liebesabenteuern diente nach wie vor seinem Ruhm als Künstler. Der gerissene Mime war sogar darauf bedacht, in die Vorankündigungen der Presse einen poetischen Satz über die bezaubernde Wirkung seiner Person und die Sensibilität seiner Seele einzuschmuggeln. Er besaß eine schöne Stimme, unerschütterliche Selbstsicherheit, mehr Temperament als Intelligenz, mehr Pathos als Empfindung, was alles dazu beitrug, diese bewundernswerte Scharlatansnatur noch mehr hervortreten zu lassen, die etwas von einem Friseurgehilfen und etwas von einem Toreador in sich vereinigte.

Von der ersten Szene an erregte er Begeisterung. Er schloß Lucia in die Arme, er ließ von ihr ab, er kam wieder, er schien verzweifelt; bald loderte sein Zorn auf, bald stöhnte er Elegien von unendlicher Süße, und zwischen Schluchzen und Küssen perlten die Töne aus seinem nackten Hals. Emma beugte sich vor, um ihn zu sehen, wobei sich ihre Fingernägel in den Samt der Loge eingruben. Sie füllte ihr Herz mit den melodiösen Klagen, die sich, von den Kontrabässen begleitet, hinzogen wie die Schreie Schiffbrüchiger im Toben des Sturms. Sie erkannte all die Verzückungen und Herzensängste wieder, an denen sie fast gestorben wäre. Die Stimme der Sängerin schien ihr nur der Widerhall ihres Bewußtseins, und die Illusion, die sie bezauberte, dünkte sie ein Stück ihres eigenen Lebens. Doch niemand auf Erden hatte sie so sehr geliebt. Er hatte am letzten Abend im Mondenschein nicht geweint wie Edgar, als sie einander gesagt hatten: »Bis morgen, bis morgen!« Der Zuschauerraum erdröhnte unter den Bravorufen; die ganze Stretta wurde wiederholt; die Liebenden sangen von den Blumen auf ihrem Grab, von Schwüren, Verbannung, Verhängnis und Hoffnungen, und als sie den endgültigen Abschiedsgruß sangen, stieß Emma einen schrillen Schrei aus, der mit dem Verzittern der letzten Akkorde verschmolz.

»Warum verfolgt dieser Edelmann sie eigentlich immerzu?« fragte Bovary.

»Ach was«, antwortete sie, »er ist doch ihr Liebhaber.«

»Dabei schwört er doch, er wolle sich an ihrer Familie rächen, und dabei hat doch der andre, der vorhin gekommen war, gesagt: ›Ich liebe Lucia, und ich glaube, daß auch sie mich liebt.‹ Außerdem ist er doch Arm in Arm mit ihrem Vater weggegangen. Denn das ist doch wohl ihr Vater, der kleine Häßliche mit der Hahnenfeder am Hut?«

Trotz Emmas Erklärungen blieb Charles von dem Duett-Rezitativ an, in dem Gilbert seinem Herrn und Meister Ashton seine schändlichen Machenschaften darlegt, angesichts des falschen Verlobungsrings, der Lucia täuschen soll, bei dem Glauben, es handele sich dabei um ein Liebesgeschenk, das Edgar gesandt habe. Zudem gestand er, er werde aus dieser Geschichte nicht klug – der Musik wegen –, die den Worten sehr schade.

»Darauf kommt es nicht an!« sagte Emma. »Sei still!«

»Ich möchte nämlich«, entgegnete er und neigte sich zu ihrer Schulter, »gern im Bilde sein, weißt du.«

»Sei still! Sei still!« stieß sie ungeduldig hervor.

Lucia trat auf, halb gestützt von ihren Dienerinnen, einen Orangenblütenkranz im Haar, bleicher als der weiße Atlas ihres Kleids. Emma gedachte ihres eigenen Hochzeitstags; sie sah sich zwischen den Kornfeldern wieder, auf dem schmalen Pfad, auf dem Weg zur Kirche. Warum hatte sie nicht, wie jene dort, widerstrebt und gefleht? Sie war vielmehr fröhlich gewesen, ohne den Abgrund zu gewahren, in den sie sich stürzte ... Ach, hätte sie doch in der Frische ihrer Schönheit, vor der Besudelung durch die Ehe und der Enttäuschung durch den Ehebruch, ihr Leben auf ein großes, verläßliches Herz bauen können; hätten dann Tugend, Zärtlichkeit, Wollüste und Pflicht sich miteinander vereint, wäre sie niemals von der Höhe einer solchen Glückseligkeit herabgesunken. Aber jenes Glück dort auf der Bühne war wohl nur eine Lüge, die zur Verzweiflung aller Wünsche ersonnen war. Sie kannte jetzt die Niedrigkeit der Leidenschaften, die die Kunst übertrieb. Im Bemühen, ihre Gedanken davon abzulenken, wollte Emma in dieser Wiedergabe ihrer eigenen Schmerzen nichts sehen als ein plastisches Phantasiegebilde, als eine Augenweide, und sie lächelte sogar innerlich in verächtlichem Mitleid, als im Hintergrund der Bühne, durch einen Samtvorhang, ein Mann in schwarzem Mantel auftrat.

Sein großer, spanischer Hut fiel durch eine Geste, die er machte, und sogleich stimmten die Instrumente und die Sänger das Sextett an. Edgar, mit vor Wut funkelnden Augen, beherrschte mit seiner helleren Stimme alle übrigen. Ashton schleuderte ihm in wuchtigen Tönen mörderische Herausforderungen entgegen; Lucia stieß schrille Klagerufe aus, Arthur stand abseits und modulierte in der Mittellage, und der Baß des Predigers dröhnte wie eine Orgel, während die Frauenstimmen, die seine Worte wiederholten, sie auf bestrickende Weise im Chor aufnahmen. Alle standen sie in einer Reihe und gestikulierten, und Zorn, Rache, Eifersucht, Angst und Mitleid entströmten gleichzeitig ihren halbgeöffneten Mündern. Der beleidigte Liebhaber schwang seinen blanken Degen; sein Spitzenkragen hob sich stoßweise, entsprechend den Bewegungen seiner Brust, und er ging mit großen Schritten bald nach rechts, bald nach links und ließ die silbervergoldeten Sporen seiner weichen Stiefel, die sich an den Fußgelenken weiteten, auf den Bühnenbrettern klingen. Seine Liebe müsse unerschöpflich sein, dachte sie, um sie in so reichen Ergüssen über die Menge zu verströmen. All ihre Anwandlungen von Geringschätzung schwanden hin unter der Poesie der Rolle, die sie mitriß; durch die Illusion der Bühnengestalt wurde sie zu dem Mann hingezogen; sie versuchte, sich sein Leben vorzustellen, dieses von Klängen erfüllte, außerordentliche, glänzende Leben, das auch sie hätte führen können, wenn der Zufall es gewollt hätte. Sie würden einander kennengelernt, einander geliebt haben! Mit ihm würde sie von Hauptstadt zu Hauptstadt durch alle Königreiche Europas gereist sein, seine Strapazen und seine Erfolge geteilt, die Blumen aufgesammelt haben, die ihm zugeworfen wurden; sie selber hätte seine Kostüme bestickt; dann hätte sie jeden Abend hinten in einer Loge hinter dem goldenen Gitterwerk mit offenem Mund die Ergüsse dieser Seele eingesogen, die einzig für sie gesungen hätte; von der Bühne aus, während er spielte, würde er sie angeblickt haben. Und es überkam sie etwas wie Wahnsinn: er sah sie ja an, ganz sicher! Es drängte sie, zu ihm hinzueilen, in seine Arme, sich in seine Kraft zu flüchten wie in die Verkörperung der Liebe, und ihm zu sagen, ihm zuzurufen: »Entführe mich! Nimm mich mit! Laß uns forteilen! Dir, dir gehören alle meine Gluten und alle meine Träume!«

Der Vorhang senkte sich.

Gasgeruch mischte sich mit dem Atem; der Luftzug der Fächer machte die Atmosphäre noch erstickender. Emma wollte hinausgehen; die Menge drängte sich in den Gängen, und sie sank in ihren Sessel zurück, mit Herzklopfen, das ihr die Luft benahm. Da Charles fürchtete, sie könne ohnmächtig werden, lief er zum Büfett, um ihr ein Glas Mandelmilch zu holen.

Es kostete ihn große Mühe, wieder auf seinen Platz zu gelangen, denn bei jedem Schritt stieß ihn jemand mit dem Ellbogen an, des Glases wegen, das er mit beiden Händen trug, und er goß sogar drei Viertel davon einer Rouenerin mit kurzen Ärmeln über die Schulter; als sie die kühle Flüssigkeit über den Rücken hinabrinnen spürte, schrie sie auf wie ein Pfau, als gehe es ihr ans Leben. Ihr Gatte, ein Spinnereibesitzer, schimpfte auf den Tolpatsch, und während sie mit dem Taschentuch die Flecke auf ihrem schönen, kirschroten Taftkleid abtupfte, knurrte er bösartig etwas von Schadenersatz, Kosten und Bezahlung. Endlich kam Charles wieder bei seiner Frau an und sagte ganz atemlos zu ihr: »Weiß Gott, ich habe geglaubt, ich käme niemals durch! Was für eine Menschenmenge…! Was für eine Menschenmenge…!«

Er fügte hinzu:

»Rate mal, wen ich da oben getroffen habe? Monsieur Léon!«
»Léon?«

»Ja, in Person! Er kommt gleich und macht dir seine Aufwartung.«

Und kaum hatte er diese Worte ausgesprochen, da trat der ehemalige Yonviller Praktikant auch schon in die Loge.

Mit weltmännischer Ungezwungenheit bot er ihr die Hand, und Madame Bovary streckte mechanisch die ihre hin, ohne Zweifel dem Bann eines stärkeren Willens gehorchend. Sie hatte ihn seit jenem Frühlingsabend nicht empfunden, als es auf die grünen Blätter regnete und sie voneinander Abschied nahmen, am Fenster stehend. Aber rasch besann sie sich auf das, was die Schicklichkeit für den Augenblick erheischte; mit aller Kraft schüttelte sie die Betäubung durch ihre Erinnerungen ab und fing an, hastig ein paar Redensarten zu stammeln.

»Ach! Guten Tag ... Wie? Sie hier?«

»Ruhe!« rief eine Stimme im Parkett, denn der dritte Akt begann.

»Sie sind also in Rouen?«

»Ja.«

»Und seit wann?«

»Raus! Raus!«

Man drehte sich nach ihnen um; sie verstummten.

Aber von diesem Augenblick an hörte sie nicht mehr zu; und der Chor der Gäste, die Szene zwischen Ashton und seinem Diener, das große Duett in D-Dur, all das spielte sich für sie wie in großer Entfernung ab, als wären die Instrumente weniger klangvoll gewesen, die Gestalten weiter entrückt; sie dachte zurück an die Kartenpartien beim Apotheker, an den Gang zur Amme, an das Vorlesen in der Laube, an die Plauderstunden zu zweit am Kamin, an diese ganze arme Liebe, die so lang, so heimlich, so zärtlich gewesen war und die sie dennoch vergessen hatte. Warum war er wiedergekommen? Welch eine abenteuerliche Verknüpfung ließ ihn abermals in ihr Leben treten? Er stand hinter ihr und hatte sich mit der Schulter an die Logenwand gelehnt; und dann und wann fühlte sie, wie sie unter dem lauwarmen Atem seiner Nasenflügel erschauerte, der ihr Haar hinabströmte.

»Macht Ihnen das Spaß?« fragte er und neigte sich so dicht über sie, daß die Spitze seines Schnurrbarts ihre Wange streifte.

Lässig antwortete sie:

»O mein Gott, nein! nicht besonders.«

Da schlug er vor, doch einfach wegzugehen und irgendwo Eis zu essen.

»Oh, noch nicht! Bitte hierbleiben!« sagte Bovary. »Ihr Haar ist aufgelöst; es scheint also tragisch zu werden.«

Aber die Wahnsinnsszene interessierte Emma nicht, und das Spiel der Sängerin schien ihr übertrieben.

»Sie schreit zu sehr«, sagte sie zu Charles, der zuhörte.

»Ja ... vielleicht ... ein bißchen«, entgegnete er; er schwankte zwischen dem freimütigen Eingeständnis, daß es ihm gefalle, und seinem Respekt vor den Meinungen seiner Frau.

Dann sagte Léon seufzend:

»Ist das eine Hitze ...«

»Unerträglich! Wahrhaftig.«

»Ist sie dir lästig?« fragte Bovary.

»Ja, ich ersticke; laß uns gehen.«

Behutsam legte Léon ihr den langen Spitzenschal um die Schultern, und sie gingen alle drei nach dem Hafen, wo sie im Freien vor dem Fenster eines Cafés Platz nahmen.

Zunächst sprachen sie von Emmas Krankheit, obwohl sie Charles von Zeit zu Zeit unterbrach, aus Furcht, wie sie sagte, Monsieur Léon zu langweilen; und dieser erzählte, er sei nach Rouen gekommen, um zwei Jahre in einem großen Anwaltsbüro zu arbeiten, um sich mit dem Prozeßverfahren vertraut zu machen, das in der Normandie ganz anders gehandhabt werde als in Paris. Dann erkundigte er sich nach Berthe, nach der Familie Homais, der Mutter Lefrançois; und da sie einander im Dabeisein des Gatten weiter nichts zu sagen hatten, stockte die Unterhaltung bald.

Aus dem Theater kommende Leute gingen auf dem Bürgersteig vorüber; alle trällerten oder grölten aus voller Kehle: »O holder Engel, geliebte Lucia!« Da wollte Léon den Kunstkenner herauskehren, und er fing an, über Musik zu sprechen. Er habe Tamburini, Rubini, Persiani und Grisi gehört; mit denen verglichen sei Lagardy trotz seiner großen Erfolge nicht viel wert.

»Dabei wird doch behauptet«, unterbrach ihn Charles, der in kleinen Stückchen sein Rum-Sorbet kaute, »im Schlußakt sei er ganz wunderbar; es tut mir leid, daß wir vor dem Schluß weggegangen sind; es fing grade an, mir Spaß zu machen.«

»Übrigens«, warf der Praktikant ein, »er gibt bald eine weitere Vorstellung.«

Doch Charles antwortete, sie führen gleich am nächsten Tag wieder heim.

»Sofern du nicht«, wandte er sich seiner Frau zu, »allein hierbleiben willst, mein Kätzchen?«

Und bei dieser unerwarteten Aussicht, die sich seiner Hoffnung bot, änderte der junge Mann seine Taktik und stimmte Lobeshymnen auf Lagardy im Schlußauftritt an. Das sei etwas Großartiges, etwas Erhabenes! Da versteifte sich Charles:

»Du kommst am Sonntag zurück. Nun, entschließ dich! Es wäre falsch, wenn du auch nur im geringsten das Gefühl hast, es tue dir gut.«

Inzwischen waren die Nachbartische leer geworden; ein Kellner stellte sich diskret in ihrer Nähe auf; Charles, der begriff, zog die Börse; der Praktikant hielt ihn am Arm zurück und vergaß sogar nicht, zwei Silberstücke Trinkgeld zu geben; er ließ sie auf der Marmorplatte klirren.

»Es ist mir sehr unlieb«, murmelte Bovary, »daß Sie Ihr Geld ...«

Der andere deutete mit einer Geste voller Herzlichkeit an, es sei nicht der Rede wert, und nahm seinen Hut:

»Also abgemacht, nicht wahr? Morgen um sechs?«

Charles beteuerte nochmals, er könne nicht länger bleiben; aber nichts hindere Emma ...

»Die Sache ist nur die ...«, stammelte sie mit einem seltsamen Lächeln, »ich weiß nicht recht ...«

»Also schön! Du kannst es dir überlegen, und dann werden wir sehen; beschlaf es erst mal ...«

Dann sagte er zu Léon, der sie begleitete:

»Nun Sie jetzt wieder in unserer Gegend sind, kommen Sie doch hoffentlich dann und wann zu uns zum Abendessen?«

Der Praktikant antwortete, er werde es nicht versäumen, er müsse überdies demnächst in einer Büro-Angelegenheit nach

Yonville kommen. Und sie verabschiedeten sich an der Passage Saint-Herbland, als es von der Kathedrale gerade halb zwölf schlug.

# DRITTER TEIL

## I

Monsieur Léon hatte zwar fleißig Jura studiert, aber auch leidlich oft die »Chaumière« besucht, wo er recht hübsche Erfolge bei den Grisetten davongetragen hatte; sie hatten gefunden, er sehe vornehm aus. Unter den Studenten war er einer der schicklichsten gewesen; er trug das Haar weder zu lang noch zu kurz, vernaschte nicht sogleich am Monatsersten das Geld für das ganze Trimester und stand mit seinen Professoren auf gutem Fuß. Der Ausschweifungen hatte er sich stets enthalten, und zwar sowohl aus Ängstlichkeit wie aus Feingefühl.

Oft, wenn er lesend in seinem Zimmer blieb oder abends unter den Linden des Luxembourg-Parks saß, ließ er sein Gesetzbuch zu Boden fallen, und ihn überkam die Erinnerung an Emma. Doch allmählich wurde dies Gefühl schwächer, und andere Begehrlichkeiten häuften sich darüber, obwohl es beharrlich weiter durch sie hindurchschimmerte; denn Léon hatte noch nicht alle Hoffnung aufgegeben, und immer wiegte sich für ihn in der Zukunft eine ungewisse Verheißung wie eine goldne Frucht in einem phantastischen Laubwerk.

Nun, da er sie nach dreijähriger Trennung wiedersah, erwachte seine Leidenschaft aufs neue. Jetzt, dachte er, gilt es endlich, sich zu entschließen, sie zu besitzen. Übrigens war seine Schüchternheit im Umgang mit leichtfertiger Gesellschaft hingeschwunden, und er kehrte in die Provinz zurück, erfüllt von Verachtung für alles, was nicht in Lackschuhen über den Asphalt der Boulevards schritt. Vor einer Pariserin in Spitzen, im Salon eines berühmten Professors, einer Persönlichkeit mit Orden und eigenem Wagen, hätte der arme Praktikant sicherlich gezittert wie ein Knabe; aber hier in Rouen, am Hafen, vor der Frau dieses kleinen Landarztes, fühlte er sich überlegen und war von vornherein sicher, daß er Bewunderung wecken würde. Die Wirkung hängt von der Umgebung ab, in der sie ausgeübt wird: im Zwischenstock spricht man anders als im vierten, und wenn eine Frau reich ist, scheint sie zum Schutz ihrer Tugend von allen ihren Banknoten umgeben zu sein wie von einem Küraß im Futter ihres Korsetts.

Nachdem Léon sich an jenem Abend von dem Ehepaar Bovary verabschiedet hatte, war er den beiden in einiger Entfernung durch die Straßen nachgegangen; als er sie dann vor dem »Roten Kreuz« stehenbleiben sah, hatte er kehrtgemacht und die ganze Nacht damit zugebracht, einen Plan auszuhecken.

So fand er sich gegen fünf Uhr nachmittags in der Küche des Gasthofs ein, mit zugeschnürter Kehle, bleichen Wangen und der Entschlossenheit der Feiglinge, die nichts aufhält.

»Monsieur ist schon abgereist«, antwortete ihm ein Angestellter.

Das erschien ihm als ein günstiges Vorzeichen. Er stieg hinauf.

Sie war bei seinem Eintreten keineswegs verwirrt; sie entschuldigte sich vielmehr, daß sie vergessen habe, ihm zu sagen, wo sie abgestiegen sei.

»Oh, das habe ich erraten«, sagte Léon.

»Wieso?«

Er behauptete, er sei von ungefähr ganz instinktiv zu ihr hingeleitet worden. Sie begann zu lächeln, und um seine Albernheit wiedergutzumachen, erzählte Léon sogleich, er habe den Vormittag damit hingebracht, in sämtlichen Hotels der Stadt nach ihr zu suchen.

»Sie haben sich also entschlossen, hierzubleiben?« fügte er hinzu.

»Ja«, sagte sie, »und das war unrecht von mir. Man soll sich nicht an Vergnügungen gewöhnen, die man sich nicht leisten kann, wenn man von Tausenden von Anforderungen umgeben ist ...«

»Oh, das kann ich mir vorstellen ...!«

»Nein, das können Sie nicht, denn Sie sind keine Frau.«

Auch die Männer hätten ihre Sorgen; und die Unterhaltung kam in Gang mit ein paar philosophischen Erwägungen. Emma ver-

breitete sich eingehend über die Armseligkeit irdischer Zuneigungen und die ewige Einsamkeit, in der das Herz begraben
bleibe.

Um sich ins rechte Licht zu setzen oder in naiver Nachahmung
jener Melancholie, durch die die seine hervorgerufen worden
war, erklärte der junge Mann, er habe sich während seiner ganzen Studienzeit entsetzlich gelangweilt. Die Juristerei sei ihm
zuwider; er fühle sich zu anderem berufen, und seine Mutter
quäle ihn in jedem ihrer Briefe. Denn mehr und mehr präzisier-
ten sie die Gründe ihrer Leiden; und jeder von ihnen erregte sich,
je länger er sprach, ein wenig mehr in diesem fortschreitenden
Bekenntnis. Aber manchmal schreckten sie vor der völligen
Darlegung dessen, was sie dachten, zurück, und dann suchten
sie nach einem Satz, der es dennoch hätte andeuten können. Sie
beichtete ihre Leidenschaft für einen andern nicht; und er sagte
nicht, daß er sie vergessen hatte.

Vielleicht erinnerte er sich wirklich nicht mehr an seine Soupers
nach dem Ball mit leichten Mädchen, die als Holzausladerinnen
kostümiert waren; und sie dachte gewiß nicht an ihre früheren
Liebeszusammenkünfte, als sie morgens über die Wiesen nach
dem Schloß ihres Liebhabers geeilt war. Der Lärm der Stadt
drang kaum bis zu ihnen hinauf, und das Zimmer schien nur
deswegen klein zu sein, um ihrer beider Alleinsein noch trau-
licher zu machen. Emma trug einen Morgenrock aus geköper-
tem Barchent; sie schmiegte ihren Haarknoten gegen die Rücklehne des alten Lehnstuhls; die gelbe Tapete an der Wand bildete
für sie etwas wie einen goldnen Hintergrund, und ihr unbedeck-
ter Kopf mit dem hellen Scheitel in der Mitte wiederholte sich im
Spiegel, und ebenso ihre Ohrläppchen, die unter den glatten,
breiten Haarflächen hervorsahen.

»Aber entschuldigen Sie«, sagte sie, »es ist unrecht von mir! Ich
langweile Sie mit meinen ewigen Klagen!«

»Nein, ganz und gar nicht, nicht im mindesten!«

»Wenn Sie wüßten«, fuhr sie fort und blickte mit ihren schönen
Augen, in denen eine Träne rollte, zur Zimmerdecke auf, »was
ich mir alles erträumt hatte!«

»Und ich erst! Oh, ich habe sehr viel durchgemacht! Oft bin ich hinausgegangen, einfach vor mich hin, und habe mich an den Quais entlanggeschleppt, um mich durch den Lärm der Menge zu betäuben, ohne die Besessenheit bannen zu können, die mich verfolgte. Im Schaufenster eines Graphikhändlers am Boulevard hing ein italienischer Kupferstich; er stellte eine Muse dar. Sie trug eine Tunika und blickte zum Mond empor und hatte Vergißmeinnicht in ihrem gelösten Haar. Irgend etwas trieb mich unaufhörlich dorthin; ganze Stunden habe ich davorgestanden.«

Dann sagte er mit zitternder Stimme:

»Sie sah Ihnen ein wenig ähnlich.«

Madame Bovary wandte den Kopf ab, damit er auf ihren Lippen nicht das unwiderstehliche Lächeln sähe, das sie dort aufsteigen fühlte.

»Oft«, fuhr er fort, »habe ich Ihnen Briefe geschrieben und sie dann wieder zerrissen.«

Sie antwortete nicht. Er fuhr fort:

»Manchmal habe ich mir eingebildet, ein Zufall müsse Sie herführen. Ich habe geglaubt, Sie an Straßenecken zu erkennen; und ich bin hinter allen Droschken hergelaufen, aus deren Fenster ein Schal wehte, der dem Ihren ähnlich sah ...«

Sie schien entschlossen zu sein, ihn reden zu lassen, ohne ihn zu unterbrechen. Mit verschränkten Armen und gesenktem Kopf betrachtete sie die Rosetten ihrer Hausschuhe, und ab und zu machte sie in deren Atlas kleine Bewegungen mit den Zehen.

Dann seufzte sie:

»Das Kläglichste ist doch, nicht wahr?, wenn man wie ich ein unnützes Leben hinschleppen muß. Könnten doch unsere Schmerzen jemandem dienlich sein, dann würde man sich mit dem Gedanken des Opfers trösten.«

Er begann, die Tugend, die Pflicht und die stumme Opferfreudigkeit zu preisen; er selber verspüre ein unglaubliches Verlangen nach Hingabe, das er nicht stillen könne.

»Am liebsten wäre ich Nonne in einem Hospital«, sagte sie.

»Ach«, erwiderte er, »für uns Männer gibt es nicht dergleichen fromme Aufgaben; ich wüßte keine Betätigung ... außer vielleicht der des Arztes ...«

Mit einem leichten Achselzucken unterbrach ihn Emma und erzählte klagend von ihrer Krankheit, an der sie beinahe gestorben sei; leider! Sie brauchte sonst jetzt nicht mehr zu leiden. Sogleich bekundete auch Léon Sehnsucht nach der »Ruhe des Grabes«; eines Abends habe er sogar sein Testament geschrieben und verlangt, man solle ihn in der schönen Decke mit dem Samtsaum begraben, die er von ihr geschenkt bekommen habe. So wären sie beide am liebsten gewesen; beide erschufen sie sich ein Idealbild, an dem sie jetzt ihr vergangenes Leben maßen. Übrigens ist die Sprache ein Walzwerk, das stets die Gefühle breitdrückt.

Aber bei der Erwähnung der Decke fragte sie:

»Warum denn?«

»Warum?«

Er zögerte.

»Weil ich Sie sehr liebgehabt habe!«

Und Léon beglückwünschte sich, diese Schwierigkeit überwunden zu haben; dabei spähte er aus dem Augenwinkel nach ihrem Gesicht.

Es war wie der Himmel, wenn ein Windstoß die Wolken verjagt. Die vielen traurigen Gedanken, die sie verdüstert hatten, schienen aus ihren dunklen Augen gewichen zu sein; ihr ganzes Gesicht strahlte.

Er wartete. Endlich antwortete sie:

»Ich habe es schon immer geahnt ...«

Dann erzählten sie einander die kleinen Begebenheiten jenes so weit zurückliegenden Daseins, dessen Freuden und Kümmernisse sie soeben in einer einzigen Äußerung zusammengefaßt hatten. Er erinnerte sich der Clematis-Laube, der Kleider, die sie getragen hatte, der Möbel ihres Schlafzimmers, ihres ganzen Hauses.

»Und unsere armen Kakteen, wo sind die?«

»Der Frost im letzten Winter hat sie eingehen lassen.«

»Ach, wie habe ich an sie gedacht, ob Sie mir das glauben? Oft sah ich sie vor mir wie damals, wenn an Sommermorgen die Sonne auf die Jalousien fiel ... und ich Ihre beiden nackten Arme entdeckte, die zwischen den Blumen hantierten ...«

»Armer Freund!« sagte sie und streckte ihm die Hand hin.

Sogleich preßte Léon die Lippen darauf. Dann, nachdem er einen tiefen Atemzug getan hatte, sagte er:

»Sie sind für mich damals eine irgendwie unbegreifliche Kraft gewesen, die mein Leben in Bann schlug. Einmal zum Beispiel bin ich zu Ihnen gekommen; aber sicherlich erinnern Sie sich dessen nicht mehr?«

»Doch«, sagte sie. »Sprechen Sie weiter.«

»Sie standen unten im Hausflur, zum Ausgehen bereit, auf der letzten Treppenstufe; Sie hatten sogar einen Hut mit kleinen blauen Blumen auf; und ohne Aufforderung Ihrerseits und fast gegen meinen Willen habe ich Sie begleitet. Doch mit jeder Minute wurde mir klarer bewußt, wie dumm das von mir war, aber ich ging auch weiterhin neben Ihnen her, wagte nicht, Ihnen völlig zu folgen, wollte Sie indessen auch nicht verlassen. Wenn Sie in einen Laden traten, blieb ich draußen auf der Straße und sah Ihnen durch das Schaufenster zu, wie Sie Ihre Handschuhe auszogen und das Geld auf den Ladentisch zählten. Dann haben Sie bei Madame Tuvache geschellt; es wurde Ihnen geöffnet, und ich stand wie ein Idiot vor der großen, schweren Haustür, die hinter Ihnen ins Schloß gefallen war.«

Madame Bovary wunderte sich beim Zuhören, daß sie so alt sei; alle diese Dinge, die nun wiedererstanden, schienen ihr Dasein zu erweitern; daraus wurde etwas wie eine Unermeßlichkeit der Gefühle erschaffen, in die sie sich zurückbegab; und von Zeit zu Zeit sagte sie leise und mit halb gesenkten Lidern:

» Ja, so ist es … so ist es … so ist es …«

Sie hörten, wie die verschiedenen Uhren des Stadtviertels Beauvoisine acht Uhr schlugen; es liegen dort viele Schulen, Kirchen und große, verlassene Stadtpalais. Die beiden sprachen nicht mehr; aber sie fühlten, wenn sie einander ansahen, ein Brausen in ihrem Kopf, als sei gegenseitig aus ihren starren Augen etwas wie ein dunkles Tönen hervorgegangen. Sie hatten einander gerade die Hände gereicht; und Vergangenheit und Zukunft, Erinnerungen und Träume, alles verschmolz in der Süße dieser Ekstase. Immer dichter wurde die Nacht auf den Wänden, auf denen, halb im Dunkel verloren, nur noch die grellen Farben der vier Buntdrucke schimmerten, die vier Szenen aus »La Tour de Nesle« darstellten, mit Erklärungen in französischer und spanischer Sprache darunter. Durch das Schiebefenster war zwischen spitzen Dächern ein Stück dunklen Himmels zu sehen.

Sie stand auf, um zwei Kerzen auf der Kommode anzuzünden, dann kam sie und setzte sich wieder.

»Nun ...?« sagte Léon.

»Nun?« antwortete sie.

Und er überlegte, wie er das unterbrochene Zwiegespräch wieder anknüpfen könne, als sie ihn fragte:

»Wie kommt es nur, daß mir bis zum heutigen Tag niemand ähnliche Empfindungen anvertraut hat?«

Der Praktikant wandte ein, ideal gesinnte Naturen seien schwierig zu verstehen. Er selber habe sie auf den ersten Blick geliebt; und er gerate in Verzweiflung, wenn er an das Glück denke, das sie gehabt haben würden, wenn sie beide durch eine Gnade des Zufalls einander eher begegnet und auf unlösbare Weise aneinander gebunden gewesen wären.

»Ich habe auch bisweilen daran gedacht«, entgegnete sie.

»Welch ein Traum!« flüsterte Léon.

Und ganz zart über den blauen Saum ihres weißen Gürtels streichend, fügte er hinzu:

»Wer hindert uns denn, von vorn anzufangen ...?«

»Nein, lieber Freund«, antwortete sie. »Ich bin zu alt ... Sie sind zu jung ... vergessen Sie mich! Andere werden Sie lieben ... und Sie werden sie lieben.«

»Nicht wie Sie!« rief er aus.

»Was für ein Kind Sie sind! Kommen Sie, lassen Sie uns vernünftig sein! Ich will es!«

Sie stellte ihm die Unmöglichkeiten ihrer beider Liebe dar, und daß sie sich, wie damals, in den schlichten Grenzen einer geschwisterlichen Freundschaft halten müßten.

Geschah es im Ernst, daß sie so sprach? Sicherlich wußte Emma es selber nicht, so beansprucht war sie von dem Zauber der Verführung und der Notwendigkeit, sich dagegen zu wehren; sie betrachtete den jungen Mann mit einem gerührten Blick und wehrte sanft die schüchternen Liebkosungen ab, die seine zitternden Hände versuchten.

»Oh, Verzeihung!« sagte er und zog sich zurück.

Und Emma wurde von einem vagen Erschrecken ergriffen angesichts dieser Schüchternheit, die gefährlicher für sie war als Rodolphes Dreistigkeit, wenn er mit ausgebreiteten Armen auf sie zukam. Niemals war ihr ein Mann so schön erschienen. Eine erlesene Reinheit ging von seiner Haltung aus. Er senkte seine langen, leicht aufwärts gebogenen Wimpern. Seine Wange, deren Haut zart war, werde rot – so dachte sie – aus Verlangen nach ihr, und Emma fühlte eine unwiderstehliche Lust, ihre Lippen darauf zu drücken. Da neigte sie sich nach der Standuhr vor, und wie um nach der Zeit zu sehen, sagte sie:

»Mein Gott, wie spät es ist! Wie wir plaudern!«

Er verstand den Wink und suchte nach seinem Hut.

»Ich habe sogar das Theater darüber vergessen! Und der arme Bovary, der mich doch eigens deshalb hiergelassen hat! Monsieur und Madame Lormeaux von der Rue Grand-Pont hatten mich hinbegleiten sollen.«

Und nun war die Gelegenheit verpaßt, denn morgen reiste sie ab.

»Wirklich?« fragte Léon.

»Ja.«

»Ich muß Sie aber doch noch wiedersehen«, entgegnete er. »Ich hatte Ihnen noch etwas sagen wollen ...«

»Was denn?«

»Etwas ... etwas Wichtiges, Ernstes. Aber, nein, Sie werden gar nicht wegfahren, das ist unmöglich! Wenn Sie wüßten ... Hören Sie doch ... Haben Sie mich denn nicht verstanden? Haben Sie denn nicht erraten ...?«

»Dabei sprechen Sie doch so gewandt«, sagte Emma.

»Ach, Sie scherzen. Genug, genug! Gewähren Sie aus Mitleid, daß ich Sie wiedersehe ... einmal ... ein einziges Mal.«

»Also, gut ...!«

Sie hielt inne, als besinne sie sich anders:

»Oh! Nicht hier!«

»Wo Sie wollen.«

»Wollen Sie ...«

Sie schien nachzudenken; dann sagte sie kurz:

»Morgen um elf in der Kathedrale.«

»Ich werde dort sein!« rief er und griff nach ihren Händen; sie entzog sie ihm.

Und da sie beide standen, er hinter ihr, und Emma den Kopf neigte, beugte er sich gegen ihren Hals vor und küßte sie lange in den Nacken.

»Aber Sie sind verrückt! Ja, Sie sind verrückt!« sagte sie mit einem kleinen, klingenden Lachen, während seine Küsse sich vervielfältigten.

Dann streckte er den Kopf über ihre Schulter vor und schien in ihren Augen die Zustimmung zu suchen. Sie blitzten ihn mit eisiger Majestät an.

Léon trat drei Schritte zurück; er wollte fort. Auf der Schwelle blieb er stehen. Dann flüsterte er mit zitternder Stimme:

»Bis morgen.«

Sie nickte und verschwand wie ein Vogel im Nebenzimmer.

Am Abend schrieb Emma dem Praktikanten einen endlosen Brief, in dem sie die Verabredung rückgängig machte: es sei jetzt alles aus, und um ihrer beider Glück willen dürften sie einander nicht wieder begegnen. Doch als der Brief zugeklebt war und sie Léons Adresse nicht wußte, geriet sie in große Verlegenheit.

»Ich will ihn ihm selber geben«, sagte sie sich. »Er wird ja kommen.«

Am andern Morgen stand Léon bei offenem Fenster trällernd auf seinem Balkon und putzte eigenhändig seine Halbschuhe, und zwar mehrmals. Er zog eine weiße Hose an, feine Strümpfe, einen grünen Frack, sprengte in sein Taschentuch alles, was er an Parfüms besaß; dann ließ er sich frisieren, kämmte sich aber noch einmal, um seinem Haar mehr natürliche Eleganz zu geben.

»Es ist noch zu früh!« dachte er, als er auf die Kuckucksuhr des Friseurs sah, die neun Uhr zeigte.

Er las eine alte Modezeitung, ging fort, rauchte eine Zigarre, schlenderte drei Straßen hinauf, meinte, jetzt sei es Zeit, sich langsam nach dem Platz vor Notre-Dame zu begeben.

Es war ein schöner Sommermorgen. In den Schaufenstern der Juweliere glitzerten Silberwaren, und das Licht, das schräg auf die Kathedrale fiel, flimmerte auf den Bruchstellen der grauen Steine; ein Vogelschwarm wirbelte im blauen Himmel um die Kreuzblumen der Türmchen; der Platz, der von Rufen widerhallte, duftete nach den Blumen, die sein Pflaster säumten, Rosen, Jasmin, Nelken, Narzissen und Tuberosen, unregelmäßig durch feuchte Grünflächen, von Katzenminze und Vogelmiere gegliedert; der Springbrunnen in der Mitte plätscherte, und unter breiten Regenschirmen zwischen zu Pyramiden aufgeschichteten Warzenmelonen saßen barhäuptige Hökerinnen und drehten in Papier Veilchensträuße.

Der junge Mann nahm einen. Es war das erstemal, daß er Blumen für eine Frau kaufte; und als er daran roch, weitete sich seine Brust vor Stolz, als habe sich diese Huldigung, die er einer andern zugedacht hatte, auf ihn selbst zurückgewandt.

Doch er fürchtete aufzufallen; entschlossen trat er in die Kirche ein.

Der Schweizer stand auf der Schwelle, mitten im linken Portal, unter der »Tanzenden Marianne«, den Federhut auf dem Kopf, das Rapier an der Wade, den Stab in der Faust, majestätischer als ein Kardinal und schimmernd wie ein Tabernakel.

Er ging auf Léon zu und fragte mit dem milden Lächeln, das Geistliche aufsetzen, wenn sie Kinder befragen:

»Der Herr ist gewiß nicht von hier? Der Herr möchte die Sehenswürdigkeiten der Kirche besichtigen?«

»Nein«, sagte der andre.

Und er machte zunächst einen Rundgang durch die beiden Seitenschiffe. Dann ging er wieder und sah auf den Platz hinaus. Emma kam immer noch nicht. Er ging zurück und stieg bis zum Chor hinauf.

Das Hauptschiff spiegelte sich mit dem Anfang der Spitzbogen und einem Teil der Kirchenfenster in den vollen Weihwasserbecken. Doch der Widerschein der Glasgemälde, der sich an den Marmorkanten brach, setzte sich etwas weiter weg auf den Fliesen fort wie ein bunter Teppich. Das helle Tageslicht von draußen fiel in drei langen, mächtigen Lichtströmen durch die drei offenen Portale in die Kirche. Von Zeit zu Zeit ging ein Sakristan hinten vorüber und machte vor dem Altar die schiefe Kniebeuge der Frommen, die in Eile sind. Die Kristallkronleuchter hingen still herab. Im Chor brannte eine silberne Lampe, und aus den Seitenkapellen, den dunklen Teilen der Kirche, drang manchmal etwas wie gehauchte Seufzer mit dem Geräusch eines zufallenden Gitters, dessen Echo unter den hohen Gewölben widerhallte.

Léon ging mit gemessenen Schritten an den Mauern entlang. Nie war ihm das Leben so schön erschienen. Gleich würde sie kommen, liebreizend, erregt, hinter sich nach Blicken spähend, die ihr folgten – in ihrem Volantkleid mit ihrem goldenen Lorgnon, ihren zierlichen Stiefelchen, in jeder erdenklichen Eleganz, die er noch nicht gekostet hatte, und in dem unaussprechlich Verführerischen der Tugend, die erliegt. Rings um sie her dehnte sich die Kirche wie ein gigantisches Boudoir; die Gewölbe neigten sich, um im Dunkel die Beichte ihrer Liebe entgegenzunehmen; die Kirchenfenster leuchteten, um ihr Gesicht zu verklären, und die Weihrauchfässer würden brennen, daß sie im Rauch der Düfte erscheine wie ein Engel.

Doch sie kam nicht. Er setzte sich auf einen Stuhl, und seine Blicke fielen auf ein blaues Fenster, auf dem Flußschiffer zu sehen waren, die Körbe trugen. Er betrachtete es lange und aufmerksam, und er zählte die Schuppen der Fische und die Knopflöcher der Wämser, während seine Gedanken auf der Suche nach Emma umherschweiften.

Der abseits stehende Schweizer ärgerte sich im stillen über dieses Individuum, das es sich erlaubte, die Kathedrale allein zu bewundern. Ihm schien sein Verhalten ungeheuerlich, als bestehle er ihn irgendwie und begehe geradezu einen Kirchenfrevel.

Doch ein Seidenrauschen auf den Fliesen, der Rand eines Huts, ein schwarzer Umhang ... Sie war es! Léon stand auf und eilte ihr entgegen.

Emma war blaß. Sie ging schnell.

»Lesen Sie!« sagte sie und hielt ihm ein Papier hin ... »O nein!« Und brüsk zog sie die Hand zurück und trat in die Kapelle der Heiligen Jungfrau ein, wo sie auf einem Betstuhl niederkniete und zu beten begann.

Der junge Mann war über diesen bigotten Einfall verärgert; dann jedoch verspürte er einen gewissen Reiz darin, sie mitten im Stelldichein in Andacht versunken zu sehen wie eine andalusische Marquise; dann verdroß es ihn bald, da sie kein Ende fand.

Emma betete, oder vielmehr, sie zwang sich zum Gebet, in der Hoffnung, der Himmel werde ihr einen jähen Entschluß herabsenden; und um die göttliche Hilfe auf sich zu lenken, füllte sie ihre Augen mit dem Glanz des Tabernakels, atmete den Duft der weißen Nachtviolen, die in den großen Vasen blühten, und lieh das Ohr der Stille der Kirche, die den Aufruhr ihres Herzens nur um so stärker anwachsen ließ.

Sie erhob sich, und sie wandten sich dem Ausgang zu, da trat der Schweizer schnell an sie heran und sagte:

»Madame ist gewiß nicht von hier? Madame möchte die Sehenswürdigkeiten der Kirche besichtigen?«

»Nein!« rief der Praktikant.

»Warum nicht?« entgegnete sie.

Denn sie klammerte sich mit ihrer wankenden Tugend an die Madonna, an die Skulpturen, an die Grabmäler, an jeden Vorwand.

Dann führte der Schweizer sie, um in der Reihenfolge vorgehen zu können, zum Eingang zurück, bis dicht an den Platz, wo er ihnen mit seinem Stab einen großen Kreis aus schwarzen Steinen ohne Inschriften oder Zierat zeigte.

»Dies hier«, sagte er majestätisch, »ist der Umfang der schönen Amboise-Glocke. Sie wog vierzigtausend Pfund. In ganz Europa hatte sie nicht ihresgleichen. Der Meister, der sie gegossen hat, ist vor Freude daran gestorben . . .«

»Weiter«, sagte Léon.

Der gute Mann setzte sich wieder in Bewegung; dann, abermals vor der Kapelle der Jungfrau angelangt, breitete er die Arme in einer Geste der zusammenfassenden Erläuterung aus und sagte stolzer als ein Grundbesitzer, der seine Spaliere zeigt:

»Unter diesem schlichten Stein ruht Pierre de Brézé, Herr auf La Varenne und Brissac, Großmarschall des Poitou und Statthalter der Normandie, gefallen in der Schlacht bei Montlhéry am 16. Juli 1465.«

Léon biß sich auf die Lippen und trat von einem Fuß auf den andern.

»Und hier rechts, dieser Ritter im eisernen Harnisch auf dem sich bäumenden Roß ist sein Enkel Louis de Brézé, Herr auf Breval und Montchauvet, Graf von Maulevrier, Baron von Mauny, Kammerherr des Königs, Ordensritter und gleichfalls Statthalter der Normandie, gestorben am 23. Juli 1531, einem Sonntag, wie die Inschrift besagt; und darunter, dieser Mann hier, der eben ins Grab steigen will, stellt ebendenselben dar. Nicht wahr, es ist doch undenkbar, sich eine vollkommenere Darstellung des Nichts vorzustellen?«

Madame Bovary nahm ihr Lorgnon. Léon stand regungslos, sah sie an und wagte weder ein Wort zu sprechen noch eine Bewegung zu machen, so sehr fühlte er sich entmutigt durch dieses Miteinander von Geschwätz und Gleichgültigkeit.

Der unermüdliche Führer fuhr fort:

»Hier diese Frau neben ihm, die weinend auf den Knien liegt, ist seine Gemahlin Diane de Poitiers, Gräfin von Brézé, Herzogin von Valentinois, geboren 1499, gestorben 1566; und links die, die ein Kind trägt, ist die Heilige Jungfrau. Jetzt wenden Sie sich bitte hierher: hier sehen Sie die Grabmäler der d'Amboise. Sie waren alle beide Kardinäle und Erzbischöfe von Rouen. Dieser hier war Minister König Ludwigs XII. Er hat viel für die Kathedrale getan. In seinem Testament hat er den Armen dreißigtausend Taler in Gold vermacht.«

Und ohne stehenzubleiben und immer weiterredend drängte er die beiden in eine Kapelle, in der zahlreiche Baluster lagen und standen; er schob einige beiseite und zeigte auf eine Art Block, der einmal eine schlecht gemachte Statue gewesen sein mochte.

»Sie schmückte einst«, sagte er mit einem langen Seufzer, »das Grab von Richard Löwenherz, König von England und Herzog der Normandie. Die Kalvinisten, Monsieur, haben sie so zugerichtet. Sie hatten sie aus Bosheit in der Erde vergraben, unter Monseigneurs Bischofsstuhl. Hier sehen Sie die Tür, durch die Monseigneur sich in seine Wohnung begibt. Jetzt wollen wir uns die Glasfenster mit der Garguille ansehen.«

Aber Léon zog hastig ein Silberstück aus der Tasche und nahm

Emmas Arm. Der Schweizer war ganz verdutzt über diese unzeitige Freigebigkeit; der Fremde hatte ja noch längst nicht alles gesehen. Daher rief er ihm nach:

»He, Monsieur, die Spitze! Die Spitze ...«

»Danke«, sagte Léon.

»Sie handeln sehr unrecht! Die Spitze soll vierhundertvierzig Fuß hoch werden, nur neun weniger als die große ägyptische Pyramide. Sie ist ganz und gar aus Gußeisen; sie ...«

Léon flüchtete; ihm schien, daß seine Liebe, die seit bald zwei Stunden in der Kirche reglos geworden war wie die Steine, sich jetzt verflüchtigen würde wie eine Rauchwolke durch diesen abgestumpften Schlot von länglichem Käfig, von durchbrochenem Kamin, der sich so grotesk über der Kathedrale spreizte wie der extravagante Versuch eines phantasierenden Kesselschmieds.

»Wohin wollen wir jetzt gehen?« fragte sie.

Ohne zu antworten, ging er mit schnellem Schritt weiter, und Madame Bovary tauchte schon den Finger ins Weihwasser, als sie hinter sich ein starkes Geschnauf und Gekeuch hörten, unterbrochen von dem regelmäßigen Aufgesetztwerden eines Stabes. Léon wandte sich um.

»Monsieur!«

»Was gibt's?«

Und er erblickte wiederum den Schweizer, der unterm Arm und des Gleichgewichts wegen gegen den Bauch gedrückt etwa zwanzig dicke Broschüren trug. Es waren Werke, »die die Kathedrale behandelten«.

»Rindvieh!« grollte Léon und stürzte aus der Kirche.

Auf dem Platz vor der Kirche trieb sich ein Junge herum.

»Hol mir eine Droschke!«

Der Junge flitzte wie ein Geschoß durch die Rue des Quatre-Vents davon; die beiden standen jetzt ein paar Minuten lang einander gegenüber und waren ein bißchen verlegen.

»Ach, Léon ...! Wirklich ... Ich weiß nicht ... ob ich soll ...«

Sie zierte sich. Dann sagte sie plötzlich mit ernster Miene:

»Das ist sehr unschicklich, wissen Sie?«

»Wieso denn?« erwiderte der Praktikant. »In Paris macht man es so!«

Und diese Äußerung brachte sie zum Entschluß, als sei sie ein unumstößliches Beweismittel.

Aber die Droschke kam nicht. Léon hatte Angst, Emma könne wieder in die Kirche gehen. Endlich erschien der Wagen.

»Gehen Sie wenigstens durch das Nordportal hinaus!« rief ihnen der Schweizer zu, der auf der Schwelle stehengeblieben war, »und sehen Sie sich die ›Auferstehung‹, das ›Jüngste Gericht‹, das ›Paradies‹, den ›König David‹ und die ›Verdammten im Höllenfeuer‹ an.«

»Wohin, Monsieur?« fragte der Kutscher.

»Wohin Sie wollen!« sagte Léon und schob Emma in den Wagen.

Und das schwerfällige Fuhrwerk setzte sich in Bewegung.

Es fuhr die Rue Grand-Pont hinab, überquerte die Place des Arts, den Quai Napoléon, den Pont Neuf und hielt dann genau vor dem Denkmal Pierre Corneilles.

»Weiter!« rief eine Stimme aus dem Wageninnern.

Der Wagen fuhr weiter; von der Kreuzung La Fayette an ging es bergab; er bog in gestrecktem Galopp in den Bahnhof ein.

»Nein, geradeaus!« rief dieselbe Stimme.

Die Droschke fuhr aus den Gittern heraus, und als sie bald darauf auf dem Korso angelangt war, trabte sie gemächlich unter den großen Ulmen hin. Der Kutscher wischte sich die Stirn, nahm seinen Lederhut zwischen die Beine und lenkte den Wagen über die Seitenwege ans Ufer, bis an den Rasen.

Er fuhr am Fluß entlang, auf dem mit Kieseln gepflasterten Treidelweg und dann eine ganze Weile auf Oyssel zu, über die Inseln hinaus.

Aber unvermittelt ging es in einem Zug durch Quatremares, Sotteville, die Grande-Chaussee, die Rue d'Elbœuf, und dann kam es am Botanischen Garten zum dritten Halt.

»Fahren Sie doch weiter!« rief die Stimme wütender.

Und sogleich nahm die Droschke ihre Fahrt wieder auf, fuhr durch Saint-Sever, über den Quai des Curandiers, den Quai aux Meules, nochmals über die Brücke, über die Place du Champ-de-Mars und hinter den Krankenhausgärten vorbei, wo alte Männer in schwarzen Kitteln auf einer völlig von Efeu übergrünten Terrasse im Sonnenschein spazierengingen. Sie fuhr den

Boulevard Bouvreuil hinauf, über den Boulevard Cauchoise, dann den ganzen Quai du Mont-Riboudet entlang bis zur Anhöhe von Deville.

Sie machte kehrt, und jetzt fuhr sie, wie es gerade kam, ohne Ziel und Zweck. Sie wurde in Saint-Pol gesehen, in Lescure, am Mont Gargan, bei La Rouge-Marc und auf der Place du Gaillardbois; auf der Rue Maladrerie, der Rue Dinanderie, vor der Kirche Saint-Romain, vor Saint-Vivien, Saint-Maclou, Saint-Nicaise, – vor dem Zollamt, auf der Place à la Basse-Vieille-Tour, bei den Trois-Pipes und am Hauptfriedhof. Von Zeit zu Zeit warf der Kutscher von seinem Bock herab verzweifelte Blicke nach den Kneipen hin. Er begriff nicht, welch wütender Drang nach Ortsveränderung diese Leute vorwärts trieb, so daß sie nirgendwo haltmachen wollten. Ein paarmal versuchte er es, aber jedesmal hörte er hinter sich zornige Rufe. Dann trieb er seine beiden schweißtriefenden Schindmähren mit knallenden Peitschenhieben an, unbekümmert um die Wagenstöße an holprigen Stellen; hier und dort rannte er an, er gab auf nichts mehr acht, hatte allen Ehrgeiz verloren und weinte fast vor Durst, Ermüdung und Kümmernis.

Und am Hafen, inmitten der Lastwagen und Fässer, auf den Straßen, an den Eckprellsteinen machten die Bürger große, erstaunte Augen über dieses in der Provinz so ungewöhnliche Geschehnis, einen Wagen mit zugezogenen Scheibengardinen, der auftauchte und immer wieder auftauchte, verschlossener als ein Grab und schlingernd wie ein Schiff.

Einmal, um die Tagesmitte, auf freiem Feld, als die Sonne am heißesten auf die alten versilberten Laternen brannte, glitt eine nackte Hand unter der kleinen gelben Leinengardine hervor und warf Papierschnitzel hinaus, die der Wind davonwirbelte und die sich etwas weiter entfernt wie weiße Schmetterlinge auf einem rot blühenden Kleefeld niederließen.

Dann, gegen sechs Uhr nachmittags, hielt der Wagen in einer Gasse des Stadtviertels Beauvoisine, und es entstieg ihm eine Frau, die mit gesenktem Schleier davonging, ohne sich umzuschauen.

## II

Als Madame Bovary beim Gasthof anlangte, war sie erstaunt, daß sie die Postkutsche nicht sah. Hivert, der dreiundfünfzig Minuten gewartet hatte, war schließlich abgefahren.

Nichts zwang sie übrigens zur Abreise; aber sie hatte versprochen, an diesem Abend zurückzukehren. Übrigens erwartete Charles sie, und schon fühlte sie im Herzen diese feige Unterwürfigkeit, die vielen Frauen wie die Strafe und zugleich wie das Lösegeld für den Ehebruch erscheint.

Schnell packte sie ihren Koffer, bezahlte die Rechnung, mietete im Hof ein Kabriolett, trieb den Kutscher zur Eile an, redete ihm zu, erkundigte sich alle paar Minuten nach der Uhrzeit und wie viele Kilometer sie schon hinter sich hätten, und es gelang ihr, die »Schwalbe« bei den ersten Häusern von Quincampoix einzuholen.

Kaum saß sie in ihrer Ecke, schloß sie die Augen und öffnete sie erst wieder am Fuß der Anhöhe, von wo aus sie schon von weitem Félicité erkannte, die vor dem Haus des Hufschmieds auf Posten stand. Hivert hielt seine Pferde an, und die Köchin reckte sich bis zum Guckloch auf und sagte geheimnisvoll:

»Madame, Sie müssen gleich zu Monsieur Homais gehen. Es handelt sich um etwas Dringendes.«

Das Dorf war still wie gewöhnlich. An den Straßenecken lagen kleine rosa Haufen und dampften in die Luft; denn es war die Zeit des Früchteeinmachens, und jedermann in Yonville bereitete sich seinen Vorrat am gleichen Tag. Aber vor dem Laden des Apothekers gab es einen Haufen zu bewundern, der sehr viel größer und breiter war und der die andern mit der Überlegenheit überragte, die ein Laboratorium über bürgerliche Herde, ein allgemeines Bedürfnis über die Willkür der einzelnen haben muß.

Sie trat ein. Der große Lehnstuhl war umgestürzt, und sogar das »Leuchtfeuer von Rouen« lag am Boden, zwischen zwei Mörserstampfern. Sie stieß die Flurtür auf, und mitten in der Küche gewahrte sie zwischen großen braunen Steinguttöpfen voll geputzter Johannisbeeren, feinem Zucker, Zuckerstücken, Waagen auf dem Tisch und Kesseln über dem Feuer die ganze Familie Homais, groß und klein, mit Schürzen, die ihnen bis zum Kinn reichten, und Gabeln in den Händen. Justin stand mit gesenktem Kopf, und der Apotheker schrie ihn an:

»Wer hat dir gesagt, du sollest sie aus der Giftbude holen?«

»Was ist denn los? Was gibt es?«

»Was es gibt?« antwortete der Apotheker. »Wir sind beim Einmachen; die Früchte kochen; aber sie waren daran, überzulaufen, weil sie zu stark kochten, und ich lasse eine zweite Abdampfschüssel holen. Und da hat er aus Bequemlichkeit, aus Faulheit den an seinem Nagel hängenden Schlüssel zu meinem Laboratorium, zur Giftbude genommen!«

So nannte der Apotheker ein Gelaß unterm Dach voller Utensilien und Waren, die er für sein Geschäft brauchte. Oftmals verbrachte er dort ganz allein lange Stunden, klebte Etiketten auf, füllte um und verschnürte wieder; und er betrachtete dieses Gelaß nicht als einen gewöhnlichen Vorratsraum, sondern als ein wahres Heiligtum, aus dem, von seiner Hand hergestellt, alle Arten von Pillen, kleine und große, Kräutertees, Lösungen und Heiltränke hervorgingen, die ihn in der Umgegend berühmt gemacht hatten. Kein Mensch setzte je den Fuß hinein; und er maß ihm so hohe Wichtigkeit bei, daß er es eigenhändig ausfegte. Kurzum, wenn die Apotheke, die für jedermann offenstand, die Stätte war, wo sein Stolz sich entfaltete, war die Giftbude das Refugium, wo er, selbstisch in sich gekehrt, sich an der Ausübung seiner Lieblingsbeschäftigung ergötzte; daher erschien ihm Justins Leichtsinn als eine ungeheuerliche Unehrerbietigkeit; und röter als die Johannisbeeren, wiederholte er:

»Jawohl, zur Giftbude! Den Schlüssel, der die Säuren und die ätzenden Alkalien einschließt! Und dann noch eine Reserveschüssel zu nehmen! Eine Schüssel mit Deckel! Eine, die ich vielleicht nie benutzen werde! Alles hat seine Wichtigkeit bei den heiklen Verrichtungen unserer Kunst! Ja, zum Teufel! Man muß doch Unterschiede machen; man kann doch nicht, was dem pharmazeutischen Gebrauch dient, zu Küchenzwecken benutzen! Das ist, als wenn man eine Poularde mit einem Skalpell zerlegte, als wenn ein Justizbeamter ...«

»Aber beruhige dich doch!« sagte Madame Homais.

Und Athalie zupfte ihn am Gehrock:

»Papa! Papa!«

»Nein! Laßt mich!« fuhr der Apotheker fort, »laßt mich! Zum Donnerwetter! Man könnte genausogut einen Krämerladen aufmachen, mein Ehrenwort! Los! Nur zu! Respektiere nichts! Zerbrich, zerscherbe nur alles! Laß die Blutegel laufen! Verbrenn den Eibisch! Mach in den Arzneigläsern Pfeffergurken ein! Zerreiß die Bandagen!«

»Sie hatten mich doch …«, sagte Emma.

»Gleich! – Weißt du, was dir hätte passieren können …? Hast du links in der Ecke, auf dem dritten Wandbrett, nichts stehen sehen? Rede, antworte, sag was!«

»Ich … weiß nicht«, stotterte der Bursche.

»Aha! Du weißt nicht! Na, ich selber, ich weiß! Du hast eine blaue, mit gelbem Wachs versiegelte Glasflasche gesehen, mit weißem Pulver drin, und ich hatte mit eigener Hand darauf geschrieben: Gefährlich! Und weißt du, was darin ist? Arsenik! Und so was rührst du an! Nimmst eine Abdampfschüssel, die daneben steht!«

»Daneben!« kreischte Madame Homais und rang die Hände.

»Arsenik? Du hättest uns alle miteinander vergiften können!«

Und die Kinder fingen an zu brüllen, als spürten sie bereits die furchtbarsten Schmerzen in den Eingeweiden.

»Oder du hättest einen Kranken vergiften können!« fuhr der Apotheker fort. »Wolltest du mich etwa beim Schwurgericht auf die Anklagebank bringen? Mich aufs Schafott geschleift sehen? Weißt du nicht, wie vorsichtig ich bei der Ausübung meines Berufs sein muß, obgleich ich dabei eine tolle Routine habe? Oft wird mir selber angst und bange, wenn ich an meine Verantwortung denke! Die Regierung ist nämlich hinter uns her, und die albernen Gesetze, denen wir unterstehen, sind tatsächlich wie ein Damoklesschwert, das über unserm Haupt schwebt!«

Emma dachte gar nicht mehr daran, zu fragen, was man eigentlich von ihr wolle, und der Apotheker fuhr in atemlosen Sätzen fort:

»So vergiltst du also die Wohltaten, die dir erwiesen werden! So belohnst du mich für die väterliche Sorge, die ich auf dich verschwende! Denn, wo wärst du ohne mich? Was tätest du? Wer gibt dir die Nahrung, die Ausbildung, die Kleidung, und alle Mittel, daß du eines Tages ehrenvoll in den Reihen der Gesellschaft figurieren kannst? Aber bis dahin muß man sich feste in die Riemen legen und, wie man sagt, Schwielen an den Händen bekommen. Fabricando fit faber, age quod agis.«

Er wartete mit einem lateinischen Zitat auf, so aufgeregt war er. Er hätte auch aus dem Chinesischen und dem Grönländischen zitiert, wenn er diese beiden Sprachen gekonnt hätte; denn er befand sich in einer jener Krisen, in denen die Seele gänzlich zeigt, was sie birgt, wie der Ozean, der sich bei Sturm für Augenblicke von dem Seegras an seinem Strand bis zum Sand seiner tiefsten Tiefen auftut.

Und er fuhr fort:

»Ich beginne schrecklich zu bereuen, daß ich mich mit deiner Person belastet habe! Bestimmt hätte ich besser getan, dich damals in dem Elend und dem Schmutz, worin du geboren bist, verkommen zu lassen! Du wirst niemals zu etwas anderem taugen als zum Hornviehhüten! Für die Wissenschaft bist du völlig ungeeignet! Du kannst kaum ein Etikett aufkleben! Und dabei lebst du hier bei mir wie ein Domherr, wie der Hahn im Korb, und tust dich gütlich!«

Doch Emma wandte sich an Madame Homais:

»Ich hatte herkommen sollen ...«

»Ach, du lieber Gott!« unterbrach sie die gute Frau mit trauriger Miene, »wie soll ich Ihnen das nur sagen ...? Es ist nämlich ein Unglück passiert!«

Sie sprach nicht zu Ende. Der Apotheker donnerte:

»Schütte es aus! Mach es wieder sauber! Trag es wieder an Ort und Stelle! Beeil dich doch!«

Und er packte Justin am Kragen seines Arbeitskittels und schüttelte ihn; dabei fiel ein Buch aus dessen Tasche.

Der Junge bückte sich. Homais war schneller, und als er den Band aufgehoben hatte, beschaute er ihn sich mit aufgerissenen Augen und offenem Mund.

»›Die ... Liebe ... im ... Eheleben‹!« sagte er langsam und trennte dabei jedes der Worte. »Aha! Wunderschön! Wunderschön! Ganz reizend! Und mit Abbildungen ...! Ha, das ist denn doch zu stark!«

Madame Homais trat näher.

»Nein, rühr es nicht an!«

Die Kinder wollten die Bilder sehen.

»Hinaus!« befahl er gebieterisch.

Und sie machten, daß sie wegkamen.

Zunächst ging er mit großen Schritten auf und ab und behielt den Band aufgeklappt in der Hand, rollte die Augen, erstickte fast, schwoll an, einem Schlaganfall nahe. Dann schritt er stracks auf den Lehrling los, pflanzte sich mit verschränkten Armen auf und sagte:

»Bist du denn mit allen Lastern behaftet, du Unglückswurm ...? Nimm dich in acht, du bist auf der schiefen Ebene ...! Hast du denn nicht bedacht, daß dies infame Buch meinen Kindern in die Hände fallen, ihnen den Funken ins Gehirn werfen, Athalies Reinheit trüben, Napoléon verderben könnte? Körperlich ist er schon ein Mann. Bist du wenigstens sicher, daß sie es nicht schon gelesen haben? Kannst du mir das beschwören ...?«

»Aber im Ernst, Monsieur«, unterbrach ihn Emma, »was hatten Sie mir denn sagen wollen ...?«

»Richtig, Madame ... Ihr Schwiegervater ist tot!«

Tatsächlich war der edle alte Bovary vor zwei Tagen ganz plötzlich einem Schlaganfall erlegen, als er vom Tisch aufgestanden war; und aus übertriebener Rücksichtnahme auf Emmas Sensibilität hatte Charles Homais gebeten, ihr diese schreckliche Nachricht schonend mitzuteilen.

Er hatte sich seinen Satz überlegt, ihn abgerundet, poliert, rhythmisiert; es war ein Meisterwerk an Behutsamkeit und Übergängen, von feinen Wendungen und Zartgefühl gewesen; aber der Zorn hatte über die Rhetorik gesiegt.

Emma verzichtete auf alle Einzelheiten und verließ die Apotheke; denn Homais hatte seine Strafpredigt wieder aufgenommen. Er war indessen ruhiger geworden, und jetzt brummelte er in väterlichem Ton, wobei er sich mit seiner phrygischen Mütze fächelte:

»Nicht etwa, daß ich das Werk rundweg ablehnte! Der Verfasser war Arzt. Es stehen bestimmte wissenschaftliche Tatsachen darin, die zu kennen für einen Mann gar nicht übel ist, und ich möchte sogar sagen, die ein Mann wissen muß. Aber erst später, erst später! Warte wenigstens, bis du selber ein Mann bist und bis dein Charakter fertig ausgebildet ist.«

Als Emma den Klopfer betätigte, kam Charles, der sie erwartet hatte, ihr mit offenen Armen entgegen und sagte mit tränenerstickter Stimme:
»Ach, liebes Kind ...«
Und er beugte sich behutsam zu ihr nieder und wollte sie küssen. Aber bei der Berührung durch seine Lippen überkam sie die Erinnerung an den andern, und sie fuhr sich erschaudernd mit der Hand übers Gesicht.
Doch sie antwortete:
» Ja, ich weiß ... ich weiß ...«
Er zeigte ihr den Brief, in dem seine Mutter das Geschehene ohne rührselige Heuchelei berichtete. Sie bedauerte lediglich, daß ihr Mann nicht den Beistand der Kirche habe empfangen können, da er in Doudeville gestorben sei, auf der Straße vor der Tür eines Cafés nach einem patriotischen Mahl mit ehemaligen Offizieren.
Emma gab ihm den Brief zurück; dann, beim Abendessen trug sie aus Taktgefühl etwas Widerwillen zur Schau. Doch als er ihr zuredete, machte sie sich entschlossen daran, zu essen, während Charles regungslos und in bedrückter Haltung ihr gegenübersaß.
Von Zeit zu Zeit hob er den Kopf und bedachte sie mit einem langen Blick voller Traurigkeit. Einmal seufzte er:
»Wie gern hätte ich ihn noch einmal gesehen!«
Sie schwieg. Schließlich, als sie einsah, daß sie etwas sagen müsse, fragte sie:
»Wie alt war dein Vater eigentlich?«
»Achtundfünfzig!«
»Ach!«
Und das war alles.

Eine Viertelstunde danach sagte er noch:

»Meine arme Mutter...! Was soll jetzt aus ihr werden?«

Sie zuckte die Achseln.

Da sie so schweigsam war, meinte Charles, sie sei sehr bekümmert, und zwang sich dazu, nichts zu sagen, um diesen Schmerz, der ihn rührte, nicht zu steigern. Allein er schüttelte den seinen ab und fragte:

»Hast du dich gestern gut amüsiert?«

»Ja.«

Als das Tischtuch weggenommen worden war, stand Bovary nicht auf, Emma ebenfalls nicht; und je länger sie ihn ansah, desto mehr verbannte dieser eintönige Anblick nach und nach jedes Mitgefühl aus ihrem Herzen. Er kam ihr kläglich, schwach und nichtig vor, mithin in jeder Hinsicht als ein armseliger Kerl. Wie konnte sie ihn nur loswerden? Wie endlos war dieser Abend! Etwas Betäubendes umnebelte sie wie Opiumrauch.

Im Hausflur hörten sie das trockene Geräusch eines Stockes, der auf die Bodendielen gestoßen wurde. Es war Hippolyte; er brachte Madames Gepäck. Als er es ablegte, beschrieb er mit seinem Stelzfuß mühselig einen Viertelkreis.

»Er denkt nicht mehr daran!« dachte sie, als sie zu dem armen Teufel hinübersah, dessen roter Haarschopf von Schweiß triefte.

Bovary suchte in seiner Börse nach einer kleinen Münze, und anscheinend ohne zu begreifen, welche Demütigung für ihn in der bloßen Anwesenheit dieses Mannes lag, der wie ein personifizierter Vorwurf seiner heillosen Unfähigkeit war, sagte er:

»Sieh da! Was für einen hübschen Strauß du hast!« Er hatte auf dem Kamin Léons Veilchen erblickt.

»Ja«, sagte sie gleichgültig, »ich habe ihn einer armen Frau abgekauft.«

Charles nahm die Veilchen; er kühlte damit seine von Tränen geröteten Augen und sog behutsam den Duft ein. Sie nahm sie ihm schnell aus der Hand und stellte sie in ein Glas mit Wasser.

Am andern Tag langte die alte Bovary an. Sie und ihr Sohn weinten lange. Emma schützte vor, sie habe Anordnungen zu geben, und verschwand.

Am Tag danach mußten sie sich beide mit den Trauerkleidern

befassen. Sie setzten sich mit ihrem Nähzeug in die Laube am Bachrand.

Charles dachte an seinen Vater und wunderte sich, daß er eine so tiefe Neigung zu jenem Mann empfand, den er bis dahin nur sehr mäßig geliebt zu haben glaubte. Die alte Bovary dachte an ihren Mann. Die schlimmen Tage von ehemals dünkten sie jetzt beneidenswert. Alles war dadurch, daß sie instinktiv etwas seit langem Gewohntem nachtrauerte, abgeschwächt; und dann und wann, während sie die Nadel einstach, rann ihr eine dicke Träne an der Nase entlang und blieb einen Augenblick daran hängen. Emma dachte, daß kaum achtundvierzig Stunden vergangen seien, seit sie vereint gewesen waren, weltentrückt, völlig berauscht, und nicht genug Augen gehabt hatten, um einander zu betrachten. Sie versuchte, sich die winzigsten Einzelheiten dieses hingeschwundenen Tages wieder ins Gedächtnis zu rufen. Aber die Anwesenheit ihrer Schwiegermutter und des Ehemanns störte sie. Am liebsten hätte sie nichts gehört und nichts gesehen, damit ihre Liebesträumereien nicht beeinträchtigt würden, die, was sie auch unternahm, unter den äußeren Eindrücken hinzuschwinden drohten.

Sie trennte das Futter eines Kleides ab, dessen Einzelteile rings um sie her ausgebreitet lagen; die alte Bovary ließ die Schere quietschen, ohne aufzublicken, und Charles stand in seinen Hausschuhen aus Tuchstreifen und seinem alten braunen Gehrock, der ihm als Hausmantel diente, mit beiden Händen in den Hosentaschen da und sprach ebenfalls kein Wort; neben ihnen spielte Berthe, die eine kleine weiße Schürze umhatte, mit ihrer Schaufel im Sand der Gartenwege.

Plötzlich sahen sie Lheureux, den Stoffhändler, durch die Gartentür hereinkommen.

Er bot in Anbetracht des »traurigen Ereignisses« seine Dienste an. Emma antwortete, sie glaube, darauf verzichten zu können. Doch der Händler gab sich noch nicht geschlagen.

»Ich bitte tausendmal um Entschuldigung«, sagte er, »aber ich hätte gern eine Unterhaltung unter vier Augen.«

Dann flüsterte er:

»Es ist wegen dieser Sache ... Sie wissen schon.«

Charles wurde puterrot bis über die Ohren.

»Ach so ... richtig, ja.«

Und in seiner Verwirrung wandte er sich an seine Frau:

»Könntest du nicht ... liebes Kind ...?«

Sie schien ihn zu verstehen, denn sie stand auf, und Charles sagte zu seiner Mutter:

»Es ist nichts! Wohl irgendeine Kleinigkeit in Haushaltsdingen.«

Er wollte nicht, daß sie die Geschichte mit dem Wechsel erführe, weil er ihre Vorwürfe scheute.

Sobald sie allein waren, beglückwünschte Lheureux Emma in ziemlich unumwundenen Ausdrücken zur Erbschaft; dann schwatzte er von gleichgültigen Dingen, von den Spalieren, der Ernte und von seiner Gesundheit, mit der es nach wie vor »so lala« stehe. Wirklich, er müsse sich höllisch abschuften, und was die Leute auch redeten, es komme dabei nicht einmal die Butter zum Brot heraus.

Emma ließ ihn reden. Sie hatte sich seit zwei Tagen so ausgiebig gelangweilt!

»Und sind Sie jetzt wieder vollkommen hergestellt?« fuhr er fort. »Wahrhaftig, ich habe Ihren armen Mann in einer schönen Verfassung gesehen! Er ist ein guter Kerl, obwohl es zwischen uns zu Schwierigkeiten gekommen ist.«

Sie fragte, zu welchen; denn Charles hatte ihr die Streitigkeiten über die gelieferten Sachen verschwiegen.

»Aber das wissen Sie doch ganz genau!« sagte Lheureux. »Es handelte sich um Ihre kleinen Bestellungen, die Reiseutensilien.«

Er hatte seinen Hut bis über die Augen gezogen und stand da, die Hände auf dem Rücken verschränkt, lächelnd und vor sich hin pfeifend; er schaute ihr auf eine unerträgliche Weise ins Gesicht. Ahnte er etwas? Sie verlor sich in allerlei Befürchtungen. Doch dann fuhr er schließlich fort:

»Aber wir haben uns geeinigt, und ich komme heute, um ihm eine Regelung vorzuschlagen.«

Es handelte sich darum, den von Bovary unterzeichneten Wechsel zu prolongieren. Übrigens könne der Herr Doktor ganz nach seinem Belieben verfahren; er brauche sich keine quälenden Gedanken zu machen, noch dazu jetzt, wo er einen Haufen Scherereien haben werde.

»Und es wäre sogar das beste, wenn die Schuld auf jemand anders übertragen würde, auf Sie beispielsweise; mittels einer Vollmacht, das wäre das bequemste, und dann könnten wir unsere kleinen Geschäfte untereinander abmachen ...«

Das verstand sie nicht. Er schwieg. Dann kam er auf sein Geschäft zu sprechen und erklärte, Madame könne nicht umhin, ihm etwas abzunehmen. Er werde ihr schwarzen Barègestoff schicken, zwölf Meter; daraus könne sie sich ein Kleid machen lassen.

»Das, was Sie da anhaben, ist gut fürs Haus. Sie brauchen doch eins für die Besuche. Als ich hereinkam, habe ich das auf den ersten Blick gesehen. Ich habe Indianeraugen.«

Er schickte den Stoff nicht, er brachte ihn persönlich. Dann kam er noch einmal zum Maßnehmen; dann kam er unter allen möglichen anderen Vorwänden, wobei er jedesmal versuchte, sich liebenswürdig und gefällig zu bezeigen; er wurde »kriecherisch«, wie Homais gesagt haben würde, und dabei flüsterte er Emma immer wieder Ratschläge über die Vollmacht zu. Den Wechsel ließ er unerwähnt. Auch sie dachte nicht mehr daran; Charles hatte ihr zwar, als ihre Genesung einsetzte, etwas davon erzählt; aber es war ihr seither so viel durch den Kopf gegangen, daß sie es vergessen hatte. Überhaupt hütete sie sich, das Gespräch auf Geldfragen zu lenken; die alte Bovary wunderte sich darüber; sie schrieb diesen Stimmungsumschwung den religiösen Gefühlen zu, die ihr während der Krankheit gekommen seien.

Doch sobald die Alte abgereist war, setzte Emma ihren Gatten sofort durch ihre Geschäftstüchtigkeit in Erstaunen. Man müsse Erkundigungen einziehen, sich über etwaige Hypotheken unterrichten, feststellen, ob eine Subhastation oder eine Liquidation stattzufinden habe. Sie gebrauchte auf gut Glück Fachausdrücke, sprach die gewichtigen Worte Ordnung, Zukunft, Vorsorge aus und übertrieb beständig die Schwierigkeiten der Erbschaftsabwickelung; und eines Tages zeigte sie ihm sogar den Entwurf einer Generalvollmacht, die ihr »das Recht« übertrug,

»sein Vermögen zu verwalten, alle Darlehen aufzunehmen, sämtliche Wechsel auszustellen und zu akzeptieren, alle Zahlungen zu leisten, usw.«. Sie hatte aus Lheureux' Belehrungen Nutzen gezogen.

Charles fragte sie treuherzig, woher der Entwurf komme.

»Von Guillaumin.«

Und mit der größten Kaltblütigkeit der Welt sagte sie noch: »Ich habe nicht allzuviel Zutrauen zu der Sache. Die Notare stehen in so schlechtem Ruf! Vielleicht müßte man jemanden um Rat fragen ... Wir kennen nur ... Nein, niemanden!«

»Höchstens Léon ...«, entgegnete Charles, der überlegte.

Aber es war schwierig, sich brieflich zu verständigen. Da erbot sie sich, hinzufahren. Er dankte, das könne er nicht annehmen. Sie bestand darauf. Keiner wollte dem andern an Zuvorkommenheit nachstehen. Schließlich rief sie mit gut gespieltem Eigensinn:

»Nein, bitte, laß mich hinfahren.«

»Wie gut du bist!« sagte er und küßte sie auf die Stirn.

Am folgenden Tag bestieg sie die »Schwalbe«, um nach Rouen zu fahren und Léon um Rat zu fragen; und sie blieb drei Tage dort.


III

Es waren drei reiche, köstliche, wundervolle Tage, wahre Flitterwochen.

Sie wohnten im »Hôtel de Boulogne«, am Hafen. Und dort hausten sie bei geschlossenen Fensterläden und verriegelten Türen, mit Blumen auf dem Fußboden und eisgekühlten Fruchtsäften, die ihnen schon am Morgen gebracht wurden.

Gegen Abend mieteten sie ein überdecktes Boot und fuhren zum Nachtessen nach einer der Inseln.

Es war die Stunde, da man von den Werften her die Hämmer der Kalfaterer gegen die Schiffsrümpfe dröhnen hört. Teerrauch qualmte zwischen den Bäumen hervor, und auf dem Fluß waren breite, ungleich große Flecken zu sehen, die im Purpurlicht der

Sonne wogten und aussahen wie schwimmende Platten aus Florentiner Bronze.

Sie fuhren mit der Strömung zwischen den vertäuten Schiffen hindurch, deren lange, schräge Haltetaue dann und wann über das Verdeck ihres Bootes hinwegstreiften.

Die Geräusche der Stadt, das Rollen der Karrenwagen, das Stimmengewirr, das Kläffen der Köter auf den Schiffsdecks blieben unmerklich zurück. Sie nestelte ihre Hutbänder auf, und sie landeten an ihrer Insel.

Sie setzten sich in das Speisezimmer einer Schenke, vor deren Tür schwarze Netze hingen. Sie aßen in Öl gebackene Stinte, Cremespeise und Kirschen. Sie lagerten sich im Gras; abseits unter den Pappeln küßten sie sich; und am liebsten hätten sie wie zwei Robinsons immer auf diesem kleinen Stück Erde gelebt, das sie in ihrer Glückseligkeit das herrlichste der Welt dünkte. Es war nicht das erstemal, daß sie Bäume, blauen Himmel und Rasenflächen sahen, daß sie das Wasser plätschern und den Wind im Laubwerk rauschen hörten; aber sicherlich hatten sie all das nie zuvor so angestaunt, als hätte die Natur vorher gar nicht existiert, oder als habe sie erst angefangen schön zu sein, seit ihr Begehren gestillt war.

Wenn es dunkel war, kehrten sie heim. Das Boot fuhr an den Ufern der Inseln entlang. Sie blieben ganz hinten unter dem Verdeck sitzen und sprachen kein Wort. Die vierkantigen Riemen knarrten in den eisernen Dollen; und das markierte die Stille wie das Schlagen eines Metronoms, während hinter ihnen das nachschleifende Ruderblatt ununterbrochen im Wasser sein sanftes Plätschern ertönen ließ.

Einmal kam der Mond zum Vorschein; da ließen sie es sich nicht nehmen, zu schwärmen und das Gestirn schwermütig und voller Poesie zu finden; sie fing sogar an zu singen:

»Weißt du den Abend noch,
Als stumm wir ruderten«, usw.

Ihre wohlklingende, aber schwache Stimme verwehte über den Wellen; und der Wind trug die Koloraturen von dannen; Léon hörte sie vorüberziehen wie Flügelschläge rings um ihn her.

Sie saß ihm gegenüber und lehnte sich gegen die Kajütenwand des Boots; der Mondschein drang durch einen offenen Laden herein. Ihr schwarzes Kleid, dessen weiche Falten sich fächerförmig ausbreiteten, machte sie schlanker und größer. Sie hatte den Kopf gehoben, die Hände gefaltet und schaute zum Himmel. Manchmal verschwand sie ganz im Schatten der Weiden; dann tauchte sie plötzlich im Mondlicht wieder auf wie eine Vision.

Léon hockte neben ihr am Boden und fand unter seiner Hand ein mohnrotes Seidenband.

Der Schiffer sah es sich an und meinte schließlich:

»Ach, das muß jemandem von einer Gesellschaft gehört haben, die ich neulich gefahren habe. Das war eine lustige Schar von Herren und Damen; sie hatten Backwerk und Champagner und Waldhörner mit, alles, was dazugehört! Vor allem war einer dabei, ein großer, gutaussehender Mann mit einem kleinen Schnurrbart, der war aber fidel! Zu dem haben sie so etwa gesagt: ›Los, erzähl uns was …, Adolphe … Dodolphe …‹, oder so ähnlich.«

Es durchschauerte sie.

»Ist dir nicht wohl?« fragte Léon und rückte näher an sie heran.

»Oh, es ist nichts. Wohl die Nachtkühle.«

»… Und der dürfte auch keinen Mangel an Frauen haben«, fügte der alte Schiffer leise hinzu, der Meinung, er sage dem Fremden damit eine Schmeichelei.

Dann spuckte er sich in die Hände und legte sich von neuem in die Riemen.

Doch schließlich mußten sie sich trennen! Der Abschied war traurig. Er solle seine Briefe an die Mutter Rollet schicken; und sie erteilte ihm so genaue Unterweisungen in bezug auf den doppelten Umschlag, daß er sich höchlichst über ihre Findigkeit in Liebesdingen wunderte.

»Du versicherst mir also, daß alles in Ordnung ist?« fragte sie nach dem letzten Kuß.

»Selbstverständlich!« – Aber warum, dachte er bei sich, als er allein durch die Straßen heimging, legt sie so großen Wert auf diese Vollmacht?

IV

Léon nahm seinen Kollegen gegenüber bald einen Ausdruck von Überlegenheit an; er mied ihre Gesellschaft und vernachlässigte seine Akten gänzlich.

Er wartete auf »ihre« Briefe; er las sie immer wieder. Er schrieb ihr. Er rief sie sich mit allem Ungestüm seines Begehrens in Erinnerung. Anstatt durch das Fernsein schwächer zu werden, wurde der Drang, sie wiederzusehen, immer stärker, so daß er eines Samstagvormittags sein Büro im Stich ließ.

Als er von der Anhöhe herab im Tal den Kirchturm und die Kirche mit ihrer sich im Wind drehenden Blechwetterfahne erblickte, empfand er jenes mit triumphierender Eitelkeit und egoistischer Rührung gemischte Entzücken, das Millionäre fühlen müssen, wenn sie ihr Heimatdorf wieder aufsuchen.

Er umschlich ihr Haus. In der Küche brannte Licht. Er spähte nach ihrem Schatten hinter den Gardinen. Es zeigte sich nichts.

Als Mutter Lefrançois seiner ansichtig wurde, erhob sie großes Geschrei; sie fand ihn »größer und schlanker« geworden, während Artémise ihn »kräftiger und brauner« fand.

Er aß in der kleinen Gaststube zu Abend, wie damals, aber allein, ohne den Steuereinnehmer; denn Binet hatte es »satt bekommen«, immer auf die »Schwalbe« warten zu müssen, und seine Tischzeit ein für allemal um eine Stunde vorverlegt; jetzt aß er also um fünf Uhr, und dennoch behauptete er ständig, der alte Rumpelkasten komme zu spät.

Inzwischen hatte Léon sich ein Herz gefaßt; er klopfte an die Haustür des Arztes. Madame war in ihrem Zimmer; erst nach einer Viertelstunde kam sie herunter. Monsieur schien entzückt, ihn wiederzusehen, wich jedoch den Abend über und den ganzen folgenden Tag nicht von Emmas Seite.

Erst am Abend, sehr spät, sah er sie allein, hinter dem Garten auf dem schmalen Weg – dem schmalen Weg, wie mit dem andern! Es war während eines Gewitters, und sie plauderten unter einem Regenschirm beim Schein der Blitze.

Sich trennen zu müssen war ihnen unerträglich.

»Lieber sterben!« sagte Emma.

Schluchzend wand sie sich in seinem Arm.

»Adieu ...! Adieu ...! Wann sehe ich dich wohl wieder?«

Sie kehrten beide um und küßten einander noch einmal; und da gab ihm Emma das Versprechen, sie wolle bald, gleichgültig, auf welche Weise, eine ständige Gelegenheit ausfindig machen, damit sie einander mindestens einmal in der Woche ungestört sehen könnten. Emma zweifelte nicht daran. Sie war überhaupt voller Zuversicht. Sie würde schon zu Geld kommen.

Sie kaufte für ihr Zimmer ein paar breitgestreifte gelbe Gardinen, die Lheureux ihr als billig angepriesen hatte; sie träumte von einem Teppich, und Lheureux versicherte, »der werde die Welt nicht kosten« und verpflichtete sich höflich, einen zu liefern. Sie konnte nicht mehr ohne ihn auskommen. Zwanzigmal am Tag ließ sie ihn holen, und sofort ließ er alles stehen und liegen und kam, ohne sich ein Murren herauszunehmen. Ferner war unverständlich, warum die Mutter Rollet jeden Tag bei ihr zu Mittag aß und ihr sogar Besuche unter vier Augen machte.

Um diese Zeit, also gegen Anfang des Winters, schien sie plötzlich von einem großen Verlangen zu musizieren erfaßt zu sein.

Eines Abends, als Charles ihr zuhörte, spielte sie dasselbe Stück viermal hintereinander, und stets griff sie daneben, während er, der den Unterschied gar nicht merkte, ihr zurief:

»Bravo ...! Sehr gut ...! Du hast unrecht! Mach weiter!«

»Nein! Es ist abscheulich! Meine Finger sind ganz steif.«

Am andern Tag bat er sie, ihm »doch noch ein bißchen vorzuspielen«.

»Meinetwegen, wenn es dir Spaß macht.«

Und Charles gab zu, daß sie ein bißchen aus der Übung gekommen sei. Sie geriet in die falsche Notenzeile, sie geriet ins Stocken; dann brach sie kurz ab:

»Nein! Schluß jetzt! Ich müßte wieder Stunden nehmen, aber ...«

Sie biß sich auf die Lippen und fügte hinzu:

»Zwanzig Francs die Stunde, das ist zu teuer!«

»Ja, wirklich ... ein bißchen ...«, sagte Charles und lächelte einfältig. »Aber mir scheint, man könnte es vielleicht auch billiger haben; es gibt Künstler ohne großen Namen, und die sind oft besser als die Berühmtheiten.«

»Such sie«, sagte Emma.

Als er am anderen Tag heimkam, sah er sie mit pfiffiger Miene an, und schließlich konnte er folgenden Satz nicht mehr bei sich behalten:

»Wie dickköpfig du manchmal bist! Ich bin heute in Basfeuchères gewesen. Na ja, und da hat mir Madame Liégeard versichert, daß ihre drei Töchter, denen es nicht besonders gut geht, Unterricht für fünfzig Sous die Stunde haben, und noch dazu bei einer Lehrerin von Rang und Ruf!«

Sie zuckte die Achseln und klappte ihr Instrument nicht wieder auf.

Aber wenn sie daran vorüberging (sofern Bovary anwesend war), seufzte sie:

»Ach, mein armes Klavier!«

Kam jemand sie besuchen, so verfehlte sie nicht, zu verkünden, sie habe die Musik aufgegeben und könne jetzt nicht wieder damit anfangen, und zwar aus schwerwiegenden Gründen. Dann wurde sie bedauert! Es sei schade! Sie habe doch ein so schönes Talent! Bovary wurde sogar daraufhin angesprochen. Er bekam Vorwürfe zu hören, zumal vom Apotheker:

»Es ist nicht recht von Ihnen! Man darf Fähigkeiten, die einem die Natur verliehen hat, niemals brachliegen lassen. Bedenken Sie überdies, lieber Freund, daß Sie, wenn Sie Ihre Frau jetzt Stunden nehmen lassen, später beim Musikunterricht Ihrer Tochter sparen! Ich finde, Mütter sollten ihre Kinder stets selber unterrichten. Das ist eine Rousseausche Idee; sie mutet vielleicht noch ein bißchen neuartig an, aber schließlich wird sie triumphieren, davon bin ich fest überzeugt, gerade wie das Stillen durch die Mutter und die Pockenimpfung.«

Charles kam also nochmals auf die Klavierangelegenheit zurück. Emma erwiderte bitter, man solle es lieber verkaufen. Dieses arme Klavier, das ihr so oft Befriedigung ihrer Eitelkeit verschafft hatte, aus dem Haus verschwinden zu sehen, das war für Madame Bovary wie der unerklärliche Selbstmord eines Teiles ihrer selbst.

»Wenn du möchtest …«, sagte er, »eine Stunde dann und wann, das würde uns nicht gerade ruinieren.«

»Stunden«, entgegnete sie, »sind nur von Nutzen, wenn sie regelmäßig genommen werden.«

Und auf diese Weise brachte sie es fertig, von ihrem Mann die Erlaubnis zu erhalten, einmal wöchentlich in die Stadt zu fahren und ihren Liebhaber zu besuchen. Nach Ablauf eines Monats fand man sogar, sie habe beträchtliche Fortschritte gemacht.

V

Es war Donnerstag. Sie stand auf und zog sich leise an, um Charles nicht zu wecken; er würde ihr Vorwürfe ihres allzu frühen Aufbruchs wegen gemacht haben. Dann lief sie hin und her; sie trat an die Fenster; sie schaute auf den Marktplatz hinab. Der grauende Tag wob zwischen den Pfeilern der Markthalle, und das Haus des Apothekers, dessen Läden geschlossen waren, ließ im bleichen Frühlicht die Großbuchstaben seines Firmenschilds erkennen.

Als die Stutzuhr ein Viertel nach sieben zeigte, verließ sie das Haus und ging zum »Goldenen Löwen« hinüber, dessen Tür Artémise ihr gähnend öffnete. Sie scharrte für Madame die Kohlen frei, die unter der Asche gelegen hatten. Emma blieb allein in der Küche. Von Zeit zu Zeit ging sie hinaus. Hivert spannte an, ohne sich zu beeilen, und überdies hörte er der Mutter Lefrançois zu, die den Kopf mit der baumwollenen Nachtmütze zu einem kleinen Fenster hinaussteckte, ihm Aufträge erteilte und dazu Erläuterungen gab, die jeden anderen Menschen völlig durcheinander gebracht hätten. Emma klopfte mit den Sohlen ihrer Stiefelchen auf das Hofpflaster.

Als er endlich seine Suppe gegessen, seine Pfeife angezündet und die Peitsche in die Faust genommen hatte, machte er es sich in aller Ruhe auf dem Bock bequem.

Die »Schwalbe« fuhr in leichtem Trab los, und während der ersten Dreiviertelmeile hielt sie hier und dort, um Fahrgäste aufzunehmen, die am Wegsaum und vor den Hoftoren standen und nach ihr Ausschau hielten. Die, die sich tags zuvor Plätze bestellt hatten, ließen auf sich warten; manche lagen sogar noch zu Hause im Bett; Hivert rief, schrie und fluchte; dann stieg er vom Bock herunter und klopfte mit kräftigen Schlägen an die Tür. Der Wind pfiff durch die wackeligen Schiebefenster.

Allmählich füllten sich die vier Bänke, der Wagen rollte, die in einer Linie stehenden Apfelbäume zogen einer nach dem andern vorüber; und die Landstraße zwischen den beiden langen, mit gelbem Wasser gefüllten Gräben lief immer geradeaus und verengte sich gegen den Horizont.

Emma kannte sie von einem Ende zum andern; sie wußte, daß hinter einer Wiese ein Wegweiser kam, dann eine Ulme, eine Scheune oder ein Wegwärterhäuschen; manchmal schloß sie sogar die Augen, um sich überraschen zu lassen. Doch nie verließ sie das klare Gefühl für die Entfernung, die noch zu durchfahren war.

Endlich kamen die Backsteinhäuser näher, der Erdboden dröhnte unter den Rädern, die »Schwalbe« fuhr zwischen Gärten hin, in denen man durch ein Gitter Plastiken sah, eine Reblaube, gestutzte Eiben und eine Schaukel. Dann – mit einem Blick zu erfassen – tauchte die Stadt auf.

Wie ein Amphitheater fiel sie ab und war von Nebelschwaden überflutet; sie dehnte sich bis jenseits der Brücken aus, ein wirres Durcheinander. Dahinter stieg das freie Land in einförmiger Bewegung an, bis es weit in der Ferne an die verschwommene Grundlinie des bleichen Himmels rührte. So aus der Vogelschau erschien die ganze Landschaft still wie ein Gemälde; die vor Anker liegenden Schiffe drängten sich in einem Winkel; der Strom rundete sich im Bogen um den Saum grüner Hügel, und die länglichen Inseln im Wasser sahen aus wie große, schwarze, ruhende Fische. Aus den Fabrikessen quollen mächtige braune Rauchwolken, die sich an den Enden verflüchtigten. Man hörte das Dröhnen der Eisengießereien und zugleich das helle Glockenläuten der Kirchen, die sich in den Dunst reckten. Die blätterlosen Bäume der Boulevards bildeten ein violettes Gestrüpp inmitten der Häusermassen, und die regennassen, leuchtenden Dächer schillerten unterschiedlich, je nach der Höhenlage der Stadtviertel. Zuweilen fegte ein Windstoß das Gewölk gegen die Anhöhe Sainte-Catherine wie Luftwogen, die sich geräuschlos an einer Steilklippe brachen.

Etwas Schwindelerregendes ging für sie von dieser Zusammenballung von Existenzen aus, und ihr Herz schwoll, als hätten die hundertzwanzigtausend Herzen, die dort unten schlugen, ihr den Brodem der Leidenschaften, die sie in ihnen vermutete, entgegengesandt. Ihre eigene Liebe wuchs angesichts der Weite des Raumes und erfüllte sich mit Unruhe in dem undeutlichen Rauschen, das heraufstieg. Sie strömte sie aus sich heraus über die Plätze, die Promenadenwege, die Straßen, und die alte Normannenstadt weitete sich in ihren Augen zu einer gewaltigen Weltstadt, einem Babylon, in das sie Einzug hielt. Auf beide Hände gestützt, lehnte sie sich aus dem Wagenfenster und atmete die Brise ein; die drei Pferde galoppierten, im Straßenschmutz knirschten die Steine, die Postkutsche schwankte, und Hivert rief schon von weitem die Karrenwagen auf der Landstraße an, während die Bürgersleute, die die Nacht in Bois-Guillaume verbracht hatten, in ihren kleinen Familienwagen gemächlich die Anhöhe hinunterfuhren.

An der Stadtzollschranke wurde gehalten; Emma entledigte sich ihrer Überschuhe, zog andere Handschuhe an, zupfte ihren Schal zurecht und stieg zwanzig Schritte weiter aus der »Schwalbe« aus.

Jetzt erwachte die Stadt. Lehrjungen mit phrygischen Mützen putzten die Schaufenster der Läden, und Frauen mit Körben auf den Hüften stießen an den Straßenecken in regelmäßigen Abständen gellende Rufe aus. Mit niedergeschlagenen Augen ging sie dicht an den Hausmauern entlang und lächelte vor Freude unter ihrem schwarzen, herabgezogenen Schleier.

Aus Furcht, gesehen zu werden, schlug sie gewöhnlich nicht den kürzesten Weg ein. Sie stahl sich durch düstere Gassen und gelangte endlich ganz erhitzt zu dem Brunnen am Ende der Rue Nationale. Es ist das Theater-, Kneipen- und Hurenviertel. Oft fuhr ein Karren an ihr vorüber, der mit irgendeiner Bühnendekoration beladen war, die wackelte. Kellner mit Schürzen streuten zwischen grünen Büschen Sand auf die Steinplatten. Es roch nach Absinth, Zigarren und Austern.

Sie bog in eine Straße ein; sie erkannte ihn schon von weitem an dem gewellten Haar, das unter seinem Hut hervorquoll.

Léon ging ruhig auf dem Bürgersteig weiter. Sie folgte ihm bis zum Hotel; er stieg hinauf, er öffnete die Tür, er trat ein ... Welch eine Umarmung!

Nach den Küssen überstürzten sich dann die Worte. Sie erzählten einander von den Kümmernissen der Woche, von ihren Vorahnungen, ihrem unruhevollen Warten auf die Briefe; doch jetzt war das alles vergessen, und sie sahen sich an mit dem Auflachen der Lust und zärtlichen Worten.

Das breite Mahagonibett hatte die Gestalt einer Gondel. Die Vorhänge aus roter Levantine hingen von der Decke herab und bauschten sich am ausgeweiteten Kopfende ein wenig zu tief – und nichts auf der Welt war so schön wie ihr brauner Kopf und ihre weiße Haut, die sich von diesem purpurnen Farbgrund abhoben, wenn sie in einer verschämten Geste ihre beiden nackten Arme übereinanderschlug und das Gesicht in den Händen verbarg.

Das lauwarme Zimmer mit seinem diskreten Teppich, seinem mutwilligen Schmuck und seinem ruhigen Licht schien sehr bequem für die Heimlichkeiten der Leidenschaft zu sein. Die Bettpfosten liefen in Pfeilspitzen aus; die messingnen Gardinenhalter und die dicken Kugeln der Feuerböcke blinkten manchmal auf, wenn die Sonne hereinkam. Auf dem Kamin, zwischen den Leuchtern, lagen zwei jener großen rosa Muscheln, in denen man das Meer brausen hört, wenn man sie ans Ohr hält.

Wie lieb war ihnen dieses gute Zimmer mit seiner Heiterkeit, trotz seinem ein wenig verblichenen Glanz! Jedesmal fanden sie die Möbel an ihrem Platz, und manchmal unter dem Sockel der Stutzuhr Haarnadeln, die sie am letzten Donnerstag vergessen hatte. Sie aßen am Kamin, an einem Tischchen mit Intarsien aus Palisanderholz. Emma schnitt vor und legte ihm unter allen möglichen kleinen Albernheiten die Bissen auf seinen Teller; und sie lachte ein klingendes, frivoles Lachen, wenn der Champagnerschaum über den Rand des dünnen Glases und dann über die Ringe an ihrem Finger perlte. Beide waren so völlig in den gegenseitigen Besitz versunken, daß sie glaubten, sie seien in ihrem eigenen Heim und könnten dort leben bis zum Tod wie zwei ewig junge Gatten. Sie sagten »unser Zimmer, unser Teppich, unsere Sessel«, und sie sagte sogar »meine Pantoffeln«; sie waren ein Geschenk Léons auf ihren Wunsch hin. Es waren Pantoffeln aus rosa Atlas mit Schwanenflaumbesatz. Wenn sie sich auf seine Knie setzte, hingen ihre Beine, die nun zu kurz waren, in der Luft, und das zierliche Schuhzeug, das nirgends eine Stütze hatte, hielt sich nur an den Zehen ihres nackten Fußes.

Er genoß zum erstenmal den unausdrückbaren Reiz weiblicher Eleganz. Nie war er diesem Zauber der Sprache, dieser Zurückhaltung in der Kleidung, diesen Posen einer schmachtenden Taube begegnet. Er bewunderte die Verzückungen ihrer Seele und die Spitzen ihres Unterrocks. War sie überdies nicht »eine Dame der Gesellschaft«, und eine verheiratete Frau? Mithin eine wahre Geliebte?

In der Mannigfaltigkeit ihrer Stimmungen, die sie abwechselnd mystisch oder fröhlich machten, schwatzhaft, schweigsam, überschwenglich und lässig, rief sie in ihm tausend Wünsche wach und erweckte Instinkte oder Reminiszenzen. Sie war die Liebende aller Romane, die Heldin aller Dramen, unbestimmtes »Sie« aller Lyrikbände. Er fand auf ihren Schultern den Bernsteinschimmer der »Badenden Odaliske«; sie besaß die schmale Schlankheit der feudalen Burgherrinnen; sie ähnelte auch der »bleichen Frau aus Barcelona«, darüber hinaus aber war sie ganz Engel!

Oft, wenn er sie ansah, war ihm, als umhülle seine Seele, die ihm entglitt und zu ihr hinstrebte, die Konturen ihres Kopfes wie eine Woge und sinke, hinabgezogen, in die Weiße ihrer Brust.

Er warf sich vor ihr nieder, stützte beide Ellbogen auf ihre Knie und betrachtete sie mit einem Lächeln und gespannter Stirn.

Sie neigte sich zu ihm hin und flüsterte wie atemlos vor Trunkenheit:

»Oh, rühr dich nicht! Sprich nicht! Sieh mich an! Es ist in deinen Augen etwas so Süßes, das tut mir so unendlich wohl!«

Sie nannte ihn: »Junge.«

»Junge, liebst du mich?«

Und sie hörte seine Antwort kaum, so überstürzt drangen seine Lippen zu ihrem Mund empor.

Auf der Stutzuhr saß ein kleiner Amor aus Bronze, der mit gerundeten Armen unter einer vergoldeten Girlande schöntat. Er hatte sie oft erheitert; doch wenn sie einander verlassen mußten, dünkte sie alles ernst.

Unbeweglich standen sie einander gegenüber und sagten immer wieder:

»Bis Donnerstag...! Bis Donnerstag!«

Plötzlich nahm sie seinen Kopf zwischen ihre beiden Hände, küßte ihn rasch auf die Stirn, rief »Adieu!« und eilte die Treppe hinunter.

Sie ging zu einem Friseur in der Rue de la Comédie und ließ sich ihr gescheiteltes Haar in Ordnung bringen. Es dunkelte; im Laden wurde die Gasbeleuchtung angesteckt.

Sie hörte das Klingeln im Theater, das die Schauspieler zur Vorstellung rief; und sie sah auf der andern Straßenseite Männer mit bleichen Gesichtern und Frauen in verschossenen Kleidern, die im Bühneneingang verschwanden.

Es war heiß in dem allzu niedrigen kleinen Raum, wo inmitten der Perücken und Pomaden ein kleiner Eisenofen prasselte. Der Geruch der heißen Brennscheren und der fettigen Hände, die sich an ihrem Kopf zu schaffen machten, betäubte sie bald, und sie nickte in ihrem Frisiermantel ein bißchen ein. Häufig bot ihr der Gehilfe während des Frisierens Eintrittskarten zum Maskenball an.

Dann ging sie fort! Sie stieg die Straßen wieder hinauf; sie langte am »Roten Kreuz« an; sie zog ihre Überschuhe wieder an, die sie am Morgen unter einer Wagenbank versteckt hatte, und quetschte sich auf ihren Platz zwischen die ungeduldig gewordenen Fahrgästen. Einige stiegen aus, als es bergauf ging. Sie blieb allein im Wagen sitzen.

Bei jeder Wegbiegung sah man nacheinander alle Lichter der Stadt; sie bildeten eine breite, schimmernde Dunstwolke über dem Häusergewirr. Emma kniete auf dem Sitzpolster, und ihre Blicke verirrten sich in diesem Glanz. Sie schluchzte, sie rief

Léon und sandte ihm zärtliche Worte und Küsse, die im Wind verwehten.

Oben auf der Höhe trieb sich ein armer Teufel herum, mitten zwischen den Postkutschen. Ein Haufen Lumpen bedeckte seine Schultern, und ein alter, zerknautschter Filzhut, der rund wie ein Becken war, verdeckte sein Gesicht; aber wenn er ihn abnahm, so enthüllte er anstelle der Lider zwei klaffende, blutige Augenhöhlen, aus denen eine Flüssigkeit lief, die bis an die Nase, deren schwarze Flügel krampfhaft schnüffelten, zu einem grünlichen Schorf gerann. Um jemanden anzusprechen, warf er mit einem idiotischen Lachen den Kopf zurück; dann rollten seine bläulichen Augäpfel in nicht aufhörender Bewegung und stießen nach den Schläfen zu an den Rand der offenen Wunde.

Er lief hinter dem Wagen her und sang ein Liedchen:

»An heißen Tagen zur Sommerszeit
Sind alle Mädchen zur Liebe bereit.«

Und nachher kam etwas von Vögeln, Sonne und grünen Blättern.

Manchmal erschien er ohne Hut ganz plötzlich hinter Emma. Sie warf sich mit einem Aufschrei zurück. Hivert verulkte ihn. Er riet ihm, sich beim nächsten Sankt-Romanus-Jahrmarkt eine Bude zu mieten, oder er fragte ihn lachend, wie es seiner Liebsten gehe.

Manchmal, wenn der Wagen schon in Fahrt war, steckte er mit einer jähen Bewegung seinen Hut durch das Fenster in das Wageninnere, während er sich mit der anderen Hand anklammerte, im spritzenden Straßenschmutz auf dem Trittbrett stehend. Seine erst schwache und wimmernde Stimme wurde schrill. Sie schleppte sich durch die Nacht wie die verschwommene Klage einer namenlosen Verzweiflung; und durch das Schellengeläut, das Rauschen der Bäume und das hohle Gerassel des Wagens hindurch hatte sie etwas Fernes, das Emma tief erschütterte. Es drang ihr bis auf den Grund der Seele wie ein Wirbelsturm in einen Abgrund, und es entrückte sie in die weiten Räume einer grenzenlosen Schwermut. Doch Hivert, der das

Gegengewicht bemerkt hatte, bedachte den Blinden mit heftigen Peitschenhieben. Die Schnur traf seine Wunden, und mit einem furchtbaren Aufheulen fiel er in den Straßenkot.

Dann nickten die Insassen der »Schwalbe« schließlich ein, die einen mit offenem Mund, die andern mit herabgesunkenem Kinn; sie lehnten dabei die Köpfe gegen die Schulter des neben ihnen Sitzenden oder hatten den Arm durch den Hängeriemen gesteckt und schaukelten mit den Bewegungen des Wagens regelmäßig hin und her; und der Widerschein der Laterne, die draußen über den Kruppen der Stangenpferde schwankte, drang durch die schokoladenfarbenen Kattungardinen und bedeckte all diese reglosen Gestalten mit blutroten Schattenflecken.

Emma, überwältigt von Traurigkeit, bebte in ihren Kleidern; sie fühlte, wie ihre Füße immer kälter wurden, und hatte den Tod in der Seele.

Zu Hause wartete Charles auf sie; donnerstags hatte die »Schwalbe« immer Verspätung. Endlich kam Madame! Kaum, daß sie die Kleine küßte. Das Abendessen war nicht fertig; was lag daran! Sie sah es der Köchin nach. Diesem Mädchen schien nun alles erlaubt zu sein.

Ihrem Mann fiel häufig ihre Blässe auf, und er fragte sie, ob sie nicht krank sei.

»Nein«, sagte Emma.

»Aber du bist heute abend so komisch!« entgegnete er.

»Ach! Es ist nichts! Es ist nichts!«

Es gab sogar Tage, an denen sie, kaum daß sie angelangt war, in ihr Zimmer hinaufging; und Justin, der dort war, ging mit leisen Schritten hin und her und bediente sie einfallsreicher als eine vortreffliche Zofe. Er stellte die Streichhölzer, den Leuchter zurecht, legte ein Buch hin, die Nachtjacke griffbereit und deckte das Bett auf.

»Nun«, sagte sie, »es ist gut, jetzt geh.«

Denn immer blieb er stehen, mit hängenden Armen und aufgerissenen Augen, wie verstrickt in die zahllosen Fäden eines Wachtraums.

Der nächste Tag war abscheulich, und noch unerträglicher waren die folgenden durch Emmas Ungeduld, ihr Glück wiederzuerlangen – es war ein heftiges Begehren, entflammt von bekannten Bildern, das sich am siebten Tag in Léons Liebkosungen befreit löste. Sein Feuer verbarg sich hinter überströmender Bewunderung und Dankbarkeit. Emma genoß diese Liebe auf eine diskrete, versunkene Weise; sie stützte sie mit allen Künsten ihrer Zärtlichkeit und bangte ein wenig, sie könne sich später verlieren.

Oft sagte sie mit weicher, schwermütiger Stimme zu ihm:

»Ach, du wirst mich verlassen …! Du wirst heiraten …! Du wirst es machen wie die andern.«

Er fragte:

»Welche andern?«

»Na, wie alle Männer.«

Dann fügte sie hinzu, wobei sie ihn mit einer schmachtenden Geste zurückstieß:

»Ihr seid alle Schufte!«

Eines Tages, als sie tiefsinnig über die irdischen Enttäuschungen plauderten, hatte sie gesagt (um seine Eifersucht auf die Probe zu stellen oder vielleicht auch aus einem allzu starken Mitteilungsbedürfnis heraus), sie habe früher einmal, vor ihm, jemanden geliebt; »nicht wie dich«, fuhr sie schnell fort und schwor beim Haupt ihres Kindes, »es sei nichts passiert«.

Das glaubte der junge Mann, und dennoch fragte er sie, weil er wissen wollte, was der Betreffende gewesen sei.

»Er war Schiffskapitän, mein Lieber.«

Hieß das nicht, jeder Nachforschung zuvorkommen und sich gleichzeitig ein gewisses Ansehen verleihen, indem sie vorgab, sie habe einen martialischen und an Huldigungen gewöhnten Mann bezaubert?

Tatsächlich empfand der Praktikant jetzt die Geringheit seiner eigenen Stellung; er lechzte nach Achselstücken, Orden und Titeln. All das mußte ihr gefallen: das merkte er an ihren kostspieligen Liebhabereien.

Dabei verschwieg Emma ihm einen großen Teil ihrer Extravaganzen, so zum Beispiel, daß sie nur zu gern einen blauen Tilbury mit einem englischen Pferd und einem Groom mit Stulpenstiefeln gehabt hätte, um mit ihm in Rouen spazierenzufahren.

Diesen Einfall verdankte sie Justin, der sie einmal flehentlich gebeten hatte, ihn als Diener in ihr Haus zu nehmen; und wenn diese Entbehrung auch bei jedem Rendezvous die Freude der Ankunft nicht minderte, so steigerte sie gewiß die Bitterkeit der Rückkehr.

Oft, wenn sie zusammen von Paris sprachen, flüsterte sie schließlich:

»Ach, wie wohl würden wir uns fühlen, wenn wir dort lebten!«

»Sind wir denn nicht glücklich?« erwiderte der junge Mann zärtlich und strich ihr über das gescheitelte Haar.

»Ja, du hast recht«, sagte sie, »ich bin verrückt; küß mich!«

Gegen ihren Mann war sie reizender denn je; sie bereitete ihm Pistaziencreme und spielte ihm nach dem Abendessen Walzer vor. Also hielt er sich jetzt für den Glücklichsten aller Sterblichen, und Emma lebte in voller Sicherheit, als er sie eines Abends unvermittelt fragte:

»Nicht wahr, du hast doch bei Mademoiselle Lempereur Stunden?«

»Ja.«

»Merkwürdig«, fuhr Charles fort, »ich habe sie heute bei Madame Liégeard getroffen. Ich habe sie nach dir gefragt; sie kennt dich gar nicht.«

Das war wie ein Donnerschlag. Dennoch erwiderte sie unbefangen:

»Ach! Ihr ist sicher mein Name entfallen!«

»Oder«, sagte der Arzt, »es gibt in Rouen mehrere Demoiselles Lempereur, die Klavierstunden geben.«

»Auch das ist möglich.«

Dann sagte sie lebhaft:

»Aber ich habe ja ihre Quittungen, warte! Paß auf.«

Und sie ging zum Sekretär, durchwühlte alle Schubladen, brachte alle Papiere durcheinander und verlor schließlich auf so gutgespielte Weise den Kopf, daß Charles sie dringlich bat, sich der elenden Quittungen wegen nicht soviel Mühe zu machen.

»Oh, ich werde sie schon finden«, sagte sie.

Tatsächlich fühlte Charles am Freitag danach, als er in dem kleinen finstern Raum, in den seine Kleidung gezwängt wurde, die

Stiefel anzog, zwischen dem Sohlenleder und seinem Strumpf
ein Stück Papier; er nahm es und las:

»Für drei Monate Klavierstunden nebst verschiedenen Auslagen
erhalten: fünfundsechzig Francs.

Félicie L'Empereur<br>Musiklehrerin.«

»Wie, zum Teufel, kommt denn das in meine Stiefel?«
»Wahrscheinlich«, antwortete sie, »ist es aus dem alten Karton
mit den Rechnungen gefallen, der da oben auf dem Brett steht.«
Von diesem Zeitpunkt an war ihr Dasein nur noch ein Netz von
Lügen, in das sie wie in Schleier ihre Liebe hüllte, um sie zu tarnen.
Es war das für sie ein Bedürfnis, eine Lust, und das ging so weit,
daß man, wenn sie sagte, sie sei gestern auf der rechten Straßenseite gegangen, ganz sicher sein konnte, daß es die linke gewe-
sen sei.
Eines Morgens, als sie gerade wie gewöhnlich ziemlich leicht gekleidet abgefahren war, fing es unversehens an zu schneien; und
als Charles am Fenster nach dem Wetter Ausschau hielt, sah er
Bournisien im Einspänner des edlen Tuvache, der ihn nach
Rouen bringen wollte. Da ging er hinunter und vertraute dem
Geistlichen einen dicken Schal an, damit er ihn Madame einhän-
dige, sobald er im »Roten Kreuz« angekommen sei. Kaum war
Bournisien in dem Gasthof, als er auch schon fragte, wo die Frau
des Yonviller Arztes sei. Die Wirtin antwortete, daß sie nur sehr
selten in ihrem Hotel wohne. Als er dann abends Madame Bovary in der »Schwalbe« erkannte, erzählte er ihr sein Mißgeschick, ohne diesem übrigens besondere Bedeutung beizumes-
sen; denn er stimmte sogleich das Loblied eines Kanzelredners
an, der in der Kathedrale wahre Wunder vollbringe und den an-
zuhören alle Damen hinliefen.
Wie dem auch sei, wenn er keine Erklärungen verlangt hatte, so
würden andere sich vielleicht weniger diskret verhalten. Daher
hielt sie es für angebracht, jedesmal im »Roten Kreuz« abzustei-
gen, damit die guten Leute aus ihrem Dorf sie auf der Treppe
sähen und nichts argwöhnten.

Doch eines Tages traf sie Lheureux, gerade als sie an Léons Arm aus dem »Hôtel de Boulogne« herauskam; und sie bekam es mit der Angst, weil sie sich einbildete, er werde schwatzen. So dumm war er nicht.

Aber drei Tage danach trat er in ihr Schlafzimmer, schloß die Tür und sagte:

»Ich brauche Geld.«

Sie erklärte, sie könne ihm nichts geben. Lheureux fing an zu jammern und zählte alle Gefälligkeiten auf, die er ihr erwiesen hatte.

Tatsächlich hatte Emma bis dahin nur einen der beiden von Charles unterschriebenen Wechsel eingelöst. Den zweiten hatte der Händler auf ihre Bitte hin durch zwei andere ersetzt und diese dann abermals langfristig prolongiert. Er zog aus der Tasche ein Verzeichnis der nicht bezahlten Lieferungen, als da waren: die Gardinen, der Teppich, Stoff für Sesselüberzüge, mehrere Kleider und verschiedene Toiletten-Gegenstände; der Gesamtbetrag belief sich auf ungefähr zweitausend Francs.

Sie ließ den Kopf hängen; er fuhr fort:

»Aber wenn Sie kein Bargeld haben, dann haben Sie doch Grundbesitz.«

Und nun machte er sie auf eine elende Bruchbude in Barneville bei Aumale aufmerksam, die nicht viel einbrachte. Ursprünglich hatte sie zu einem kleinen Bauernhof gehört, den der alte Bovary vor Jahren verkauft hatte; denn Lheureux wußte alles; er kannte sogar die Größe in Hektar und die Namen der Nachbarn.

»Ich an Ihrer Stelle«, sagte er, »würde es mir vom Hals schaffen und hätte dabei sogar noch einen Überschuß.«

Sie wandte ein, wie schwierig es sei, einen Käufer zu finden; er machte ihr Hoffnung, einen aufzutreiben; sie jedoch fragte, wie sie es anstellen müsse, zu verkaufen.

»Haben Sie nicht die Vollmacht?« antwortete er.

Diese Äußerung war für sie wie ein frischer Luftzug.

»Lassen Sie mir die Rechnung hier«, sagte Emma.

»Oh, es eilt ja nicht!« entgegnete Lheureux.

In der nächsten Woche kam er wieder und rühmte sich, es sei ihm unter großer Mühewaltung gelungen, einen gewissen Lang-

lois ausfindig zu machen, der schon seit langem ein Auge auf
das Grundstück geworfen habe, ohne mit dem Preis herauszu-
rücken.

»Der Preis ist gleichgültig!« rief sie.

Man tue besser, zu warten und den muntern Knaben zappeln zu
lassen. Die Angelegenheit sei die Mühe einer Reise wert, und da
sie jene Reise nicht machen könne, erbot er sich, an Ort und Stelle
zu fahren, um sich mit Langlois zu besprechen. Als er wieder da
war, verkündete er, der Käufer schlage viertausend Francs vor.
Emma blühte bei dieser Nachricht auf.

»Offen gestanden«, fügte er hinzu, »das ist anständig bezahlt.«
Die erste Hälfte der Summe zählte er ihr sofort auf, und als sie
damit ihre Rechnung bezahlen wollte, meinte der Händler:

»Mein Ehrenwort, es würde mich schmerzen, wenn Sie eine so
wichtige Summe gleich wieder aus der Hand geben sollten.«
Da sah sie die Banknoten an und dachte an die unbegrenzte Zahl
der Rendezvous, die diese zweitausend Francs bedeuteten.

»Was ... wollen Sie damit sagen?« stammelte sie.

»Oh!« erwiderte er mit einem Biedermannslachen, »man kann ja
alles, was man will, auf die Rechnungen schreiben. Kenne ich
mich etwa nicht in ehelichen Gemeinschaften aus?«

Und er blickte sie scharf an mit den zwei länglichen Papierstük-
ken in der Hand, die er zwischen ihre Fingernägel gleiten ließ.
Schließlich machte er seine Brieftasche auf und legte vier Wechsel auf seine Order auf den Tisch, jeder zu tausend Francs.

»Unterschreiben Sie mir das hier, und behalten Sie alles.«
Sie tat einen empörten Ausruf.

»Na, wenn ich Ihnen den Überschuß bar auszahle«, antwortete
Lheureux, »erweise ich Ihnen, ja, Ihnen, da nicht einen Gefallen?«

Und er nahm eine Feder und schrieb unter die Rechnung: »Von
Madame Bovary viertausend Francs erhalten.«

»Was macht Ihnen Sorge, da Sie ja doch in sechs Monaten die
Restsumme für Ihre Baracke bekommen und ich den Verfallstag
des letzten Wechsels auf ein Datum nach der Auszahlung ange-
setzt habe?«

Emma fand sich in dieser Rechnerei nicht mehr zurecht, und in ihren Ohren dröhnte es, als seien aus geplatzten Säcken Goldstücke gefallen und rings um sie her klingend über den Fußboden gerollt. Schließlich erklärte Lheureux ihr, daß er einen Freund namens Vinçart habe, einen Bankier in Rouen, der die vier Wechsel diskontieren werde, und dann wolle er selber Madame den Überschuß von der wirklichen Schuldsumme bringen.

Aber statt zweitausend Francs brachte er nur achtzehnhundert; denn Freund Vinçart (wie »üblich«) hatte zweihundert Francs für Provision und Diskont bezogen.

Dann verlangte er beiläufig eine Quittung.

»Sie verstehen ... im Geschäftsleben ... manchmal ... Und mit dem Datum, bitte mit dem Datum.«

Eine Unendlichkeit nun erfüllbarer Wünsche tat sich vor Emma auf. Sie war so vorsichtig, tausend Taler beiseite zu legen; damit sollten bei Fälligkeit die ersten drei Wechsel bezahlt werden; aber der vierte kam zufällig an einem Donnerstag ins Haus, und der arg betroffene Charles wartete geduldig auf die Rückkehr seiner Frau, die ihm den Sachverhalt schon erklären würde.

Wenn sie ihm von jenem Wechsel nichts gesagt habe, so sei das geschehen, um ihm häusliche Sorgen zu ersparen; sie setzte sich auf seine Knie, streichelte ihn, umgirrte ihn und zählte ihm die tausend unentbehrlichen Sachen auf, die sie auf Kredit angeschafft habe.

»Also, du mußt doch zugeben, daß das in Anbetracht der Menge nicht zu teuer ist.«

Charles, der ratlos war, wandte sich hilfesuchend an den ewigen Lheureux, der gelobte, die Sache in Ordnung zu bringen, wenn Monsieur ihm zwei Wechsel unterzeichnete, einen davon zu siebenhundert Francs auf drei Monate. Um ins reine zu kommen, schrieb er einen rührenden Brief an seine Mutter. Statt eine Antwort zu schicken, kam sie selber; und als Emma wissen wollte, ob er ihr etwas abgeknöpft habe, antwortete er:

»Ja. Aber sie möchte die Rechnung sehen.«

Am anderen Morgen lief Emma in aller Frühe zu Lheureux und bat ihn, ihr eine andere Rechnung auszustellen, die aber tausend Francs nicht übersteigen dürfe; denn um diejenige über viertausend vorzeigen zu können, hätte sie erklären müssen, daß sie davon schon zwei Drittel bezahlt habe, folglich hätte sie den Grundstücksverkauf eingestehen müssen, ein Geschäft, das der Händler gut gefingert hatte und das tatsächlich erst sehr viel später bekannt wurde.

Trotz des sehr niedrigen Preises für jeden Artikel konnte die alte Bovary nicht umhin, die Ausgaben übertrieben zu finden.

»Wäre es nicht auch ohne den Teppich gegangen? Warum mußten die Lehnsessel neu bezogen werden? Zu meiner Zeit gab es in einem Haus nur einen einzigen Lehnsessel, – wenigstens war es so bei meiner Mutter, und die war eine ehrbare Frau, das kann ich versichern. Es kann nicht jedermann reich sein! Und der Verschwendung ist kein Vermögen gewachsen! Ich würde rot, wenn ich mich verhätschelte, wie ihr es tut! Und dabei bin ich eine alte Frau und brauche einige Bequemlichkeit … Und hier! Und hier! Nichts als Putz, nichts als Großtuerei! Was? Seide als Futterstoff, und zu zwei Francs das Meter …? Wo es doch Jakonett zu zehn Sous gibt und sogar schon zu acht, der vollkommen ausreicht.«

Emma lehnte auf ihrer Causeuse und erwiderte so ruhig wie irgend möglich:

»Schon gut, Madame, es genügt, es genügt …!«

Die andere predigte immer weiter und prophezeite, sie würden beide im Armenspital enden. Überdies sei der Hauptschuldige Bovary. Zum Glück habe er versprochen, die Vollmacht solle vernichtet werden …

»Wie bitte?«

»Jawohl! Er hat es mir geschworen«, entgegnete die gute Frau.

Emma machte das Fenster auf, rief Charles, und der arme Kerl mußte zugeben, daß seine Mutter ihm sein Ehrenwort abgenötigt habe.

Emma verschwand, kam jedoch sehr bald wieder und hielt ihr majestätisch ein großes Schriftstück hin.

»Danke«, sagte die alte Frau.

Und sie warf die Vollmacht ins Feuer.

Emma fing gellend, schrill und unaufhörlich zu lachen an; sie hatte einen Nervenanfall bekommen.

»O mein Gott!« rief Charles. »Ja, du hast ebenfalls unrecht! Du kommst her und machst ihr Szenen ...!«

Seine Mutter zuckte die Achseln und behauptete, das alles sei Getue.

Aber zum erstenmal in seinem Leben stellte Charles sich auf die Hinterbeine; er verteidigte seine Frau so nachdrücklich, daß die alte Bovary auf und davon wollte. Am anderen Morgen gegen Tagesanbruch reiste sie ab, und als er sie auf der Türschwelle zurückzuhalten versuchte, erwiderte sie:

»Nein, nein! Du hast sie lieber als mich, und da hast du recht, das ist ganz in Ordnung. Mir soll's recht sein! Du wirst schon sehen ...! Gute Besserung ...! Denn ich werde nicht so leicht wieder herkommen und, wie du sagst, ihr Szenen machen.«

Danach stand Charles dann höchst beklommen Emma gegenüber; sie hielt mit ihrem Groll nicht hinterm Berg, daß er es für sie an Vertrauen habe mangeln lassen; er mußte erst lange bitten, ehe sie sich bereit fand, eine neue Vollmacht entgegenzunehmen, und er selber ging mit zu Guillaumin, um eine zweite, genau wie die frühere, ausfertigen zu lassen.

»Ich verstehe das«, sagte der Notar. »Ein Mann der Wissenschaft kann sich nicht mit den Kleinigkeiten des praktischen Lebens belasten.«

Und Charles fühlte sich durch diese füchsische Weisheit getröstet, weil sie seiner Schwäche den schmeichelhaften Anschein einer höheren Gedankenbeschäftigung lieh.

Wie ausgelassen war sie am nächsten Donnerstag im Hotel in ihrer beider Zimmer mit Léon! Sie lachte, weinte, sang, tanzte, ließ Sorbets heraufbringen, wollte Zigaretten rauchen und kam ihm überspannt, aber anbetenswert und wunderbar vor.

Er wußte ja nicht, welche Reaktion ihres ganzen Wesens sie sich mit jedem Tag mehr auf die Genüsse des Lebens stürzen ließ. Sie wurde reizbar, feinschmeckerisch und wollüstig, und sie ging mit ihm erhobenen Hauptes auf der Straße spazieren, ohne Angst, wie sie sagte, sich zu kompromittieren. Manchmal jedoch erzitterte Emma bei dem jähen Gedanken, Rodolphe zu begegnen; denn ihr war, obwohl sie sich für immer getrennt hatten, als habe sie sich nicht gänzlich aus ihrer Hörigkeit gelöst.

Eines Abends kehrte sie nicht nach Yonville zurück. Charles verlor den Kopf darüber, und die kleine Berthe, die ohne ihre Mama nicht zu Bett gehen wollte, schluchzte herzzerbrechend. Justin war aufs Geratewohl auf die Landstraße hinausgelaufen. Homais hatte um ihretwillen seine Apotheke sich selbst überlassen.

Schließlich, um elf Uhr abends, konnte Charles es nicht mehr aushalten; er schirrte seinen Einspänner an, sprang hinein, hieb auf sein Pferd los und langte gegen zwei Uhr morgens beim »Roten Kreuz« an. Niemand. Er dachte, vielleicht habe der Praktikant sie gesehen; aber wo mochte der wohnen? Zum Glück fiel Charles die Adresse seines Chefs ein. Er lief hin.

Der Morgen graute. Er erkannte über einer Tür die Amtsschilder und klopfte. Ohne zu öffnen, rief ihm jemand die erbetene Auskunft zu und schimpfte weidlich über Leute, die einen mitten in der Nacht störten.

Das Haus, in dem der Praktikant wohnte, hatte weder Türglocke noch Klopfer, noch einen Portier. Charles schlug heftig mit der Faust gegen den Fensterladen. Ein Polizist ging vorüber; da bekam er es mit der Angst und ging fort.

»Ich bin verrückt«, sagte er sich. »Wahrscheinlich haben die Lormeaux sie nach dem Abendessen dabehalten.«

Die Familie Lormeaux wohnte nicht mehr in Rouen.

»Dann wird sie bei Madame Dubreuil geblieben sein, um sie zu pflegen. Aber, Madame Dubreuil ist ja vor einem halben Jahr gestorben ...! Wo mag sie nur sein?«

Da fiel ihm etwas ein. In einem Café ließ er sich das Adreßbuch geben und suchte rasch nach dem Namen der Mademoiselle Lempereur; sie wohnte Rue de la Renelle-des-Maroquiniers Nr. 74.

Als er in diese Straße einbog, tauchte Emma am anderen Ende auf; er stürzte sich mehr auf sie, als daß er sie umarmte, und rief:

»Was hat dich gestern hier festgehalten?«

»Ich habe mich nicht wohl gefühlt.«

»Was hat dir denn gefehlt ...? Wo ...? Wie ...?«

Sie fuhr sich mit der Hand über die Stirn und antwortete:

»Bei Mademoiselle Lempereur.«

»Das hab ich mir doch gleich gedacht! Ich war auf dem Weg zu ihr.«

»Die Mühe kannst du dir sparen«, sagte Emma. »Grade eben ist sie fortgegangen; aber in Zukunft rege dich nicht wieder auf. Ich fühle mich gehemmt, wie du dir denken kannst, wenn ich weiß, daß die geringste Verspätung dich so aus dem Gleichgewicht bringt.«

Das war eine Art Erlaubnis, die sie selber sich gab, damit sie sich in Zukunft bei ihren Eskapaden keinen Zwang mehr aufzuerlegen brauchte. Davon machte sie fortan ausgiebig Gebrauch. Sobald sie Lust verspürte, Léon zu sehen, fuhr sie unter irgendeinem Vorwand nach Rouen, und da er sie an solchen Tagen nicht erwartete, suchte sie ihn in seinem Büro auf.

Die ersten Male freute er sich sehr darüber; bald jedoch rückte er mit der Wahrheit heraus, nämlich, daß sein Chef sich über diese Störungen beschwert habe.

»Ach, Unsinn! Komm nur mit«, sagte sie.

Und er drückte sich.

Sie wollte, daß er sich ganz in Schwarz kleide und sich eine sogenannte Fliege am Kinn stehenlasse, damit er den Bildnissen Ludwigs XIII. ähnele. Sie wünschte seine Wohnung kennenzulernen und fand sie recht mäßig; er wurde deswegen rot; sie beachtete es nicht; dann riet sie ihm, Gardinen zu kaufen, wie sie sie habe, und als er einwandte, die seien sehr teuer, sagte sie lachend:

»Haha! Du hängst an deinen kleinen Talern!«

Jedesmal mußte Léon ihr genau erzählen, was er seit dem letzten Beisammensein getan und getrieben habe. Sie erbat Verse, an sie gerichtete Verse, ein »Liebesgedicht« ihr zu Ehren; es gelang ihm nie, den Reim des zweiten Verses zu finden, und schließlich schrieb er ein Sonett aus einem Keepsake ab.

Das geschah weniger aus Eitelkeit als aus dem Verlangen heraus, ihr zu willfahren. Nie widersprach er ihren Einfällen; er paßte sich ihrem Geschmack an; er wurde weit mehr ihr Geliebter als sie seine Geliebte war. Sie fand zärtliche Worte zu Küssen, die ihm die Seele nahmen. Wo nur hatte sie diese Verderbtheit gelernt, die durch ihre Tiefe und Verborgenheit fast unkörperlich war?

# VI

Auf den Fahrten, die Léon unternahm, um mit ihr beisammen zu sein, hatte er häufig bei dem Apotheker zu Abend gegessen, und nun glaubte er sich gezwungen, ihn aus Höflichkeit auch einmal einladen zu müssen.

»Gern!« hatte Homais geantwortet. »Übrigens muß ich mal ein bißchen andere Luft schnappen, denn hier versaure ich. Wir wollen ins Theater gehen, ins Restaurant, und ein paar Dummheiten machen!«

»Ach, Liebster!« flüsterte Madame Homais zärtlich, erschrocken über die unbestimmten Gefahren, in die er sich hineinbegeben wollte.

»Na, was denn? Meinst du etwa, ich ruinierte mir nicht zur Genüge die Gesundheit dadurch, daß ich unausgesetzt in den Apothekendünsten lebe? So sind übrigens die Frauen: immer eifersüchtig auf die Wissenschaft, und dann wollen sie nicht, daß man sich Ablenkungen verschafft, die nur recht und billig sind. Macht nichts, rechnen Sie auf mich; an einem dieser Tage komme ich auf dem Sprung in Rouen herein, und dann lassen wir zusammen etwas springen.«

Früher hätte der Apotheker sich gehütet, einen solchen Ausdruck zu gebrauchen; aber jetzt erging er sich in einem mutwilligen und pariserischen Gehaben, von dem er meinte, es zeuge vom besten Geschmack; und wie Madame Bovary, seine Nachbarin, fragte er den Praktikanten neugierig nach den Sitten und Gewohnheiten der Hauptstadt aus und sprach sogar Argot, um ... die Bürger zu blenden; er sagte »Bude« statt Zimmer, »Bazar« statt Markthalle, »schick« statt tadellos, »chicandard« statt eleganter Herr, »Breda-street« statt Rue de Bréda, und »ich verdünnisiere mich« statt »ich gehe weg«.

Eines Donnerstags also war Emma überrascht, als sie in der Küche des »Goldenen Löwen« Homais im Reiseanzug vorfand, das heißt, in einen alten Mantel gehüllt, in dem er noch nie gesehen worden war; überdies trug er in der einen Hand eine Reisetasche und in der andern den Fußsack aus seinem Laden. Er hatte sein Vorhaben niemandem anvertraut, aus Angst, er könne die Öffentlichkeit durch seine Abwesenheit beunruhigen.

Der Gedanke, die Stätten wiederzusehen, an denen er seine Jugend verbracht hatte, regte ihn offenbar auf; denn während der ganzen Fahrt hörte er nicht auf zu reden; und kaum war er angelangt, sprang er auch schon aus dem Wagen, um sich auf die Suche nach Léon zu machen: und der Praktikant mochte sich noch so sehr sträuben, Homais schleppte ihn ins große »Café de Normandie«, das er majestätisch betrat, ohne den Hut abzunehmen, weil er es für ungemein provinzlerisch hielt, an einem öffentlichen Ort unbedeckten Hauptes zu erscheinen.

Drei Viertelstunden lang wartete Emma auf Léon. Schließlich eilte sie in sein Büro, und unter allen möglichen Mutmaßungen, wobei sie ihn der Gleichgültigkeit zieh und sich selbst Schwäche vorwarf, verbrachte sie den Nachmittag mit gegen die Fensterscheiben gepreßter Stirn.

Um zwei saßen die beiden noch immer bei Tisch. Der große Raum wurde leerer und leerer; das Abzugsrohr des Ofens, das wie ein Palmbaum gestaltet war, entfaltete seine vergoldeten Wedel an der weißen Zimmerdecke; und neben ihnen, hinter einer Glaswand, sprudelte im vollen Sonnenschein ein kleiner Wasserstrahl in ein Marmorbecken, wo zwischen Brunnenkresse und Spargel drei schläfrige Hummer sich zu den Wachteln hinaufreckten, die zu einem Stapel auf der Seite aufgeschichtet lagen.

Homais delektierte sich. Obgleich er sich am Luxus mehr berauschte als an gutem Essen, hatte der Pomard seine Phantasie ein bißchen angestachelt, und als die Omelette mit Rum aufgetragen wurde, tischte er unmoralische Theorien über die Frauen auf. Was ihn mehr als alles übrige verführe, sei der »Chic«. Er schwärme für eine elegante Toilette in einer gut eingerichteten Wohnung, und was die körperlichen Qualitäten betreffe, so sei er durchaus nicht gegen eine gewisse »Fülle«.

Léon blickte verzweifelt auf die Stutzuhr. Der Apotheker trank, aß und redete.

»Sie müssen sich in Rouen ziemlich einsam fühlen«, sagte er unvermittelt. »Übrigens wohnt das Ziel Ihrer Sehnsucht ja nicht weit.«

Und als sein Gegenüber rot wurde:

»Na, heraus mit der Sprache! Wollen Sie etwa leugnen, daß Sie in Yonville ...?«

Dem jungen Mann verschlug es die Sprache.

»In Madame Bovarys Haus nicht jemandem den Hof machen ...?«

»Aber wem denn?«

»Dem Dienstmädchen!«

Er scherzte nicht; aber da die Eitelkeit stets über alle Vorsicht obsiegt, widersprach Léon unwillkürlich. Überdies liebe er nur brünette Frauen.

»Da stimme ich Ihnen zu«, sagte der Apotheker. »Die haben mehr Temperament.«

Und er beugte sich zum Ohr seines Freundes nieder und zählte ihm die Merkmale auf, an denen man erkenne, ob eine Frau Temperament habe. Er ließ sich sogar auf eine ethnographische Abschweifung ein; die Deutsche sei schwärmerisch, die Französin leichtfertig, die Italienerin leidenschaftlich.

»Und die Negerinnen?« fragte der Praktikant.

»Das ist was für Kenner«, sagte Homais. – »Kellner, zwei kleine Tassen Kaffee!«

»Wollen wir jetzt gehen?« fragte der ungeduldig gewordene Léon schließlich.

»Yes.«

Aber bevor sie aufbrachen, wollte er den Leiter des Restaurants sehen; er richtete an ihn ein paar beglückwünschende Worte.

Um allein zu sein, schützte der junge Mann vor, daß er beruflich zu tun habe.

»Ach so! Ich begleite Sie!« sagte Homais.

Und als er mit ihm die Straßen hinabging, redete er von seiner Frau, von seinen Kindern, von deren Zukunft und seiner Apotheke; er erzählte, in welch verwahrlostem Zustand sie sich ehedem befunden und wie er sie hochgebracht habe.

Vor dem »Hôtel de Boulogne« ließ Léon ihn kurzerhand stehen, stürmte die Treppe hinauf und fand seine Geliebte in großer Erregung.

Bei der Erwähnung des Apothekers geriet sie in Zorn. Er indessen wartete mit guten Gründen auf; es sei nicht seine Schuld; kenne sie denn Homais nicht? Könne sie glauben, daß er lieber mit ihm beisammen sei? Aber sie wandte sich ab; er hielt sie zurück, warf sich auf die Knie und umschlang mit beiden Armen ihre Taille in einer schmachtenden Pose, die voller Begehren und Flehen war.

Sie stand da; ihre großen, flammenden Augen blickten ihn ernst und fast schreckeinflößend an. Dann wurden sie von Tränen verdunkelt, ihre rosigen Lider senkten sich; sie überließ ihm ihre Hände, und Léon zog sie an seinen Mund; da erschien ein Hoteldiener und meldete, jemand wolle Monsieur sprechen.

»Du kommst doch wieder?« fragte sie.

»Ja.«

»Aber wann?«

»Gleich.«

»Das ist ein Trick«, sagte der Apotheker, als er Léon erblickte. »Ich habe diesen Besuch unterbrechen wollen; mir schien, als sei er Ihnen unangenehm. Jetzt gehen wir zu Bridoux und trinken einen Bittern.«

Léon beteuerte, er müsse zurück in sein Büro. Da machte der Apotheker Witze über den Aktenkram und das Prozeßverfahren.

»Lassen Sie doch getrost den Cujas und den Bartolus liegen, zum Teufel! Was hindert Sie denn? Fassen Sie sich ein Herz! Kommen Sie, wir gehen zu Bridoux; Sie sollen seinen Hund sehen. Das ist sehr komisch.«

Und da der Praktikant sich immer noch sträubte:

»Dann komme ich mit Ihnen. Ich lese eine Zeitung, während ich auf Sie warte, oder ich blättere in einem Gesetzbuch.«

Léon war benommen von Emmas Zorn, Homais' Geschwätz und vielleicht auch von dem schweren Mittagessen; er blieb unentschlossen, wie im Bann des Apothekers, der nochmals sagte:

»Kommen Sie mit zu Bridoux! Es sind nur zwei Schritte, Rue Malpalu.«

Da ließ er sich aus Feigheit, aus Dummheit, aus jenem unqualifizierbaren Gefühl, das uns zu den uns widerwärtigsten Handlungen treibt, zu Bridoux führen; und sie fanden ihn in seinem kleinen Hof, wo er drei Burschen beaufsichtigte, die schnaufend das große Rad einer Maschine drehten, mit der Selterswasser bereitet wurde. Homais erteilte ihnen Ratschläge, begrüßte herzlich Bridoux, und der Bitter wurde getrunken. Zwanzigmal wollte Léon weggehen; doch der andre hielt ihn am Ärmel fest und sagte:

»Gleich! Ich komme schon. Jetzt gehen wir zum ›Rouener Leuchtfeuer‹ und sagen den Herren da guten Tag. Ich stelle Sie Thomassin vor.«

Dennoch machte er sich frei und lief in einem Atem bis zum Hotel. Emma war nicht mehr dort.

Sie war eben abgefahren, völlig außer sich. Jetzt haßte sie ihn. Der Wortbruch beim Stelldichein schien ihr eine tödliche Kränkung, und sie suchte auch noch nach anderen Gründen, um mit ihm zu brechen: er sei keines Heldenmuts fähig, schwach, banal, weichlicher als eine Frau, und überdies geizig und kleinmütig.

Dann wurde sie ruhiger und sah schließlich ein, daß sie ihn schlechter gemacht habe als er war. Aber die Anschwärzung derer, die wir lieben, befleckt diese immer ein bißchen. Götterbilder darf man nicht berühren, sonst bleibt einem die Vergoldung an den Fingern haften.

Sie kamen dahin, häufiger von Dingen zu sprechen, die nichts mit ihrer Liebe zu tun hatten; und in den Briefen, die Emma ihm schickte, war die Rede von Blumen, von Versen, vom Mond und den Sternen, naiven Notbehelfen einer ermatteten Liebe, die versuchte, sich mit allen äußeren Mitteln zu beleben. Ständig verhieß sie sich von ihrer nächsten Fahrt ein tiefes Glücksgefühl; dann aber gestand sie sich, nichts Ungewöhnliches zu empfinden. Diese Enttäuschung verblaßte rasch vor einer neuen Hoffnung, und Emma kam jedesmal entflammter und gieriger wieder zu ihm. Mit brutaler Hast zog sie sich aus, riß das dünne Schnürband aus ihrem Korsett, das ihr um die Hüften zischte wie eine dahingleitende Ringelnatter. Auf den Spitzen ihrer nackten Füße ging sie noch einmal zur Tür, um nachzusehen, ob sie auch verschlossen sei; dann ließ sie mit einer einzigen Geste ihre sämtlichen Kleidungsstücke fallen; – und bleich, stumm und ernst stürzte sie sich mit einem langen Erschauern an seine Brust.

Indessen war auf dieser kalt beperlten Stirn und auf diesen stammelnden Lippen, in diesen verstörten Augen, in der Umschlingung dieser Arme etwas übersteigertes, Unbestimmtes und Todtrauriges, von dem Léon schien, es schiebe sich zwischen sie beide, wie um sie zu trennen.

Er wagte ihr keine Fragen zu stellen; doch in der Erkenntnis, wie erfahren sie sei, sagte er sich, daß sie durch alle Prüfungen des Leids und der Lust hindurchgegangen sein müsse. Was ihn ehedem entzückt hatte, erschreckte ihn jetzt ein wenig. Außerdem lehnte er sich gegen die täglich zunehmende Vergewaltigung seines Ichs auf. Er grollte Emma dieses steten Siegs wegen. Er bemühte sich sogar, sie nicht mehr zu lieben, doch beim Knarren ihrer Stiefelchen fühlte er sich schwach werden wie ein Trunkenbold beim Anblick starker Schnäpse.

Sie verschwendete an ihn, das ist wahr, alle möglichen Liebeskünste, von den Genüssen der Tafel bis zu Koketterien der Kleidung und schmachtenden Blicken. Sie brachte aus Yonville an der Brust Rosen mit und warf sie ihm ins Gesicht; sie zeigte sich besorgt um seine Gesundheit, gab ihm Ratschläge für seine Lebensweise, und um ihn noch enger an sich zu fesseln und in der Hoffnung, der Himmel möge sich einmischen, hängte sie ihm eine Medaille mit dem Bild der Heiligen Jungfrau um den Hals. Wie eine ehrsame Mutter erkundigte sie sich nach seinen Kollegen. Sie sagte:

»Geh nicht zu ihnen, bleib daheim, denk nur an uns beide, hab mich lieb!«

Am liebsten hätte sie seinen Lebenswandel überwacht, und es kam ihr sogar der Gedanke, ihn auf der Straße beobachten zu lassen. In der Nähe des Hotels lungerte immer eine Art Vagabund herum und machte sich an die Fremden heran; der würde es nicht ablehnen ... Aber dagegen empörte sich ihr Stolz.

»Ach, was soll's! Mag er mich doch betrügen; was geht es mich
an. Hänge ich denn an ihm?«

Eines Tages, als sie sich früh getrennt hatten und sie allein über
den Boulevard zurückging, fiel ihr Blick plötzlich auf die Mauern ihres Klosters; da setzte sie sich auf eine Bank im Ulmen-
schatten. Welch innerer Friede damals! Wie sehnte sie sich jetzt
nach all den unauslöschlichen Liebesgefühlen zurück, die sie
sich nach den Büchern auszumalen versucht hatte!

Die ersten Monate ihrer Ehe, ihre Spazierritte im Wald, der Vicomte beim Walzer und Lagardys Gesang, all das glitt an ihren
Augen vorüber … Und Léon dünkte sie plötzlich genauso fern
wie die andern.

»Dabei liebe ich ihn doch!« sagte sie sich.

Gleichwohl! Sie war nicht glücklich, war es nie gewesen. Woher
kam nur diese Unzulänglichkeit des Lebens, dieses augenblick-
liche Verwesen aller Dinge, auf die sie sich stützte …? Aber wenn
es irgendwo ein starkes, schönes Wesen gab, eine tapfere Natur,
die gleichzeitig reich an Überschwängen und an Liebeskünsten
war, ein Dichterherz in Engelsgestalt, eine Leier mit ehernen
Saiten, die elegische Epithalamien zum Himmel tönen ließ,
warum sollte sie sie nicht zufällig finden können? Ach, weil es
unmöglich war! Nichts lohnte im übrigen die Mühe des Su-
chens; alles log! Jedes Lächeln verbarg ein Gähnen der Langeweile, jede Freude einen Fluch, jede Lust hatte ihren Ekel, und
die glühendsten Küsse hinterließen auf den Lippen nur die un-
stillbare Begierde nach einer höheren Wollust.

Ein metallisches Schnarren zog durch die Lüfte, und die Kloster-
uhr ließ vier Schläge ertönen. Vier Uhr! Und ihr war, als habe
sie hier auf dieser Bank schon eine Ewigkeit gesessen. Doch ein
unendliches Maß an Leidenschaft kann in einer Minute zu-
sammengedrängt sein, wie eine Menschenmenge auf geringem
Raum. Emma befaßte sich nur noch mit der ihren, und um Geld-
angelegenheiten kümmerte sie sich so wenig wie eine Erzher-
zogin.

Einmal jedoch kam ein rotgesichtiger, kahlköpfiger Mann zu ihr
mit kläglichem Gehaben und erklärte, er sei von Monsieur Vinçart in Rouen geschickt worden. Er zog die Stecknadeln heraus,

die die Seitentasche seines langen, grünen Gehrocks geschlossen hielten, steckte sie in seinen Ärmel und überreichte ihr höflich ein Formular.

Es war ein Wechsel über siebenhundert Francs, den sie unterzeichnet und den Lheureux allen seinen Beteuerungen zum Trotz an die Order Vinçarts weitergegeben hatte.

Sie schickte ihr Hausmädchen zu ihm. Er sei unabkömmlich.

Da fragte der Unbekannte, der stehen geblieben war und seine neugierigen Blicke, die seine buschigen blonden Augenbrauen tarnten, nach rechts und links hatte schweifen lassen, mit naiver Miene:

»Welche Antwort darf ich Monsieur Vinçart überbringen?«

»Ja«, sagte Emma, »richten Sie ihm aus ... ich hätte es nicht ... Bestimmt nächste Woche ... Er möge sich gedulden ... ja, nächste Woche.«

Und wortlos ging der Mann fort.

Aber am anderen Tag zur Mittagsstunde wurde ihr ein Wechselprotest überbracht; der Anblick der Zustellung auf Stempelpapier, auf der mehrmals in fetten Druckbuchstaben zu lesen stand: »Hareng, Gerichtsvollzieher in Buchy«, erschreckte sie so sehr, daß sie in aller Hast zu dem Stoffhändler lief.

Sie traf ihn in seinem Laden an; er schnürte gerade ein Paket zu.

»Ihr Diener!« sagte er. »Ich stehe zur Verfügung.«

Nichtsdestoweniger fuhr Lheureux mit seiner Beschäftigung fort, bei der ihm ein etwa dreizehnjähriges, leicht buckliges Mädchen half; es diente ihm gleichzeitig als Ladenmädchen und als Köchin.

Dann ließ er seine Holzschuhe auf dem Ladenfußboden klappern, stieg vor Madame in den ersten Stock hinauf und führte sie in ein enges Gemach, wo ein großer Schreibtisch aus Tannenholz seine Geschäftsbücher trug, die durch eine waagerechte, mit einem Vorhängeschloß versehene Eisenstange beschirmt waren. An der Wand stand ein Geldschrank, auf dem Kattunballen lagen; er war so groß, daß er auch noch andere Dinge als Banknoten und gemünztes Geld enthalten mußte. Lheureux lieh nämlich gegen Pfänder Geld aus, und dort hinein hatte er auch Madame Bovarys goldene Kette gelegt und außerdem die Ohrringe des armen Papa Tellier, der schließlich hatte verkaufen müssen und in Quincampoix einen armseligen Krämerladen gekauft hatte, wo er langsam an seinem Katarrh zugrunde ging, inmitten seiner Kerzen, die weniger gelb waren als sein Gesicht.

Lheureux setzte sich in seinen breiten Strohsessel und fragte:

»Was gibt es Neues?«

»Da.«

Und sie hielt ihm das Formular hin.

»Nun, und was kann ich dabei tun?«

Da brauste sie auf; sie erinnerte ihn an sein ihr gegebenes Versprechen, ihre Wechsel nicht in Umlauf zu bringen. Er gab es zu.

»Aber ich habe mich in einer Zwangslage befunden; mir saß das Messer an der Kehle.«

»Und was wird jetzt geschehen?« fragte sie.

»Oh, das ist ganz einfach: ein Gerichtsurteil und dann die Zwangsvollstreckung ...; prost Mahlzeit!«

Emma mußte sich zusammennehmen, um ihn nicht zu ohrfeigen. Mit sanfter Stimme fragte sie ihn, ob es kein Mittel gebe, Monsieur Vinçart zu beruhigen.

»Haha, Vinçart beruhigen! Da kennen Sie ihn schlecht; der ist blutgieriger als ein Araber.«

Dann müsse eben Lheureux einspringen.

»Na, hören Sie mal! Mir scheint, daß ich bis zum heutigen Tag ziemlich nett zu Ihnen gewesen bin.«

Und er schlug eines seiner Geschäftsbücher auf.

»Hier!«

Er fuhr mit dem Finger über die Seite:

»Sehen Sie ... sehen Sie ... Am 3. August zweihundert Francs ... Am 17. Juni hundertfünfzig ... am 23. März sechsundvierzig ... Im April ...«

Er hielt inne, als fürchte er, eine Dummheit zu begehen.

»Und dabei rede ich gar nicht von den beiden Wechseln, die Ihr Mann unterschrieben hat, den einen über siebenhundert, den andern über dreihundert Francs! Und was Ihre kleinen Akontos und die Zinsen angeht, so nimmt das kein Ende, da findet man gar nicht mehr durch. Ich mische mich da nicht mehr ein!«

Sie weinte, sie nannte ihn sogar »ihren lieben Monsieur Lheureux«. Er jedoch berief sich stets auf »diesen widerlichen Kerl, den Vinçart«. Überdies habe er keinen roten Heller; zur Zeit bezahle ihn niemand; jedermann ziehe ihm das Fell über die Ohren; ein armer Krämer wie er könne keine Darlehen geben.

Emma war verstummt; und Lheureux, der an einer Feder herumkaute, wurde offenbar durch ihr Schweigen beunruhigt; denn er fuhr fort:

»Na ja, wenn ich in diesen Tagen etwas hereinbekäme ... dann könnte ich ...«

»Ferner«, sagte sie, »sobald die Abschlußrate für Barneville ...«

»Wie bitte ...?«

Und als er erfuhr, Langlois habe noch nicht bezahlt, tat er sehr überrascht. Mit honigsüßer Stimme sprach er weiter:

»Und wir könnten uns einigen, haben Sie gesagt ...?«

»Ach, über alles, was Sie wollen!«

Nun schloß er die Augen, um zu überlegen, schrieb ein paar Zahlen und erklärte dann, es werde ihn große Mühe kosten, die Sache sei faul und er schneide sich ins eigene Fleisch, worauf er ihr vier Wechsel zu je zweihundertfünfzig Francs ausstellte, mit Fälligkeitsdaten, die je um einen Monat auseinanderlagen.

»Vorausgesetzt natürlich, daß Vinçart Vernunft annimmt! Außerdem ist ja alles festgelegt, ich fackle nicht lange; bei mir muß alles gehen wie geschmiert.«

Dann zeigte er ihr beiläufig ein paar neue Waren, von denen allerdings seiner Meinung nach keine Madames würdig sei.

»Wenn ich bedenke, daß ich hier einen Kleiderstoff zu sieben Sous das Meter habe, und garantiert waschecht! Dabei reißen sich die Leute darum. Natürlich sagt man ihnen nicht, was damit los ist; das können Sie sich wohl denken«; durch dieses Eingeständnis der Unredlichkeit anderen gegenüber wollte er sie völlig von seiner Redlichkeit überzeugen.

Dann rief er sie zurück und zeigte ihr eine drei Ellen lange Gipüre-Spitze, die er kürzlich »bei einer Versteigerung« aufgetrieben habe.

»Wie schön so was ist!« sagte Lheureux. »Man nimmt es jetzt häufig, um es oben auf die Sessel zu legen; das ist große Mode.«

Und schneller als ein Taschenspieler hatte er die Gipüre-Spitze in blaues Papier gewickelt und sie Emma in die Hand gedrückt.

»Aber ich muß doch wenigstens wissen...?«

»Ach, das eilt ja nicht«, sagte er und wandte sich ab.

Noch am selben Abend drängte sie Bovary, an seine Mutter zu schreiben, damit sie ihnen möglichst schnell den ganzen Rest der Erbschaft schicke. Die Schwiegermutter antwortete, es sei nichts mehr da: die Liquidation sei abgeschlossen, und es blieben ihnen, außer Barneville, sechshundert Francs Zinsen, die sie ihnen pünktlich zukommen lassen würde.

Da schickte Madame an ein paar Patienten Rechnungen, und weil dieses Mittel anschlug, machte sie bald ausgiebig Gebrauch davon. Stets trug sie Sorge, ein Postskriptum anzufügen: »Bitte sagen Sie meinem Mann nichts davon; Sie wissen ja, wie stolz er ist ... Verzeihen Sie gütigst ... Ihre sehr ergebene ...« Es gab ein paar Reklamationen; die unterschlug sie.

Um sich Geld zu verschaffen, fing sie an, ihre alten Handschuhe, ihre alten Hüte, altes Eisen zu verkaufen; und sie feilschte habgierig – ihr Bauernblut machte sie gewinnsüchtig. Bei ihren Fahrten in die Stadt erhandelte sie mancherlei Trödel, den mangels anderer Käufer Lheureux ihr sicherlich abnehmen werde. Sie kaufte sich Straußenfedern, chinesisches Porzellan und antike Truhen; sie pumpte Félicité an, Madame Lefrançois, die Hotelwirtin vom »Roten Kreuz«, alle Welt, gleichgültig, wo. Mit dem Geld aus Barneville, das sie endlich bekam, löste sie zwei Wechsel ein; die übrigen fünfzehnhundert Francs schwanden schnell hin. Sie ließ sich auf neue Verpflichtungen ein, und so ging es immer weiter.

Manchmal freilich versuchte sie, Aufstellungen zu machen; aber was dabei herauskam, war so ungeheuerlich, daß sie es nicht glauben konnte. Also begann sie von vorn, geriet vollends durcheinander, ließ alles liegen und dachte nicht mehr daran.

Um das Haus war es jetzt traurig bestellt! Man sah die Lieferanten mit wütenden Gesichtern herauskommen. Am Ofen trockneten Taschentücher; und die kleine Berthe trug zur Empörung von Madame Homais löcherige Strümpfe. Wenn Charles sich gelegentlich schüchtern erkühnte, eine Bemerkung zu machen, antwortete sie ihm barsch, es sei nicht ihre Schuld!

Warum war sie so reizbar? Er suchte die Erklärung dafür in ihrem alten Nervenleiden; und er machte sich Vorwürfe, ihren krankhaften Zustand für einen Charakterfehler gehalten zu haben; er klagte sich der Selbstsucht an und wäre am liebsten zu ihr gelaufen und hätte sie geküßt.

»O nein!« sagte er sich dann immer. »Ich könnte ihr lästig sein!« Und er blieb.

Nach dem Abendessen schlenderte er allein im Garten umher; er nahm die kleine Berthe auf seine Knie, schlug seine medizinische Zeitschrift auf und versuchte, ihr das Lesen beizubringen. Das Kind, das noch keinerlei Schulunterricht erhalten hatte, machte nur zu bald große, traurige Augen und begann zu weinen. Dann tröstete er es; er holte für die Kleine in der Gießkanne Wasser und machte kleine Bäche im Sand, oder er brach Ligusterzweige ab und pflanzte sie als Bäumchen in die Beete; was übrigens dem Garten nicht weiter schadete; er war von hoch aufgeschossenem Unkraut überwuchert; sie schuldeten Lestiboudois so viele Arbeitslöhne! Dann fror das Kind und verlangte nach seiner Mutter.

»Ruf Félicité«, sagte Charles. »Du weißt doch, mein Kleines, daß Mama nicht gestört werden will!«

Der Herbst begann, und die Blätter fielen bereits – wie vor zwei Jahren, als sie krank geworden war –! Wann würde all das nur enden …? Und er fuhr fort, auf und ab zu gehen, die Hände auf dem Rücken verschränkt.

Madame war in ihrem Zimmer. Niemand ging zu ihr hinauf. Sie verweilte dort den ganzen Tag im Halbschlaf, kaum bekleidet, und dann und wann zündete sie Harems-Räucherkerzen an, die sie in Rouen im Laden eines Algeriers erstanden hatte. Um nicht die Nacht über stets jenen schlafenden Mann neben sich zu haben, brachte sie es schließlich durch allerlei Vorspiegelungen fertig, ihn in den zweiten Stock zu verbannen; und nun las sie bis zum Morgen überspannte Bücher mit orgiastischen Bildern und blutrünstigen Schilderungen. Oft überkamen sie Angstanfälle; sie stieß einen Schrei aus; Charles eilte herbei.

»Ach! Geh nur!« sagte sie dann immer.

Oder manchmal, glühender verzehrt von der inneren Flamme, die der Ehebruch nährte, heftig atmend, erregt, voller Begehren, öffnete sie ihr Fenster, sog die kühle Luft ein, ließ ihr zu schweres Haar im Wind wehen und schaute zu den Sternen auf und wünschte sich die Liebe eines Prinzen. Sie dachte an ihn, an Léon. In solchen Augenblicken hätte sie alles für eines der Rendezvous gegeben, die ihren Hunger sättigten.

Es waren ihre Festtage. Sie wollte sie mit allem Glanz! Und wenn er die Kosten nicht allein bestreiten konnte, steuerte sie großzügig das Fehlende bei, und das war fast jedesmal der Fall. Er versuchte, ihr anzudeuten, daß sie ebensogut in einem bescheideneren Hotel zusammenkommen könnten; aber dagegen hatte sie etwas einzuwenden.

Eines Tages zog sie aus ihrer Handtasche ein halbes Dutzend silbervergoldeter Teelöffel hervor (das Hochzeitsgeschenk des alten Rouault), und bat ihn, diese auf der Stelle für sie zum Leihhaus zu bringen; und Léon gehorchte, obwohl dieser Gang ihm peinlich war. Er fürchtete, sich zu kompromittieren.

Später, als er darüber nachdachte, fand er, seine Geliebte habe ein befremdliches Gebaren angenommen, und man habe vielleicht nicht ganz unrecht, wenn man ihn von ihr lösen wolle.

Irgend jemand hatte nämlich seiner Mutter einen langen anonymen Brief geschickt, um ihr mitzuteilen, »er ruiniere sich mit einer verheirateten Frau«; und die gute Dame, die das ewige Schreckgespenst der Familien witterte, das heißt, die unbestimmt gefährliche Kreatur, die Sirene, das Ungeheuer, das ein phantastisches Dasein in den tiefsten Regionen der Liebe führt, schrieb an den Notar Dubocage, Léons Chef, der sich bei dieser Angelegenheit tadellos benahm. Er hielt ihn dreiviertel Stunden lang fest, wollte ihm die Augen öffnen und ihn vor dem Abgrund warnen. Ein solches Verhältnis schade später seiner Niederlassung als Anwalt. Er bat ihn eindringlich, mit ihr zu brechen, und wenn er das Opfer nicht im eigenen Interesse bringen wolle, dann möge er es doch wenigstens um seiner, Dubocages, willen tun!

Léon hatte am Ende gelobt, Emma nicht wiederzusehen, und er

machte sich Vorwürfe, sein Wort nicht gehalten zu haben; er erwog alles, was diese Frau ihm noch an Mißhelligkeiten und Gerede eintragen könne, ganz abgesehen von den Anzüglichkeiten, die seine Kollegen sich morgens am Ofen leisteten. Übrigens sollte er demnächst Bürovorsteher werden; es war also der gegebene Augenblick, mit dem Ernst des Lebens anzufangen. So verzichtete er denn auf das Flötenspiel, auf die übersteigerten Gefühle, auf die Phantastereien – denn welcher Spießbürger hätte sich nicht in der Glut seiner Jugend, und sei es nur für einen Tag, nur für eine Minute, der gewaltigsten Leidenschaften, der gewagtesten Unternehmungen für fähig gehalten? Jeder durchschnittliche Libertin hat von Sultaninnen geträumt; jeder Notar trägt in sich die Überreste eines Dichters.

Jetzt verstimmte es ihn, wenn Emma plötzlich an seiner Brust aufschluchzte; und wie es Leute gibt, die nur eine gewisse Dosis Musik vertragen, war sein Herz schließlich zur Gleichgültigkeit gegenüber den lauten Äußerungen einer Liebe erschlafft, deren Zartheiten er nicht mehr wahrnahm.

Sie kannten einander zu gut, um noch das Staunen über das gegenseitige Besitzen zu empfinden, das dessen Freuden verhundertfacht. Sie war seiner so überdrüssig wie er ihrer müde war. Emma fand im Ehebruch alle Plattheiten der Ehe wieder.

Aber wie sollte sie ihn loswerden? Mochte sie sich noch so sehr durch die Niedrigkeit eines solchen Glücks gedemütigt fühlen, sie hielt aus Gewohnheit oder Verderbtheit vorerst daran fest; und mit jedem Tag klammerte sie sich hartnäckiger daran und brachte jede Glückseligkeit zum Versiegen, weil sie sie allzu groß wollte. Sie schrieb die Schuld an ihren getäuschten Hoffnungen Léon zu, als ob er sie hintergangen habe; und sie wünschte sogar eine Katastrophe herbei, die ihrer beider Trennung zur Folge hätte, da sie nicht den Mut aufbrachte, sich dazu zu entschließen.

Dabei hörte sie nicht auf, ihm verliebte Briefe zu schreiben, aus der Vorstellung heraus, eine Frau müsse ihrem Geliebten immerfort schreiben.

Aber beim Schreiben hatte sie einen ganz anderen Mann vor Augen, ein Phantom, das sich aus ihren glühendsten Erinnerungen, aus dem Schönsten unter allem, was sie gelesen, aus ihrem stärksten Begehren zusammensetzte; und dieses Phantom wurde schließlich so echt und greifbar, daß sie staunend darüber erbebte, ohne es sich jedoch deutlich vorstellen zu können, so sehr verschwand es wie ein Gott unter der Fülle seiner Attribute. Es wohnte irgendwo im Blauen, wo die seidenen Strickleitern im Blumenduft und im Mondschein an Balkonen schwankten. Sie fühlte jenen Geliebten sich nahe, er würde kommen und sie in einem Kuß gänzlich entführen. Danach fiel sie dann wieder zu Boden, kläglich, zerbrochen; denn diese Aufschwünge gestaltloser Liebe erschöpften sie mehr als wilde Ausschweifungen.

Sie empfand jetzt eine unaufhörliche, allgemeine Zerschlagenheit. Oft empfing Emma sogar Zustellungen auf Stempelpapier, die sie kaum ansah. Am liebsten hätte sie nicht mehr gelebt oder dauernd geschlafen.

Am Fastnachtsdienstag fuhr sie nicht nach Yonville zurück; sie ging abends zum Maskenball. Sie hatte eine schwarze Samthose und rote Strümpfe angezogen, eine mit einer Bandschleife geschürzte Perücke aufgesetzt und sich einen Dreispitz aufs Ohr gesetzt. Sie durchtollte die ganze Nacht beim wütenden Geschmetter der Posaunen; es bildete sich ein Kreis um sie, und am Morgen befand sie sich in der Säulenvorhalle des Theaters, umringt von fünf oder sechs Masken, Holzausladerinnen und Matrosen, Kollegen Léons, die davon sprachen, daß sie nun essen gehen wollten.

Die Cafés in der Nähe waren alle überfüllt. Schließlich entdeckten sie am Hafen ein recht bescheidenes Restaurant, dessen Wirt ihnen im vierten Stock ein kleines Zimmer anwies.

Die Männer tuschelten in einer Ecke; wahrscheinlich berieten sie sich über den Kostenpunkt. Es waren ein Praktikant, zwei Medizinstudenten und ein Kaufmannslehrling; welche Gesellschaft für sie! Was die Frauen anging, so merkte Emma bald aus dem Klang ihrer Stimmen, daß sie fast alle den untersten Schichten angehören mußten. Da bekam sie es mit der Angst; sie rückte ihren Stuhl zurück und schlug die Augen nieder.

Die andern begannen zu essen. Sie aß nichts; ihre Stirn glühte, ihre Augenlider zuckten; ihre Haut überrieselte ein eiskalter Schauer. In ihrem Kopf fühlte sie den Ballsaalboden, der noch unter dem rhythmischen Gestampf der tausend tanzenden Füße vibrierte. Der Geruch des Punsches und dazu der Zigarrenrauch betäubten sie. Sie fiel in Ohnmacht, man trug sie ans Fenster.

Der Morgen begann zu grauen, und ein großer, purpurner Farbfleck breitete sich hinter der Höhe Sainte-Catherine über den blassen Himmel aus. Der bleifahle Strom kräuselte sich im Wind; niemand war auf den Brücken; die Straßenlaternen gingen aus.

Sie kam indessen wieder zu sich und mußte unvermittelt an Berthe denken, die fern von hier in der Kammer des Hausmädchens schlief. Aber da fuhr ein Karrenwagen mit langen Eisenbändern vorüber und warf ein ohrenbetäubendes metallisches Gerassel gegen die Hausmauern.

In einem jähen Entschluß stahl sie sich fort, entledigte sich ihres Kostüms, sagte zu Léon, sie müsse heimfahren, und blieb schließlich allein im »Hôtel de Boulogne«. Alles, sogar sie selber, war ihr unerträglich. Am liebsten wäre sie wie ein Vogel davongeflogen, um sich irgendwo, ganz weit fort, in den makellosen Sphären jungzubaden.

Sie ging ins Freie, überquerte den Boulevard, die Place Cauchoise und die Vorstadt bis zu einer baumlosen Straße oberhalb von Gärten. Sie ging schnell, die frische Luft beruhigte sie; und nach und nach verschwanden die Gesichter der Menge, die Masken, die Quadrillen, die Kronleuchter, das Nachtessen, diese Weiber – all das verschwand wie verwehende Nebelschwaden. Als sie dann wieder im »Roten Kreuz« angelangt war, warf sie sich in dem Zimmer des zweiten Stocks, wo die Bilder der »Tour de Nesles« hingen, auf ihr Bett. Nachmittags um vier wurde sie von Hivert geweckt.

Beim Heimkommen zeigte ihr Félicité ein hinter der Stutzuhr steckendes graues Formular. Sie las:

»Beglaubigte Abschrift, in Vollstreckung eines Urteils...«

Was für ein Urteil? Am Vortage war tatsächlich ein anderes Formular gebracht worden, das sie nicht kannte; daher erschrak sie über die Worte:

»Im Namen des Königs durch Gesetz und Recht wird Madame Bovary...«

Sie übersprang ein paar Zeilen und las weiter:

»Binnen einer Frist von vierundzwanzig Stunden ...« Was denn? »Die Gesamtsumme von achttausend Francs zu zahlen.« Und weiter unten stand sogar noch: »Sie wird hierzu durch alle Rechtsmittel gezwungen, und zumal durch Zwangsvollstreckung und Pfändung ihres Mobiliars und ihrer Effekten.«

Was tun ...? In vierundzwanzig Stunden; morgen! Lheureux, dachte sie, wolle sie sicher wieder einmal erschrecken; denn plötzlich durchschaute sie alle seine Machenschaften, den Endzweck seiner Gefälligkeiten. Was sie beruhigte, war gerade die übertriebene Höhe der Summe.

Doch sie hatte durch ihre fortwährenden Käufe, ihr Nichtbezahlen, das Anschreibenlassen, das Unterzeichnen von Wechseln, das Prolongieren jener Wechsel, die bei jedem neuen Verfallstag angeschwollen waren, dem edlen Lheureux schließlich ein Kapital zusammengebracht, auf das er seiner Spekulationen wegen ungeduldig wartete.

Mit unbefangener Miene trat sie bei ihm ein.

»Wissen Sie, was mir passiert ist? Es ist doch sicherlich ein Scherz?«

»Nein.«

»Wieso denn?«

Er wandte sich langsam um, verschränkte die Arme und sagte:

»Hatten Sie etwa gemeint, liebe kleine Dame, daß ich bis zum Jüngsten Tag um Gotteslohn Ihr Lieferant und Bankier sein würde? Ich muß jetzt meine Außenstände wieder hereinholen; seien wir doch gerecht!«

Sie erhob lauten Einspruch gegen die Schuldsumme.

»Tja, das hilft nichts! Das Gericht hat sie anerkannt! Das Urteil liegt vor! Es ist Ihnen zugestellt worden! Außerdem stecke nicht ich dahinter, sondern Vinçart.«

»Könnten Sie denn nicht ...?«

»Oh, nicht das mindeste.«

»Doch ..., schließlich ..., wir wollen einmal überlegen.«

Und sie erging sich in Abschweifungen; sie habe nichts gewußt
... es sei eine Überrumpelung ...

»Und wer ist schuld?« fragte Lheureux und verneigte sich iro-
nisch vor ihr. »Während ich geschuftet habe wie ein Kuli, haben
Sie sich gute Tage gemacht.«

»Bitte keine Moralpredigt!«

»Das kann nie schaden«, entgegnete er.

Sie wurde feige; sie verlegte sich auf flehentliche Bitten; sie legte
sogar ihre hübsche, weiße, schmale Hand dem Händler aufs
Knie.

»Lassen Sie mich doch! Man könnte meinen, Sie wollten mich
verführen!«

»Sie sind gemein!« rief sie.

»Oha, wie Sie sich ins Zeug legen!« erwiderte er lachend.

»Ich erzähle überall herum, was für einer Sie sind. Ich sag's meinem Mann ...«

»Na schön; dann werde ich Ihrem Mann was zeigen!«

Und Lheureux entnahm seinem Geldschrank die Quittung über
achtzehnhundert Francs, die sie ihm bei der Diskontierung
durch Vinçart gegeben hatte.

»Glauben Sie nicht«, sagte er noch, »daß er Verständnis für Ihren
kleinen Diebstahl haben wird, der arme, liebe Mann?«

Das schmetterte sie nieder und traf sie schlimmer als ein Keulen-
schlag. Er lief zwischen Fenster und Schreibtisch auf und ab und
wiederholte immer wieder:

»Ja, ja! Das zeige ich ihm ... das zeige ich ihm ...«

Dann trat er vor sie hin und sagte ganz freundlich:

»So was ist kein Vergnügen, ich weiß; aber schließlich ist noch
keiner daran gestorben, und da es der einzige Weg ist, der Ihnen
bleibt, mich zu meinem Geld kommen zu lassen ...«

»Aber wo soll ich es denn auftreiben?« fragte Emma und rang die
Hände.

»Pah! Wenn man wie Sie Freunde hat!«

Und er sah sie so tückisch und so furchteinflößend an, daß es sie
bis ins tiefste Innere durchschauerte.

»Ich verspreche Ihnen«, sagte sie, »ich unterzeichne ...«

»Ich habe die Nase voll von Ihren Unterschriften!«

»Ich verkaufe noch …«

»Na, hören Sie mal«, sagte er achselzuckend, »Sie haben ja nichts mehr.«

Und er rief in die Fußbodenklappe, die sich nach dem Laden hin auftat:

»Annette! Vergiß nicht die drei Stoffballen von Nr. 14.«

Die Angestellte erschien; Emma verstand und fragte, wieviel Geld nötig sei, die Zwangsvollstreckung zu verhindern.

»Es ist zu spät!«

»Aber wenn ich Ihnen nun ein paar tausend Francs brächte, ein Viertel der Summe, ein Drittel, beinah alles?«

»Aber nein! Es hat keinen Zweck!«

Er drängte sie vorsichtig zur Treppe.

»Ich beschwöre Sie, Monsieur Lheureux, nur ein paar Tage noch!«

Sie schluchzte.

»Nun gut, Tränen!«

»Sie treiben mich zur Verzweiflung!«

»Darüber kann ich nur lachen!« sagte er und machte die Tür wieder zu.


VII

Sie bezeigte stoischen Gleichmut, als am anderen Tag Meister Hareng, der Gerichtsvollzieher, sich mit zwei Zeugen bei ihr einfand, um das Pfändungsprotokoll aufzusetzen.

Sie begannen mit Bovarys Sprechzimmer; aber den phrenologischen Schädel schrieben sie nicht auf; er wurde als »zur Ausübung des Berufs unbedingt notwendig« angesehen; in der Küche jedoch zählten sie die Schüsseln, die Kochtöpfe, die Stühle, die Leuchter, und in ihrem Schlafzimmer all die Nippsachen auf dem Wandbrett. Sie sahen eingehend ihre Kleider, die Wäsche, das Ankleidezimmer durch; und ihr ganzes Dasein wurde wie eine Leiche bei der Autopsie bis in die intimsten Winkel ganz den Blicken jener drei Männer preisgegeben.

Meister Hareng in seinem hochgeknöpften, engen schwarzen Frack mit weißer Halsbinde und straff gespannten Stegen an den Beinkleidern wiederholte von Zeit zu Zeit:

»Sie gestatten, Madame? Gestatten Sie?«

Mitunter entfuhren ihm Ausrufe:

»Charmant ...! Sehr hübsch!«

Dann machte er sich wieder ans Aufschreiben und tauchte die Feder in das Tintenfaß aus Horn, das er in der linken Hand hielt.

Als sie mit den Wohnräumen fertig waren, stiegen sie zum Speicher hinauf.

Dort hatte sie ein Pult untergebracht, in dem Rodolphes Briefe eingeschlossen waren. Es mußte aufgemacht werden.

»Ah! Ein Briefwechsel!« sagte Meister Hareng mit diskretem Lächeln. »Aber gestatten Sie! Ich muß nämlich feststellen, ob in dem Behältnis nicht noch etwas anderes ist.«

Und er hielt die Papiere ein bißchen schräg, wie um Goldstücke herausfallen zu lassen. Unwille überkam sie, als sie sah, wie diese plumpe Hand mit den roten, schneckenweichen Fingern sich auf diese Seiten legte, die ihr Herz hatten höher schlagen lassen.

Endlich gingen sie! Félicité kam wieder. Sie hatte sie fortgeschickt, um aufzupassen und Bovary vom Haus fernzuhalten; sie brachten rasch den zur Bewachung der gepfändeten Sachen zurückgelassenen Mann unterm Dach unter, wo er sich ruhig zu verhalten versprach.

Charles schien den ganzen Abend über sorgenvoll zu sein. Emma beobachtete ihn mit ängstlichen Blicken; sie glaubte in den Falten seines Gesichts Anklagen zu gewahren. Wenn ihre Augen sich dann auf den Kamin mit den chinesischen Wandschirmen richteten, auf die breiten Gardinen, die Sessel, auf all die Dinge mithin, die ihr die Bitterkeit ihres Lebens versüßt hatten, überkamen sie Gewissensbisse oder vielmehr ein ungeheures Bedauern, das, weit davon entfernt, ihre Leidenschaft auszulöschen, sie reizte. Charles schürte in aller Ruhe das Feuer, beide Füße auf den Kaminböcken.

Einmal machte der Wächter, der sich in seinem Versteck wohl langweilte, unversehens ein wenig Geräusch.

»Geht da oben wer?« fragte Charles.

»Nein!« entgegnete sie. »Es ist eine offen gebliebene Luke, an der der Wind rüttelt.«

Am nächsten Tag, einem Sonntag, fuhr sie nach Rouen und suchte alle Bankiers auf, die sie dem Namen nach kannte. Sie waren in ihren Landhäusern oder verreist. Sie ließ sich nicht abschrecken und bat diejenigen, die sie antraf, um Geld, wobei sie beteuerte, sie brauche es dringend und wolle es zurückzahlen. Einige lachten ihr ins Gesicht; alle lehnten ab.

Um zwei Uhr lief sie zu Léon und klopfte an seine Tür. Es wurde ihr nicht geöffnet. Endlich erschien er.

»Was treibt dich denn her?«

»Störe ich dich?«

»Nein ... aber ...«

Und er gestand, sein Hauswirt möge es nicht, wenn man »Damenbesuch« empfange.

»Ich muß mit dir reden!« erwiderte sie.

Da steckte er den Schlüssel ins Schloß. Sie hinderte ihn.

»O nein! Nicht hier. Bei uns.«

Und sie gingen in ihr Zimmer im »Hôtel de Boulogne«.

Bei der Ankunft trank Emma ein großes Glas Wasser. Sie war sehr blaß. Sie sagte:

»Léon, du mußt mir einen Gefallen tun.«

Und sie schüttelte ihn an seinen beiden Händen, die sie fest umklammert hielt, und fügte hinzu:

»Hör zu, ich brauche achttausend Francs!«

»Du bist verrückt!«

»Noch nicht!«

Und nun erzählte sie ihm die Geschichte von der Pfändung; sie legte ihm ihre Notlage dar; denn Charles wisse nichts von alledem, ihre Schwiegermutter habe etwas gegen sie, der alte Rouault sei außerstande zu helfen; aber er, Léon, müsse alles tun, um diese unerläßliche Summe aufzutreiben ...

»Aber wie denn ...?«

»Wie feige du dich stellst!« rief sie.

Da sagte er dümmlich:

»Du übertreibst den Übelstand. Vielleicht würde der gute Mann sich mit tausend Talern zufriedengeben.«

Das sei ein Grund mehr, irgend etwas zu versuchen; es sei doch nichts Unmögliches, dreitausend Francs aufzutreiben. Übrigens könne Léon doch für sie bürgen.

»Geh! Versuch es! Es muß sein. Geh schnell …! Oh, versuch es doch, versuch es doch! Ich will dich auch sehr liebhaben!«

Er ging, kam nach einer Stunde wieder und sagte mit feierlicher Miene:

»Ich bin bei drei Leuten gewesen … vergeblich.«

Dann saßen sie einander gegenüber zu beiden Seiten des Kamins, regungslos, stumm. Emma zuckte die Achseln und trommelte mit den Füßen. Er hörte sie murmeln:

»Wenn ich an deiner Stelle wäre, würde ich es schon auftreiben!«

»Wo denn?«

»In deinem Büro!«

Und sie sah ihn an.

Eine infernalische Kühnheit strahlte aus ihren flammenden Augen, und sie kniff die Lider auf eine laszive und anfeuernde Weise zusammen – so daß der junge Mann sich unter dem stummen Willen dieser Frau, die ihm zu einem Verbrechen riet, schwach werden fühlte. Da bekam er es mit der Angst, und um allen weiteren Erklärungen aus dem Weg zu gehen, schlug er sich an die Stirn und rief aus:

»Heute abend muß ja Morel zurückkommen! Der wird es mir nicht abschlagen, hoffe ich (das war einer seiner Freunde, der Sohn eines schwerreichen Kaufmanns). Ich bringe es dir dann morgen«, fügte er hinzu.

Emma machte nicht den Eindruck, als begrüße sie diesen Hoffnungsschimmer so freudig, wie er es sich eingebildet hatte. Durchschaute sie die Lüge? Errötend fuhr er fort:

»Wenn ich aber bis drei Uhr nicht bei dir sein sollte, dann warte nicht länger auf mich, liebes Kind. Jetzt muß ich fort, entschuldige bitte. Adieu!«

Er drückte ihre Hand, aber er spürte, daß sie ganz schlaff und leblos war. Emma hatte keine Kraft mehr, irgend etwas zu empfinden.

Es schlug vier Uhr, und sie stand auf, um nach Yonville zurückzufahren; mechanisch gehorchte sie dem Impuls der Gewohnheit.

Das Wetter war schön; es war einer der herben, klaren Märztage, an denen die Sonne an einem völlig wolkenlosen Himmel leuchtet. Sonntäglich gekleidete Rouener gingen mit frohen Gesichtern spazieren. Sie gelangte auf den Platz vor der Kathedrale. Der Nachmittagsgottesdienst war zu Ende; die Menge strömte aus den drei Portalen heraus wie ein Fluß durch drei Brückenbogen, und in der Mitte, starrer als ein Felsblock, stand der Schweizer.

Da dachte sie an den Tag zurück, als sie voller Angst und voller Hoffnung unter das hohe Mittelschiff getreten war, das sich damals vor ihr aufgetan hatte, weniger tief als ihre Liebe; und sie ging weiter und weinte unter ihrem Schleier, betäubt, taumelnd, einer Ohnmacht nahe.

»Vorsicht!« rief eine Stimme in einem sich öffnenden Hoftor.

Sie blieb stehen, um einen Rappen vorbeizulassen, der in der Deichselgabel eines Tilbury piaffierte. Er wurde von einem Gentleman im Zobelpelz gelenkt. Wer war das doch? Er kam ihr bekannt vor ... Der Wagen schoß davon und verschwand.

Aber das war ja er, der Vicomte! Sie wandte sich um; die Straße war leer. Und da fühlte sie sich so niedergeschlagen, so traurig, daß sie sich an eine Hauswand lehnte, um nicht umzusinken.

Dann dachte sie, sie habe sich getäuscht. Sie wußte es nicht. Alles verließ sie, innen und außen. Sie fühlte sich verloren, dem blinden Schicksal preisgegeben, in unbegreifliche Abgründe rollen; und sie empfand es fast wie eine Freude, als sie am »Roten Kreuz« anlangte, den guten Homais zu gewahren, der zusah, wie eine große Kiste mit Apothekerwaren auf die »Schwalbe« geladen wurde; in der Hand, in ein seidenes Halstuch gewickelt, hielt er sechs »Cheminots« für seine Frau.

Madame Homais war versessen auf diese kleinen, schweren, turbanförmigen Brötchen, die man zur Fastenzeit mit gesalzener Butter ißt: sie sind die letzte Kostprobe mittelalterlicher Nahrung, die vielleicht in das Zeitalter der Kreuzzüge zurückreicht; die robusten Normannen stopften sich ehedem damit voll, und wenn sie sie beim gelben Fackellicht auf dem Tisch sahen, zwischen Krügen mit Hypokras und gigantischen Mengen von Wurst und Schinken, glaubten sie, Sarazenenköpfe zu vertilgen. Die Apothekersfrau knabberte sie gleich ihnen heroisch, trotz ihrer elend schlechten Zähne; wenn Homais in die Stadt fuhr, versäumte er daher nie, ihr welche mitzubringen; er kaufte sie stets bei dem großen Bäcker in der Rue Massacre.

»Reizend, Sie zu treffen!« sagte er, bot Emma die Hand und half ihr beim Einsteigen in die »Schwalbe«.

Dann legte er seine »Cheminots« ins Gepäcknetz und blieb mit bloßem Kopf, verschränkten Armen und napoleonischer Denkermiene sitzen.

Doch als wie gewöhnlich unten an der Anhöhe der Blinde auftauchte, rief er:

»Unbegreiflich, daß die Regierung nach wie vor so schandbare Gewerbe duldet! Dergleichen Unglücksmenschen sollte man einsperren und zu irgendeiner Arbeit zwingen! Mein Ehrenwort: bei uns schleicht der Fortschritt im Schneckentempo! Wir waten in der tiefsten Barbarei!«

Der Blinde hielt seinen Hut hin; er schaukelte am Wagenfenster wie ein losgerissener Fetzen der Polsterung.

»Der hat eine skrofulöse Affektion!« sagte der Apotheker.

Und obwohl er den armen Teufel kannte, tat er, als sehe er ihn zum erstenmal, murmelte etwas von Hornhaut, Star, Sklerose und Facies vor sich hin und fragte ihn dann in väterlichem Ton:

»Hast du dies schreckliche Gebrechen schon lange, alter Freund? Anstatt dich in der Kneipe vollzusaufen, solltest du lieber Diät halten.«

Er riet ihm zu gutem Wein, gutem Bier, gutem Braten. Der Blinde leierte sein Lied ab; er wirkte im übrigen halb verblödet. Schließlich machte Homais seine Börse auf.

»Hier, da hast du einen Sou; gib mir zwei Liards heraus und vergiß nicht, was ich dir verordnet habe; es wird dir gut bekommen.«

Hivert erlaubte sich, ganz laut an der Wirksamkeit zu zweifeln. Aber der Apotheker versicherte, er selber werde ihn heilen, und zwar mittels einer antiphlogistischen Salbe eigenen Fabrikats; er gab ihm seine Adresse.

»Monsieur Homais, bei der Markthalle, hinlänglich bekannt.«

»So«, sagte Hivert, »jetzt mußt du uns zum Dank deine Komödie vorführen.«

Der Blinde hockte sich auf die Kniekehlen nieder, warf den Kopf zurück, rollte seine grünlichen Augen und streckte die Zunge heraus; mit beiden Händen rieb er sich den Magen und stieß eine Art dumpfen Geheuls aus, wie ein ausgehungerter Köter. Emma überkam Ekel; über die Schulter hinweg warf sie ihm ein Fünf-francsstück zu. Das war ihr ganzes Geld. Es schien ihr schön, es so hinzuwerfen.

Der Wagen war schon angefahren, als Homais sich plötzlich aus dem Guckloch beugte und rief

»Keine Mehlspeisen und keine Milch! Wolle auf dem Leib tragen und die kranken Teile in Wacholderbeerendämpfe halten!«

Der Anblick der bekannten Dinge, die vor Emmas Augen vorüberglitten, lenkte sie nach und nach von ihrem gegenwärtigen Schmerz ab. Eine unerträgliche Müdigkeit überkam sie; und abgestumpft, mutlos und fast schlafend langte sie daheim an.

»Komme, was da wolle!« sagte sie sich.

Und dann, wer weiß? Konnte nicht von einem Augenblick zum andern ein unerwartetes Ereignis eintreten? Lheureux konnte sogar sterben.

Um neun Uhr morgens wurde sie durch Stimmengewirr auf dem Marktplatz geweckt. Um die Markthalle drängte sich eine Menschenmenge, die eine große, an einen der Pfeiler geklebte Bekanntmachung lesen wollte, und sie sah, wie Justin auf einen Prellstein kletterte und sie abriß. Aber im selben Augenblick packte der Feldhüter ihn am Kragen. Homais kam aus seiner Apotheke heraus, und die Mutter Lefrançois stand inmitten der Menge, und es sah aus, als halte sie eine Rede.

»Madame! Madame!« rief die hereinkommende Félicité, »ist das eine Schande!«

Und das arme Mädchen, das ganz außer sich war, hielt ihr ein gelbes Papierblatt hin, das sie gerade von der Haustür abgerissen hatte. Auf den ersten Blick las Emma, daß ihr gesamtes Mobiliar versteigert werden solle.

Da sahen die beiden einander stumm an. Dienerin und Herrin hatten keine Geheimnisse voreinander. Schließlich seufzte Félicité:

»Wenn ich Sie wäre, Madame, würde ich zu Monsieur Guillau-min gehen.«

»Meinst du?«

Und diese Frage besagte:

»Du kennst das Haus durch den Diener; sollte der Notar ge-legentlich von mir gesprochen haben?«

»Ja, gehen Sie nur hin; Sie tun gut daran.«

Da kleidete sie sich an; sie zog ihr schwarzes Seidenkleid an und setzte den Kapotthut mit Jettbesatz auf; und damit sie nicht ge-sehen werde (es standen nach wie vor viele Leute auf dem Marktplatz), ging sie um das Dorf herum, auf dem schmalen Weg am Bachufer.

Atemlos kam sie am Gittertor des Notars an; der Himmel hatte sich verdüstert, es fielen ein paar Schneeflocken.

Beim Erklingen der Türglocke erschien Théodore auf der Frei-treppe in einer roten Jacke; fast vertraulich, wie einer Bekann-ten, öffnete er ihr und führte sie ins Eßzimmer.

Ein großer Kachelofen bullerte unter einem Kaktus, der die Ni-sche ausfüllte, und auf der eichenholzfarbenen Tapete hingen in schwarzen Holzrahmen die »Esmeralda« von Steuben und die »Potiphar« von Schopin. Der gedeckte Tisch, die beiden silber-nen Schüsselwärmer, die Türknäufe aus Kristall, alles blinkte in peinlicher, englischer Sauberkeit; die Fenster waren an jeder Ecke mit farbigen Glasscheiben verziert.

»Das ist ein Eßzimmer«, dachte Emma, »wie ich es brauchte.«

Der Notar trat ein; er drückte dabei mit dem linken Arm seinen mit Palmetten bestickten Schlafrock gegen den Leib, während er mit der anderen Hand sein maronenbraunes Samtkäppchen ab-nahm und schnell wieder aufsetzte; es saß kokett auf der rechten Seite, wo die Spitzen von drei blonden Haarsträhnen hervorka-men, die über den Hinterkopf gebürstet waren und seinen kah-len Schädel umrundeten.

Nachdem er ihr einen Stuhl angeboten hatte, setzte er sich und begann, zu Mittag zu essen, wobei er sich dieser Unhöflichkeit wegen mehrmals entschuldigte.

»Monsieur«, sagte sie, »ich möchte Sie bitten ...«

»Um was denn, Madame? Ich bin ganz Ohr.«

Sie begann, ihm ihre Lage zu schildern.

Notar Guillaumin war bereits im Bilde; er stand in geheimer Geschäftsverbindung mit dem Stoffhändler, bei dem er stets die Kapitalien für die Hypotheken fand, die zu besorgen er gebeten wurde.

So kannte er also (und zwar besser als sie) die lange Geschichte jener zunächst unbedeutenden Wechsel, die von verschiedenen Leuten giriert, auf lange Fristen ausgestellt und beständig prolongiert worden waren, bis zu dem Tag, da der Händler alle Proteste zusammengefaßt und seinen Freund Vinçart beauftragt hatte, unter dessen Namen die erforderlichen Schritte bei Gericht zu unternehmen, da er bei seinen Mitbürgern nicht in den Ruf eines Halsabschneiders geraten wollte.

Sie untermischte ihren Bericht mit Anschuldigungen gegen Lheureux, auf die der Notar dann und wann mit einer nichtssagenden Zwischenbemerkung antwortete. Er aß sein Kotelett und trank seinen Tee, senkte das Kinn in seine himmelblaue Halsbinde, in der zwei durch ein Goldkettchen zusammengehaltene Diamantnadeln steckten, und lächelte ein eigentümliches, zugleich süßliches und zweideutiges Lächeln. Doch als er sah, daß sie nasse Schuhe habe, sagte er:

»Rücken Sie doch näher an den Ofen heran ... höher ... gegen die Kacheln.«

Sie fürchtete, diese zu beschmutzen. Der Notar entgegnete galanten Tons:

»Schönes verdirbt nichts.«

Jetzt versuchte sie, ihn zu rühren, und da sie dabei selber gerührt wurde, fing sie an, ihm von der Enge ihres häuslichen Lebens zu erzählen, von ihren Reibereien, ihren Bedürfnissen. Das verstand er: eine elegante Frau! Und ohne sich vom Essen abhalten zu lassen, hatte er sich gänzlich zu ihr hingedreht, so daß sein Knie ihr Stiefelchen berührte, dessen Sohle sich dampfend am Ofen bog.

Doch als sie ihn um tausend Taler bat, kniff er die Lippen zusammen und erklärte, es tue ihm ungemein leid, daß sie ihn nicht früher schon mit der Verwaltung ihres Vermögens betraut habe, denn es hätte hunderterlei sogar für eine Dame bequeme Wege gegeben, ihr Geld günstig anzulegen. Man hätte, sei es mittels der Torfstechereien von Grumesnil oder sei es mittels der Grundstücke in Le Havre, so gut wie sichere Spekulationen wagen können; und er ließ sie vor Wut kochen bei dem Gedanken an die phantastischen Summen, die sie gewiß gewonnen haben würde.

»Wie kommt es eigentlich«, fuhr er fort, »daß Sie sich nicht an mich gewandt haben?«

»Das weiß ich auch nicht«, sagte sie.

»Na, warum denn nicht ...? Sie haben wohl Angst vor mir gehabt? Dabei wäre es an mir, mich zu beschweren! Wir kennen einander ja kaum! Dabei bin ich Ihnen sehr zugetan, daran zweifeln Sie doch hoffentlich nicht mehr?«

Er streckte die Hand aus, nahm die ihre, drückte einen gierigen Kuß darauf und ließ sie dann auf seinem Knie liegen; und er spielte behutsam mit ihren Fingern, wobei er ihr tausend Schmeicheleien vorredete.

Seine fade Stimme gurgelte wie Wasser in der Gosse; ein Funke schoß aus seinen Augen durch die spiegelnden Brillengläser, und seine Hände schoben sich in Emmas Armelöffnungen und betasteten ihre Arme. An ihrer Wange verspürte sie das Wehen eines keuchenden Atems. Dieser Mensch war ihr peinlich.

Sie sprang auf und sagte:

»Monsieur, ich warte!«

»Was ist denn?« stieß der Notar hervor; er war plötzlich sehr blaß geworden.

»Jenes Geld.«

»Aber ...«

Dann, dem Durchbruch eines allzu heftigen Begehrens nachgebend:

»Gut denn, ja ...!«

Auf den Knien schleppte er sich zu ihr hin, ohne auf seinen Schlafrock achtzugeben.

»Bitte, bitte, bleiben Sie! Ich liebe Sie!«

Er umschlang ihre Taille.

Eine Purpurwoge schoß in Madame Bovarys Wangen. Mit einem furchtbaren Gesichtsausdruck wich sie zurück und rief:

»Sie nutzen meine Notlage schamlos aus, Monsieur! Ich bin bedauernswert, aber nicht käuflich!«

Und sie ging.

Der Notar blieb höchst verdutzt zurück und starrte auf seine schönen, gestickten Pantoffeln. Sie waren ein Geschenk von zarter Hand. Dieser Anblick tröstete ihn schließlich. Überdies sagte er sich jetzt, ein solches Abenteuer hätte ihn viel zu weit gehen lassen.

»Welch ein gemeiner Kerl! Welch ein Lump ...! Welche Infamie!« sagte sie vor sich hin, als sie mit nervösen Schritten unter den Zitterpappeln der Straße davoneilte. Die Enttäuschung über den Mißerfolg verstärkte noch die Entrüstung ihres verletzten Schamgefühls; ihr war, als habe sich die Vorsehung erbittert gegen sie gewandt; das erhöhte ihren Stolz, und nie zuvor hatte sie so viel Selbstachtung und so viel Geringschätzung für die anderen empfunden. Eine kriegerische Aufwallung steigerte ihr Empfinden. Sie hätte am liebsten die Männer geschlagen, ihnen ins Gesicht gespien, sie alle zermalmt; sie ging schnell immer weiter geradeaus, bleich, zitternd, wütend, mit tränenerfüllten Augen über den leeren Horizont irrend; es war, als genieße sie den Haß, der ihr den Atem benahm.

Beim Anblick ihres Hauses überkam sie ein Schwindelgefühl. Sie konnte nicht weitergehen; doch es mußte sein; wohin hätte sie auch fliehen sollen?

Félicité erwartete sie an der Tür.

»Also?«

»Nein!« sagte Emma.

Und eine Viertelstunde lang gingen die beiden alle Yonviller durch, die vielleicht geneigt waren, ihr zu helfen. Aber jedesmal, wenn Félicité einen nannte, entgegnete Emma:

»Unmöglich! Die tun es nicht!«

»Und dabei muß Monsieur gleich nach Hause kommen!«

»Ich weiß ... Laß mich allein.«

Sie hatte alles versucht. Jetzt war nichts mehr zu machen; und wenn Charles erschien, mußte sie ihm also sagen:

»Tritt zurück. Der Teppich, auf dem du stehst, gehört uns nicht mehr. In deinem ganzen Haus ist kein Möbelstück, keine Stecknadel, kein Strohhalm mehr dein, und ich habe dich ruiniert, armer Mann!«

Dann würde er tief aufseufzen, dann maßlos weinen, und schließlich, wenn die Bestürzung sich gelegt hatte, würde er ihr verzeihen.

»Ja«, murmelte sie und knirschte mit den Zähnen, »er würde mir verzeihen, er, der mir mit einer Million nicht genug bieten könnte, um ihm zu verzeihen, daß er mich gekannt hat ... Nie! Niemals!«

Der Gedanke an Bovarys Überlegenheit brachte sie außer sich. Ob sie gestand oder nicht gestand, bald, morgen, mußte er ja dennoch die Katastrophe erfahren; also mußte sie dieser gräßlichen Szene entgegensehen und das Bedrückende seiner Großmut auf sich nehmen. Es überkam sie der Drang, nochmals zu Lheureux zu gehen; doch wozu? An ihren Vater zu schreiben: doch dazu war es zu spät; und vielleicht bereute sie jetzt sogar, dem andern nicht zu Willen gewesen zu sein; da hörte sie auf der Straße den Hufschlag eines Pferdes. Das war er; er machte das Tor auf; er war bleicher als die gekalkte Mauer. Da hastete sie die Treppe hinab und lief rasch über den Marktplatz davon; und die Frau des Bürgermeisters, die vor der Kirche mit Lestiboudois sprach, sah sie in das Haus des Steuereinnehmers gehen.

Sie lief schleunigst zu Madame Caron und sagte es ihr. Die beiden Damen stiegen auf den Speicher; sie versteckten sich hinter Wäsche, die an Stangen aufgehängt war, und stellten sich so hin, daß sie bequem das gesamte Innere von Binets Wohnung übersehen konnten.

Er war allein in seiner Mansarde und damit beschäftigt, in Holz eine jener unbeschreiblichen Elfenbeinschnitzereien zu kopieren, die aus einer Kombination von Halbmonden und ineinandergehöhlten Halbkugeln bestehen, als Ganzes eine Art Obelisk bilden und völlig zwecklos sind; er nahm gerade das letzte Stück in Angriff, er war der Vollendung nahe! Im Halbdunkel der Werkstatt flog goldgelber Holzstaub von seiner Drehbank auf, wie eine sprühende Funkengarbe unter den Hufeisen eines galoppierenden Pferdes; die beiden Räder kreisten und schnurrten; Binet lächelte, das Kinn gesenkt, die Nasenflügel gebläht, und schien in einer jener vollkommenen Beglückungen versunken zu sein, wie sie sicherlich nur mit mittelmäßigen Betätigungen verbunden sind, solchen, deren leicht zu überwindende Schwierigkeiten die Intelligenz erfreuen und sie durch ein Gelingen einlullen, jenseits dessen es nichts zu erträumen gibt.

»Aha! Da kommt sie!« sagte Madame Tuvache.

Aber wegen des Geräusches der Drehbank war es kaum möglich, zu verstehen, was sie sagte.

Schließlich glaubten die beiden Damen, das Wort »Francs« herausgehört zu haben, und die alte Tuvache zischelte ganz leise:

»Sie bittet ihn um eine Stundung ihrer Steuern.«

»Scheint so!« entgegnete die andere.

Sie sahen sie hin und her gehen und sich an den Wänden die Serviettenringe, die Leuchter, die Treppengeländerkugeln ansehen, während Binet sich wohlgefällig den Bart strich.

»Ob sie etwa bei ihm etwas bestellen will?« fragte Madame Tuvache.

»Aber er verkauft doch nichts!« wandte ihre Nachbarin ein.

Der Steuereinnehmer schien ihr zuzuhören, wobei er die Augen weit aufriß, als verstehe er nicht. Sie redete auf eine zarte, flehende Weise weiter. Sie trat an ihn heran; ihre Brust keuchte; jetzt sagten sie beide nichts mehr.

»Macht sie ihm vielleicht Avancen?« fragte Madame Tuvache.

Binet war rot bis an die Ohren geworden. Sie nahm seine Hände.

»Oh! Das geht denn doch zu weit!«

Und ganz bestimmt schlug sie ihm etwas Abscheuliches vor, denn der Steuereinnehmer – der doch ein tapferer Mann war; er war bei Bautzen und Lützen dabeigewesen, hatte den Feldzug in Frankreich mitgemacht und war sogar für das Kreuz der Ehrenlegion vorgeschlagen worden –, er wich plötzlich wie beim Anblick einer Schlange ganz weit zurück und rief aus:

»Madame, was fällt Ihnen ein …?«

»Dergleichen Weiber müßten ausgepeitscht werden!« sagte Madame Tuvache.

»Wo ist sie denn geblieben?« antwortete Madame Caron.

Denn während dieser Worte war sie verschwunden; dann sahen die beiden sie die Grande-Rue einschlagen und nach rechts abbiegen, als ob sie zum Friedhof wolle, und sie ergingen sich in Mutmaßungen.

»Mutter Rollet«, sagte sie, als sie bei der Amme anlangte, »ich ersticke ... schnüren Sie mir das Korsett auf.«
Sie fiel auf das Bett; sie schluchzte. Mutter Rollet deckte sie mit einem Unterrock zu und blieb bei ihr stehen. Da Emma keine Antwort gab, ging die gute Frau weg, holte ihr Spinnrad und machte sich daran, Flachs zu spinnen.
»Oh, hören Sie auf«, flüsterte sie; sie glaubte, Binets Drehbank zu hören.
»Was mag sie haben?« fragte sich die Amme. »Warum kommt sie her?«
Aus einem Angstgefühl heraus, das sie aus ihrem eigenen Haus verjagte, war sie hierhergelaufen.
Regungslos, mit starren Augen, lag sie auf dem Rücken; die Dinge ringsumher nahm sie nur verschwommen wahr, obwohl sie ihr Augenmerk mit idiotischer Hartnäckigkeit darauf richtete. Sie betrachtete die schuppig abblätternden Stellen der Wand, zwei Ende an Ende qualmende Holzscheite und eine langbeinige Spinne, die gerade über ihrem Kopf in den Spalt des Deckenbalkens kroch. Schließlich hatte sie ihre Gedanken wieder beisammen. Sie erinnerte sich ... Eines Tages, mit Léon ... Oh, wie weit lag das zurück ... Das Sonnenlicht glitzerte auf dem Bach, und die Clematis duftete ... Da rissen die Erinnerungen sie fort wie in einem schäumenden Wildbach; bald kam sie dahin, sich des gestrigen Abends zu erinnern.
»Wie spät ist es?« fragte sie.
Mutter Rollet ging hinaus, hob die Finger ihrer rechten Hand nach der lichtesten Stelle des Himmels, kam gemächlich wieder herein und sagte:
»Bald drei.«
»Ach so! Danke, danke!«
Denn er mußte kommen. Ganz sicher! Er würde das Geld aufgetrieben haben. Aber er ging vielleicht in ihr Haus, ohne zu

ahnen, daß sie hier sei; und sie befahl der Amme, hinzulaufen und ihn herzubringen.

»Beeilen Sie sich doch!«

»Aber liebe Frau, ich gehe ja schon, ich gehe ja schon!«

Jetzt wunderte es sie, daß sie nicht gleich an ihn gedacht hatte; gestern hatte er ihr doch sein Wort gegeben; er würde es nicht brechen; und sie sah sich schon bei Lheureux, wie sie ihm die drei Banknoten auf den Schreibtisch legte. Dann würde sie sich ein Märchen ausdenken müssen, das Bovary die Sachlage erklärte. Aber welches?

Doch die Amme ließ recht lange auf sich warten. Aber da in der Hütte keine Uhr war, fürchtete Emma, sie überschätze vielleicht die Länge der Zeit. Sie fing an, im Garten auf und ab zu gehen, Schritt für Schritt; sie ging den Fußweg an der Hecke entlang, machte aber rasch wieder kehrt, weil sie hoffte, die gute Frau sei auf einem anderen Weg zurückgekommen. Schließlich wurde sie des Wartens müde; es bestürmten sie Ahnungen, die sie zurückstieß; sie wußte nicht mehr, ob sie seit einer Ewigkeit oder seit einer Minute hier war, sie setzte sich in einen Winkel, schloß die Augen und hielt sich die Ohren zu. Die Zauntür kreischte; sie sprang auf; aber noch ehe sie etwas sagen konnte, sagte Mutter Rollet zu ihr:

»Bei Ihnen zu Hause ist niemand!«

»Wie?«

»Niemand! Und Monsieur weint. Er ruft Ihren Namen. Man sucht Sie.«

Emma antwortete nichts. Sie keuchte und rollte dabei die Augen nach allen Seiten, während die Bäuerin, erschrocken über ihren Gesichtsausdruck, unwillkürlich zurückwich; sie glaubte, Emma sei wahnsinnig geworden. Plötzlich schlug sie sich an die Stirn, denn wie ein heller Blitz in dunkler Nacht war die Erinnerung an Rodolphe ihr durch die Seele gezuckt. Er war so gut, so zartfühlend, so großherzig! Und überdies, wenn er zögern sollte, ihr diesen Gefallen zu erweisen, so wußte sie genau, daß sie ihn dazu würde zwingen können, wenn sie durch ein einziges Augenzwinkern ihre gestorbene Liebe zurückrief. So machte sie sich auf den Weg nach La Huchette, ohne sich bewußt zu werden, daß sie drauf und dran war, das zu tun, was sie eben noch so sehr empört hatte, und ohne im mindesten zu ahnen, daß sie sich prostituierte.


## VIII

Unterwegs überlegte sie: »Was soll ich sagen? Womit soll ich anfangen?« Und je näher sie kam, desto bekannter wurden ihr die Büsche, die Bäume, die Binsen auf dem Hügel, das Schloß dort hinten. Sie geriet wieder in die Empfindungen ihrer ersten Liebesregung hinein, und ihr armes, zusammengepreßtes Herz weitete sich liebevoll. Ein lauer Wind wehte ihr ins Gesicht; der schmelzende Schnee fiel Tropfen für Tropfen von den Knospen ins Gras.

Wie früher trat sie durch die kleine Parktür ein und gelangte in den Ehrenhof, den eine Doppelreihe buschiger Linden säumte. Sie wiegten säuselnd ihre langen Zweige. Alle Hunde im Zwinger schlugen an, und ihr Gebell verhallte, ohne daß jemand erschien.

Sie stieg die breite, gerade Treppe mit dem Holzgeländer hinauf, die zu einem mit staubigen Fliesen belegten Gang führte, auf den eine Reihe von Zimmern mündete, ganz wie in Klöstern oder Gasthöfen. Das seine lag ganz am Ende, links. Als sie die Finger auf den Knauf gelegt hatte, verließen sie plötzlich die Kräfte. Sie hatte Angst, er wäre nicht daheim; sie wünschte es beinahe, und dabei war dies ihre einzige Hoffnung, die letzte Rettungsmöglichkeit. Eine Minute lang sammelte sie sich; sie härtete ihren Mut in dem Gefühl der gegenwärtigen Notwendigkeit und ging hinein.

Er saß am Kamin, beide Füße auf dessen Verkleidung, und rauchte eine Pfeife.

»Nanu? Sie?« fragte er und sprang auf.

»Ja, ich …! Ich möchte Sie um einen Rat bitten, Rodolphe.«

Und trotz allen ihren Bemühungen war es ihr unmöglich, den Mund zu öffnen.

»Sie haben sich nicht verändert, Sie sind nach wie vor reizend!«

»Oh!« entgegnete sie bitter, »das müssen traurige Reize sein, lieber Freund, da Sie sie ja doch verschmäht haben.«

Da fing er an, sein Verhalten zu erklären; er entschuldigte sich in
vagen Ausdrücken, weil er keine besseren zu finden vermochte.

Sie ließ sich durch seine Worte und mehr noch durch seine
Stimme fangen, und durch den Anblick seiner Person, und zwar
so sehr, daß sie tat, als glaube sie an den Vorwand zu ihrer beider
Trennung, oder vielleicht glaubte sie sogar daran: es sei ein Ge-
heimnis, von dem die Ehre und sogar das Leben einer dritten
Person abgehangen habe.

»Schon gut!« sagte sie und sah ihn traurig an. »Ich habe sehr
gelitten!«

Er antwortete philosophisch:

»So ist nun mal das Leben!«

»Hat es wenigstens Ihnen nach unserer Trennung Gutes gebracht?« fragte Emma.

»Ach, weder Gutes … noch Schlechtes.«

»Vielleicht wäre es besser gewesen, wenn wir einander nie verlassen hätten.«

»Ja … vielleicht!«

»Glaubst du?« fragte sie und rückte näher an ihn heran.

Und sie seufzte.

»O Rodolphe, wenn du wüßtest …! Ich habe dich sehr liebgehabt!«

Jetzt geschah es, daß sie seine Hand ergriff, und eine Weile saßen sie mit verschränkten Fingern da – wie am ersten Tag, bei der
Versammlung der Landwirte! In einem Aufwallen seines Stolzes
sträubte er sich gegen seine Rührung. Aber sie schmiegte sich an
seine Brust und sagte:

»Wie hätte ich ohne dich leben sollen? Man kann sich des Glücks
nicht entwöhnen! Ich war verzweifelt! Ich habe geglaubt, ich
müsse sterben! Ich werde dir das alles erzählen, du wirst schon
sehen. Und du … du hast mich gemieden …!«

Denn seit drei Jahren war er ihr sorglich aus dem Weg gegangen, auf Grund der angeborenen Feigheit, die für das starke

Geschlecht typisch ist; und Emma sprach weiter, mit liebli-
chen Kopfbewegungen, schmeichlerischer als eine verliebte
Katze.

»Du liebst eine andere, gesteh es nur! Oh, ich verstehe sie, glaub
es mir, und ich entschuldige sie; du wirst sie verführt haben, wie
du mich verführt hast. Denn du bist ja ein Mann! Du besitzt alles, was nötig ist, daß man dich liebt. Aber wir fangen wieder von
vorn an, nicht wahr? Wir wollen einander lieben! Sieh, ich lache,
ich bin glücklich ...! Sprich doch!«

Und sie sah entzückend aus, in ihren Augen zitterte eine Träne
wie ein Wassertropfen nach einem Gewitter in einem blauen
Blumenkelch.

Er nahm sie auf den Schoß und streichelte mit dem Handrücken
liebkosend ihr glattes, gescheiteltes Haar, auf dem im Dämmerlicht ein letzter Sonnenstrahl erglänzte wie ein goldner Pfeil. Sie
neigte die Stirn; nach einer Weile küßte er sie behutsam mit ge-
spitzten Lippen auf die Augenlider.

»Du hast ja geweint!« sagte er. »Warum denn?«

Sie brach in Schluchzen aus. Rodolphe hielt das für den Aus-
bruch ihrer Liebe; da sie nichts sagte, hielt er dies Schweigen für
eine letzte Regung der Scham, und er rief:

»Oh, verzeih mir! Du bist die einzige, die ich wirklich mag. Ich
bin dumm und gemein gewesen! Ich liebe dich und ich werde
dich immer lieben ...! Was hast du denn? Sag es doch!«

Er war vor ihr niedergekniet.

»Ja ...! Ich bin zugrunde gerichtet, Rodolphe! Du mußt mir dreitausend Francs leihen!«

»Aber ... aber ...«, sagte er und erhob sich langsam, wobei sein
Gesicht einen ernsten Ausdruck annahm.

»Du weißt«, fuhr sie rasch fort, »daß mein Mann sein ganzes
Vermögen bei einem Notar angelegt hatte, und der ist durchgegangen. Wir haben uns Geld geliehen; die Patienten haben
nicht bezahlt. Übrigens ist die Nachlaßregelung noch nicht abgeschlossen; wir bekommen später noch etwas heraus. Aber
heute sollen wir wegen dreitausend Francs gepfändet werden,
und zwar jetzt gleich, in dieser Stunde; und im Vertrauen auf
deine Freundschaft bin ich hergekommen.«

»Ach so!« dachte Rodolphe, der unversehens blaß geworden war, »deswegen ist sie hergekommen!«

Schließlich sagte er mit gelassener Miene:

»Ich habe sie nicht, Beste.«

Das war keineswegs gelogen. Hätte er sie gehabt, so würde er sie sicherlich gegeben haben, obwohl es ihm, wie den meisten Menschen, unangenehm gewesen wäre, etwas so Großherziges zu tun; von allen Sturmstößen, die über die Liebe herfallen können, ist der kälteste und der am heftigsten an den Wurzeln zerrende eine Bitte um Geld.

»Du hast sie nicht!«

Sie wiederholte ein paarmal:

»Du hast sie nicht ...! Ich hätte mir diese letzte Schmach ersparen können. Du hast mich nie geliebt! Du bist nicht besser als die andern!«

Jetzt hatte sie sich verraten; sie verhaspelte sich.

Rodolphe unterbrach sie; er versicherte, er selber sei »in Verlegenheit«.

»Oh, da tust du mir leid!« sagte Emma. »Ja, sehr, ganz ungemein ...!«

Und sie ließ ihre Blicke an einer damaszierten Flinte haften, die im Gewehrschrank blinkte.

»Aber wenn man so arm ist, dann steckt man sein Geld nicht in Gewehrkolben! Man kauft keine Stutzuhr mit Schildpatteinlagen!« fuhr sie fort und zeigte auf die Boulle-Uhr. »Und auch keine Reitpeitsche mit silbervergoldetem Griff« – sie strich mit der Hand darüber hinweg – »noch Anhängsel für seine Taschenuhr! Oh, er läßt sich nichts abgehen! Sogar ein Likörschränkchen hat er in seinem Schlafzimmer; denn du liebst dich selber, du lebst gut, du hast ein Schloß, Pachthöfe, Waldbestände; du reitest Parforce-Jagden, du reist nach Paris ... Ja, wenn du mir nur dies hier gegeben hättest«, rief sie und nahm seine Manschettenknöpfe vom Kaminsims, »nur die geringste dieser Nichtigkeiten! Die lassen sich zu Geld machen ...! Oh! Ich will sie nicht! Behalt sie nur.«

Und sie warf die beiden Knöpfe weit weg; das Goldkettchen riß, als sie gegen die Wand schlugen.

»Ich aber, ich würde dir alles gegeben, alles verkauft haben; mit meinen Händen würde ich gearbeitet, auf den Landstraßen würde ich gebettelt haben, einzig um eines Lächelns, eines Blickes willen, um dich sagen zu hören: ›Danke!‹ Und du bleibst seelenruhig in deinem Sessel sitzen, als ob du mir nicht schon genug Leid angetan hättest! Ohne dich, das weißt du ganz genau, hätte ich glücklich leben können! Wer und was hat dich dazu gezwungen? Etwa eine Wette? Und dabei hast du mich geliebt, du hast es gesagt … Und noch dazu eben erst … Ach, du hättest mich lieber hinauswerfen sollen! Meine Hände sind noch warm von deinen Küssen, und dort, an jener Stelle, auf dem Teppich, da hast du mir auf den Knien ewige Liebe geschworen. Du hast mich daran glauben lassen; zwei Jahre lang hast du mich durch den herrlichsten, köstlichsten Traum geschleppt …! Ja, und unsere Fluchtpläne, weißt du noch? Oh, dein Brief, dein Brief! Der hat mir das Herz zerrissen …! Und jetzt, da ich wieder zu ihm komme, zu ihm, der reich, glücklich und frei ist, und ihn um eine Hilfeleistung bitte, die der Erstbeste gewähren würde, jetzt, da ich ihn anflehe und ihm abermals all meine Liebe darbringe, stößt er mich zurück, weil es ihn dreitausend Francs kosten würde!«

»Ich habe sie nicht!« antwortete Rodolphe mit der vollkommenen Ruhe, mit der sich resignierter Zorn wie mit einem Schild deckt.

Sie ging. Die Wände bebten, die Zimmerdecke erdrückte sie; und sie ging abermals durch die lange Allee und stolperte gegen die Haufen welken Laubs, die der Wind zerwehte. Endlich langte sie am Umfassungsgraben und am Gittertor an; sie zerbrach sich die Fingernägel am Schloß, so hastig wollte sie es öffnen. Dann jedoch blieb sie nach hundert Schritten stehen, völlig außer Atem, dem Umsinken nahe. Und jetzt, als sie sich umwandte, sah sie noch einmal das unerbittliche Schloß mit dem Park, den Gärten, den drei Einfriedigungen und allen Fenstern der Fassade.

Sie stand in Betäubung verloren da und war sich ihrer selbst nur noch durch das Klopfen ihrer Pulse bewußt, von dem sie glaubte, sie höre es aus sich herausdringen wie eine betäubende Musik, die das Land erfüllte. Der Erdboden unter ihren Füßen schien ihr weicher als eine Welle, und die Ackerfurchen dünkten sie ungeheure braune, brandende Wogen. Alles, was an Erinnerungen und Gedanken in ihrem Kopf war, stob gleichzeitig hervor, mit einem Schlag, wie die tausend Leuchtfunken eines Feuerwerks. Sie sah ihren Vater, Lheureux' Arbeitsgelaß, ihr gemeinsames Schlafzimmer dort drüben, eine ganz andere Landschaft. Wahnsinn packte sie, sie bekam es mit der Angst, es gelang ihr, sich zusammenzureißen, wenn auch nur auf eine verworrene Weise, das ist wahr; denn sie erinnerte sich nicht an die Ursache ihres grausigen Zustands, nämlich der Geldfrage. Sie litt einzig und allein an ihrer Liebe und spürte, wie ihre Seele sie durch diese Erinnerung verließ, so wie im Sterben liegende Verwundete fühlen, wie ihnen das Leben aus ihrer blutenden Wunde entweicht.

Das Dunkel brach herein; Krähen flogen.

Plötzlich war ihr, als platzten in der Luft feuerfarbene Kugeln wie blitzeschleudernde Bälle, die flach wurden, sich drehten, sich unaufhörlich drehten, um schließlich im Schnee zu zerschmelzen, zwischen den Baumzweigen. In jedem von ihnen erschien Rodolphes Gesicht. Sie wurden immer zahlreicher und kamen immer näher, sie drangen in sie ein; alles verschwand. Sie erkannte die Lichter der Häuser, die in der Ferne durch den Nebel blinkten.

Nun sah sie ihre Lage plötzlich wie einen Abgrund. Sie atmete so schwer, daß es ihr fast die Brust zerriß. Dann lief sie in einem Aufschwung von Heroismus, der sie beinah freudig stimmte, den Abhang hinab, überschritt die Kuhplanke, ging den Fußpfad entlang, die Allee, an der Markthalle vorüber, bis sie vor dem Laden des Apothekers stand.

Niemand war darin. Sie wollte hineingehen; aber auf das Geräusch der Schelle hin konnte jemand kommen; deshalb schlüpfte sie durch das Hoftor, hielt den Atem an, tastete sich an den Hausmauern entlang bis zur Schwelle der Küche, wo eine auf dem Herd stehende Kerze brannte. Justin, in Hemdsärmeln, trug eine Schüssel hinaus.

»Aha! Sie sind beim Abendessen. Ich warte also.«

Er kam zurück. Sie klopfte an die Fensterscheibe. Er trat heraus.

»Den Schlüssel! Den von oben, wo die . . .«

»Wie?«

Und er schaute sie an, ganz erschrocken über ihr blasses Gesicht, das sich weiß von der Schwärze der Nacht abhob. Sie kam ihm über die Maßen schön und majestätisch vor wie eine überirdische Erscheinung; ohne zu begreifen, was sie wolle, ahnte er etwas Schreckliches.

Aber hastig, leise, mit süßer, zerschmelzender Stimme, fuhr sie fort:

»Ich will ihn haben! Gib ihn mir.«

Da die Wand dünn war, hörte man das Klappern der Gabeln auf den Tellern im Eßzimmer.

Sie behauptete, sie müsse irgend etwas haben, um die Ratten zu töten, die sie beim Schlafen störten.

»Ich müßte Monsieur Bescheid sagen.«

»Nein! Bleib!«

Dann, mit gleichgültiger Miene:

»Ach was, das ist nicht nötig, ich sag es ihm gleich. Komm, leuchte mir!«

Sie trat in den Korridor, von dem aus die Tür ins Laboratorium ging. An der Wand hing ein Schlüssel mit einem Schildchen: »Giftbude«.

»Justin!« rief der Apotheker; er war ungeduldig geworden.

»Komm mit hinauf!«

Und er folgte ihr.

Der Schlüssel drehte sich im Schloß, und sie ging geradewegs auf das dritte Wandbrett zu, so gut leitete die Erinnerung sie, ergriff das blaue Glasgefäß, riß die Korkplatte ab, langte mit der Hand hinein, zog sie voll weißen Pulvers heraus und fing sofort an, es zu essen.

»Halten Sie ein!« rief er und stürzte sich auf sie.

»Still! Sonst kommt jemand . . .«

Er war außer sich, wollte rufen.

»Sag nichts davon, sonst fällt alles auf deinen Chef zurück.«

Dann ging sie beruhigt schnell davon, und fast mit der Heiterkeit einer erfüllten Pflicht.

Als Charles fassungslos über die Nachricht von der Pfändung heimkam, hatte Emma gerade das Haus verlassen. Er rief, weinte, war einer Ohnmacht nahe, aber sie kam nicht wieder. Wo mochte sie sein? Er schickte Félicité zu Homais, zu Tuvache, zu Lheureux, in den »Goldenen Löwen«, überallhin; und wenn seine Angstgefühle aussetzten, sah er seinen guten Ruf geschändet, ihrer beider Vermögen verloren, Berthes Zukunft zerstört! Was war die Ursache ...? Keine Erklärung! Er wartete bis sechs Uhr abends. Schließlich konnte er es nicht mehr aushalten, und weil er sich einbildete, sie sei nach Rouen gefahren, ging er auf die Landstraße, legte eine halbe Meile zurück, begegnete niemandem, wartete noch eine Weile und ging dann wieder zurück.

Sie war heimgekommen.

»Was ist denn passiert ...? Warum ...? Erkläre mir doch ...!«

Sie hatte sich an ihren Sekretär gesetzt und schrieb einen Brief, den sie langsam versiegelte, nachdem sie Tag und Stunde darunter gesetzt hatte. Dann sagte sie feierlich:

»Du wirst ihn morgen lesen; bis dahin bitte ich dich, keine einzige Frage an mich zu richten ...! Nein, keine!«

»Aber ...«

»Ach, bitte laß mich!«

Und sie legte sich lang auf ihr Bett.

Ein bitterer Geschmack, den sie im Mund verspürte, weckte sie auf. Undeutlich sah sie Charles und schloß die Augen wieder.

Voller Neugier beobachtete sie sich, um festzustellen, ob sie Schmerzen habe. Nein, noch nicht. Sie hörte das Ticken des Uhrpendels, das Knacken des Feuers und die Atemzüge Charles', der neben ihrem Bett stand.

»Ach, mit dem Tod ist es gar nicht so schlimm!« dachte sie. »Ich schlafe einfach ein, und dann ist alles aus!«

Sie trank einen Schluck Wasser und drehte sich nach der Wand hin.

Jener abscheuliche Tintengeschmack dauerte an.

»Ich habe Durst ...! Ach, ich habe solchen Durst!« seufzte sie.

»Was hast du denn?« fragte Charles und hielt ihr ein Glas hin.

»Es ist nichts ...! Bitte mach das Fenster auf ... ich ersticke!«

Und es überkam sie ein so plötzlicher Brechreiz, daß sie kaum noch Zeit hatte, ihr Taschentuch unter dem Kopfkissen hervor-zuziehen.

»Nimm es weg!« sagte sie hastig. »Wirf es fort!«

Er fragte sie aus; sie gab keine Antwort. Regungslos lag sie da, aus Furcht, sich bei der geringsten Bewegung übergeben zu müssen. Dabei verspürte sie eine eisige Kälte von den Füßen bis zum Herzen aufsteigen.

»Ach, jetzt fängt es wohl an!« murmelte sie.

»Was hast du gesagt?«

Mit einer weichen, angstvollen Bewegung rollte sie den Kopf hin und her, und immerfort öffnete sie den Mund, als liege ihr etwas sehr Schweres auf der Zunge. Um acht setzte das Erbrechen wieder ein.

Charles beobachtete, daß sich auf dem Boden des Napfs eine Art weißer Niederschlag gebildet und an dem Porzellan festgesetzt hatte.

»Das ist außergewöhnlich! Das ist eigenartig!« sagte er ein paar-mal.

Sie jedoch sagte mit fester Stimme:

»Nein, du irrst dich!«

Da fuhr er ihr zart, fast streichelnd mit der Hand über den Ma-gen. Sie stieß einen schrillen Schrei aus. Erschrocken zuckte er zurück.

Dann fing sie an zu wimmern, zunächst ganz schwach. Ein star-ker Frostschauer schüttelte ihre Schultern, und sie wurde blei-cher als das Bettuch, in das sich ihre verkrampften Finger gruben. Ihr unregelmäßiger Pulsschlag war jetzt fast nicht zu spüren.

Schweißtropfen rieselten über ihr bläuliches Gesicht, das wie in den Ausdünstungen eines metallischen Dampfs erstarrt schien. Ihre Zähne schlugen aufeinander, ihre geweiteten Augen sahen ziellos um sich, und auf alle Fragen antwortete sie nur mit einem Kopfschütteln; ein paarmal lächelte sie sogar. Nach und nach wurde ihr Stöhnen stärker. Ein dumpfes Brüllen entrang sich ihr; dabei behauptete sie, es gehe ihr besser und sie werde gleich auf-stehen. Aber dann überkamen sie die Krämpfe; sie schrie auf:

»Ah! das ist grausam, mein Gott!«

Er warf sich vor ihrem Bett auf die Knie.

»Rede! Was hast du gegessen? Antworte doch um des Himmels willen!«

Und er sah sie mit Augen so voller Zärtlichkeit an, wie sie sie niemals erlebt hatte.

»Nun, da ... da ...!« sagte sie mit versagender Stimme.

Er stürzte zum Sekretär, brach das Siegel auf und las laut: »Es soll niemand beschuldigt werden ...« Er hielt inne, fuhr sich mit der Hand über die Augen und las weiter.

»Was ...! Hilfe, zu Hilfe!«

Und er konnte immer nur das eine Wort hervorstoßen: »Vergiftet! Vergiftet!« Félicité lief zu Homais, der sich auf dem Marktplatz laut darüber ausließ; Madame Lefrançois hörte es im »Goldenen Lamm«; manche standen auf, um es ihren Nachbarn zu erzählen, und die ganze Nacht hindurch war das Dorf wach.

Verstört, stammelnd, dem Zusammenbruch nahe lief Charles durch das Zimmer. Er stieß gegen die Möbel, raufte sich die Haare, und der Apotheker hätte nie geglaubt, daß es auf Erden ein so furchtbares Schauspiel geben könnte.

Er ging wieder nach Hause und schrieb an Canivet und Doktor Larivière. Er hatte den Kopf verloren; mehr als fünfzehn Entwürfe machte er. Hippolyte fuhr nach Neufchâtel, und Justin ritt Bovarys Pferd so zuschanden, daß er es auf der Höhe von Bois-Guillaume stehen ließ, lahm und halbtot.

Charles wollte in seinem medizinischen Handbuch nachschlagen, konnte aber nichts erkennen; die Zeilen tanzten.

»Ruhe!« sagte der Apotheker. »Es handelt sich lediglich darum, ein wirksames Gegenmittel zu verabreichen. Was für ein Gift war es?«

Charles zeigte den Brief. Es war Arsenik.

»Also«, sagte der Apotheker, »es müßte eine Analyse davon gemacht werden.«

Denn er wußte, daß bei allen Vergiftungen eine Analyse gemacht werden müsse; und der andere, der ihn nicht verstanden hatte, antwortete:

»Ja! Tun Sie's! Tun Sie's! Retten Sie sie ...«

Als er dann wieder bei ihr war, sank er schlaff auf den Teppich nieder und blieb mit gegen den Rand ihres Bettes gelehntem Kopf sitzen und schluchzte.

»Weine nicht!« sagte sie. »Bald quäle ich dich nicht mehr!«

»Warum? Wer hat dich dazu getrieben?«

Sie erwiderte:

»Es mußte sein, mein Freund.«

»Warst du denn nicht glücklich? Bin ich schuld? Ich habe doch alles getan, was ich konnte!«

»Ja ... es ist wahr ..., du bist gut.«

Und sie strich ihm langsam mit der Hand übers Haar. Die Süße dieser Empfindung machte seine Traurigkeit überschwer; er fühlte sein ganzes Wesen zerbrechen bei dem Gedanken, daß er sie verlieren müsse, während sie, ganz im Gegensatz, ihm nun mehr Liebe zeigte als je zuvor; und es fiel ihm nichts ein; er wußte nichts und wagte nichts; die Dringlichkeit eines schnellen Entschlusses brachte ihn vollends aus der Fassung.

Nun habe sie Schluß gemacht, dachte sie, mit allen Hintergehungen, Niedrigkeiten und den Begierden ohne Zahl, die sie gemartert hatten. Jetzt haßte sie niemanden mehr; eine dämmerhafte Verwirrung senkte sich auf ihr Denken, und von allen irdischen Lauten hörte Emma nur noch die dann und wann aussetzende Klage dieses armen Herzens, die sanft und undeutlich war wie die letzten Klänge einer fern verhallenden Symphonie.

»Bringt mir die Kleine«, sagte sie und stützte sich auf den Ellbogen.

»Du fühlst dich nicht schlechter, nicht wahr?« fragte Charles.

»Nein, nein!«

Das Kind wurde von dem Mädchen auf dem Arm hereingetragen; es hatte sein langes Nachthemd an, aus dem die nackten Füße hervorsahen; es war ernst und fast noch im Traum. Erstaunt betrachtete es die Unordnung im Zimmer und blinzelte mit den Augen, weil die auf den Möbeln brennenden Kerzen blendeten. Sie erinnerten es wohl an die Neujahrsmorgen oder an Mittfasten, wenn es auch so früh wie heute von Kerzenschein geweckt und ins Bett der Mutter geholt worden war, um seine Geschenke zu bekommen, denn es fragte unvermittelt:

»Wo ist es denn, Mama?«

Und da alle schwiegen:

»Aber ich sehe ja mein Schuhchen gar nicht!«

Félicité hielt es über das Bett, doch dabei schaute es noch immer nach dem Kamin hin.

»Hat Amme es mitgenommen?« fragte es.

Und bei diesem Namen, der Madame Bovary an ihre Ehebrüche und ihre Nöte erinnerte, wandte sie den Kopf ab, als sei ihr der ekle Geschmack eines noch viel stärkeren Gifts auf die Zunge gekommen. Berthe aber blieb auf dem Bett sitzen.

»Oh, was für große Augen du hast, Mama! Wie blaß du bist! Wie du schwitzt ...!«

Die Mutter sah sie an.

»Ich fürchte mich!« sagte die Kleine und beugte sich zurück.

Emma nahm ihre Hand und wollte sie küssen; sie sträubte sich.

»Genug! Bringt sie weg!« rief Charles, der im Alkoven schluchzte.

Dann ließen die Symptome für kurze Zeit nach; sie wirkte weniger unruhig; und bei jedem unbedeutenden Wort, bei jedem etwas unruhigeren Atemzug ihrer Brust schöpfte er neue Hoffnung. Als endlich Canivet eintrat, warf er sich ihm schluchzend in die Arme.

»Ach, da sind Sie ja! Vielen Dank! Wie gütig von Ihnen! Aber es geht ja besser! Da, sehen Sie doch ...«

Der Kollege war keineswegs dieser Meinung, und da er, wie er selber sagte, nicht gleichzeitig auf vier Wegen vorgehen wollte, verordnete er ein Brechmittel, um den Magen völlig zu entleeren.

Sogleich erbrach sie Blut. Ihre Lippen preßten sich noch mehr aufeinander. Ihre Glieder waren krampfhaft zusammengezogen, der Körper mit braunen Flecken bedeckt, und ihr Puls glitt unter den Fingern hin wie ein gespannter Faden, wie eine Harfensaite kurz vor dem Zerspringen.

Dann begann sie furchtbar zu schreien. Sie verfluchte das Gift, überhäufte es mit Schmähungen, flehte es an, es möge sich beeilen, und stieß mit ihren steif gewordenen Armen alles weg, was Charles, der mehr in Todesqualen war als sie, ihr einzuflößen sich mühte. Er stand da, das Taschentuch an den Lippen, röchelnd, weinend, an Schluchzern erstickend, die ihn bis zu den Hacken durchrüttelten; Félicité lief im Zimmer umher; Homais regte sich nicht; er stieß tiefe Seufzer aus, und Canivet, der nach wie vor Haltung zur Schau trug, begann dennoch, sich unbehaglich zu fühlen.

»Zum Teufel ...! Dabei ... ist doch nun alles raus, und wenn die Ursache beseitigt ist ...«

»... muß auch die Wirkung aufhören«, sagte Homais. »Das ist klar.«

»Aber so retten Sie sie doch!« jammerte Bovary.

Ohne auf den Apotheker zu hören, der auf gut Glück die Hypothese aufstellte: »Es ist vielleicht ein heilsamer Paroxysmus«, wollte Canivet ihr Theriak verabfolgen, als Peitschengeknall laut wurde; alle Fensterscheiben klirrten, und ein Eilpostwagen, den aus Leibeskräften drei bis an die Ohren schmutzbespritzte Pferde zogen, bog in rasender Fahrt um die Ecke der Markthalle. Es war Doktor Larivière.

Das Erscheinen eines Gottes hätte keine größere Erregung auslösen können. Bovary hob die Hände; Canivet hielt jäh inne, und Homais nahm seine phrygische Mütze ab, noch ehe der Doktor eingetreten war.

Er gehörte der großen Chirurgenschule an, die unter Bichats Leitung entstanden war, jener heute verschwundenen Generation philosophischer Praktiker, die ihrer Kunst mit fanatischer Liebe anhingen und sie mit Begeisterung und Scharfsinn ausübten! In seinem Krankenhaus zitterte alles, wenn er in Zorn geriet, und seine Schüler verehrten ihn so sehr, daß sie, kaum daß sie ihre Praxis eröffnet hatten, sich bemühten, ihn auf jede mögliche Weise nachzuahmen; so kam es, daß man bei ihnen in den Städten der Umgebung seinen langen, gesteppten Überrock aus Merinowolle und seinen weiten schwarzen Frack wiederfand, dessen aufgeknöpfte Ärmelaufschläge ein Stückchen über seine fleischigen, sehr schönen Hände reichten, die niemals in Handschuhen steckten, gleichsam als wollten sie desto schneller zum Eintauchen in die menschlichen Nöte bereit sein. Er verachtete Ordensauszeichnungen, Titel und Mitgliedschaften in Akademien; er war gastfreundlich, liberal, ein Vater der Armen; er übte die Tugend, ohne an sie zu glauben; er hätte fast für einen Heiligen gegolten, wenn die Gewitztheit seines Geistes ihn nicht hätte gefürchtet werden lassen wie einen Satan. Sein Blick, der schärfer war als seine Operationsmesser, drang einem geradewegs in die Seele und operierte jede Lüge aus Ausflüchten und Schamhaftigkeiten heraus. Und so ging er seines Wegs mit jener gutmütigen Majestät, die das Bewußtsein eines großen Talents, eines Vermögens und einer vierzigjährigen arbeitsreichen und untadeligen Wirksamkeit verleiht.

Schon an der Tür runzelte er die Brauen, als er Emmas leichenfarbenes Antlitz sah; sie lag mit offenem Mund auf dem Rücken. Dann tat er, als höre er Canivet zu, fuhr mit dem Zeigefinger unterhalb der Nase hin und her und sagte mehrmals:

»In Ordnung, in Ordnung.«

Doch dann zuckte er mit einer langsamen Bewegung die Achseln. Bovary ließ ihn nicht aus den Augen; sie sahen sich an; und dieser des Anblicks von Schmerzen so gewohnte Mann konnte eine Träne nicht zurückhalten, die auf seine Halskrause tropfte.

Er wollte Canivet ins Nebenzimmer ziehen. Charles folgte ihm.

»Es geht ihr sehr schlecht, nicht wahr? Wenn man ihr nun Senfpflaster auflegte? Ich weiß nicht aus noch ein! Finden Sie doch was! Sie haben doch so viele gerettet!«

Charles umschlang ihn mit beiden Armen und starrte ihn verstört und flehend an; fast besinnungslos lehnte er an seiner Brust.

»Nun, nun, mein armer Junge, Mut! Es ist nichts mehr zu machen.«

Und der Doktor Larivière wandte sich ab.

»Sie gehen?«

»Ich komme wieder.«

Er ging hinaus, als wolle er dem Postillion eine Weisung geben; der wackere Canivet war mitgekommen, auch er legte keinen Wert darauf, daß Emma ihm unter den Händen starb.

Aber der Apotheker holte sie beide auf dem Marktplatz ein. Bei seiner Charakteranlage konnte er sich nicht von berühmten

Leuten trennen. So beschwor er Larivière, ihm die hohe Ehre zu erweisen und bei ihm zu Mittag zu essen.

Rasch wurde in den »Goldenen Löwen« nach Tauben geschickt, nach allem, was in der Metzgerei an Koteletts zu haben war; bei Tuvache wurde Sahne geholt, Eier bei Lestiboudois, und der Apotheker persönlich war bei den Vorbereitungen behilflich, während Madame Homais an den Bändern ihrer Unterjacke zupfte und sagte:

»Sie müssen schon entschuldigen, Monsieur; denn in unserem armseligen Dorf, wenn man da nicht schon tags zuvor Bescheid weiß ...«

»Die Weingläser mit Fuß!!!« flüsterte Homais.

»Wenn wir wenigstens in der Stadt wohnten, da könnten wir uns mit gefüllten Kalbsfüßen helfen.«

»Sei doch still ...! Bitte zu Tisch, Herr Doktor!«

Und er hielt es gleich nach den ersten Bissen für angebracht, ein paar Einzelheiten über die Katastrophe aufzutischen:

»Zunächst trat ein Gefühl der Trockenheit im Pharynx auf, danach unerträgliche Schmerzen im Epigastrum, Superpurgation, Koma.«

»Wie hat sie sich eigentlich vergiftet?«

»Keine Ahnung, Herr Doktor, und ich weiß nicht einmal, wie sie sich das Acidum arsenicum hat verschaffen können.«

Justin, der gerade einen Stapel Teller hereinbrachte, fing an zu zittern.

»Was hast du?« fragte der Apotheker.

Bei dieser Frage ließ der junge Mensch alles auf den Boden fallen; es gab ein großes Geklirr und Geklapper.

»Tolpatsch!« rief Homais. »Ungeschickter Kerl! Tölpel! Alberner Esel!«

Aber dann beherrschte er sich plötzlich:

»Ich habe gleich eine Analyse versuchen wollen, Herr Doktor, und also habe ich primo behutsam in ein Reagenzglas ...«

»Sie hätten ihr lieber die Finger in den Hals stecken sollen«, sagte der Chirurg, »das wäre weit besser gewesen.«

Sein Kollege schwieg; er hatte kurz zuvor unter vier Augen eine kräftige Strafpredigt seines Brechmittels wegen bekommen, so daß der gute Canivet, der bei Gelegenheit des Klumpfußes so hochfahrend und redselig gewesen war, sich heute recht schweigsam verhielt; er lächelte unaufhörlich in zustimmender Weise.

Homais blähte sich in seinem Gastgeberstolz, und der betrübliche Gedanke an Bovary trug durch eine egoistische Gegenwirkung unbestimmt zu seinem Wohlbefinden bei. Die Anwesenheit des großen Arztes regte ihn an. Er kramte seine ganze Gelehrsamkeit aus und wartete durcheinander mit Kanthariden, Upas, Manzanilla und Schlangengift auf.

»Und ich habe sogar gelesen, Herr Doktor, daß verschiedene Leute durch zu stark geräucherte Wurst vergiftet worden sind und plötzlich umfielen! Das wenigstens hat in einem sehr schönen Bericht gestanden, den eine unserer pharmazeutischen Größen, einer unserer Meister, der berühmte Cadet de Gassicourt, geschrieben hat!«

Madame Homais kam wieder herein; sie trug eine jener wackeligen Maschinen, die mit Brennspiritus geheizt werden; denn Homais legte Wert darauf, seinen Kaffee, den er eigenhändig geröstet, pulverisiert und gemischt hatte, am Tisch zuzubereiten.

»Saccharum, Herr Doktor?« fragte er, als er den Zucker reichte.

Dann ließ er alle seine Kinder herunterkommen, weil er begierig war, die Ansicht des Chirurgen über ihre Konstitution zu hören.

Endlich wollte Larivière aufbrechen; aber da bat Madame Homais ihn ihres Mannes wegen um eine Konsultation. Sein Blut verdicke sich, weil er jeden Abend nach dem Essen einschlafe.

Der Doktor antwortete mit einem Wortspiel, das unbemerkt blieb; er lächelte ein wenig darüber und öffnete die Tür. Doch die Apotheke stand gedrängt voll von Menschen, und es kostete ihn die größte Mühe, sich den edlen Tuvache vom Hals zu schaffen, der Angst hatte, daß seine Frau schwindsüchtig sei, weil sie immer in die Kaminasche spuckte; dann kamen Binet, der manchmal Heißhunger, und Madame Caron, die Stiche hatte; Lheureux klagte über Schwindelanfälle, Lestiboudois litt an Rheumatismus, Madame Lefrançois unter Sodbrennen. Endlich zogen die drei Pferde an, und ganz allgemein fand man, daß er sich nicht besonders liebenswürdig gezeigt habe.

Doch die öffentliche Aufmerksamkeit wurde durch Bournisiens Erscheinen abgelenkt; er kam mit dem heiligen Öl durch die Markthalle.

Homais war es seinen Grundsätzen schuldig, daß er die Priester mit den Raben verglich, die der Leichengeruch anlocke; ihm persönlich war der Anblick eines Geistlichen unangenehm, da die Soutane ihn an das Bahrtuch denken ließ, und so verabscheute er die eine aus Furcht vor dem andern.

Dennoch schreckte er nicht vor dem zurück, was er seine »Mission« nannte; er ging wieder zu Bovary, begleitet von Canivet, dem Larivière vor seinem Aufbruch diese Geste eindringlich nahegelegt hatte; ohne die Vorstellungen seiner Frau hätte der Apotheker sogar seine beiden Söhne mitgenommen, um sie an harte Begebenheiten zu gewöhnen und damit es ihnen eine Lehre, ein Beispiel sei, ein feierliches Bild, das ihnen später im Kopf haften sollte.

Als sie eintraten, war das Zimmer ganz von düsterer Feierlichkeit erfüllt. Auf dem mit einer weißen Serviette bedeckten Nähtisch lagen in einer Silberschüssel fünf oder sechs Watteflöckchen; daneben stand ein schweres Kruzifix zwischen zwei Leuchtern mit brennenden Kerzen. Emma, das Kinn auf der Brust, öffnete die Lider übermäßig weit, und ihre armen Hände tasteten über das Bettuch mit jener schauerlichen und rührenden Geste der Sterbenden, die anmutet, als wollten sie schon das Leichentuch über sich ziehen. Bleich wie ein Marmorbild und mit Augen, rot wie glühende Kohlen, stand Charles ihr tränenlos am Fußende des Bettes gegenüber, während der Priester, auf ein Knie gestützt, leise Worte murmelte.

Langsam wandte sie das Gesicht und schien erfreut, unvermittelt die violette Stola vor sich zu sehen; offenbar fand sie inmitten einer ungemeinen Beruhigung in die verlorene Wollust ihrer ersten mystischen Aufschwünge zurück, mit den einsetzenden Visionen der ewigen Seligkeit.

Der Priester erhob sich und ergriff das Kruzifix; da streckte sie den Hals wie eine Dürstende und preßte die Lippen auf den Leib des Gottmenschen; mit all ihrer erlöschenden Kraft drückte sie den innigsten Liebeskuß darauf, den sie je gegeben hatte. Dann sprach er das »Misereatur« und das »Indulgentiam«, tauchte den rechten Daumen in das Öl und begann die Salbungen: erst die Augen, die so glühend alle irdischen Herrlichkeiten begehrt hatten; dann die Nasenflügel, die so lustvoll die lauen Lüfte und Düfte der Liebe eingesogen hatten; dann den Mund, der sich für die Lüge aufgetan, der vor Stolz geseufzt und im Luxus aufgeschrien hatte, dann die Hände, die sich an süßen Berührungen ergötzt, und schließlich die Fußsohlen, die einst so flink der Stillung ihrer Wünsche entgegengeeilt waren und jetzt nie wieder gehen würden.

Der Pfarrer wischte sich die Finger ab, warf die ölgetränkten Watteflöckchen ins Feuer und setzte sich wieder zu der Sterbenden, um ihr zu sagen, daß sie jetzt ihre Schmerzen denjenigen Jesu Christi vereinen und sich dem göttlichen Erbarmen überlassen solle.

Als er mit seinen Ermahnungen fertig war, versuchte er, ihr eine geweihte Kerze in die Hand zu stecken, das Symbol der Himmelsherrlichkeit, von der sie nun bald umgeben sein würde. Aber Emma war zu schwach, sie konnte die Finger nicht schließen, und ohne Bournisien wäre die Kerze zu Boden gefallen.

Sie war jedoch nun nicht mehr so bleich, und ihr Gesicht hatte einen Ausdruck von Heiterkeit, als habe das Sakrament sie geheilt.

Der Priester ließ es sich nicht nehmen, darauf hinzuweisen; ja, er erklärte sogar Bovary, daß der Herr bisweilen das Leben der Menschen verlängere, wenn er es als für das Heil notwendig erachte; und Charles dachte an den Tag, da sie, dem Tode so nah, schon einmal das Sakrament empfangen hatte.

»Vielleicht brauche ich noch nicht zu verzweifeln«, dachte er.

Wirklich betrachtete sie langsam alles, was um sie war, wie jemand, der aus einem Traum erwacht; dann bat sie mit deutlicher Stimme um ihren Spiegel und verharrte eine Weile darüber geneigt, bis ihr große Tränen aus den Augen rannen. Sie lehnte den Kopf mit einem Seufzer zurück und sank wieder auf das Kissen.

Nun begann ihre Brust hastig zu keuchen. Die Zunge trat ganz aus dem Mund heraus; ihre rollenden Augen wurden matt wie die Glocken zweier Lampen, die verlöschen, daß man sie schon hätte für tot halten können, wäre nicht die erschreckende, beschleunigte Bewegung ihrer Rippen gewesen, die ein wütender Atem rüttelte, als vollführe die Seele Sprünge, um sich loszulösen. Félicité kniete sich vor das Kruzifix, und sogar der Apotheker knickte ein bißchen die Kniegelenke ein, während Canivet abwesend auf den Marktplatz sah. Bournisien hatte wieder zu beten begonnen, das Gesicht gegen den Bettrand geneigt, wobei seine lange, schwarze Soutane sich hinter ihm wie eine Schleppe im Zimmer ausbreitete. Charles kniete an der anderen Bettseite und streckte Emma die Arme entgegen. Er hatte ihre Hände ergriffen, drückte sie und zuckte bei jedem Schlag ihres Herzens zusammen wie unter der Erschütterung einer zusammenbrechenden Ruine. Je stärker das Röcheln wurde, desto rascher sprach der Priester seine Gebete: sie mischten sich in Bovarys ersticktes Schluchzen, und manchmal schien alles in dem dumpfen Murmeln der lateinischen Silben unterzugehen, die wie Totenglocken klangen.

Plötzlich wurde auf dem Bürgersteig das Klappern schwerer Holzschuhe vernehmlich, und das Scharren eines Stocks; und eine Stimme erscholl, eine rauhe, heisere Stimme, die sang:

> »An heißen Tagen zur Sommerszeit
> Sind alle Mädchen zur Liebe bereit.«

Emma richtete sich auf wie eine Leiche, die man galvanisiert, mit aufgelöstem Haar, starren Augen und klaffendem Mund.

> »Nanettchen sammelte voll Fleiß
> Die Ähren, als die Mahd vollendet;
> Sie hat sich oftmals tief gebückt
> Zur Furche, die das Brot uns spendet.«

»Der Blinde!« schrie sie.
Und Emma begann zu lachen, ein grauenvolles, irrsinniges, verzweifeltes Lachen; sie glaubte das scheußliche Gesicht des Elen-

den zu sehen, das sich in den ewigen Finsternissen aufreckte wie ein Schreckgespenst.

>>Jedoch der starke Wind, o weh,
Der hob ihren kurzen Rock in die Höh!<<

Ein Krampf warf sie auf die Matratze zurück. Alle traten heran. Sie war nicht mehr.

## IX

Immer, wenn jemand gestorben ist, tritt etwas wie eine Betäubung ein, so schwierig ist es, diesen Einbruch des Nichts zu begreifen und sich in den Glauben daran zu schicken. Als Charles jedoch sah, daß sie sich nicht mehr bewegte, warf er sich über sie und rief:
>>Adieu! Adieu!<<
Homais und Canivet zogen ihn aus dem Zimmer.
>>Fassen Sie sich!<<
>>Ja<<, sagte er und machte sich los. >>Ich werde vernünftig sein, ich tue nichts Böses. Aber lassen Sie mich! Ich will sie sehen! Es ist meine Frau!<<
Und er weinte.
>>Weinen Sie<<, sprach der Apotheker weiter. >>Lassen Sie der Natur ihren Lauf; das wird Sie erleichtern!<<
Charles war schwächer als ein Kind geworden; er ließ sich nach unten in die große Stube führen, und Homais kehrte bald nach Hause zurück.
Auf dem Marktplatz wurde er von dem Blinden angesprochen, der sich in der Hoffnung auf die antiphlogistische Salbe bis nach Yonville geschleppt und jeden Vorübergehenden gefragt hatte, wo der Apotheker wohne.
>>Na, schön! Als ob ich jetzt nicht genug um die Ohren hätte! Tut mir leid, komm später wieder!<<
Und er trat schnellstens in die Apotheke.
Er hatte zwei Briefe zu schreiben, ein Beruhigungsmittel für

Bovary herzustellen, sich eine Lüge auszudenken, durch die die Vergiftung vertuscht werden konnte, und daraus einen Artikel für das »Leuchtfeuer« zu machen, ganz abgesehen von all den Menschen, die auf ihn warteten, um Genaueres zu erfahren; und als dann alle Yonviller sein Märchen von dem Arsenik vernommen hatten, das sie für Zucker gehalten hatte, als sie Vanillecreme bereitete, ging Homais nochmals zu Bovary hinüber.

Er traf ihn allein (Canivet war gerade aufgebrochen); er saß im Lehnstuhl am Fenster und sah mit stierem Blick auf die Fußbodenfliesen.

»Sie müßten jetzt die Stunde für die Feierlichkeit festsetzen«, sagte der Apotheker.

»Warum? Welche Feierlichkeit?«

Dann mit stammelnder und erschrockener Stimme:

»Oh, nein, nicht wahr? Ich will sie hierbehalten.«

Um Haltung zu bewahren, nahm Homais eine Karaffe vom Wandbrett und begoß die Geranien.

»Oh, danke, Sie sind sehr freundlich!«

Er sprach nicht zu Ende, überwältigt von der Fülle der Erinnerungen, die das Tun des Apothekers in ihm auslöste.

Um ihn abzulenken, hielt Homais es für angebracht, ein wenig über das Gärtnern zu plaudern; Pflanzen brauchten Feuchtigkeit. Charles nickte zustimmend.

»Übrigens wird es jetzt bald Frühling werden.«

»Ah!« sagte Bovary.

Der Apotheker war mit seinen Gedanken am Ende und schob behutsam die kleinen Scheibengardinen beiseite.

»Sieh an, da geht Tuvache vorbei!«

Mechanisch wiederholte Charles:

»Geht Tuvache vorbei.«

Homais wagte nicht, nochmals auf die Vorbereitungen für das Begräbnis zu sprechen zu kommen; erst dem Geistlichen gelang es, ihn zu einem Entschluß darüber zu bringen.

Er schloß sich in seinem Sprechzimmer ein, nahm eine Feder, und nachdem er eine Weile geschluchzt hatte, schrieb er:

»Ich will, daß sie in ihrem Hochzeitskleid begraben wird, mit weißen Schuhen und einem Brautkranz. Das Haar soll ihr über die Schultern gekämmt werden; drei Särge, einen aus Eiche, einen aus Mahagoni, einen aus Blei. Man soll mir nichts sagen, ich werde stark sein. Es soll über alles ein großes Stück grünen Samtes gebreitet werden. Dies ist mein Wille. Erfüllt ihn.«

Die Herren wunderten sich sehr über Bovarys romantische Einfälle; der Apotheker ging sofort zu ihm hinein und sagte: »Das mit dem Samt kommt mir übertrieben vor. Die Kosten übrigens…«
»Geht Sie das was an?« rief Charles. »Lassen Sie mich in Ruhe! Sie haben sie nicht geliebt. Hinaus mit Ihnen!«
Der Geistliche nahm ihn beim Arm, um ihn zu einem Gang durch den Garten zu veranlassen. Er verbreitete sich über die Eitelkeit aller irdischen Dinge. Gott sei sehr groß und sehr gütig; man müsse sich ohne Murren seinem Ratschluß unterwerfen und ihm sogar danken.
Charles brach in Lästerungen aus.
»Ich verfluche ihn, Ihren Gott!«
»Noch ist der Geist der Auflehnung in Ihnen«, seufzte der Geistliche.
Bovary war schon weit weg. Mit großen Schritten ging er beim Spalier an der Mauer entlang und knirschte mit den Zähnen und sah mit Blicken voller Fluch zum Himmel auf; aber nicht einmal ein Blatt bewegte sich davon.
Leiser Regen fiel. Charles, dessen Brust bloß war, fing schließlich an zu schlottern; er ging hinein und setzte sich in die Küche.
Um sechs hörte man auf dem Marktplatz Wagengerassel: es war die »Schwalbe«, die ankam, und er preßte die Stirn gegen die Fensterscheibe und sah zu, wie die Fahrgäste einer nach dem andern ausstiegen. Félicité legte ihm eine Matratze ins Wohnzimmer; er warf sich darauf und schlief ein.

Homais war zwar ein Freigeist, aber er ehrte die Toten. Daher trug er dem armen Charles nichts nach; er kam am Abend wieder, um die Totenwache zu halten; er brachte drei Bände und eine Schreibmappe mit, um sich Notizen zu machen.

Bournisien hatte sich bereits eingefunden, und am Kopfende des Bettes, das aus dem Alkoven herausgerückt worden war, brannten zwei große Kerzen.

Der Apotheker, den das Schweigen bedrückte, begann über »die unglückliche junge Frau« zu lamentieren; und der Priester antwortete, jetzt helfe nichts mehr als für sie zu beten.

»Immerhin«, entgegnete Homais, »gibt es nur zwei Möglichkeiten. Entweder ist sie im Stand der Gnade gestorben (wie die Kirche sich ausdrückt), und dann bedarf sie unserer Gebete nicht; oder sie ist als Unbußfertige (das ist, glaube ich, der kirchliche Ausdruck) abgeschieden, und dann ...«

Bournisien unterbrach ihn und erklärte griesgrämig, gebetet müsse auf alle Fälle werden.

»Aber«, wandte der Apotheker ein, »wenn Gott stets weiß, was uns not tut, wozu ist dann das Gebet dienlich?«

»Wie?« rief der Geistliche aus, »das Gebet? Sind Sie denn kein Christ?«

»Verzeihung!« sagte Homais. »Ich bewundere das Christentum. Erstens hat es die Sklaven befreit, es hat der Welt eine Moral gegeben ...«

»Darum handelt es sich nicht! Sämtliche Texte ...«

»Oh! Oh! Die Texte! Schlagen Sie ein Geschichtsbuch auf; man weiß doch, daß die Texte von den Jesuiten gefälscht worden sind.«

Charles kam herein, trat an das Bett heran und schob langsam die Vorhänge zurück.

Emmas Kopf war auf die rechte Schulter gesunken. Der Winkel des Mundes, der sich geöffnet hatte, bildete im unteren Teil des Gesichts ein schwarzes Loch; beide Daumen hatten sich fest ins Handinnere gedrückt; etwas wie weißer Staub lag auf ihren Lidern, und die Augen begannen in einem blassen Schleim zu verschwimmen, der wie ein dünnes Gewebe war, als hätten Spinnen ihr Netz darüber gesponnen. Das Bettuch bildete von den Brüsten bis zu den Knien eine Höhlung und hob sich dann an den Fußspitzen; und es mutete Charles an, als ob unendliche Massen, ein ungeheures Gewicht, auf ihr lasteten.

Die Kirchturmuhr schlug zwei. Das dumpfe Rauschen des Bachs war zu hören, der in der Finsternis am Fuß der Terrasse hinfloß. Von Zeit zu Zeit schneuzte Bournisien sich geräuschvoll, und Homais ließ seine Feder über das Papier kratzen.

»Jetzt, lieber Freund«, sagte er, »müssen Sie gehen; dieser Anblick zerreißt Ihnen das Herz!«

Als Charles das Zimmer verlassen hatte, nahmen der Apotheker und der Pfarrer ihr Streitgespräch wieder auf.

»Lesen Sie Voltaire!« sagte der eine. »Lesen Sie Holbach, lesen Sie die Enzyklopädie!«

»Lesen Sie die ›Briefe einiger portugiesischer Juden‹!« sagte der andre. »Lesen Sie die ›Vernunft des Christentums‹ von Nicolas, einem ehemaligen Richter!«

Sie erhitzten sich, liefen rot an, sprachen beide gleichzeitig, ohne aufeinander zu hören; Bournisien entrüstete sich über eine solche Vermessenheit; Homais staunte über eine solche Dummheit; und sie waren nahe daran, einander Beleidigendes zu sagen, als plötzlich Charles wieder erschien. Eine unwiderstehliche Gewalt zog ihn her; fortwährend stieg er die Treppe wieder hinauf.

Um sie besser zu sehen, setzte er sich ihr gegenüber und verlor sich in dieser Betrachtung, die nicht mehr schmerzlich war, weil sie tief war.

Es fielen ihm Geschichten vom Starrkrampf und von den Wundern des Magnetismus ein, und er meinte, wenn er es mit äußerster Willenskraft wolle, könne er sie vielleicht wieder erwecken. Einmal beugte er sich sogar über sie und rief ganz leise: »Emma! Emma!« Und sein heftiger Atem ließ die Kerzenflammen gegen die Wand flackern.

Bei Tagesanbruch langte die alte Bovary an; Charles umarmte und küßte sie und brach abermals in Tränen aus. Sie versuchte, wie es bereits der Apotheker getan hatte, ihm Vorstellungen über die Kosten des Begräbnisses zu machen. Da brauste er so auf, daß sie verstummte; er beauftragte sie sogar, sogleich in die Stadt zu fahren, um alles Erforderliche zu kaufen.

Charles blieb den ganzen Nachmittag über allein; Berthe war zu Madame Homais gebracht worden; Félicité hielt sich mit der Mutter Lefrançois oben im Schlafzimmer auf.

Gegen Abend empfing er Besuche. Er stand auf, drückte Hände, ohne sprechen zu können, man wurde gebeten, sich zu den andern zu setzen, die einen großen Halbkreis um den Kamin bildeten. Alle hatten die Köpfe gesenkt und wippten mit den übereinandergeschlagenen Beinen und stießen in Abständen tiefe Seufzer aus; jeder langweilte sich maßlos; aber keinem fiel es ein, zu gehen.

Als Homais um neun wiederkam (seit zwei Tagen war immer nur er auf dem Marktplatz gesehen worden), war er beladen mit einem Vorrat an Kampfer, Benzoë und aromatischen Kräutern. Er brachte auch ein Gefäß voll Chlorkalk mit, um die Miasmen zu vertreiben. Das Hausmädchen, Madame Lefrançois und die alte Bovary waren gerade um Emma beschäftigt; sie machten das Totenkleid fertig; sie breiteten den langen, steifen Schleier über sie, der sie bis zu den Atlasschuhen bedeckte.

Félicité schluchzte:

»Ach, meine arme Herrin! Meine arme Herrin!«

»Sehen Sie sie nur einmal an!« sagte die Gastwirtin seufzend, »wie niedlich sie noch immer aussieht! Man könnte schwören, gleich müsse sie aufstehen.«

Dann beugten sie sich über sie, um ihr den Brautkranz aufzusetzen.

Der Kopf mußte ein wenig angehoben werden, und da quoll aus ihrem Mund eine schwarze Flüssigkeit, als erbreche sie sich.

»O mein Gott! Ihr Kleid, sehen Sie sich doch vor!« rief Madame Lefrançois. »Fassen Sie doch mit zu!« sagte sie zu dem Apotheker. »Oder haben Sie etwa Angst?«

»Ich, und Angst?« entgegnete er und zuckte die Achseln. »Na, hören Sie mal! Ich habe im Hôtel-Dieu noch ganz andere Dinge gesehen, als ich Pharmazeutik studierte! Wir haben im Seziersaal Punsch gebraut! Das Nichts erschreckt keinen Philosophen; und ich beabsichtige sogar, wie ich schon oft gesagt habe, meine Leiche der Anatomie zu vermachen, damit sie später der Wissenschaft etwas nützt.«

Als der Pfarrer kam, erkundigte er sich, wie es Bovary gehe; und auf die Antwort des Apothekers entgegnete er:

»Die Wunde, wissen Sie, ist noch zu frisch!«

Daraufhin beglückwünschte ihn Homais, daß er nicht wie alle andern Gefahr laufe, eine geliebte Gefährtin zu verlieren; daraus ergab sich dann eine Diskussion über den Zölibat der Priester.

»Denn es ist doch unnatürlich«, sagte der Apotheker, »daß ein Mann sich der Frauen enthalten soll! Manche Verbrechen...«

»Aber, zum Kuckuck!« rief der Geistliche, »wie könnte ein in die Bande der Ehe verstrickter Mensch beispielsweise das Beichtgeheimnis wahren?«

Homais griff die Beichte an. Bournisien verteidigte sie; er verbreitete sich über die Besserung, die sie zuwege bringe. Er führte verschiedene Geschichten von Dieben an, die plötzlich zu anständigen Menschen geworden seien. Offiziere, die sich dem Tribunal der Buße genaht, hätten das Gefühl gehabt, es falle ihnen wie Schuppen von den Augen. In Freiburg gebe es einen protestantischen Pastor...

Sein Partner war eingeschlafen. Als er dann in der allzu drückenden Atmosphäre des Schlafzimmers einen leichten Luftmangel verspürte, öffnete er das Fenster, was den Apotheker aufweckte.

»Wie wär's mit einer Prise?« fragte er ihn. »Da, nehmen Sie, das hält munter.«

Irgendwo in der Ferne erscholl langgezogenes Gebell.

»Hören Sie den Hund heulen?« fragte der Apotheker.

»Es wird behauptet, sie witterten die Toten«, antwortete der Geistliche. »Es ist wie mit den Bienen; die fliegen aus ihrem Stock weg, wenn ein Mensch stirbt.«

Homais erhob keinen Einwand gegen diesen Aberglauben; er war wieder eingeschlafen.

Der robustere Bournisien fuhr noch eine Weile fort, ganz leise die Lippen zu bewegen; dann senkte er unmerklich sein Kinn, ließ sein dickes Buch aus der Hand gleiten und begann zu schnarchen.

So saßen die beiden einander gegenüber, den Bauch vorgestreckt, die Gesichter gedunsen, mit verdrießlichen Mienen; nach so vielen Mißstimmigkeiten waren sie schließlich einander in der gleichen menschlichen Schwäche begegnet; und sie regten sich genausowenig wie die Leiche neben ihnen, die aussah, als schlafe sie.

Als Charles hereinkam, weckte er sie nicht. Es war das letzte Mal. Er wollte Abschied von ihr nehmen.

Die aromatischen Kräuter qualmten noch, und die bläulichen Dampfwirbel vermischten sich am Fenster mit den hereindringenden Nebelschwaden. Es blinkten ein paar Sterne, und die Nacht war mild.

Das Wachs der Kerzen fiel in dicken Tränen auf die Bettlaken. Charles sah in die Flammen, bis ihr gelbes Strahlen seine Augen müde machte.

Glanzlichter zitterten über das Seidenkleid hinweg; es war weiß wie Mondschein. Emma verschwand darunter; und ihm schien, als trete sie aus sich heraus und gehe undeutlich in die Dinge ringsum ein, in die Stille, in die Nacht, in den Wind, der vorüberstrich, in die feuchten, aufsteigenden Düfte.

Dann plötzlich sah er sie im Garten von Tostes auf der Bank vor der Weißdornhecke, oder auch in Rouen, auf der Straße, auf der Schwelle ihres Hauses, im Hof von Les Bertaux. Er hörte noch immer das Gelächter der fröhlichen jungen Burschen, die unter den Apfelbäumen tanzten; das Schlafzimmer war erfüllt vom Duft ihres Haars, und ihr Kleid raschelte in seinen Armen wie Funkengeknister. Es war dasselbe, das sie jetzt trug!

So verharrte er lange und gedachte aller hingeschwundenen Beglückungen, ihrer Haltung, ihrer Gesten, des Klangs ihrer Stimme. Auf ein Aufwallen der Verzweiflung folgte ein anderes, und so ging es weiter, unversieglich, wie die Wogen einer steigenden Flut.

Es überkam ihn eine furchtbare Neugier: langsam, mit den Fingerspitzen, klopfenden Herzens, hob er ihren Schleier. Aber vor Grauen stieß er einen Schrei aus, der die beiden andern aufweckte. Sie zerrten ihn hinaus, in die große Stube hinunter.

Dann kam Félicité und sagte, er wolle etwas von ihrem Haar haben.

»Schneiden Sie ihr doch welches ab!« erwiderte der Apotheker.

Und da sie es nicht wagte, ging er selber hin, die Schere in der Hand. Er zitterte so stark, daß er an mehreren Stellen in die Schläfenhaut stach. Schließlich jedoch versteifte Homais sich gegen die Erschütterung und vollführte aufs Geratewohl ein paar kräftige Schnitte, und dadurch entstanden in dem schönen, schwarzen Haar kahle Stellen.

Der Apotheker und der Pfarrer versenkten sich wieder in ihre Beschäftigungen, nicht ohne von Zeit zu Zeit einzunicken, was sie einander bei jedem neuen Erwachen vorwarfen. Dann besprengte Bournisien stets das Zimmer mit Weihwasser, und Homais streute ein bißchen Chlorkalk auf den Fußboden.

Félicité hatte vorgesorgt und auf der Kommode eine Flasche Schnaps, einen Käse und eine dicke Brioche bereitgestellt. Daher seufzte der Apotheker, der es nicht mehr aushalten konnte, gegen vier Uhr morgens:

»Wahrhaftig, ich würde mit Wonne einen Happen zu mir nehmen!«

Der Geistliche ließ sich nicht lange bitten; er ging hinaus, um seine Messe zu lesen, und kam dann wieder; sie aßen und tranken einander zu, wobei sie ein bißchen grinsten, ohne zu wissen, warum, angeregt von dem sonderbaren Verlangen nach Lustigkeit, das einen nach Trauerhandlungen überkommt; und beim letzten Gläschen klopfte der Priester dem Apotheker auf die Schulter und sagte zu ihm:

»Schließlich werden wir uns doch noch verständigen!«

Unten im Hausflur begegneten sie den gerade eintreffenden Handwerkern. Jetzt mußte Charles zwei Stunden lang die Marter des Hammers ertragen, der auf die Sargbretter niederdröhnte. Dann wurde sie in den Eichensarg gelegt, und dieser wurde in die beiden andern gesenkt; und da der letzte zu breit war, mußten die Zwischenräume mit Wolle aus einer Matratze ausgestopft werden. Als dann die drei Deckel abgehobelt, zugenagelt und zugelötet waren, wurde der Sarg vor der Tür aufgestellt; man öffnete das Haus weit, und die Yonviller begannen herbeizuströmen.

Der alte Rouault langte an. Als er das schwarze Sargtuch sah, wurde er auf dem Marktplatz ohnmächtig.

## X

Er hatte den Brief des Apothekers erst sechsunddreißig Stunden nach dem Geschehen erhalten, und um ihn zu schonen, hatte Homais so geschrieben, daß daraus unmöglich zu ersehen war, was man davon zu halten habe.

Zunächst war der gute Mann umgefallen wie vom Schlag gerührt. Dann verstand er es so, sie sei nicht tot. Aber sie konnte es sein ... Schließlich hatte er seinen Kittel angezogen, seinen Hut genommen, einen Sporn an seinen Stiefel geschnallt und war in rasender Eile fortgeritten; und während des ganzen Wegs hatte der alte Rouault gekeucht und war vor Angst nahezu vergangen. Einmal hatte er sogar absitzen müssen. Er konnte nichts mehr erkennen, ringsumher hörte er Stimmen; er meinte, er werde verrückt.

Der Tag brach an. Er sah drei schwarze Hühner, die auf einem Baum schliefen; er erbebte, so erschreckte ihn dies üble Vorzeichen. Da gelobte er der Heiligen Jungfrau drei Meßgewänder für die Kirche, und daß er barfuß vom Kirchhof in Les Bertaux bis zur Kapelle von Vassonville wallfahrten wolle.

Beim Einreiten in Maromme brüllte er die Leute im Gasthof wach, rammte mit einem Schulterstoß die Haustür ein, stürzte sich auf den Hafersack, goß eine Flasche Zider in die Krippe und saß wieder auf, und von allen vier Hufeisen stoben Funken.

Er redete sich ein, sicherlich werde sie gerettet werden; die Ärzte würden schon ein Mittel finden, ganz bestimmt. Es fielen ihm alle Wunderheilungen ein, von denen ihm erzählt worden war.

Doch dann sah er sie tot vor sich. Da lag sie auf dem Rücken, vor seinen Augen, mitten auf der Landstraße. Er riß die Zügel zurück, und die Halluzination verschwand.

Um sich Mut zu machen, trank er in Quincampoix nacheinander drei Tassen Kaffee.

Er überlegte, daß beim Schreiben eine Namensverwechslung

unterlaufen sein könne. Er suchte in seiner Tasche nach dem Brief, fühlte ihn, wagte indessen nicht, ihn zu öffnen.

Dann kam er auf die Vermutung, es sei vielleicht nur ein schlechter Scherz, irgendein Racheakt, der Einfall eines Betrunkenen, und außerdem, wenn sie wirklich tot wäre, dann hätte man es doch merken müssen! Doch nein, die Felder sahen aus wie immer, der Himmel war blau, die Bäume wiegten sich; eine Schafherde trottete vorüber. Er erblickte das Dorf; man sah ihn herangaloppieren, tief über sein Pferd geneigt, auf das er ausholend einhieb; aus den Sattelgurten tröpfelte Blut.

Als er wieder zur Besinnung gekommen war, warf er sich heftig weinend in Bovarys Arme.

»Meine Tochter! Emma! Mein Kind! Sagen Sie mir doch ...?«
Und der andere antwortete schluchzend:
»Ich weiß nicht! Ich weiß nicht! Es ist ein Fluch!«
Der Apotheker trennte die beiden.

»Diese schauerlichen Einzelheiten sind zu nichts nütz. Ich werde Monsieur unterrichten. Hier kommen Leute. Bewahren Sie Würde, zum Teufel! Philosophische Haltung!«
Der arme Kerl wollte stark erscheinen und wiederholte mehrmals:
»Ja ... Mut!«
»Jawohl!« rief der gute Mann. »Ich werde ihn haben, zum Donnerwetter! Ich werde sie bis zum Ende begleiten.«

Die Glocke bimmelte. Alles war bereit. Es mußte aufgebrochen werden.

Und sie saßen nebeneinander in einem Chorstuhl; sie sahen die drei Vorsänger psalmodierend hin und her gehen. Der Serpent wurde mit voller Lungenkraft geblasen. Bournisien im großen Ornat sang mit schriller Stimme; er verneigte sich vor dem Tabernakel, hob die Hände, breitete die Arme aus. Lestiboudois ging mit seinem Küsterstab aus Walfischbein durch die Kirche; nahe dem Chorpult stand zwischen vier Reihen Kerzen der Sarg. Charles drängte es, aufzustehen und sie auszulöschen.

Doch versuchte er, Andacht zu empfinden, sich zur Hoffnung auf ein künftiges Leben aufzuschwingen, wo er sie wiedersehen würde. Er bildete sich ein, sie sei verreist, weit fort, seit langem schon. Aber wenn er sich dann vergegenwärtigte, daß sie dort liege und daß alles aus sei, daß sie jetzt in die Erde versenkt werden solle, überkam ihn eine wilde, dumpfe, verzweifelte Wut. Manchmal war ihm, als fühle er überhaupt nichts mehr; und er kostete diese Milderung seines Schmerzes aus, wobei er sich vorwarf, er sei ein erbärmlicher Mensch.

Auf einmal vernahm man auf den Fliesen in gleichmäßigen Abständen etwas wie das Aufstauchen eines eisenbeschlagenen Stocks. Es kam aus dem Hintergrund und hörte im Seitenschiff plötzlich auf. Ein Mann in einem groben, braunen Rock kniete mühsam nieder. Es war Hippolyte, der Hausknecht vom »Goldenen Löwen«. Er hatte sein neues Bein angeschnallt.

Einer der Vorsänger begann den Rundgang durch das Kirchenschiff und sammelte, und die dicken Sousstücke klirrten eins nach dem andern auf den Silberteller.

»Beeilt euch doch! Ich kann es nicht ertragen!« rief Bovary und warf ihm zornig ein Fünffrancsstück hin.

Der Kirchendiener dankte ihm mit einer langen Verbeugung.

Man sang, man kniete nieder, man stand wieder auf, und es nahm kein Ende! Ihm fiel ein, daß sie in der ersten Zeit einmal zusammen der Messe beigewohnt hatten; sie hatten an der andern Seite gesessen, der rechten, dicht an der Wand. Die Glocke fing wieder an zu läuten. Ein allgemeines Stuhlrücken begann. Die Träger schoben ihre drei Stangen unter den Sarg, und alle verließen die Kirche.

Da erschien Justin in der Tür der Apotheke. Er ging schnell wieder hinein, blaß und taumelnd.

Man stand an den Fenstern, um den Leichenzug vorüberziehen zu sehen. Charles schritt voran und hielt sich straff. Er trug eine tapfere Miene zur Schau und grüßte durch ein Kopfnicken alle, die aus den Seitengassen oder den Türen traten und sich in die Menge einreihten.

Die sechs Träger, drei auf jeder Seite, machten kleine Schritte und schnauften ein bißchen. Die Priester, die Vorsänger und die beiden Chorknaben sangen das »De profundis«, und ihre Stimmen wehten über das Land, hoben und senkten sich mit den Bodenwellen. Manchmal an Wegbiegungen verschwanden sie; aber das große, silberne Kreuz war stets zwischen den Bäumen zu sehen.

Die Frauen folgten in schwarzen Umhängen mit tief heruntergezogenen Kapuzen; in den Händen hielten sie dicke, brennende Kerzen, und Charles fühlte, wie ihn durch diese beständige Wiederholung der Gebete, die vielen Kerzen und den faden Geruch nach Wachs und Soutanen die Kräfte verließen. Es wehte eine frische Brise; Roggen und Raps grünten, und Tautröpfchen zitterten auf den Dornenhecken am Wegrain. Allerlei fröhliche Laute erfüllten die Weite: das Rasseln eines Karrenwagens, der in der Ferne in den Fahrspuren des Weges dahinrollte, das Krähen eines Hahnes, das sich wiederholte, oder das Galoppieren eines Fohlens, das man unter den Apfelbäumen davonlaufen sah. Der reine Himmel war mit rosigen Wolken betupft; bläuliche kleine Lichter spielten auf den von Iris umwucherten Strohhütten; Charles erkannte im Vorbeigehen die Höfe wieder. Er erinnerte sich an Morgen wie diesen, wo er, nach einem Krankenbesuch, dort herausgetreten und zu ihr zurückgekehrt war.

Dann und wann hob sich das schwarze, mit weißen Tränen bestickte Bahrtuch und ließ den Sarg sehen. Die erschöpften Träger gingen langsamer, und der Sarg bewegte sich unter fortgesetztem Stocken vorwärts wie ein Boot, das bei jeder Welle schlingert.

Dann kam man an.

Die Männer gingen bis ganz nach hinten bis zu einer Stelle im Rasen, wo das Grab ausgehoben war.

Man stellte sich ringsherum auf, und während der Priester sprach, rieselte die rote, an den Seiten aufgehäufte Erde über die Kanten hinweg, lautlos und ununterbrochen.

Dann, als die vier Seile zurechtgelegt waren, schob man den Sarg darauf. Bovary sah zu, wie er hinabglitt. Er sank und sank.

Endlich gab es einen Stoß; die Seile kamen schurrend wieder hoch. Da nahm Bournisien den Spaten, den Lestiboudois ihm hinhielt; und mit der linken Hand, während er mit der rechten den Weihwedel schwang, warf er wuchtig eine Schaufelvoll hinab; und das Holz des Sargs, auf das die Steine polterten, gab jenes schreckliche Geräusch, das uns wie der Widerhall der Ewigkeit anmutet.

Der Geistliche reichte den Weihwedel dem Nächststehenden. Es war Homais. Würdevoll schüttelte er ihn, dann hielt er ihn Charles hin, der in die Knie sank und ganze Hände voll Erde hinabwarf und dabei rief: »Adieu!« Er schickte ihr Kußhände nach und beugte sich über das Grab, als wolle er sich mit ihr von der Tiefe verschlingen lassen.

Er wurde weggeführt und beruhigte sich bald; vielleicht empfand er, wie alle anderen, die unbestimmte Genugtuung, daß es überstanden sei.

Auf dem Heimweg steckte sich der alte Rouault seelenruhig seine Pfeife an, was Homais innerlich für wenig schicklich hielt. Ebenso stellte er fest, daß Binet nicht erschienen war, daß Tuvache sich nach der Messe »verdrückt« und daß Théodore, der Diener des Notars, einen blauen Frack getragen hatte, »als ob sich nicht ein schwarzer hätte auftreiben lassen, da sich das doch, zum Teufel, nun einmal so gehört!« Und um seine Beobachtungen weiter zu verbreiten, ging er von einer Gruppe zur andern. Man beklagte Emmas Tod, vor allem Lheureux, der natürlich nicht versäumt hatte, zum Begräbnis zu kommen.

»Die arme kleine Frau! Welch ein Schmerz für ihren Mann!«

Der Apotheker entgegnete:

»Ohne mich, müssen Sie wissen, hätte er sich was angetan!«

»Eine so gute Person! Wenn ich bedenke, daß sie noch letzten Samstag bei mir im Laden gewesen ist!«

»Ich habe nicht die Muße gehabt«, sagte Homais, »ein paar Worte vorzubereiten, die ich ihr ins Grab hätte nachrufen können.«

Daheim kleidete Charles sich um, und der alte Rouault zog wieder seinen blauen Kittel an. Er war neu, und da er sich unterwegs oft mit den Ärmeln die Augen gewischt, hatte er auf sein Gesicht abgefärbt, und die Tränenspuren hatten in seine schmutzige Staubschicht Rinnen gezogen.

Die alte Bovary war bei ihnen. Alle drei schwiegen. Schließlich seufzte der Alte:

»Wissen Sie noch, lieber Freund, wie ich Sie damals in Tostes besucht habe, als Sie Ihre erste Frau verloren hatten? Damals habe ich Sie getröstet! Da habe ich die richtigen Worte gefunden; aber heute . . .«

Dann folgte ein langes Ächzen, wobei sich seine ganze Brust hob:

»Ach, wissen Sie, dies ist für mich das Ende! Ich habe meine Frau dahingehen sehen . . ., dann meinen Sohn . . . und nun heute auch noch meine Tochter!«

Er wollte gleich wieder heim nach Les Bertaux; er sagte, in diesem Haus könne er nicht schlafen. Er lehnte es sogar ab, sein Enkelkind zu sehen.

»Nein, nein! Das würde mich zu traurig machen. Aber gebt ihr einen Kuß von mir! Adieu . . .! Sie sind ein guter Kerl! Und das hier«, sagte er und schlug sich auf den Schenkel, »das werde ich Ihnen nie vergessen, nur keine Bange! Und Sie sollen auch immer Ihre Truthenne haben.«

Aber als er auf der Anhöhe war, wandte er sich um, wie er sich damals auf dem Weg nach Saint-Victor umgedreht hatte, nach dem Abschied von ihr. Die Fenster im Dorf loderten unter den schrägen Strahlen der Sonne, die hinter dem Weideland unterging. Er legte die Hand über die Augen, und er gewahrte am Horizont eine ummauerte Einfriedung, in der zwischen weißen Steinen Bäume wie dunkle Sträuße standen; dann ritt er weiter, im Schritt, weil sein Pferd lahmte.

Charles und seine Mutter blieben ungeachtet ihrer Müdigkeit am Abend lange auf und redeten miteinander. Sie sprachen von vergangenen Tagen und von der Zukunft. Sie wollte nach Yonville übersiedeln und ihm den Haushalt führen; sie würden immer beieinander bleiben. Sie war gewitzt und zärtlich und freute sich heimlich, eine Neigung wiederzugewinnen, die ihr seit so vielen Jahren gefehlt hatte. Es schlug Mitternacht. Wie stets lag das Dorf schweigend da, und wenn Charles aufwachte, dachte er immer nur an sie.

Rodolphe, der, um sich abzulenken, den ganzen Tag im Wald umhergeritten war, schlief ruhig in seinem Schloß; und Léon in der Ferne schlief ebenfalls.

Einer jedoch schlief zu jener Stunde nicht.

Am Grab, unter den Fichten, kniete ein Knabe und weinte, und seine von Schluchzern zerrissene Brust keuchte im Dunkel unter dem Druck einer unermeßlichen Trauer, die süßer war als der Mondschein und unauslotbarer als die Nacht. Plötzlich knarrte die Gittertür. Es war Lestiboudois; er wollte seinen Spaten holen, den er vorhin vergessen hatte. Er erkannte den über die Mauer kletternden Justin und wußte nun, an welchen Übeltäter er sich zu halten hatte, der ihm immer seine Kartoffeln stahl.

## XI

Am folgenden Tag nahm Charles die Kleine wieder zu sich. Sie fragte nach ihrer Mama. Es wurde ihr geantwortet, sie sei verreist und werde ihr Spielsachen mitbringen. Berthe fragte später noch ein paarmal nach ihr; aber auf die Dauer vergaß sie sie. Die Fröhlichkeit des Kindes zerriß Bovary das Herz, und zudem hatte er unter den unerträglichen Trostesworten des Apothekers zu leiden.

Bald setzten die Geldkalamitäten von neuem ein; Lheureux schob seinen Freund Vinçart abermals vor, und Charles ging Verpflichtungen für übertrieben hohe Summen ein; denn niemals hätte er zugelassen, daß auch das geringste Stück der Möbel verkauft werde, die »ihr« gehört hatten. Seine Mutter geriet darüber außer sich. Er entrüstete sich noch mehr als sie. Er hatte sich von Grund auf gewandelt. Sie kehrte dem Haus den Rücken.

Und jetzt machte jedermann sich daran, zu »profitieren«. Mademoiselle Lempereur forderte für ein halbes Jahr Geld für Klavierstunden, obwohl Emma keine einzige genommen hatte (trotz der quittierten Rechnung, die sie ihrem Mann vorgezeigt hatte): das sei so zwischen ihnen beiden vereinbart gewesen; der Leihbibliothekar verlangte die Gebühren für drei Jahresabonnements; die Mutter Rollet das Porto für an die zwanzig Briefe, und als Charles um Erklärungen bat, war sie wenigstens so taktvoll, zu antworten:

»Oh, ich weiß nichts! Es waren wohl Geschäftsdinge.«

Bei jeder Schuldsumme, die er bezahlte, glaubte Charles, nun sei es die letzte. Aber es kamen immer noch weitere.

Er schickte seinen Patienten Rechnungen für frühere Besuche. Da wurden ihm die Briefe gezeigt, die seine Frau ihnen geschickt hatte. So mußte er sich auch noch entschuldigen.

Félicité trug jetzt Madame Bovarys Kleider, freilich nicht alle, denn einige hatte er weggehängt, und die schaute er sich dann in ihrem Ankleidekabinett an, in das er sich einschloß; Félicité hatte ungefähr Emmas Größe, und oft, wenn Charles sie von hinten sah, ergriff ihn eine Illusion und er rief:

»Oh! Bleib doch! Bleib!«

Aber zu Pfingsten verschwand sie aus Yonville; Théodore hatte sie entführt, und sie stahl alles, was noch an Garderobe übrig war.

Um diese Zeit gab sich die Witwe Dupuis die Ehre, ihm »die Vermählung ihres Sohns Léon Dupuis, Notars zu Yvetot, mit Mademoiselle Léocadie Lebœuf aus Bondeville« mitzuteilen. Charles schrieb in seinem Glückwunschbrief folgenden Satz:

»Wie würde meine arme Frau sich gefreut haben!«

Als Charles eines Tages ziellos durchs Haus irrte und bis auf den Speicher hinaufgestiegen war, spürte er unter seinem Pantoffel ein zusammengeknülltes Stück dünnes Papier. Er entfaltete es und las: »Mut, Emma, Mut! Ich will Sie nicht für Ihr Leben unglücklich machen.« Es war Rodolphes Brief, der zwischen Kisten zu Boden gefallen und dort liegengeblieben war, bis der zur Luke hereinwehende Wind ihn zur Tür hingeweht hatte. Und Charles stand starr und mit offenem Mund da, an derselben Stelle, wo ehedem Emma, noch bleicher als er, vor Verzweiflung hatte sterben wollen. Schließlich entdeckte er ein kleines »R« unten auf der zweiten Seite. Wer war das? Es fielen ihm die vielen Besuche und Aufmerksamkeiten Rodolphes ein, sein plötzliches Fortbleiben und die gezwungene Miene, die er seither immer bei ihrer beider wenigen Begegnungen aufgesetzt hatte. Aber der respektvolle Ton des Briefs täuschte ihn.

»Vielleicht haben sie einander platonisch geliebt«, sagte er sich.

Übrigens war Charles keiner der Menschen, die den Dingen auf den Grund gehen; er schreckte vor Beweisen zurück, und seine unbestimmte Eifersucht verlor sich in der Unermeßlichkeit seines Kummers.

»Man mußte sie ja anbeten«, dachte er. Sicherlich hatten alle Männer sie begehrt. Sie dünkte ihn jetzt noch schöner, und es überkam ihn ein beständiges wildes Verlangen, das seine Verzweiflung anfachte und keine Grenzen hatte, weil es jetzt nicht mehr gestillt werden konnte.

Ihr zu Gefallen, so als ob sie noch lebte, eignete er sich ihre Vorlieben und ihre Ideen an; er kaufte sich Lackschuhe, er trug nur noch weiße Halsbinden. Seinen Schnurrbart pflegte er mit kosmetischen Mitteln, und wie sie unterschrieb er Wechsel. Sie verdarb ihn noch von jenseits des Grabes.

Er mußte sein Tischsilber verkaufen, Stück für Stück; dann verkaufte er die Wohnzimmermöbel. Alle Räume erlitten Einbußen; aber das Schlafzimmer, ihr Schlafzimmer, war geblieben wie früher. Nach dem Abendessen ging Charles hinauf. Er schob den runden Tisch vor den Kamin und rückte »ihren« Sessel heran. Er selbst setzte sich gegenüber hin. In einem der vergoldeten Leuchter brannte eine Kerze. Berthe saß neben ihm und tuschte Bilderbogen aus.

Es tat ihm weh, dem armen Kerl, daß sie so schlecht angezogen war, mit Schuhen ohne Schnürsenkel und die Armlöcher ihrer Kittel bis zu den Hüften aufgerissen; denn die Aufwartefrau gab darauf nicht acht. Aber sie war so sanft, so niedlich, und ihr Köpfchen neigte sich so anmutig und ließ dabei ihr schönes blondes Haar über ihre rosigen Wangen fallen, daß ihn unendliches Entzücken überkam, eine mit Bitterkeit gemischte Lust, wie bei jenen schlechten Weinen, die nach Harz schmecken. Er besserte ihr Spielzeug aus, machte ihr aus Pappe Hampelmänner oder nähte die geplatzten Bäuche ihrer Puppen zusammen. Wenn dann seine Blicke auf ihr Nähkästchen fielen, auf ein herumliegendes Seidenband oder sogar auf eine in einem Spalt der Tischplatte liegengebliebene Stecknadel, dann begann er zu grübeln, und dabei bekam er ein so trauriges Gesicht, daß auch sie traurig wurde.

Niemand besuchte die beiden jetzt mehr; denn Justin war nach Rouen davongelaufen, wo er Krämerlehrling geworden ist, und die Kinder des Apothekers spielten immer seltener mit der Kleinen, da Homais in Anbetracht des Unterschiedes der gesellschaftlichen Gegebenheiten keinen Wert auf die Fortsetzung des näheren Umgangs legte.

Der Blinde, den er mit seiner Salbe nicht hatte heilen können, war auf die Anhöhe von Bois-Guillaume zurückgekehrt, wo er den Fahrgästen von dem vergeblichen Versuch des Apothekers erzählte, so daß Homais, wenn er in die Stadt fuhr, sich hinter den Scheibengardinen der »Schwalbe« versteckte, um einer Begegnung auszuweichen. Er haßte ihn, und da er ihn im Interesse seines Rufs mit aller Gewalt aus dem Wege schaffen wollte, stellte er getarnt eine Batterie gegen ihn auf, die bald die Tiefe seiner Intelligenz und das Ruchlose seiner Eitelkeit offenbarte. Sechs Monate hintereinander konnte man im »Leuchtfeuer von Rouen« Lokalnachrichten folgender Art lesen:

»Alle nach den fruchtbaren Gefilden der Picardie Reisenden dürften sicherlich auf der Anhöhe von Bois-Guillaume ein unglückliches Individuum mit einer furchtbaren Gesichtswunde bemerkt haben. Es belästigt und verfolgt die Fahrgäste und erhebt von ihnen einen förmlichen Zoll. Leben wir etwa noch in den monströsen Zeiten des Mittelalters, wo es den Vagabunden erlaubt war, an öffentlichen Orten die Lepra und die Skrofeln zur Schau zu stellen, die sie vom Kreuzzug mitgebracht hatten?«

Oder auch:

»Den Gesetzen gegen das Landstreichertum zum Trotz werden die Zugänge unserer Großstädte beständig durch Banden von Bettlern heimgesucht. Manche treten auch einzeln auf, und das sind vielleicht nicht die ungefährlichsten. Wie denken unsere Ädilen?«

Ferner erfand Homais Anekdoten:

»Gestern hat auf der Anhöhe von Bois-Guillaume ein durchgehendes Pferd ...« Und es folgte der Bericht über einen durch das Erscheinen des Blinden verursachten Unfall.

Er machte das so geschickt, daß der Bettler in Haft genommen wurde. Doch er wurde wieder freigelassen. Er trieb es wie zuvor, und auch Homais trieb es wie zuvor. Es war geradezu ein Kampf.

Homais blieb Sieger; denn sein Gegner wurde zu lebensläng-
lichem Zwangsaufenthalt in einem Krankenhaus verurteilt.

Dieser Erfolg machte ihn kühn; und fortan konnte im ganzen
Arrondissement kein Hund überfahren werden, keine Scheune
abbrennen, keine Frau Prügel bekommen, ohne daß er es veröffentlichte, wobei er stets von der Liebe zum Fortschritt und
vom Haß gegen die Priester geleitet wurde. Er zog Parallelen
zwischen den Elementarschulen und den von den Ignorantinern
geleiteten, zum Nachteil der letzteren; er erinnerte an die Bartholomäus-Nacht im Zusammenhang mit einer Bewilligung von
hundert Francs für die Kirche, er wies auf Mißbräuche hin und
machte Witze. So nannte er das. Homais wühlte; er wurde gefährlich.

Doch er erstickte in den engen Grenzen des Journalismus, und
bald drängte es ihn, ein Buch zu schreiben, ein Werk! So verfaßte
er denn eine »Allgemeine Statistik des Kreises Yonville nebst
klimatologischen Beobachtungen«; und die Statistik brachte ihn
zur Philosophie. Er beschäftigte sich mit großen Problemen: mit
der sozialen Frage, der sittlichen Hebung der armen Bevöl-
kerungsklasse, mit Fischzucht, Kautschuk, Eisenbahnen usw. Er
kam dahin, über sein Bürgertum zu erröten. Er nahm »künstle-
rische« Allüren an, er rauchte! Er kaufte sich zwei Statuetten à la
Pompadour zum Schmuck für sein Wohnzimmer.

Dabei vernachlässigte er seine Apotheke keineswegs, im Gegenteil! Er hielt sich auf dem laufenden über alle neuen Entdeckungen. Er verfolgte die großartige Entwicklung der Schokoladen-
fabrikation. Er war der erste im Département Seine-Inférieure,
der »Cho-ca« und »Revalentia« kommen ließ. Er begeisterte sich
für Pulvermachers hydroelektrische Ketten; er trug selber eine;
und wenn er abends seine Flanellweste auszog, war seine Frau
ganz geblendet von der goldenen Spirale, unter der er verschwand, und sie fühlte, wie sich ihre Leidenschaft für diesen
Mann verdoppelte, der stärker umgürtet war als ein Skythe und
schimmerte wie ein Magier.

Er hatte schöne Einfälle für Emmas Grabmal. Zuerst schlug er
einen Säulenstumpf mit Draperie vor, dann eine Pyramide, dann
einen Vesta-Tempel, eine Art Rundbau ... oder auch eine »künst-

liche Ruine«, einen Haufen Trümmer. Und bei all diesen Plänen verkniff Homais sich keinesfalls die Trauerweide, die er als das obligate Symbol der Trauer ansah.

Charles und er fuhren gemeinsam nach Rouen, um sich in einer Grabsteinwerkstatt Grabmäler anzusehen – ein Kunstmaler namens Vaufrilard, ein Freund Bridoux', begleitete sie dabei und machte während der ganzen Zeit Witze. Nachdem sie an die hundert Zeichnungen angeschaut, einen Kostenvoranschlag gefordert und ein zweites Mal nach Rouen gefahren waren, entschied Charles sich schließlich für ein Mausoleum, das auf seinen beiden Hauptseiten einen »Genius mit erloschener Fackel« tragen sollte.

Was nun die Inschrift betraf, so fand Homais nichts schöner als: »Sta viator«, und dabei blieb er; allein er zerbrach sich auch weiterhin den Kopf; in einem fort sprach er vor sich hin: »Sta viator ...« Endlich kam er auf: »amabilem conjugem calcas!«, was bewilligt wurde.

Seltsam war, daß Bovary, obwohl er unausgesetzt an Emma dachte, sie vergaß; und er spürte voller Verzweiflung, wie ihr Bild seiner Erinnerung entschwand trotz allen Bemühens, es festzuhalten. Aber er träumte jede Nacht von ihr, und es war immer derselbe Traum: er näherte sich ihr, aber gerade wenn er sie umfangen hatte, zerfiel sie in seinen Armen zu Staub.

Eine Woche lang sah man ihn jeden Abend zur Kirche gehen. Bournisien machte ihm sogar ein paar Besuche; dann gab er es auf. Übrigens neige der gute Mann zur Unduldsamkeit, zum Fanatismus, wie Homais sagte; er wettere gegen den Geist des Jahrhunderts und lasse es sich nicht entgehen, alle vierzehn Tage in der Predigt von Voltaires Agonie zu erzählen, der, wie jedermann wisse, im Sterben seine Exkremente verschlungen habe.

Obwohl Bovary sparsam lebte, brachte er es nicht fertig, seine alten Schulden loszuwerden. Lheureux lehnte es ab, irgendeinen Wechsel zu prolongieren. Die Pfändung drohte. Da wandte er sich an seine Mutter, und diese erklärte sich bereit, eine Hypothek auf ihren Grundbesitz aufzunehmen, aber gleichzeitig erhob sie heftige Anschuldigungen gegen Emma; und als Gegenleistung für ihr Opfer verlangte sie einen Schal, der Félicités Raffgier entgangen war. Charles verweigerte ihn ihr. Sie entzweiten sich.

Sie tat die ersten Schritte zur Versöhnung, indem sie ihm vorschlug, die Kleine zu sich zu nehmen, die sie im Haushalt entlasten könne. Charles willigte ein. Doch im Augenblick der Abreise verließ ihn aller Mut. Jetzt erfolgte ein endgültiger, vollständiger Bruch.

In dem Maß, wie alles dahinschwand, was ihm lieb gewesen war, schloß er sich enger an die Liebe seines Kindes an. Aber Berthe bereitete ihm Sorgen; denn sie hustete manchmal und hatte rote Flecke auf den Wangen.

Im Haus gegenüber machte sich gesund und fröhlich die Familie des Apothekers breit, zu dessen Wohlsein alles beitrug. Napoléon half im Laboratorium, Athalie stickte ihm eine phrygische Mütze, Irma schnitt runde Papierdeckel für die Einmachgläser aus und Franklin schnurrte den Pythagoräischen Lehrsatz herunter. Er war der glücklichste Vater, der am meisten vom Schicksal begünstigte Mensch.

Irrtum! In ihm nagte ein dumpfer Ehrgeiz: Homais wünschte sich das Kreuz der Ehrenlegion. An verdienstlichen Leistungen fehlte es ihm nicht:

1. hatte er sich bei der Cholera durch grenzenlosen Opfermut ausgezeichnet; 2. hatte er, und zwar auf eigene Kosten, verschiedene gemeinnützige Werke veröffentlicht, als da sind … (und er erinnerte an seine Denkschrift mit dem Titel »Über den Zider, seine Herstellung und seine Wirkungen«; weiterhin an seine Abhandlung über Puceron laniger, die Wollblattlaus, der Akademie eingereicht; sein Statistik-Buch und sogar an seine Prüfungsarbeit als Apotheker); ganz abgesehen davon, daß er Mitglied mehrerer gelehrter Vereinigungen sei (dabei gehörte er nur einer einzigen an).

»Eigentlich«, rief er und vollführte dabei eine Pirouette, »sollte es doch schon genügen, daß ich geholt werde, wenn es brennt!«

Fortan begann Homais sich bei der Regierung anzubiedern. Bei den Wahlen erwies er dem Präfekten unterderhand große Dienste. Kurz gesagt, er verkaufte sich, er prostituierte sich. Er rich-

tete sogar eine Bittschrift an den Herrscher, in der er ihn an-
flehte, ihm Gerechtigkeit widerfahren zu lassen und in der er ihn
»unsern guten König« nannte und mit Heinrich IV. verglich.

Und jeden Morgen stürzte der Apotheker sich auf die Zeitung,
um seine Ernennung zu entdecken; aber sie erfolgte nicht. Als
es schließlich nicht mehr aushalten konnte, ließ er in seinem
Garten ein Rasenstück in Gestalt des Kreuzes der Ehrenlegion
anlegen, mit zwei kleinen Graswülsten oben, die das Band dar-
stellen sollten. Mit verschränkten Armen ging er darum herum
und dachte über die Albernheit der Regierung und die Undankbarkeit der Menschen nach.

Aus Achtung oder aus einer Art sinnlichem Genuß, die ihn
bei seinen Nachforschungen langsam vorgehen ließen, hatte
Charles das Geheimfach des Palisander-Schreibtischs noch nicht
geöffnet, dessen Emma sich für gewöhnlich bedient hatte. Endlich setzte er sich eines Tages davor, drehte den Schlüssel um
und drückte auf die Feder. Sämtliche Briefe Léons lagen darin.
Diesmal schied jeder Zweifel aus! Er verschlang sie vom ersten
bis zum letzten; er durchstöberte alle Winkel, alle Möbel, alle
Schubfächer; er sah hinter den Wänden nach, schluchzend, heu-
lend, kopflos, wahnsinnig. Er entdeckte ein Kästchen und stieß
es mit einem Fußtritt auf. Rodolphes Bildnis sprang ihm ins
Gesicht, inmitten eines Durcheinanders von Liebesbriefen.

Seine Niedergeschlagenheit erregte Verwunderung. Er ging
nicht mehr aus, empfing niemanden mehr und weigerte sich
sogar, seine Patienten aufzusuchen. Da wurde behauptet, er
schließe sich ein, »um zu trinken«.

Manchmal jedoch reckte ein Neugieriger den Hals über die Gar-
tenhecke und entdeckte dann mit Erstaunen jenen langbärtigen,
verwilderten Mann in schmutzigen Kleidern, der laut weinend
umherging.

An Sommerabenden nahm er seine kleine Tochter und führte sie
zum Friedhof. Erst bei völliger Dunkelheit gingen sie wieder
heim, wenn auf dem Marktplatz kein Fenster mehr hell war
außer Binets Luke.

Die Wollust seines Schmerzes war jedoch unvollständig, da er
niemanden hatte, mit dem er ihn teilen konnte; und so ging er

manchmal zu Mutter Lefrançois, um von »ihr« sprechen zu können. Doch die Gastwirtin hörte nur mit einem Ohr zu, da auch sie ihre Sorgen hatte; denn Lheureux hatte endlich seine Omnibuslinie »Favoritinnen des Handels« eröffnet, und Hivert, der als Besorger von Aufträgen großes Ansehen genoß, hatte eine Lohnerhöhung verlangt und gedroht, »zur Konkurrenz« überzugehen.

Eines Tages, als Charles zum Markt nach Arguel gegangen war, um sein Pferd – seinen letzten Besitz – zu verkaufen, begegnete er Rodolphe.

Sie wurden beide blaß, als sie einander erblickten. Rodolphe, der nur seine Visitenkarte geschickt hatte, stotterte zunächst ein paar Entschuldigungen; dann aber faßte er sich ein Herz und hatte sogar die Dreistigkeit (es war ein sehr heißer Tag Mitte August), ihn zu einer Flasche Bier in der Kneipe einzuladen.

Während er mit aufgestützten Ellbogen ihm gegenüber saß, an seiner Zigarre kaute und dabei redete, verlor Charles sich in Gedanken angesichts dieser Züge, die sie geliebt hatte. Ihm war, als sehe er irgend etwas von ihr wieder. Es war erstaunlich. Er hätte jener Mann sein mögen.

Der andere redete ohne Unterlaß von der Feldbestellung, dem Vieh, dem Mastfutter und half sich mit ein paar banalen Redensarten über die Pausen hinweg, in denen eine Anspielung hätte fallen können. Charles hörte ihm nicht zu; Rodolphe merkte es und verfolgte das Vorübergleiten der Erinnerungen auf den Bewegungen seines Gesichts. Nach und nach rötete es sich; die Nasenflügel vibrierten schnell, die Lippen zitterten; es gab sogar einen Augenblick, da richtete Charles seine Augen voll düsterer Wut so starr auf Rodolphe, daß dieser in einer Art Entsetzen innehielt. Aber bald erschien wieder die traurige Müdigkeit auf Charles' Gesicht.

»Ich bin Ihnen nicht böse«, sagte er.

Rodolphe blieb stumm. Und Charles hielt den Kopf in seinen beiden Händen und wiederholte mit erloschener Stimme und dem entsagenden Tonfall unendlichen Schmerzes:

»Nein, ich bin Ihnen nicht mehr böse!«

Er fügte sogar einen großen Ausspruch hinzu, den einzigen, den er je getan hat:

»Das Schicksal ist schuld!«

Rodolphe, der dieses Unheilsschicksal gelenkt hatte, fand ihn für einen Mann in seiner Lage ein bißchen allzu gutmütig, sogar komisch und ein bißchen verächtlich.

Am folgenden Tag setzte Charles sich auf die Bank in der Laube. Lichtschimmer glitten durch das Gitterwerk; das Weinlaub zeichnete seine Schatten im Sand ab, der Jasmin duftete, der Himmel war blau, Kantharilden umsummten die blühenden Lilien, und Charles wurde es beklommen wie einem Halbwüchsigen unter den vagen Aufwallungen der Liebe, die sein kummervolles Herz schwellten.

Um sieben kam die kleine Berthe, die ihn den ganzen Nachmittag nicht gesehen hatte, um ihn zum Abendessen zu holen.

Sein Kopf war gegen die Mauer zurückgesunken, seine Augen waren geschlossen, sein Mund offen, in der Hand hielt er eine lange, schwarze Haarsträhne.

»Papa, komm doch!« sagte sie.

Und da sie glaubte, er wolle mit ihr spaßen, stieß sie ihn behutsam an. Er fiel zu Boden. Er war tot.

Sechsunddreißig Stunden später eilte auf des Apothekers Bitte Canivet herbei. Er öffnete die Leiche und fand nichts.

Als alles verkauft war, blieben zwölf Francs fünfundsiebzig Centimes übrig, mit denen die Reise der Mademoiselle Bovary zu ihrer Großmutter bezahlt wurde. Die gute Frau starb noch im selben Jahr; der alte Rouault war gelähmt; eine Tante nahm sich ihrer an. Sie ist arm und schickt sie in eine Baumwollspinnerei, damit sie sich ihr täglich Brot verdient.

Seit Bovarys Tod haben sich nacheinander drei Ärzte in Yonville niedergelassen, aber keiner hat sich dort halten können; Homais hat sie alle aus dem Felde geschlagen. Er hat eine höllische Kundschaft; die Regierung geht vorsichtig mit ihm um, und die öffentliche Meinung tritt für ihn ein.

Unlängst hat er das Kreuz der Ehrenlegion bekommen.

# Anmerkungen

S. 12: *»Anacharsis«:* Jean-Jacques Barthélémy (1716–95) veröffentlichte 1787 sein Buch »Voyage du jeune Anacharsis en Grèce vers le milieu du IVᵉ siècle avant l'ère vulgaire«.

S. 40: *»Paul und Virginie«:* Roman von Bernardin de Saint-Pierre, erschienen 1787.

*Geschichte der Mademoiselle de La Vallière:* Louise De La Beaume Le Blanc, Duchesse de La Vallière (1644–1710), Favoritin Ludwigs XIV.

S. 41: *»Reden« des Abbé Frayssinous:* Denis de Frayssinous (1765–1841), französischer Kanzelredner, Mitglied der Académie Française, Autor des Buches »Défense du christianisme et des libertés gallicanes«.

*»Geist des Christentums«:* »Le Génie du christianisme ou Beauté de la religion chrétienne«, apologetische Schrift von François-René de Chateaubriand, erschienen 1802.

S. 53: *Schlacht bei Coutras:* Sieg Heinrichs von Navarra über den Herzog von Joyeuse.

*Gefecht bei La Hougue-Saint-Waast:* Niederlage der kleinen französischen Flotte gegen die verbündeten Engländer und Holländer.

S. 79: *Regierungsjahre Karls X.:* Er regierte von 1824 bis 1830.

S. 86: *»Glaubensbekenntnis des savoyischen Vikars«:* »La Profession de foi du Vicaire savoyard«, Schrift von Jean-Jacques Rousseau (1712–78).

S. 99: *»Gott der guten Leute«:* »Le Dieu des bonnes gens«, Gedicht von Pierre-Jean de Béranger (1780–1857).

*»Krieg der Götter«:* »La Guerre des dieux anciens et modernes«, Gedicht von Evariste-Désiré de Parny (1753–1814).

S. 102: *»Mathieu Laensberg«:* Kanonikus in Lüttich, um 1600. Er gilt als der Herausgeber des »Lütticher Kalenders«, der dem »Lahrer hinkenden Boten« vergleichbar ist.

S. 117: *»Notre-Dame de Paris«:* Victor Hugos Roman, erschienen 1831.

S. 125: *Kassonade:* nur einmal raffinierter Zucker.

S. 128: *Daguerreotypie:* frühe Form der Photographie auf versilberter Kupferplatte, nach dem Erfinder Louis Daguerre (1789–1851) benannt.

S. 134: *»Hühnermilch«:* in heißem Wasser geschlagenes Eigelb mit Zukker.

S. 140: *Sklerotiken:* Sklerotika, die harte Haut des Augapfels.

S. 143: *Krabben:* frz. *salicoques*; große Krabben, die beim Kochen grau bleiben. Maupassant schildert den Fang in seinem Roman »Pierre et Jean«.

S. 145: *die Maus ... in ihrem Käse:* La Fontaine, »Fabeln« VII,3.

S. 192: *Ambroise Paré* (um 1517–90), bedeutender Chirurg, von Balzac als handelnde Gestalt in seinem Roman »Katharina von Medici« eingeführt.

*Celsus:* berühmter Arzt des Augusteischen Zeitalters, seines Stils wegen der »Cicero der Medizin« genannt.

*Dupuytren*, Guillaume (1777–1835), berühmter Chirurg.

*Gensoul:* Lebensdaten nicht nachweisbar.

*Charpie:* zerrupftes Leinen, statt der damals unbekannten Watte verwendet.

S. 197: *Wallfahrt nach Bon-Secours:* auf einer Anhöhe südöstlich von Rouen.

*aus Neufchâtel:* Neufchâtel-en-Bray im Arrondissement Dieppe, etwa 50 km von Rouen entfernt.

S. 220: *des Manzanillabaums:* auch: Manschinellenbaum, Wolfsmilchgewächs mit sehr giftigem Milchsaft, in Mittelamerika und Westindien heimisch, Gegenstand vieler Fabeleien. In seinem Schatten zu schlafen soll todbringend sein.

S. 226: *Nepeta cataria:* gemeine Katzenminze, früher als Heilmittel gegen Brust- und Frauenleiden allgemein verwendet.

*Bois-Guillaume:* Dorf nördlich von Rouen.

S. 232: *de Maistre*, Joseph (1753–1821), Schriftsteller und Philosoph, der König- und Papsttum gegen die Revolution verteidigte.

S. 236: *»Castigat ridendo mores«:* (lat.) »Lachend verbessert sie die Sitten«; Devise der Komödie, von dem neulateinischen Dichter Jean de Santeuil (1630–97).

S. 239: *»Glorias«:* Gemisch von Kaffee, Zucker und Calvados.

S. 262: *Ludwigs XII.:* König von Frankreich (1498–1515).

S. 263: *die Spitze:* die im 19. Jh. errichtete gußeiserne Spitze des Turms über der Vierung; sie war zur Zeit der Entstehung von »Madame Bovary« noch nicht vollendet.

S. 269: *Fabricando fit faber, age quod agis:* (lat.) »Nur durch ständige Ausübung wird man geschickt, was man auch tue«.

S. 277: *»Weißt du den Abend noch ...«:* »Un soir, t'en souvient-il? nous voguions ...«; Zitat aus dem Gedicht »Le Lac« von Alphonse de Lamartine (1790–1869).

S. 286: *der »Badenden Odaliske«:* Gemälde von Dominique Ingres (1780–1867).

*der »bleichen Frau aus Barcelona«:* Anspielung auf ein Gedicht Alfred de Mussets (1810–57).

S. 288: *»An heißen Tagen zur Sommerszeit ...«:* Diese Liedverse, von denen weitere S. 402 zitiert werden, stammen von Nicolas Restif de la Bretonne (1734–1806).

S. 303: *den Cujas und den Bartolus:* Jacques Cujas (1522–90), Jurist, gab eine neue Deutung des Römischen Rechts. – Bartolus de Sassoferrato (1313/14–57), italienischer Jurist, Kommentator des Römischen Rechts.

S. 348: *Wortspiel:* unübersetzbar mit *sang* »Blut« und *sens* »Sinn, Verstand«. Larivière antwortet: »Oh! ce n'est pas le *sens* qui le gêne.«

S. 371: *von den Ignorantinern:* ein 1495 gestifteter geistlicher Orden.

*»Cho-ca« und »Revalentia«:* Cho-ca ist eine Mischung aus Kakao und Kaffee, Revalentia eine eisenhaltige Schokolade zur Blutstärkung.

S. 372: *»Sta viator amabilem conjugem calcas«:* (lat.) »Halt ein, Wanderer, du trittst auf eine liebenswerte Gattin«.